Helter Skelter

The True Story of the MANSON MURDERS

好莱坞往事

by

VINCENT BUGLIOSI
CURT GENTRY

[美] 文森特 · 布廖西 [美] 科特 · 金特里 著
房小然 赵奂 译

外语教学与研究出版社
北京

京权图字：01-2020-0307

图书在版编目（CIP）数据

好莱坞往事 /（美）文森特 · 布廖西（Vincent Bugliosi），（美）科特 · 金特里（Curt Gentry）著 ；房小然，赵奂译．-- 北京 ：外语教学与研究出版社，2021.4

书名原文：Helter Skelter: The True Story of the Manson Murders

ISBN 978-7-5213-2594-2

Ⅰ．①好… Ⅱ．①文… ②科… ③房… ④赵… Ⅲ．①纪实文学－美国－现代 Ⅳ．①I712.55

中国版本图书馆 CIP 数据核字（2021）第 086789 号

出 版 人　徐建忠
项目策划　张　颖
项目编辑　何碧云
责任编辑　徐晓雨
责任校对　黄雅思
装帧设计　COMPUS · 汐和
出版发行　外语教学与研究出版社
社　　址　北京市西三环北路 19 号（100089）
网　　址　http://www.fltrp.com
印　　刷　紫恒印装有限公司
开　　本　650×980　1/16
印　　张　37
版　　次　2021 年 6 月第 1 版　2021 年 6 月第 1 次印刷
书　　号　ISBN 978-7-5213-2594-2
定　　价　98.00 元

购书咨询：（010）88819926　电子邮箱：club@fltrp.com
外研书店：https://waiyants.tmall.com
凡印刷、装订质量问题，请联系我社印制部
联系电话：（010）61207896　电子邮箱：zhijian@fltrp.com
凡侵权、盗版书籍线索，请联系我社法律事务部
举报电话：（010）88817519　电子邮箱：banquan@fltrp.com
物料号：325940001

目录

主要人物表 1

第一章 杀戮 1969年8月9日—10月14日 7

第二章 凶手 1969年10月15日—11月17日 91

第三章 调查——第二阶段 1969年11月18日—12月31日 137

第四章 寻找犯罪动机 1970年1月—2月
《圣经》、披头士和 HELTER SKELTER 245

第五章 “你难道不知道你正将谁钉在十字架上？” 1970年3月—6月 299

第六章 审判 1970年6月15日—11月19日 349

第七章 风中的杀戮 1970年11月19日—1971年1月25日 441

第八章 城市之火 1971年1月26日—4月19日 475

尾 声 感应性精神病 527

后记 563

主要人物表

洛杉矶警察局

负责塔特案的警探：

警督罗伯特·J. 赫尔德，调查主管，领导塔特案调查工作。

警长杰西·巴克尔斯

警长罗伯特·卡尔金斯

警长迈克尔·J. 麦根

塔特案协助调查人员：

警督 A. H. 伯迪克，科学调查司测谎员。

警督厄尔·迪米尔

警督罗伯特·C. 麦德洛克

警官 D. E. 多尔曼

警官 D. L. 格特，科学调查司指纹鉴定部。

警官德韦恩·沃尔费，科学调查司犯罪专家。

警官杰里·乔·德罗萨

警官杰罗姆·A. 博恩，科学调查司指纹鉴定部。

警官罗伯特·伯布里奇

警官威廉·T. 惠森亨特

警长埃德·亨德森

警长达德利·瓦尼

警长丹尼·加林多，同时协助调查拉比安卡夫妇案。

警长吉恩·卡玛代伊

警长乔·格拉纳多，科学调查司法医化学家，同时协助调查拉比安卡夫妇案。

警长威廉·李，科学调查司弹道专家。

温德尔·克莱门茨，非警方指纹专家。

负责拉比安卡夫妇案的警探：

警督保罗·勒佩奇，领导拉比安卡夫妇案调查工作。

警长菲利普·萨图奇

警长弗兰克·帕切特

警长加里·布罗达

警长迈克尔·尼尔森

警长曼努埃尔·古铁雷斯，外号“小鸡”。

拉比安卡夫妇案协助调查人员：

警官 J. C. 托尼

警官 W. C. 罗德里奎兹

警长 J. 科莱博恩，科学调查司指纹鉴定部。

警长爱德华·L. 克莱因

警长哈罗德·多兰，科学调查司指纹鉴定部。

洛杉矶县治安官办公室

欣曼案调查人员：

警长保罗·怀特利

警长查尔斯·冈瑟

洛杉矶县地方检察官办公室

阿龙·斯托维茨，审判部部长。负责起诉曼森及三位女被告的公诉人之一，审判开始后不久便被调离了本案。

史蒂文·凯和唐纳德·穆西奇，副地方检察官。阿龙·斯托维茨从案子上调离后，两人奉命协助布廖西。

文森特·T. 布廖西，副地方检察官。负责起诉塔特案和拉比安卡夫妇案中的几名凶手。

因约县地方检察官办公室

巴克·吉本斯，副地方检察官。

弗兰克·福尔斯，地方检察官。

杰克·加德纳，调查员。

辩护律师

艾拉·赖纳，代替马文·帕特担任莱斯莉·范霍腾的律师，后被罗纳德·休斯替代。

保罗·菲茨杰拉德，本案中查尔斯·曼森的第一位律师，后辞去公共辩护人办公室的工作，为帕特丽夏·科伦温克尔辩护。

比尔·博伊德，查尔斯·沃森在得克萨斯州的律师。

查尔斯·霍洛彼得，曾在本案中短暂担任查尔斯·曼森的律师。

戴伊·希恩，代替理查德·卡巴莱罗担任苏珊·阿特金斯的辩护律师。

加里·弗莱施曼，琳达·卡萨比安的律师。

理查德·卡巴莱罗，1969 年 11 月至 1970 年 3 月担任苏珊·阿特金斯的律师。

罗纳德·休斯，曾在本案中担任查尔斯·曼森的“嬉皮士律师”，后为莱斯莉·范霍腾辩护，直到他被曼森家族杀害。

马文·帕特，曾在本案中短暂担任莱斯莉·范霍腾的律师，后被艾拉·赖纳取代。

麦克斯韦尔·基斯，罗纳德·休斯失踪后，法官指定他担任莱斯莉·范霍腾的辩护律师；与萨姆·布勒里克一同担任查尔斯·沃森（即特克斯）的辩护律师。

欧文·卡纳莱克，代替罗纳德·休斯担任查尔斯·曼森的律师。

萨姆·布勒里克，与麦克斯韦尔·基斯一同担任查尔斯·沃森的律师。

唐纳德·巴内特，本案中莱斯莉·范霍腾的第一位律师，后被换成了马文·帕特。

约瑟夫·鲍尔，与查尔斯·曼森交谈后，觉得曼森具有代表自己辩护的能力。

曼森家族成员及相关人员

阿兰·勒罗伊·斯普林格，亦称阿尔·斯普林格。“皈依撒旦”机车党成员。曼森曾向他承认犯下了塔特案，但他的陈述无法作为案件证词。

埃拉·乔·贝利，得知欣曼案后离开了曼森家族。

爱德华·阿瑟·贝利，与曼森家族有往来，可能亲眼见过曼森在死亡谷杀死了一个人。

芭芭拉·霍伊特，在警方突袭巴克农场前逃离曼森家族。后成为本案控方证人。曼森家族企图用加了过量致幻剂的汉堡来谋杀她但未遂。

保罗·阿兰·沃特金斯，曼森的副手，主要靠他来吸引年轻女孩加入曼森家族。为布廖西提供了缺失的能证明曼森离奇杀人动机的线索。

布鲁克斯·波斯顿，前曼森家族成员。为控方提供重要的线索，证明了曼森的离奇杀人动机。

布鲁斯·麦格雷戈·戴维斯，亦称布鲁斯·麦克米伦。参与欣曼案和“矮子”希亚案。“零”死时他在场。另涉嫌参与其他三桩命案。

查尔斯·艾伦·洛维特，曼森家族成员，参与霍索恩抢劫案。

查尔斯·米勒斯·曼森，亦称耶稣基督、上帝、幽灵、恶魔、查尔斯·威利斯·曼森。曼森家族的首领，重大谋杀案凶手。

查尔斯·登顿·沃森，亦称“特克斯”、查尔斯·蒙哥马利。曼森家族成员。参与塔特案和拉比安卡夫妇案。

黛安娜·伊丽莎白·莱克，亦称“蛇”、黛安娜·布鲁斯坦。十三岁时加入曼森团伙。后成为本案控方证人。

丹尼尔·托马斯·德卡洛，亦称丹尼、“丹驴儿”、丹尼尔·罗密欧。“皈依撒旦”机车党成员，与曼森家族有往来。后来不情愿地成为重要的控方证人。

丹尼斯·赖斯，参与谋杀控方证人芭芭拉·霍伊特未遂。参与霍索恩抢劫案。

迪安·穆尔豪斯，曼森家族成员露丝·安·穆尔豪斯的父亲，曾追随过曼森。

哈罗德·特鲁，曾住在韦弗利路3267号，紧邻拉比安卡夫妇的住宅，期间曼森及其他家族成员曾拜访过他四五次。

姬蒂·鲁特辛格，罗伯特·博索莱伊的女友。曾逃离曼森家族，后又回归。

加里·欣曼，与曼森家族有往来，后被他们杀害。

凯瑟琳·谢尔，亦称“吉卜赛人”、玛农·米内特。曼森家族成员。参与了杀害“矮子”希亚之后的“清理”。参与了霍索恩抢劫案。

凯瑟琳·艾琳·吉利斯，亦称帕蒂·苏·贾丁。曼森家族成员。迈尔斯农场主的孙女。拉比安卡夫妇案当晚，她也想一起去，但被告知人手已经够了。“零”死时她在场。

科莉·辛克莱，亦称贝丝·特雷西。曼森家族成员。巴克农场突袭中被捕。

克劳迪娅·利·史密斯，亦称雪莉·安德鲁斯。曼森家族成员。巴克农场突袭中被捕。

肯尼斯·科莫，亦称杰西·詹姆斯。在逃囚犯，与曼森家族有往来。参与霍索恩抢劫案。

肯尼斯·理查德·布朗，亦称斯科特·贝尔·戴维斯。与曼森家族有来往，和“零”是朋友。

莱斯莉·苏·范霍腾，亦称莱斯莉·桑克斯顿、卢伊拉·麦克斯韦尔·亚历山德里娅。参与拉比安卡夫妇案。

劳伦·威利特，与曼森家族有往来。1972年11月10日或11日被杀害，就在其丈夫詹姆斯·威利特的尸体被发现之后几天；有数名曼森家族成员涉嫌参与这桩谋杀案。

劳伦斯·爱德华·贝利，亦称拉里·琼斯。曼森家族成员。塔特案当晚，凶手离开斯潘农场时他也在场。参与了霍索恩抢劫案。

琳达·德劳因·卡萨比安，控方的主要证人。塔特案和拉比安卡夫妇案两晚，她与凶手一同前往了现场。

琳妮特·爱丽丝·弗洛姆，亦称“尖嗓子”、伊丽莎白·伊莱恩·威廉姆森。曼森家族最早成员之一。曼森被捕入狱后，她成为曼森家族的职务首领。

露丝·安·穆尔豪斯，亦称乌伊施、蕾切尔·苏珊·莫尔斯、露丝·安·休伯赫斯特。参与杀害控方证人芭芭拉·霍伊特未遂。

罗伯特·肯尼斯·博索莱伊，亦称鲍比、丘比特等。参与欣曼案。

罗伯特·伊凡·莱恩，亦称“勺子”。巴克农场突袭中被捕。

马达琳·琼·柯特奇，亦称小帕蒂、琳达·鲍德温。曼森家族成员，“零”死时她在场。

马克·罗斯，与曼森家族有往来。他外出时，“零”死在了他的房子里。

马克·沃尔茨，偶尔在斯潘农场附近闲逛。他的哥哥指控是曼森杀了他。

玛丽·特蕾莎·布伦纳，曼森家族的首位女性成员，与曼森育有一子。参与欣曼案和霍索恩抢劫案。

玛利亚·阿朗佐，亦称水晶。因劳伦·威利特谋杀案被捕，后被释放，后又因蓄意绑架一名外国外交官而被捕。

迈克尔·蒙福特，加州监狱逃犯，与曼森家族有往来。参与杀害詹姆斯·威利特和劳伦·威利特。

南希·劳拉·皮特曼，亦称布伦达·麦肯、赛德特·蓓蕾尔。曼森家族成员。劳伦·威利特案的事后从犯，主动认罪。

帕特丽夏·黛安娜·科伦温克尔，亦称凯蒂、玛妮·凯·里夫斯、大帕蒂、玛丽·安·斯科特。曼森家族成员。参与塔特案和拉比安卡夫妇案。

普里西拉·库珀，劳伦·威利特谋杀案的事后从犯，主动认罪。

乔尔·皮尤，曼森家族成员桑德拉·古德的丈夫。虽然官方通报的死因是自杀，但可能是死于曼森家族之手。

乔治·诺尔，亦称“86乔治”。“皈依撒旦”机车党的首领。曼森用他给的长刀杀了欣曼，拉比安卡夫妇遇害当晚曼森也携带了那把长刀。

琼·怀尔德布什，亦称朱厄尼塔。住在巴克农场的曼森“先遣队”成员。后离开曼森家族，与保罗·克罗克特的合伙人鲍勃·贝里私奔了。

桑德拉·柯林斯·古德，亦称桑迪，婚后称乔尔·皮尤夫人。曼森家族成员。

史蒂文·丹尼斯·格罗根，亦称克莱姆·塔夫茨。曼森家族成员。参与欣曼案和“矮子”希亚案；拉比安卡夫妇案当晚，他与凶手在一起；参与谋杀控方证人芭芭拉·霍伊特未遂。

斯蒂芬妮·施拉姆，与姬蒂·鲁特辛格一起逃离巴克农场。后成为控方证人，证明塔特案和拉比安卡夫妇案的那两个晚上曼森不是和她在一起。

苏珊·丹妮丝·阿特金斯，亦称萨迪·梅·格鲁兹、性感的萨迪、多娜·凯·鲍威尔。参与欣曼案、塔特案和拉比安卡夫妇案。

苏珊·菲莉丝·巴特尔，亦称“乡下苏”。“零”“在玩俄罗斯轮盘赌时开枪打死了自己”时她在场。

托马斯·瓦勒曼，亦称“可怕的T. J.”。前曼森家族成员。曼森枪击伯纳德·克罗时他在场。

威廉·古彻，与曼森家族有来往。参与詹姆斯·威利特案。

威廉·约瑟夫·万斯，亦称“比尔”。戴维·李·哈米克的化名，犯有前科。与曼森家族有往来。

休·洛基·托德，亦称兰迪·莫格里亚。曼森家族成员。巴克农场突袭中被捕。

雪莉·安·库珀，亦称西米谷·雪莉。曼森家族成员。与芭芭拉·霍伊特一起逃离了巴克农场。

约翰·菲利普·霍特，亦称“零”、克里斯托弗·耶稣。官方死亡原因是“在玩俄罗斯轮盘赌时开枪打死了自己”，可能是被谋杀。

约翰·莱欧·弗林，亦称胡安·弗林。斯潘农场帮工，与曼森家族有往来。作证说曼森曾向他说过一些十分能证明其犯罪事实的话。

詹姆斯·克雷格，加州监狱逃犯，与曼森家族有往来。詹姆斯·威利特案和劳伦·威利特案的事后从犯，主动认罪。

詹姆斯·威利特，1972年11月8日之前被谋杀。与曼森家族有往来的三个人被控犯下了这桩谋杀案。

1969年8月9日—10月14日

第一章 杀戮

“成为名流

感觉如何？”

——《宝贝，你很富有》，出自披头士乐队专辑《奇幻之旅》

1969年8月9日，星期六

是夜，万籁俱寂。一名凶手之后回忆，沿峡谷向下赶时，周围静得几乎听得到沿途住所里冰块在调酒器中的哗啦响声。

好莱坞与比弗利山庄皆伏于峡谷中，因地势关系，听音辨声略有困难。在比弗利山庄，原本距离1500米清晰可辨的声音，几百米开外就有些听不清了。

与前一夜33摄氏度的高温相比，事发当晚天气虽热，但业已褪去酷暑的火气。连续三天的热浪在几小时前，即星期五晚10点左右，便已渐渐偃旗息鼓。这对那些思绪飘回到四年前沃茨骚乱[1]期间那个同样炎热之夜的洛杉矶人来说，从心灵到肉体都是一种解脱。雾正从太平洋沿岸翻滚而来，可洛杉矶市内依旧闷热潮湿，热气蒸腾，让人头昏脑涨。得益于高出洛杉矶大部分地区，甚至可俯瞰烟雾层的海拔，比弗利山庄的气温比洛杉矶市内低12摄氏度，但依然温暖宜人，山庄内大多数人家习惯晚上开窗，伴着习习夜风悄然入梦。

综合一切考虑，事发当晚竟没有多少人听到奇怪动静，这多少有点出人意料。

不过，案发时夜已深，过了午夜零点，而且切洛路10050号地处比弗利山庄僻静之处。

僻静，亦给凶徒提供了可乘之机。

切洛路与贝内迪克特峡谷路相连，是一条急转而上的蜿蜒狭窄车道。车道的多条分叉路皆为死胡同，10050号住宅高高耸立的大门正位于其中一条胡同的尽头，那条岔道虽正对着贝拉路，但稍不留神就会错过。透过高耸的大门向院里窥视，既看不到主宅，也看不到距离主宅稍远的客房，只有车库在路面停车场尽头露出一角，更远处则是一道半圆木栅栏，虽然才8月，栅栏上却挂上

---

1 译注：1965年8月11日，一名黑人在洛杉矶市沃茨区被测出酒驾，被捕过程中与警察发生冲突。路上一小撮围观的人被随后赶来支援的警察当成了暴力分子，原本的路边争吵升级为当地人与警察的斗争。沃茨区作为低收入人口的聚集地，除了高失业率、贫穷与种族歧视的蔓延外，居民亦不时遭受警察的粗暴对待。长期的怨恨与不满情绪，最终转化为大规模暴乱，引发了沃茨区持续六天的骚乱。此次事件造成极大的人员伤亡和经济损失，是美国历史上最严重的暴动之一。

了装饰圣诞树的彩灯。

从日落地带[1]过来，这些彩灯几乎一路可见，它们是女演员坎迪斯·伯根与10050号住宅的前住户——电视和唱片制作人特里·梅尔彻住在比弗利山庄时挂上的。影星多丽丝·戴的独子特里·梅尔彻搬去母亲位于马利布海滩的住处后，10050号住宅的新住户保留了这些彩灯。每天晚上亮晶晶的彩灯为贝内迪克特峡谷平添了一丝节日气氛。事发当晚，彩灯如常闪烁。

院外大门距离主宅约30米，而从院外大门到最近的邻居家——切洛路10070号，大约只有90米。

住在切洛路10070号的是邻居西摩·科特先生及其妻子，事发当时两人已经上床休息了。大约午夜时分，当他们的客人告辞时，科特夫人听见了三或四声急促如同枪声的动静，声音听着像是从10050号住宅大门方向传来的。她当时并没注意具体时间，但后来回忆应该是在午夜12点半到凌晨1点之间。因为之后再没传来其他异常动静，科特夫人就上床睡觉去了。

当时，在切洛路10050号住宅正南方向，距离大约1200米的地方，有约三十五名西湖女子学校的孩子正在夜间露营。提姆·爱尔兰是其中五位辅导老师之一，当晚他主动请缨负责守夜，案发时其他老师已经进入了梦乡。大概在午夜12点40分，提姆·爱尔兰听到好似男人的声音从远处传来，大概是在北面或东北方向，他听到那个男人在大声尖叫："哦，天啊，不要，求你了！哦，天啊，不，不要，不要……"

尖叫声持续了有10到15秒，随后戛然而止。突然的沉寂如刚才凄厉的哭喊声一样令人毛骨悚然。爱尔兰立刻检查了一遍宿营地，孩子们都睡得正香。他叫醒留守在学校里的上级里奇·斯巴克斯，告诉他自己刚才听到了惨叫声，然后征求他同意自己驱车去附近查看是否有人需要帮助。爱尔兰从学校所在的北法灵路出发，向南从贝内迪克特峡谷路到日落大道，再向西去了比弗利格伦区，最后向北，绕了一圈回到学校。一路上没发现任何异常，但确实听到几声狗叫。

在星期六破晓前的几个小时中，还有人也听到了异常动静。在比弗利山

1 译注：日落大道上的一个地段，位于西好莱坞。

庄的比弗利格罗夫路 9951 号，埃米特·斯蒂尔被自家两只猎犬的吠叫吵醒了。这两只猎犬通常听到一般声音并不会叫，当天则因为听到枪声而狂叫。斯蒂尔出门四处观望，没发现什么异常，就又回屋睡觉去了。据他估计，当时应该是在凌晨 2 点到 3 点之间。

此时，贝莱尔区[1]安保公司员工罗伯特·布林顿的车正停在顶峰岭路 2175 号门前。该公司是一家广受富人区业主喜爱的私人安保公司。布林顿当时开着车窗，他听见三声枪响，每声枪响间有短短几秒的间隔。布林顿立刻向总部打了报告。根据当时在总部值班的埃里克·卡尔森的工作记录，报告的时间是凌晨 4 点 11 分。卡尔森转而向洛杉矶警察局西洛杉矶分局报了警。接他电话的警官说道："希望别是谋杀，我们刚才也接到了报警，有人说在那个区域听到女人的尖叫声。"

凌晨 4 点 30 分至 45 分，《洛杉矶时报》的报童斯蒂文·香农正骑着自行车，沿切洛路送报，他没听到异常的动静，但当他把报纸放进切洛路 10050 号的邮箱时，的确注意到好像有一根像是电话线的东西垂在大门上。透过 10050 号的大门，他还瞧见在远处车库的一侧，黄色的驱虫灯依然亮着。

隔壁邻居西摩·科特大约清晨 7 点半出门取报纸时，也注意到了那盏亮着的灯和垂下的电线。

大约早上 8 点，威妮弗雷德·查普曼在圣莫尼卡大道和贝内迪克特峡谷路的十字路口处下了公交车。查普曼夫人五十多岁，是名肤色浅黑的黑人，她是切洛路 10050 号的管家，此刻正因为洛杉矶糟糕的交通耽误她上班而大为光火。她四处张望找出租车时，幸运地遇见了曾经的同事，对方开车顺道把她几乎送到了切洛路 10050 号大门口。

她一眼就发现了垂下的电线，心里惴惴不安起来。

大门前左侧有一根金属杆，杆子上有开门的机关，这根杆子虽然没隐藏起来，但也不太引人注意。只要按下杆上的按钮，大门就会自动打开。大门里也有同样的金属杆，两个装置都设在方便司机按下按钮开门的位置，司机不用下

---

1 译注：贝莱尔区（Bel Air）离洛杉矶市中心约 19 公里，是洛杉矶最昂贵的高档住宅区之一。

车就可开门。

瞧见那根电线，查普曼夫人本以为断电了，但当她按下按钮时，大门却打开了。她从邮箱里拿出《洛杉矶时报》后急匆匆进了大门，并注意到车道上歪歪斜斜地停着一辆从没见过的白色漫步者。当时她并没多想，径直从那辆车旁走过，随后在车库附近还瞧见了其他几辆车。这里经常有客人过夜，她已经见怪不怪了。车库外的灯一晚没关，灯的开关位于车库的角落，她走过去把灯关了。

路面停车场尽头有一条步行石板路，呈弧形，通向主宅前门。查普曼夫人没走步行道，她先到主宅后的服务门廊入口，从门梁上取下藏着的钥匙，打开门，径直进了厨房，然后拿起厨房的电话分机，可电话里一点声音也没有。

查普曼夫人穿过餐厅，向客厅走去，想着应该跟谁说一声电话线断了，但是却突然停下脚步。路被两个蓝色大皮箱挡住了。前一天下午她离开时还没这两个箱子，至少当时没看到。

查普曼夫人瞧见行李箱上、箱子旁的地上、入口处的两条毛巾上貌似都有血迹。因为壁炉前的长沙发挡住了视线，她瞧不见整个客厅的情况，但目之所及皆是血迹。客厅前门此刻半开着，顺门望过去，前廊的石板上也有几处血迹，而在更远处的草地上，查普曼夫人发现了一具尸体。

查普曼夫人吓得放声尖叫，转身穿过房间，沿来的路向回跑。在向回跑时她改变路线，跑下车道去按开门按钮。正因如此，她刚好从白色漫步者的另一侧经过，这是她第一次发现车内也有一具尸体。

一出了大门，查普曼夫人就沿路向下跑，来到最近的邻居家切洛路 10070 号，边按门铃，边咚咚咚大力砸门。见科特先生没应门，她又跑到下一个邻居家切洛路 10090 号，一边大力砸门，一边放声大喊：“杀人了，有人死了，尸体，血！”

十五岁的吉姆·阿辛此时正在屋外，给自己家的汽车打着火热车。当天是星期六，身为美国童子军第 800 号执法小队的一员，他在等父亲雷·阿辛开车送他去洛杉矶警察局西洛杉矶分局，今天他的任务是负责行政相关事务。当吉姆赶到门廊时，他的父母已经打开了大门。在父母安抚歇斯底里的查普曼夫人时，吉姆拨打了报警电话。得益于参加童子军时的训练，他准确地记下了报警时间：8 点 33 分。

在警察赶到现场前，父子俩先步行来到案发的大门口。他们瞧见白色漫步者停在院子里，离大门约有 9 米远，由于距离太远瞧不清车里情况，但他们发现从门上垂下的电线不止一根，而是几根，像是被人割断的。

吉姆返回自己家，又拨打了报警电话。几分钟后，他报了第三次警。

然而，警方接警的确切时间却令人不解。警方官方报告里只提到："9 点 14 分，西洛杉矶分局 8L5 和 8L62 巡逻车收到无线电呼叫：'报警代码 2，可能发生凶杀案，地点为切洛路 10050 号。'"

警官杰里·乔·德罗萨独自驾驶 8L5 巡逻车，一路警灯爆闪，警笛大作，最先抵达了案发现场[1]，并对查普曼夫人进行了询问，可进展并不顺利。查普曼夫人当时情绪依然非常激动，说不清到底看到了什么，只说"到处都是血和尸体"。另外，警察也搞不清她说的人名，以及波兰斯基、阿尔托贝利和弗雷科夫斯基这些人彼此间的关系。

这时，对波兰斯基家熟悉的邻居雷·阿辛帮上了忙。10050 号住宅的房主是鲁迪·阿尔托贝利。他人在欧洲，雇了威廉·加勒森照看房子。威廉·加勒森住在主宅后的客房里。房主阿尔托贝利将房子租给了电影导演罗曼·波兰斯基和他的妻子。波兰斯基夫妇 3 月份也去了欧洲，其间他们的两个朋友阿比盖尔·福尔杰和沃伊特克·弗雷科夫斯基搬了进来。不到一个月前，波兰斯基的妻子从欧洲回来，但福尔杰和弗雷科夫斯基并没搬走，他们要一直等到波兰斯基回来后再搬出去。波兰斯基的妻子名为莎伦·塔特，她是一名电影演员。

面对警官德罗萨的询问，查普曼夫人无法将她见到的两具尸体和刚提到的人对上号。不过，她又提到了杰伊·西布林，著名男士发型师，他是波兰斯基妻子的朋友。查普曼夫人之所以提到他，是因为她记得在车库旁停的几辆车里看到了西布林的黑色保时捷。

德罗萨从巡逻车里拿出步枪，让查普曼夫人告诉他如何打开大门。他沿着车道小心翼翼逼近漫步者，从敞开的车窗向里张望。车里有一具尸体，坐在驾

---

1 原注：警察抵达现场的确切时间也让人费解。警官德罗萨之后声称他于上午 9 点零 5 分左右抵达现场，而这个时间早于官方宣称他接到无线电呼叫的时间。接下来抵达现场的警官惠森亨特说自己是在 9 点 15 分至 25 分之间到达的。而在两人之后抵达现场的警官伯布里奇给出的时间则是 8 点 40 分。

驶位上，身子歪向副驾驶位。死者为白人男性，发色淡红，身穿格子衬衫、蓝色牛仔长裤，衬衫和裤子都沾满了鲜血。人看起来似乎很年轻，也许不过十几岁。

此刻，驾驶 8L62 巡逻车的警官威廉·T. 惠森亨特也赶到了现场，将车停在门口。德罗萨返回大门，告诉惠森亨特可能是凶杀案，随后两位警官一起向车道走去。德罗萨手中依然握着步枪，惠森亨特则持散弹枪。经过漫步者时，惠森亨特注意到驾驶位的车窗没关，车子熄火，车灯未亮。两人还检查了其他汽车，没发现有人，随后又搜查了车库和车库的楼上，均空无一人。

然后，第三位警察罗伯特·伯布里奇也抵达了现场。三位警官走到路面停车场尽头，瞧见了草坪上躺着的无生气的两具尸体——不是一具。远远望去，那两具尸体仿若被浸过红色油漆的人体模型，被随意扔到了草坪上。

尸体躺在精心打理过的草坪上，在灌木丛、鲜花、树木的衬托之下，看上去突兀又扎眼。右侧则是一长排布局凌乱的主宅，看上去并没那么奢华，反倒感觉比想象中的更舒适。主宅前门外的墙灯闪闪发亮。游泳池在南端远处露出一角，池中的水在晨曦下闪耀着蓝绿色的光。游泳池一侧有一口圆木造的许愿井。左侧是一道半圆木栅栏，上面缠挂的圣诞树装饰灯依然亮着。透过那道栅栏望去，从洛杉矶市中心直到海滩的景色一览无余。此刻，院外依然是一幅热闹的生活景象，院子里却一片死寂，散发着死亡的气息。

第一具尸体距离主宅前门约 5 到 6 米远。随着距离的靠近，警察们逐渐瞧清了尸体的惨状。死者为白人男性，年纪大概三十几岁，身高约 178 厘米，脚下穿着短靴，身穿五彩喇叭裤、紫色衬衫、休闲背心。尸体侧躺，头枕在右臂上，左手抓着草地。死者的头和脸受过重击，身体和四肢上分布有几十处伤口。一个人竟受到如此野蛮的伤害，这简直令人不敢想象。

第二具尸体距离第一具尸体约 7.5 米远。女性，白人，深色长发，年龄貌似不到三十岁。死者仰面朝天躺在地上，双手摊开。赤脚，身穿一件长及小腿的睡衣，在身中多刀之前，睡衣应该是白色的。

警察们瞧到这一幕，开始惴惴不安。现场寂静无声，太安静了，静得简直让人遍体生寒。凶手或许此刻正躲在房子的窗户后面，向外观察，伺机而动。

因为担心从前门进屋变成活靶子，惠森亨特和伯布里奇留下德罗萨守在草坪上，他们迂回到主宅北端，寻找其他入口。他们看见侧墙上倚着一扇从房前窗户上卸下的纱窗。惠森亨特还注意到纱窗底部有一道水平裂缝。他们怀疑凶手是卸下纱窗后，从那扇窗户进了屋，于是另找入口，在房子侧面发现了一扇打开的窗户。透过窗户向屋内观瞧，眼前似乎是一个新粉刷的房间，还没有任何家具，于是两人从窗户进了房子。

德罗萨瞧见他们进了屋，才向前门逼近。夹在树篱之间的步行道上有一小摊血，前廊右侧角落里还有更多血迹，门外左侧和门框上也有。德罗萨当时没发现现场有足迹，事后回忆也没有任何印象。房子前门向内敞开，等德罗萨站到前廊上，才注意到门的下半部好像写着字。

像是用鲜血潦草写下的三个字母：PIG（猪猡）。

等德罗萨走进门内的过道，惠森亨特和伯布里奇已经检查过厨房和餐厅。德罗萨左转进了客厅，被两个蓝色皮箱挡住了路。两个箱子像原本立放在地上，后来被人碰倒，变成了现在这样，一个箱子斜靠在另一个箱子上。德罗萨还在行李箱旁的地上发现一副角质框架眼镜。跟着他进了客厅的伯布里奇还注意到另一件东西：在客厅入口左侧的地毯上，有两小块木头，看起来像是手枪握把的碎片。

警察们在进入案发现场时本以为死了两个人，结果却发现了三具尸体。此刻他们不希望再看到任何尸体，只希望能找到解释这一切的答案，比如嫌疑人或线索。

眼前的房间明亮通风，屋子里摆有桌椅，还有一架钢琴，不过有一处让人觉得有点奇怪。屋子中央，面对壁炉摆着一张长沙发，沙发背后垂着一面巨大的美国国旗。

警察们直到走近沙发，才瞧见沙发前的一幕。

一个年轻女人侧躺在沙发正前方，面向左，金发，明显有孕在身。女人呈婴儿状，双腿蜷缩在腹下。她身穿带有花纹图案的胸罩和比基尼短裤的内衣套装，短裤上的花纹因为血迹已几不可辨。女人其实浑身血迹斑斑。一条白色尼龙绳在女人脖子上缠了两圈，然后跨过天花板横梁，另外一头沿着地板，指向大约 1.2 米之外的另外一具冰冷的男尸。

尼龙绳在男人脖子上也缠了两圈，然后从男人身上垂下，留下 1 米多长的绳头。一条血淋淋的毛巾盖住了男人的脸，瞧不见长相。男人身材短小，身高不到 170 厘米，身体向右侧躺，双手举起放在头两侧，似乎还在试图抵御重击。男子身上的衣物——蓝色衬衫，黑色竖条纹白裤子，时髦的宽皮带和黑色靴子——都浸满了鲜血。

三名警官都没有上前检查脉搏，一如汽车里和草坪上的那三个人，眼前这两个人应该早就咽了气，再检查也毫无意义。

尽管德罗萨、惠森亨特和伯布里奇只是巡警，不负责调查凶杀案，但都曾在执行公务时见过尸体，可他们从未见过眼前这副惨状，这感觉像是人间屠宰场。

大为震惊的警官们开始分头搜查其他房间。客厅上方有一个阁楼。德罗萨沿着木梯爬上去，警惕地向阁楼里窥探，里面没人。客厅与房子南端由一条走廊相连。走廊里有两处血迹。走过其中一处血迹，左侧是一间卧室，房门敞开。卧室里的毯子和枕头都皱巴巴的，衣服散得到处都是，貌似有人在凶手出现之前，已脱衣上床睡觉了（或许就是死在草坪上那个身穿睡衣的女人）。一只玩具兔子坐在床头板上，双腿垂下，两耳竖起，似乎在迷惑不解地看着眼前的一幕。这个房间里没有血迹，也没有挣扎的迹象。

走廊尽头是房子的主卧，也敞着门，房间里远端的百叶窗玻璃门也同样敞开，可看见门外的游泳池。

主卧里的床更大，也更整洁，白色的床罩回折打开，露出里面花纹艳丽的毛毯和缀有金色几何图案的白床单。两个枕头没有摆在床头，而是摆在床中央，将睡觉的一侧与没睡的一侧隔开。床对面是一台电视机，电视机两侧有漂亮的衣橱，其中一个衣橱上摆着一个白色婴儿摇篮。

警察小心谨慎地对主卧进行了彻底搜查：更衣室、更衣室里的壁橱、浴室和浴室里的壁橱，都没有发现打斗的迹象。床旁边床头柜上的电话也挂得好好的。一切完好，没有碰撞或东西被打翻的迹象。

然而，警察在房间法式百叶窗玻璃门左扇内侧发现了血迹，说明有人曾跑出这扇门，试图逃命，很可能还是躺在草坪上的那个女人。

警察们走出主卧，泳池水刺眼的反光晃得他们片刻睁不开眼。邻居阿辛曾说过，主宅后还有一间客房。警察们此刻看到了那间客房，或者说是客房的一角。客房位于东南方向，距离主宅大概有 18 米远，到那里需要先穿过一片灌木丛。

警察们悄无声息地接近客房时，突然听到自从进院子后听到的第一声动静。先是有狗开始叫，然后是男人呵斥狗的声音：“嘘，别叫了。”

惠森亨特转向右边，从后方包抄过去。德罗萨向左，绕向前门。伯布里奇跟在德罗萨身后为他做掩护。德罗萨脚一踏上封闭式门廊，就瞧见一个十八岁左右的年轻人，正坐在客房客厅里面对门口的沙发上。年轻人穿着裤子，但赤裸上身，德罗萨后来解释说，虽然看上去他手上没有武器，但并不能说明他手边没有武器。

德罗萨大喊了一声：“不许动！”然后一脚踹开前门。

屋里男孩吓了一跳，一抬头便瞧见一个黑洞洞的枪口，随后发现有三支枪都在指着他。房主阿尔托贝利的巨型威玛猎犬，一只名为克里斯托弗的狗猛地向警官惠森亨特扑去，对着他的散弹枪枪托张开了大口。惠森亨特冲着狗的头砰的一声关上门廊的门，将狗挡在门的另一边，直到屋里的男孩喝退了那只狗。

至于之后发生的事，警官和当事人各执一词。

屋里的男孩说自己叫威廉·加勒森，是房子的管理员。他事后声称警官先将他推倒在地，扣上手铐，随后将他拽起来，拖到了房外的草地上，然后再次把他推倒在地。

然而，后来德罗萨在接受询问时，与加勒森所说的并不一致：

问：“他有过跌倒或要跌倒在地上的情况吗？”

答：“可能吧，我不记得他是否跌倒过。”

问：“你是否曾要求他躺在地上？”

答：“有的，我命令他躺在地上。是的。”

问：“这过程中你动过手吗？”

答：“没有，他自己躺下的。”

加勒森当时不断发问：“这是怎么回事？到底发生什么事了？”一位警官回答道：“我们会让你知道的！”然后，德罗萨和伯布里奇把他拉起来，押着他沿路返回了主宅。

惠森亨特则留在客房搜索现场，看是否能找到武器和沾有鲜血的衣物。虽然一无所获，但他注意到现场很多小细节。这些细节当时似乎微不足道，以至于都被他抛到了脑后，直到后来接受询问时，他才重新回忆起来。他记得沙发旁有一台立体声音响。他们冲进房间时音响没开。惠森亨特看过音响的音量调节器，还记得音量设定在 4 到 5 之间。

与此同时，加勒森被押着路过草坪上的两具尸体。他竟然将草坪上的年轻女子误认为是黑人管家查普曼夫人，单从这一点来看，尸体的惨状便可见一斑。至于草坪上的男人，加勒森认为是“年轻的波兰斯基”。但按照查普曼夫人和邻居阿辛所说，波兰斯基此时正在欧洲，所以这说法简直是胡说八道。可警官们当时并不知道，加勒森其实以为沃伊特克·弗雷科夫斯基是罗曼·波兰斯基的弟弟。至于漫步者汽车中的年轻人，加勒森则根本没认出来。[1]

至于何时告知加勒森其权利，何时告知他因涉嫌谋杀而要拘捕他，已没人记得确切时间。当被问到前一天晚上他在做什么时，加勒森回答说他整夜没睡，在写信和听唱片，没听到任何动静，也没发现有事发生。可他这不足采信的不在场证明，“含糊不清、不符合实际”的回答，以及无法指认尸体身份的举动，都令逮捕他的警官们认定：这个嫌疑人在说谎。

五人惨遭杀害，其中四位受害人可能就在距离他不到 30 米的地方遇害，而他竟然什么动静都没听到？

警官德罗萨押着加勒森沿车道向外走，来到门口控制大门的开关时，发现按钮上有血迹。

这应该是有人，很可能就是凶手，在按按钮出门时留下的血迹，上面很可能有凶手的指纹，正常人应该都会想到这点。

然而，本该在调查人员抵达现场之前负责保护现场的德罗萨此时却按下了按钮。在他打开大门的同时，很可能也因为此举彻底抹掉了原有的指纹证据。

在之后接受询问时，德罗萨是这样回答的：

问：“当时你出于什么动机而去按了沾有血迹的开门按钮？”

答：“我想打开门。”

问：“你是故意这么做的吗？”

1　原注：加勒森其实认识车里的年轻人，但为何没认出对方，原因尚不清楚。推测是加勒森当时可能还在震惊之中。此外，他当时刚好望向大门，瞧见令他困惑的一幕：他以为已经遇害的查普曼夫人竟然还活着，而且正在和警察交谈。

答："我当时必须要出门。"

上午9点40分，德罗萨通过无线电向总部汇报，他们在现场发现了五名死者，并逮捕了一名嫌疑人。伯布里奇留在现场等候调查人员，德罗萨和惠森亨特则驱车将加勒森送到西洛杉矶分局接受讯问。查普曼夫人也由另一位警官送到了西洛杉矶分局，但她依然过于激动，又不得不将她转送到加州大学洛杉矶分校医疗中心，给她注射镇静剂。

收到警官德罗萨的报告之后，西洛杉矶分局调派四名警官赶赴现场，他们是警督罗伯特·C. 麦德洛克、警督J. J. 格雷瓜尔、警长F. 格拉万特和警长T. L. 罗杰斯，且都在一小时内抵达了现场。最后一名警官赶到案发现场时，切洛路10050号的大门前已经出现了第一批记者。

记者通过监听警局广播获知五人死亡的消息。洛杉矶天气炎热干燥，火灾是人们一直关注的问题，尤其是在山上，无情的火灾几分钟便可将生命财产付之一炬。显然有记者以为这五人死于火灾。而警察在无线电通话中也一定提过杰伊·西布林的名字，因为有记者致电杰伊·西布林的住处，向他的男管家阿莫斯·罗素询问是否有人因火灾丧生。管家阿莫斯·罗素将此事通过电话告知了西布林国际公司的总裁约翰·麦登。麦登获知消息后非常担心，因为自前一天下午晚些时候起，他和西布林的秘书就再没收到过这位著名发型师的消息。麦登给正在旧金山的莎伦·塔特的母亲打了电话。莎伦的父亲是军队情报机构的上校，驻守在旧金山附近的贝克基地，莎伦的母亲当时正在探望他。可莎伦和西布林都没联系过塔特夫人，西布林本来预计当天抵达旧金山。

在嫁给罗曼·波兰斯基之前，莎伦·塔特曾和杰伊·西布林一起生活。虽然莎伦·塔特后来抛弃了他，选择嫁给波兰导演波兰斯基，但西布林与波兰斯基夫妻两人依旧是朋友，与莎伦的父母也依然关系甚好，不管什么时候去旧金山，西布林一般都会给莎伦的父亲打电话。

接完麦登的电话，塔特夫人拨打了女儿的电话，电话虽然接通了，却一直没人接听。

案发现场寂静无声。尽管打电话的人会听到电话在振铃，但房间里的电话其实根本就没发出任何声音。洛杉矶警察局科学调查司的法医化学家乔·格拉纳多大约在上午 10 点赶到现场，已经开始工作了。格拉纳多负责从有血迹的地方采集血样。一般来说，一起普通谋杀案他只需一两个小时即可完成工作，可今天在切洛路 10050 号则是个例外。

塔特夫人给她女儿的密友，也是罗曼·波兰斯基的业务经理威廉·坦南特的妻子——桑迪·坦南特打了电话，可她和比尔[1]最后一次联系莎伦是前一天下午。当时，莎伦说自己当天晚上要跟阿比盖尔·福尔杰和沃伊特克·弗雷科夫斯基在主宅过夜，西布林晚些时候也会过去。莎伦邀请桑迪加入，说并不是派对，只是大家聚一下，但桑迪因为刚得过水痘，所以就没去。和塔特夫人一样，案发后那天早上，桑迪·坦南特试着给莎伦打过电话，也没人接听。

桑迪安慰塔特夫人，说切洛路 10050 号和火灾可能没关系。但等塔特夫人一挂电话，她马上致电丈夫的网球俱乐部，通过广播呼叫丈夫，说有要事找他。

上午 10 点至 11 点，电话公司的员工雷蒙德·基尔格罗爬上切洛路 10050 号大门外的电线杆，发现有四条电话线都被剪断了，切口位于电线杆顶端，这说明曾有人爬上电线杆剪断了电话线。电话工将其中两根电话线重新接好，剩下两根留给警察调查。

此时，每隔几分钟就会有警车抵达现场，随着警力的增加，案发现场也遭到了破坏。

警官德罗萨、惠森亨特和伯布里奇最先在现场发现的那副角质框架眼镜原本在两个行李箱旁，但不知为什么竟移开了近 2 米，跑到了桌子上。

两块握把碎片原本位于客厅入口处，此时却在客厅椅子下。对此，洛杉矶警察局官方报告的解释是：“它们显然是被最早抵达现场的警官踢到了椅子下，

1　译注：威廉·坦南特的昵称。

但具体是谁则不清楚。”[1]

之后，现场还发现了第三块握把碎片，它比前两片要小，位于前廊。

另外，还有一名或多名警官顺着现场血迹，穿过房间，走到前廊和步行道上，在现场原有血迹的基础上，又增加了一些血脚印。为了辨别并排除这些后增加的痕迹，必须对当时在场所有人员进行调查，询问他们当天是否穿了靴子，鞋底是光滑的还是有花纹的等问题。

格拉纳多此时仍然在采集血液样本。之后，他会在警察局实验室用免疫扩散试验对这些血液样本进行测试，以确定它们是动物的血还是人血。如果确定是人血，还需要再做一些其他测试以确定血型（A、B、AB 或 O）和血型亚型。血型亚型有三十几种，但如果血在采集样本时已经干了，就只能确定它是否是 M、N 或 MN 中的一种。案发当晚天气已从温暖转为炎热，格拉纳多开始工作时，除了尸体血泊里的血，其他血迹大多数都已经干了。

在接下来几天里，格拉纳多会从验尸官办公室获取所有受害者的血液样本，然后与他收集的样本进行比对。对普通的谋杀案来说，如果在犯罪现场检测到两种血型，说明凶手和受害人可能都受了伤，这是确认凶手身份的重要线索。

但眼前的这件案子可不是普通谋杀案。现场不止一具尸体，而是五具。

因为案发现场到处都是血迹，格拉纳多在采集血样时忽略了其中几处。前廊右侧，从步行道过来的地方，其实有几大摊血，但格拉纳多只从其中一摊血里取了样本，事后他声称当时他推断那几摊血都来自同一人。前廊右边的灌木丛乱作一团，好像有人曾跌倒在里面。灌木丛上的血迹似乎也证明了这一点。但格拉纳多并没有采集这些血液，也没有从客厅里两具尸体和草坪上两具尸体附近的血迹中取样。他在之后作证时说，之所以没有采集是因为他推断那些都是死者的血，反正之后会从验尸官办公室获得死者的血样。

格拉纳多共采集了 45 份血液样本，但不知何故，他没有对其中的 21 份血样进行血型亚型鉴定。血样采集后一到两周内如果不做鉴定，血液中的成分就失效了。

1　原注：鉴于法医化学家格拉纳多也瞧见了上文所说的这些证物在客厅入口处，而他是在德罗萨、惠森亨特和伯布里奇之后抵达现场的，所以这说法显然值得商榷。

这些纰漏为之后确认凶手身份造成了很多麻烦。

临近中午，威廉·坦南特赶到了现场，身上还穿着网球服，在警察陪同下进了院子，一具尸体接一具尸体地辨认死者，那感觉仿佛被人带着走进一场噩梦。他不认识白色漫步者里的年轻人，但确认躺在草坪上的男性死者是沃伊特克·弗雷科夫斯基，女人则是阿比盖尔·福尔杰，客厅里的一男一女分别是波兰斯基的妻子莎伦·塔特和杰伊·西布林。杰伊·西布林只是一种推测，坦南特无法百分百确定，因为当警察拿起盖在尸体脸上满是鲜血的毛巾时，死者脸上伤痕累累，根本无法确认，但应该是杰伊·西布林。辨认后坦南特出了房子，因为刚才瞧到的情景令他身体不适。

等警方摄影师拍摄完现场照片后，另一个警官从衣橱里拿出床单，盖在了尸体上。

此时，大门外已聚集了几十名记者和摄影师，而且每过几分钟会有更多记者和摄影师赶来。警车和新闻车在切洛路上互相交错，堵得整条路水泄不通，警方不得不出动几名警官进行疏导。坦南特捂着肚子，啜泣着穿过人群时，记者们一拥而上，逼问他道："莎伦死了吗？""他们是被杀的吗？""罗曼·波兰斯基知道了吗？"坦南特没有理会他们，但脸上的神情已说明了一切。

并非所有目睹惨案现场的人都选择了缄默。警长斯坦利·克洛曼颇为震惊，沉重地告诉记者："案发现场看上去像一个战场。"而另一位无法确定身份的警官则告诉记者："看上去感觉像是一场祭祀。"正是这句话激发了记者们丰富的想象力，于是涌现出大量匪夷所思、不切实际的报道。

凶杀的消息不胫而走，俨如地震后的冲击波，在公众中引发了轩然大波。

美联社以"贝莱尔区五人被杀"为头条对此案进行了首次专线报道，尽管消息发布时受害者身份尚不明确，但文章中正确报道了尸体所在的位置、有电话线被剪断，以及一名身份未明的嫌疑人被羁押等细节。报道中亦出现了一些错误，其中有一处后来还被广泛引用："一名受害者头上戴着头罩……"

洛杉矶警察局通知了莎伦的父母、西布林国际公司的总裁约翰·麦登（后者又通知了西布林的父母），以及阿比盖尔的父亲彼得·福尔杰。阿比盖尔的父母已经离婚，两人都是社会上的名流。父亲居住在伍德赛德，是 A. J. 福尔杰咖啡公司的董事长，母亲伊内兹·米日亚·福尔杰住在旧金山。她母亲当时并不在家，而是在结束地中海旅行之后，去了康涅狄格州拜访朋友，福尔杰先生在那里与她会合。福尔杰夫人听到这个噩耗简直无法相信，因为前一天晚上10点左右她还和女儿通过电话。母女俩原本计划8月9日飞抵旧金山重聚，阿比盖尔还预定了当天上午10点的联合航空公司的航班。

威廉·坦南特回到家后，打了对自己来说最困难的一个电话。他不仅是波兰斯基的经纪人，还是亲密的朋友。坦南特看了下自己的手表，当地时间再加9小时就是伦敦时间。伦敦现在正是深夜，但波兰斯基可能还在工作，他想在下周二返回家前理清各项电影计划。坦南特试着拨通波兰斯基联排别墅的电话。果不其然，电话铃声响起时，波兰斯基和他的几名助理正在讨论电影《海豚之日》的剧本。

波兰斯基还记得两人当时的对话：

“罗曼，家里出大事了。”

“你说的是哪个家？”

“你的家，”坦南特忙不迭道，“莎伦遇害了，还有沃伊特克、阿比盖尔和杰伊。”

“不，不，不，这不是真的！”波兰斯基觉得这一定是搞错了，两人此时都痛哭失声。坦南特再次向波兰斯基确定消息无误，他已经亲自去了现场。

“这是怎么回事？”波兰斯基问道。后来他承认当时并没有想到火灾，还以为是在洛杉矶山区更为多见的山体滑坡，尤其是暴雨过后。他以为是山体滑坡将整个房子埋了，如果那样房子里的人还可能生还。这时，坦南特才告诉他，他们是被杀害的。

洛杉矶警察局了解到沃伊特克·弗雷科夫斯基有个儿子在波兰，但在美国没有任何亲戚。白色漫步者里的年轻人的身份依然是个谜，不过此时也有了名字：警方以85号无名氏代指这位不幸的人。

消息如风一般飞快传播，随之而来的则是谣言四起。切洛路10050号的房主鲁迪·阿尔托贝利，是众多演艺界人士的业务经理，当时正在罗马。他的一位客户，一位年轻女演员打电话告诉他，莎伦和另外四人在他房子里惨遭杀害，他雇的管理员加勒森已经对此供认不讳。

直到阿尔托贝利返回美国，他才知道加勒森并没有承认杀人。

当天中午左右，警方专家抵达了案发现场。

他们是洛杉矶警察局科学调查司指纹鉴定部的警官杰罗姆·A. 博恩和 D. L. 格特，两人开始收集主宅和客房里的指纹。

他们先将粉末撒在指纹上以显现指纹，再在指纹上贴上透明胶带，最后揭下带有指纹的胶带，放在颜色与之形成反差的卡片上。卡片背面注明指纹提取的日期、时间、地点和提取警官姓名的缩写。

博恩的指纹提取卡片上写的是：1969 年 8 月 9 日 / 切洛路 10050 号 / 下午两点 /JAB[1]/ 法式玻璃门左扇门框内侧 / 主卧到泳池之间 / 门把手一侧。

另一个大概同时提取的指纹卡片上地点写的是：前门外侧 / 门把手一侧 / 门把手上方。

收集主宅与客房的指纹工作花费了 6 个小时。下午晚些时候，警官 D. E. 多尔曼和非警方的指纹专家温德尔·克莱门茨也加入了采集工作，后者主要负责采集四辆汽车上的指纹。

与一般大众的认知不同，案发现场可用的指纹其实非常少。许多物体的表面（如衣服和织物）都不会留下指纹。即使是能留下指纹的物体，可能也只留下了指纹的一部分，如果指纹残缺不全就无法进行比对。如果留下指纹的同时，手指还在移动，那警方得到的只是无法辨别的污迹而已。而且，如果像警官德罗萨那样，按下本来带有指纹的开门按钮，指纹的叠加也会导致指纹无法辨别。因此，通常在犯罪现场只能采集到极少的清晰可辨的指纹。

经过警方的辨别，在排除了现场洛杉矶警察的指纹之后，从切洛路 10050 号主宅、客房和汽车上总共提取到 50 个指纹。除去管理员威廉·加勒森的 7 个指纹（全部提取于客房，在主宅和汽车中没有发现加勒森的指纹），再排除受害人的 15 个指纹，以及不清晰，无法进行比对的 3 个指纹，总共剩下 25 个身份不明的指纹，它们也许就是凶手或凶手们留下的证据。

证实了受害者不是死于意外或自杀之后，警督麦德洛克将案子转交给劫案-凶杀司，由调查主管警督罗伯特·J. 赫尔德接管。后者指派警长迈克尔·J.

1　译注：杰罗姆·A. 博恩英文名字的缩写。

麦根和杰西·巴克尔斯负责此案的调查工作（麦根的原搭档警长罗伯特·卡尔金斯当时正在休假，待其回来后再接替巴克尔斯），并另外派了三名警长——埃德·亨德森、达德利·瓦尼和丹尼·加林多协助调查。下午 1 点 30 分，凶杀组的第一批警探抵达了案发现场。

接到凶杀案通知后，洛杉矶县验尸官[1]托马斯·诺古基要求警方必须等他的人验过尸后才能碰尸体。副验尸官约翰·芬肯大约在下午 1 点 45 分赶到案发现场，诺古基随后也赶到了现场。芬肯对尸体进行了官方检验，记录了受害者的肝脏和环境温度（到下午 2 点，草坪的温度为 34.4 度，室内温度为 28.3 度），并剪断将塔特和西布林连在一起的绳子，将其中一部分交给警方，以便他们调查绳子的生产商和销售地。这条白色的尼龙绳由三股细绳拧成，总长 13.3 米。格拉纳多在绳子上提取过血样，但据推测，他并没检测血型亚型。芬肯还取下了受害者身上的个人物品。波兰斯基的妻子莎伦·塔特：一枚结婚金戒指和一对耳环。杰伊·西布林：一块卡地亚牌手表，后经鉴定手表价值超过 1500 美元。85 号无名氏：一块卢塞恩牌手表，装有各种证件的钱包，但没有身份证。阿比盖尔·福尔杰和沃伊特克·弗雷科夫斯基：身上没有个人物品。芬肯用塑料袋罩住了受害人的双手，如果受害人曾与凶手进行过搏斗，塑料袋可以保留指甲缝里可能存在的毛发或皮肤。随后他帮助警察盖好尸体，将尸体抬上担架车，推上了救护车。尸体被送往洛杉矶市中心司法大楼的验尸官办公室。

验尸官诺古基在大门口被记者团团围住，但他告诉记者，在第二天中午公布尸检结果之前不做任何评论。

私下里，诺古基和芬肯则已经将现场初步勘察情况告知了负责调查此案的警探。

现场没有性侵或性伤害的迹象。

其中三名死者，85 号无名氏、西布林和弗雷科夫斯基身上皆有枪伤。85 号无名氏左手有一道防卫伤，这道划伤割断了他的手表带，除此之外，身上没有刀刺的痕迹。而另外四名死者身上则有大量刀刺留下的伤口。此外，西布林

---

1 译注：验尸官是特别死因裁判法庭的负责人，主要负责确定不寻常死亡中死者的死因。其工作与法医的工作性质大致相同，区别在于验尸官不一定要具备医师资格，验尸官若不具备调查所必需的医学技能，可以指派专业医生进行尸检；而法医则必须具有医师资格。

的脸部至少受过一次重击，弗雷科夫斯基的头部则遭受了钝物的反复击打。

尽管更为确切的结果需要等待尸检，但两位验尸官根据枪眼的大小推测凶手使用的可能是 .22 口径手枪。这点与警方的推测不谋而合。在搜查白色漫步者时，警长瓦尼在副驾驶车门外侧的铁皮与内饰之间发现了 4 块子弹碎片，在车后座垫子上还发现了一块子弹碎片。碎片虽然很小，难以进行比对，但看起来像是 .22 口径子弹的碎片。

至于受害者身上的刺伤，鉴于伤口的形状，有人感觉像是刺刀造成的。官方报告则更进一步确定：对受害者造成伤害的凶器很可能是一把刺刀。这不仅排除了其他凶器的可能，还假定凶手只使用了一把刀。

很多伤口的深度都超过 12.7 厘米，宽度在 2.54 到 3.8 厘米之间，开口厚度在 0.3 到 0.63 厘米之间，这就排除了厨房刀具或普通折叠刀的可能。

案发现场室内发现了两把刀，恰好是一把厨房用刀和一把普通折叠刀。

厨房的水槽中发现了一把牛排刀。格拉纳多对刀进行了联苯胺试验，结果为阳性，说明刀上沾有血迹，但免疫扩散试验结果为阴性，说明刀上是动物的血，而非人血。博恩试着用粉末提取刀上的指纹，但只得到残缺不全的指印。查普曼夫人之后认出这把刀是波兰斯基一组牛排刀中的一把，还在抽屉里找到了剩下的牛排刀。在此之前，警方就已认定这把刀并非凶器，刀的尺寸不符合凶器的特征，尤其是刀刃太薄，鉴于受害者身上的伤口那么惨烈，这么薄的刀在行凶时肯定会断掉。

格拉纳多在客厅里发现了第二把刀——一把折叠刀，距离莎伦·塔特的尸体不到 1 米远，刀插在椅子靠垫后面，刀刃弹出。这是一把巴克牌[1]弹簧刀，刀刃宽 1.9 厘米，长 9.7 厘米，对于尸体上大多伤口来说，这把刀太小了。格拉纳多还注意到刀锋侧面有一个斑点，并对其进行了测试，结果显示并非血迹。格特试图用粉末提取指纹，可只得到无法辨认的污渍。

查普曼夫人不记得自己曾经见过这把弹簧刀，再加上发现刀时刀所在的奇怪位置，这些都说明刀可能是凶手（们）落下的。

1　译注：BUCK，是北美制刀业中最出名的刀具品牌之一，以高品质而闻名。

文学作品往往将凶杀现场比作一幅拼图，宣称如果破案人员足够耐心、持之以恒，最终可以将碎片还原成一幅完整的图画。

经验丰富的警察们可不这么想。他们觉得将犯罪现场比作两幅、三幅或更多幅拼图更贴切，而且每一幅拼图本身也不完整。即便找到拼图的方法（如果能找到的话），也会发现有些部分缺失，因为证据就是不符，有的碎片永远也找不到。

出现在案发现场的那面美国国旗，更是给本已可怖的现场平添了一丝诡异。人们对其含义的揣测五花八门，从政治层面延伸到各种各样的可能，直到查普曼夫人告诉警方，案发几周前这面国旗就已经摆在那里之后，人们才停止了胡思乱想。

现场其他证据却无法如此被轻易排除，比如写在前门上那几个血淋淋的字母。近几年，“猪猡”这个词已经被赋予了新的含义，其代表的某个意义对警察来说再熟悉不过了，但这个词出现在案发现场到底代表什么？

还有案发现场那条绳子，查普曼夫人确定从没在房子里见过。难道是凶手带来的？那凶手为什么要带绳子呢？

用绳子将两名受害者连在一起，这么做是何用意？难道因为莎伦·塔特是杰伊·西布林的旧爱？或者说不是“旧”爱那么简单？波兰斯基不在家，西布林来做什么？这些都将成为众多新闻报纸竞相追问的问题。

经过鉴定，那副角质框架眼镜上没有血也没有指纹。它是受害人的，凶手的，还是与此案完全无关者的？随着这些疑问的提出，案件也变得越来越复杂，没准凶手故意将这些东西留在现场，为了干扰警方调查？

至于客厅入口处的两个行李箱，女佣说她前一天下午 4 点 30 分离开时，并没看到。箱子是谁拿来的？什么时候拿来的？送箱子的人是否瞧见了什么？

为什么在新粉刷房间（这是波兰斯基为未出生的宝宝准备的婴儿房）的窗户已经打开且没有纱窗的情况下，凶手要大费周折卸下另一扇窗户的纱窗？

查普曼夫人、房子管理员加勒森和坦南特都不认识的白色漫步者内的受害者——85 号无名氏，他是谁？案发时，他在切洛路 10050 号做什么？他目睹了其他人被杀，还是自己先惨遭杀害？如果他最先遇害，那其他受害者是否听到了枪声？ 85 号无名氏身边的副驾驶位上，放着一台索尼牌 AM/FM 数字时钟收音机，上面的时间停止在午夜 12 点 15 分。这纯属巧合还是一个重大线索?

至于案发时间，根据有人听到枪声和其他声音后报警的情况来看，凶杀应该发生在午夜至凌晨 4 点 10 分之间。

并不是所有证据都无定论。有些线索可以直接放到拼图上。警方在案发现场没发现任何弹壳，这说明凶手可能使用了左轮手枪，与自动手枪不同，左轮手枪不会弹出弹壳。

将现场发现的三块黑色木头碎片拼在一起，得到手枪握把的右侧部分。因此知道凶手使用的是一支握把右侧部分缺失的 .22 口径左轮手枪。根据握把碎片也许可以确定枪的生产商和型号。三块碎片上都有血迹，但只有一处可以用来分析。测试结果显示血型为 O-MN 型。五位受害者中，只有西布林是 O-MN 型，这说明击打西布林脸部的钝物很可能就是左轮手枪的握把。

前门上的血字是 O-M 型，受害者中仅有一人符合，所以“猪猡”这个词是用莎伦·塔特的血写的。

案发现场的车道上停着四辆车，有一辆本该停在车道上的车却不见了踪影，那是莎伦·塔特的红色法拉利。凶手（们）可能驾驶着这辆跑车逃离了现场，警方通过广播开始“通缉”这辆车。

运走尸体后，警方继续留在现场，用了大量时间搜索有用的线索。

有几条貌似非常重要的线索。

现场没有洗劫或抢劫的迹象。西布林的夹克挂在客厅椅背上，麦根在夹克里找到西布林的钱包，里面有 80 美元。85 号无名氏的钱包里有 9 美元，弗雷科夫斯基的钱包和裤子口袋里有2.44美元，在福尔杰的手提包里找到9.64美元。莎伦·塔特床边床头柜上，一眼可见一张10美元、一张5美元和三张1美元钞票。其他值钱的物品，例如卡带录像机、电视机、立体声音响、西布林的手表和他的保时捷汽车都没被动过。几天后，警察带查普曼夫人返回切洛路 10050 号，看她能否发现房子里丢了什么。查普曼夫人只发现一直放在客厅走廊壁橱里的相机三脚架找不到了。以令人难以置信的残忍手段杀害五人，显然不会只是为了一个三脚架，三脚架很可能借给某人或丢了。

但也无法排除入室盗窃引发杀人的可能，也许受害人是因为发现盗贼作案而惨遭杀害，这种可能性依然存在。

接下来，一些新的发现为警方提供了更有可能的调查方向。

警方在西布林的保时捷汽车里找到 1 克可卡因，6.3 克大麻，以及长 5 厘米的“蟑螂”。“蟑螂”是俚语，代指大麻烟的烟蒂。

在主宅客厅橱柜里的塑料袋中发现 6.9 克大麻。弗雷科夫斯基和福尔杰的卧室床头柜里有 30 克哈希什[1]，外加 10 个胶囊，化验证明胶囊内的物质是一种被称为 MDA 的较为新型的毒品。另外，警方还在莎伦·塔特床头柜上的烟灰缸里发现了大麻残留物，前门旁的桌子上也有一根大麻烟[2]，客房里还有两根大麻烟。

难道是聚众吸毒时，有人因为吸毒发狂，杀了在场所有人？警方将此列为重点调查方向之一，但他们心知肚明，这个推论经不住仔细推敲，其中最大的破绽在于，如果只有一名凶手，那么凶手要一手持枪，一手挥舞刺刀，同时还要携带 13.3 米长的绳子。退一万步说，即使真是一个凶手，凶手拿着所有这些东西，那么还有电线呢。如果凶手在杀人前先剪断了电线，说明这是一场有预谋的凶杀，并非一时起意。如果说凶手是事后剪断了电线，那这么做是为了什么？

或者，这是由于毒品交易引发的血案？凶手（们）来送货或购买毒品，双方因为价格谈不拢或毒品质量不好而发生了争执，最后争执升级成了屠杀？警方的初步调查报告中列出了 5 种可能，这是第 2 种可能，综合各方面考虑，这也是最具信服力的推断。

第 3 种可能则基于第 2 种推测，凶手（们）决定独吞钱财和货物。

第 4 种推测就是之前提过的入室盗窃杀人。

警方的第 5 个推测是买凶杀人。有人雇杀手（们）杀死房子里的某个或多个受害者，为了掩人耳目、干扰调查，杀手（们）杀死了所有人。但是专职杀手会选择那么显眼、大且笨拙的刺刀作为杀人凶器吗？而且还像本案显示的这样，疯狂地对尸体不断挥刀？

如此看来，基于毒品的假设最有可能。在接下来的调查中，警方开始对了解受害者的人展开询问。随着受害者起居习惯和生活方式的逐渐明朗化，有些人已经认定毒品就是凶杀动机，甚至笃信不疑，以至于拒绝考虑其他可能破案

---

1 译注：一种由大麻的树脂提炼而成的麻醉剂，可吸食或咀嚼，很多国家禁止服用这种毒品。

2 原注：洛杉矶警察局显然忽略了这根大麻烟，罗曼·波兰斯基 8 月 17 日去房子时才发现。

的线索。

想到毒品的人，不仅只有警方。

获知死讯之后，杰伊·西布林的老朋友——演员史蒂夫·麦奎因曾建议清理这位著名发型师家里的毒品，以保护家族的名誉和生意。麦奎因虽然没有亲自参与“清理”，但洛杉矶警察局对西布林的住所进行搜查时，所有可能引发丑闻的东西都已经不见了。

另有一些人成了惊弓之鸟。谁也不知道警方什么时候会找上门来，也不知道警方会询问些什么。一位无法确定身份的电影人告诉《生活》杂志的记者：“比弗利山庄的所有马桶现在都在冲水，洛杉矶的下水道都被堵死了。”

> **电影明星及另外四人**
>
> **惨死于血泊之中**
>
> 莎伦·塔特惨遭“祭杀”

相关报道占据了当天下午报纸的头版，也成了广播和电视重点播报的特大新闻。此案案情之诡异，受害人数之多，死者名气之大（美艳的电影明星、国际著名发型师、咖啡公司的女继承人和她花花公子式的阔佬情人），所有这一切都很可能让这件惨案成为除林德伯格婴儿绑架案[1]和美国总统肯尼迪遇刺案之外，最广为人知的谋杀案。就连一向克制，甚少在头版报道罪案的《纽约时报》第二天也对此进行了报道，并在此后进行了多次跟进式报道。

案发当天和第二天的报道透露出的大量案件细节令人瞠目结舌。如此多的信息被公布实际上增加了警方调查的难度，导致警方在对嫌疑人进行测谎试验时，很难找到比较有效的测谎问题。

在凶杀案的调查中，对公众有所保留是标准的工作程序。一些可能只有警方和凶手（们）知道的信息不会被公布。如果嫌疑人招供，或同意接受测谎试

---

1 译注：林德伯格是美国著名飞行员，也是首位飞越大西洋的人。1932 年 3 月 1 日晚，绑匪从他新泽西的豪宅中绑走了他二十个月大的小儿子，并索赎金 5 万美元。尽管赎金已付，孩子的尸体还是在离家不远处的灌木丛中被发现。

验，警方可通过保留的信息判断嫌疑人有没有说谎。

鉴于信息被大量泄露，调查“塔特案”——媒体是这样称呼这桩凶杀案的——的警探只总结出 5 条保留的关键信息：1、杀人凶器可能是刺刀；2、凶手使用的可能是 .22 口径左轮手枪；3、绳子的确切尺寸，以及绳子在受害者脖子上缠绕打结的方式；4 和 5 则是在现场发现的角质框架眼镜和巴克牌折叠刀。

媒体披露的信息如此之多，令洛杉矶警察局不堪重负，不得不采取更为严厉的措施以免信息外泄。记者们对此甚为不悦，而因为缺少真材实料，很多记者在报道中加入了个人臆断和揣测。自此之后涌现出众多的错误新闻，有些还被广泛报道，例如，凶手将莎伦·塔特肚中未出生的婴儿从子宫中挖出；她的一个或两个乳房被割掉；有几名受害者遭受了性侵害。在不同的报纸和杂志中，西布林脸上盖着的毛巾也随之变成了白色头罩（三 K 党？）或黑色头罩（撒旦主义者？）。

而所有报道甚少涉及被控谋杀的加勒森。一开始，记者们以为警方对加勒森的信息三缄其口是为了保护加勒森的权利，而且洛杉矶警察局一定掌握了非常有力的证据，否则不会逮捕加勒森。

帕萨迪纳市的一家报纸试图通过拼凑零星的信息来填补相关新闻报道的缺失。该报纸声称当警方发现加勒森时，加勒森问道：“负责调查的警探什么时候见我？”这番话的背后之意显而易见：加勒森清楚到底发生了什么。加勒森的确说过这句话，但是是在被捕很久之后，当警察押着他走出大门时说的，而且是在回答警官德罗萨之前的问话。那家报纸还引用了一位匿名警察的话：“据说这位年轻人身材单薄，裤子膝盖处破了口，他在客房里的住处有打斗的痕迹。”这误导了读者，让读者以为这是加勒森行凶的罪证，但其实加勒森的裤子之所以破了口，是警察抓捕造成的。

案件调查的头几天，共计四十三名警官进入犯罪现场寻找武器和其他证据。警长麦根在搜寻客厅上方的阁楼时，发现一个装有一卷录像带的胶片盒。警长埃德·亨德森将录像带送到警察学院，那里有放映设备，但录像带里是莎伦·塔特和罗曼·波兰斯基云雨的内容。出于谨慎考虑，警方没有将这盘录像带登记为证据，而选择物归原处，把它放回了阁楼。[1]

除了搜查现场，警探还走访了邻居，询问是否在附近看到过可疑的陌生人。

邻居雷·阿辛回忆起两三个月前，切洛路 10050 号曾经举办过一场盛大的聚会，所有来客都是一身嬉皮士打扮。但他觉得那些人并不是真的嬉皮士，因为他们中多数人来的时候开的都是豪车劳斯莱斯和凯迪拉克。

案发当夜，埃米特·斯蒂尔曾被自家猎犬吵醒。他记得最近几星期一直有人夜里开着一辆越野车上山下山，但他从没近前瞧清楚开车或坐车的人。

然而，多数接受问询的人都不记得曾看见或听到任何可疑之处。

问询毫无结果，警探们陷入了迷茫，但他们希望有一个人能解开谜题，那就是管理员威廉·加勒森。

可市里面的警探对此却并不乐观。逮捕加勒森之后，警方将这名十九岁的年轻人带到西洛杉矶监狱进行审讯，结果发现此人在回答问题时“头脑糊涂，反应迟钝”，好像服用了某种毒品导致头脑不清楚。但也有可能像加勒森本人所说的，前一天晚上几乎没睡，凌晨之后才睡了几小时，整个人极度疲劳，再加上差点被警察吓破了胆。

第一次审讯之后没多久，加勒森就请了一位律师巴里·塔洛。对加勒森的第二次审讯是在洛杉矶警察局总部——帕克中心，律师塔洛也在场。第二次审讯也毫无进展。加勒森声称自己虽然住在院子里，但与主宅的人几乎不怎么见面。前一天晚上他只见到一个人，有个名为史蒂夫·帕伦特的男孩来找过他，时间大约是在晚上 11 点 45 分，帕伦特逗留了大约半小时就离开了。关于这个名为帕伦特的男孩，加勒森说他们两人并不熟。几星期前的一个晚上，他曾与帕伦特一同搭车来比弗利山庄，在波兰斯基家大门口下车时，他对帕伦特说，如果他也住附近可以过来找他玩。院后的客房里除了狗，只有加勒森一个人。他说帕伦特出现时，他还挺惊讶的，因为之前他也邀请过其他人，但没人真的

---

1 原注：一名记者后来声称，警察在案发现场发现了大量色情制品，其中包括众多电影和好莱坞明星各种性行为的照片。但事实上，除几卷未曝光的录像带之外，在房子里唯一能找到的只是一套婚礼照和莎伦·塔特的大量宣传照。该记者还声称在阁楼中发现了许多黑色头罩。这些黑色头罩显然与那些并不存在的照片一样，都是杜撰出来的，因为别说头罩，连类似的东西也没发现。

来找过他。但帕伦特没有待很久，知道加勒森不想买他想卖的时钟收音机后，就离开了。

此时，警方并没有把加勒森的访客与白色漫步者中的年轻人联系起来，或许是因为加勒森之前并没认出那位无名氏。

加勒森与自己的律师塔洛商量过之后，同意接受测谎试验，警方计划在第二天下午对他进行测谎。

自尸体被发现已有 12 个小时，85 号无名氏的身份依然未确定。

在案件移交给凶杀组的几小时前，此案由警督罗伯特·麦德洛克负责，他之后说道："现场发现（受害者的）汽车后，我们立刻展开了多方调查。有太多事需要做，我想我们只是没来得及调查汽车车主的登记记录。"

帕伦特的父母，威尔弗雷德和朱厄妮塔一整天都在焦急地等待儿子回家。他们十八岁的儿子自前一天晚上就一直未归。"他没给家里打电话，也没留言，从没出现过这种情况。"帕伦特的母亲说道。

晚上 8 点左右，威尔弗雷德见妻子心烦意乱无法做饭，于是带着妻子和另外三个孩子去了饭店。他对妻子说，说不定等我们吃完饭回到家，儿子也回去了。

透过切洛路 10050 号院子的大门，可以瞧见白色漫步者的车牌号：ZLR 694。一名记者记下了车牌号，通过自己的门路在车管局查到汽车的车主是威尔弗雷德·E. 帕伦特和朱厄妮塔·D. 帕伦特，住址为加利福尼亚州埃尔蒙特市布莱恩特路 11214 号。

埃尔蒙特市位于郊区，距离洛杉矶切洛路 40 公里。记者抵达埃尔蒙特后，发现威尔弗雷德家中没有人。记者询问了邻居之后，了解到这家确实有一个十几岁的孩子，同时还知道这家人的神父是圣诞教堂的罗伯特·伯恩神父，于是他给神父打了电话。伯恩神父对这个孩子和这家人的情况非常熟悉。神父确定帕伦特不认识什么电影明星，肯定是搞错了，但还是同意跟记者一同去一趟县停尸房。神父在路上谈起帕伦特，说这孩子痴迷立体声音乐，如果你想了解电唱机或收音机，这孩子肯定都知道。伯恩神父对帕伦特的未来满怀期望。

与此同时，洛杉矶警方通过指纹和驾照确定了 85 号无名氏的身份。帕伦特一家吃过晚餐刚回家不久，埃尔蒙特市的一名警察就出现在他们家门口，递给威尔弗雷德一张卡片，上面写着一个电话号码，警察告诉他给这个号码打电话，除此之外什么也没说就离开了。

威尔弗雷德拨通了卡片上的号码。

“这里是县验尸官办公室。”电话另一头的男人说道。

此时的威尔弗雷德一头雾水，他表明了自己的身份，告诉对方是警方让他给这个号码打电话的。

电话被转接到副验尸官，他告诉威尔弗雷德：“你儿子显然受到了枪击。”

“他死了吗？”威尔弗雷德顿时觉得头晕目眩。他妻子听到丈夫这么一问，心一下子提到了嗓子眼。

“我们这儿有一具尸体，”副验尸官答道，“我们觉得是您儿子。”随后开始描述尸体的特征，与威尔弗雷德的儿子相吻合。

威尔弗雷德挂断电话，忍不住啜泣出声。事后他愤恨地说道：“我只能说，以这种方式告诉别人儿子的死讯简直让人痛不欲生。”

与此同时，伯恩神父也见到了尸体，确认了尸体的身份。85 号无名氏自此变成了史蒂文·厄尔·帕伦特[1]，一位来自埃尔蒙特市，十八岁的高保真音乐爱好者。

直到快凌晨 5 点，帕伦特一家人才上床睡觉。“我和妻子最后让孩子和我们一起睡，我们五个人抱在一起，一直哭，直到睡着。”

1969 年 8 月 9 日，案发后那个周六晚上 9 点左右，拉比安卡夫妇二人莱诺和罗斯玛丽，还有罗斯玛丽与前夫所生的二十一岁女儿苏珊娜·斯特拉瑟斯离开伊莎贝拉湖，长途驱车返回洛杉矶。伊莎贝拉湖远在洛杉矶 241.4 公里之外，是一处深受大众喜爱的度假胜地。

苏珊娜的弟弟，十五岁的小弗兰克·斯特拉瑟斯和朋友吉姆·萨菲在伊莎贝拉湖边度假，吉姆家在湖边有一座小屋。罗斯玛丽和莱诺上星期二先开车把

---

1 编注：亦简称为史蒂夫·帕伦特。

他们的快艇送给男孩们，然后于这个星期六上午回来接弗兰克并把船运回家。但见到男孩们玩得实在太开心了，拉比安卡夫妇于是同意让弗兰克再待一天，他们先行返回洛杉矶。两人驾驶的是一辆 1968 年的绿色雷鸟汽车，车后面的拖车上拉着高耸的快艇。

莱诺四十四岁，意大利人，是洛杉矶一家连锁超市的总裁，有点超重，体重接近 200 斤。三十八岁的罗斯玛丽是位迷人的棕发女郎，身材苗条，曾在免下车餐馆做过一阵子服务员，有过一次不幸的婚姻，之后在洛杉矶的北菲格罗亚街开了自己的服装店——仪容精品服装店，获得了巨大成功。1959 年嫁给了莱诺。

因为车后拉着船的缘故，即便莱诺想开快也没办法，车被淹没在周六晚上赶回洛杉矶及周边的大队车流里，一直拖在高速公路的队尾。和当天晚上许多人一样，他们也打开了车上的收音机，听到了塔特谋杀案的新闻。据苏珊娜后来回忆，罗斯玛丽听到消息时似乎非常不安，几周前罗斯玛丽曾告诉自己的密友："我们不在时，有人进过我们家。东西被人翻过，本该待在屋子里的狗也跑到了屋外面。"

1969 年 8 月 10 日，星期日

大约凌晨 1 点，拉比安卡夫妇将女儿送回公寓，苏珊娜的公寓位于洛杉矶市洛斯费利斯区格林伍德广场。莱诺和罗斯玛丽也住同一街区，地址是韦弗利路 3301 号，距离格里菲斯公园不远。

然而，拉比安卡夫妇没有直接回家，而是先开车去了希尔赫斯特大道与富兰克林大道交叉的十字路口。

在路口报摊卖报的约翰·福基亚诺斯认得拖着快艇的绿色雷鸟汽车。他们的车驶入马路对面的标准石油加油站，然后掉头停在了报摊旁，约翰给他们拿了一份《洛杉矶先驱观察报》星期日版和一份赛车表。莱诺是他的老主顾了。

在约翰看来，拉比安卡夫妇似乎因为长途驱车而面露疲态。当时没什么人买报，于是他们聊了几分钟。"我们聊到塔特案，当天的大事件。那可是个大新闻。"约翰记得罗斯玛丽对此感到非常震惊。当时刚好还剩下几份《洛杉矶

时报》关于此案的增刊，他免费送了夫妇俩一份。

约翰目送夫妇二人驱车离开，没注意确切时间，应该是在凌晨 1 点到 2 点之间，可能更接近 2 点，因为他们走后不久，酒吧就纷纷关门了，他还着实忙了一阵。

据悉，最后见过拉比安卡夫妇的人应该就是约翰·福基亚诺斯。当然，除了凶手之外。

星期日中午，司法大楼一楼验尸室外的大厅里挤满了记者和电视台的摄影师，大家都在等验尸官宣布验尸结果。

可众人的等待漫长得似乎没有尽头。尽管验尸从上午 9 点 50 分就开始了，还临时征召了几名副验尸官，但直到快下午 3 点才结束。

R. C. 亨利医生主持福尔杰和西布林的验尸，弗雷科夫斯基和帕伦特的尸体则由加斯顿·赫雷拉医生负责。诺古基医生监督了四起验尸，并在上午 11 点 20 分亲自对波兰斯基的妻子莎伦·塔特的尸体进行了检验。

莎伦·玛丽·波兰斯基，切洛路 10050 号，白人女性、26 岁、身高 160 厘米、体重 122.4 斤、金色头发、淡褐色眼睛。受害人职业：演员……

验尸报告突兀的词汇、冷冰冰的事实有助我们了解受害者的死因，以及受害者生命最后几小时到底经历了什么，却无法让我们感受到他们作为人的存在。报告内容各有不同，但仅是生命体征的信息汇总，从中无法感受到一个生命曾经的过往。一个人的喜怒哀乐、爱恨伤悲，以及其他种种情感统统没有，只是一份具有临床医学意义的总结：“身体发育正常……胰腺没有异常……心脏重 340 克且左右对称……”

然而，每具尸体都曾经是一个鲜活的生命，有过属于自己的人生轨迹。

莎伦·塔特的整个人生听起来如同工作室发给媒体的新闻稿。一直梦想成为一名演员，出生仅六个月就获得了达拉斯宝宝选美冠军，十六岁当选华盛顿州里奇兰市选美小姐，然后获得底特律大马力汽车车展小姐荣誉。当身为职业军人的父亲被派驻圣佩德罗后，她开始搭便车去附近的洛杉矶市，在各个电影工作室留下了身影。

除了心怀梦想，莎伦·塔特至少还有一个得天独厚的优势：她是一个非常漂亮的女孩。她聘用的经纪人成功为她争取到一些拍摄广告的机会，1963年还让她参加了电视剧《衬裙交叉点》的试镜。根据工作室的说法，制片人马丁·兰索霍夫见到年方二十的莎伦·塔特时说："甜心，我会让你成为一个明星的。"

然而，明星绝不是一蹴而就的事。除了学习唱歌、跳舞和表演之外，莎伦·塔特还间或出演了一些影视剧角色，镜头里的她往往都戴着黑色假发，如电视剧《比弗利山人》《衬裙交叉点》，以及马丁·兰索霍夫的两部电影《艾米丽的美国化》和《春风无限恨》。由伊丽莎白·泰勒和理查德·伯顿共同主演的电影《春风无限恨》是在大瑟尔拍摄的，莎伦因此爱上了那里风光无限的海岸线。之后，每当想远离好莱坞的纷纷扰扰时，她就会飞到大瑟尔，卸下妆容，有时孤身一人，有时和女性好友一起，入住历史悠久的德特延大瑟尔旅馆，沿小径步行到沙滩晒太阳，与普通人一起在忘忧餐厅用餐。当地许多人直到她去世后才知道她是一名演员。

据莎伦·塔特的密友们所说，虽然莎伦·塔特给人感觉是一颗正在冉冉升起的明星，可她的生活其实一点也不像明星。她洁身自好，人际关系单纯，在男女关系上很少随意，起码她那方是这样的。但名人似乎都愿意拜倒在她的石榴裙下。在好莱坞发展时，她与一名法国演员有过一段长期关系。但对方有一次发狂，对她大打出手，甚至导致她被送到加州大学洛杉矶分校医疗中心治疗。[1] 此事过后不久，1963年的某天，杰伊·西布林在一次电影点映会上遇到了莎伦，他求朋友介绍两人认识，然后便对莎伦展开了一段时间不长但更为人知的追求，并从此与她成为情侣，直到莎伦遇到罗曼·波兰斯基，两人才分手。

1965年，兰索霍夫觉得时机已经成熟，决定让自己看好的莎伦·塔特在黛博拉·蔻儿和大卫·尼文主演的电影《恶魔之眼》中出演一个特别角色。莎伦·塔特的名字在电影演员表上排在第七位。她在影片中扮演了一个只有不到

---

1 原注：洛城警方从莎伦父母处得知此事。他们还从西布林前女友那里了解到，在命案发生前几天，此人与这位著名发型师在好莱坞某家迪斯科舞厅发生过争执。但在核实该男子的不在场证明之后，排除了他犯案的可能。那次争执也并非大事：该男子在试图与一个女孩搭讪时，因为打断西布林的说话而引发争执而已。

十几句台词，却散发着迷人魅力的乡村姑娘，她的主要任务就是展示自己的美丽，这点她的确做到了，而她在之后出演的所有电影里也大多如此。

在这部影片中，尼文扮演的角色死在信奉宗教献祭的蒙面邪教徒手中。

影片的故事虽然发生在法国，但其实是在伦敦拍摄的，也正是在 1966 年夏天的伦敦，莎伦·塔特遇到了罗曼·波兰斯基。

彼时三十三岁的波兰斯基已经被人们奉为欧洲著名导演。他出生在巴黎，父亲是俄罗斯籍犹太人，母亲是俄罗斯籍波兰人。波兰斯基三岁时，全家迁往波兰的克拉科夫市。1940 年，德国占领克拉科夫市，封锁了犹太人居住区。在父亲的帮助之下，波兰斯基设法逃出了封锁，与父母的朋友同住，直到战争结束。而他的父母却被送去了集中营，母亲死在奥斯威辛集中营。

战争结束后，波兰斯基在罗兹的波兰国家电影学院学习了五年。作为毕业论文，他撰写并导演了一部备受赞誉的超现实主义短片——《两个男人和一个衣柜》。他还拍摄了另外几部短片，受害人沃伊特克·弗雷科夫斯基，也是他在波兰的朋友，在名为《哺乳动物》的短片中扮演小偷。波兰斯基在巴黎逗留了一段时间之后，返回波兰拍摄了电影《水中刀》，这是他人生中第一部长篇电影作品。该片在威尼斯电影节上荣获国际影评人奖，并获得了奥斯卡金像奖提名，这让当时年仅二十七岁的波兰斯基声名鹊起，一举成为欧洲最有前途的电影人之一。

1965 年，波兰斯基拍摄了人生中第一部英文电影《冷血惊魂》，由凯瑟琳·德纳芙主演。随后拍摄的《荒岛惊魂》获得柏林电影节金熊奖、威尼斯电影节国际影评人奖和爱丁堡国际电影节优秀奖等。塔特案发生后，当记者对命案展开系列报道时，他们很快发现在波兰斯基的电影《冷血惊魂》中，女主角发疯杀了两个人，而在电影《荒岛惊魂》中，荒岛城堡里的角色几乎都惨遭不幸，最后只有一个人活了下来。记者由此声称波兰斯基的电影里充斥着“暴力倾向”，却对于影片所表现的多数暴力行为往往仅是暗示并非显而易见这点绝口不提。

罗曼·波兰斯基的个人生活与他的电影一样颇具争议。1962 年，与波兰电影明星芭芭拉·拉斯的婚姻以离婚收场之后，波兰斯基便成了一名花花公子式的导演。他的一位朋友说，波兰斯基曾一边翻电话本，一边说：“今晚我该宠幸谁呢？”他的另一个朋友则称，波兰斯基虽才华惊人，却也极端自大。众多与他相识又算不上朋友的人对他的评价就更加尖锐。鉴于波兰斯基身高只有5英尺出头[1]，所以他们称其为“你绝不想认识的小个子波兰怪胎”。但无论是浪荡小子散发出来的迷人魅力，还是极端自大引发的厌恶，所有与波兰斯基接触过的人都对他印象深刻。

莎伦·塔特则是个例外，起码双方第一次见面时，她对波兰斯基的印象并不深。当兰索霍夫在一个大型派对上介绍两人认识时，他们都没有为对方所动。兰索霍夫介绍两人相识并非偶然，在得知波兰斯基打算拍摄一部戏仿恐怖片的电影后，兰索霍夫主动提出要担任制片人，并希望莎伦能出演女主角。波兰斯基给了莎伦一次试镜的机会，并最终决定由莎伦担任女主角。这就是由波兰斯基亲自操刀撰写，并自导自演的电影《天师捉妖》，可兰索霍夫对影片的剪辑令波兰斯基甚感不悦，所以影片最终版本并没得到波兰斯基的承认。在这部影片中，波兰斯基扮演吸血鬼猎人的年轻助手，虽然影片的调侃要大于艺术，但波兰斯基对笨手笨脚的助手漫画式的刻画充分展示了他的多才多艺。莎伦·塔特在影片中则又一次展现了自己的美丽，依然只有不到十几句台词。影片一开始，她便成了吸血鬼的受害者，并在最后一幕咬了她的爱人——波兰斯基，将他也变成了怪物。

影片尚在拍摄之中，莎伦和波兰斯基便假戏真做，成了银幕外的情侣，依据波兰斯基的说法，那是在他展开了长时间的追求之后。当西布林飞抵伦敦时，莎伦将此事告诉了西布林。如果说西布林曾为此难过，那他一定很小心没有表现出来，因为他很快融入了莎伦和波兰斯基的世界，成了两人的朋友。西布林曾对身边的人吐露，他其实心中暗含期待，觉得莎伦终有一天会厌倦波兰斯基，后者也会如此，因此人们推测西布林是在等两人分手。西布林认识的人多以百计，但真正亲密的朋友寥寥无几，没人可倾诉的他甚少对别人表露自己的真情实感。声称西布林仍然爱着莎伦的人认为，西布林虽然已和莎伦分手，但两人内心深处依然有某种羁绊，这虽然只是一种猜测，但很有可能是真的。与莎伦分手后，西布林与很多女人有染，但正如洛杉矶警方询问记录所示，他和这些女人的交往更多出于生理需要，而非感情，多数都是“一夜情”而已。

---

1 译注：波兰斯基的真实身高是5英尺5英寸，即1.65米。

波兰斯基受派拉蒙电影公司之邀，将美国著名小说家艾拉·莱文的小说《罗丝玛丽的婴儿》拍成电影。米娅·法罗在影片中扮演怀上恶魔孩子的少女，电影于1967年拍摄完成。1968年1月20日，曾发誓永不再婚的波兰斯基让他的很多朋友大吃了一惊，他与莎伦在伦敦举办了一场时髦的婚礼。

电影《罗丝玛丽的婴儿》6月首映，同月波兰斯基租下女演员帕蒂·杜克位于洛杉矶山脊路1600号的住宅。也正是在那里，查普曼夫人开始为他们工作。1969年初，两人听说切洛路10050号房子可能空着。莎伦与当时的租户，制作人特里·梅尔彻素未谋面，但莎伦给特里打了几次电话，让特里将自己租期尚未到期的房子转租给了她。1969年2月12日，波兰斯基签下租约，租金为每月1200美金，三天后他们搬进了切洛路10050号。

电影《罗丝玛丽的婴儿》获得了巨大成功，但莎伦的演艺事业却未因此而一飞冲天。1967年，她曾以半裸形象登上《花花公子》杂志3月刊（波兰斯基在《天师捉妖》电影拍摄现场为莎伦拍摄了这些照片），照片配发文章的开篇如此说道："这一年将是莎伦·塔特年……"可惜文章的预言并未成真。然而，一些评论家对莎伦在杂志以及在托尼·柯蒂斯主演的《艳侣迷春》和由迪恩·马丁主演的《勇破迷魂阵》这两部电影中的靓丽形象的评论几乎让莎伦感受到了明星的光环。莎伦最重要的电影角色来自1967年的电影《娃娃谷》，她在影片中饰演得知自己患上乳腺癌后服下大量安眠药的女演员珍妮弗。影片中的珍妮弗临死前说道："我没有演艺天赋，只有我的身体。"

有些影评人觉得这句话正好概括了莎伦·塔特的演技。但平心而论，莎伦·塔特其实一直没获得可以充分发挥演技的角色。

莎伦没有成为明星，起码这时还不是，她的演艺事业貌似正在突破自我的边缘徘徊，但也很容易就此停滞不前，甚至不进反退。

然而，莎伦·塔特却第一次放下了梦想，婚姻与怀孕成了她生活的重中之重。用与她关系亲密的人的话说，她似乎将所有与婚姻和怀孕无关的事都抛到了脑后。

有传言说两人的婚姻出了问题。莎伦·塔特的几位女性朋友告诉洛城警方[1]，莎伦一直没有告诉波兰斯基自己怀孕的事，直到无法流产时才说。如果说她曾担心婚后波兰斯基依然无法摆脱花花公子的习性，那么她并没有表现出来。她总是讲一个现在电影圈都知道的故事：有次波兰斯基开车行驶在比弗利山庄，瞧见车前有一位美女，他大喊："小姐，你屁股真真真翘啊。"等那位美女回头时，波兰斯基才认出原来是自己的妻子莎伦。不过从莎伦的角度来说，她显然希望肚中未出生的孩子能让婚姻更牢固。

好莱坞是个是非之地。在询问受害者的熟人时，警方往往会听到很多恶毒的言语。有趣的是，在几十份询问笔录里，凡是认识莎伦的人都没有说过她的坏话。她非常甜美，有时天真，这是多数人对她的评价。

案发之后的星期日，一位曾与莎伦相识的《洛杉矶时报》的记者称她为"身材高挑、面容精致、令人赞叹的美女"。

这位记者的说法显然与验尸官诺古基的描述有很大区别。

死因：胸背部多处中刀，刀刺穿心脏、双肺和肝部，导致大量失血。受害者共计身中16刀，其中5处为致命伤。

杰伊·西布林，洛杉矶市贝内迪克特峡谷伊斯顿路9860号，白人男性、35岁、身高167.6厘米、体重108.8斤、黑发、棕色眼睛。受害人是一位发型师，拥有一家名为西布林国际的公司……

杰伊·西布林出生于密歇根州底特律市，原名托马斯·约翰·库默尔，在海军当了四年理发师后，来到好莱坞不久便将名字改为杰伊·西布林。西布林这个姓氏取自佛罗里达州著名赛车比赛的赛道名[2]，他喜欢这个名字代表的形象。

他的个人生活与工作一样，极其注重外表和排场。开昂贵跑车，经常出入各种俱乐部，连穿的夹克都是定制的；雇专职管家，举办各种奢华聚会，住在位于贝内迪克特峡谷伊斯顿路9860号的"不祥"豪宅中。这座豪宅曾是女演

---

1 编注：即洛杉矶警察局，下同。

2 译注：Sebring（一译"赛百灵"）是美国佛罗里达州中部的一个小镇，该地区举办的12小时耐力汽车拉力赛以其崎岖的西布林国际赛道而闻名。

员琼·哈露和制片人保罗·伯恩的爱巢，然而结婚后两个月，伯恩就在哈露的卧室自杀了。据熟悉西布林的人所说，西布林之所以买这套房子就是因为它“声名远播”。

有一则新闻曾广见报端，有家电影公司花费25 000美元让西布林飞到伦敦，只是给影星乔治·佩帕德理发。该报道的真实性或许与另一则报道说西布林是空手道黑带差不多（西布林曾上过李小龙的几堂课），但有一点毫无疑问，西布林的确是著名发型师，堪称引领男性发型风潮的开创者。除影星乔治·佩帕德之外，他的客户还包括弗兰克·辛纳屈、保罗·纽曼、史蒂夫·麦奎因、彼得·劳福德，以及其他众多电影明星，其中许多人曾允诺为他的新公司西布林国际投资。除保留位于洛杉矶北费尔法克斯大道725号他自己原有的沙龙之外，西布林还计划开设连锁特许经营店，销售以他名字命名的男士系列洗护用品。第一家商店已于1969年5月在旧金山开业，阿比盖尔·福尔杰和莎伦·塔特的父母都参加了开幕典礼。

1968年4月9日，西布林与加利福尼亚州的西方人寿保险公司签署了价值为50万美元的保险。零售信贷公司因此对其进行了背景调查，调查报告显示西布林的净资产约为10万美元，其中8万美元来自对其住宅的评估。他创建的西布林国际公司资产为15万美元，同时还有11.5万美元的贷款。

信贷公司的调查人员还对西布林的个人生活进行了调查。西布林曾于1960年10月与模特卡米结婚，但于1963年8月开始分居，并在1965年3月离婚，没有孩子。信贷公司的报告还指出，西布林没有“吸毒的习惯”。这与警方的调查结果有出入。

与信贷公司的调查相比，警方挖出了更多西布林不为人知的秘密。经过警方的多次询问，杰伊·西布林黑暗的一面渐渐浮出了水面。正如警方官方报告所写：“西布林喜欢向女人献殷勤，曾带很多女人去过他在好莱坞的住所。他会用一条小皮带把女人绑起来，如果对方同意，他还会鞭打她们，然后再与她们发生性关系。”

这消息其实早已在好莱坞流传。此时则被媒体抓住不放，在此基础上衍生出各种各样的推论，其中一条便是：1969年8月9日，切洛路10050号命案发生当晚，房子里上演了某种施虐与受虐的狂欢。

但洛杉矶警方并没将西布林奇怪的性癖列为谋杀动机。接受警方询问的女孩人数众多，因为西布林每周会与五六个女孩约会，这些女孩都声称西布林虽经常要求她们扮出痛苦状，但从没伤害过她们。另外，警方也无法证实西布林曾参与过集体性行为，他十分害怕自己的性怪癖会遭到嘲笑。事实的真相也许并没想象中那么耸人听闻，在西布林精心展示的公众形象背后，其实隐藏着一个内心孤独、备受困扰的男人，由于自身极度缺乏安全感，甚至连性生活都必须借助幻想才能实现。

死因：失血过多——受害者因流血过多致死。身中 7 刀和 1 枪，这一记枪伤和至少 3 处刀伤均为致命伤。

阿比盖尔·安妮·福尔杰，白人女性、25 岁、身高 165 厘米、体重 108.8 斤、棕色头发、淡褐色眼睛。自 4 月 1 日起居住在切洛路 10050 号。在此之前，曾住在伍德斯托克路 2774 号。职业：福尔杰咖啡公司的继承人……

1961 年 12 月 21 日，昵称为“吉比”的阿比盖尔·福尔杰初入社交界的舞会在旧金山圣弗朗西斯酒店举行。那场意大利风格的舞会是当时社交界的亮点之一，首次亮相的阿比盖尔身穿上一年夏天在巴黎购买的亮黄色迪奥礼服。

此后，阿比盖尔进入拉德克利夫学院，并以优异成绩毕业。先在加州大学伯克利艺术博物馆担任宣传总监，之后辞职去了纽约一家书店工作，然后投入与贫民窟有关的社会工作。1968 年初在纽约，波兰小说家耶日·科辛斯基[1]将她介绍给沃伊特克·弗雷科夫斯基。同年 8 月，两人一起驱车离开纽约，来到洛杉矶后，租住在好莱坞穆赫兰道附近的伍德斯托克路 2774 号。通过弗雷科夫斯基，她认识了波兰斯基和西布林等人。她是西布林国际公司的投资者之一。

来到南加州后不久，阿比盖尔在洛杉矶县福利局注册成为志愿社工，每天清早起床，到沃茨区、帕科伊玛区等贫民区工作。直到与弗雷科夫斯基搬到切洛路 10050 号的前一天她还在工作。

自此之后，她的生活发生了转变，这可能有很多原因。她因为社会问题依

1　译注：耶日·科辛斯基（Jerzy Kosinski，1933—1991），生于波兰，1957 年移民美国。代表作有《被涂污的鸟》和美国国家图书奖获奖作品《步伐》。1991 年自杀身亡。

然严峻，而社工工作的效果微乎其微而深感沮丧。“许多社工晚上回家，洗个澡，就可以忘记自己的所见所闻。”她曾对旧金山的一位老朋友说，“可我却不行，我会陷入痛苦不能自拔。”5月份，黑人市议员托马斯·布拉德利挑战现任市长塞缪尔·约蒂，宣布竞选洛杉矶市长。在充满种族歧视的竞选之后，布拉德利的失败让她的希望幻灭，内心更加痛苦。她再没有恢复社工工作。与此同时，她与弗雷科夫斯基的恋情不知何去何从，两人对毒品已不只限于尝鲜那么简单，这些都让她深感不安。

她与她的心理医生马尔温·弗利克谈过这些令她心烦的事。她每周要看五次心理医生，时间是从星期一到星期五，每天下午4点30分开始。

事发前的星期五，她还如约去见了心理医生。

心理医生告诉警方，他觉得阿比盖尔已准备与弗雷科夫斯基分手，正试图鼓起勇气跟对方摊牌。

警方无法确定阿比盖尔和弗雷科夫斯基从何时开始定期大量使用毒品。但据悉在跨州旅行时，他们曾在得克萨斯州的欧文市逗留，与当地人和达拉斯警方熟知的大毒贩待了几天。无论是住在伍德斯托克路时，还是搬到切洛路波兰斯基家后，毒贩都是他们的常客。波兰斯基的业务经理威廉·坦南特告诉警察，每次他去波兰斯基家，阿比盖尔看上去都“精神恍惚得像服用了毒品”。事发前的星期五晚上10点，阿比盖尔的母亲与她最后一次通话时，感觉“吉比”神志清醒，但“有点嗨”。阿比盖尔的母亲为海特–阿什伯里免费医疗诊所捐献了大量金钱，也花费了不少时间，以资助他们针对毒品滥用的开创性研究，但从没发觉自己女儿吸毒。

验尸官在阿比盖尔体内发现了2.4毫克俗称MDA的毒品，剂量远高于在沃伊特克·弗雷科夫斯基体内发现的0.6毫克。但这无法证明阿比盖尔服用了更多毒品，也可能因为她服用的时间稍晚。

毒品对人产生的效力取决于个人体质和服用剂量，但有一点可以确定：案发当天晚上，阿比盖尔神志清醒，知道到底发生了什么。

阿比盖尔身中28刀。

沃伊特克·弗雷科夫斯基，波兰名为沃伊切赫，白人男性、32岁、身高177.8厘米、体重约150斤、金发、蓝色眼睛。弗雷科夫斯基与阿比盖尔·福

尔杰一直同居……

在罗曼·波兰斯基事后对记者的描述中，“沃伊特克是一个没有演艺天赋，却魅力无穷的人”。沃伊特克与波兰斯基在波兰时便是朋友，沃伊特克的父亲据说曾资助过波兰斯基的早期电影。早在波兰时弗雷科夫斯基就是众所周知的花花公子。据同他一起流亡的同胞们说，他曾同两名秘密警察较量过，并导致后者无法再工作，也许正是因为这个，他才在1967年被迫离开波兰。他曾结过两次婚，育有一子，但搬到巴黎时将孩子留在了波兰。无论在巴黎，还是在纽约，波兰斯基都曾给过沃伊特克钱并鼓励他，希望他的某项宏伟计划能付诸实践，但他很了解沃伊特克，所以仅是期望而已，并没抱太大希望。事实证明也的确如此。沃伊特克声称自己是一名作家，可谁也不记得曾读过他写下的任何东西。

根据阿比盖尔·福尔杰的朋友们对警方的说法，沃伊特克让阿比盖尔吸毒，是想通过毒品控制她。而沃伊特克朋友们的说法却刚好相反：是阿比盖尔为沃伊特克提供了毒品，好让他离不开她。

警方的报告中如此写道：“除了阿比盖尔的钱，沃伊特克再没有其他生活来源……他服用大量可卡因、墨斯卡林、致幻剂、大麻和哈希什……他性格外向，几乎会邀请所有他碰到的人到家里做客，麻醉品派对已成了一种日常。”

沃伊特克临死前曾奋力挣扎。他身中两枪，头受到13次钝物重击，身中51刀。

史蒂文·厄尔·帕伦特，白人男性、18岁、身高182厘米、体重158.7斤、红发、棕色眼睛……

史蒂文6月从阿罗约高中毕业，约会过几个女孩，但没有进一步发展。在一家水暖公司做全职送货员，晚上在音响店兼职推销。同时打两份工是为了攒学费，准备9月份上大专。

受害人身上除了因防卫造成的一处划伤之外，还身中4枪。

在对西布林进行尸检时，验尸官诺古基通过荧光检查在西布林背部和衬衫之间发现了一颗子弹。此外，在弗雷科夫斯基和帕伦特的尸体中也分别发现了一颗及两颗子弹。这些子弹，以及警方在史蒂文遇害汽车里发现的子弹碎片都移交给了科学调查司枪械炸药部，由警长威廉·李负责调查。他的结论是：所有子弹可能出自同一把 .22 口径手枪。

尸检的同时，洛杉矶县治安官办公室凶杀组的警长保罗·怀特利和查尔斯·冈瑟找到了洛杉矶警察局警长杰西·巴克尔斯，杰西·巴克尔斯是负责调查塔特凶杀案的警探之一。两人告诉巴克尔斯，他们曾碰到一件非常古怪的案子。

7 月 31 日，他们奉命赶到马利布市旧托潘加路 964 号，有人报告那里可能发生了命案。他们在现场发现了一名死者，遇害人是三十四岁的音乐老师加里·欣曼，死因是被人用刀刺死。

令人感到古怪的是，这件命案的现场与塔特一案如出一辙，凶手在现场也留下了血字。在离欣曼尸体不远的客厅墙上，凶手用受害者的血写下“政治猪猡”几个字。

怀特利还告诉巴克尔斯，他们逮捕了此案的犯罪嫌疑人，绰号为“鲍比”的年轻嬉皮士音乐人——罗伯特·博索莱伊。他当时正驾驶着受害人的汽车，衬衫和裤子上沾有血迹。他们还在汽车轮胎轮毂里发现了一把刀。此人被逮捕的日期是 8 月 6 日，塔特等人遇害时此人正关在警察局里。但很可能杀害欣曼的凶手不止博索莱伊一个人。博索莱伊和一群嬉皮士住在洛杉矶郊区查茨沃斯区附近一处名为斯潘的农场，那是一个曾用来拍电影的旧农场。他们是一群古怪的家伙，领袖名叫查理[1]，这伙人显然被查理洗脑了，他们相信查理就是耶稣基督。

根据怀特利之后的回忆，当他提到嬉皮士时，巴克尔斯就不再感兴趣了，而是说：“哈，我们已经知道那些人被杀的原因了。因为他们牵涉到一起大的毒品交易。”

怀特利再次跟巴克尔斯强调这两起案件有奇怪的相同点，比如受害人遇害的方式，凶手在两件案子里都留下了血字，用的也都是受害者的血，还都出现

1　编注：英语国家口语中习惯将查尔斯（Charles）简称为查理（Charlie），故本书中会出现查尔斯和查理两种称谓混用的情况。

了“猪”这个词。这些方式极其罕见。如果说都是巧合，那也太巧了。

洛杉矶警察局的巴尔克斯则告诉洛杉矶县治安官办公室的怀特利和冈瑟：“如果一周左右你们没接到我们的电话，那说明我们在查其他线索。”

从警方着手调查塔特命案起，仅仅刚过一天，洛杉矶警官局就收到洛杉矶县治安官办公室提供的这条线索。如果洛城警方能抓住这条线索，很可能已经破案了。

然而，巴克尔斯之后并没给怀特利他们打电话，当时也觉得没必要走到验尸室另一头，将此事上报给自己的上级，即负责调查塔特命案的警督罗伯特·赫尔德。

验尸官托马斯·诺古基采纳警督罗伯特·赫尔德的建议，在向媒体公布验尸结果时故意隐瞒了一些详情。他既没有透露伤口的具体数目，也没提及有两名受害者吸毒，并再次指出媒体反复报道的消息有误：此案中没发现性猥亵或性侵害的痕迹，相关报道都是错误的。

当被问到莎伦肚中的孩子时，诺古基说波兰斯基妻子已怀孕八个月，肚中孩子已成形，是男孩，如果在莎伦过世后的 20 分钟里实施死后剖宫产，孩子还有可能活下来。但当警方发现她的尸体时，一切都已经太晚了。

警督赫尔德当天也对媒体发表了讲话。是的，警方依然羁押着加勒森。但对于指控加勒森的证据则表示无可奉告，只能说警方现在正向熟悉加勒森的人了解相关情况。

在媒体不依不饶的逼问之下，赫尔德不得不承认：“现在没有确切证据证实凶手只有一个人，有可能是两个凶手，也可能是三个人。”

“但是，”赫尔德补充了一句，“我觉得我们要找的凶手并不是疯子。”

星期日下午 4 点 25 分，警督 A. H. 伯迪克在帕克中心开始用测谎仪对威廉·加勒森进行测谎。

伯迪克没有一上来就使用测谎仪。按照测谎程序，要先通过交谈安抚嫌疑人的情绪，趁对方放松警惕时，尽可能多地了解嫌疑人的背景信息。

加勒森看上去显然胆战心惊，但一番谈话之后略微稳住了心神。他告诉伯迪克，自己十九岁，来自俄亥俄州。3 月份，切洛路 10050 号的房主鲁迪·阿尔托贝利在离开美国去欧洲前，雇他管理房子。工作内容很简单：管理客房，照顾阿尔托贝利的三只狗。作为回报，他可以住在客房里，每周领 35 美元的工资，阿尔托贝利还答应回国后会给加勒森买张机票，让他飞回俄亥俄州。

加勒森声称他和住在切洛路 10050 号主宅的人几乎没有来往。这点似乎可以从他的话中得到证实。比如，他依然误以为弗雷科夫斯基是“波兰斯基的弟弟”；虽然曾在车道上见过几次西布林的黑色保时捷汽车，却明显不知道西布林是谁，无论西布林的名字还是长相，他都没什么印象。

当被问到案发前他在做什么时，加勒森说星期四晚上有朋友来看他，还带了一个女孩。他们带来了一提六罐啤酒和一些大麻。加勒森确定那是星期四，因为那位男性朋友已经结婚了，“他曾带那个女孩来过几次，每次都是星期四，因为他妻子允许他星期四出来活动”。

问：“他们用的是你的房间？”

答：“是的，他们在房间里卿卿我我时，我就喝啤酒……”

加勒森记得自己喝了四罐啤酒，抽了两根大麻烟，还吃了一片兴奋剂，这些搞得他整个星期五都不舒服。

加勒森说，星期五晚上大约 8 点 30 分或 9 点，他去日落地带买了一盒烟和电视便餐[1]，大概晚上 10 点才回到家，具体时间不确定，因为他没有手表。经过主宅时，他瞧见主宅里亮着灯，但没瞧见任何人，也没发现有异常之处。

然后，“大约零点 15 分左右，史蒂夫来了，带着他的收音机。他有一台收音机，带时钟的那种。我没想到他会来，他问我过得怎么样之类的……”。帕伦特给收音机接上电，向他展示收音机，可加勒森对收音机不感兴趣。

之后，“我给他拿了一罐啤酒……他喝了酒，然后给人打电话，是打给住在圣莫尼卡大道多希尼路的某个人，他说他要过去，然后就走了，那是我见他的最后一面”。

警方在帕伦特遇害的车里发现了那台时钟收音机，时间定格在午夜 12 点 15 分，接近命案发生的时间。这或许是一个天大的巧合，但从常理推断，帕伦特在给加勒森展示收音机时可能设置了时间，随后断电离开。如果真是这样

1 译注：只需加热即可食用的快餐。

的话，收音机上的时间刚好与加勒森所说的时间吻合。

加勒森说帕伦特离开后，他开始写信、听音乐，直到快天亮才睡。他说那天晚上没听见奇怪动静，但承认自己感到“害怕”。

为什么害怕？伯迪克问他，加勒森的回答是帕伦特刚走不久，他发现门把手被动过，好像有人曾试图开门进来。他拿起电话瞧时间，却发现电话没声音。

跟其他人一样，警督伯迪克也觉得加勒森的话不太可信。一晚没睡竟然什么也没听到，而住得更远的邻居却听到了枪声和尖叫声。加勒森坚称自己既没听到奇怪动静，也没发现可疑的人。但有一点他却说得颇为含糊，那就是在放房主的狗出屋时，他有没有也出屋去了后院。伯迪克觉得加勒森的回答有点闪烁其词。在后院虽瞧不到主宅，但应该能听到主宅那边的动静。

伯迪克觉得现在可以进行测谎了。他给加勒森的身上连上测谎仪，同时还给加勒森读了问题表，表上是他一会儿要问的问题。

这也是测谎的标准程序，更像是在打心理战。先让测试人知道要问的问题，但不告知提问的时机，从而造成测试人心理紧张，以放大测试人回答时的生理反应。接下来，测谎开始。

问：“加勒森是你的真姓吗？”

答：“是的。”

测谎仪没有明显波动。

问：“是你杀了史蒂夫吗？”

答：“不是。”

加勒森面朝前，瞧不到伯迪克的脸。伯迪克保持语气平静，继续问下一个问题。仅凭伯迪克的语气，即使测谎仪的钢针突然跳了一下，加勒森也察觉不到。

问：“要问的这些问题你都听明白了吗？”

答：“听明白了。”

问：“你觉得史蒂夫的死你有责任吗？”

答：“有，毕竟他认识我。”

问：“什么意思？”

答：“我是说如果我们不认识，那天晚上他就不会来，换句话说，也就不会出事。”

伯迪克松开加勒森胳膊上的绑带，让他休息一下，两人闲聊了一会儿之后，伯迪克又给他绑上绑带，这次问的问题稍有变化。

问：“加勒森是你的真姓吗？”

答：“是的。”

问：“你对史蒂夫开枪了吗？”

答：“没有。”

测谎仪没有明显波动。

接下来的问题是：“你知道谁杀了波兰斯基的妻子吗？”

答：“不知道。”

问：“是你杀了她？”

答：“不是。”

测谎仪依然没有明显波动。

伯迪克此时相信加勒森说的是真话：他因为帕伦特的死而感到自责，但没有亲手或伙同他人杀害帕伦特。测谎又继续进行了大概半小时，伯迪克因此得以排除了其他几个可能。加勒森不是同性恋，没有和其中任何一位受害人有过性关系，也没卖过毒品。

加勒森全程表现紧张，可测谎仪证明他没说谎。伯迪克问他为什么这么紧张，加勒森说在他被送进拘留间时，有个警察指着他，说：“就是这人杀了那些人。”

问：“我可以想象，你一定被这话吓坏了。但这并不能说明你在说谎。”

答：“我没说谎，我只是脑袋糊涂了。”

问：“糊涂什么？”

答：“我搞不明白，为什么我没被杀？”

问：“我不知道。”

虽然当时法律还不允许将测谎结果作为证据[1]，但警方相信测谎结果。加

1 原注：1972 年，洛杉矶高等法院的法官打破先例，允许将测谎结果作为一件大麻案的证据。

勒森当时不知道自己已通过了测试。“鉴于测谎得到的结果，”科学调查司负责人，警监唐·马丁在警方报告中写道，“测谎员认为加勒森的证词可信，波兰斯基家的命案与加勒森无关。”

伯迪克个人相信加勒森是“清白”的，不是凶手，但感觉加勒森在说他对命案一无所知时有些“含糊”。加勒森当时也许听见了动静，但可能因为害怕，一直躲到了天亮，但这仅是伯迪克的猜测而已。

综合所有线索和测谎结果，警方排除了威廉·埃斯顿·加勒森的嫌疑。但警方有一点搞不懂：切洛路 10050 号房子里的所有人都惨遭杀害，为何单单加勒森毫发无伤？

由于这事一时半晌调查不清楚，当然，再加上加勒森是案发现场唯一的活口，他的嫌疑很大，所以警方又多羁押了加勒森一天。

同天周日，加州大学洛杉矶分校的学生杰罗尔德·D. 弗里德曼联系警方，告诉他们星期五晚上大约 11 点 45 分，帕伦特曾给他打过电话。帕伦特当时正在给弗里德曼组装立体声音响，他打电话说想过去谈谈细节。弗里德曼劝对方说现在已经太晚了，但最后还是没拗过，答应让他过来谈几分钟。帕伦特当时问过他几点了，他告诉了帕伦特时间，帕伦特说他大概 12 点半能到[1]。弗里德曼说之后“帕伦特根本没出现”。

同天周日，洛城警方不但排除了头号凶手的嫌疑，对另外一条线索的调查也无功而返。警方本以为凶手驾驶着莎伦·塔特的红色法拉利跑车逃离了案发现场，却在比弗利山庄某汽车行找到了那辆车，车是莎伦上周送过去维修的。

当天晚上，罗曼·波兰斯基从伦敦返回美国。在机场见到波兰斯基的记者称其看起来“丧魂落魄”“悲痛欲绝”。波兰斯基拒绝了媒体采访，但他的发言人向媒体澄清，谣传波兰斯基与莎伦的婚姻出现裂痕是不实消息，波兰斯基之所以留在伦敦是因为工作没完成，而莎伦因为航空公司限定怀孕八个月以上的妇女不得乘飞机，所以先行坐船返回了美国。

波兰斯基被送到派拉蒙电影公司的一间公寓，在医生的照顾下闭门不出。

---

1 原注：很可能帕伦特问过时间后，设定了时钟收音机的时间。

当天晚上，警察和他进行了简短沟通，波兰斯基想不到谁会有谋杀动机。

在伊莎贝拉湖度假的弗兰克·斯特拉瑟斯也在周日晚上返回了洛杉矶。大约晚上 8 点 30 分，他朋友萨菲一家开车将他送到拉比安卡夫妇家，他在通向住所的长车道尽头下了车。将手提箱和露营设备拖到车道上时，十五岁的弗兰克发现家里的快艇还放在莱诺的雷鸟汽车后面的拖车上。这很奇怪，因为他的继父不喜欢把快艇留在外面过夜。弗兰克把行李设备运进车库，然后去了房子后门。

这时，他注意到房子窗户都拉上了窗帘，他父母此前从没这么做过，这让他惴惴不安。厨房里亮着灯，他敲了敲门，没人开门。他又喊了一声，也没人应声。

这真让弗兰克恼火，他走到最近的公用电话亭，电话亭位于海伯伦路与罗威纳路交叉口的汉堡摊位旁。他拨通父母家的座机号码，发现无人应答，于是又给姐姐工作的餐厅打了电话。姐姐苏珊娜当天没上班，餐厅经理说帮他给她家打电话。弗兰克告诉了经理他所在电话亭的号码。

晚上 9 点刚过，姐姐打来电话。自前一天晚上，苏珊娜的母亲和继父将她送到住处后，她就再没收到他们的消息。苏珊娜让弟弟留在电话亭，然后打电话给男友乔·多根，告诉他弗兰克觉得父母可能出事了。大约晚上 9 点 30 分，苏珊娜和男友在汉堡摊接上弗兰克，开车直奔苏珊娜父母的住处——韦弗利路 3301 号。

母亲罗斯玛丽总会在她车里放一套家里的备用钥匙。他们找到钥匙，从后门进了屋。[1] 多根让苏珊娜留在厨房，他和弗兰克去检查其他房间。两人走过餐厅，一进客厅就见到了莱诺。

莱诺仰面朝天，摊手摊脚地躺在沙发和椅子之间。他头上盖着一个枕头，脖上好像缠着绳子，睡衣上衣被撕破了，露出肚子，肚子上插着什么东西。

见莱诺躺在地上一动不动，他们意识到莱诺已经死了。

两人担心苏珊娜跟过来看见眼前这一幕，于是返回了厨房。乔本已拿起厨

---

1 原注：用钥匙开门前，谁也没推过门，所以他们不知道门当时是否上了锁。

房电话要报警，突然担心这么做会破坏现场证据，于是他放下电话，安慰苏珊娜："这里没什么事，我们出去吧。"但苏珊娜已经察觉到家里有些不对，她注意到冰箱门上好像有人用红色油漆写了字。

他们急匆匆将车倒出车道，停在马路对面的复式公寓前，多根按响韦弗利路 3308 号的门铃。房里的人打开门上的猫眼，多根告诉对方有人被杀，他想报警。房里的人没开门，而是说："我们会替你报警的。"

根据洛城警方接警台的记录，警方在晚上 10 点 26 分接到报警电话，打电话的人跟警方抱怨，说有一帮小孩在捣乱。

多根不确定住在 3308 号的人是否真会报警，于是又按响了 3306 号的门铃。医生梅里・J. 布里格姆夫妇让三个年轻人进了屋。但他们显然被吓到了，不知所措，最后还是布里格姆太太帮他们报了警。晚上 10 点 35 分，警官 W. C. 罗德里奎兹和 J. C. 托尼驾驶黑白色的 6A39 警车赶往现场，他们很快就赶到了现场，大概只用了 5 到 7 分钟。

苏珊娜和弗兰克留在 3306 号，由医生夫妇陪伴。多根则带着好莱坞分局的两位警察前往韦弗利路 3301 号。警官托尼堵住房子后门，罗德里奎兹则绕到房前。房子前门关着，但没锁。他瞧了一眼屋里就跑回车上，请求上级支援，并呼叫了救护车。

罗德里奎兹刚加入警队十四个月，此前出警时从没碰到过尸体。

急救队几分钟就赶到了案发现场，确认莱诺・拉比安卡为 DOA[1]，即抵达现场时人已死亡。莱诺的头上除了放着弗兰克和多根看见的枕头之外，还套着一个血淋淋的枕套。莱诺脖上的绳子是一盏大灯上的电线，绳结打得十分紧，看上去好像受害人是被电线勒死的。莱诺的手被皮绳绑在背后，肚子上支起的东西是一把双齿、象牙手柄的切肉餐叉。除腹部有多处刺伤之外，受害人身体上还被刻下了"战争"这个词。

救护车抵达后不久，警长爱德华・L. 克莱因也驾驶 6L40 警车赶到支援。作为已拥有十六年办案经验的老警察，克莱因接管了现场，两名救护人员离开现场前，将粉红色的 DOA 证明交给了克莱因。

---

1 译注：即 Dead on Arrival。

救护车刚要驶离车道，警官罗德里奎兹便喊住了他们。警长克莱因在房子主卧又发现了一具尸体。

罗斯玛丽·拉比安卡面朝下，躺在卧室地面上，身子与床和梳妆台平行，俯在一大摊血泊之中。她身穿粉红色的短睡衣，外面套着一件价格不菲、蓝白横条纹的连衣裙，苏珊娜之后指认这是她母亲最喜爱的连衣裙之一。睡衣和连衣裙堆在罗斯玛丽头上，受害者背部、臀部和腿裸露，遍身刺伤，克莱因甚至都放弃清点伤口数目了。受害者的手没被绑住，但和莱诺一样，头上也套着枕套，脖上缠着台灯的电线。那盏台灯，以及卧室中的另一盏台灯，此刻都翻倒在地。绷紧的电线，以及距尸体约 61 厘米远的第二摊血迹，说明死者临死前曾爬动过，爬时拉倒了台灯。

救护人员又为罗斯玛丽开了一张 DOA 证明。乔·多根见无法隐瞒，只好如实告诉了苏珊娜和她弟弟弗兰克。

房子里有三处貌似用血写的字。客厅北墙上挂的几幅画上方写的是“去死吧，猪猡”。前门左侧更高处的南面墙壁上写着一个词“崛起”。厨房电冰箱门上写着两个词——“HEALTER SKELTER[1]”，而且第一个单词拼错了。

1969 年 8 月 11 日，星期一

零点 15 分，此案被移交到警方劫案-凶杀司。大约凌晨 1 点，前一天晚上在波兰斯基家值班的警长丹尼·加林多最先赶到案发现场。很快，督察 K. J. 麦考利和其他几名警探也抵达了现场。克莱因命另一队警察到场封锁了案发现场。但像塔特命案一样，已经抵达现场的记者还是想办法搞到了内部消息。

警长加林多仔细搜查了只有一层楼的住宅。除倒地的台灯之外，没发现其他打斗的痕迹，也没有任何迹象表明凶手是抢劫杀人。加林多在洛杉矶县公共管理报告中登记的现场物品为：男士金戒指，主石为一克拉的钻石，配石也是

1 译注：正确的写法是 HELTER SKELTER，这个词也是本书英文原版的主书名。该词有杂乱、无序、慌张、迷茫之意，另外也指游乐场中的旋转滑梯。

钻石，只是稍小；卧室梳妆台上有两枚女士戒指，价格不菲，且文在明显处；另外还有项链、手镯、摄像设备、几把手枪、几支散弹枪和步枪；一组硬币收藏；在莱诺的雷鸟汽车后备厢里还发现一袋全新的5分硬币，价值远远超过其400美元的总面值；在汽车手套箱里发现莱诺的钱包，钱包里有信用卡和现金；几只手表、一只赛马计时用的高档秒表；以及大量轻易便可出手的其他物品。

几天之后，跟警察再次返回现场的弗兰克发现，现场不见的只有母亲罗斯玛丽的钱包和手表。

加林多在现场没发现强行进入的痕迹。检查后门时，发现后门很容易撬开，他只需一个塑料片就可以打开门。

警方在现场还发现了其他线索。插在莱诺肚子上的象牙手柄切肉餐叉是厨房抽屉里一组餐叉中的一把。厨房水池里有几块西瓜皮。水池和旁边的浴室里都有喷溅的血迹。餐厅地上有一张浸满血的纸。从纸被揉捏的样子看，凶手很可能正是用它写的血字。

韦弗利路3301号命案在很多方面与塔特案有相同之处，这起命案仿佛是还不到两天前在切洛路10050号发生的那场惨案的重演。对大约凌晨3点赶到现场提取血样的法医化学家乔·格拉纳多来说，一切都是如此的熟悉。

位于厨房水池里的血迹已无法辨别是人血还是动物血，但其他地方的血迹经过免疫扩散试验，结果为阳性，说明都是人血。水池旁的浴室里和罗斯玛丽尸体附近的血都是A型血，符合罗斯玛丽的血型。而其他血迹，包括从皱巴巴浸满血的纸上，以及凶手留下的血字里提取的血样都是B型血，是莱诺的血型。

对于此次命案提取的血样，格拉纳多都没测试血型亚型。

科学调查司的指纹鉴定人员警长哈罗德·多兰和J. 科莱博恩在现场共提取了25个可疑指纹，其中19个指纹经鉴定属于莱诺、罗斯玛丽和弗兰克。多兰检查了本该留下指纹的地方，却一无所获，显然有人故意擦掉了指纹。比如，在那把切肉餐叉的象牙手柄上，冰箱门的镀铬把手和门本身的珐琅表面上，这些很容易留下指纹的表面竟连一点污迹都没有。多兰仔细检查了冰箱门，门上有人为擦拭过的痕迹。

待警方拍完现场照片后，副验尸官监督警方移走尸体，枕套依然套在受害者头上，灯的电线在接近灯座处被剪断，以留下完整绳结供警方调查。动物管理局的人过来带走了屋里的三只狗，第一批警察抵达现场时，发现这些狗在房子里。

所有线索都是未解之谜。但这一次，警方至少发现此案和上一桩案子的犯罪手法有相同之处：

都发生在加利福尼亚州洛杉矶市、连续晚上犯案、多人遇害、受害者都是富裕白人、受害者身中多刀、杀人方法极其残忍、有悖于通常的杀人动机。没有洗劫或抢劫的迹象、塔特一案有两名受害人脖上缠着绳子，拉比安卡夫妇脖上也缠着东西，以及现场都留有血字。

但在接下来的 24 小时内，警方却认定这两起凶杀案之间没有任何关联。

又见祭杀

洛斯费利斯区夫妇遇害

作案手法类似此前残杀五人的凶案

相关报道占据了星期一早上各大报纸的头版头条。电视台中断节目，插播此案的最新消息。几百万在高速路上开车上下班的洛杉矶人几乎都在收听有关此案的报道。[1]

自此恐惧开始在整个洛杉矶市蔓延。

当大众获知塔特凶杀案的消息时，即便与遇害者相识的人也更多是感到震惊，并不为自己担心，因为警方随即宣布逮捕了一名涉嫌该案的嫌疑人。新命案发生时，加勒森还被关在警局里。随着加勒森星期一被释放——他看起来依然像被警察“逮捕”时那样一脸困惑和害怕——大众开始人人自危，恐慌如同传染病一样迅速蔓延。

既然加勒森并非凶手，那杀人犯就还在逍遥法外。两起惨案发生地相隔甚远——分别位于贝莱尔区和洛斯费利斯区；受害人身份也迥然不同，既有电影明星，也有超市总裁和妻子。这说明凶手杀人不分地区，不分对象，每个人都

1　原注：报道中有一些不实的细节。比如，报道中将枕套说成白色头罩。“去死吧，猪猡”这几个字其实写在客厅墙上，报道中则变成写在冰箱门上。然而这些泄露的信息足以增加调查难度，令警方很难决定用来测谎的关键信息。

有可能惨遭毒手。

人类的恐惧有时可通过具体数据体现，比如，两天之内，比弗利山庄某家体育用品商店就售出了200支枪，而在命案发生之前，这家商店平均每天只能卖出3到4支枪。一些私人安保公司的雇员人数先是翻了一番，然后又增加了两倍。一只警犬此前的价格为200美元，现在高达1500美元，而且很快就供不应求。锁匠的订单已经排到了两周之后。枪支走火和发现可疑人员的报警数陡增。

据报道，周末洛杉矶共发生二十八起谋杀案（通常为每天一起），类似这样的新闻显然令人无法心安。

另据报道，歌星弗兰克·辛纳屈已经躲了起来；影星米娅·法罗不会参加她朋友莎伦的葬礼，她亲戚解释说“米娅害怕自己会成为凶手的下一个目标”；歌手托尼·班奈特从比弗利山庄酒店院子里的平房搬到了酒店内部的套房，以“提高安全性”；影星史蒂夫·麦奎因在跑车前座下放了一把枪；喜剧演员杰瑞·刘易斯在家中安装了带闭路电视的安保系统；演员康妮·史蒂文斯后来承认，她将比弗利山庄的家改造成了堡垒。“每个人都因为莎伦·塔特的命案惶惶不可终日。”

人们停止社交活动，情侣间的浪漫也不再，大家突然都不再去别人家做客，派对也随之取消。随着恐惧持续蔓延，人人变得疑神疑鬼。谁也不知道到底谁是凶手或凶手之一，每个人都可疑。

恐惧如同一团黑压压的乌云，笼罩在整个加利福尼亚州南部上空，甚至比肆虐的雾气还浓，一连几个月也无法消散。直到次年3月，威廉·克洛曼在《时尚先生》杂志中还写道：“在贝莱尔区的富人区，即便房外的树枝从树上跌落，也会惊得人飞奔去打电话报警。”

“政治猪猡”——欣曼案

“猪猡”——塔特案

“去死吧，猪猡”——拉比安卡夫妇案

三件命案现场，凶手都用受害人的血留下了血字。

但这依然没引起警长巴克尔斯的重视，他并没有对此展开进一步调查。

副法医大卫·胜山负责拉比安卡夫妇的尸检。开始尸检前，他先从受害者

头上摘下枕套。直到此时才发现，除了插在莱诺腹部的切肉餐叉以外，他喉咙上还插着一把刀。

由于案发现场没人见过这把刀，所以警方将此刀用作拉比安卡夫妇一案测谎时的关键信息，除此之外还有另外两个关键信息。出于某些原因，媒体已经知道了“去死吧，猪猡”这几个血字，但还不知道命案现场的另外两处血字——“崛起”和“HEALTER SKELTER”。

莱诺·A. 拉比安卡，韦弗利路3301号，白人男性、44岁、身高182.8厘米、体重199.6斤、棕色眼睛、棕色头发……

莱诺出生于洛杉矶，是州杂货批发公司创始人之子，在南加州大学上学时开始涉足家族事业，最终成为南加州连锁超市“给特威”的总裁。

根据警方的调查，莱诺没有仇人，但他们很快发现莱诺也有不为人知的一面。在亲戚朋友的眼中，莱诺是一个性格安静内向的人。但莱诺死后，他们惊讶地发现莱诺竟然拥有九匹纯种赛马，其中最著名的是一匹名为“基尔代尔夫人”的马，此外他还是个老赌徒，几乎每个赛马日都会赌马，往往一次下注500美元。还有一点他们也不知道，莱诺去世时还背有约为23万美元的债务。

在接下来几周里，负责此案的警探本该来一番漂亮的调查，彻查莱诺错综复杂的财务状况。他们怀疑莱诺或许是因为借了高利贷而被杀，但在了解了莱诺妻子罗斯玛丽的财务状况后便作罢了，罗斯玛丽十分富有，手里的钱还清莱诺的债务绰绰有余。

莱诺的一位前合作伙伴亦是意大利人，知道莱诺有赌博的习惯。他告诉警方，莱诺可能死在黑手党之手，但又说自己并没实际证据。然而，警方确实了解到莱诺曾短期担任过好莱坞某银行的董事，洛杉矶警察局和洛杉矶县治安官办公室的情报部门都认为该银行涉嫌用“黑帮钱”，但却无法证实，尽管银行有几名董事会成员曾遭到指控并被判了欺诈罪。警方将黑手党列为必须核实的可能线索之一。

莱诺没有犯罪记录。罗斯玛丽只收到过一次交通传票，但要回溯到1957年。

莱诺遇害后留下10万美元的保险金，这笔钱要由苏珊娜、弗兰克，以及他和前妻的三个孩子平分，因为保险金而犯案的可能显然可以排除。

莱诺遇害的房子正是他出生时的家，1968 年 11 月，他从母亲手里买下这栋房子，然后和罗斯玛丽搬到了这里。

死因：身中多刀。受害者身上除了 12 处刀伤，还有由双齿切肉餐叉造成的 14 处刺伤，共计 26 处伤口，其中有 6 处均为致命伤。

罗斯玛丽·拉比安卡，韦弗利路 3301 号、白人女性、38 岁、身高 165 厘米、体重 113.3 斤、棕色头发、棕色眼睛……

罗斯玛丽很可能对自己的早年经历也知之甚少。据信她出生在墨西哥，父母都是美国人。在亚利桑那州她变成了孤儿，或者是遭父母遗弃。她在孤儿院一直待到十二岁，直到一个姓哈蒙的家庭收养了她，并将她带到了加利福尼亚州。20 世纪 40 年代末，她在洛斯费利斯区的布朗·德比免下车餐馆工作时，遇到其第一任丈夫，当时她只有十几岁。二人于 1958 年离婚，此后不久，在洛斯费利斯酒店当服务员时，她遇到莱诺并嫁给了他。

警方通过测谎仪排除了罗斯玛丽前夫的嫌疑，还走访了罗斯玛丽的前雇主、前男友和当前的生意合作伙伴，大家都想不出谁会不喜欢她。

据罗斯玛丽“仪容精品服装店”合伙人露丝·西维克所说，罗斯玛丽很有经济头脑，不但商店经营有方，投资股票和期货也赚了钱。直到罗斯玛丽的遗产评估结果出来后，大家才知道她究竟有多成功。据悉，她留下的财产多达 260 万美元。而福尔杰咖啡公司的继承人阿比盖尔·福尔杰留下的财产还不到罗斯玛丽的五分之一。

西维克夫人最后一次见到罗斯玛丽是在星期五，当时她们一起去为店里采购东西。周六早上，罗斯玛丽给她打电话，说要开车去伊莎贝拉湖，看她能否当天下午去家里帮忙喂狗。拉比安卡夫妇养了三只狗。大约下午 6 点，西维克夫人走到拉比安卡夫妇家门前，听见里面三只狗在吠叫。她从冰箱里取出狗粮，喂过狗后，检查了所有的门，确定都锁好了之后才离开。

西维克夫人的话说明，在她离开之后，有人擦掉了冰箱门把手上的指纹。

罗斯玛丽·拉比安卡：前免下车餐馆服务员、百万富翁、凶杀案受害人。

死因：多处刀伤。身中共计 41 刀，其中 6 刀为致命伤。

莱诺·拉比安卡身上的伤除一处之外，都位于身体前部，罗斯玛丽·拉比安卡身上的41处刀伤中有36处位于背部和臀部。在莱诺身上没有发现防御伤，说明他在中刀前，手可能已被绑了起来。罗斯玛丽左颚上有一处防御性划伤。这个防御伤和莱诺脖子上的刀说明，凶手是在行凶后，甚至可能在两人死后才将枕套套到受害者头上的。

经辨认，枕套属于拉比安卡夫妇，是凶手从床上的枕头上拿下来的。

莱诺脖子上的刀也取自拉比安卡夫妇家，是与切肉餐叉不同的一组刀具中的一把，警方在厨房抽屉里找到了该组刀具的其他刀。莱诺脖子上的刀刀长12.3厘米，厚不到1.6毫米，最宽处为2.1厘米，最窄处为0.9厘米。

负责调查此案的警探随后在报告中写道："受害者莱诺脖子上的刀貌似是杀害两位受害者的作案工具。"

但这是个猜测，仅是猜测而已，因为拉比安卡夫妇的尸检负责人副法医大卫·胜山出于某些原因，没有像负责塔特案尸检的上级诺古基医生那样，去测量死者伤口的尺寸，而负责此案的警探也没询问相关数据。

这种猜测如果属实，会为案件的调查带来巨大影响。同一件凶器说明可能是同一人犯案。凶器取自宅内，意味着凶手进门时没有携带凶器，可能进屋之后才起意杀害了夫妇二人。这也可能说明：一、凶手出于盗窃或其他犯罪目的进入室内，意外撞见归家的拉比安卡夫妇；二、受害人可能认识凶手，而且足以信任对方，所以在凌晨两点或更晚还允许凶手进屋。

一个看似微不足道的假设，会为此后的调查带来太多问题。

警方判定的受害者死亡时间也会如此。

当警探询问受害者死亡的时间时，胜山给出的答案是星期日下午3点。这个答案与其他证据显然相互矛盾，警探们要求胜山重新估算时间。这次他的回答是莱诺的死亡时间在周日午夜12点30分至晚上8点30分，罗斯玛丽的死亡时间需要向前推一小时。胜山还谨慎地补充说，室温和其他因素可能会对时间的判定有影响。

胜山给出的死亡时间太过笼统，警探们干脆没有理会。他们通过弗兰克得知莱诺作息非常规律，每天晚上都买报纸，读过报后才上床睡觉，而且总是先读体育新闻。案发现场，咖啡桌上摊开的报纸显示的正是体育新闻，报纸旁放着莱诺的老花镜。根据现场勘察的情况和其他证据（莱诺身穿睡衣，床没人睡过等），警方得出结论，拉比安卡夫妇应该是在离开报摊后约一小时内遇害，换言之，死亡时间大致在周日凌晨 2 点至 3 点之间。

星期一还没过去，警方就断定两起命案可能没有太大关联。督察 K. J. 麦考利告诉记者："我认为这两起凶杀案没有联系，案发地离得太远。我看不出有任何关联。"警长布莱斯·侯钦对此的评论是："有相似之处，但究竟是同一名凶手所为，还是只是模仿犯罪，我们现在还不清楚。"

警方否认两起案件之间存在关联出于以下几个原因。首先，两起案子的受害者之间没有任何明显关联；其次，两个案发地相距甚远；另外，更重要的是犯罪动机，警方在切洛路 10050 号波兰斯基家找到了毒品，在拉比安卡夫妇家却没有发现任何毒品。

此外，还有一个更为关键的原因，或许严重干扰了警方的判断。早在释放加勒森之前，负责调查塔特命案的警探就已锁定不止一个，而是多名嫌疑人。

1969 年 8 月 12 日至 15 日

洛城警方通过罗曼·波兰斯基的业务经理威廉·坦南特了解到，3 月中旬，波兰斯基曾在切洛路的家里举办了一场有 100 多位宾客参加的宴会。正如在好莱坞举办的其他大小聚会一样，这场宴会上也来了几位不速之客：+ 赫布·威尔逊、+ 拉里·马迪根和绰号为"皮克"的 + 杰弗里·皮克特[1]。三个人年近三十，据说都是兴奋剂贩子。聚会期间，威尔逊踩了坦南特的脚，双方因此发生了争执，马迪根和皮克特站在了威尔逊一边。生气的罗曼·波兰斯基将这三人赶出了聚会。

这个小插曲应该不会引发导致五人惨死的命案，但坦南特还听到过其他传闻："皮克"曾扬言要杀死弗雷科夫斯基。这消息来自弗雷科夫斯基的朋友，艺术界人称"维托尔德·K"的维托尔德·卡查诺夫斯基。

---

1 原注：本书所述一切皆为事实。个别情况下因为法律原因，对无关人员的姓名有所更改，文中带有 + 的名字皆为化名，他们真实存在，所涉及的事件也是真实的。

警探们这时意识到塔特命案现场前门上的血字“猪猡”（PIG）与皮克特的绰号“皮克”（Pic）很像，于是向维托尔德了解情况。他们从维托尔德处了解到，自从波兰斯基离开美国去欧洲之后，威尔逊、皮克特、马迪根，还有另外一位名为 + 格罗尔德·琼斯的男子就成了波兰斯基家的常客。据维托尔德所说，弗雷科夫斯基和阿比盖尔的大部分毒品，包括死前服用的新型毒品 MDA，都是由威尔逊和马迪根提供的。至于杰弗里·皮克特，他在弗雷科夫斯基和阿比盖尔搬到波兰斯基家后，就搬到了他们此前在伍德斯托克路的住所。维托尔德也住在那里。有次发生争吵，皮克特想勒死这位艺术家。弗雷科夫斯基得知此事后，赶走了皮克特。怒气冲冲的皮克特赌咒发誓道：“我要把他们都杀了，第一个要杀的就是弗雷科夫斯基。”

还有很多其他人也怀疑某人或某些人是凶手，并将他们的猜测告诉了警方。约翰·菲利普斯和米歇尔·菲利普斯曾是爸爸妈妈乐队[1]成员，是塔特命案其中四名受害者的朋友。他们说威尔逊曾经掏枪对着弗雷科夫斯基。常去“多条”酒吧的人说，威尔逊总吹嘘自己是个雇佣杀手，琼斯是用刀高手，总随身带着一把飞刀，而马迪根则给西布林提供毒品或可卡因。

此时，洛城警方更倾向于毒品交易冲突引发塔特命案的可能，因此开始寻找威尔逊、马迪根、皮克特和琼斯。

莎伦·塔特十年渴求的明星梦竟在短短三天内得以成真。8 月 12 日，星期二，塔特的名字一下子从报纸头版头条登上了影院入口的宣传牌。影片《娃娃谷》开始在全美上映，仅洛杉矶当地就有十二家以上的影院上映。影片《天师捉妖》和其他有莎伦·塔特参演的电影也紧随其后开始上映。这次上映与之前仅有一点区别，那就是塔特终于享受到了明星待遇。

当天，警方向记者宣布，警方正式认定塔特案与拉比安卡夫妇案毫无关联。据当时的《洛杉矶时报》报道：“有几名警官暗示他们倾向于认为拉比安卡夫

---

1 译注：爸爸妈妈乐队（The Mamas & The Papas）是美国 20 世纪 60 年代著名的民谣音乐组合。他们的歌曲《加州之梦》自 1966 年问世以来传唱不衰，曾在电影《阿甘正传》和《重庆森林》中出现。乐队主唱约翰与米歇尔是夫妻。

妇一案的凶手是在模仿塔特案。”

两件案子从一开始就是分开调查，由各自负责的警探分头追踪各自掌握的线索。

尽管两案人员在调查方法上有所不同，但都有一个共同点，即他们的调查皆基于一个基本推测：在近90%的凶杀案中，受害人都认识凶手。所以两起案子主要都在调查与受害人相识的人。

在核查黑帮涉案这条可能的线索时，负责拉比安卡夫妇命案的警探调查了已知的与莱诺生意相关的所有人。这些人都认为莱诺并非死于黑帮之手。其中一人还告诉警方，如果凶手真是黑帮，他“会收到消息”。警方的调查非常彻底，甚至连1968年莱诺度假时，卖给他快艇的圣迭戈公司也没逃过，警方对这家公司是否涉及“黑帮的钱”进行了调查。据说米申湾很多企业背后都有“犹太人黑帮的钱”，但这家公司却与黑帮完全无关。

警方甚至还问过莱诺的母亲，她告诉警方：“莱诺是个好孩子。他从来都不和黑帮来往。”

虽然在调查黑帮的线索上碰了壁，可拉比安卡夫妇命案的调查人员依然锁定了一名嫌疑人。在走访拉比安卡夫妇的邻居时，警探们得知夫妇家东侧，即韦弗利路3267号是空置的，已经几个月没人住了。此前曾有一个嬉皮士在那里出没，但警方对那位嬉皮士并不感冒，最让他们感兴趣的是另外一位前住户——+ 弗莱德 · 加德纳。

警方根据加德纳的犯罪记录和走访结果，了解到这位年轻律师“患有精神疾病，时不时会精神恍惚，不知道自己在干什么……”。有次与父亲争执，他“从厨房桌子上操起一把刀，一边追赶自己的父亲，一边说要杀了他……”。1968年9月，结婚仅两周后，“在没有明确原因的情况下，先暴打自己的妻子，然后从厨房抽屉里拿出刀，扬言要杀死她。他妻子摆脱了他的殴打，设法逃脱并报了警”。加德纳因谋杀未遂受到指控，经法院指定的精神科医生检查，他被认定为具有“一定精神原因的不可控的暴力行为”。尽管如此，警方还是将指控降格为简单的人身攻击。加德纳因此被判缓刑，又重新做起了律师。

自此之后，加德纳因醉酒或吸毒而多次被捕。最后一次被捕是因为伪造处方，在交了900美元保释金获释后，很快就跑得无影无踪了。8月1日，即拉比安卡夫妇命案发生前九天，警方对加德纳颁发了通缉令。据信他人现在纽约。

加德纳的前妻在接受警方询问时，说记得加德纳曾有七次在不同时间去拉比安卡夫妇家，每次回来要不拿着钱，要不拿着威士忌。她问他这些东西怎么回事时，加德纳的回答是："没关系。我了解他们，他们最好乖乖给我，否则的话，哼！"

难道是如此喜爱用厨房刀的加德纳试图再次占拉比安卡夫妇的便宜，结果遭到夫妇的拒绝？警探联系了纽约联邦调查局的特工，看是否能查到加德纳现在的下落。

罗曼的爱妻[1]

莎伦·塔特·波兰斯基

1943—1969

保罗·理查德·波兰斯基

罗曼与塔特之子

星期三是塔特一案遇害者的下葬日。人们在圣十字公墓为莎伦·塔特举办了告别仪式，150多人到场参加，其中包括柯克·道格拉斯、沃伦·比蒂、史蒂夫·麦奎因、詹姆斯·柯本、李·马文、尤·伯连纳、彼得·塞勒斯[2]，以及约翰和米歇尔·菲利普斯。罗曼·波兰斯基戴着墨镜，在医生陪同下出席了葬礼，期间与莎伦的父母、她的两个妹妹帕特里夏和黛博拉一起数次失声痛哭。

参加莎伦葬礼的许多人（包括波兰斯基）随后还参加了在森林草坪公墓[3]幸运花教堂举办的杰伊·西布林的葬礼。参加葬礼的其他影视名人还有保罗·纽曼，亨利·方达和儿子彼得·方达，以及阿历克斯·考德和乔治·汉密尔顿，

1 译注：此处为墓碑铭文。

2 译注：此处所列七人，均为当时的影视名人，且大多斩获影视大奖。

3 译注：森林草坪公墓建于1906年，坐落在洛杉矶。这里群山环抱、树木葱葱，安葬了美国历史上的很多名流，堪称一座颇有历史、文化、艺术和建筑魅力的博物馆，因而吸引着络绎不绝的游客。

他们都是西布林的客户。

相对来说，在城市另一头举办的葬礼上，不仅出席葬礼的人寥寥，而且也没有那么多记者拍照。史蒂文·帕伦特的六位高中同学将他的遗体从他常去做礼拜的埃尔蒙特教堂抬出下葬。

阿比盖尔·福尔杰被安葬在从小长大的北加州旧金山半岛附近，人们在她祖父母建造的威赛德教会圣母殿为她举办了安魂弥撒。

沃伊特克·弗雷科夫斯基的遗体留在洛杉矶，等波兰的亲戚安排运回波兰安葬。

在塔特案遇害者下葬的同时，警方正试图重新勾勒出他们的生活轨迹，尤其是生命中最后一天的经历。

8 月 8 日，星期五。

大约上午 8 点，查普曼夫人来到波兰斯基家，洗过厨房里的碗，开始做日常家务。

大约 8 点 30 分，弗兰克·格雷罗来粉刷位于房子北端、计划用作婴儿房的房间。粉刷之前，格雷罗先从窗户上卸下了纱窗。

上午 11 点，罗曼·波兰斯基从伦敦打来电话。查普曼夫人无意中听到了莎伦的讲话。莎伦担心波兰斯基来不及回家过生日，他的生日是 8 月 18 日。波兰斯基显然在电话里向莎伦保证，一定会按计划于 8 月 12 日回国，莎伦之后也是如此告诉查普曼夫人的。莎伦告诉波兰斯基，她替他报名了一个为准父亲开设的课程。

莎伦当天还接到另外几个电话，其中一通电话是因为邻居的小猫误进了他们的院子。莎伦一直在用滴管喂那只小猫。切洛路 10050 号前住户特里·梅尔彻搬走时，留下了几只猫，莎伦答应会照顾它们。自那之后，猫的数目已经成倍增加，莎伦现在照顾的猫有 26 只，另外还有她和阿比盖尔的两只狗。

莎伦白天大多只穿比基尼内裤和胸罩。据查普曼夫人所说，天气热时，莎伦在家经常这么穿。

快到中午时，查普曼夫人在前门发现了爪印和狗尿的印迹，于是用醋和水把门外侧清洗了一遍。这个微不足道的小细节后来非常重要。

史蒂文·帕伦特在埃尔蒙特的家中吃过午餐，去水暖公司上班前，他让母亲给他准备好干净衣服，以便当天下午晚些时候快速换好衣服，去立体音响店打第二份工。

大约 12 点 30 分，莎伦的两位朋友——女演员乔安娜·佩蒂[1]（前文中演员阿历克斯·考德的妻子）和芭芭拉·刘易斯来家里共进午餐。查普曼夫人在旁服侍。用餐时她们只是闲聊，莎伦的朋友后来回忆，当时聊天的内容大多是关于未出生的宝宝。莎伦带她们参观了婴儿房，还介绍她们认识粉刷匠格雷罗。

大约下午 1 点，莎伦接到桑迪·坦南特的电话。正如之前所述，莎伦告诉桑迪她晚上不准备举办派对，但还是邀请她过来，桑迪婉拒了。

（如果案发后的一些言论属实的话，那案发当晚好莱坞就有一半人都曾受邀参加在波兰斯基家举办的派对，并在最后一刻改变了主意。然而，据查普曼夫人、桑迪·坦南特、黛比·塔特等与莎伦关系密切的人所说，那天晚上根本没有派对，也没有人计划要开派对。而洛城警方却为此耗费了大概 100 个小时，试图锁定那些据称曾参加了当晚派对的人。）

大约下午 1 点 30 分，刷完第一遍油漆后，粉刷匠格雷罗离开了波兰斯基家。他没把纱窗装上，因为打算周一再来刷最后一遍漆。警方后来得出结论，凶手或许没注意到卸掉的纱窗，或许是害怕进到刚刷过漆的房间。

大约下午 2 点，阿比盖尔在圣莫尼卡大道的商店买了一辆自行车，约好下午晚些时候送货上门。与此同时，戴维·马丁内斯来到波兰斯基家开始工作，房主阿尔托贝利有两名园丁，戴维是其中之一。不久，弗雷科夫斯基和阿比盖尔也回来了，他们和莎伦，还有她的两位朋友很晚才一起共进午餐。

大约下午 3 点，第二名园丁汤姆·瓦尔加斯也来了。进门时，正碰见阿比盖尔开着她那辆卡马洛牌汽车出门。5 分钟后，弗雷科夫斯基也离开了，开的是庞蒂亚克的火鸟牌跑车。

乔安娜·佩蒂和芭芭拉·刘易斯在 3 点半左右离开。

大概同一时间，西布林和他的女伴还没起床，西布林的男管家阿莫斯·罗

1　原注：这是乔安娜·佩蒂第二次如此接近死神。她还是珍妮丝·维莉的朋友。1963 年夏天，研究员珍妮丝·维莉与室友，即中学老师艾米莉·霍夫特在纽约被杀，这起案子后来被人们称为“职业女孩谋杀案”。

素正在给他们准备咖啡[1]。大约 3 点 45 分，西布林打电话给莎伦，显然是想告诉对方他会比预计的早到。之后，他打电话给秘书看是否有他的留言，然后给约翰·麦登打电话，讨论第二天去旧金山沙龙的事宜。他在电话里没提当天晚上要做什么，但确实告诉麦登，他为新开业的特许经营店辛苦工作了一天。

莎伦放下西布林的电话后，查普曼夫人告诉她当天的工作结束，准备回家去了。那天洛杉矶市里天气炙热，莎伦问她是否需要留在这里过夜，但查普曼夫人坚持要回去。毫无疑问，这是查普曼夫人生命中最重要的决定。

园丁戴维·马丁内斯刚好也要走，他开车将查普曼夫人送到了公共汽车站。另一位园丁瓦尔加斯还没走，在继续工作。在收拾屋子旁的花园时，他注意到莎伦在她房间的床上睡着了。当航空快递公司的快递员送来两个蓝色皮箱时，瓦尔加斯不想打扰波兰斯基太太休息，于是代为签收了箱子。快递收据上的签收时间是下午 4 点 30 分。箱子是波兰斯基从伦敦寄过来的，里面装的是莎伦的衣服。

下午 4 点 30 分，阿比盖尔如约去见了心理医生马尔温·弗利克。

大约在 4 点 45 分，园丁瓦尔加斯离开前来到后院客房，问加勒森能否在周末给花园浇浇水，因为天气实在太热、太干燥了。

在城市另一头的埃尔蒙特，史蒂文·帕伦特匆匆忙忙赶回家，换好衣服，挥手跟母亲告别，赶去打第二份工。

下午 5 点 30 分至 6 点之间，特里·凯夫人在伊斯顿路 9845 号车道倒车时，看见杰伊·西布林开着他的保时捷驶下公路，似乎在急着赶路。或许因为她的车挡了路，西布林没像往常那样温柔地跟她挥手打招呼。

下午 6 点至 6 点 30 分，年长莎伦十三岁的姐姐黛比打电话，问莎伦当天晚上要不要带些朋友过去玩。因为孕晚期人容易疲倦，莎伦说改天再去。

晚上 7 点 30 分至 8 点，丹尼斯·赫斯特将阿比盖尔之前在他父亲商店购买的自行车送到波兰斯基家。开门的人是西布林（赫斯特后来从照片中认出了他）。除了西布林之外，赫斯特没瞧见其他人，也没发现有任何异常之处。

晚上 9 点 45 分至 10 点，约翰·德尔·高迪奥——比弗利山大道土狼餐厅

1　原注：洛城警方最终找到了这个女孩，确定她当晚没有陪西布林去波兰斯基家。

的经理——在等候客人名单上看见杰伊·西布林的名字：他登记的是四人位。事实上，德尔·高迪奥当时可能出去了，并没见到西布林和他的同伴，为西布林四人服务的是女侍者凯西·帕尔默，她记得西布林他们在吧台等桌子收拾干净，等了大概 15 到 20 分钟。用完餐，大概在 9 点 45 分至 10 点，他们一行人离开了餐厅。但凯西无法通过照片辨认出西布林、塔特、弗雷科夫斯基或福尔杰。

如果当天晚上阿比盖尔确实和他们在一起，那她一定 10 点前就离开了餐厅，因为当天晚上 10 点，阿比盖尔的母亲打电话到波兰斯基家，确认女儿打算乘坐第二天上午 10 点的联合航空公司飞机前往旧金山。阿比盖尔的母亲告诉警方："阿比盖尔当时对自己的人身安全，或对住在波兰斯基家没表现出任何的担心或不安。"

有不少人向警方报告，说案发当晚在"糖果商店""工厂""雏菊"等夜店瞧见了莎伦和西布林，或者瞧见他们当中的一个，但经证实，这些说法都是子虚乌有。有几人还声称在晚上 10 点至午夜间与一位或几位受害者通过电话，可当警方向其了解情况时，却又突然改口，或复述得让警方觉得他们要么是自己糊涂了，要么就是在说谎。

大约晚上 11 点，史蒂文·帕伦特将车停在埃尔蒙特的戴尔斯超市前，问他朋友约翰·莱弗比尔想不想开车兜一圈，但约翰说改天再去。帕伦特这些日子一直在和约翰的妹妹琼约会。

大约 45 分钟后，史蒂文·帕伦特来到波兰斯基家，一心期望威廉·加勒森买下他的时钟收音机。大约零点 15 分，帕伦特离开客房，走到他的漫步者那儿，生命就此戛然而止。

警方还传讯了好几个据说 8 月 8 日晚上与西布林在一起的女孩。

"西布林的前女友，据说 1969 年 8 月 8 日那天和西布林在一起，事实上却没有，她最后一次和西布林睡在一起是 1969 年 7 月 5 日。她配合调查，知道西布林吸毒，但不知道……"

"……与西布林一直约会了三个月……对西布林的性怪癖一无所知……"

"……那天晚上本想去波兰斯基家参加派对，结果却去看了电影……"

鉴于这位著名发型师拥有的女友数量众多，这可不是一次小调查，但负责调查的警探却没人抱怨。毕竟能和女明星、女模特、《花花公子》杂志插页女郎，甚至拉斯维加斯星尘酒店“巴黎丽都秀”[1]的女舞蹈演员谈话，这种事可不是每天都能碰到的。

大众对此案的恐惧还体现在警方找人的难度上。案发后几天突然搬家，这种情况通常来说很可疑，可塔特案却不一样。一如此案颇具代表性的调查报告上所写：“问她为什么在案发后就搬家，她回答说她也不知道为什么，就像好莱坞的其他人一样，她只是害怕而已……”

1969年8月16日至30日

警方虽然对媒体宣称案件的调查“没有任何新的进展”，但其实有所隐瞒。检测过案发现场发现的握把碎片上的血液之后，法医化学家乔·格拉纳多将三块握把碎片交给警方科学调查司枪械炸药部的警长威廉·李。李甚至不用查阅手册，一看就知道碎片是高标手枪的部件。他致电高标武器公司的产品经理艾德·洛马克斯，约他到警察学院会面。洛马克斯也一眼认出了碎片。“只有一款枪有这样的握把，”他告诉李，“高标武器公司生产的.22口径长管左轮手枪。”这种枪俗称“邦特兰的心头好”，以西部小说家内德·邦特兰为怀亚特·厄普警长制作的两把左轮手枪为模型制作。该枪的规格为：装弹9发、枪管长24.13厘米、全长38.1厘米、胡桃木握把、蓝色饰面、重992克、建议零售价为69.95美元。洛马克斯说这可是一把“相当独特的左轮手枪”。自1967年4月推出以来，配有这种握把的枪只生产了2700支。

警长李从洛马克斯处获得了购买过这种枪的商店名单和枪的照片。警方开始以此准备协查通告，打算将协查通告发给美国和加拿大境内所有的警察局。

在李和洛马克斯见面几天后，警方科学调查司的犯罪专家德韦恩·沃尔费去波兰斯基家进行声音测试，以验证加勒森是否说了真话。加勒森声称他既没听到尖叫声，也没听到枪声。

借助通用分贝仪，在尽可能与命案当晚相同的外部环境下，通过一把.22

1 译注：著名歌舞节目表演，女舞者都经过严格挑选，不但要舞技精湛，对身高和相貌都有严格要求。

口径左轮手枪，沃尔费和一名助手证明了：（1）如果加勒森如他所说，一直待在客房里，他确实听不到枪杀史蒂文·帕伦特的枪声；（2）在立体声音响打开，音量设为4或5的情况下[1]，加勒森听不到主宅前方和主宅里面的尖叫声或枪声。声音测试证实了加勒森没有说谎，案发当天晚上他确实没听到枪声。

尽管有沃尔费的科学实验证据，但洛城警方有些人仍然认为加勒森肯定曾听见过什么。感觉好像是因为加勒森的嫌疑如此大，他们不愿意承认他无罪。在8月底的案件总结报告中，负责调查塔特案的警探们评论道："无论根据调查人员的意见，还是科学调查司的科学实验都可以得出，尽管在加勒森身边发生了凶杀案，但他很可能听不到尖叫声、枪声和其他动静。然而，尽管有这些发现，警方依然没有彻底排除加勒森曾听到或看到与凶杀案有关事情的可能。"

8月16日，星期六傍晚，洛城警方用几个小时的时间向罗曼·波兰斯基了解情况。第二天，波兰斯基在案发后首次回到自己的家，和他一起的是《生活》杂志的撰稿人和摄影师，还有一位著名的灵媒彼得·赫尔科斯，西布林的朋友们雇他到现场，看能否"感受到什么信息"。

波兰斯基的家依然有洛城警方的人把守。波兰斯基表明身份，开车进门时，恨恨地对《生活》杂志的撰稿人，也是他的老熟人托马斯·汤普森说："这儿现在一定成了世界闻名的淫乱窝。"汤普森问波兰斯基，阿比盖尔和弗雷科夫斯基在这里住了多久。"我想有很久了。"波兰斯基答道。

早些时候盖在阿比盖尔·福尔杰尸体上的蓝色床单依然留在草坪上。前门上血淋淋的字虽已褪色，但仍然可以辨认出内容。瞧到室内一片狼藉，波兰斯基似乎吃了一惊，入口处的深色血迹也让他倒吸了一口凉气。进到客厅，沙发前还有一片更大的血迹。据现场一名警官说，波兰斯基爬上通往阁楼的梯子，在阁楼里找到洛城警方还回来的录像带，将它偷偷塞进了自己的口袋。波兰斯基爬下梯子后，从一个房间走到另一个房间，摸摸这儿，摸摸那儿，好像这样能让他回想起曾经的时光。像那天早上一样，枕头仍然堆放在床中央。波兰斯

1　原注：加勒森被捕后，警官惠森亨特在搜查加勒森所住的客房时，注意到音量调节器上的音量设置在4和5之间。

基告诉汤普森，每当他出门不在家时，枕头总是这样放。随后他又简单补充了一句："莎伦喜欢抱着枕头，把枕头当作我。"他在衣橱前徘徊了很长时间，莎伦对孩子的出生满怀期待，将婴儿用品都放在了衣橱里。

《生活》杂志的摄影师先用拍立得相机拍摄了一些照片，以测试拍摄时的照明、位置和角度。通常在正式拍摄结束后，这些拍立得照片就会被扔掉，但灵媒赫尔科斯问能否拿几张照片帮助他"感受信息"，于是摄影师就将这些照片送给了他，而摄影师和《生活》杂志很快就会为此举感到后悔莫及。

波兰斯基瞧着眼前曾经熟悉无比，此刻却显得古怪的一切，不断问自己："为什么会这样？"站在房子前门外，他看上去迷茫又困惑，那感觉仿佛走进了自己电影的拍摄布景，却发现一切早已注定，再无法更改。

灵媒赫尔科斯之后告诉媒体："杀害莎伦·塔特和另外四名受害者的凶手有三个人，我知道他们是谁。我已向警察确认了凶手，并告诉警方，必须尽快逮捕他们，否则他们还会再杀人。"他还补充说凶手是莎伦·塔特的朋友，因服用大量致幻剂变成了"疯狂的杀人魔"。媒体引述赫尔科斯的话：那场屠杀是在举行被称为"goona goona"的黑魔法仪式时突然发生的，受害者对突如其来的杀戮毫无防备。

如果如赫尔科斯所说，他向洛城警方指认了三名凶手，那警察一定不会报告此事。虽然媒体对这种消息趋之若鹜，执法人员在应对此类"线索"时却有自己的标准程序：礼貌地听，然后忘记。警方不会采纳这种证据，因为它们根本毫无价值。

罗曼·波兰斯基对赫尔科斯的话也持怀疑态度。在接下来的几天里，他又去了切洛路几次，仿佛想要搞明白为什么会发生如此的悲剧。然而对于这个问题，所有人都不知道答案。

当期星期日的《洛杉矶时报》B 版，以刊登当地新闻为主的版面内容颇耐人寻味。

塔特案占据了该版头条，标题为《好莱坞杀人狂 / 连环谋杀案剖析》。

头条下方是该版的副新闻，仅占一栏的标题是《残杀案遇难者拉比安卡夫妇已下葬》。

在塔特案新闻的左侧，波兰斯基家手绘示意图的上方，有一则更短的简讯，看似无关的内容不禁让人怀疑报纸只是拿它来填补版面而已。简讯题为《警方突袭农场，逮捕 26 名盗车嫌疑人》。

这则简讯开篇说道："星期六日间，副治安官突袭了查茨沃斯区某废弃农场，在一处曾用来拍摄西部片的布景中，逮捕了 26 名涉嫌重大盗车案的嫌疑人。"

据警官说，这帮贼惯于偷盗大众牌汽车，再将偷来的车改装成沙滩车。报道中并未提及被捕者的姓名，但确实提到缴获了数量相当可观的武器。报道结尾说："该农场位于西米山区的圣苏珊娜帕斯路 12000 号。农场主是八十岁年老多病的盲人乔治·斯潘。警官还说，斯潘孤身一人住在农场，他显然知道农场里还有其他人，但他无法接近那些人，也不知道他们在做什么，而且很怕他们。"

这不过是当地的一则小新闻，甚至当几天后因逮捕令日期错误，所有嫌疑人被释放时，报纸都没继续报道。

洛城警方收到线报，威尔逊、马迪根、皮克特和琼斯在加拿大，于是向加拿大皇家骑警发出对四人的协查通告。加拿大皇家骑警通过警方广播下达了命令，有记者敏锐地捕捉到了这个信息。仅几小时后，美国新闻媒体就发出新闻，声称"塔特一案已取得突破"。

尽管洛杉矶警察局否认这四人是犯罪嫌疑人，宣称只是协助调查，但给公众造成的印象却是要逮捕这四人。随后，警方便接到了马迪根和琼斯打来的电话。

琼斯此刻人在牙买加，他在电话里说，如果警方只想跟他了解情况，他愿意主动飞回美国。得到警方确认后，马迪根与他的律师出现在了洛杉矶警察局总部帕克中心。他很配合警方，同意只要不问服用或销售麻醉品的问题，他可以有问必答。马迪根承认，在命案发生前一周，他曾去波兰斯基家见过弗雷科夫斯基两次，所以波兰斯基家可能有他的指纹。命案发生当晚，他在参加一个空姐举办的聚会，空姐和他同住在一栋公寓楼，就住在他楼下。直到大约凌晨 2 点或 3 点，他才离开。洛城警方证实了马迪根没有说谎，并将他的指纹与案发现场的可疑指纹进行了比对，并不符合。

马迪根还接受了警方的测谎，并通过了测试。琼斯也从牙买加返回了美国，并通过了警方的测谎。据琼斯说，7 月 12 日至 8 月 17 日，他和威尔逊一直在牙买加，这期间他曾坐飞机去过洛杉矶，威尔逊去过多伦多。当警方问两人为什么会在牙买加时，他回答说他们正在“拍摄一部关于大麻的电影”。虽然琼斯的不在场证明还需要核实，但鉴于他已经通过测谎和指纹比对，所以不再是重点怀疑对象。

此时，警方的嫌疑人仅剩下赫布·威尔逊和人称“皮克”的杰弗里·皮克特，而且警方也已知道了两人的下落。

媒体舆论如刀，这点毋庸置疑。正如《纽约时报》洛杉矶分社社长史蒂文·罗伯茨后来所说：“媒体对此案的报道都基于一点，受害者惨遭杀害是咎由自取……对受害者的态度可总结为一句话：自作孽不可活。”

鉴于罗曼·波兰斯基影片中流露出的暴力倾向，关于西布林性怪癖的流言，莎伦和旧情人西布林惨死之时丈夫波兰斯基恰好缺席，再加上人们对好莱坞奢靡淫乱生活的印象，毒品，警方泄露的猛料，所有这一切构成了虚假报道滋生的温床。莎伦·塔特被冠以诸如“好莱坞淫乱女王”和“撒旦黑魔法崇拜者”的恶名。波兰斯基本人亦未能幸免。在同一份报纸上，你既可以读到专栏作家说波兰斯基如何伤心欲绝，泣不成声，转过天又会读到有人声称看到波兰斯基在夜总会与一群空姐逍遥快活。不止一家媒体在报道中暗示读者，即使波兰斯基与此案无关，那他也肯定知道谁是凶手。

某全美发行的新闻周刊就曾如此说道：

“事实情况其实与最初的报道有出入，塔特的尸体被发现时，身上没穿比基尼短裤和文胸，而是一丝不挂……西布林只穿了一条破损的平角内裤……弗雷科夫斯基的裤子一直褪到脚踝……西布林和塔特的身上都刻有字母 X……塔特的一侧乳房被割掉，凶手显然在肆意……西布林还遭受了性残害……”接下来的内容也与前文一样荒诞不堪：“案发现场没发现任何指纹……五名受害者体内没有查出服用毒品的迹象……”，以及诸如此类。

这篇报道被刊登在了《时代周刊》上，却颇有过去八卦杂志《揭秘》的风格。当编辑们终有一天意识到文中内容过于富有想象力时，这位作者显然要好好解释一番。

面对“铺天盖地的诽谤”，罗曼·波兰斯基终于怒不可遏，他在 8 月 19 日召开了新闻发布会，对出于“自私自利之心”，对“我妻子形象极尽歪曲之能事”的新闻记者进行了严厉谴责。波兰斯基再次重申，他们的婚姻没有破裂，没有毒品，更没有荒谬的淫乱。他妻子一直是一个“美丽善良的人”，“我和她在一起的过去那几年是我一生中唯一真正幸福的时光……”。

然而此时，有些记者刚刚得知，《生活》杂志已获得波兰斯基授权，可独家拍摄命案现场照片，因而这番抱怨显然没法打动他们。

而《生活》杂志的独家报道也难以称为“独家”。因为在当期《生活》杂志面世之前，好莱坞《公民新闻报》已经刊登了几张案发现场的拍立得照片。

《生活》杂志没能独占鳌头，该杂志的摄影师难辞其咎。

事实上，波兰斯基也对媒体有所隐瞒，有些事甚至连他最亲密的朋友也被蒙在鼓里。这其中就包括洛杉矶警察局曾对他进行过测谎。

那次测谎由警督厄尔·迪米尔负责，地点在洛杉矶警察局总部帕克中心。

问：“可以称呼你罗曼吗？我是厄尔。”

答：“当然可以……我也许有一两次会说谎，但之后我会告诉你我没说真话，这样可以吗？”

问：“哦，好吧……”

厄尔先询问了罗曼与妻子是如何相识的。

波兰斯基叹了口气，缓缓打开了话匣子。“第一次遇见莎伦是在四年前，在马丁·兰索霍夫——一个糟糕的好莱坞制片人举办的派对上。那家伙曾制作过《比弗利山人》和各种狗屎片子。我被他对艺术的侃侃而谈给骗了，和他签约拍摄了那部，你知道的，那部捉吸血鬼的搞笑电影。”

“我在那次派对上认识了莎伦。当时她正在伦敦拍摄这个制片人的另一部电影，一个人在伦敦。兰索霍夫说：‘我给你介绍一下我们这部影片的女主角——莎伦·塔特！’

“我当时觉得她很漂亮，但印象并不深。后来又见过她。我约她出去，聊了很多，你知道的，我那时候生活放浪，只对睡女人感兴趣，睡完再找下一个。你知道，我有过一次非常糟糕的婚姻。几年前，本来还不错，但我前妻把我甩了，我觉得挺好，因为我这个人讨女人喜欢，喜欢四处留情。我就是个花花公子，是吧？

“我又见过她几次。我知道她和杰伊在一起。之后，那个制片人兰索霍夫要我在影片中用她，于是我让她参加了试镜。

“有一次，我约她出去，她犹豫犹豫，想出去，又不想出去，于是我骂了一句‘去你妈的’，就挂了电话。你知道吗，那也许是一切的开始。”

问：“你哄她了。”

答：“是的。她开始对我感兴趣了。我则装出很酷的样子，跟她约会了很长时间才……我发现她开始喜欢我了。

“我记得，有一次我把家里钥匙搞丢了，于是我和莎伦在她房间床上躺了一个晚上。我知道，我不会和她做爱。她是那种女孩。

“我的意思是说，坐怀不乱这种事对我来说太少见了。

“然后，我们开始去片场，大约是在两三个月后。在片场拍摄电影时，我问她：‘你愿意和我做爱吗？’她非常甜蜜地回答：‘愿意。’你知道吗，那是我们第一次有了肌肤之亲。此后，我们就经常见面。她的甜美可爱简直让人不敢相信。我经历过一次糟糕的婚姻，我不信世上有像她这样的人，所以我等了很久想让她露出本性，这么做没错吧？

“结果证明她的美不是伪装的。她太棒了。她爱我。我当时没和她住在一起。我不希望她来我家。她说：‘我不想约束你，只想和你在一起……’我说：‘你知道我是个什么样的人。我喜欢四处留情。’她说：‘我不想改变你。’为了和我在一起，她愿意做任何事。她就是他妈的一个天使。她独一无二，我这辈子再也不可能遇到像她那样的女人了。”

当被问到第一次跟西布林见面的情形时，波兰斯基说他们第一次见面是在伦敦的一家餐厅，并描述了他当时有多么紧张，西布林又是如何打破尴尬，西布林说：“伙计，我喜欢你。真的喜欢你。”更重要的是，“西布林看起来真的为莎伦开心而感到高兴”。在接下来的几次见面里，罗曼仍然感到有些不自在。“但当我来到洛杉矶定居后，他会来参加我们的派对等一些活动。这时我开始觉得杰伊这人很不错，是个非常可爱的人。哦，我知道他的困扰。他喜欢鞭打女孩。莎伦告诉过我。杰伊有一次把她也绑在了床上。这些她都告诉过我，还开过他的玩笑……她觉得有趣，但也替他感到难过……”

“他来我们家的次数越来越多，只是在我们家待着，四处逛逛，莎伦有时讨厌他待得太久，因为他总是最后一个离开。

“我敢肯定，我刚认识他时，他心里还爱着莎伦，但我认为这种爱后来几乎消失殆尽了。这点我非常确定。”

问：“也就是说，没有任何迹象表明莎伦会再回到西布林身边？”

答：“绝对不会！我们两人中，我才是花心的那个，总喜欢到处留情。这也是莎伦最烦心的事儿。但莎伦对杰伊绝对不感兴趣。”

问：“那她有喜欢其他男人吗？”

答：“不可能！其他男人根本没机会接近莎伦。”

问：“好吧，罗曼，我知道你也有事在身。现在我们就开始吧。我先跟你讲清楚要怎样测谎。”

警督迪米尔先跟罗曼解释了测谎仪的原理，然后补充了一句：“关键是要保持冷静。我知道你说话时经常做手势。你很情绪化，是个做演员的料，测谎对你来说有点不适应……但测谎一旦开始，我希望你保持冷静。等结束后，你想说什么就说什么，做各种手势也没关系。只要不过分都可以。”

待波兰斯基明白自己只能回答“是”或“否”，所有解释必须稍后再说之后，警督厄尔开始对波兰斯基进行正式询问。

问：“你有有效的加利福尼亚州驾照吗？”

答：“有。”

问：“你今天吃午饭了吗？”

答：“没有。”

问：“你知道是谁杀死了弗雷科夫斯基和其他人吗？”

答：“不知道。”

问：“你抽烟吗？”

答：“抽。”沉默半晌后，波兰斯基突然放声大笑。

问：“你知道这么闹有什么后果吗？我必须要重新再测！”

答：“抱歉。”

问：“当你回答说抽烟时，你看你的血压，开始升高了。升高、升高、升高，看着就像台阶一样。好了，我们从头再来……

“你现在在洛杉矶吗？”

答：“是。”

问：“你与弗雷科夫斯基和其他人的被杀有关系吗？”

答："没有。"

问："你今天吃午饭了吗？"

答："没有。"

问："弗雷科夫斯基和其他人的死你有责任吗？"

答："有。我当时应该在场，仅此而已。"

问："当你脑中反复琢磨这件事时——我知道你肯定会的——你觉得谁会是凶手的首要目标？我想你肯定认为不是莎伦，所有人都喜欢她。那还有谁会是凶手的目标呢？"

答："这些我都想过。我觉得凶手要杀的可能是我。"

问："为什么这么说？"

答："我是想说，凶手或许是出于嫉妒，或者意图陷害之类的。凶手要杀的不会是莎伦。如果莎伦是目标，那要杀的其实就是我。但也可能是杰伊，也可能是沃伊特克。也可能只是纯粹杀人，有人刚好想杀人而已。"

问："假如凶手要杀的是西布林，你觉得会是什么原因？"

答："没准是因为钱。有很多风言风语说是因为毒品，毒品交易。我觉得这太不可能了……"波兰斯基一直以为西布林"非常有钱"，最近才听说西布林欠了很多债。"我觉得，杰伊可能表面上看起来光鲜，可实际上遇到了严重的财务危机。"

问："如果说这一切是为了讨债，那简直太不可思议了。普通讨债可不会上门连杀五个人。"

答："不，不。我的意思是杰伊没准因为缺钱铤而走险，干了什么危险勾当，明白吗？或许迫于无奈惹了一些不法之徒，明白吗？"

问："也就是说，除了莎伦和她肚中的孩子，在剩下的三个人中，你觉得凶手要杀的是西布林，这符合逻辑吧？"

答："我觉得整件事根本毫无逻辑可言。

"要是让我找犯罪动机，我会试着跳出常规，你们当警察的思维都已经形成定式了，应该想想有没有什么不同寻常的原因……"

迪米尔问波兰斯基，在他的电影《罗丝玛丽的婴儿》上映后，是否收到过恐吓信。波兰斯基承认收到过，并揣测道："没准是巫术，你知道的。就是类似疯子的那种人。这样的杀人方式，这样的惨剧，我觉得凶手一定是疯子。”

“如果凶手要杀的人是我，我倒不惊讶。虽然现场还发现了毒品、麻醉品，但因此就下定论是因为毒品也太轻率了，你们警方只对这类线索一门清。就我所知，沃伊特克只抽过大麻这种麻醉品。杰伊也是，他还吸可卡因。我知道他吸可卡因。一开始我还以为他只是偶尔尝尝。可跟莎伦说起这事时，她说：‘你在开玩笑吗？他已经吸两年了。’”

问：“除了大麻，莎伦还有服用其他麻醉品吗？”

答：“没有。她认识我之前，的确吃过迷幻药，吃过很多次。我们两人认识之后谈过这事儿……我用过三次，不过是在迷幻药还合法的时候。”他哈哈大笑补充了一句，然后又板起脸。波兰斯基记得他和莎伦只服用过一次迷幻药，时间是在1965年底。那是他第三次吃迷幻药，莎伦是第十五或十六次。一开始两人都进入了亢奋状态，整夜聊个不停，可“到了早上，莎伦突然发狂，开始大声尖叫，差点没把我吓死。事后她对我说：‘我早就跟你说过，我不能再吃迷幻药了，这次是最后一次。’从那之后，我们两人再没碰过那东西”。

“我可以十分肯定地告诉你，莎伦没服用任何毒品，只碰过大麻，但也只是很小的剂量。怀孕期间，她更没碰过，她深爱着肚里的宝宝，绝不碰任何毒品。就连我给她倒杯酒，她都不喝。”

迪米尔给波兰斯基又测试了一次，然后才结束测谎。结果令他很满意，波兰斯基既没有牵扯到妻子和其他人的死，也没有丝毫隐瞒。

临走时，波兰斯基告诉迪米尔：“我现在喜欢上这个测谎了。”他甚至打算用这招去测试他的朋友。“但得慢慢来，不能引起他们的怀疑。不能让人知道我在警局测过谎。我不希望他们知道我以任何方式帮过警察，知道吗？这样的话他们会更坦诚。”

问：“你自己的生活还得继续。”

波兰斯基谢过警督，点燃一根烟，离开了。

问：“嘿，我还以为你不抽烟！”

波兰斯基已扬长而去。

8月20日，即彼得·赫尔科斯陪罗曼·波兰斯基去过案发现场的三天后，《公民新闻报》上刊登了赫尔科斯的照片。照片下配文：

“著名通灵者彼得·赫尔科斯，为谋杀案提供咨询而闻名（其中包括当前的莎伦·塔特惨案），将于周五晚在亨廷顿哈特福德路开课，课程将一直持续到8月30日。”

警方现已排除马迪根和琼斯的犯罪嫌疑，怀疑的对象只剩下威尔逊和皮克特。

由于熟知此案，迪米尔被派往东部向两人了解情况。

警方通过杰弗里·皮克特（绰号“皮克”）的亲戚联系上了他，约他在华盛顿特区某酒店的房间里见面。皮克特是国务院某位大人物的儿子，迪米尔看见皮克特时，感觉他好像“服用了麻醉品，可能是某种兴奋剂”，而且手上还缠着绷带。当迪米尔对他的手表示好奇时，皮克特含糊其词说是因为自己不小心碰到了菜刀。皮克特虽同意接受测谎，可根本无法保持冷静或听从指示，迪米尔只好将测谎改成了非正式询问。皮克特声称在案发当天，他一直在马萨诸塞州谢菲尔德市某汽车公司工作。问到他是否拥有武器时，皮克特承认他用朋友的信用卡在马萨诸塞州的马尔伯勒市购买过一把巴克刀。

皮克特之后将刀交给了迪米尔，刀看着像在波兰斯基家现场发现的那把刀。皮克特同时还上交了一盘录像带，说里面拍有阿比盖尔·福尔杰和沃伊特克·弗雷科夫斯基在波兰斯基家聚会上吸毒的画面。皮克特没解释他为什么会有这样一盘录像带，也没说他想用它做什么。

在警长麦根的陪同下，迪米尔前往马萨诸塞州，检查了皮克特所说的谢菲尔德市某汽车公司的打卡表，发现皮克特自8月1日，即凶杀案发生八天前就没再上班。此外，马尔伯勒市的两家商店虽然都卖巴克刀，但没有皮克特那种特殊型号的刀。

皮克特的嫌疑因此一下大增，但当警方找到他提到的那位朋友后，在检查信用卡收据时，发现了那把刀的购买收据。刀是8月21日，即塔特被杀很久之后购于马萨诸塞州的萨德伯里镇。那位朋友及其妻子还想起另外一件事，8月8日至10日的周末，皮克特和他们一起去了海滩，皮克特显然把这事都忘了。警方之后还对皮克特进行了两次测谎，结果证明他没说谎，他与塔特命案无关。警方因此排除了皮克特的嫌疑。

迪米尔又继续乘飞机前往多伦多，询问了赫布·威尔逊。起初他不肯接受测谎，直到迪米尔同意不问与毒品相关的问题，不会导致他被加拿大指控后，威尔逊才同意测谎，并通过了警方的测试，因此也被排除了嫌疑。

警方还将皮克特和威尔逊的指纹与塔特命案现场发现的可疑指纹进行了比对，结果并不匹配。

虽然在第一份塔特案调查报告（8 月 9 日至 31 日）中，警方已做出结论：威尔逊、马迪根、皮克特和琼斯的“犯罪嫌疑已排除”，但警督迪米尔和警长麦根还是于 9 月初飞往牙买加的奥乔里奥斯市，核实了威尔逊和琼斯所说的不在场证明。两人声称从 7 月 8 日到 8 月 17 日，他们一直在牙买加“拍摄一部关于大麻的电影”。

经过对房地产经纪人、佣人和机票代理商的走访，他们发现威尔逊和琼斯只说了一半实话：命案发生时他们确实都在牙买加，所做的事也和大麻有关，但经常来找他们的除了一些女伴，还有一名飞行员。几周前，这位飞行员不知何故突然辞去某著名航空公司的高薪工作，开始单枪匹马驾驶飞机，在牙买加和美国之间来回穿梭。

警探对两人所谓的拍电影深表怀疑，因为他们从女佣口中得知，女佣在两人房间里只看到一部拍摄设备：一台柯达小相机。

警方科学调查司观看了皮克特交给迪米尔的录像带。这盘录像带的内容与之前在阁楼发现的录像带完全不同。

影片显然是在波兰斯基不在家时拍摄的，片中的阿比盖尔·福尔杰、沃伊特克·弗雷科夫斯基、维托尔德·K 和一位身份不明的年轻女人正在波兰斯基家的壁炉前吃晚餐。摄像机打开后，一直没停，影片中的人好像打开摄像机录了一会儿后，就把拍摄的事彻底忘了。

阿比盖尔的头发向后扎起，看着像个发髻。与她的照片相比，影片中的她看上去显得更老一些，而且面带疲倦。弗雷科夫斯基则一副酒色之徒的模样。他看着像吸了大麻，却没有服用大麻后的兴奋劲儿，更像是喝醉了。影片一开始，阿比盖尔气呼呼地对待弗雷科夫斯基，就好像她眼前是一个被宠坏的孩子。

随后，画面中的气氛渐渐开始发生了变化。弗雷科夫斯基突然讲起了波兰语，这么做显然是想孤立阿比盖尔。反过来，阿比盖尔表现得则像一名贵妇，以风趣幽默的妙语对弗雷科夫斯基粗鄙的玩笑进行还击。弗雷科夫斯基一开始称她为“福尔杰女士”，喝醉后就变成了“福女士”。阿比盖尔则以第三人称视角对弗雷科夫斯基品头论足，那感觉就好像他不在场一样。她唠叨着弗雷科夫斯基靠喝醉摆脱毒品的习惯，语气中透着些许厌恶。

观看录像带的人感觉像在同步观看一场漫长而无聊的家庭争吵。但联想到两人之后就要在影片所拍摄的房子里惨遭毒手，影片中的两个小插曲就像电影《罗丝玛丽的婴儿》一样，令人脊背发凉。

影片中的阿比盖尔在准备晚餐时，说起弗雷科夫斯基有次吸了毒，看见壁炉里有一个奇怪的东西，便飞快跑去取相机，想把那东西拍下来：一个熊熊燃烧的猪头。

第二个小插曲出现的方式比较独特，更令观者毛骨悚然。影片拍摄时，麦克风放在桌上的烤肉旁，恰好捕捉到用餐时切肉的动静，只听见刀切在骨头上，一刀接一刀，不断发出刺耳尖锐的声音。

为破获塔特命案主动为警方出谋划策的“专家”不止赫尔科斯一人。8月27日，著名作家杜鲁门·卡波特[1]也在约翰尼·卡森的电视节目《今夜秀》中发表了自己对案件的看法。

作为《冷血》一书的作者，卡波特以权威的语气断言，此案是一个人作案，五人是被同一凶手所杀。随后，他还推测了凶手行凶的过程和杀人动机。

凶手为男性，案发之前也在波兰斯基家。这期间应该发生了什么事“引发了凶手的妄想症”。男子离开波兰斯基家，回家取了刀和枪，又返回波兰斯基家，开始有针对性地对房子里的所有人大开杀戒。卡波特推断，最后遇害的人是史蒂文·帕伦特。

基于其百余次对已判刑凶手进行访谈积累下来的经验，卡波特推断凶手是一个“十分年轻、愤怒的偏执狂”。凶手在杀人时，可能会获得性满足，回家

---

1 译注：杜鲁门·卡波特（Truman Capote，1924—1984），美国作家，代表作有中篇小说《蒂凡尼的早餐》与长篇纪实文学《冷血》。他用六年时间实地调查堪萨斯州两名反社会精神病患者犯下的凶杀案，以一种对凶手和受害者一概不表同情的态度写成《冷血》，赢得了普遍的赞扬，使“非虚构性小说”成为一种广受仿效的文学形式。

时已筋疲力尽，在家一直睡了两天。

虽然卡波特推断是单人犯案，但调查塔特命案的警探此时已排除了这种可能。警方最开始认定凶手只有一个人是因为现场只抓住了加勒森，但现在已经排除了加勒森的嫌疑。而根据受害者的人数，尸体摆放的位置，以及凶手曾用过两件以上的凶器，警方现在确信此案"至少有两名凶手"。

塔特案应为多人所为，但凶手到底是谁，警方依然毫无头绪。

8月底，警方对塔特案和拉比安卡夫妇案的调查结果分别进行了汇总。

《塔特凶杀案首次调查进度报告》长达33页，其中没有提及拉比安卡夫妇案。

《拉比安卡夫妇凶杀案首次调查进度报告》有17页，尽管此案与塔特案在作案手法上有许多相似之处，可报告中并没有提及塔特案。

两起案子依然是分开独立调查。

塔特案由警督鲍勃·赫尔德[1]负责，指派十几名警探全天调查，但主要调查人员为迈克尔·麦根、罗伯特·卡尔金斯和杰西·巴克尔斯。这些人都是老警察，从基层警员一路打拼才成为今天的警探。在他们的时代还没有警察学院，相比文凭和成绩考核，那个时代更看重个人资历。他们个个经验丰富，喜欢以自己的方式破案。

拉比安卡夫妇案的调查由警督保罗·勒佩奇领导，调查队伍分不同时期共由六到十名警探组成，主要调查人员为警长弗兰克·帕切特、曼努埃尔·古铁雷斯、迈克尔·尼尔森、菲利普·萨图奇和加里·布罗达。相对来说，这些警探大多较年轻，教育程度较高，经验相对较少，大多毕业于警察学院，更倾向于使用现代调查手段。例如，他们采集了几乎所有接受询问者的指纹，使用测谎仪的频率更高，更喜欢通过加利福尼亚州刑事调查和身份识别系统进行检索和指纹比对，还对受害者的背景进行了更深入调查，连遇害者莱诺·拉比安卡七年前度假时从汽车旅馆打出的电话竟然也核查过。

他们还更倾向于做出一些"非常规的"推测。例如，当你将塔特案和拉比

1　译注：即前文出现的警督罗伯特·赫尔德。

安卡夫妇案的总结报告放在一起对比，你会发现在前者报告中，调查人员没有试图解释案发现场前门上的血字代表什么，而后者则对血字的含义进行了推测，其推测甚至不能用“大胆”，而更应该用“天马行空”来形容。报告中指出：“经过调查，披头士乐队最新推出的 SWBO 101 号专辑[1]中有名为《Helter Skelter》[2]《猪猡》[3]和《黑鸟》[4]的歌曲。歌曲《黑鸟》中有句反复在唱的歌词‘奋起，奋起’，而案发现场前门附近墙上的血字‘崛起’可能正是源自这句歌词。”

然而，这个推测到底是谁提出的，已没人记得，也很快被警方抛到了脑后。

虽然两起案子是分开调查，但都采用了相似的调查手段。迄今为止，拉比安卡夫妇案的调查人员已询问了约一百五十人，塔特案询问的人数则多达两倍，但警方的调查像在原地转圈，没有任何进展。

在塔特案调查总结报告中，警方列出了五名嫌疑人——加勒森、威尔逊、马迪根、皮克特和琼斯，但此时都已经排除了嫌疑。

拉比安卡夫妇案报告中的嫌疑人虽多达十五个，但其中还包括遇害夫妇的儿子弗兰克、女儿苏珊娜和她的男友乔·多根，以及其他许多几乎无嫌疑的人。在这十五个人的名单中，只有加德纳的嫌疑最大。警方虽然还没有掌握他的掌印，没法通过对比排除他的嫌疑（警方在莱诺桌上的银行存款单上发现了一枚掌纹），但已经将他的指纹与案发现场的指纹进行了比对，并不匹配。

调查报告严格保密，不对媒体公开，仅限警方各部门查阅。

但有些记者已经起疑，怀疑警方之所以一直保持沉默是因为调查毫无

---

1 译注：1968 年披头士发行的第九张专辑，SWBO 101 为其目录编号。专辑出版时，全白色的封面上没有任何图案设计，只有乐队的名字，故又称“白色专辑”。它是摇滚历史上第一张双唱片专辑，共收录了三十首歌曲，从各个方面来说都相当前卫，还兼顾了可听性。

2 译注：此歌狂野、吵闹而充满噪音，是一首有意竭力制造喧闹声音的作品，被认为在重金属音乐历史中占有极为重要的地位，甚至被普遍认为是第一首重金属摇滚歌曲，对之后重金属音乐的发展产生了深远影响。

3 译注：“Piggies”，该歌曲中混入了猪鼾的音效。

4 译注：“Blackbird”，这首歌不仅有很强的艺术性，而且带有一定思想性。“黑鸟”有黑人的意思，而当时美国黑人歧视很严重。

进展。

1969 年 9 月

1969 年 9 月 1 日，星期一中午，十岁的史蒂文·韦斯在自家后山固定喷水装置时，发现了一把枪。

史蒂文和父母住在舍曼奥克斯区的朗维尤山谷路 3627 号。而比弗利格伦住宅区与朗维尤山谷路平行，位于山顶上。

喷水器位于半山腰的灌木丛下，需沿陡峭山坡向上走约 22.86 米，枪是在喷水器旁发现的。史蒂文曾在电视上看过侦探剧《天罗地网》[1]，知道如何拿枪不会破坏枪上的指纹。他小心翼翼地拎着枪管的前端，将枪带回家，拿给父亲伯纳德·韦斯看。老韦斯看了一眼枪，然后报了警。

警方通过无线电通知了该地区的巡警迈克尔·沃森。一年多之后，史蒂文作为证人，在法庭上描述了当时的情况：

问："你把枪给（沃森）警官看了吗？"

答："是的。"

问："他拿枪了吗？"

答："是的。"

问："他是怎么拿的？"

答："两只手，把整个枪握住。"

可惜《天罗地网》也没能拯救枪上的指纹。

警官沃森推出手枪转轮，发现枪中装弹 9 发——其中有 7 发是弹壳，剩下两发是实弹。枪是高标武器公司生产的 .22 口径长管左轮手枪。枪上有锈，还粘有泥土。手枪扳机护圈已经损坏，枪管松动，略微弯曲，像有人曾用它击打过什么东西。枪握把右侧的部件缺失。

警官沃森将左轮手枪和子弹带回洛杉矶警察局位于范努伊斯区的山谷分

---

1 译注：*Dragnet*，最早于 1951 年至 1959 年间推出的以纪实手法拍摄的侦探剧，1967 年到 1970 年继续推出后面剧集，是一部具有影响力的犯罪剧。1987 年被改编成电影版，由汤姆·汉克斯主演。

所，将枪登记为“发现的证据”，上交给警方证物部。证物部给枪贴上了标签，放在马尼拉信封里归档。

9 月 3 日至 5 日，洛城警方发出第一批协查塔特命案凶枪的机密“通告”。除高标武器公司 .22 口径长管左轮手枪的照片、高标武器公司产品经理洛马克斯提供的高标手枪销售店名单之外，还随附一封洛杉矶警察局副局长罗伯特·霍顿写的信，信中要求警察走访所有购买过此枪的人，并“亲眼核实枪的握把是否有损坏”。为避免媒体知情，信中托词道：因在缴获的赃物中发现此枪，警方正在寻找枪主。

洛城警方向加利福尼亚州、美国其他地区，以及加拿大各执法机构发送了大约三百张协查通告。

不幸的是，这其中遗漏了洛杉矶警察局位于范努伊斯区的山谷分所。

9 月 10 日，距塔特命案发生一个月后，洛杉矶各大报纸上突然刊登了一篇巨幅广告：

悬赏

25 000 美金

凡可提供线索，令杀害莎伦·塔特及其肚中未出生的孩子，以及其他四名受害者的凶手绳之以法者，罗曼·波兰斯基和波兰斯基一家的朋友愿给予 *25 000* 美元作为奖赏。

寄信地址：

加利福尼亚州，洛杉矶 90069 号

机场附属楼邮政信箱 60048

匿名提供信息者需凭有效方法验明身份，可将此报纸一分为二，提供信息时附上半张报纸，另一半留存以作后续证明。如有多人提供有效线索，奖金将由所有线索提供者平分。

参与悬赏出资的彼得·塞勒斯和沃伦·比蒂、尤尔·布林纳等人在宣布悬赏时，说道：“肯定有人知道一些线索，或者有怀疑的对象，可能因为害怕不敢说出来。肯定有人见过沾满鲜血的衣物、凶手用过的刀和枪，以及凶手逃跑时开的车。我们相信一定有人能提供有用的线索。”

有的人则并没有对媒体声张，选择悄悄进行个人调查。前情报官员，莎伦的父亲保罗·塔特上校 8 月份从军队退役后，开始留起胡须，任头发长长，经常在日落地带、嬉皮士聚集地和贩卖毒品的场所出入，试图找到残害他女儿和其他人的凶手。

警方担心塔特上校的私人调查变成一场个人战争，因为他们收到线报，塔特上校在调查时可不是赤手空拳。

悬赏也将警方置于尴尬之地。此举除了证明洛城警方办案无能，还会导致警方接到各种稀奇古怪的报警电话，警方之前已深受其苦。

自加勒森获释之后，警方便接到众多奇怪的报警电话。民众打电话指认的凶手范围之广，涵盖了从黑人权力运动到波兰秘密警察机构中的各种人。而且这些指控都只凭个人丰富的想象，甚至有人宣称是招魂仪式上回魂的莎伦本人说的。其中有一位妻子打电话举报她丈夫，理由是："他对自己那天晚上的行踪闪烁其词。"

骗子、美发师、男演员、女演员、灵媒和精神病患者，各色人等纷纷致电警方。这些电话所揭示的并非好莱坞的黑暗面，而是人性的底线。对受害者性怪癖的指责有多荒诞，致电人的思想就有多扭曲。洛城警方的调查也因此陷入千头万绪之中。许多打电话的人都担心他们的"朋友"即使没杀人，也起码曾与受害者一起吸过毒，其中有些致电者还不是匿名，而是众所周知的公共人物。

每一条线索都有支持者：人是黑手党杀的。不可能是黑手党，杀人手法太不专业。不专业是为了掩人耳目，好让警方不怀疑黑手党。

在打电话的人中，最执着的当属前八卦专栏作家史蒂夫·布兰特，塔特案的五个遇害者中，有四个都和他是朋友（他曾是莎伦和波兰斯基婚礼的证婚人），警察因此非常重视他的来电。一开始，布兰特为警方提供了大量有关威尔逊、皮克特及其同伙的信息。但他越来越频繁地给警方打电话，说出的人的名气也越来越大，显然他已经痴迷于案件之中无法自拔。布兰特相信有一个死亡名单，而他就是名单中下一个要死的人，所以他曾两次试图自杀。第一次发生在洛杉矶，幸好朋友及时赶到救了他的命。第二次是在纽约，他离开滚石乐队的演唱会现场后，返回了自己住的酒店。女演员乌尔特拉·维奥莱特给他打电话，想确认他没事，布兰特却告诉她，他已服用了安眠药。乌尔特拉·维奥莱特立即给酒店前台打电话，当酒店人员赶到房间时，布兰特已经咽了气。

塔特案如此轰动，主动提供线索以期减刑的人却少得可怜，这点倒是令人感到惊讶。或许是因为此案太过血腥，那些习惯主动提供线索的人也不想和它扯上关系。有一位刚获重罪的罪犯倒是急于想和警方“达成协议”，声称有人曾吹嘘参与杀害了塔特等人，但经过警方核查，只是编造的故事而已。

警方逐一核查并排除了电话里提供的大量线索，最终还是原地踏步，一切又回到案子的起点，调查没取得任何进展。

直到9月中旬，案发现场发现的眼镜才又重新进入警方的视线。根据医生处方配制的眼镜是在案发现场客厅行李箱旁发现的。得益于眼镜的参数，这副眼镜成了警方所掌握的最重要的线索之一。

9月初，警方曾给各眼镜品牌的销售商看过这副眼镜，得到的反馈则令人沮丧。眼镜镜架是流行的“曼哈顿”款式，到处都能买到；根据医生处方配制的镜片是现成品，并非特别“定制”的镜片。但也不能说一无所获，警方因此也掌握了这副眼镜主人的一些信息。

眼镜主人可能为男性。脑袋小，头圆如球。两眼间距很大。左耳比右耳高0.63至1.27厘米。近视极为严重，如果没有备用眼镜，需要尽快配新眼镜。

难道这就是塔特命案凶手外貌的部分特征？有这个可能，但这人也没准根本和案件无关，或许凶手为了干扰警方调查，故意将眼镜留在了现场，以上这些都有可能。

不管怎样，这倒是一条可以深入调查的线索。于是警方又发出一张带有眼镜处方的协查通告，并希望这次可以比调查那把左轮手枪更走运。协查通告发给了美国验光协会、加利福尼亚州验光协会、洛杉矶县验光协会和南加州眼科的所有眼科医生。

加利福尼亚州共计售出131支高标武器公司生产的长管左轮手枪，执法机关已找到并排除了其中的105支枪，这个结果令人吃惊，因为许多枪主已搬到了其他司法管辖区。警方还在对枪进行排查，但到目前为止，尚未锁定任何嫌疑人。警方第二批枪支协查通告发给了美国13家其他品牌枪支销售店，因为最近几个月，这些店订购了长管左轮手枪握把的替换件。这次协查通告很久才收到回信，依然没能锁定任何嫌疑人。

警方对拉比安卡夫妇案的调查也同样毫无进展。到目前为止，警方11次测谎一无所获。另外，他们还在刑事调查和身份识别系统中，比对了 140 名犯罪嫌疑人的指纹，并将银行存款单上发现的掌纹与 2150 名犯罪嫌疑人进行了比对，将酒柜上发现的一枚指纹与 41 034 名嫌疑人进行了比对，都没能匹配。

也正因为调查没有进展，到了 9 月底，塔特案和拉比安卡夫妇案的调查人员都没能再次提交新的总结报告。

1969 年 10 月

10 月 10 日，距离塔特案发生已经两个月了。好莱坞《公民新闻报》在头版社论中质问道："关于莎伦・塔特和另外四个人离奇遇害一案，洛杉矶警方到底调查了什么（如果有调查的话）？"

自 9 月 3 日召开塔特案新闻发布会之后，洛城警方就一直保持沉默，在那次新闻发布会上，洛杉矶警察局副局长霍顿承认警方还没锁定凶手，但同时也表示案件调查已"取得了巨大进展"。

"到底是何进展？"记者质问道。要求警方尽快破案的压力与日俱增；与此同时市民也变得越来越人心惶惶，因为人们喜爱的某位电视评论员毫不隐讳地表示，警方破案之所以如此拖沓，是为了给"娱乐界某位或某些头面人物"脱罪。

而案情内幕消息的不断泄露也让警方雪上加霜。媒体报道说，警方在塔特案案发现场几个地方都发现了麻醉品；有受害者在遇害前还在吸毒。到了 10 月，各媒体还曝出警方正在寻找一把 .22 口径手枪的消息，但报道有误，将左轮手枪说成了手枪。甚至有一家电视台还公开报道，说警方在案发现场发现了枪握把的碎片。警方此时一反常态，立刻打破沉默否认了这个消息，但电视台仍然坚持自己的说法。

.22 口径，握把有损坏。伯纳德・韦斯有好几次心里嘀咕，觉得这好像是他儿子史蒂文发现的那把枪。难道那把枪正是塔特案的凶器？

但转念一想，这也太荒谬了。毕竟，捡到的枪已上交给了警方，如果真是凶器，警方肯定会找他们了解详情，还要上山搜索其他证据。可自从 9 月 1 日将枪上交后，一点动静也没有。警方虽没找过他，但史蒂文还是自行上山搜索了一番，结果一无所获。另外，比弗利格伦住宅区距切洛路也不远，只有几公里而已。

然而，伯纳德·韦斯毕竟还有自己的事要忙，而破案是洛城警方的工作。

10月17日，警督赫尔德和副局长霍顿告诉记者，警方已掌握了可能找到杀死莎伦·塔特和其他四人的“多名”凶手的证据，但拒绝透露具体信息。

警方之所以召开这次新闻发布会，是为了减轻洛杉矶警察局肩上承受的公众压力。警方在会上没有宣布任何实质性信息，只否认了一些谣言。

然而，不到一周，即10月23日，洛城警方又匆匆忙忙召开了一次新闻发布会，宣布警方已掌握了一条线索，通过案发现场根据医生处方配制的眼镜，也许可以确定塔特案其中“一名”凶手的身份。

警方此举实属无奈，因为当天几家媒体已印发了警方对眼镜的协查通告。

各验光协会，共计大约18 000名眼科医生都收到过警方的协查通告。此外，在全美发行量达29 000份的《验光师周刊》和《眼耳鼻喉月刊》上也一字不差地刊登了此协查通告。然而，最令公众惊讶的不是警方信息的泄露，而是警方竟然拖了这么久才对外公布。

媒体早已如饥似渴，渴望获得一些实质性信息，此时纷纷以“塔特案取得重大突破”为题对此进行了报道，然而却忽略了一个显而易见的事实，即自从警方发现塔特案受害者尸体的那一天起，这副眼镜就一直在警方手中。

当一名显然在警方内部人脉甚广的记者质问，到目前为止，警方通过眼镜协查通告是不是只锁定了七名嫌疑人，并且已经排除了他们的嫌疑时，警督赫尔德拒绝对此问题发表评论。

在这次新闻发布会前一天刚开始准备的第二份，亦是最后一份塔特案调查进度报告中写着：“此时尚无法彻底排除加勒森的嫌疑。”通过这个结论，我们可以感受到当时警方调查人员心中的绝望。

这份塔特案调查进度报告长达26页，涵盖了警方从1969年9月1日到10月22日的工作，其中主要介绍了警方如何展开调查，从而排除了威尔逊和皮克特等人的嫌疑。

拉比安卡夫妇案的调查进度报告汇总了警方直到10月15日之前的调查，篇幅较短，只有22页，但内容却更有趣。

报告中的某个章节提到警探通过刑事调查和身份识别系统展开的调查：“正在比对所有作案时捆绑过受害人的案件。今后还将对多起抢劫中的以下犯罪特征进行排查：戴手套、戴眼镜，或剪断电话线。”

抢劫（多起）、戴眼镜、剪断电话线。拉比安卡夫妇家的电话线并没被剪断，也没有证据表明杀害拉比安卡夫妇的凶手戴了眼镜。这些都是塔特案凶手的犯罪特征。

由此，我们可以得出一个结论：拉比安卡夫妇案的调查人员“擅自做主”，没与塔特案调查人员通气，便对两起案子进行了合并调查。

拉比安卡夫妇案第二份调查进度报告之所以有趣，还有另外一个原因。

在这份报告中，警方共计列出了十一名嫌疑人，最后一人名为查尔斯·曼森。

1969年10月15日—11月17日

第二章　凶手

“你再见不到比他们更好的人了。”

——莱斯莉·范霍腾向警长迈克尔·麦根描述曼森家族时如是说道

“午夜时分
聚在桌前
伴着无迹可觅的声音
孩童在黑夜给云雀举办
特别的招魂会。”

——《哭吧，宝贝，哭吧》，出自披头士乐队“白色专辑”

“你必须心存真爱才可以帮他们解脱。”

——苏珊·阿特金斯向弗吉妮娅·格雷厄姆解释她为什么要刺死莎伦·塔特

1969年10月15日至31日

洛杉矶县治安官办公室位于司法大楼，与洛杉矶警察局总部帕克中心仅隔四个街区。两个地方离得如此之近，有拨电话的时间还不如直接过去快。

然而，现实却并非像想象中那么容易。虽然进行跨司法管辖区案件调查时，洛杉矶警察局和洛杉矶县治安官办公室需要相互合作，可彼此间却心存隔阂。

负责调查拉比安卡夫妇案的一位警探后来承认，他和同事本该在8月中旬联系洛杉矶县治安官办公室凶杀组，看他们是否碰到过类似的命案。但直到10月中旬，调查大多进入死胡同后，他们才想起联系县治安官办公室。

他们联系县治安官办公室之后才得知还有一起欣曼谋杀案。与负责调查塔特案的警官巴克尔斯不同，他们认为两起案件有惊人的相似之处，值得继续深入调查。

他们还从县治安官办公室警长怀特利和冈瑟处得知，欣曼案的调查最近刚有了新进展。不到一周前，因约县警方突袭了巴克农场，该农场位于死亡谷国家公园以南，地势崎岖，交通极其不便；以重大盗窃罪、纵火罪等多个罪名，共逮捕了嬉皮士邪教组织“曼森家族”的二十四名成员。其中不少人早在8月16日，洛杉矶县治安官突袭查茨沃斯区的斯潘电影农场时也曾被捕，包括劣迹斑斑、有过各种犯罪前科的该组织头领——三十四岁的查尔斯·曼森。

在为期三天的巴克农场突袭行动中，警方在距农场几公里之外一条道路附近的灌木丛里发现了两名年轻女孩，她们声称正试图逃离曼森家族，因为担心有生命危险，请求警方保护她们。这两个年轻女孩分别为斯蒂芬妮·施拉姆和姬蒂·鲁特辛格。

自从得知欣曼谋杀案的嫌疑人——绰号“鲍比”的罗伯特·博索莱伊有个名叫姬蒂·鲁特辛格的女朋友之后，怀特利和冈瑟一直在寻找这个女孩。获知此人已被捕后，两位警官驱车362公里赶到因约县县城所在地——独立城，对姬蒂·鲁特辛格进行了询问。

姬蒂十七岁，脸上有雀斑，一副受到惊吓的样子。她肚子里怀着博索莱伊的孩子，已有五个月的身孕。她虽然与曼森家族的人生活在一起，但显然没有获得家族的信任。8月初，博索莱伊从斯潘农场失踪，没人告诉她博索莱伊去了哪里。几周后，她才得知博索莱伊已经被捕。又过了很久之后，她才知道博索莱伊被指控谋杀了加里·欣曼。

问到欣曼被杀一事时，姬蒂说她听说曼森派博索莱伊和名叫苏珊·阿特金斯的女孩去欣曼家要钱，之后发生了打斗，欣曼被杀了。姬蒂记不清这话到底是听谁说的，只记得有人在农场说过，但对另一番话却记得清清楚楚。她和几个女孩曾听苏珊·阿特金斯说，苏珊曾与一个男人发生打斗，男人扯了她的头发，于是她用刀刺了那男人的腿三四刀。

在巴克农场突袭行动中，警方逮捕的人中有名为苏珊·阿特金斯的女孩，她当时登记的名字是“萨迪·梅·格鲁兹”，现在仍在羁押中。10 月 13 日，即警长怀特利和冈瑟与姬蒂谈话后的第二天，他们就传讯了苏珊·阿特金斯。

苏珊告诉警官，听说加里·欣曼继承了一笔钱，她和鲍比·博索莱伊奉命去他家弄些钱来。见欣曼不给，博索莱伊就掏出刀，划伤了欣曼的脸。她和鲍比两人在欣曼家里两天两夜轮班看着欣曼，防止他逃跑。在欣曼家的最后一个晚上，她正在厨房里，听到欣曼说：“不要，鲍比！”随后瞧见欣曼胸口流血，跌跌撞撞走进了厨房。

即使这样，欣曼当时也还没有死。在擦掉房子里的指纹后（事实上，并没擦干净，警方在现场提取到了博索莱伊的掌纹和指纹），他们刚要走出前门，突然听见欣曼发出呻吟。博索莱伊又返回了厨房，她听到欣曼的大喊声：“哦，不，鲍比，请不要！”另外，还听到“人临死时喉咙里发出的汩汩声”。

随后，博索莱伊用给车搭线的方法把欣曼那辆 1965 年的大众巴士打着火，他们开着欣曼的车返回了斯潘农场。

警长怀特利和冈瑟问苏珊可否对着录音机重复一遍刚才的话，却被她拒绝了。警方将苏珊送到圣迪马斯治安站，以涉嫌谋杀的罪名将其收押。

苏珊·阿特金斯的供词与姬蒂·鲁特辛格的供词有出入。基于苏珊的供词，警方无法证明曼森与欣曼谋杀案有关；而且苏珊也不承认自己有过刺伤人的行为，这点与姬蒂所说的矛盾。警长怀特利和冈瑟强烈怀疑苏珊有所隐瞒，只交代了她以为警方已掌握的情况。

拉比安卡夫妇案的两位调查人员此时并不知道，欣曼其实一直与曼森家族关系密切。曼森家族的几位成员，如博索莱伊和苏珊，甚至曼森本人，都曾在不同时期与欣曼在一起生活过。简而言之，他们之间有关系。但没有任何证据表明，曼森或他的追随者与拉比安卡夫妇或莎伦等人认识。

不管怎样，这好歹也算是一条线索，他们准备沿着这条线索继续追查。警方已经释放了姬蒂，将她交由其父母监管，姬蒂的父母就住在当地，警官们在她父母家继续向她了解情况。警官们还开始从洛杉矶县治安官办公室、因约县警方、曼森的假释官，以及其他方方面面收集曼森家族已知成员及相关人员的姓名、相貌特征和指纹。姬蒂还提供了另外一个信息，曼森家族在斯潘农场住时，曼森曾试图从名为“皈依撒旦”的机车党里招募他的私人保镖。但“皈依撒旦”那伙人里除了一个叫丹尼的人以外，其他人都看不起曼森，丹尼在农场里只逗留了几个月。

得知机车党正在加利福尼亚州的威尼斯区[1]活动，拉比安卡夫妇案的调查人员立即与威尼斯区警察局联系，请求协查该团伙成员丹尼的下落。

姬蒂·鲁特辛格所说的内容有一点让警长怀特利和冈瑟感到不解。据姬蒂所说，苏珊·阿特金斯曾直言自己往一个男人腿上刺了三四刀。一开始，他们以为姬蒂说错了，但后来一琢磨，发现其中有蹊跷。

加里·欣曼腿上并没有刺伤。

而沃伊特克·弗雷科夫斯基的腿上却有。

虽然洛杉矶县治安官办公室之前曾好心给洛城警方提供线索，结果热脸贴上了冷屁股，但10月20日，他们还是再次联系了洛城警方，将了解的新情况告诉了塔特案的相关调查人员。

直到十一天之后，即10月31日，负责塔特案的警探才去找姬蒂·鲁特辛格了解情况，由此可见他们对这条线索并不怎么感兴趣。

1969年11月1日至12日

随着案件调查进入11月份，谁也没想到的事情发生了，整个11月甚至可以被称为“坦白月”，这简直出乎所有人的意料。

1　威尼斯区，亦称威尼斯海滩，是西洛杉矶的一个区域，紧邻圣莫尼卡海滩。

欣曼谋杀案的嫌疑人苏珊·丹妮丝·阿特金斯，又名萨迪·梅·格鲁兹，被转送到了洛杉矶的女子拘留所——西比尔布兰德拘留所。11月1日，经过拘留所的检查之后，她被分配到8000号牢房，睡在龙妮·霍华德的对面床。龙妮是位身材丰满的应召女郎，三十多岁的她有近二十个化名。她在这里等待上庭接受审判，罪名是伪造处方。

在苏珊住进拘留所8000号牢房的同一天，弗吉妮娅·格雷厄姆因违反假释条例被捕，也被送进了该拘留所。格雷厄姆过去也曾是应召女郎，用过很多化名。她与龙妮不仅是朋友，还是生意伙伴，曾一起出去接客，龙妮还嫁给了弗吉妮娅的前夫。她们两人阔别五年了，谁都没想到会在拘留所里见面。

拘留所给苏珊和弗吉妮娅指派的是“跑腿”的工作，给拘留所里的工作人员送信。没工作或不忙时，她们会坐在“控制中心”——信息室的凳子上聊天。

晚上熄灯后，龙妮也会和苏珊聊天。

苏珊喜欢滔滔不绝地讲个不停，而事实证明，龙妮和弗吉妮娅都是很好的倾听者。

1969年11月2日，有个名为史蒂夫·扎布里斯基的男子来到俄勒冈州波特兰市警察局，告诉警长里查德，塔特案和拉比安卡夫妇案的凶手是“查理”和“克莱姆”。

十九岁的扎布里斯基说，他是在波特兰听两个来自加利福尼亚的嬉皮士说的，那两人的名字是爱德·贝利和维恩·普拉姆利。他还告诉警长里查德，洛杉矶已经拘留了查理和克莱姆，罪名是重大盗窃车辆罪。

贝利还跟扎布里斯基说过另外一件事，贝利曾亲眼看见查理用.45口径自动手枪打死一个男人，那男人是头部中枪。事发地点在死亡谷。

警长里查德问扎布里斯基是否有相关证据。扎布里斯基说他没有，但听到这话时，他姐夫迈克尔·劳埃德·卡特也在场，里查德可以跟他姐夫核实，姐夫会证明他没说假话。

可警长里查德并没核实。根据警方官方报告的解释，由于扎布里斯基“没有提供凶手的姓氏，也没有证据可以证明他说的是真话”，警长里查德“没有采信这次谈话，也没有通知洛杉矶警察局……”。

在拘留所8000号牢房，女囚们都称萨迪·梅·格鲁兹——苏珊·阿特金斯坚持要用这个别名——为“疯子萨迪”，给她取这样一个绰号可不仅是开玩笑。苏珊虽然身陷囹圄，精神却处于亢奋状态，会冷不丁地放声大笑或唱歌。无论手上正在做什么，她会毫无征兆地突然停止，然后开始跳艳舞。在拘留所放风锻炼时也不穿内裤。她吹嘘自己尝试过所有性行为，还不止一次提议其他囚犯也试一试。

弗吉妮娅·格雷厄姆认为苏珊是个“迷失的小女孩”，试图用夸张的行为掩饰她内心真实的恐惧。

有一天，坐在信息室休息时，弗吉妮娅问苏珊：“你是因为什么进来的？”

“一级谋杀。”苏珊回答时面不改色。

瞧着年纪轻轻的苏珊，弗吉妮娅简直不敢相信自己的耳朵。

在11月3日的这场特殊对话中，苏珊显然只字未提欣曼谋杀案，只说她觉得是一个共同被告——关在县监狱里的那个小伙子把她出卖了。警长怀特利和冈瑟在之前讯问苏珊时，没有告诉苏珊，举报她的人是姬蒂·鲁特辛格，所以她一直以为是鲍比·博索莱伊出卖了她。

第二天，苏珊告诉弗吉妮娅，警方指控她杀的那个人叫加里·欣曼。涉案的除了她以外，还有鲍比和另外一个女孩。警方应该还没指控另外那个女孩，但那女孩不久前刚因其他罪名也被关进了这家拘留所，现在已经获得保释，去威斯康星州生孩子去了[1]。

弗吉妮娅问苏珊：“人真是你杀的？”

苏珊看着弗吉妮娅，面带微笑，轻描淡写道：“当然。”

苏珊接着说道，但警察搞错了，他们还以为是她负责按住那个人，小伙子用刀杀了他。她说警察真的是太蠢了，她根本按不住那样大块头的男人。事实上情况正相反。是那个小伙子按住男人，她捅了那男人四五刀。

苏珊的这番描述听得弗吉妮娅心惊肉跳，感觉不可思议，“那感觉就像在说一件每天都会做，再稀松平常不过的小事而已”。

---

1 原注：苏珊此处所说的另外那个女孩指的是曼森家族的第一位成员——玛丽·布伦纳，她怀了曼森的孩子。警方这时并不知道她也是杀害欣曼的凶手之一。

苏珊不仅谈杀人，还聊过从鬼怪灵媒到她在旧金山跳半裸艳舞等各种话题。她告诉弗吉妮娅，她就是那时遇到了“一个男人，那个查理”。他是世上最坚强的男人。他曾入狱，却从未屈服。苏珊说，她无条件服从查理的命令，所有与查理生活在一起的孩子都这样。他就是他们的父亲，他们的领袖，他们心中的爱。

苏珊说，萨迪·梅·格鲁兹这个名字，正是查理给她起的。

弗吉妮娅回答说，给起个名没什么大不了的。

苏珊说，查理要带他们去沙漠，在死亡谷有一个洞，只有查理知道洞在哪里，由它可以通往地球中心，那里有一个完整的文明。查理将带着整个“家族”，即上天选中的少数人，去那个无底坑，并在那里生活。

苏珊还向弗吉妮娅吐露了一个秘密：查理就是耶稣基督。

弗吉妮娅觉得苏珊肯定是疯了。

11 月 5 日，星期三晚上，一个或许可以为破获塔特案和拉比安卡夫妇案提供线索的年轻人命丧黄泉。

晚上 7 点 35 分，威尼斯区警察局的警官接到报警电话后，赶到会所大道 28 号，这是一所靠近海滩的房子，房子的租户名为马克·罗斯。警察抵达现场时，发现有个年轻人躺在卧室地板的床垫上。年轻人大约二十二岁，绰号是“零”，真名不详，尸体仍有余温。枕头上满是鲜血，死者右边太阳穴明显有一处枪伤。尸体旁有一个皮制枪套和一把可以装弹 8 发的艾弗·约翰逊牌 .22 口径左轮手枪。根据在场的其他人（一男三女）所说，“零”是在玩俄罗斯轮盘赌时开枪打死了自己。

目击者的供词一致，他们自称是布鲁斯·戴维斯、琳达·鲍德温、苏·巴特尔和凯瑟琳·吉利斯，还说当罗斯不在的时候，他们也一直住在那所房子里。据琳达·鲍德温说，她一直躺在床垫右侧，“零”在左侧，这时“零”发现床旁架子上有枪套：“哦，这儿有把枪。”他从枪套里拿出了枪。鲍德温说：“枪里只有一颗子弹。”“零”右手握枪，旋转了一下转轮，将枪口抵在右太阳穴上，扣动了扳机。

分布在房子里各处的其他人都听到好似放鞭炮的声音。他们走进卧室，鲍德温告诉他们：“‘零’就像电影中演的那样，开枪打死了自己。”布鲁斯·戴维斯承认是他捡起的枪，然后他们报了警。

警察并不知道在场的所有人都是曼森家族成员，这些人在警方突袭巴克农场时被捕，获释后就一直住在威尼斯区这所房子里。警方对案发时在场的所有人进行了单独询问，所有人的供述基本一致，于是警方接受了俄罗斯轮盘赌的理由，认定死者是自杀。

这个说法其实有几个值得怀疑之处，但警方当时显然并没有深究。

之后，当指纹专家杰罗姆·博恩想从自杀者所用的枪上提取指纹时，他发现枪上和皮制枪套上都没有指纹。

警方检查过那把左轮手枪后，发现“零”其实注定难逃一死，因为手枪里装有 7 发实弹和 1 发子弹射击后留下的弹壳。换句话说，开枪时，手枪里其实装满了子弹。

曼森家族的许多成员，包括曼森本人都被关在因约县县城所在地——独立城。11 月 6 日，由科学调查司警督伯迪克陪同，拉比安卡夫妇案的调查人员帕切特和萨图奇前往监狱对这些人进行讯问。

调查人员帕切特问曼森，他是否知道塔特案或拉比安卡夫妇案。曼森回答：“不知道。”仅此而已。

帕切特觉得曼森这人毫不起眼，甚至连讯问报告都没写。他们共讯问了九名曼森家族的成员，只觉得有一个人值得写份备忘录。当天下午大约 1 点 30 分，警督伯迪克对登记名为莱斯莉·桑克斯顿的女孩进行了讯问。“在这次谈话中，”伯迪克指出，“我问桑克斯顿知不知道，有人举报萨迪（即苏珊·阿特金斯）涉嫌参与杀害加里·欣曼。她回答说知道。我问她是否知道塔特案和拉比安卡夫妇案。她表示知道塔特案，但对拉比安卡夫妇案似乎并不熟悉。我问她是否知道曼森家族中谁有可能与塔特案或拉比安卡夫妇案有关。她说有些‘事’让她相信，曼森家族中有人可能与塔特案有关。我让她解释一下那个‘事’指什么，她拒绝回答，希望我给她一晚上时间考虑，她说她觉得迷茫，不知道该怎么做。言外之意是次日可能会告诉我。”

但第二天早上，当伯迪克再次讯问她时，“她说不想再谈这个话题，谈话已经结束了”。

尽管此次讯问并没结果，但拉比安卡夫妇案的调查人员还是找到了一条线索。在离开独立城之前，调查人员帕切特要求检查曼森的个人物品。在仔细检查过曼森被捕时穿的衣物后，他发现曼森的软皮平底鞋的鞋带和裤子裤线都是细皮绳。帕切特提取了样本返回洛杉矶，与捆绑受害者莱诺·拉比安卡双手的皮绳进行了比对。

可科学调查司告诉办案人员，虽然它们看上去很像，但无法确认是否来自同一块皮革。

洛杉矶警察局与洛杉矶县治安官办公室之间心存芥蒂并非特例。从某种程度上说，几乎所有执法机构，甚至连有些机构部门内部之间都存在着一定的隔阂。

洛杉矶警察局的凶杀组位于总部帕克中心三楼的318房间，空间相当宽敞，呈长方形，里头没有隔断，只摆了两张长桌子，所有警探坐在桌子两侧工作。塔特案与拉比安卡夫妇案的调查人员之间相隔不过几米。

然而，除了物理上的距离，两组调查人员显然还心存芥蒂。塔特案的调查人员大多为久经战阵的"老警察"，拉比安卡夫妇案的调查人员多是年轻的"后起之秀"。除此之外，前者还因为后者负责调查了洛杉矶最为轰动的案子——西尔汉刺杀美国参议员罗伯特·肯尼迪一案[1]而耿耿于怀。简而言之，正是这种隔阂导致了双方缺少沟通。

正因为彼此之间的这种隔阂，拉比安卡夫妇案的调查人员没能跨过仅几米的距离，走到桌子对面告诉负责塔特案的同事，他们正在追查一条或许与两起案子都有关的线索。也没人告诉负责塔特案的警督赫尔德，他们已经去过独立城，讯问过查尔斯·曼森，此人涉嫌一起与塔特案极其相似的谋杀案；也没人告诉警督赫尔德，根据曼森的追随者、被捕时登记名为莱斯莉·桑克斯顿的女孩交代，曼森家族的人有可能正是杀害塔特等人的凶手。

负责拉比安卡夫妇案的警探们只是自顾自地继续着他们的调查。

事实上，如果莱斯莉·桑克斯顿（真名为莱斯莉·范霍腾）没忍住向警方

1　译注：罗伯特·肯尼迪是美国第35任总统约翰·肯尼迪的弟弟，在约翰·肯尼迪总统任内担任美国司法部长。哥哥遇刺身亡后，罗伯特于1964年当选参议员，1968年竞选总统，并极有希望当选，可在竞选途中被巴勒斯坦裔青年西尔汉用枪射死。最终理查德·尼克松赢得总统选举。

坦白，她本可以为警方提供有关塔特案的大量信息，而且对于拉比安卡夫妇案，她知道得更多。

而此时，苏珊·阿特金斯已经就这两起案件透露了足够多的案情。

11月6日，星期四下午约4点45分，苏珊走到弗吉妮娅·格雷厄姆床边坐下。当天的工作已经结束，苏珊，即萨迪，此刻想找人聊聊。她先讲了她服用迷幻药的经历，又聊了聊业力、人生起伏以及欣曼谋杀案。弗吉妮娅告诫苏珊要谨言慎行，因为她认识的一个人就是因为把不该说的话告诉了狱友，结果被判了刑。

苏珊答道："哦，我懂。我没告诉过其他人。你知道吗，我一瞧见你，就觉得你跟别人不一样，我可以跟你说这些事。"而且，她也不把警察当回事，觉得警察并没那么厉害。"你知道吗，警察对现在某个案子的调查错得简直太离谱了，他们甚至都不清楚到底发生了什么。"

弗吉妮娅一头雾水道："你说什么呢？"

"我是说贝内迪克特峡谷路的那个案子。"

"贝内迪克特峡谷路？你不会是说莎伦·塔特的案子吧？"

"就是那个。"话一出口，苏珊一下子兴奋起来，再也按捺不住急切的心情，"你应该知道是谁干的，对吧？"

"我不知道。"

"好吧，你正看着她呢。"

弗吉妮娅闻言倒吸了一口凉气："你肯定在跟我开玩笑吧！"

苏珊只微微一笑，道："呵呵。"[1]

弗吉妮娅·格雷厄姆后来记不清两人到底聊了多久，大概有35分钟到1小时，也许时间更长一些。至于其中某些细节到底是当天下午聊到的，还是之后聊天又提起的，以及所谈内容的顺序，都已经记不清了。

1　原注：苏珊、龙妮和弗吉妮娅的对话出自洛城警方对弗吉妮娅和龙妮的讯问录音、我与两人的访谈、庭审时的证词，以及我和苏珊的谈话。当然，本书在行文时略微有所修改，但如有大的出入都会标注说明。

不过，她清楚记得聊天的内容，之后她曾说过，那些话她到死都不会忘。

一开始，弗吉妮娅问了苏珊一个最为关键的问题："为什么，萨迪，你为什么要做那种事？""因为，"苏珊回答说，"我们想做点让世界震惊的事，那样整个世界就不得不睁开眼睛关注我们了。"但为什么选择塔特家？苏珊的答案简单得让人头皮发麻："因为她家地方偏。"他们对作案地点的选择是随机的。他们知道大约一年前，那房子的房主是影星多丽丝·戴的儿子特里·梅尔彻[1]，但并不知道当天晚上房子里会有谁，不过这并没关系，不管当天晚上房子里有多少人，一个还是十个都无所谓，反正他们会杀死所有人。

"也就是说，"弗吉妮娅问道，"你并不认识杰伊·西布林或其他人？"

"不认识。"苏珊回答道。

"我可以问你几个问题吗？我有些好奇。"苏珊对此毫不介意。她回答说，弗吉妮娅有双善良的棕色眼睛，而透过人的双眼能看到人的灵魂。

弗吉妮娅问苏珊，他们到底是怎么干的。"我太想知道了。"她补充道。

回答这个问题，苏珊乐意之至。在离开农场前，查理指示了他们该怎么做。他们穿着深色衣服，还在汽车里放了备用衣物，先将车开到塔特家门口，然后开车返回山下，停好车后，再步行返回。

弗吉妮娅插嘴道："也就是说，不止你一个人？"

"哦，不止我一个，"苏珊告诉她，"我们有四个人。"除苏珊以外，还有两个女孩和一个男人。

苏珊继续道，等到了大门前，"他"剪断了电话线。弗吉妮娅再次打断她，难道他不怕会剪断电线，导致屋里灭灯，引起屋里人的警觉吗？苏珊回答说："哦，不担心，他知道该怎么做。"从苏珊的语气，弗吉妮娅推断剪断电话线的那个男人曾去过塔特家。

至于他们怎么进的大门，苏珊没说，但她说他们第一个杀的人是那个男孩。当弗吉妮娅问起原因时，苏珊回答说，因为那男孩看到了他们。"他不得不开枪打死他。一共开了四枪。"

1　原注：弗吉妮娅·格雷厄姆曾在电视上看过房主鲁迪·阿尔托贝利的访谈，她虽然不记得他的名字，但知道房主不是特里·梅尔彻。而苏珊一直提房主梅尔彻，显然是认为梅尔彻就是房主。因此，弗吉妮娅一开始并不相信苏珊·阿特金斯所说的那些话。

听到这儿，弗吉妮娅有点糊涂了。弗吉妮娅后来回忆说："我想苏珊告诉我——但我不是很确定——我想她对我说的是查尔斯开枪打死了那个男孩。"弗吉妮娅一开始以为，查尔斯在出发前指示了他们该怎么做，但本人没来。可现在听着感觉好像查尔斯也来了。

事实上，弗吉妮娅不知道，曼森家族里一共有两个查尔斯：分别是查尔斯·曼森和人称"特克斯"的查尔斯·沃森。之后整个案子因为这个小小的误解而变得异常复杂。

他们进屋时——苏珊没说是怎么进去的——看到有个男人坐在客厅沙发上，客厅里还有一个女孩，那女孩正坐在椅子上看书，头也没抬。苏珊说那个女孩就是"安·福尔杰"。

弗吉妮娅觉得奇怪，苏珊怎么知道那些人的名字。"我们当时不知道，"苏珊回答说，"事后第二天才知道。"

进了房子之后，显然他们从某个时刻开始分头行动，苏珊去了卧室，其他人留在客厅。

"莎伦坐在床上。杰伊正坐在床边和她聊天。"

"哦，是吗？"弗吉妮娅问，"莎伦当时什么打扮？"

"穿着比基尼短裤和文胸。"

"开玩笑吧。她怀孕了吗？"

"是的。他们抬头看到我，吓了一大跳！"

"哇！这没给你造成大麻烦吗？"

"没有，他们两人都吓呆了，清楚我们可不是吃素的。"

至于接下来发生了什么，苏珊略过没说。苏珊此时"太嗨了"，会突然从一个话题跳到另一话题。突然就说到他们在客厅里，莎伦和杰伊脖子上缠着绳子，两人被绳子连在一起，只要轻举妄动就会断气。弗吉妮娅问为什么要给西布林戴上头罩。"我们没给他戴头罩。"苏珊纠正道。"可报纸上是这么说的，萨迪。""根本没有头罩这回事。"苏珊重申道，她对此非常确定。

这时，另一个男人（弗雷科夫斯基）突然挣脱向门口跑去。"那人浑身是血，"苏珊说，她给了他三四刀。"他身上流着血向前门跑，"出门后跑到了草坪上，"你能相信吗？那人就在草坪上大喊'救命，救命啊，快来人救救我！'，可根本没人出现。”

“然后，我们把他给解决了。”苏珊的话直截了当，没做其他解释。

弗吉妮娅这时没再问任何问题。开篇貌似一个小女孩的奇幻故事，突然就急转直下，成了让人毛骨悚然的噩梦。

苏珊没讲到底阿比盖尔·福尔杰或杰伊·西布林经历了什么，只说了句“最后一个死的是莎伦”。说出这话后，苏珊还放声哈哈大笑。

苏珊说她将莎伦两手紧紧按在身后，莎伦眼睛望着她，哭泣着向她乞求：“请不要杀我。请别杀我。我不想死，我想活。我想生下我的孩子。我想要我的孩子。”

苏珊说她直视着莎伦的双眼：“听着，贱货，我根本就不在乎你。我不在乎你是不是要生孩子。你最好乖乖做好准备上路。你就要死了，你这套把戏对我根本没用。”

接着，苏珊说：“几分钟后我宰了她，她死了。”

杀死莎伦后，苏珊发现自己手上沾了血。她把血放到嘴里尝了尝。“哇，今天可真爽！”她告诉弗吉妮娅，“我当时心中想的是‘品尝死亡，赋予新生。’”她问弗吉妮娅尝过人血的滋味吗。“温暖黏腻，味道不错。”

弗吉妮娅忍着心中的不适，问了一个问题。莎伦·塔特有孕在身，杀她时不会觉得下不去手吗？

苏珊一脸不解地瞧着弗吉妮娅：“我还以为你懂我。我这么做是因为爱她，在下手杀死她的一刹那，我自己的一部分也死了。”

弗吉妮娅答道：“哦，哦，我懂。”

苏珊说，她本来还想把莎伦肚中的孩子挖出来，但时间不够了。他们想把那些人的眼睛挖出来，在墙上挤爆，切断他们的手指。“本来准备把他们分尸，但没来得及。”

弗吉妮娅问她杀人后的感觉。苏珊答道：“我整个人兴高采烈，虽然感到疲惫，但内心获得了平静。我知道，这仅仅是 helter skelter 的开始。世界将听到我们要说的话。”

弗吉妮娅不明白苏珊说的 helter skelter 代表什么，苏珊试图向她解释，但她说话语速太快，又过于兴奋，弗吉妮娅根本跟不上她的思路。弗吉妮娅所能理解的是，有这么一群人自称是上天选定的，由查理负责召集，他们组成一个组织，去全国和世界各地随机挑选目标，通过处决的方式来拯救人类。“你必须心存真爱才可以帮他们解脱。”苏珊解释道。

在苏珊讲话时，弗吉妮娅不得不提醒她四五次，要她小点声别被人听到。苏珊听了只是笑笑，说她并不担心，因为她很擅长装疯卖傻。

苏珊继续向下说。离开塔特家后，她发现自己的刀丢了，她想可能是被狗叼走了。“你知道狗有时候会那么做。”他们本打算回去找，但最终放弃了。她还在桌上留下了手印。“这我事后才想到，”苏珊说，“但我确定应该看不出来，不然警察早把我抓起来了。”

据弗吉妮娅的理解，苏珊他们离开塔特家后，先在车上换了衣服，然后开了一会儿车，将车停在了一个有喷泉或有水的地方洗手。苏珊说有个男人出来想看他们在做什么，还对着他们嚷了几句。“还有，”苏珊问道，“你猜那人是谁？”

“我不知道。”弗吉妮娅答道。

“是比弗利山庄的治安官！”

弗吉妮娅说比弗利山庄并没有治安官。

“好吧，”苏珊没好气道，“是治安官或市长之类的什么人。”

那个男人伸进他们的车里要拿车钥匙，可“查理启动了汽车。哈，我们跑了。我们一路哈哈笑个不停”，苏珊又补充道：“要是那人知道该有多好！”

苏珊沉默了片刻，随后笑得像个小女孩一样，问道：“你知道第二天晚上被杀的那两个人吗？”

弗吉妮娅脑中闪过连锁超市老板和他的妻子——拉比安卡夫妇。“知道，”她说，“那也是你干的吗？”

苏珊眨眨眼：“你说呢？”

“但那只是计划的一部分，”苏珊继续道，“还有更多……”

但弗吉妮娅已经听不下去了，她找借口说去洗澡躲开了。

之后，弗吉妮娅回想自己当时的心情：苏珊一定是在开玩笑！她说的这些都是编的。这简直太疯狂，太异想天开了！

但随后她想起苏珊被关进拘留所的罪名——一级谋杀。

弗吉妮娅决定将此事保密，不告诉别人，因为这听起来简直太不可思议了。她还拿定主意，以后尽可能躲着苏珊。

第二天，弗吉妮娅走到龙妮·霍华德床边跟她聊天。躺在自己床上的苏珊插嘴道："弗吉妮娅，弗吉妮娅，还记得我跟你说过的那只美丽的猫吗？我要你记住它的名字。现在，听着，它叫曼森——人子[1]！"她又重复了几次，确定弗吉妮娅理解了她的暗示。苏珊讲话时语气充满童趣。

苏珊的话如巨石一般压在弗吉妮娅的心头，憋得她实在难受，她感觉自己再也撑不下去了。当她找到机会单独和龙妮·霍华德在一起时，她把苏珊对她说的话一股脑地都告诉了龙妮。"嘿，要是你，你会怎么办？"她问龙妮，"如果这些都是真的，天啊，那真是太可怕了。我真希望她没告诉我这些。"

龙妮觉得这些"都是苏珊编的，没准是从报纸上看到的而已"。

两人商量后决定，只有一个办法能验证真假，那就是让弗吉妮娅继续追问，看苏珊是否知道只有凶手才知道的情况。

弗吉妮娅想到一个主意，既可以达到目的又会不引起苏珊的怀疑。弗吉妮娅没有告诉苏珊，她对塔特凶杀案之所以感兴趣不只是出于好奇，还因为她其实认识杰伊·西布林。几年前，她有位女性朋友是西布林的美甲师，在位于费尔法克斯的西布林沙龙开张后不久，这位朋友介绍弗吉妮娅认识了西布林，但只是一般性的认识，西布林既非她的客户也不是朋友，仅在聚会或餐厅里碰到时点头打个招呼而已。苏珊将这事告诉她，真是个奇怪的巧合。而另一个巧合则更离奇。弗吉妮娅还曾去过切洛路10050号。早在1962年，她和她当时的丈夫以及另一个女孩一直想租一个远离纷扰的安静住处，正好得知切洛路10050号正对外出租，但没人带他们看房子，他们只好透过主宅窗户望了望里面。她几乎忘记房子的样子了，只记得看起来像一个红色谷仓，但第二天午餐时，她告诉苏珊她也去过切洛路10050号，并问她房间里还是金色和白色的装饰吗——这只是弗吉妮娅的猜测而已。苏珊回答了声"呵呵"，就没下文了。接着，弗吉妮娅还告诉苏珊，她认识西布林，但苏珊似乎对此不太感兴趣，

1 译注：曼森的英文为Manson，可以拆分成两个词：Man（人）和son（儿子），所以这里说Man's Son（人子）。

也并不怎么想聊，但弗吉妮娅缠着不放，从苏珊嘴里套出了许多零零散散的信息。

苏珊他们是通过沙滩男孩摇滚乐队成员丹尼斯·威尔逊[1]认识的特里·梅尔彻。他们——曼森、苏珊和其他人——曾和丹尼斯在一起住过一段时间。弗吉妮娅感觉他们对梅尔彻心怀憎恶，因为梅尔彻只在乎钱。弗吉妮娅还了解到塔特案的案发时间是在午夜至凌晨1点之间。“查理就是爱，纯洁的爱……当你用刀杀人时，刀插进去的感觉好极了。”

她还了解到除了欣曼案、塔特案和拉比安卡夫妇案之外，“之前还有更多——更多人……在沙漠里也有三个人被……”。

虽然苏珊零零碎碎透露了一些信息，但还无法验证她所说的是否都是真话。

当天下午，苏珊走过来，坐到弗吉妮娅的床上。弗吉妮娅正在翻看电影杂志。苏珊看到那本杂志便开始讲话。很久之后，弗吉妮娅承认，苏珊当时告诉她的比之前说的还离奇。因为听着太不可思议，弗吉妮娅甚至都没告诉龙妮·霍华德，她觉得没人会相信。苏珊·阿特金斯滔滔不绝说出一串人名，这是接下来要死的人的“死亡名单”。所有这些人都是名人。据弗吉妮娅所说，苏珊描述了要如何杀死伊丽莎白·泰勒、理查德·伯顿、汤姆·琼斯[2]、史蒂夫·麦奎因和弗兰克·辛纳屈的细节，听起来着实令人胆寒。

11月10日，星期一，一位自称苏·巴特尔的女子来拘留所看望苏珊·阿特金斯，并告诉她“零”已经死了。等苏走后，苏珊将这事告诉了龙妮·霍华德，但至于她是否有意美化了这个故事，则无人知晓。据苏珊的说法，“零”在死时，有个女孩一直握着他的手。枪声响起的一刹那，“‘零’全身颤抖，达到了高潮”。

“零”的死讯似乎对苏珊没有任何影响，反而让她变得非常兴奋。“想想那

1 译注：沙滩男孩（The Beach Boys），美国有代表性的冲浪摇滚乐队，1961年成立于加利福尼亚州，该团以精准的合音、先锋的文化姿态而著称。丹尼斯·威尔逊是该乐队的鼓手。

2 译注：汤姆·琼斯（Tom Jones），原名 Thomas Jones Woodward，著名歌手，1940年出生于威尔士。2006年封爵后也被人们尊称为汤姆·琼斯爵士（Sir Tom Jones）。

情景该多美！”她对龙妮如此说道。

11 月 12 日，星期三，苏珊·阿特金斯出庭，参加欣曼谋杀案预审。她在法庭上听到警长怀特利的证词后，才知道举报她的人是姬蒂·鲁特辛格，而不是鲍比·博索莱伊。返回拘留所后，苏珊告诉弗吉妮娅，检方竟然有一个让她深感意外的证人，但她并不担心这个人：“那人根本不值一提。”

同一天，弗吉妮娅·格雷厄姆却收到一个不妙的消息。她要被转移到科罗纳女子监狱服完剩下的刑期，当天下午就转移。在收拾东西时，龙妮走到她身边问：“你打算怎么办？”

“我不知道，”弗吉妮娅答道，“龙妮，如果你想接着……”

“我每天晚上都在和那个女孩聊天，”龙妮说，“天啊，她真的很奇怪。你知道吗，我觉得人有可能真是她杀的。”

弗吉妮娅之前忘记问苏珊“猪猡”一词的意思，报纸说凶手在塔特家门上留下了“猪猡”的血字。她建议龙妮以此作为突破口，或者问一些能验证苏珊是否说了真话的其他问题。

与此同时，两人决定先将此事保密。

同一天，威尼斯区警察局致电拉比安卡夫妇案调查人员，问他们是否还想跟“皈依撒旦”机车党的人了解情况。如果感兴趣的话，该团伙有个名叫阿尔·斯普林格的人犯了事，此刻正在接受他们的讯问。

调查人员将斯普林格带回洛杉矶警察局总部帕克中心，对他进行讯问并录了音。没想到此人竟提供了一个意外线索，警方在惊讶之余，甚至还觉得难以置信。因为据斯普林格所说，在 8 月 11 日或 12 日，即塔特案案发后两三天，查尔斯·曼森曾向他吹嘘自己杀过人，还说：“我们那天晚上刚宰了五个。”

1969 年 11 月 12 日至 16 日

负责调查拉比安卡夫妇案的警探尼尔森、古铁雷斯和帕切特对斯普林格进行了讯问，地点在洛杉矶警察局凶杀组审讯室，并且录了音。斯普林格年龄二十六岁，身高175厘米，体重118斤。除了穿着大众常见的破破烂烂、“五颜六色”的机车夹克之外，对于“非法”机车党成员来说，斯普林格整个人看起来出人意外地清爽干净。

事实证明，斯普林格也为自身的整洁感到自豪。他说这正是他不想与曼森和他那些女孩有任何瓜葛的原因之一。可“皈依撒旦”机车党负责管钱的人丹尼·德卡洛却与曼森家族鬼混在一起，还错过了机车党的会议，因此，在8月11日或12日，他去了斯潘农场想说服丹尼回来。“……那里到处都是苍蝇，他们就像生活在农场的牲口，我简直不敢相信自己的眼睛。你看，我这人很喜欢干净，真的。有些家伙很不修边幅，但就我自己来说，我喜欢整洁干净。”

“然后，那个查理过来……他需要丹尼留在农场，因为丹尼身上穿着机车党的夹克，如果有醉汉到农场骚扰女孩，想找碴，只要丹尼穿着‘皈依撒旦’的夹克亮相，就没人敢惹了，明白了吧。

“我试图劝丹尼回去，可查理站在那儿说：‘先别急，也许我可以给你一些更好的东西。’我说：‘你指什么？’他说：‘只要你来农场，这些女孩你想要哪个就要哪个，哪个女孩都行。’他说：‘都是你的，随你挑，做什么都行。’他是个会给人洗脑的家伙。我问他：‘伙计，你是怎么做到的？靠什么养活这他妈的二三十个女孩的？’‘她们都忠心耿耿地跟着我。’他说，‘我晚上会出去，去做我的事。’‘好吧，’我说，‘你的事指什么？伙计，是流浪吧。’他以为我既然是个机车党，会对一切都不放在眼里，包括杀人。

“所以他开始跟我说他如何厉害，和有钱人住在一起，他称警察是‘猪猡’，诸如此类的话。还说，只要他敲门，那帮人就会给他开门，他会带着他的弯刀进屋，宰了他们，瞧。”

问：“这是他跟你说的？”

答：“他就是这么对我说的，千真万确。”

问：“你在开玩笑吧，你真听到他这么说？”

答：“是的。我问他：‘那你最近一次杀人是什么时候？’‘嗯，我们刚宰了五个，’他说，‘就在那天晚上。’”

问：“你是说，他告诉你——查理说他刚宰了五个人？”

答：“对的。查理和特克斯都这么说。”

斯普林格不记得曼森所说的确切字眼。他当时说的不是“人”，可能是“猪猡”或“有钱的猪猡”。

拉比安卡夫妇案的调查人员简直不敢相信自己的耳朵，以至于他们跟斯普林格反复核实，同一问题问了三遍才作罢。

答：“我觉得这正是你们要找的人，我确定他就是凶手。”

问：“这听着倒是，但如今这年代，警察要保护公民的权利，讲究证据，不能仅凭他说过什么就起诉他。”

查尔斯·曼森什么时候说的这番话？是斯普林格第一次去斯潘农场时，8月11日或12日，具体哪天他记不清了。但他对那一次看到的场景印象十分深刻。“我这辈子从没见过那景象。我从没去过天体营[1]，也未见过真正放荡的白痴……”目之所及都是赤身裸体的女孩。大概有十几个人，其中一半年纪在十八岁或以上，但剩下的应该还不满十八岁。岁数小的女孩都躲在灌木丛里。曼森告诉他，这些女孩任他随便挑。只要他同意留在农场，还可以给他买辆沙滩车和一辆新摩托车。

想象一下，那可真是奇妙的一幕。查尔斯·曼森，又名耶稣基督，试图引诱一名“皈依撒旦”成员。

斯普林格之所以抵住了曼森的诱惑，可能多少是因为他知道自己团伙的同党曾经的遭遇：“他们在这个农场都染上了性病……农场已经无可救药了……”

第一次去农场时，曼森给斯普林格展示了他善于用刀的本事，尤其是长刀。斯普林格见到他从大概15米开外扔一把长刀，十有八次都能击中目标。斯普林格说那把刀正是曼森“砍”人时的武器。

“你们有碰到耳朵被割掉的尸体吗？”斯普林格冷不丁突然问道。一名警探显然点了头，因为斯普林格接着说道：“那就对了，那他就是你们要找的人。”查理说他曾割掉过某人的耳朵。斯普林格对警探们说，丹尼要是过来，可以告诉他们详情。不过问题是“丹尼害怕那些变态，他们已经想杀死他了”。

斯普林格还提到另外两个人——特克斯和克莱姆。调查人员让他说一下这两个人的情况。

“克莱姆是一个真正的白痴。”斯普林格说，“他是从州立精神病院卡马里

---

1 译注：天体营是一种裸体活动，指在一定区域里不论男女老少，无论是做游戏、娱乐、运动，还是休憩，都一丝不挂。

洛医院逃跑的病人。不管查理说什么，克莱姆都会照做。”据他所知，“查理和特克斯是整个家族的头脑。”与克莱姆不同，特克斯并不怎么说话。“他嘴很严，真的很严。那个人干净利落。头发有点长，看上去像个大学生。”特克斯大部分时间似乎都在研究沙滩车。

曼森对于沙滩车有个点子。他想在仪表板上装个可以关闭尾灯的开关。那样，如果他们的车被加利福尼亚州高速公路的巡警拦下，进而要扣他们的车时，他们的同伴可以手持散弹枪躲在车后，等巡警过来，“砰，开枪轰死他们”。

问："他为什么要这么干？"

答："啊，他想扬名立万，做世界领袖。他是个疯子。"

问："他的这个组织有名字吗？"

答："叫曼森家族。"

谈话又回到那把刀的问题上，调查人员问斯普林格可以说出刀的样子吗。他说可以，那是一把弯刀，真正海盗用的刀。斯普林格说，几个月前，那把刀还在“皈依撒旦”前首领手里，后来却消失了，他猜应该是团伙里某个人把刀送给了曼森。

他听丹尼说，那把刀是他们杀死一个叫作“亨兰德，应该是这个名字”的人时所使用的凶器。

“你对亨兰德的死了解多少？”调查人员问道。斯普林格说，据丹尼说，是个名叫“鲍斯利”的人和另外一两个家伙杀了亨兰德。丹尼还说“这不是猜测，几乎可以百分百确定。他可以证明那个鲍斯利或布斯利，或其他人杀死了那个人，查理显然也参与了其中。不管怎么说，反正有人割了那人的耳朵”。克莱姆还告诉斯普林格“他们如何割掉一些白痴的耳朵，在墙上写字，然后在墙上印了一个黑豹的手印或者说爪印，好嫁祸给黑豹党[1]。把他们做的都嫁祸给黑人，明白了吧。他们讨厌黑人，在此之前他们还杀了一个黑鬼”。

塔特案有五名受害者，再加上那个“亨兰德”（即欣曼）和“一个黑鬼”。到目前为止，已有七名受害者。调查人员在默默统计遇害者的人数。

---

1 译注：黑豹党是美国20世纪60年代活跃的黑人左翼激进组织。1966年由休伊·牛顿（Huey Newton）和鲍比·西尔（Bobby Seale）在加利福尼亚州的奥克兰市创建。黑豹党坚持武装自卫和社区自治，主张用武力阻止白人警察欺侮黑人。

"在斯潘农场，你还见过其他武器吗？"

"见过。"斯普林格第一次去农场时，曼森带他参观了装满武器的军火库。里面有散弹枪、猎鹿步枪和 .45 口径手枪。"我听人说，丹尼也对我说过，他们有一支 .22 口径、可以装 9 发子弹的邦特兰款长管左轮手枪。这是丹尼说的，他懂枪。那把枪应该就是杀死那个'黑豹党'的凶器。"

"黑豹党"的事他是听曼森说的。斯普林格记得，起因是特克斯在一大批大麻交易中坑了一个黑人的钱。因为曼森拒绝退钱，那个黑人威胁要带他的黑豹党兄弟们到斯潘农场来消灭他们。"于是查理拔出枪，本来这事应该由其他人干，但查理拔出枪，用枪指着那个黑人，开了四或五枪，可只听见咔、咔、咔，扣动扳机的声音，枪却没响，那个黑人站起来，说：'哈，你拿把空枪来我的地盘吓唬我吗？'查理嘴里说了一声'砰！'，一枪打在那家伙的心脏或哪里。这是查理亲口告诉我的，他就是用那把长管左轮手枪杀了那个黑人。"

杀那个黑人应该是在好莱坞某个地方，据说黑人的黑豹党朋友"将尸体丢在了一个公园，格里菲斯公园或某个公园里……我这都是听说的，是听查理说的"。

答："对了，有人在被害人冰箱上写字吗？"

审讯室里突然陷入寂静，拉比安卡夫妇案的调查人员问道："你为什么这么问？"

答："因为他跟我说过在冰箱上写了字。"

问："谁说的？"

答："查理说的。查理说，他们用血在他妈的冰箱上写了字。"

问："他说写了什么了吗？"

答："与猪猡、黑人之类的有关。"

如果斯普林格所说属实，如果曼森不是为了让斯普林格对他另眼相看而吹牛，这意味着曼森可能也涉嫌杀害了拉比安卡夫妇。到目前为止，受害者已经有九人了。

但调查人员怀疑曼森并没参与拉比安卡夫妇案。因为现场情况实际上与新闻报道的正相反，警方不是在冰箱门上，而是在客厅墙上发现的"去死吧，猪猡"的血字，墙上还写了"崛起"一词。而凶手在冰箱门上留下的血字其实是"HEALTER SKELTER"。

讯问斯普林格期间，有位调查人员离开了房间，几分钟后带了一个人回来。

问："这是我们的同事，迈克尔·麦根，我们先停一下。因为他刚来，所以需要你把刚跟我们说的话跟他再重复一遍。"

麦根是负责调查塔特案的警探之一。拉比安卡夫妇案的调查人员终于肯走到桌子另一头，与塔特案的调查人员分享他们的线索了。他们一定按捺不住心中的激动想说："嘿，瞧我们发现了什么！"

他们让斯普林格把刚才的话重复了一遍。麦根听了面无表情。斯普林格接着说起另一起谋杀案，他第一次去农场时，听说曼森家族的人杀了一个绰号"矮子"的牛仔。调查人员问他是怎么知道的，都知道些什么。"是丹尼告诉我的。"丹尼则是听农场的女孩们说的，"矮子""知道得太多，听到了太多，管得也太宽了"，所以"他们砍掉了那家伙的胳膊，他的腿，还有他的头……"。丹尼感到非常难过，因为他喜欢"矮子"那家伙。

也就是说，受害者现在已经有十人了。

问：（对麦根）"你有什么要问的吗？"

问："有，我想问问他们为什么杀死那个黑人，即所谓的黑豹党。这是什么时候的事，你知道吗？"

斯普林格并不确定行凶的日期，大概是他去农场前一星期。确切时间丹尼应该知道。

问："查理说他8月初杀害了五个人，你是不是认为跟某个案子有关？"

答："是的，是塔特那起命案。"

问："也就是说，你觉得两者有联系？"

答："是的。"

警探们开始有针对性地进行提问。查理告诉你他杀了那所谓的五个人时，还有其他人在场吗？没有。他有特别提到塔特吗？没有。在农场你见过谁戴眼镜吗？没见到。见过曼森拿枪吗？没有，只见过他带着刀。"他是个痴迷用刀的家伙。"你看到的那把弯刀和其他刀都是双开刃吗？斯普林格觉得是，但不确定。丹尼曾说查理曾经把那些刀专门送到某个地方去打磨。在农场看到过绳子吗？看到过，他们那里有各种各样的绳子。你知道塔特谋杀案有25 000美元的悬赏吗？"知道，那笔赏金我用得上。"

斯普林格共去过三次斯潘农场，第二次是在他第一次去的第二天。因为他骑摩托车离开农场时弄丢了帽子，回去找帽子时，摩托车刚好坏了，为了修车他只好留在农场过夜。曼森、特克斯和克莱姆又开始劝他入伙。第三次，也是最后一次去农场是在 8 月 15 日星期五晚上。这点警探们可以确定，因为那是洛杉矶县警[1]突袭斯潘农场的前一天晚上。另外，“皈依撒旦”机车党在周五开会，会上讨论了让丹尼离开曼森的问题。“我们当中很多人打算去农场收拾曼森，给他点颜色瞧瞧，让他别给我们的成员洗脑……”那天晚上有八九个人确实去了农场，“结果却跟开会预想的并不一样”。

有些人被曼森的花言巧语骗了，有些人则被女孩引诱进了灌木丛。在他们砸东西时，曼森对他们说，屋顶上有受过训练的狙击手正端枪瞄着他们。斯普林格派人去查看了他第一次来农场时曼森带他参观过的枪架，发现少了几支步枪。过了一会儿，“皈依撒旦”成员们丢下几句狠话，便一溜烟儿离开了农场，只留下他们中稍微清醒的罗伯特·莱因哈德，让他第二天把丹尼带回去。可第二天早上，“警察就占领了农场”，不仅逮捕了曼森等人，还把丹尼和莱因哈德也抓了。

几天后，他们都被警方释放了。据丹尼说，“矮子”就是在此之后不久遇害的。

丹尼害怕下一个死的会是他自己，于是开着卡车逃到了威尼斯区。一天深夜，克莱姆和曼森手下的另一个男孩布鲁斯·戴维斯偷偷摸摸接近卡车，正要撬开车门时，丹尼刚好听到动静，一把抓起了他那把 .45 口径手枪。斯普林格说丹尼确定他们是来“解决他”的。丹尼现在整天活得提心吊胆，他担心的不仅是他自己的生命安全，关键他儿子也和他住在一起。斯普林格觉得丹尼已经被吓破了胆，不敢跟洛杉矶警察局的人讲话。他应该能跟威尼斯区的警察聊聊，因为他“这辈子差不多一直在跟威尼斯区警察打交道”，但让他来帕克中心则是另一回事了。不过斯普林格答应调查人员，他会联系丹尼，设法让他主动过来，尽可能第二天就来。

斯普林格没有电话。警探问能否打电话到某个地方找他，又“不至于引起

1　编注：即洛杉矶县治安官办公室人员，下同。

别人的怀疑”。“你有经常交往的女孩吗?”

答:“我只跟我的妻子和孩子住在一起。”

干净、整洁、忠于伴侣,斯普林格完全有别于警察印象中的机车党。正如其中一名调查人员所说:“你彻底改变了我们对机车党的旧看法。”

阿尔·斯普林格提供的情况虽不像顺口胡诌出来的,但警探们对此依然持谨慎态度。斯普林格是局外人,并非曼森家族内部成员,第一次去斯潘农场,曼森就向他坦白至少杀了九个人,这不符合常理。斯普林格也许只是复述丹尼·德卡洛告诉过他的话而已,丹尼与曼森关系密切,知道隐情的可能性更大。但也有另外一种可能,曼森可能出于让机车党对他刮目相看的目的,谎称自己杀了那些人,但其实根本没有。

塔特案的调查人员麦根对此更是不以为然,后来甚至不记得斯普林格讲过的话,更不用说接下来去跟斯普林格了解情况了。

警方的这次讯问录了音,但负责调查拉比安卡夫妇案的警探只抄录了其中部分内容,长度不到一页,而且与他们的案子无关——即所谓曼森的犯罪坦白:“我们那天晚上刚宰了五个。”然后警方将录音带和那一页纸放进了档案。随着案件调查的推进,他们显然把这事抛到了脑后。

然而,从某种意义上来说,1969 年 11 月 12 日对斯普林格的讯问成为案件调查的重要转折点。距离塔特案和拉比安卡夫妇案已经过去三个月了,洛城警方终于开始认真考虑这两起案件是否存在某种关联,不再执着于他们长期以来所坚信的错误判断。拉比安卡夫妇案的调查已经锁定了一组犯罪嫌疑人:查尔斯·曼森和他的家族成员。另外也几乎可以确定,拉比安卡夫妇案的调查人员如果继续沿着姬蒂·鲁特辛格——斯普林格——丹尼这条线索深挖,即便没有苏珊·阿特金斯的证词,最终也会找到杀害史蒂文·帕伦特、阿比盖尔·福尔杰、沃伊特克·弗雷科夫斯基、杰伊·西布林、莎伦·塔特、拉比安卡夫妇罗斯玛丽和莱诺的凶手。

与此同时,分别被关押在西比尔布兰德拘留所和科罗纳女子监狱的两个人也试图将掌握的案情说出来,可一直没能成功。

关于塔特案和拉比安卡夫妇案,苏珊·阿特金斯第一次与龙妮·霍华德谈起是什么时候？这个确切日期已说不清了。但不管是哪一天，苏珊开头的方式都大同小异：先承认自己参与杀害了欣曼，然后像小女孩一样，用更令人震惊的事实刺激龙妮。

据龙妮所说，有一天晚上，苏珊走过来，坐在她床上，先聊了聊她自己的人生经历。苏珊说她多次服用过致幻剂，事实上但凡能做的事她都已经尝试过了，对她来说再没什么没见过、让她感到惊讶的事了。

龙妮回答说她也是。她十七岁因勒索罪被联邦监狱关押了两年，这期间她可见识了不少事。

"我打赌，我有些事肯定会让你大吃一惊。"苏珊说。

"我可不这么想。"龙妮答道。

"知道塔特凶杀案吗？"

"知道。"

"当时我在场。是我们做的。"

"是吗，说说谁都会。"

"不，你听我说。"随后，苏珊·阿特金斯开始跟龙妮讲述杀人的经过。

苏珊讲话会从一个话头突然跳到另一个话头，这常常让龙妮听得一头雾水，也导致龙妮对案件细节，尤其是受害者的名字、案发日期和案发地点都不如弗吉妮娅清楚。有些事听过之后她并不确定，比如凶手到底有多少人。她觉得苏珊有一次说的是五个人——苏珊自己、另外两个女孩、查理，以及一个留在车里的男人；可另外一次又好像是四个凶手，苏珊似乎没提车上的男人。她知道凶手中有一个名叫凯蒂的女孩，但到底这个女孩参与了哪起案子，是欣曼案、塔特案，还是拉比安卡夫妇案，龙妮并不确定。不过她记得苏珊没有告诉弗吉妮娅的，或者说弗吉妮娅忘记的一些细节。比如，查理有枪，女孩们拿的都是刀。是查理剪断了电话线，并朝车上的男孩开枪，随后又惊醒了沙发上的男人（弗雷科夫斯基），弗雷科夫斯基抬起头，发现一把枪正对着他的脸。

至于莎伦·塔特的苦苦哀求和苏珊的冷酷回应，龙妮和弗吉妮娅的描述基本一致。但两人对莎伦是如何遇害的说法有些不同。据龙妮所说，是其他两人抓住莎伦，然后如苏珊所言："我开始用刀捅她。"

"第一刀感觉非常棒。塔特的尖叫让我愣了一下，我一时火大，又开始拿刀捅她。"

龙妮问刀捅在哪里。苏珊说是刺在胸部，而不是肚子上。

“捅了多少次？”

“我不记得了。我只是不停地捅，直到她不再尖叫为止。”

龙妮曾经用刀刺伤过她的前夫，因此对用刀伤人多少有些了解。“那感觉是不是有点像捅枕头？”

“说得没错。”苏珊很开心龙妮能与她感同身受。“那感觉就像什么也没扎到，扎到空气中一样。”然而杀人就不同了。“那感觉像是一种性欲的释放，”苏珊告诉她，“尤其是当你瞧见血向外喷涌时，那感觉比高潮还爽。”

龙妮这时想起弗吉妮娅要她问的问题，于是问苏珊，血字“猪猡”代表什么。苏珊说，那是她用毛巾蘸着莎伦的血在门上写的。

讲话间，苏珊突然问道：“你还记那个死时肚子上插着餐叉的家伙吗？我们用血写了‘崛起’，‘去死吧，猪猡’和‘helter skelter’。”

“那也是你和你这几个朋友干的？”龙妮问。

“不，那次我们只去了三个人。”

“全是女孩？”

“不，两个女孩和查理。琳达那次没去。”

苏珊还聊了许多其他话题：曼森（他既是耶稣基督又是魔鬼）；helter skelter（龙妮承认自己没听懂，觉得意思是“要想活下去必须先被杀死”）；性（“整个世界正在进行一场大型交配——一切都在进进出出——抽烟、吃饭、捅人”）；如何装疯卖傻愚弄精神病专家（“你只要正常表现就可以。”龙妮如此建议她）；孩子（曼森曾帮助苏珊分娩了她的儿子，她给孩子起名为泽佐佐斯·扎德弗拉克·格鲁兹[1]）；机车党（有机车党给他们撑腰，“别人确实不敢惹他们”），以及杀人。苏珊喜欢聊杀人。“杀的人越多，你就越喜欢这种感觉。”苏珊似乎连提到杀人都会精神亢奋。她哈哈大笑着告诉龙妮“我们砍掉了”一些人的头，在沙漠，要不就是在某个峡谷里。

她还告诉龙妮，“有十一起谋杀案他们永远也侦破不了”，而且还会增多，变得越来越多。虽然曼森现在在监狱“不方便”，可家族里大部分人都是自

1　译注：英文为 Zezozose Zadfrack Glutz，这是苏珊自己想出的名字，并非正常姓名。

由的。

听着苏珊侃侃而谈，龙妮·霍华德意识到自己错了，本以为自己见多识广，再不会大惊小怪，可世上真有些事还能让她感到震惊。一是这个年纪才二十一岁，外表看起来比实际年轻许多的小女孩很可能真的杀了这些人。另一个让她心惊的是苏珊的断言，她说一切才刚刚开始，接下来还会有更多人丧命。

龙妮·霍华德之后说道："此前我从没举报过谁，可这事我实在无法憋在肚子里了。我内心在不断地挣扎，如果自己守口如瓶，这些坏蛋可能会被警方释放。他们会继续随机挑选受害者。我不能眼看着无辜的人被杀而无动于衷。而且每个人，包括我自己都有可能是他们随机选定的下一个目标。"

龙妮觉得"有必要把这事告诉警方了"。

如果人身陷囹圄，要与警察谈话按理说应该更容易，可龙妮·霍华德却发现事实并非如此。

具体日期已然记不清了，但据龙妮所说，她告诉西比尔布兰德拘留所一位女副所长——+ 警长布鲁姆[1]，说她知道谁是塔特案和拉比安卡夫妇案的凶手。她说这是其中一位凶手告诉她的，那个人现在也关在拘留所，可其他凶手还逍遥法外，要尽快逮捕他们，否则将有更多人遇害。龙妮希望拘留所允许她给洛城警方打个电话。

警长布鲁姆说会将龙妮的请求转达给上级——+ 警督约翰斯。

龙妮等了三天，没收到任何回信，于是向警长布鲁姆询问此事。布鲁姆告诉她，警督约翰斯认为龙妮是在胡说，他此时可能早已经把这事忘了。她还补充道："龙妮，你为什么不干脆也把这事忘了呢？"

据龙妮所说，她当时几乎是在乞求了，说除非及时报警，不然还会有人丧命。"那您能帮我打个电话吗？"龙妮乞求道，"求求您了！"

而警长布鲁姆的答复是："守卫替犯人打电话是违反规定的。"

11 月 13 日星期四，机车党丹尼·德卡洛在帕克中心接受了拉比安卡夫妇

1　原注：由于这里的女副所长和下文的警督约翰斯均未能接受采访，书中无法呈现他们关于这件事的说法，故而两者都用了化名。

案调查人员的询问。询问时间不长，也没有录音。虽然丹尼曾与曼森家族一起生活了五个多月，掌握了大量有关曼森及其家族所作所为的情况，但曼森并没对他承认过自己参与了塔特案或拉比安卡夫妇案。

警探们因此愈发怀疑斯普林格的证词，警方此时或许已认定斯普林格不是个可靠的证人。所以等斯普林格下周再来警局时，警方只让他辨认了几张照片，几乎没再问过他问题。

最终，警方安排丹尼在 11 月 17 日星期一接受询问并录音。按照约定，丹尼应该在当天上午 8 点 30 分左右到警局。

架不住龙妮·霍华德的苦苦央求，警长布鲁姆又跟警督约翰斯提起了此事。警督建议布鲁姆先找龙妮了解一些情况。

布鲁姆按照警督的吩咐做了，此时的龙妮还没搞清凶手到底都有谁，她把她听到的一些内容告诉了布鲁姆。凶手认识特里·梅尔彻。他们先开枪射杀了那个男孩史蒂文·帕伦特，开了四枪，因为男孩看见了他们。凶手最后杀害的是莎伦·塔特，用她的血写了“猪猡”这个词。凶手本打算把莎伦肚子里的孩子挖出来，但没得逞。最后，龙妮再次强调凶手还计划要杀更多的人。

但是，警长布鲁姆显然听错了龙妮的话，因为她告诉警督约翰斯，凶手把塔特肚子里未出生的婴儿挖了出来，警督约翰斯知道这与事实不符。

“给你说那些话的人在撒谎。”警长布鲁姆这样告诉龙妮，并解释了原因。

龙妮听了之后情绪几乎失控，她告诉警长布鲁姆是布鲁姆误解了她说的话，还问能不能让她当面告诉警督约翰斯。

可警长布鲁姆认为不能再打扰警督了。她告诉龙妮，此事就到此为止，以后不要再提。

令人颇感讽刺的是，有件事龙妮·霍华德并不知道，如果知道了或许会更加唏嘘：警长布鲁姆当时正与负责调查塔特案的一名警探约会，可这两人在一起时，显然有更重要的事情要谈。

弗吉妮娅·格雷厄姆也吃到了警方官僚主义的苦头。她不像龙妮·霍华德那样完全相信苏珊·阿特金斯的话，但一想到可能有更多人遇害，也深感不安。11 月 14 日，在转移到科罗纳女子监狱两天后，她决定必须把这件事告诉别人。

她认识并信任监狱里的心理学家薇拉·德莱塞医生。

囚犯想与监狱工作人员谈话，必须先填一张“蓝条子”，或者说申请单。弗吉妮娅写了一张纸条：“德莱塞医生，我想和你谈谈，此事非常重要。”

然而，申请却被退了回来，上面注明弗吉妮娅需要重新填写，并只能与监管她牢房的欧文斯医生谈话。但弗吉妮娅不想告诉欧文斯医生，于是又一次申请和德莱塞医生单独谈话。

最终，她的申请获得了批准，但那已是12月的事了。弗吉妮娅·格雷厄姆想要告诉德莱塞医生的事这时已经世人皆知了。

1969年11月17日

按照约定，丹尼·德卡洛本该周一早上8点30分到洛杉矶警察局凶杀组。可时间到了，人却没露面。警方先给他家打电话，没人接，然后又致电他的母亲。丹尼的母亲也没见到丹尼，她有点担心，因为丹尼本该把孙子送到她家，在他去洛杉矶警察局时由她照看孩子。可别说见到丹尼了，连丹尼的电话也没接到。

丹尼或许临阵脱逃了，因为上星期四警方跟他了解情况时，他就显得非常害怕。

但还有另外一种可能，一种令警方深感担心的可能。

同一天，龙妮·霍华德因伪造处方罪要在圣莫尼卡市出庭受审。西比尔布兰德拘留所的囚犯在上庭前，需要先被转移到布歇街的男子监狱，在那儿会有一辆大巴车接上她们，将她们送到指定法庭。在大巴车来之前，女孩们往往可以利用等车的几分钟用付费电话打电话。

龙妮觉得机会来了，也排队准备打电话。可直到大巴车就要来了，排在她前面的还有两个女孩。她给了两个女孩每人50美分，让她先打电话。

龙妮将电话打到比弗利山庄警察局，要求凶杀组的警探接电话。等警探接起电话，她告诉了对方自己的名字和狱中编号，说她知道谁是塔特案和拉比安卡夫妇案的凶手。警探回答说这两起案件由洛杉矶警察局好莱坞分局负责，建议她给那里打电话。

龙妮随后致电好莱坞警察局，向另一位凶杀组的警探提供了相同的信息。对方想马上派人过来，但龙妮告诉他，她接下来要出庭受审。

警探还没来得及问龙妮在哪个法庭受审，龙妮就挂断了电话。

接下来，在法庭的一整天，龙妮·霍华德总感觉有人在盯着她。她确信坐在法庭后面的两个男人就是凶杀组的警探，期望他们会随时找她谈话，可期望最终落了空。法院休庭后，她又乘大巴车返回了西比尔布兰德拘留所，等待她的还是8000号牢房和苏珊·阿特金斯。

直到快下午5点，丹尼·德卡洛才在洛杉矶警察局凶杀组现身。他之前骑摩托车去市区，发现油不多了，就去了一趟加油站。离开加油站时，因违章调头被巡警拦了下来，结果巡警发现他有很多逾期交通罚单，于是把他带走了。耗了将近一天时间他才获得保释。

与阿尔·斯普林格不同，丹尼·德卡洛无论外表还是言行一看就是机车党。他身材矮小，身高162厘米，体重118斤，留着八字胡，两个手臂上都有文身，一只胳膊和两条腿上还有摩托车连环碰撞起火后留下的伤疤。丹尼整个人给人感觉很机警，时不时会瞥一眼身后，好像在观察有没有人。负责询问他的警官尼尔森、古铁雷斯和麦根不知不觉间也学会了他嘴里吐出的各种行话。丹尼二十五岁，生于加拿大多伦多，因在海岸警卫队服役四年获得了美国国籍。他是军队里的武器专家，目前与父亲一起经商销售武器。要想了解斯潘农场的武器情况，再没有比他更好的人选了。在斯潘农场，除了喝得烂醉和跟女孩鬼混之外（丹尼承认大部分时间都是如此），他还负责管理武器，包括清洁和修理枪支，并且就睡在武器室里。只要有人动了武器，丹尼肯定知道。

另外，他对那个曾用来拍电影的斯潘农场非常熟悉，农场位于查茨沃斯区，距比弗利山庄虽不到32公里，却感觉像远在天边。威廉·S.哈特、汤姆·米克斯、约翰尼·马克·布朗和华莱士·比利[1]都曾在这个农场拍过电影。据说霍华德·休

1 译注：以上四位都是美国著名西部片影星。

斯[1]也曾亲抵斯潘农场，监督自己的影片《不法之徒》的拍摄。影片《太阳浴血记》[2]就以主楼后面连绵起伏的山丘为背景。现在，除偶尔拍摄万宝路商业广告或电视剧集《意外之财》[3]之外，农场的主要业务是为周末来农场玩的人出租马匹。位于圣苏珊娜帕斯路上的电影拍摄布景长角牛酒馆、岩石城咖啡厅、殡仪馆和监狱都已经上了年头，一如现年八十一岁，已经近乎失明的农场主人乔治·斯潘一样每况愈下。曾做过多年马戏团无鞍骑手，后转做牧马人的露比·珀尔替老乔治照料与马匹有关的生意：购买干草，招聘牛仔，确保他们将心思都用在照顾马匹和马厩上，而不是骚扰来上骑马课的年轻女孩。乔治的视力已所剩无几，所有生意都指望露比。一到晚上，露比就离开农场回家，与丈夫去过另外一种生活。

斯潘这些年共抚养了十个孩子，每个孩子都以他喜欢的一匹马的名字命名。每个子女名字的来源他都清清楚楚，却跟孩子对不上号。现在所有子女都离开了农场，只有少数几个孩子会定期来农场看他。1968 年 8 月，曼森家族来到该农场时，斯潘正孤身一人住在脏兮兮的拖车里，孤苦无助，仿佛已被整个世界遗弃。

早在丹尼加入曼森家族之前，农场的人就告诉他这些陈年旧事了。

曼森请求斯潘允许他在农场待几天，但压根没提他还带着二十五到三十个人，他指派家族里的“尖嗓子”照顾斯潘。

“尖嗓子”原名琳妮特·弗洛姆，当时已跟在曼森身边一年多，是最早加入曼森家族的女孩之一。她人很瘦，一头红发，脸上满是雀斑。虽然十九岁，但看起来要年轻得多。丹尼告诉调查人员：“她将斯潘牢牢掌握在手中。她给斯潘洗澡，为他做饭，帮他管理财务，还和他做爱。”

问：（难以置信地）“这怎么可能？！那老家伙还真行！”

答：“是啊……查理这么做是为了麻痹斯潘，让他充分信任‘尖嗓子’，等

---

1 译注：霍华德·休斯（Howard Hughes，1905—1976），美国企业家、飞行员、电影制片人、导演和演员。2004 年，马丁·斯科塞斯以休斯为原型，根据《霍华德·休斯：秘密人生》一书改编拍摄了电影《飞行家》，并由莱昂纳多·迪卡普里奥主演，展现了霍华德·休斯的传奇前半生。

2 译注：*Duel in the Sun*（1946），又译《阳光下的决斗》。由著名影星格利高里·派克主演的西部片，格利高里·派克在此片中首次尝试转型，饰演一个为爱痴狂的复杂人物。

3 译注：1959—1973 年播出的西部电视连续剧。

老头被哄得开心到忘乎所以了，农场就是‘尖嗓子’的了。这就是查理他们的计划。查理会指示女孩该跟斯潘说什么……女孩则负责把其他人跟斯潘说的话报告给查理。”

“尖嗓子”自此成了斯潘的眼睛。据丹尼所说，斯潘能看到什么都是曼森说了算。

或许因为心存疑虑，也可能因为偶尔来看望斯潘的子女强烈反对，斯潘一直没有把将农场留给“尖嗓子”写进遗嘱。警探们觉得这可能是斯潘还能活着的原因。

曼森篡夺斯潘农场的计划失败了。而他的第二个计划虽然有丹尼帮忙，也没能成功。曼森本计划让机车党加入曼森家族，用丹尼的话说，一起“残害社会”。丹尼与曼森相识是在 1969 年 3 月，那时他刚与妻子分居，去斯潘农场修几辆摩托车，然后就留在了农场。“我在农场过得很开心。”丹尼后来承认道。曼森对手下女孩的教导是，生孩子和照顾男人是她们此生的唯一目的。丹尼喜欢被人照顾的感觉，而那些女孩起码一开始对他也表现出深深的爱意，得益于生理某处天赋异禀，丹尼被女孩们称为“丹驴儿”[1]。

不过，丹尼也碰到一个问题。曼森反对喝酒，而丹尼最喜欢喝点啤酒，躺在阳光下晒太阳。他后来作证说，在斯潘农场，他有“大概 90%的时间”都是酩酊大醉的。而且，除了几个“特别甜心”之外，丹尼最终还是厌倦了那些女孩：“她们总试图向我布道，总对我讲曼森对她们宣讲的那些狗屁东西。”

8 月 15 日，在“皈依撒旦”机车党来农场捣乱之后，曼森一定意识到这帮人绝不可能加入曼森家族。从此之后，农场的人就不再搭理丹尼了，开家族会议时没人叫他，女孩们也拒绝和他亲热。他虽然也和曼森家族一起搬到了巴克农场，但在那儿只待了三天。丹尼说他之所以离开农场，是因为他发现那些人所说的“杀人”有可能是真的，而且他有强烈的预感，除非逃走，否则他可能会成为下一个受害者。“从那之后，”丹尼说，“我提高了警惕。”

上星期四，丹尼在接受警方询问时，答应会找到曼森的那把长刀。他把长刀交给了警长古铁雷斯，古铁雷斯将刀登记为“查尔斯·M. 曼森”的个人财产，

---

1 原注：曼森告诉丹尼，他，即曼森在生理上欠缺足够的天赋，需要丹尼来满足那些女孩，以免她们逃跑。虽然丹尼相信曼森的话，但听起来更像是曼森哄骗丹尼入伙的言辞。

疑似“187 PC”，即谋杀案的凶器。

这把长刀曾几度易手。丹尼在斯潘农场住了几个星期后，“皈依撒旦”机车党的首领，绰号“86 乔治”的乔治·诺尔来农场找他。曼森非常喜欢乔治的长刀，以答应替乔治支付 20 美元交通罚单的方式，把长刀搞到了手。据丹尼说，这把长刀成了曼森最喜欢的武器之一，他在自己专属的沙滩车方向盘旁安装了一个金属刀鞘。8 月 15 日晚上，“皈依撒旦”机车党来农场想把丹尼带回去时，发现并拿回了那把长刀，但当得知刀已经“脏了”，即成了犯罪凶器后，他们把刀给弄断了。丹尼将断成两截的刀交给了警长古铁雷斯。

刀全长 50.8 厘米，刃长 38.1 厘米。刀尖双面开刃，刀锋锐利，最宽处为 2.54 厘米。

丹尼声称，曼森就是用这把长刀割掉了加里·欣曼的耳朵。

通过丹尼的叙述，警方了解到除了鲍比·博索莱伊和苏珊·阿特金斯以外，还有另外三个人也参与了欣曼案，他们是：查尔斯·曼森、玛丽·布伦纳和布鲁斯·戴维斯。丹尼主要是听博索莱伊说的，他在作案后回到斯潘农场，向丹尼吹嘘过他的所作所为。或者，用丹尼原话说：“第二天，他趾高气扬地回到农场，那感觉就像刚睡了一个处女。”

据丹尼所说，博索莱伊说他杀了欣曼，过程如下：玛丽·布伦纳、苏珊·阿特金斯和鲍比·博索莱伊去欣曼家找欣曼，“见面先胡扯了一通，叙叙旧什么的”。然后，博索莱伊要欣曼把他所有的钱交出来，理由是他们需要钱。听欣曼说没有钱，博索莱伊掏出一把 9 毫米口径的波兰拉多姆自动手枪，用枪砸欣曼。在双方扭打时，枪突然走火，子弹在厨房里乱弹，但没打中任何人。（洛杉矶县警在厨房水槽下发现了一发 9 毫米口径子弹。）

随后，博索莱伊给在斯潘农场的曼森打电话[1]，对他说：“你最好过来一趟。加里不听话。”曼森和布鲁斯·戴维斯很快赶到欣曼的住所。受伤的欣曼一脸不解地恳求曼森，求他带其他人离开。他不想惹麻烦，不明白他们为什么要这么对他，他们可一直是朋友。据丹尼说，“查理一句话没说，只是用长刀打他，狠狠地打，还割掉了加里的部分或整个耳朵。”（欣曼的左耳被割为两半。）

1　原注：欣曼家在马利布市，斯潘农场位于查茨沃斯区，两地同属一个区号，不是长途，所以警方在电话公司没查到此电话的记录。

“加里服软了，因为害怕耳朵被割掉而转变了心意……”曼森给欣曼的选择是：交出他所有的钱，否则就是死。然后，曼森和戴维斯就离开了。

博索莱伊找到欣曼两辆汽车的“粉条子”（加利福尼亚汽车所有权凭证），可欣曼仍死死咬定自己没有钱。即使博索莱伊拿手枪打他，他也不松口，博索莱伊又给回到斯潘农场的曼森打了电话，告诉他：“我们从他身上得不到一分钱。他死不开口。我们不能就这样一走了之。他的耳朵被我们割坏了，他会去报警的。”曼森在电话里回答他：“好吧，你知道该怎么做。”博索莱伊于是照做了。

“鲍比说，他回到欣曼身边，开始拿刀捅他，他说捅了三或四刀……（欣曼）流了很多血，嘴里喘着粗气，鲍比说他蹲在加里身旁：‘加里，你知道吗？你已经没理由再活下去了。你就是一头猪猡，社会不需要你，这就是你最好的下场，你应该感谢我帮你得到了解脱。’随后，（欣曼）喉咙里咕咕作响，吐出最后一口气，哇，就这么死了。”

问：“鲍比对他说，他是一头‘猪猡’？”

答：“是的。你明白了吧，反社会是曼森家族的头号要义——”

问：（不确定的语气）“嗯。曼森的世界观和他那些狗屁理论我们一会儿再说……”

但他们再没讨论过这个话题。

丹尼又开始继续说。离开欣曼家前，他们在墙上写下“白皮猪”“白鬼”或“杀死猪猡”之类的话。博索莱伊还用手蘸着欣曼的血，在墙上留了一个爪印。这么做是想“栽赃嫁祸给黑豹党”，因为黑豹党用爪印作标志。随后，他们通过搭线打火的方法启动欣曼的大众迷你巴士和菲亚特旅行车，开车返回了斯潘农场。博索莱伊回到农场后开始对丹尼吹嘘他的所作所为。

之后，博索莱伊显然害怕警方通过墙上的掌纹找到他，又返回欣曼家，试图把墙上的爪印擦去，但没成功。那时欣曼已经死了几天，博索莱伊后来告诉丹尼，他“可以听到蛆在吃欣曼尸体的动静”[1]。

---

1 原注：1969 年 7 月 25 日星期五，博索莱伊、布伦纳和苏珊去了欣曼家，当天深夜曼森割伤了欣曼的耳朵。然而，到 7 月 27 日星期日欣曼才遇害，并且直到下星期四，即 7 月 31 日，欣曼的朋友因为接连几天联系不到欣曼而报了警，洛杉矶县治安官办公室的人这才发现欣曼的尸体。

从罪犯的角度来说，博索莱伊可以说是一个菜鸟。不仅在现场留下可以识别的掌纹，还在厨房留下了指纹。他们将欣曼的大众汽车和菲亚特汽车停在农场好几天，很多人都看到了那两辆车。[1]欣曼会吹风笛，那是一种非常少见的乐器。博索莱伊和女孩们还把欣曼的风笛带回了斯潘农场，有段时间风笛一直在厨房架子上，丹尼还试着吹过。博索莱伊没把杀死欣曼的刀丢掉，继续随身携带。8 月 6 日，当他开着欣曼的菲亚特汽车被捕时，警方在轮胎的轮毂中发现了那把刀。

丹尼为博索莱伊所说的那把用来杀害欣曼的刀画了一幅图。那是一把细长的小猎刀，刀柄上有一只鹰，还刻有墨西哥文字。图上的刀与警方从菲亚特汽车上发现的刀完全一致。丹尼还画出了那把 9 毫米口径的拉多姆自动手枪，但警方尚未发现这把枪。

调查人员问他在斯潘农场还看到过什么手枪。

答："嗯，有一支 .22 口径的邦特兰款长管左轮手枪。他们杀死那个黑豹党用的就是这把枪。我不想碰它，也不想清理它，甚至都不想瞧见它。"

丹尼声称不知道枪是谁的，但他说："查理以前总带着它，把它放在身前的枪套里。他几乎总带着那把枪。"

"大约在 7 月，也许是 6 月"的某个时候，那把枪就"突然出现了"。

"你最后一次见到那把枪是什么时候？"

"在警方突袭农场前一周就没见过那把枪了。"

警方突袭斯潘农场是在 8 月 16 日。一周前是 8 月 9 日，也就是塔特等人遇害的日子。

问："你没问过曼森'你的枪哪儿去了'吗？"

答："我问了，他说：'我把它送人了。'他喜欢那支枪，我觉得他可能是

1　原注：颇为讽刺的是，7 月 28 日，洛杉矶县治安官办公室的副治安官奥姆斯特德和格拉普因为其他事去过斯潘农场。他们在农场看到了那辆菲亚特旅行车，检查车的行驶证后知道车主是加里·欣曼。格拉普认识欣曼，知道他和斯潘农场的人是朋友，因此没有对汽车在农场起疑。欣曼此时虽然已经遇害，但尸体还未被发现。7 月 31 日，欣曼的尸体被发现后，洛杉矶县治安官办公室开始发"通告"寻找欣曼的车。但直到很久之后，格拉普才知道此事，或者说才知道欣曼遇害了。当然，如果他早点知道，警方或许会早点对斯潘农场和曼森家族进行调查，而无需等到几个月后，警方因为姬蒂·鲁特辛格才知道苏珊·阿特金斯和其他人的情况。

把枪藏起来了。”

调查人员让丹尼把那把邦特兰款长管左轮手枪画出来，结果与洛城警方协查通告上高标武器公司生产的长管左轮手枪几乎一模一样。后来，他们给丹尼看了协查通告，问他：“你看这把枪像你刚才说的那把枪吗？”

答：“我确定是一样的。”

问：“协查通告上那把枪和你看到的有哪里不一样吗？”

答：“看着一模一样。不过后准星有点区别。我看到的那把枪没有那东西。”

调查人员让丹尼说一下那个黑豹党被杀的情况。这是调查人员讯问斯普林格时，斯普林格最先告诉警方的。调查人员根据斯普林格提供的线索进行了调查，可警方之前并没接到类似的报警。

据丹尼所说，因为特克斯害得那个黑豹党在大麻交易中亏了2500美元，那个黑豹党打电话给斯潘农场的曼森，威胁说如果不赔钱，他就带兄弟们去消灭农场。当天晚上，曼森和一个名叫T. J.的人去了那个黑豹党在北好莱坞的家。曼森早都已经计划好了。

曼森把邦特兰款左轮手枪插在身后腰带上。等曼森一发信号，T. J.就从曼森身后拔出枪，当场干掉那个黑人。可T. J.在紧要关头害怕了，曼森只好亲自开了枪。丹尼说，那个黑人的黑豹党朋友在他被杀时也在场，他们后来把尸体丢到了格里菲斯公园。

丹尼见过那笔2500美元的钱，第二天早上曼森训斥T. J.临阵退缩时他也在场。丹尼觉得T. J.是个“非常好的人，他表面上虽然努力装成曼森的手下，内心其实并不想”。T. J.陪着曼森从头至尾参与了此事，但他对丹尼说：“我可不想跟杀人扯上关系。”一两天后，他就“随风而逝，不见了踪迹”。

问：“在农场还有谁被杀？‘矮子’呢？这事你知道吗？”

丹尼沉默了半晌，道：“这可是我用来保命的。”

问：“为什么这么说？”

答：“不到最后我不会说。”

问：“好吧，我们现在最好就说清楚。查理是不是手里有你的把柄，所以你——”

答："不，完全没有。他没我的把柄。"

但有一件事的确让丹尼心里不踏实。1966年，他因在墨西哥边境偷运大麻而被判重罪，这是一项联邦指控，目前他正提起上诉。另外，还有两项轻罪指控：他与阿尔·斯普林格和其他"皈依撒旦"成员出售被盗的摩托车发动机，这是当地警方提起的指控；另外，在购买枪支时提供虚假信息（购枪时使用假名，且事先没说明他之前曾被判重罪），这也是联邦指控。曼森此时正处于违反联邦法的假释期中。"如果警方把我和曼森关到同一个监狱怎么办？我可不想整天活得提心吊胆，一回头发现那个王八蛋就站在我身后。"

问："丹尼，有些事我得先跟你说清楚，好让你明白你现在的处境。我们要对付的这个家伙，我们确定他身上背着大约十三条人命。其中有些案子你还不知道。"

十三只是调查人员估计的数字而已，可丹尼的回答却让调查人员吃了一惊："我知道，我敢肯定塔特案就是他做的。"

问："我们已经谈过那个黑豹党，谈了欣曼，接下来要谈'矮子'，你认为塔特案也是他干的，那一共就是八条人命。现在又增加了五个受害者，对吧？我们觉得查理的精神有点小问题。

"我们在这儿是要制止谋杀，不想再有人遇害，所以我们绝不会把你或其他人置于危险之中。身为警察，如果为了破获十三个人被杀的案子，让第十四个人遇害，那我们的工作就毫无意义了。"

答："可我是一个可恶的机车党。"

问："我不在乎你是谁。"

答："警察根本不在乎我。"

问："我可不这么想。"

答："我也不是什么优秀市民——"

问："那天我跟你说过，丹尼，只要你跟我们说实话，毫无保留，别糊弄我——我不糊弄你，你也不糊弄我——大家坦诚相对，那我就会全力替你着想。我说话算话，那样你就不用跟那家伙碰面了。"

问：（另一名警探）"我们以前也和机车党，和其他各种各样的人打过交道。我们尽全力帮助他们，是因为他们也会帮我们。无论你是机车党，还是世界上最好的市民，我们都会竭尽所能确保你的人身安全……

“现在。说说你对‘矮子’都了解什么。”

1969年11月17日，当天傍晚，洛杉矶警察局凶杀组的两名警官莫斯曼和布朗突然现身西比尔布兰德拘留所，指名要见龙妮·霍华德。

见面时间虽然很短，但已足以让两名警官意识到事关重大，甚至觉得最好别再将龙妮和苏珊关在一起。他们将龙妮转移到单人牢房，然后驱车赶回洛杉矶警察局总部帕克中心，按捺不住激动要告诉其他同事，他们“破案了”。

此时，尼尔森、古铁雷斯和麦根还在向丹尼了解“矮子”被杀的情况。在询问斯普林格和丹尼之前，他们其实已对此事有所耳闻，因为警长怀特利和冈瑟与姬蒂·鲁特辛格谈过之后，自行对这起“可能的凶杀案”展开了调查。

他们知道“矮子”名为唐纳德·杰罗姆·希亚，三十六岁，白人男性，曾在斯潘农场时断时续干过十五年牛仔。像多数在斯潘电影农场进出的牛仔一样，“矮子”也在等某个制作人慧眼识珠，发现他拥有成为新的约翰·韦恩[1]或克林特·伊斯特伍德的潜力。一旦碰到有可能进入演艺圈的机会，“矮子”就会辞职，去追求他那虚无缥缈的明星梦。这也是8月下旬他从斯潘农场失踪都没有人怀疑的原因。

姬蒂还告诉洛杉矶县警，查尔斯·曼森、克莱姆、布鲁斯，或许还有特克斯都参与了杀害“矮子”，家族中有些女孩帮助清理了杀人后留下的痕迹。但警方有一件事不明，正好趁此机会问丹尼：“他们为什么要杀‘矮子’？”

答：“因为‘矮子’去老头儿那儿打小报告。查理讨厌告密者。”

问：“就为了农场那些狗屁事？”

答：“是的。‘矮子’想让老斯潘把农场交给他管理，他会好好把农场清理一遍。”他要在短时间内把曼森和家族的人赶走。但“矮子”犯了一个致命错误：他忘了“尖嗓子”不仅是斯潘的眼睛，还是曼森的耳朵。

---

1 译注：约翰·韦恩（John Wayne，1907—1979），素有“公爵”之称的美国电影明星，一直主演西部片，在银幕上塑造了一系列美国西部开发时期纵马持枪、见义勇为的牛仔形象，成为当时好莱坞票房收入最高的明星之一。

丹尼还列举了“矮子”被杀的其他原因。“矮子”娶了一个跳艳舞的黑人舞女。曼森对异族通婚和黑人有“看法”。（“查理仇恨两件事，”丹尼说，“依次是警察和黑鬼。”）曼森还怀疑8月16日警方突袭斯潘农场是因为“矮子”通风报信，大约在突袭的十天后，“矮子”就被解决了。[1]另外，还有一种可能，“矮子”可能无意中听到了其他杀人的事，但这只是丹尼的猜想。

丹尼说，“矮子”被杀是他听布鲁斯·戴维斯说的。此外，除了几个女孩说过，克莱姆和曼森也提过。丹尼不清楚具体细节，如他们是如何趁“矮子”毫无防备的时候动的手，在哪里动的手。但丹尼清楚他们杀人的模式。“他们的做法与历史上杀恺撒的方法雷同。”去武器室，拿了一把刀和四把德国刺刀，后者是在一家出售军队处理用品的商店买的，每把刺刀才一美元，并且非常锋利。然后他们单独叫“矮子”出来，“把他像切圣诞火鸡一样切开……布鲁斯说他们把他分尸九块。砍下他的头，又砍下他的手臂，那样就谁也认不出来了。他们还为此哈哈大笑”。

杀了“矮子”之后，他们用树叶盖住尸体（丹尼猜动手地点可能是在农场房后的某个峡谷里，但并不确定），有女孩帮忙处理了“矮子”沾满鲜血的衣物、他的汽车和其他物品。然后，“克莱姆在当天晚上或第二天回去把尸体埋好”。

问：（听不出是谁的声音）“大家现在可以先休息15分钟吗？让丹尼去楼上喝杯咖啡？现在出了一件事，有人想和你们几个警官聊聊。”

问：“当然可以。”

问：“我让丹尼先去八楼。15分钟后再回来。”

答：“我就在这儿等。”丹尼不想有人看到他在洛杉矶警察局里徘徊。

问：“不会超过15分钟。我们把门关上，这样就没人知道你在这里。”

有事发生只是托词，其实是警官莫斯曼和布朗从西比尔布兰德拘留所回来了，他们把在拘留所听到的话告诉了调查人员，15分钟的休息延长到近45分钟。尽管对苏珊与龙妮的谈话尚有许多疑问，但警探们确信塔特案和拉比安卡夫妇案已经“破案”了[2]。苏珊·阿特金斯在跟龙妮·霍华德讲述行凶过程时，

1　原注：“矮子”的具体死亡日期依然未知。据信他不是在1969年8月25日星期一的晚上，就是在1969年8月26日星期二遇害的。

2　原注：现在我们知道，这时说“破案”显然为时过早。

提到拉比安卡夫妇家血字的具体内容和塔特案中凶手留下的刀，这些是媒体没有报道，只有凶手才知道的细节。他们将情况上报给警督赫尔德（塔特案的负责人）和勒佩奇（拉比安卡夫妇案的负责人）。

当调查人员重新回到审讯室时，心情也轻松了许多。

问："我们继续聊，刚说到'矮子'，他被分尸九块，头和手臂被砍掉……"

丹尼虽然不知道调查人员掌握了新情况，但一定能感觉到警方调查方向发生了变化。警探们匆匆结束对"矮子"一事的询问，话题一转，开始针对塔特案发问：丹尼到底为什么觉得曼森参与了塔特一案？

因为两件小事，但也许是同一件事，丹尼并不确定。"他们出去做事，回来时多了 75 美元。特克斯也参加了，还搞伤了脚。有人退出了。我不知道他是否挨了揍，但他得到了 75 美元。"

丹尼之前对调查人员说过，斯潘农场没有日历。没人会特别注意今天是星期几。但农场所有人都记得 8 月 16 日，因为那天是警方突袭农场的日子。而丹尼说的这事是在警方突袭农场之前。

问："之前多少天？"

答："哦，前两周。"

如果丹尼估计得没错，那也早于塔特遇害的日子。"另一件事是？"

答："有天晚上他们出去了，除了布鲁斯以外，其他人都出去了。"

问："都有谁？"

答："查理、特克斯和克莱姆。他们三个。第二天早上——"

一名调查人员打断他，问他确实看到他们离开了吗。没有，只是第二天早上——又有调查人员插嘴问道：那天晚上有女孩出去吗？

答："不，我想——没有，我几乎可以肯定，只有他们三个男人出去了。"

问："好吧，你记得那天晚上有哪些女孩留在农场吗？"

答："听着，女孩们分别住在农场各处，我不可能知道谁在，谁不在……"

因此，也可能有女孩在丹尼不知道的情况下出去了。还记得日期吗？

丹尼大概记得，因为他当时正在修摩托车发动机，必须进城买轴承。大约是在 8 月"9 号、10 号或 11 号，当天晚上他们分开了，第二天早上才回农场"。

克莱姆站在厨房前。丹尼走过去问他："昨晚你们干什么去了？"克莱姆脸上挂着“精神病那种傻乎乎的笑容”。丹尼瞥了眼身后，发现曼森正站在他身后。他感觉克莱姆刚要回答就被曼森制止了。克莱姆说：“别担心，我们昨晚挺好的。”这时曼森走开了。克莱姆跟过去之前，手搭在丹尼的胳膊上，说：“我们宰了五头猪。”说这话时脸上笑得灿烂如花。

克莱姆告诉丹尼：“我们宰了五头猪。”曼森对斯普林格说过：“我们那天晚上刚宰了五个。”苏珊向龙妮坦白，是她刺死了莎伦·塔特和沃伊特克·弗雷科夫斯基。博索莱伊向丹尼承认他杀死了欣曼。而苏珊又告诉龙妮欣曼是她杀的。突然之间这么多人都承认自己杀了人，警探们被彻底搞糊涂了，搞不清究竟是谁杀死了谁。

他们先略过欣曼案，毕竟那由洛杉矶县治安官办公室负责，将全部注意力集中在塔特案上。关于此案的凶手，目前有两个说法：

（1）丹尼认为是曼森、克莱姆和特克斯杀了莎伦·塔特等人，没有女孩参与。

（2）而据龙妮转述苏珊·阿特金斯所说，去切洛路 10050 号行凶的是苏珊、另外两个女孩（苏珊曾提到“琳达”和“凯蒂”这两人，但她们是否参与尚不确定），加上“查尔斯”，可能还有另外一个男人。

至于拉比安卡夫妇案，他们只知道凶手中有“两个女孩和查理”，“琳达没有参与”，而苏珊·阿特金斯也是其中一员。

警方决定换个思路——调查一下农场中的其他女孩。但有几个问题需要先解决。那三个男人穿的什么衣服？丹尼答道，深色衣服，曼森穿一件黑色运动衫，牌子是李维斯的，软皮平底鞋。特克斯穿的也差不多，但可能一直穿着靴子，这点他并不确定。克莱姆也穿李维斯牌运动衫和软皮平底鞋，外加橄榄色的野战夹克。第二天早上见到他们时，他注意过他们身上有血迹吗？没有，当时丹尼也没意识到要去注意是否有血迹。他知道他们出去开的什么车吗？当然，是约翰尼·斯沃茨那辆 1959 年的福特车，农场当时只有这一辆车能开。他知道那辆车现在在哪儿吗？据丹尼所知，警方在 8 月 16 日突袭农场之后就把车拖走了，车可能依然停在卡诺加公园停放暂扣车辆的车库里。斯沃茨不是曼森家族成员，他在斯潘农场干活，会借车给曼森他们。他知道特克斯的真名吗？特克斯的名字是“查尔斯”。丹尼说他曾在粉色的汽车所有权凭证上看到过他的姓，但没记住。是“查尔斯·蒙哥马利”吗？调查人员用姬蒂·鲁特辛格告诉他们的名字问道。不是，听着不熟。那克莱姆呢？……“塔夫茨”这个名有印象吗？没有，丹尼从没听人这么叫克莱姆，不过，“托潘加峡谷那个被枪杀的男孩，那个十六岁的孩子，他是不是叫塔夫茨？”调查人员答道：“这个我不知道。那是治安官办公室负责的案子。我们现在手里有太多谋杀案了。”

好，现在谈谈农场那些女孩。“你对她们了解多少？”

答：“那我可非常了解，伙计。”（哈哈大笑声。）

警探们开始逐一询问斯潘农场和巴克农场被捕女孩的情况，但他们马上发现有问题。这些女孩不仅在被捕登记时用的是别名，在农场里也用别名。而且她们显然换名字跟换衣服一样随便，完全凭心情。她们甚至还互相交换名字，这又给调查增加了难度。

但更让调查人员头疼的是，丹尼心里有抵触，他不愿承认这些女孩会杀人。

而农场里的男人则另当别论。丹尼觉得，鲍比、特克斯、布鲁斯、克莱姆这些人，只要曼森下令，就会去杀人。（后来证明，他们手上都沾满了鲜血。）

警方排除了埃拉·乔·贝利的嫌疑，因为她在命案发生前就离开了斯潘农场。另外，还有玛丽·布伦纳和桑德拉·古德。两起命案发生时，她们都在监狱里。

那么又名露丝·安·休伯赫斯特的露丝·安·斯马克呢？（这些都是她被捕时登记的名字。其真名为露丝·安·穆尔豪斯，曼森家族的人称其为“乌伊施”。丹尼明明知道这点，但出于私人原因，没有告诉调查人员。）

问：“露丝·安·斯马克，这个女孩你知道吗？”

答：“她是我最喜欢的甜心之一。”

问：“你觉得她有胆去杀人吗？”

丹尼迟疑了半晌才回答。“你们知道吗，这个小女孩很可爱。让我真正感觉不舒服的是有一天晚上，我正在位于沙漠的农场里，她走到我身边，说：‘我等不及想要宰我的第一头猪了。’”

“她才刚刚十七岁！我看着她，像在看我自己的女儿，觉得她是我这辈子最想遇到的最可爱的小姑娘。她是如此的美丽和可爱。但曼森给她洗了脑，玷污了她的思想，甚至让你忍不住作呕。”

她告诉丹尼，她定下动手的日子在9月1日左右。这么看来，她当时还没杀过人，所以不可能参与了拉比安卡夫妇案和塔特案。警方因此也排除了露丝·安的嫌疑。

丹尼认识凯蒂吗？认识，但他不知道她的真名。“我一直都不知道那些女孩的真实姓名。”丹尼说。凯蒂年龄稍长，她不是离家出走来到农场的，她家就在威尼斯区附近。丹尼对凯蒂的描述不清晰，只说她身上毛发茂盛，没人愿意跟她睡觉。

那琳达呢？丹尼说，她是个身材矮小的女孩，但她在农场没待很久，只有一个月左右。而且丹尼对她也不熟。琳达在警方突袭斯潘农场前就已经离开了农场。

一名警探问，萨迪在外出执行“潜行”任务时，身上带了武器吗？

答：“她会带一把小刀……他们有一堆小猎刀，巴克猎刀。”

问：“巴克刀？”

答：“对，巴克刀……”

调查人员开始问一些具体问题。如，见过写有意大利名字的信用卡吗？有人说过谁有快艇吗？有人提过“拉比安卡”这个名字吗？所有这些问题，丹尼的答案都是否。

那么眼镜呢？斯潘农场有人戴眼镜吗？“他们都不戴眼镜，因为查理不允许。”玛丽·布伦纳曾戴过几副眼镜，后来都被曼森打碎了。

调查人员给丹尼看了一段两股细绳拧成的尼龙绳。在斯潘农场见过类似的绳子吗？没有。他在农场看到的都是由三股细绳拧成的尼龙绳。6月或7月，曼森曾在圣莫尼卡市的杰克·弗罗斯特军队处理品商店买过大约60米这样的绳子。

他确定吗？确定。因为是丹尼跟曼森一起去买的。丹尼后来还把绳子盘了起来，以免绊倒人。这种绳子与他在海岸警卫队的鱼雷快艇上用的绳子一样，用过几百次。

丹尼并不知道，塔特案中将塔特和西布林连在一起的正是由三股细绳拧成的尼龙绳。

或许事先有过商量，从这时起，调查人员语气变得强硬起来。

问："你跟他们中的某人一起出去杀过人吗？"

答："你说什么呢，没有。根本不可能。这你可以去问任何一个女孩。"

问："你与'矮子'的死有关系吗？"

丹尼断然否认，且情绪激动。"矮子"一直是他的朋友。此外，"我也没胆量杀人"。可回答时闪现的片刻犹豫说明丹尼有所隐瞒。在调查人员的逼问之下，丹尼讲了关于"矮子"的枪的事。"矮子"有一对.45口径柯尔特手枪。他经常把枪典当了换钱，等有钱了再赎回来。8月下旬或9月初——在"矮子"失踪后，丹尼声称那时他并不知道"矮子"出事了——布鲁斯·戴维斯把"矮子"枪的典当票给了丹尼，抵偿他欠丹尼的钱。丹尼于是把枪赎了回来。后来，丹尼得知"矮子"被杀，就把枪卖给了卡尔弗城的一家商店，卖了75美元。

问："这事对你很不利，你知道吗？"

如果说此事对丹尼不利，那么当调查人员问他是否了解石灰时，他的回答就让他的处境变得更糟了。玛丽·布伦纳在被捕时，身上有一张曼森写的购物清单，清单中写着"石灰"。曼森为什么要买石灰?

丹尼记得曼森曾经问过他用什么能"分解尸体"。他告诉曼森，石灰效果最好，因为他曾经用石灰处理过屋下的猫尸体。

问："你为什么告诉他这个？"

答："不为什么，刚好他问我而已。"

问："他问你什么？"

答："最好的方法啊，嗯，嗯，如何让尸体快速消失。"

问："你有想过问他，'查理，你他妈的为什么要问这个问题？'吗？"

答："没有，因为他是个疯子。"

问："曼森是什么时候问你的？"

答："就最近，大概就在'矮子'消失的时候。"

警探们觉得情况不妙，就没再继续追问。警探们虽私底下倾向于相信丹尼，认为丹尼可能没参与杀人，但怀疑他知道的应该不仅这些，他还有事隐瞒。他们认为可以再逼一下丹尼。

他们需要丹尼做两件事。

问："斯潘农场剩下的人有认识你的吗？"

答："就我所知没有。但我不知道谁还在农场，也不想去看。我不想和那个地方有任何关系。"

问："我想去农场瞧瞧，但需要一个向导。"

丹尼没主动请缨给警方做向导。

调查人员直截了当地提出了另一个要求。

问："你愿意出庭作证吗？"

答："不，先生！"

调查人员提醒丹尼，他身上还有两项待判决的指控。关于偷摩托车发动机的事，"也许我们可以帮你减轻罪名，甚至可以撤销指控。至于联邦指控，我不知道可以帮多少，但我再说一次，我们会试着帮你"。

答："肯帮我就好。我别无所求。"

丹尼面前有两个选项，做警方证人，或者锒铛入狱。

丹尼犹豫了。"如果他出狱了……"

问："身背五条人命，面对一级谋杀指控，他出不了监狱的。如果曼森真参与了塔特案的话。我们现在还不确定，不过我们已经掌握了大量线索。"

答："还有奖金可以拿？"

问："是的，有奖金。数额还不小：25 000 美元。别说一个人，就是几个人分，每人拿到手的也不是小数目。"

答："我可以用这笔钱供我儿子上军校。"

问："怎么样，你愿意出庭指证那帮家伙吗？"

答："到时他，曼森，会坐在庭上看着我，是吗？"

问："如果你出庭的话，是的。跟我说说，你有多怕曼森？"

答："他能把我吓死。一看到他我整个人都会呆住。如果只判他十年，他出来会找到我儿子，把他碎尸，眼睛都不眨一下。"

问："你太把那混蛋当回事了。你以为曼森是神，能从监狱里逃出去，然后杀掉所有指证他的人吗？"

但丹尼显然心存恐惧。

即使曼森身陷囹圄，可曼森家族还有其他人。

答："那克莱姆呢？他也被你们关起来了吗？"

问："是的。克莱姆和曼森都关在独立城牢房里。"

答："那特克斯和布鲁斯呢？"

问："他们俩跑掉了。最后一次听说布鲁斯·戴维斯是在本月初，他当时在威尼斯区。"

答："布鲁斯在威尼斯区，是吗？那我得小心点……我的机车党兄弟说，他瞧见几个农场女孩也去了威尼斯区。"

调查人员没告诉丹尼，11 月 5 日戴维斯的最后一次露面与某人的死有关，即"零"的自杀。此时，洛城警方已经知道"零"（又名克里斯托弗·耶稣，真名为约翰·菲利普·霍特）曾在警方突袭巴克农场时被捕。在早前辨认照片时，丹尼认出"斯科蒂"和"零"，这两个男孩来自俄亥俄州，加入曼森家族时间并不长，无法"融入"家族。一名警探说："'零'已经离我们而去了。"

答："'离我们而去'，这话是什么意思？"

问："他死了。"

答："哦，该死，真的吗？"

问："是的，他有一天太嗨，玩起了俄罗斯轮盘赌，结果打爆了自己的头。"

警方相信布鲁斯·戴维斯和其他人的说辞，认定"零"死于自杀，可丹尼根本不信。

丹尼拒绝出庭作证。

调查人员没再逼丹尼，让他回心转意不是一时半会儿能做到的事。况且，调查人员手里现在还有龙妮·霍华德。警方约丹尼第二天再来，之后就让他离开了。

丹尼走后，录音机没停，录到一名警探说："我觉得我们已经把一天的活都干了。"

对丹尼的询问一直进行了 7 个多小时。此刻已经是 1969 年 11 月 18 日星期二午夜之后。那时的我已经进入了梦乡，根本想不到几小时之后，地方检察官办公室开过早会，将指派我负责起诉塔特案和拉比安卡夫妇案的凶手。

1969 年 11 月 18 日—12 月 31 日

第三章 调查——第二阶段

“毫无道理可言才是道理。”

——查尔斯·曼森

1969 年 11 月 18 日

至此，本书读者对塔特案和拉比安卡夫妇案的了解远胜刚接手的我。事实上，由于本书前两章大部分内容在我接手之前尚未公开，所以从某种意义上来说，读者反而成了鲜见的案件知情者。而对于我来说，刚接触此案时几乎对案情一无所知。至此，本书将从之前的客观叙述视角切换到面对读者的第一人称主观视角，读者必定会因为这种突然改变而感到不适应。所以我先做个自我介绍，大家可以稍微对我有所了解，然后再与我共同进入此案的调查之中。至于必不可少的个人介绍，我尽可能简短截说。

在接手曼森的案件之前，我的简历如下: 文森特·T. 布廖西，年龄三十五岁，加利福尼亚州洛杉矶副地方检察官。出生于明尼苏达州希宾市。好莱坞市高中毕业后，凭借网球奖学金进入迈阿密大学，在大学获得了工商管理的学士和硕士学位。之后决定投身法律，在加州大学洛杉矶分校获得法学学士学位，且担任了学生会主席，1964 年毕业，同年加入洛杉矶县地方检察官办公室。曾接手过众多轰动社会的谋杀案，如弗洛伊德和米尔顿（Floyd-Milton）案，佩弗勒和克伦威尔[1]等案，皆成功令罪犯伏法。在我所负责的 104 次重罪陪审团审判中，仅有一次败诉。除担任副地方检察官外，还是洛杉矶市比弗利法学院刑法教授，曾为杰克 · 韦伯的电视连续剧《地检署》的两部试播剧改编剧本，并担任技术顾问。该片主演罗伯特 · 康拉德所塑造的角色即以本人为原型。现已婚，育有一对儿女。

这基本就是我的个人经历，但这份简历并无法体现我对工作的态度，这点其实更为重要。

“公诉律师的主要职责不是定罪，而是确保公正……”

这是美国律师协会关于道德规范的一句话。在我担任副地方检察官的五年中，这句话时常萦绕在我心头，实际上已经成了我的个人信条。在我接手的案件中，如果定罪代表正义，那我必会全力以赴。反之，我则不想置身其中。多年来，检察官的形象在大众心中已根深蒂固。检察官或者是右翼分子；或者就

1　译注：指前洛杉矶警察保罗 · 佩弗勒（Paul Perveler）与情人克里斯蒂娜 · 克伦威尔（Kristina Cromwell）合伙谋杀前者新婚妻子，骗取保险金一案。

是法律秩序的捍卫者，不惜一切代价给嫌疑人定罪；或者就是那位蹩脚的汉密尔顿·伯格[1]的形象，总把无辜的人送上法庭，所幸的是佩里·梅森凭借他的聪明机智，总在最后一刻救下无辜者。

我认为在对无辜、公平和正义的认定上，绝不该是辩护律师的一言堂。加入地方检察官办公室后，我接手了几百起案件。在大多数案件中，我的工作是让嫌疑人伏法认罪，因为我确信证据确凿无疑。但对于很多我认为证据不足的案件，我会要求法庭驳回或降低指控，或者减刑。

媒体对这种情况极少关注，所以公众对这些案件知之甚少，这也导致公众一直在用老眼光审视检察官。但不管怎样，最重要的是让公众感到世间永远存在公平与正义。

我从不想循规蹈矩，遵循公众对检察官的刻板印象，也不想将工作仅局限在对检察官既定的要求之中。通常来说，检察官主要有两个任务：首先，负责处理与案件相关的法律问题；此外，向法院呈现执法机构搜集的证据。而我的工作从不止于此。在我此前负责的案件中，我总会参与调查：亲自采访证人，寻找新的线索，并且往往会发现被忽视的证据。有些案件嫌疑人因此洗脱了冤屈，被无罪释放，有些几乎要逃之夭夭的嫌疑人最终获得了应有的法律制裁。

我坚信，律师如果不全力以赴便是对委托人的背叛。尽管在刑事案件审判中，人们更关注辩护律师及其被告委托人，然而提起诉讼的检察官也同样是一名律师，也有自己的委托人：人民。人民在法庭上享有同等的权利，人人有权获得公正、公平和正义的审判。

1969 年 11 月 18 日下午，塔特案和拉比安卡夫妇案对我来说远在天边，当时我负责的一个案子经过漫长的审判刚刚结案。在回司法大楼办公室时，地方检察官办公室审判部部长，在 450 名副地方检察官中数一数二的庭审律师阿龙·斯托维茨一把抓住我的胳膊急匆匆穿过大厅，不由分说地拉着我径直走进了地方检察官办公室中央行动处处长 J. 米勒·利维的办公室。

1　译注：汉密尔顿·伯格是 1957 年至 1966 年播放的电视剧《梅森探案集》中的经典角色。剧中的主角律师佩里·梅森专门为看似证据确凿的铁案的嫌疑人辩护，凭借专业知识还嫌疑人清白。汉密尔顿·伯格是他法庭上的对手。

利维正在和警督鲍勃·赫尔德和保罗·勒佩奇谈话，我在此前的案子中曾和两人有过合作。旁听了一会儿，我突然听到“塔特”这个名字。我转身问阿龙：“那案子是我们负责吗？”

他坚定地点点头。而我唯一的回应是低声打了个口哨。

警督赫尔德和勒佩奇向我们大致介绍了龙妮·霍华德提供的情况。自前天晚上警官莫斯曼和布朗见过龙妮之后，今天早上又有两名警官赶赴西比尔布兰德拘留所，与龙妮谈了几个小时，获得大量线索，但仍然有很多令人费解之处。

因此，现在就说塔特案和拉比安卡夫妇案已“破案”，有点太草率了。对任何谋杀案来说，锁定凶手显然是关键，但这只是第一步。发现、逮捕或起诉犯罪嫌疑人都不足以作为证据，不能证明其有罪。一旦锁定了凶手，接下来如何以法庭可采纳的强有力证据证明嫌疑人与案件的关联，让法官或陪审团确信嫌疑人就是凶手，往往十分困难，有时甚至可能是一项无法完成的任务。

到目前为止，我们还没迈出第一步，谈何之后的进展。关于塔特案，苏珊·阿特金斯在与龙妮·霍华德谈话时，承认她和“查尔斯”犯了案，这个“查尔斯”是否是查尔斯·曼森，还只是推测。此外，她还提到其他同案犯，那些人的真实身份我们还未掌握。至于拉比安卡夫妇案，我们手上几乎没有任何信息。

核查过龙妮和丹尼的供词后，我首先想要搜查斯潘农场，第二天早上安排了几名警探陪我一起去。我问阿龙要不要同去，可他脱不开身。[1]

当天下午晚些时候，我回家告诉妻子盖尔，塔特案由我和阿龙负责，她也很开心，但也有一些顾虑，她一直希望我们可以休个假。上一次休假已经是几个月前的事了，即便晚上我在家，我不是在读根据录音整理的文稿，就是在研究法律，或者为法庭辩论做准备。虽然我每天都确保陪我的两个孩子——三岁

---

1 原注：阿龙虽然是我的上级，但因为我们同为此案检察官，所以拥有平等的调查权力。对一些全国性的刑事案件来说，有些案件无论就其重要性还是复杂程度来说，都不及塔特案和拉比安卡夫妇案，但往往会指定三名甚至四名检察官全职调查。可出于某些原因，塔特案和拉比安卡夫妇案只指定我和阿龙负责。阿龙和我也没有想到几个月后他会被突然调离，只留下我一个人单打独斗。但从开始调查起，我就意识到，由于阿龙还要履行审判部部长的职责，有时肯定无暇顾及案件上庭前的调查工作。

的小文斯和五岁的温迪玩一会儿，但每当接手大案子时，整个人就会完全沉浸在案子中。我答应妻子我会尽力试试看能否休息几天，但说实话，这个承诺确实等了很久才兑现。

塔特案和拉比安卡夫妇案居然耗费了近两年时间才结案，这完全出乎我们的意料。为此，我平均每周要工作 100 小时，七天连轴转，很少（如果有的话）能在凌晨 2 点之前上床睡觉。另外，盖尔、孩子和我难得聚在一起时还被剥夺了隐私，我们的家变成了一座堡垒，不但生活中多了一名保镖，而且我无论去哪儿都要保镖随身保护，因为查尔斯·曼森威胁说：他要“杀死布廖西”。

1969 年 11 月 19 日至 21 日

搜查农场当天的天气异常糟糕，风大得简直吓人。当我们到达查茨沃斯区时，大风差点把我们的车吹到路下去。

从位于洛杉矶市中心的司法大楼出发到查茨沃斯区，路程大约是 48 公里。开车并不远，不到一小时就到了。我们开车一路向北，沿德文郡托潘加峡谷大道走约 3 公里，然后向左转，进入圣苏珊娜帕斯路。这条路过去曾十分拥堵，但近些年车辆都避开这里，取道交通更流畅的高速公路了。沿此路蜿蜒向上行驶大约两三公里，然后突然迎来一个急转弯，转过弯左侧便是曾用作电影片场的斯潘农场。

农场中那条破破烂烂的大街距离公路不到 20 米远，从高速公路望过去一览无余。整个农场到处都是残破的汽车和卡车残骸，看上去荒无人烟。

如果你知道在这个农场可能曾经发生过苏珊跟龙妮讲的那些事，此刻站在呼啸的狂风中，面对着这片彻底的荒芜之地，你会觉得眼前的一切都不真实。瞧着偏僻荒野中那些破败的电影拍摄布景，眼前不禁浮现出刺客身穿夜行衣，深夜出发去杀戮，黎明前返回，消隐在眼前的画面，如同置身于恐怖片的情景之中，而莎伦·塔特和至少八个曾活生生的人现已变成了冷冰冰的尸体。

我们将车停在长枝酒馆前的土路旁。一行人中除了我，还有负责塔特案的警督赫尔德和警长卡尔金斯，科学调查司的警长李，洛杉矶县治安官办公室的警长冈瑟、怀特利和威廉·格里森，以及我们的向导丹尼·德卡洛。丹尼最后终于同意来农场了，前提是我们答应他一个条件：给他戴上手铐。这样即便在农场碰到没有被捕的家族的人，也不会被认定为主动跟警方“告密”的叛徒。

虽然洛杉矶县警之前来过斯潘农场，但我们出于一个特殊原因让丹尼来做向导：我们需要丹尼为我们指出曼森和曼森家族成员练枪打靶的地方，我们此行的任务之一是搜集所有 .22 口径枪支的子弹和弹壳。

但首先，我要征求乔治·斯潘的许可，允许警方搜索他的农场。警长冈瑟告诉我斯潘住在农场右侧的棚屋里，棚屋在西部电影布景的另一侧。我们敲了敲门，屋里传出一个年轻女孩的声音：“进来吧。”

屋里苍蝇上下翻飞，它们仿佛知道暴风雨将至，一窝蜂都跑到了屋里避雨。八十一岁的乔治·斯潘正坐在一把破烂的扶手椅上，头上戴着一顶宽边帽，脸上挂着墨镜，腿上放着一只吉娃娃犬，脚下还有一只可卡犬。一个看外表像十八岁左右的嬉皮士女孩正在给斯潘摆午餐，屋里的晶体管收音机被调到牛仔电台，正在播放乡村歌手桑尼·詹姆斯的歌曲《年轻的爱人》。

歌曲和眼前这一幕感觉像是故意做给人看似的，因为据丹尼所说，曼森称呼家族的女孩为“年轻的爱人”。

由于斯潘几近失明，卡尔金斯把警徽递给斯潘让他摸。等斯潘确认过我们的身份后，他似乎就不那么紧张了。知道了我们的来意，斯潘大方地答应了我们的请求：“这是我的农场，随时欢迎你们，不管白天还是黑夜，只要你们需要就尽管搜。”我告知了他的合法权利。法律规定警方只需获得农场主允许，无需出示搜查令即可进行搜查。如果同意搜查，斯潘今后可能要出庭为此作证。听过我的这番解释之后，斯潘仍然同意我们搜查。

我与斯潘的谈话中完全没提及曼森和他的家族，但斯潘心里一定清楚警方今天找上门肯定在某种程度上与曼森有关。若在平时，我一定会跟斯潘详谈以了解情况，但今天交谈时间很短，仅为了获得他的许可而已。

我们刚离开斯潘的屋子，其他屋子里开始陆陆续续地有人出来。估计有十到十五人，其中有几个人一看就是农场的帮工，但大多数都是一身嬉皮士打扮的年轻人。不知道这其中有多少人是曼森家族的成员。我正环顾四周时，突然听到狗屋里传出一阵奇怪的动静。我俯身看去，看见里面除了有两只狗，还有一个大约八十岁，嘴里无牙的白发老妇人蹲在角落里。我之后询问过农场的帮工，问那个老妇人是否需要帮助，对方回答说她在里面挺开心的。

这农场还真有一些咄咄怪事。

在主建筑群后方，大约一百米开外，地势开始下降，有一条小溪，小溪外是融入圣苏珊娜山脉的高耸的群山。目之所及，岩石嶙峋，丛林密布，整个地区比看起来更崎岖。真不知道眼前这场景曾在我小时候看的 B 级西部牛仔电影里出现过多少次。据姬蒂和丹尼说，在农场后路对面的峡谷沟壑中，有个恶魔谷，那里是曼森家族躲避警察的藏身之处。如果所有人所说无误，那么“矮子”唐纳德·希亚的尸体就被埋在了那个峡谷里。

丹尼说曼森最喜欢在小溪的河床上打靶，那样在高速公路上完全看不到。曼森用篱笆桩和垃圾桶做靶子。我们依照警长李的指示展开了搜查。警方在塔特命案现场没发现任何弹壳，因为邦特兰款是左轮手枪，不会弹出弹壳，但我们还是想搜集一些子弹和弹壳，为将来发现那只左轮手枪或其他证据做准备。

我一边搜索小河床，一边在想，乔治·斯潘孤身一个人，近乎全盲，显然无法保护自己。于是我问道：“谁带录音机了？”卡尔金斯说他带了，录音机在他车的后座上。“我们回去用录音机录下斯潘亲口说允许我们搜查。”我说，“我可不想从现在开始直到上庭前有哪个混蛋把刀架在斯潘脖子上，逼他说从来没允许过我们搜查农场。”于是我们返回车上，取了录音机录下斯潘的话。这一招既可以保护斯潘，又可以保护我们自己。坏人一旦知道警方已经录了音，就不会再在这件事上动脑筋了。

丹尼又给我们指出另外一个地方，沿某个峡谷向上大约 400 米处，曼森和他手下的男人有时会在那里打靶。我们在那里找到许多子弹和弹壳。由于当天风大尘土飞扬，搜查工作不如我期望那般彻底。但警长李说他过后会再回来搜查一次，看能不能找到些什么。

那天我们共计搜集了大约 68 发 .22 口径的子弹（说“大约”是因为其中有些是子弹碎片，并非完整的子弹）和 22 发同口径弹壳。李将它们放进信封，信封上注明了发现的地点和时间，然后带回了警局实验室。

我在畜栏的四周巡视了一圈，发现一些白色尼龙绳，但都是由两股细绳拧成的，并非三股。

警长冈瑟和怀特利在丹尼·德卡洛身上取得了突破。那天下午他们就欣曼被杀一案和博索莱伊曾说过的话找丹尼了解情况。现在的问题是博索莱伊审判已经开庭一周，控辩双方现处于休庭中。

虽然博索莱伊的律师反对，但下一星期就会继续开庭，届时检方希望将博索莱伊曾说过的话作为呈堂证供。

警方已经与丹尼达成协议，如果丹尼在对博索莱伊的审判中出庭作证，那么洛杉矶县治安官办公室将撤销对他盗窃摩托车发动机的指控。

等我回到司法大楼，我们在当时还是助理地方检察官的约瑟夫·布施的办公室开了一次会。在场的人除了约瑟夫之外，还有地方检察官办公室的阿龙和我，以及代表洛杉矶警察局的警督保罗·勒佩奇（拉比安卡夫妇案的负责人）和警长迈克尔·麦根（塔特案的调查人员）。

警督勒佩奇告诉我们，警方想尽快结案。洛杉矶警察局正承受着公众要求破案的巨大压力。洛杉矶警察局的局长爱德华·戴维斯每次碰到记者都会被问："塔特案现在有眉目了吗？"

洛杉矶警察局希望用豁免权与苏珊·阿特金斯交换她所知道的全部情况。

我完全反对这种做法。"如果苏珊对龙妮·霍华德讲的都是真的，那么苏珊就亲手杀死了莎伦·塔特和加里·欣曼，不知道是否还有其他人也死在她手上！我们不能跟那个女孩做交易！"

警督勒佩奇说，戴维斯局长急着要申请大陪审团审判[1]。但在此之前，他想先召开一次大型新闻发布会，正式宣布我们已经抓住了凶手。

"现在还没法将案子提交给大陪审团。"我告诉警督勒佩奇，"我们甚至还不确定到底谁是凶手，凶手是在押还是已经被释放了。目前我们手中掌握的只是一条很有希望的线索，但我们会找到凶手的。得先看看能否凭自己搜集到给这帮人定罪的足够证据，如果实在不行，到最后迫不得已时才和苏珊交易。"

1　译注：陪审团制度是以英美为代表的国家所采取的吸收一定数量的普通公民参加刑事案件和民事案件审判的一种制度，一般采取大陪审团（grand jury）和小陪审团（petty jury）两种形式。大陪审团一般只适用于刑事案件，通常由二十三名陪审员组成（美国联邦诉讼规则规定，可以少于十二人，但不能少于六人），职责主要是在庭审前，确定嫌疑人是否有犯罪嫌疑和是否提起公诉。所以大陪审团应当对检察官提出的罪证是否成立进行审查，而且这种审查是在被告人及其律师不出席的情况下作出的。审查后，按照多数表决的原则裁定检察官提出控告的证据是否成立，从而决定案件是否起诉。

我理解洛杉矶警察局此刻如坐针毡的感受，媒体几乎每天都在对警局狂轰滥炸。但反过来说，如果我们让苏珊·阿特金斯逃脱了法律的制裁，那么与公众的一片哗然相比，警局当前所面对的这点压力倒也算不了什么了。“哇，今天可真爽！”苏珊对她将莎伦·塔特的血放入嘴中那一幕的描述已深深刻在了我脑海里。

但警督勒佩奇已经打定了主意，洛杉矶警察局想与苏珊达成协议。我跟约瑟夫和阿龙商量了一下，他们的态度不如我那么坚决。最后虽然我强烈反对，约瑟夫还是告诉警督勒佩奇，地方检察官办公室可以争取将苏珊·阿特金斯的罪行降为二级谋杀。

警方将以此为条件与苏珊·阿特金斯商量。而具体条款，以及她是否愿意接受，都还是未知数。

当天晚上 8 点，当洛杉矶市民以为警方还没有找到塔特案和拉比安卡夫妇案的凶手时，两辆汽车风驰电掣般驶出洛杉矶，直奔曼森家族的最后一处老巢：死亡谷。

犯下命案之后，曼森竟选择了一个名字如此贴切的地方作为他的庇护所，这真是莫大的讽刺。

在两辆车中，一辆车里坐的是警长尼尔森、萨图奇和格拉纳多。警长麦根、吉恩·卡玛代伊和我则坐在另一辆车里。一路上我们几次超速，终于在凌晨 1 点 30 分抵达了加利福尼亚州的独立城。

因约县县城所在地独立城是个小城镇。该县虽然是加利福尼亚州第二大的县，人口却不到一万六，平均每平方英里[1]刚刚超过一人。如果想找一处藏身之所，这里真是再理想不过了。

我们入住了温尼杜马酒店，但也就打了个盹，然后就必须起床了。清晨 5 点 30 分，独立城的气温已降到零度以下。我直接在睡衣外面罩上了外套，可依然感觉很冷。

从洛杉矶出发之前，我已经致电因约县地方检察官办公室的弗兰克·福

---

1 编注：1 平方英里约等于 2.59 平方千米。

尔斯，约好早上 6 点在酒店附近的咖啡馆见面。福尔斯、他的副地方检察官巴克·吉本斯和他们的调查员杰克·加德纳已经到了，很快我就感到在接下来几个月里，勤勉认真的这三个人会为我提供巨大的帮助。此刻他们也很兴奋，竟然能参与调查现代史上最广为人知的谋杀案之一——塔特案。三个人看着坐在他们对面从大城市来的检察官，瞧见我袖口里冒出来的睡衣，一脸莫名其妙。

福尔斯告诉我，在 10 月份对巴克农场的突袭中，他们没收了曼森家族的一些物品，但仍有许多东西还留在农场，其中包括一辆旧校车，里面扔满衣服和其他物品。我建议在离开独立城前先获得对农场的搜查令，搜查令中一定要专门提及那辆校车。

福尔斯听我这么说有点发愣。我向他解释说，如果我们真在车里发现了证据，并想把证据提交给法庭，我不想有个拿着那辆车所有权凭证的人突然跳出来，说："那辆车是我的，我只是把车借给了查尔斯，你们的搜查没有获得我的许可。"

福尔斯听我这么一说就明白了，但他隐晦地告诉我，在因约县他们可不会像我这样办事。我们去了福尔斯的办公室，等打字员上班后，我对打字员口述了搜查令的内容。

搜查令中有必要说明搜查的目标。我在搜查令中列出的物品有：.22 口径左轮手枪、刀和其他武器；绳子、剪线钳、罗斯玛丽·拉比安卡的钱包、驾驶执照和信用卡；所有车牌；所有男性和 / 或女性衣物，包括鞋子。

也有必要说明针对的罪行——187 PC，即谋杀案——以及涉嫌的嫌疑人，"嫌疑人暂定有查尔斯·曼森、克莱姆·塔夫茨、查尔斯·蒙哥马利、萨迪·格鲁兹（即苏珊），以及一名或多名其他女性"。以上信息皆基于两位"尚未经核实线人"的证词，我在搜查令中没有透露线人的姓名，他们其实是龙妮·霍华德和丹尼·德卡洛。

搜查令打出来后，竟然有 16 页，在长得令人吃惊的搜查令中所引用的证据已远远超过申请搜查令的要求。但只有我心里清楚，我们所掌握的实际证据还少得可怜。

福尔斯带着警长麦根和我，一起将搜查令送进了约翰·P. 麦克默里法官的办公室。我猜这位白发苍苍的法官已经七十多岁了。法官告诉我们他就快要退休了。

一份搜查令！麦克默里法官饶有兴趣地看着我们的搜查令。他告诉我们，这是他十八年来瞧见的第一份搜查令。他接着解释说，在因约县，警察就是警察。如果你敲门，里面的人不给你开门，而你怀疑他们在藏东西，你就可以破门而入。根本不需要搜查令！但他还是读了一遍，然后签了字。[1]

我们花了 3 个小时前往巴克农场，到达后只剩下一个多小时的搜查时间，天马上就黑了。福尔斯在途中告诉了我他掌握的曼森家族的情况。[2] 曼森家族的人最早在此出现是在 1968 年秋天，他们实际上是来查看环境的。因为选择来死亡谷的人大多都极具个性，所以这地区的人对在别处被认定为特立独行的人都比较宽容。与在此出没过的勘探者、沙漠逃难者和寻宝的人相比，嬉皮士并没有多稀奇。他们与警方仅有过几次小摩擦——警方奉劝过那些女孩不要去肖肖尼地区乞讨。还有一次这些嬉皮士中有人犯了错，把大麻烟给了一个十五岁小女孩，而这个女孩恰好是治安官的侄女，仅此而已。此后一直到 1969 年 9 月 9 日，国家公园巡逻队发现有人企图烧掉一台密歇根牌装载机，那是一部停在死亡谷国家公园赛马场盐湖区的运土机械设备，这看上去是一次无脑的破坏行为。根据现场汽车留下的轮胎痕迹，巡逻队确定搞破坏的人驾驶的是丰田汽车。有人记得曾看到有嬉皮士开着一辆红色丰田车和一辆沙滩车。9 月 21 日，国家公园巡逻队的迪克·鲍威尔在黑尔霍尔区发现一辆 1969 年出产的红色丰田汽车。他对车里的四名女性和一名男性进行了询问，但没有拘留他们。鲍威尔后来核查了那辆丰田车的牌照，发现原来是套牌车，用的其实是另一辆车的车牌。9 月 24 日，鲍威尔又回去寻找那帮人，但他们已经离开了。9 月 29 日，鲍威尔在加州高速公路巡警詹姆斯·普塞尔的陪同下，去搜查了巴克农场。他们在那儿发现了曾出现在那辆红色丰田汽车里的两个年轻女孩，但没有发现那辆车。这次依然跟上次与这帮人打交道一样，女孩们对巡逻员的询问比较抵触，回答也含糊不清。离开农场时，他们遇到一辆卡车，司机是四十六岁的当地矿

---

1 原注：1971 年，时任加利福尼亚州州长的罗纳德·里根安排已退休的麦克默里法官再次出庭审理安吉拉·戴维斯一案。被告方以麦克默里法官于被告利益有损害为由申请法官回避。

2 原注：此处涉及的确切日期、相关细节和引用的调查人员的原话等信息是第二天查看各执法机构报告时所知。曼森家族几乎所有成员被捕登记时用的都是别名。大多数成员的真名很久之后才确定。为了避免给读者造成困惑，我在文中用括号标出真名和最常用的别名。

工保罗·克罗克特，和他一起的是十八岁的布鲁克斯·波斯顿，他曾经是某嬉皮士乐队的成员，现在为克罗克特工作。听巡逻员提到农场上有两个女孩，克罗克特和波斯顿面露惶恐，经过巡逻员询问，两人最终承认是因为担心自己的生命安全。

鲍威尔和普塞尔决定陪他们一起去巴克农场。但那两个女孩已经不见了，巡逻员推测她们还在附近，没准正躲在哪里瞧着他们，于是他们开始跟克罗克特和波斯顿了解情况。

巡逻员来农场本是想搜寻纵火嫌疑人和可能被盗的车辆，却意外地发现了其他情况。公路巡警普塞尔在报告中写道："通过询问还了解到一些令人难以置信的荒唐事儿：吸毒、性狂欢、沙滩车在夜里飙车，试图重现隆美尔和他的沙漠军团[1]，这些人之间通过步话机进行快速沟通，这帮人的头儿自认为是耶稣基督，貌似试图要创建某种邪教……"

令人惊讶的事还远未结束。在离开巴克农场前，巡逻员鲍威尔和巡警普塞尔检查了农场的隐蔽处。此处引用鲍威尔的原话："检查时偶然发现一群共计七名女孩，她们全都一丝不挂或身上只着片缕，躲在各种灌木丛后。"他们还发现了一个男人，但没等他们接近，那个男人就逃跑了。他们询问了那些女孩，却一无所获。通过搜查，他们找到了那辆红色丰田车和一辆沙滩车，车子被人用篷布细心地盖了起来。

但巡警们遇到一个问题。由于地处帕纳明特山脉，他们无法用警方无线电台报警，于是决定先回去，之后再带更多人来。离开前，他们拆下丰田汽车发动机的几个零件，让车无法再开。而那辆沙滩车根本没有引擎，所以他们没管它。

后来才得知，"他们前脚刚走，犯罪嫌疑人就从灌木丛中搬出一台完好的大众汽车发动机，将发动机装进沙滩车，两个小时后开着车逃之夭夭了"。

核查了农场那两辆车的信息后，警方发现它们都是被盗车辆。丰田汽车属于洛杉矶郊区恩奇诺镇的赫兹汽车出租公司，租车人用的是盗窃的信用卡。而

1　译注：埃尔温·隆美尔（Erwin Rommel，1891—1944），纳粹德国陆军元帅。隆美尔指挥作战时会根据沙漠地形、气候等特点用兵，德军因此称其为"沙漠之狐"，将他率领的部队称为沙漠军团。

那辆沙滩车是在被鲍威尔和普塞尔发现三天前，刚从某二手车停车场偷的。

10 月 9 日晚，加利福尼亚州高速公路巡警、因约县治安官办公室和国家公园巡逻队的警力在巴克农场附近集结，准备第二天早晨对农场大举突袭。

大约凌晨 4 点，几名警官向农场隐蔽处摸进，突然发现两个男人躺在地上睡得正香，他们中间放着一把锯短的散弹枪[1]。这两人分别是克莱姆·塔夫茨（真名为史蒂文·格罗根）和兰迪·莫格里亚（真名为休·洛基·托德），于是逮捕了两人。警官们当时并不知道，这两人其实正在追捕前一天刚从农场逃跑的两个十七岁女孩：斯蒂芬妮·施拉姆和姬蒂·鲁特辛格。

接着，在可以俯瞰农场的小山上，警官们又逮捕了另一男子罗伯特·伊凡·莱恩（绰号"勺子"）。莱恩本来负责站岗放哨，却睡着了。在农场南面的小山上，还有另一个监视哨，是一个伪装得极其隐秘的防空洞，洞的铁皮顶隐藏在灌木丛和泥土之中。警官们一开始没发现，正要走过时，突然有一个女人从灌木丛中冲出来蹲下去小便，然后又消失在灌木丛中。两名警官用步枪守住防空洞入口，一名警官爬到防空洞上面，往铁皮顶上扔了一块大石头。防空洞里的人一下子都冲了出来，正好落入警方手中。被捕的有：卢伊拉·麦克斯韦尔·亚历山德里娅（真名为莱斯莉·范霍腾，又名莱斯莉·桑克斯顿）、玛妮·凯·里夫斯（真名为帕特丽夏·科伦温克尔）和玛农·米内特（真名为凯瑟琳·谢尔，绰号"吉卜赛人"）。

农场里的人对警方的偷袭毫无察觉，所以警方没有遇到抵抗。逮捕的人有：多娜·凯·鲍威尔（真名为苏珊·丹妮丝·阿特金斯，又名萨迪·梅·格鲁兹）、伊丽莎白·伊莱恩·威廉姆森（真名为琳妮特·弗洛姆，绰号"尖嗓子"）和琳达·鲍德温（真名为马达琳·柯特奇，绰号"小帕蒂"）。

警方突袭小组的其他人包围了附近的迈尔斯农场，该农场也是曼森家族长期的居住点，在此逮捕的人有：桑德拉·柯林斯·皮尤（这是其婚后名，婚前名为桑德拉·古德，绰号"桑迪"）、蕾切尔·苏珊·莫尔斯（真名为露丝·安·穆尔豪斯，绰号"乌伊施"）、玛丽·安·施沃姆（真名为黛安·冯恩）和赛德特·蓓蕾尔（真名为南希·皮特曼，又名布伦达·麦肯）。

---

1 译注：无论士兵还是黑帮人员都喜欢将散弹枪枪管锯短，一是携带方便，更关键的是可增大枪的杀伤范围。

在对巴克农场的突袭中，共逮捕了十名女性和三名男性。这些人年龄从十六岁到二十六岁不等，平均年龄为十九岁或二十岁。另外，还发现两名婴儿：一岁的泽佐佐斯·扎德弗拉克·格鲁兹，他的母亲是苏珊·阿特金斯；以及一个月大的桑斯通·霍克，母亲是桑德拉·古德。两个孩子都被严重晒伤。因为巡逻员迪克·鲍威尔的妻子是女护士长，两个孩子便都交由她照顾。

警方之后搜查该地区时发现了一些被藏起来的车，其中多为沙滩车，大多都是偷来的；一个装有 .22 口径的鲁格单发手枪的邮袋，手枪也是偷来的；一些匕首。警方还发现多个存放食物、汽油和其他物资的存放处，以及比逮捕人数多的睡袋，说明有人漏网。

警方决定将嫌疑人带到独立城登记，之后再对农场进行一次突袭，看能否将漏网之鱼一网打尽。

这个策略果真奏效了，第二次突袭定在 10 月 12 日，即第一次突袭之后的第二天。加利福尼亚州高速公路巡警普塞尔和两名国家公园巡逻队队员先抵达农场，躲在灌木丛中，等待后续支援警力到达。他们发现有四名男子从农场的洗手间出来，钻进了农场的屋子里。普塞尔瞧见远处副治安官唐·沃德带人正向他们接近。此时已过了下午 6 点，暮色四合，马上就要天黑了。为了避免摸黑枪战的风险，普塞尔决定马上采取行动。鲍威尔守住房子前门，普塞尔拔出枪，此处引用他的报告："我迅速移至后门，一下子打开门，尽可能躲在门外左侧墙后面，命令屋里所有人不要动，双手抱头。"

屋里的一群人大多围坐在厨房餐桌旁，他们按照命令走出屋子，排着队接受检查。其中有三名女性——黛安娜·布鲁斯坦（真名为黛安娜·莱克，绰号"蛇"）、贝丝·特雷西（真名为科莉·辛克莱）和雪莉·安德鲁斯（真名为克劳迪娅·利·史密斯），以及四名男性——布鲁斯·麦格雷戈·戴维斯（又名布鲁斯·麦克米伦）、克里斯托弗·耶稣（真名为约翰·菲利普·霍特，绰号"零"，此后不到一个月，此人疑在玩俄罗斯轮盘赌时中枪身亡）、肯尼斯·理查德·布朗（又名斯科特·贝尔·戴维斯，他和"零"都来自俄亥俄州），以及劳伦斯·贝利（又名拉里·琼斯）。

在被逮捕的人中没发现这伙人的头儿查尔斯·曼森，普塞尔决定搜查屋里。此时天色已黑，幸好屋里桌上的玻璃杯中有一支点燃的自制蜡烛。他拿起蜡烛，开始搜查。进入洗手间后，"由于光线太差，我必须晃着蜡烛四处瞧。当我将蜡烛向下靠近洗手盆和下面的小柜子时，看见长长的头发从半开的柜子顶部垂下”。普塞尔感觉人不可能钻进如此小的柜子里，但还没等他有所反应，“我瞧见有人企图从小柜子里钻出来。我从震惊中回过神后，命令那人继续向外钻，别轻举妄动做傻事。那人一边向外钻，一边还用幽默的语气自嘲，大概是说终于不用再猫在那么憋屈的空间里受罪了”。

“此人穿一身鹿皮衣服，与我们逮捕的那些人的衣着有很大不同……我问他是谁。他回答得很干脆：‘查尔斯·曼森。’他被带到后门，交给了外面的警官。”

普塞尔再次进屋，发现一名刚从卧室里出来的男性：戴维·李·哈米克（又名比尔·万斯，曾经服过刑，他的别名比曼森还多）。普塞尔记下当时的时间：下午 6 点 40 分。

警方在厨房桌上发现了几把带鞘的刀，但被捕的人身上都没有武器。

被捕的人戴着手铐，双手抱头，排成一列，步行前往拓荒泉，警方在那里停了两辆皮卡车。途中警察又逮捕了两名女性，她们当时正开着一辆装着杂货的汽车。被捕的人是：帕蒂·苏·贾丁（真名为凯瑟琳·吉利斯）和苏·巴特尔（绰号“乡下苏”）。所有嫌疑人坐在一辆皮卡后车厢中，第二辆皮卡紧随其后为前车照明。车行驶到距离巴克农场约 5 千米远的莲花矿区时，曼森跟警官说他把背包放在了这儿的路边上。据普塞尔说：“他要我们停车拿包，我们同意了，但在曼森说的地方没有找到背包，我们不同意给他解开手铐让他自己去找。”

在去独立城的路上，曼森告诉普塞尔和沃德，黑人将占领全国，他和他的人只想找个安静和平的地方，远离冲突，可是以警察为代表的当权者却不放过他们。他还告诉警官们，身为警察，又是白人，他们有大麻烦了，应该趁现在还有机会，逃到沙漠或某个地方去。

另外，据普塞尔所说：“路上有两件事让我深切感受到了曼森对这群人的掌控。至少有两次曼森讲话后，其他人都异口同声地说了两三遍‘阿门’。还有几次有几个人窃窃私语，咯咯发笑，曼森只是扫了一眼，他们就马上不敢再出声了。”

“曼森只要扫一眼，”普塞尔指出，“根本不用说话，那些人就胆怯了，这才是可怕之处。”

到达独立城后，警方以重大盗窃车辆罪、纵火罪和其他罪行对这些人提出了指控。这个家族的首领在警局留了指纹并拍了照。他在警局登记的名字是“查尔斯·曼森，又名耶稣基督、上帝”。

据弗兰克·福尔斯说，虽然在农场发现的11辆车中，有3辆是被盗车辆，但证据不足，无法证明他们中多数人与盗窃有关。几天后，一半以上被捕的人都被释放了。他们大多都离开了该地区，但有两个女孩，“尖嗓子”和桑迪还留在独立城，她们在汽车旅馆租了一个房间，为曼森和其他被关押的人跑跑腿，做点杂事。

我问福尔斯，曼森家族当初为什么来这里。他说被捕的人中有一个名为凯瑟琳·吉利斯的女孩，她是迈尔斯农场女主人的孙女。曼森家族显然先是在迈尔斯农场安营扎寨，之后才搬到了临近的巴克农场。警方突袭之后，副治安官唐·沃德曾向住在帕纳明特山谷的印第安农场的阿琳·巴克夫人了解过情况。她告诉沃德，大约一年前曼森来找她，问能否在巴克农场露营。像乔治·斯潘一样，巴克夫人也以为他们仅有几个人，待几天而已。曼森那次送给了她一张金唱片，那是沙滩男孩乐队在他们的唱片《今天的沙滩男孩》销量达到一百万张后灌制的纪念唱片。曼森对巴克夫人说他给沙滩男孩乐队作曲和编曲。在警方10月突袭行动的两三周前，曼森还与她联系过，说想买下巴克农场。她告诉曼森需要付现金，曼森说等有钱后再来找她。

曼森显然认为买下农场，成为农场主，可以在很大程度上减少与当地执法机关的冲突。

很久之后，我才意识到其实除了买下巴克农场，曼森还曾经想到另外一个替代计划：杀掉凯瑟琳的祖母，将迈尔斯农场占为己有。可是该计划却因为一个普通又常见的原因流产了：在去杀凯瑟琳祖母的路上，曼森派出的三名杀手的车胎没气了。[1]

我问福尔斯那次突袭和之后搜查都发现了哪些证据。有没有巴克牌的刀？是的，有几把。发现绳子了吗？没有。那剪线钳呢？有剪线钳，一把大号红柄

1　原注：没有证据表明凯瑟琳·吉利斯参与了谋杀自己祖母的计划。

剪线钳，那是警方在一辆沙滩车后发现的，后来才知道那是曼森的专用车，或者说指挥车。除了那把 .22 口径的鲁格手枪和克莱姆所持的散弹枪之外，还发现了其他枪支吗？福尔斯说在这几次搜查中，警方并没有找到克罗克特、波斯顿以及其他人所说的曼森家族的机关枪、散弹枪、步枪、手枪或大量弹药。

在之后案件审判的整个过程中，我们都一直时刻保持警惕，因为我们觉得曼森家族成员很可能拥有大量武器和弹药。

巴克农场位于帕纳明特山脉七个干河床之一的戈拉河床地区，在巴拉瑞特区东南约 35 公里处。福尔斯说他去过因约县各地，那些干河床是他所走过的最崎岖难走的地段，很多地方只能步行，否则颠簸起来，就连他为此次农场之行特别选择的四轮驱动越野吉普车也会被我们撞出洞来。

“哈，得了吧，弗兰克，”我说，“哪会有那么难走。”

事实证明我错了。干河床极其狭窄，且到处都是岩石。车子一开进干河床，经常每前进一步，耳中就传来轮胎的嘶吼声，然后车子会向后退两步，甚至都能闻到轮胎烧焦的味道。我和福尔斯只能无奈地下车，把路上的大石头挪开，麦根开着车紧随其后，一点点向前挪进。两个小时才走了 8 公里。

我让福尔斯把干河床拍下来，要让陪审团看看凶手选择的藏身之地有多遥远偏僻。我仅将它作为间接证据，这些微不足道的证据积少成多，最后也会变成强有力的证据。

巴克农场与迈尔斯农场相距约 400 米。如果这里没有水，应该没人会愿意住在这种地方。巴克农场里甚至还有一个游泳池，但就像农场的石头房子和外围的棚屋一样，破烂不堪。农场的房子很小，内里有客厅、卧室、厨房和卫生间。我还把洗手盆下曼森藏身过的柜子拍了下来：橱柜长 0.9 米，宽高都是 0.45 米。现在我能理解普塞尔当时发现有人躲在里面时为什么会吓一跳了。

我们看到之前提到的那辆大校车，我无法相信曼森竟然可以开着它穿过干河床来到农场，结果果然不是，福尔斯告诉我，曼森是从拉斯维加斯那边的公路开过来的。即便这样，一路上想必也没少遭罪，这一点从校车的车况就看得出来。这是一辆破破烂烂、绿白相间的车，车侧面贴着一面美国国旗的贴纸，上面的标语是“美国——要么爱它，要么离开它”。在警长萨图奇和其他人搜查农场房子时，我开始搜查这辆报废的校车。

把搜查令放哪儿合适呢？这问题着实让我费了点脑筋。搜查令必须放在可以看见的地方。但这样谁都可以拿走搜查令。我可不希望辩护律师指责我们的搜查不符合法律程序，于是我把搜查令放在了车顶的架子上。到时我可以辩称：你只要一抬头，就可以看见搜查令。

校车地板上的衣物堆得像座小山，起码有 30 厘米高。后来我才知道曼森家族无论在哪儿住，都会将家族成员的衣物堆在一起。需要时，就在一堆衣服里翻，直到找到需要的衣服为止。我蹲下来翻这堆衣物，目标是两种特殊的衣物：带血的衣服和靴子。警方在塔特命案现场前廊上发现靴子后跟留下的血迹，上面有小小的锯齿纹，我希望能找到与此血迹相符的靴子。虽然我在那堆衣物里发现了几双靴子，但后跟都没有符合的锯齿纹。洛杉矶警察局科学调查司的法医化学家乔·格拉纳多还测试了衣服上是否有血迹，结果令人失望。不管怎样，我把所有衣物都带回了洛杉矶，寄希望于科学调查司的实验室能从中发现一些线索。

校车上还有十来本杂志，一半都是《国家地理》。我翻了翻杂志，发现有些诡异：这些杂志是在 1939 年至 1945 年之间出版的，上面都刊登着与希特勒有关的文章，其中一本杂志上还登载了隆美尔和他的沙漠军团的照片。

以上几乎就是我们搜查到的全部，没发现任何有价值的证据。我已迫不及待想查看警方突袭搜查时缴获的物品了。

在回独立城的中途，我们在孤松镇停车休息。与警官们喝啤酒时，萨图奇讲起几周前在独立城，他和帕切特就塔特案和拉比安卡夫妇案讯问过曼森。第二天，我打电话告知警督赫尔德此事，以为他手里可能有那次讯问的报告。可赫尔德听我一说竟十分惊讶。他根本不知道洛杉矶警察局有人曾讯问过曼森。这时，我才第一次意识到，塔特案和拉比安卡夫妇案的调查人员并没真正携手合作。

警督赫尔德跟我介绍了调查的最新进展，只不过是坏消息。警长李通过弹道对比证明：我们在斯潘农场发现的 .22 口径子弹与塔特案案发现场发现的子弹不符。

但我不会轻易放弃的。我打算对斯潘农场再进行一次彻底搜查。

那天晚上，我们依旧入住了温尼杜马酒店。第二天一大早，我步行去了法院。一路上呼吸着久违的新鲜空气，树木、嫩草皆散发着清香。在洛杉矶闻不到香味，只有雾霾。离法院仅剩几条街的距离时，我看到两个年轻女孩，其中一个女孩怀里还抱着宝宝。当时我大胆猜测，然后张口问道："你们是桑迪和'尖嗓子'吧？"她们说是。我向她们表明了自己的身份，说想约她们下午1点在地方检察官办公室聊聊。她们说如果我给她们买糖果的话，她们就来。我说好的。

在独立城地方检察官办公室，福尔斯打开档案，把他所掌握的曼森家族所有资料都交给了我。警长萨图奇开始复印这些资料。

浏览资料时，我发现其中提到克罗克特和波斯顿这两个人："因约县副治安官唐·沃德向肖肖尼地区的两名矿工了解过情况，而且全程录了音。"我想跟这两个矿工谈谈，但先听听录音倒可以节省不少时间，于是我让警长麦根联系副治安官沃德，帮我要那次谈话的录音。

1969年10月2日，加利福尼亚州高速公路巡警的报告中还提到："关于二十三岁（出生日期为1945年12月2日）的犯罪嫌疑人查尔斯·蒙哥马利，副治安官丹尼斯·考克斯曾写过一份现场询问报告。"现场询问报告是指警方拦下并询问可疑人员后填写的一张长7.6厘米、宽12.7厘米的卡片。我想看看那张卡片。我们对特克斯的情况仍然知之甚少，警方对斯潘农场和巴克农场的突袭中都没抓到此人。

浏览过一大堆文件后，我开始研究10月10日至12日警方突袭时查获的证据。我让格拉纳多测试了那些刀上是否有血，结果没有。缴获的那把剪线钳又大又重，拿着它很难爬上电线杆，不过这或许是凶手唯一可用的工具。我把剪线钳交给警方，以便警方科学调查司用它与塔特家被剪断的电话线进行对比。至于找到的那些靴子，鞋跟没有明显的图案，我把它们也交给了科学调查司。我检查过所有衣物的标签，发现许多看着脏兮兮的女装都来自高档商店。我把这些女装带到洛杉矶进行分析，还想让塔特家的女佣威妮弗雷德·查普曼夫人和拉比安卡夫妇的女儿苏珊娜·斯特拉瑟斯看看这些衣服，看其中是否有莎伦·塔特、阿比盖尔·福尔杰或罗斯玛丽·拉比安卡的衣服。

"尖嗓子"和桑迪如约而至。谈话前，我已经查过她们的背景资料。资料虽然不太详细，但我已经知道她们都生于南加州，且都生在相当富裕的家庭。

“尖嗓子”的父母住在圣莫尼卡市，父亲是航空工程师。桑迪的父母离婚并已分别再婚，父亲是圣迭戈市的股票经纪人。据丹尼说，1968 年初，桑迪加入曼森家族时，手里有大约价值 6000 美元的股票，她把股票都卖了，把钱交给了曼森。她和她的孩子现在只靠救济金生活。两个女孩都曾上过大学，然后辍学，“尖嗓子”就读于托兰斯的埃尔卡米诺专科学院，桑迪上的是俄勒冈大学和旧金山州立大学。后来我知道，“尖嗓子”是最早加入曼森家族的成员之一，1967 年曼森刚出狱不过几个月，她便和曼森在一起了。

不同于丹尼，她们是第一批加入曼森家族的成员，丹尼充其量只能算是家族的边缘成员。两个女孩的言谈让我心中一凛。她们浑身上下似乎散发着一种发自内心的满足。我之前曾见过这种人——真正的信徒、狂热的宗教分子，但这两个女孩依旧让我感到既震惊又印象深刻。她们似乎对一切都泰然处之，无论你说什么，她们几乎一直面带微笑。对她们来说，世间所有问题都已经有了答案，无需再苦苦追索，因为她们已经找到了真理。这个真理就是“查尔斯就是爱”。

跟我说说这种爱，我问她们。这是男女之间的那种爱吗？她们回答道，是的，也包括男女之爱，但这仅是爱的一部分而已。你们所说的这种爱无所不包？是的，但“爱就是爱，你无法定义它”。

这是查理教你们的吗？我问她们，我真的感到好奇。她们回答说不需要查理教。查理只是启发她们，让她们能够面对自己，看到自己身体里的爱。你们相信查理就是耶稣基督？她们只是神秘地笑笑，仿佛这是一个除了她们，没人可以理解的秘密。

虽然“尖嗓子”已经二十一岁，桑迪二十五岁，但她们的某些行为举止依然还像小女孩，岁月仿佛只改变了她们的容貌，而她们的内心依然停留在懵懂的儿童阶段。世上的一切仿佛只是小女孩们玩的过家家游戏。我想知道，这个游戏中也包括杀人吗？

那么，你对查理的爱和对乔治·斯潘的爱有什么不同吗？我问“尖嗓子”。“尖嗓子”答道，没有不同，爱就是爱，爱都是一样的。但在答案说出口之前，“尖嗓子”有那么一瞬间的犹豫，让人感觉她嘴上虽是这样说，可潜意识里还是觉得两种爱有所不同。也许是为了证明自己，她跟我讲起她与乔治·斯潘的关系。“尖嗓子”说，她爱上了斯潘。如果斯潘向她求婚，她会答应嫁给他。

斯潘，是心灵美。接着她又补充了一句：他在床上表现很好。她这么说显然是想让我震惊，她还真是够直白。

“我对你的性生活不怎么感兴趣，‘尖嗓子’，”我对她说，“但我想知道你对塔特案、拉比安卡夫妇案、欣曼案和其他谋杀案知道多少，我对这个非常非常感兴趣。”

听我这么问，两人丝毫不为所动，依然面带微笑。她们对这几起案子一无所知。她们只知道爱。

我与她们继续聊了很久，我开始问一些更加具体的问题，可得到的依然是不痛不痒的回答。比如，我问某日她们在哪儿时，她们的回答是：“根本没有时间这种东西。”她们的回答驴唇不对马嘴，同时也是一种防御手段。我想突破这道防线，进入她们的内心，了解她们心中的真实想法，可没成功。

眼前两人容貌各异，都是漂亮女孩。可我总隐隐觉得哪里有些不对，她们仿佛不像两个独立的人，更像同一个人。当天下午晚些时候，我与曼森家族的其他女性成员谈话时，也产生了同样的感觉。她们一模一样的表情，相同模式的回答，丝毫不差的语气，同样的个性缺失。那一瞬间我惊讶地意识到究竟哪里不对了：她们给我的感觉更像芭比娃娃，而非活生生的人。

面对桑迪近乎灿烂如花的笑容，我想起弗兰克·福尔斯曾经告诉过我的一件事，突然不寒而栗，感觉后背发凉。

桑迪被关在独立城时，有人无意中听到她和曼森家族另外一个女孩的谈话。桑迪对那个女孩说：“我现在终于进入可以杀死我父母的阶段了。”

莱斯莉、乌伊施、“蛇”、布伦达、“吉卜赛人”——这些女孩在警方突袭巴克农场时被捕，受到指控而被警方收押。在弗兰克·福尔斯的安排之下，她们被带到办公室与我面谈。像“尖嗓子”和桑迪一样，她们也接受了我的糖果和口香糖的“贿赂”，但没给我提供任何有价值的线索。仿佛事先经过排练似的，她们对我问题的回答几乎一模一样。

我觉得想要让她们开口，必须先将她们分开。她们之间有一种凝聚力，像胶水一样把她们紧密团结在一起，铁板般坚不可摧。毫无疑问，这种凝聚力部分源自她们与查尔斯·曼森那诡异、尚无法理解的关系，另外也源自她们共同的生活——一个被称为“曼森家族”的世界。但我觉得这也可能是因为恐惧：

她们害怕的是一旦开口，其他人会怎么说，又会怎么做。

要想求证，唯一的方法就是将她们分开单独关押，可独立城监狱太小，无法实现这个计划。

除曼森之外，曼森家族只有一名男性成员仍在羁押中：克莱姆·塔夫茨，他的真名为史蒂文·格罗根。福尔斯的调查员杰克·加德纳给了我十八岁的格罗根的犯罪记录：

1966年3月23日，持有危险药物，6个月缓刑；1966年4月27日，商店行窃，继续缓刑；1966年6月23日，扰乱治安，继续缓刑；1966年9月27日，缓刑解除；1967年6月5日，私藏大麻，劝诫后释放；1967年8月12日，商店行窃，没收保释金；1968年1月22日，可疑游荡，调查后结案；1969年4月5日，盗窃钱财和图谋不轨，证据不足释放；1969年5月20日，重大盗窃车辆罪，证据不足释放；1969年6月11日，猥亵儿童及有伤风化地暴露身体……

有人看到格罗根在几个四五岁孩子面前暴露身体。“孩子们想看我这样做。”他对现场逮捕他的警官如此解释道。后来他对法院为其指定的精神病医生这样说的：“我犯了法，我那东西从我裤子里掉了出来，那些家长对此事过于激动。”在跟格罗根谈过之后，这位精神科医生不赞成将格罗根送去卡马里奥市州立医院，因为“此未成年人极具攻击性，州立医院没有可以限制他的设施和条件”。

可法院依然将格罗根送进了卡马里奥市州立医院，执行为期九十天的观察。格罗根在州立医院只待了两天，就溜走了。之后我了解到，他是在曼森家族一个女孩的帮助下逃走的。

格罗根从医院逃走的日期是1969年7月19日。他返回了斯潘农场，从时间上说，来得及参与欣曼案、塔特案和拉比安卡夫妇案。随后，他在8月16日警方对斯潘农场的突袭中被捕，两天后被释放，时间上也来得及参与杀害“矮子”。

格罗根在警方对巴克农场的突袭中被捕，目前被指控犯有重大盗窃车辆罪和非法持有武器罪，如那把锯短的散弹枪。我问福尔斯，格罗根的案子现在进展如何。

福尔斯说，在格罗根律师的提议下，格罗根已经接受了两名精神病医生的检查，他们认为格罗根“现在精神错乱”。

我希望福尔斯申请陪审团审判，驳回格罗根以精神错乱为由的辩护。假如将格罗根带回洛杉矶受审，指控他涉嫌参与塔特案，我不希望辩护人到时说因约县法庭已证明格罗根是疯子。福尔斯同意了我的提议。

现在起诉格罗根，证据太过薄弱，甚至可以说没有证据。我们甚至都无法证明“矮子”唐纳德·希亚已经死了，迄今为止警方还没有发现他的尸体。至于塔特一案，也只有丹尼告诉我们，克莱姆曾对他说：“我们宰了五头猪”。

如果案子将来进入合并审理[1]，丹尼的话将无法作为呈堂证供。因为 1965 年，加利福尼亚州最高法院在阿兰达一案中裁定，检察官不得将被告对共同被告不利的证词纳为法庭证据。[2]

由于曼森家族所有成员的审判都受限于阿兰达规则，所以在此稍做解释。如果进入合并审理，且有多名被告，那么苏珊·阿特金斯对龙妮·霍华德说的“人是我们杀的。”这句话，将无法提交法庭作为证据，因为这句话中的主语“我们”包括了其他被告。但她说的“我用刀刺死了莎伦·塔特。”这句则可以作为证据。我们可以对一些话进行“清理”，以免违反阿兰达规则，如将苏珊·阿特金斯对警长怀特利和冈瑟所说的“我和鲍比·博索莱伊一起去了欣曼家”改成“我去了欣曼家”，但好的辩护律师依然会对此提出异议，有时甚至能成功让这一证词被排除在证据之外——具体取决于检察官的表现和法官的意见。但一旦使用“我们”这种说法，就铁定违反了阿兰达规则。

因此，曼森对斯普林格说的“我们那天晚上刚宰了五个”以及克莱姆对丹尼说的“我们宰了五头猪”都不能作为证据。

即便曼森和格罗根当着全国电视观众这样讲，一旦案子进入合并审理，就

---

1 译注：合并审理指法官将两起或多起案件合并为一案进行审判。当多起案件被告所涉及的罪行相互关联，且并案审理既可以保证被告受到公平审判，又可以提高审判效率时，则可以采用合并审理。

2 译注：阿兰达一案指 1965 年，被告人亨利·鲁伊斯·马丁内斯向警察承认，他曾和约翰·马克·阿兰达一起抢劫。尽管法庭采纳了马丁内斯的供述作为证据，但加州最高法院认为其供述不可采纳，并因此裁定，今后在涉及多名被告的合并审理时，不得采纳被告不利于共同被告的陈述作为证据。1968 年，美国最高法院在布鲁顿案中将这一规则作为宪法基本内容采用。因此，这条规则在加州又被称为“阿兰达规则”或“阿兰达-布鲁顿规则”。

无法用这些话指控他们。

所以，我们现在也几乎没有证据起诉克莱姆（即格罗根）。

在查看格罗根的档案时，我注意到他有个兄弟曾报名想成为加利福尼亚州高速公路巡警。我记下这点，心想他兄弟没准可以说服他与我们合作。丹尼曾用两个字形容格罗根："疯子"。看着警察给格罗根拍的照片：咧嘴大笑，门牙缺失，眼神呆滞，的确是疯疯癫癫的模样。我向福尔斯要了格罗根最近精神报告的复印件。

在被问到"你为什么恨你父亲？"时，格罗根的回答是："我就是我自己的父亲，我不恨我自己。"他否认服用过毒品。"我自己就有兴奋剂——肾上腺素，也就是所谓的恐惧。"他声称"爱就是一切"，但据精神病专家说："他还说过他不能忍受其他肤色的人，还引用了所谓《圣经》中与性有关的言论做解释。"

格罗根还说："我每天在一点一点死去。我的自我正在消亡，我知道他正在死去，在奋力挣扎。当你摆脱了自我，你就获得了彻底的解脱……不管你们怎么说，那是你们的事儿……你们觉得我是谁，我就是谁。"

这是格罗根的人生哲学？还是在复述查尔斯·曼森的话？曼森家族的女孩们也对我说过同样的话，有几次甚至一字都不差。

如果精神病专家基于此言论判定曼森的这位追随者是疯子，那么这帮人的领袖又是个怎样的人呢？

那天，我第一次见到了查尔斯·曼森的真容。警方因装载机纵火案提审曼森，五名副治安官正押着他出监狱去法庭。

我此前从没意识到曼森竟然是个小矮子，身高只有 157 厘米。瘦弱单薄，略微驼背，褐色头发几乎垂肩，胡须浓密。我对比了洛杉矶县治安官办公室与因约县警方分别给他拍摄的面部照片，胡须显然是他在斯潘农场被捕后才长起来的。他身上穿的带流苏的鹿皮外套并不便宜。手上虽然戴着手铐，走起路来却如闲庭信步一般随意，瞧不出有丝毫的不舒适感。

我感到难以置信，那些骇人听闻的罪行竟然都出自这个小个子男人，他看上去毫不起眼，根本不像个凶狠人物。但我深知如果小瞧这个男人，我将犯下这辈子最大的错误。如果苏珊和丹尼所说的一切都是真的，那么眼前这个人不仅双手沾满鲜血，还有蛊惑他人替他行凶的本事。

曼森家族的女孩们总将印度的“业力”，即因果报应挂在嘴边。她们说因果就像回旋镖，你抛出什么样的“因”，最终就会得到对应的“果”。不知道曼森本人是否真相信因果论。不知道他有没有想到，在犯下那些可怕的谋杀案近三个半月后，他也会受到应有的报应。他肯定意识到了，因为警方不会派五位副治安官押送一个普通的纵火嫌疑人。即使他现在还没发觉，当警方询问的问题通过监狱的小道消息满天飞时，他也应该马上会意识到，他的报应来了。

离开独立城之前，我把我家和办公室的电话号码告诉了弗兰克·福尔斯。但凡案情有任何进展，他随时都可以找我。曼森拒绝对纵火指控认罪，保释金被定为 25 000 美元。如果有人试图保释他，我要立即知道，以便我们加快对曼森谋杀的起诉。这或许意味着不等一切就绪就被迫公开案情，可如果不这样做后果会更糟。如果曼森察觉事情败露，他只要脱离警方控制就会伺机逃之夭夭。曼森如果在逃，想让其他人开口更是难上加难。

1969 年 11 月 22 日至 23 日

这周末，我查阅了洛杉矶警察局的塔特案和拉比安卡夫妇案档案、从因约县带来的档案、洛杉矶县治安官办公室突袭斯潘农场和调查曼森家族的报告，以及大量的犯罪记录。仅塔特一案，洛城警方就进行了 450 余次询问。虽然一无所获，但我必须先理清警方到底做过或没做过什么，尤其想看看能否找出塔特案和拉比安卡夫妇案受害者与曼森家族爪牙之间的关联。与此同时，也希望能发现揭示凶手杀人动机的蛛丝马迹。

有些作家时不时会提到“无动机犯罪”这种说法，但我从没见过类似的罪行，而且我坚信不存在所谓的“无动机犯罪”。或许犯罪动机远超我们的正常认知，或许只有凶手或凶手们才清楚自己的动机，甚至很大程度上，犯罪只是一种无意识的行为，但每种罪行背后必定会有一个原因，问题只在于如何找到它，塔特案和拉比安卡夫妇案上尤其如此。

听完丹尼尔·德卡洛[1]长达7个小时的询问录音，我开始研究曼森家族中的一位——查尔斯·曼森的犯罪记录。

在与敌人交手之前，先要做到知己知彼。

1934年11月12日，查尔斯·曼森出生于俄亥俄州辛辛那提市[2]，因为是非婚生子女，查尔斯出生时没有随父姓，只随他十六岁的母亲凯瑟琳·马多克斯的姓，叫"无名的马多克斯"。

曼森后来声称他母亲十几岁就堕入风尘，沦落为一名妓女，但据其亲戚所说，曼森母亲只是生性"随便"。有人说："她到处乱逛、喝酒、惹麻烦。"但不管怎样，她身边从没少过男人。后来，她嫁给了一个比自己大很多，名叫威廉·曼森的男人，她跟这个男人在一起生活了一段时间，因此才有了查尔斯·曼森这个名字。

查尔斯·曼森亲生父亲的身份一直是个谜。1936年，凯瑟琳在肯塔基州的博伊德县起诉了一个名为"斯科特上校"[3]的男人，该男子是肯塔基州阿什兰市人。1937年4月19日，法院判决该男子一次性支付给凯瑟琳25美元，另外每月还需支付5美元"查尔斯·米勒斯·曼森"的抚养费。这项判决虽然是"经调解后达成的协议"，可斯科特上校显然没能兑现承诺，因为1940年，凯瑟琳曾试图提请法院冻结斯科特上校的工资。据大多数人所说，斯科特上校已于1954年去世，此事并未经过官方核实，可曼森显然对此确信不疑。他曾在很多场合说过他从未见过自己的父亲。

据凯瑟琳的亲戚们说，凯瑟琳有时会将曼森交给邻居照看，嘴上说只需要帮忙照看一个小时，却接连几天甚至几周都不露面。这时，往往都是查尔斯·曼森的外祖母或姨妈出面把他领回家。曼森小时候大多是在西弗吉尼亚州、肯塔基州或俄亥俄州与外祖母或姨妈一起生活。

1939年，凯瑟琳与她兄弟路德因在西弗吉尼亚州查尔斯顿抢劫一家加油

---

1 译注：即前文所说的证人丹尼·德卡洛，丹尼是丹尼尔的简称。

2 原注：尽管情有可原，但就连曼森的生日日期也如他早年的几乎所有资料一样，并不准确。曼森的母亲记不住他的生日，便将其改为11月11日，因为那一天是第一次世界大战停战纪念日，更容易记。

3 原注：此人名字未知。官方记录也只称其为"斯科特上校"。

站时，用可乐瓶打晕了工作人员，受到持械抢劫指控，并被判入州监狱服刑五年。母亲入狱后，曼森与姨妈一家住在西弗吉尼亚州的麦克梅肯市。曼森后来告诉全美少年教养所的教导员，他姨妈和姨夫“婚姻有问题，直到对宗教感兴趣并成为虔诚信徒之后，两人的婚姻才有了改善”。

一边是严厉的姨妈，认为所有享乐都是一种罪，却给了曼森爱；另一边则是放荡的母亲，只要曼森不烦她，他做什么她都不闻不问。曼森的童年就在这样两种生活中来回摇摆。

1942 年，曼森的母亲凯瑟琳获得假释，她把当时八岁的曼森领回了身边。接下几年有关曼森生活的记录皆语焉不详，基本是住在破旧不堪的旅馆里，总是见到新“叔叔”，其中多数像他母亲一样是酒鬼。1947 年，凯瑟琳试图将曼森送给别人寄养，可都没成功。最终是法院将曼森送进了吉博男孩学校，那是一所位于印第安纳州特雷霍特市的儿童看护机构。此时的曼森十二岁。

根据学校记录显示，曼森“很难适应学校生活”，而且“对学校教育的态度充其量只能算尚可”。尽管“曼森在稍纵即逝的开心时间像个讨人喜欢的男孩”，但“有喜怒无常和受迫害妄想症的倾向……”。在学校待了十个月后，他逃回到了母亲身边。

可母亲不想要他，于是他又逃走了。他先盗窃了一家杂货店，偷来的钱足以给自己租房。之后又破门而入偷了几家商店的东西，所盗物品中还包括一辆自行车。再次入室盗窃时被捕，被关进了印第安纳波利斯的少年管教中心，可第二天他就逃跑了。曼森再次被捕后，法院被错误地告知他是一名天主教徒，于是法院通过当地一名神父的安排，让他进了弗拉纳根神父创办的男孩城教会学校。

然而，他显然没能成为好学生。入校后的第四天，他和一个名为布莱基·尼尔森的男孩偷了一辆车，逃到了住在伊利诺伊州皮奥里亚市的布莱基的叔叔家。在逃跑的路上，他们一共持械抢劫了两次，一次是杂货店，另一次是赌场。这次经历堪称曼森犯罪生涯的分水岭，用法律的话说，曼森跨过了非暴力犯罪与暴力犯罪的分界线，在十三岁时以持械抢劫在非暴力阶段“毕业”了。

布莱基的叔叔见到他们非常高兴。两个男孩个子都很小，可以穿过天窗。到皮奥里亚市一周后，两个孩子就潜入一家杂货店，偷走了 1500 美元。布莱基的叔叔将其中150美元分给了他们做奖励。两周后，他们再次作案时被逮捕。两人都把布莱基的叔叔供了出来。年仅十三岁的查尔斯·曼森被送进了普莱恩菲尔德市的印第安纳男孩学校。

他在这所学校待了三年，期间共逃跑十八次。据他的老师说，“曼森公开声称他信不过任何人”，而且“只有能从谁身上捞到好处时，他才会在那人面前表现得乖乖的”。

1951年2月，查尔斯·曼森和两名十六岁的年轻人逃出学校，一同前去加利福尼亚。他们偷汽车代步，一路靠盗窃加油站作为补给。据曼森之后估计，他们盗窃了大概15到20家加油站，直到在犹他州的比弗市外，他们稀里糊涂一头撞进了为抓捕一名抢劫嫌疑人设置的关卡。

驾驶偷来的汽车穿越州界违反了联邦的《戴尔法案》[1]。自此之后，查尔斯·曼森开始不断违反联邦法，所受到的惩罚也比当地或州的判罚更重。

1951年3月9日，曼森被关押进华盛顿特区的全美少年教养所，直到他成年为止。

少年教养所里有自查尔斯·曼森进入该所后的详细记录[2]。入所时先接受了一系列能力和智力测验。曼森智商为109。尽管他之前接受过四年教育，可仍然是个文盲。智力、机械知识、动手能力也都一般。他最喜欢的科目是音乐。负责曼森的第一位社工对曼森的评价只是轻描淡写的这一句：“十六岁的曼森有过不幸的家庭生活，如果那也能称为家庭生活的话。”社工的结论是，曼森非常不合群。

曼森进入少年教养所一个月后：“这孩子表面装出一副正在努力适应这里的样子，但实际上只是假象，他根本就没努力……我觉得他早晚会给所里惹麻烦。”

三个月后：“曼森已或多或少成了‘少年教养所的政客’，他的所作所为至多只是敷衍了事而已……大部分时间烦躁不安、情绪低落，上课时宁愿逗朋友们，也不愿学习。”报告最后总结道：“这男孩极度情绪化，绝对需要一些精

1　译注：《戴尔法案》，即1919年颁布的《全国机动车辆失窃法》，是美国一项旨在协助各州打击汽车盗窃的法案，如其中规定了跨州运送、接收、藏匿或销售被盗汽车均属违法。

2　原注：我很晚之后才拿到相关记录，不过文中此处引用了部分原文。

神方面的指导。”

曼森殷切地盼望着被转送到几无安全措施的自然桥荣誉营，可鉴于他此前屡次逃跑的劣迹，教养所的决定和曼森的期望正相反，他们打算将他送去感化院，但想等精神病专家给曼森做过检查之后再决定。

1951 年 6 月 29 日，布洛克医生为查尔斯·曼森做了检查。这位精神病专家指出，曼森过往的生活经历导致他“精神受到创伤，具有明显的抵触情绪，且喜怒无常”。布洛克医生说，曼森因为母亲而极度自卑，以至于必须时时刻刻“压抑自己，不去想他的母亲”。曼森身材矮小，又是私生子，缺乏父母的关爱，“所以一直努力不让其他孩子瞧不起”，为此“学会了与人打交道的表面功夫，其中最重要的两项社交技巧是良好的幽默感，以及怎样讨好巴结别人……曼森因此成了少年教养所里相当‘圆滑’的人，同时也让人感到，在所有假象背后，曼森其实是个极度敏感，依然努力试图获得某种爱与关怀的男孩”。

通过观察，医生认为曼森“几乎无法接受官方的指导”，还发现曼森“非常愿意和精神科医生谈话”。

如果医生也曾对曼森心存怀疑，那他并没有写进报告。在接下的三个月里，医生对曼森进行了一对一的心理治疗。由此我们可以推断，查尔斯·曼森同时也在讨好医生，因为在 10 月 1 日的报告中，曼森已经令布洛克医生确信他最需要的是建立自信心。换句话说，大家应该信任曼森。医生因此推荐将曼森转送到安全措施不那么严密的机构中。

如此看来，查尔斯·曼森似乎成功骗过了他人生中第一位精神科医生。教养所虽然觉得这么做有点“冒险”，但还是接受了医生的建议。1951 年 10 月 24 日，曼森进入了自然桥荣誉营。

当年 11 月，曼森迎来自己的十七岁。过完生日不久，他姨妈来探望他，并告诉当局，等曼森获释后，她可以为他提供住处和工作。1952 年 2 月曼森就将参加假释听证会，再加上他姨妈的提议，他很有可能会被释放。然而就在距离听证会不到一个月时，他将刀抵在一个男孩的脖子上，并鸡奸了他。

由于此次事件，曼森此前九十七天的良好表现全都前功尽弃。1952 年 1 月 18 日，曼森被转送到弗吉尼亚州彼得斯堡市的联邦感化院。他被当作“危险分子”，工作人员认为“不能让他随便脱离监管”。进入 8 月，曼森已经严重违纪八次，其中八次都与同性恋行为有关。曼森的进展报告（如果可将其称为进展的话）中写道："曼森绝对有同性恋和攻击他人的倾向。"他被归为"必须处在监督之下才安全"的一类人。出于对曼森和他人安全的考虑，感化院决定送他去安全措施更完善的机构，并于1952年9月22日将他转送到俄亥俄州的奇利科西市联邦感化院。

据感化院的档案记载："与惹是生非的人厮混……属于行为无法预判、不管工作还是在宿舍都需要监管的类型……年纪虽然不大，却在犯罪方面很老练……完全不适合奇利科西市联邦感化院这样开放式的改造机构……"这是曼森转到该感化院还不到一个月时的报告。

随后，曼森突然来了个180度的大转变，在当年剩下的时间里，再无严重违纪。除有轻微违规和一贯"对管教人员态度恶劣"之外，一直到1953年都表现优秀。10月的进展报告中写道："曼森在总体态度和与教导员的配合上都有了明显改进，开始积极参与学习……为自己的文化水平从比较低的四级提升到了七级感到自豪，现已可以阅读大多数的文字材料，并能使用简单的算术。"

鉴于曼森文化水平的提升，以及在运输组维修和保养感化院车辆的良好工作表现，1954年1月1日，曼森还获得了优异服务奖。而更重要的是，1954年5月8日，曼森获得了假释，当时他十九岁。

假释的要求之一是曼森需要和麦克梅肯市的姨妈和姨夫一起生活。他也的确照办了，但只在姨妈家住了一段时间。当他母亲搬到附近的威灵市后，他又回到了母亲身边。母子俩似乎相互依靠，却又互不相容，无法长时间在一起生活。

从十四岁开始，查尔斯·曼森对于性的理解仅限于同性恋。获释后不久，他在麦克梅肯市认识了当地医院的护工，十七岁的女孩罗莎莉·琼·威利斯。两人于1955年1月结婚。为了养家糊口，曼森做过餐厅勤杂工、加油站杂工和停车场领位员。此外他还改装过汽车，但后来他承认自己偷了六辆汽车。曼森貌似根本没有接受之前的教训，驾驶偷来的汽车至少跨州两次。其中一次他把在西弗吉尼亚州威灵市偷的车遗弃在了佛罗里达州的劳德代尔堡。第二次是在1955年7月，他驾驶偷来的1951年水星牌汽车，从俄亥俄州布里奇波特市开往加州洛杉矶，并最终到达了目的地，同行的还有他怀孕的妻子。之后不到三个月，曼森被捕，承认自己两次违反了《戴尔法案》。在联邦法院，他对盗窃水星牌汽车一事供认不讳，并要求接受精神治疗，他说："1954 年我从奇利科西市联邦感化院获释，此前一直被关了九年，我急需精神治疗。我的脑子出了问题，偷车是为了精神发泄。"

法官要求对曼森进行精神评估。1955 年 10 月 26 日，曼森接受了埃德温·麦克尼尔医生的检查。这位精神病专家从曼森口中大致了解了他的过往，曼森说他第一次进教养所是"因为对母亲发脾气"。谈到妻子，曼森说："她是一个难能可贵的妻子。直到到了这里，我才意识到她有多好。我有时会打她。她总是写信给我。她马上要生了。"

他还告诉麦克尼尔医生"因为关在教养所里太久，他'对外面的现实生活一无所知'。他说他现在已经成了家，而且就要做爸爸了。对他来说，最重要的就是能出去陪在妻子身边。他这辈子最在乎的人就是他妻子"。

通过对曼森的观察，麦克尼尔医生指出："此人显然情绪不稳定，他的生活经历大多都对他产生了坏的影响……我认为缓刑不会有太大风险；另一方面，他在劳教机构生活了九年，这似乎让他脱离了现实，并没让他产生好的转变。现在他既已成家，在妻子和即将出生的孩子的激励之下，他有可能改过自新。因此，我谨向法院建议考虑缓刑，并对其采取密切监管。"法庭接受了医生的建议，1955 年 11 月 7 日给予曼森五年缓刑。

此外，佛罗里达州也对曼森提出了指控。他本来有很大概率也被判缓刑，可他却没有出席听证会。警方因此对曼森发出了通缉令。1956 年 3 月 14 日，他在印第安纳波利斯被捕，并被遣送回了洛杉矶。法庭撤销了对他的缓刑，判他在加利福尼亚州圣佩德罗市终端岛监狱服刑三年。在儿子小查尔斯·曼森出生之时，曼森又进了监狱。

"该犯人出狱后无疑马上会有大麻烦，"监狱的管教员写道，"他年轻，身材矮小，长着一张娃娃脸，没有自控能力……"

曼森在监狱里又接受了一系列测试，除了"字意"一项得了高分，其他所有科目都成绩平平。这次他的智商测试得到了 121 分。监狱分配工作时，曼森多少有点自知之明地提出"可否将他分到人少的小组。要是他跟帮派的人分在一起，他很可能会情绪不稳、行为不端……”。

曼森的妻子罗莎莉此时搬到了洛杉矶，和曼森的母亲住在一起。曼森入狱的第一年，他妻子每周都来看他，他母亲则没有那么频繁。“曼森的改造态度时好时坏，”1957年3月的进展报告中写道，“然而，随着假释听证会愈来愈近，曼森的表现一下子从良好跃升为了优秀，这充分说明只要他愿意，他完全可以好好改造自己。”

曼森的假释听证会定于4月22日举行，但到了3月，他妻子就不再来探视他了。曼森的母亲告诉他，罗莎莉已经找了其他男人。4月初，他被转送到了海岸警卫队羁押，那里只是最基本的看管而已。4月10日，有人在海岸警卫队停车场发现曼森身穿便服，正用搭线点火的方式启动汽车。曼森随后被控企图越狱，并供认不讳，因此在当前刑期上又加了五年缓刑。4月22日，他的假释请求被听证会驳回。

此后不久，罗莎莉申请与曼森离婚，并最终在1958年彻底办好离婚手续。罗莎莉获得了小查尔斯的监护权，之后再婚，与曼森和曼森的母亲再无联系。

1958年4月的年度总结里如此记录曼森：仍然是一贯的“难以预测，且喜怒无常”，只“偶尔”表现良好。报告指出，但凡对曼森抱有希望的人最后都以失望告终，鲜有例外。“例如，在一众申请者中，他被选中参加戴尔·卡耐基[1]的训练班，因为此课程可以帮助他改造，而他自己也渴望参加。但他听完几次课取得明显进步之后，却任性地不学了，此后也没再参加过其他学习课程。”

曼森被认为是“所有惩教所犯人中，如教科书一般典型的案例……他的情况非常棘手，实在难以准确预测他未来的变化”。

1958年9月30日，曼森服刑结束，进入五年假释期。

时至11月，曼森找到了一份新工作：拉皮条。他的老师是马利布市的调酒师，著名的皮条客 + 弗兰克·彼得斯，两人住在一起。

曼森并不知道，自获释之后，他其实一直处在联邦调查局的监视之下。联

---

1 译注：戴尔·卡耐基（Dale Carnegie，1888—1955），美国演说家、作家。他创办了独特的融演讲、推销、为人处世、智能开发于一体的成人教育方式。他在1912年创立卡耐基训练班，以教导人们人际沟通及处理压力的技巧。

邦调查局的特工本来是在寻找曾与彼得斯同住的一名逃犯，他们告诉曼森的假释官，在曼森的“第一批女孩”中，有个名叫朱迪的女孩才十六岁，而且是曼森亲自“招来”的。另外，他还从一个绰号为“胖弗洛”的帕萨迪纳市女孩那里拿钱，女孩并不漂亮，但家境殷实。

于是曼森的假释官找曼森谈话。曼森否认自己拉皮条，说他已经不和彼得斯住在一起了，并保证以后再也不见朱迪，但希望“为了钱和性”，继续保持与“胖弗洛”的关系，毕竟他“被关进去了那么长时间”。在这次谈话之后，曼森的假释官写道：“这绝对是个靠不住的缓刑犯，再次犯案只是早晚的事。”

1959 年 5 月 1 日，在洛杉矶拉尔夫超市，曼森因试图兑现一张 37.5 美元的伪造美国财政部支票而被捕。据逮捕他的警官说，曼森告诉他们，支票是他从邮箱里偷的。曼森的犯罪记录中因此又添了两笔联邦罪行。

洛杉矶警察局将曼森转交给特勤局特工讯问。之后发生的事多少有点令人尴尬。根据报告所述：“真不幸，支票不见了。趁讯问的特工转身的瞬间，有人从桌上拿起支票，吞下了肚。”但对曼森的指控仍然有效。

6 月中旬，曼森的假释官突然接到一个自称利昂娜的十九岁女孩的电话，女孩声称她怀上了曼森的孩子。假释官对此表示怀疑，要求查看医院的报告，并开始调查这个女孩的背景。

在律师的帮助之下，曼森与检察官达成协议：只要他承认伪造支票，检方将取消对他盗窃邮件的指控。法官下令对曼森进行精神鉴定，这次碰巧又是麦克尼尔医生接下了这个任务。

1959 年 9 月 28 日，曼森出庭受审，麦克尼尔医生、美国联邦检察官办公室以及假释部门都提醒法庭，曼森不适用缓刑。利昂娜当天也出现在法庭上，痛哭流涕替曼森求情。她告诉法官，她与曼森深深相爱，如果曼森获释，他们就准备结婚。尽管有证据表明利昂娜声称的“怀孕”子虚乌有，而且她曾以坎迪·史蒂文斯的化名卖淫时被捕。但是利昂娜的恳求和曼森重新做人的承诺显然打动了法官，曼森虽被判处十年监禁，却是缓刑。

曼森重操旧业，又拉起了皮条，并在违反联邦法律的道路上越走越远。

到当年12月，曼森已因重大盗窃车辆罪和使用被盗信用卡而被洛城警方逮捕了两次，但都因证据不足被释放。同月，为了拉皮条，曼森将化名坎迪的利昂娜和一个名为伊丽莎白的女孩从加利福尼亚州的尼德尔斯市带到了新墨西哥州的洛兹堡市，这种做法再次违反了联邦法律——《曼恩法案》[1]。

曼森再次被捕，并接受了警方的讯问，但很快又被释放了，这让曼森产生了“自己总能化险为夷”的错觉，但他一定怀疑警方还在继续调查他。或许是为了防止利昂娜给警方作证，他真的娶了利昂娜，但没将此事告知缓刑监督官。整个1960年1月，在联邦调查局准备起诉曼森期间，曼森一直活得自由自在。

2月下旬，+拉尔夫·塞缪尔夫妇怒气冲冲地从底特律市来见曼森的缓刑监督官。他们十九岁的女儿+乔·安妮因为空姐学校的广告来了加利福尼亚州，交了学费后才发现学校是假的。乔·安妮手里有700美元的积蓄，她与另一个同样梦想破灭的学生+贝丝·贝尔登在好莱坞合租了一间公寓。大概在1959年11月，乔·安妮不幸遇见了查尔斯·曼森，曼森拿着名片，自称是“三星级企业广播和电视制作公司夜总会总经理”，骗乔·安妮将所有存款投资给了他根本不存在的公司，还下药迷奸了乔·安妮的室友，也让乔·安妮怀了孕。受精卵没能进入子宫，留在了输卵管里，乔·安妮因为这次宫外孕几乎丧命。

但查尔斯·曼森此时已不知所踪，缓刑监督官除了对夫妇表示同情之外，也无能为力。法院对曼森发出了拘票，4月28日，大陪审团就曼森违反《曼恩法案》提出起诉。6月1日，得克萨斯州拉雷多市警方盯上曼森手下一名卖淫的女孩，从而逮捕了曼森，并将他带回了洛杉矶。1960年6月23日，法院裁定曼森违反缓刑条例，下令将其收监，执行原判刑罚的十年监禁。宣判的法官如此说道：“如果说有人完全不适用缓刑，那曼森就是最好的例子。”而去年9月判处曼森缓刑的也正是这位法官。

法院后来撤销了对曼森违反《曼恩法案》的指控。在为入狱上诉的整整一年里，曼森一直被关押在洛杉矶县监狱，最终上诉被驳回。1961年7月，曼

1　译注：《曼恩法案》，即1910年颁布的《白奴贩卖法》，以其撰写者——美国国会议员詹姆斯·曼恩的名字命名，是一项旨在保护女性的法案。《曼恩法案》规定，以不道德性交易或卖淫为目的将人运入或运出美国各州、地区或任何美国土地均属违法。

森被关进了华盛顿麦克尼尔岛的美国联邦监狱。此时，曼森二十六岁。

从监狱人员对曼森的评估来看，曼森在监狱里俨然变成了演员："他用表面的曲意逢迎隐藏他内心的孤独、憎恨和敌意……摇身一变，成了一个相貌年轻、浑身充满活力的人，讲起话来巧舌如簧，再加上丰富的手势动作，往往可以戏剧性地抓住听者的心。"此后在曼森的服刑纪录中，甚至在很久之后对他的采访中，常常出现一种措辞大同小异的说法："曼森说监狱生活已经成了他的人生，在监狱里他可以获得外面世界无法给予他的安全感。"

曼森开始宣扬所谓的宗教——"科学教"，声称"自己此前从未相信过任何宗教，但现在正从一种新的信仰疗法，即科学教中寻求自己内心问题的答案"。

彼时，由科幻小说作家 L. 罗恩·哈伯德根据自创的精神创伤疗法而创建的科学教正风靡美国。曼森的老师，即曼森信教的"引路者"，是另一名罪犯拉尼尔·雷纳。曼森后来声称，他在监狱里的修行已经达到了科学教的最高层次——"至纯境界"[1]。

虽然除了音乐之外，曼森对科学教感兴趣的时间远比对其他学科长得多，但就像曾经参加戴尔·卡耐基训练课一样，三分热度过后他就放弃了。不过曼森因此积累了许多术语（如"引路""消亡""觉悟当下"），以及一些宗教理念（业力、轮回等），这些其实也是科学教从其他宗教中借鉴的用词。

在 9 月份的年度进展报告写成时，曼森还没有对科学教失去兴趣。而且据报告所说，这种兴趣还导致"曼森给自己进行了一次半专业的性格评估，奇怪的是，他评估的结果与先前社会研究得出的结论几乎一致。通过对科学教的研究，曼森似乎对自己的问题有了一定程度的了解。这是曼森有生以来第一次取得了进步"。

该报告还指出，曼森"积极参与垒球、篮球和槌球活动"，并"参加了戏剧俱乐部和自我完善小组"，还开始"热衷于弹吉他[2]"。

---

1 原注：科学教创始人哈伯德在他的一本小册子中，将"至纯境界"定义为"参透人生的真谛"，很难看出查尔斯·曼森已经达到了如此境界。

2 原注：曼森曾要求转到被认为管理更严格的莱文沃思监狱，"声称在那里可以有更多时间练吉他"，他的请求被驳回了。

曼森破纪录地认真工作了十一个月，最后因被发现在牢房里私藏违禁品而受惩罚去打扫卫生。

1962 年 9 月份的年度报告对这位二十八岁的罪犯进行了详细认真的评估。“查尔斯 · 曼森极度渴望别人的关注。一般来说，他无法通过正面积极的行为达到此目的，因此往往诉诸消极行为来满足自己的需求。在努力‘寻找’自我的过程中，曼森仔细研究了各种宗教哲学，如科学教和佛教，但从未花足够多的时间从中学到真正有用的知识。这些举动和寻求帮助的呼唤都体现了他对关注的渴望，但也仅是停留在表面。监狱人员虽然比平常更加留意曼森的行为，却几乎没发现任何足以证明他有进步的迹象。鉴于他一直以来存在的情绪问题……建议他继续接受监狱的治疗。”

1963 年 10 月 1 日，监狱工作人员获知：“根据监狱收到的法院文件显示，曼森 1959 年在加利福尼亚州与利昂娜结婚。1963 年 4 月 10 日，因曼森在精神上虐待利昂娜，以及曼森犯下重罪被判入狱，两人在科罗拉多州丹佛市离婚。据称在这段婚姻中，两人有一个名为查尔斯 · 路德 · 曼森的孩子。”

在曼森的所有档案中，只有这一次提到了曼森再婚和曼森的第二个孩子。

1964 年 9 月对曼森的年度评估清楚记录了其狱中的表现，曼森依然毫无起色。“一如既往地不能安心工作……迫切想惹人关注……情绪上仍然缺乏安全感，总有各种狂热的兴趣。”

尽管监狱报告里没确切说明所谓的“狂热的兴趣”是什么，但曼森的一些兴趣我们已经知道了。除了科学教和弹吉他之外，曼森还有另外一个喜好。1964 年 1 月，一首名为《我想握住你的手》的歌曲荣登美国唱片排行榜榜首。接着在 2 月，随着“四个利物浦小伙子”来到纽约，美国刮起了一股披头士热，其风靡程度完全不输前不久英国对这一乐队的狂热。据与曼森一同被关押在麦克尼尔岛美国联邦监狱的前囚犯说，曼森对披头士乐队几近痴迷。但他的痴迷并非歌迷式的崇拜，更像是嫉妒。他对许多人说过，如果他有这样的机会，他可以比披头士更红。听过曼森说这话的人包括黑帮“巴克–卡尔皮斯帮”唯一的幸存者阿尔文 · 卡尔皮斯。得知阿尔文 · 卡尔皮斯会弹夏威夷吉他，曼森就与这位年长的黑帮成员成了朋友。卡尔皮斯教曼森弹吉他。这正是曼森与人交往的方式，他会想方设法从与他打交道的所有人身上捞一些好处。

1966 年 5 月：“曼森的一举一动都被清晰记录在案……他最近大部分业余

时间都在写歌，过去一年积累了大约八九十首歌，他十分想在获释后将这些歌曲卖出去……此外，他还弹吉他、打鼓，希望能找到一份音乐人的工作，比如吉他手、鼓手或者歌手……”

“要完成从出狱到过上正常生活的过渡，曼森仍需要大量的帮助。”

1966年6月，临近释放的查尔斯·曼森被转送回了终端岛监狱。

1966年8月：“曼森即将提前结束十年刑期。他的犯罪行为和羁押历史可以追溯到青少年时期。无论对自由社会还是羁押机构来说，曼森都是一个极不稳定的案例。他的人生态度、举动或行为方式能否改变，几乎无法预测……”这最后一份监狱报告还指出，曼森已对教育或职业培训失去了兴趣，也不再是科学教的信徒，“他开始热爱吉他和音乐”。最后一点：“曼森对获释之后的生活没有任何打算，他说自己无处可去。”

在获释的那个早晨，查尔斯·曼森恳求当局让他继续留在监狱里。他说监狱已经成了他的家，他无法适应外面的生活。

监狱拒绝了曼森的请求。1967年3月21日，上午8点15分，曼森刑满释放，警方用车将他送到了洛杉矶。同一天，他请求前往旧金山，并得到了许可。同年春天，曼森家族于海特–阿什伯里区[1]诞生。

此时查尔斯·曼森三十二岁。他过去的十七年，即人生的过半数时间都是在劳教机构中度过。在这十七年中，曼森只接受了三次精神病专家的精神评估，且只是泛泛的检查而已。

在研究曼森的档案时，我惊讶地发现，曼森并没有持续性的暴力行为——持械抢劫是在十三岁，鸡奸是在十七岁，殴打妻子是在二十岁。但更令我惊讶的是曼森违反联邦法律的次数之多。一百名犯罪者中可能有九十九人从没上过联邦法庭。然而，被称为“在犯罪方面很老练”的曼森却违反了《戴尔法案》和《曼恩法案》，还盗窃过邮件，伪造过政府支票等等。相比之下，曼森如果不是跨州犯罪，那么他可能只需服刑五年，而非十七年以上那么久。

---

1 译注：海特–阿什伯里区（Haight-Ashbury section），是美国反主流文化的发源地，如此命名是因为该区是旧金山海特街和阿什伯里街的交叉口，原为工人住宅区，20世纪60年代成为嬉皮士集中出没的地方。

曼森为什么会这么做？我只能猜测。也许，正如他刑满不想被释放时所说的，监狱成了他唯一的家。或者，他是在有意或无意地寻求能给他带来最严厉惩罚的罪行。再或者，他想挑战最强大的权威，这种需求逐渐累积，几乎形成了一种心理冲动。当然，不能忽视的是，也可能是以上三点共同作用的结果。

尽管曼森的行为动因有迹可循，这也许可以解释他此后的所作所为，可大量信息的缺失使我对查尔斯·曼森的了解还仅是冰山一角。

盗窃、偷车、伪造、拉皮条——这些足以勾勒出一个手上沾满众人鲜血的凶手的形象吗?

我想到的问题远多于我找到的答案。而且，到目前为止，我对曼森的犯罪动机还一无所知。

1969 年 11 月 24 日至 26 日

塔特案和拉比安卡夫妇案依然由警督赫尔德和勒佩奇负责，但两人同时还主管许多其他凶杀案，因此更多只是挂名监督，并没参与实际调查。一开始，警方派了十九名警探调查这两起案子，现在减到了六名。更奇怪的是，拉比安卡夫妇案虽然只有两名受害者，但有四名调查人员：菲利普·萨图奇、迈克尔·尼尔森，绰号“小鸡”的曼努埃尔·古铁雷斯和弗兰克·帕切特。而塔特案有五人遇害，却只有两名调查人员：罗伯特·卡尔金斯和迈克尔·麦根。

我召集卡尔金斯和麦根开会，给他们列了一张代办事项清单。比如：

向特里·梅尔彻了解情况。

将曼森家族所有已知成员的指纹与在塔特命案现场发现的 25 个身份不明的指纹进行比对。

通缉绰号为“特克斯”的查尔斯·蒙哥马利，通缉令上可以用 1969 年 8 月 21 日，因约县副治安官考克斯现场询问报告上对特克斯的描述（白人男性、身高 183 厘米、132 斤、身材单薄、肤色红润、1945 年 12 月 2 日出生）。我告诉他们，如果不抢在新闻发布前抓住他，就可能再也找不到这个人了。

让塔特家的女佣查普曼夫人、管理员加勒森、两位园丁，以及受害人的家人、朋友和商业伙伴辨认曼森家族所有成员的照片，如果有线索，立刻通知我。

检查曼森家族中的所有成员，看其中是否有人戴眼镜，并核实在塔特命案现场发现的那副眼镜是否属于某个曼森家族成员。

“这要怎么做？”卡尔金斯问，“他们肯定不会承认的。”

“我想你们可以走访他们的熟人、父母、亲戚，以及愿意与警方合作的曼森家族成员，如姬蒂·鲁特辛格和斯蒂芬妮·施拉姆。”我告诉他，“如果你们能跟全美和加拿大所有眼科医生核查那副眼镜，查出大约三十五个人肯定没问题。”

这是我们对曼森家族人数的初步预估。后来我们才知道，曼森家族的人数随时间变化，没有定数，鼎盛时期甚至超过百人。其核心成员，即一直没离开，而且对所有事都知情的成员有二十五到三十人。

这时，我脑中突然划过一个念头。“你们应该跟加勒森核实过，那副眼镜不是他的，对吧？”

然而，他们并不确定，得核实了再告诉我。

之后我才知道，加勒森虽然是警方在案发现场发现的第一个，也是唯一一个嫌疑人，但没人想过核实现场发现的最重要线索——那副眼镜，是否是加勒森的。警方甚至没问过加勒森戴不戴眼镜。加勒森有时戴眼镜。这是我和加勒森的律师巴里·塔洛谈话时了解到的。最后，我让洛杉矶警察局联系了俄亥俄州兰开斯特市的警方，因为加勒森获释后便返回了家乡。当地警方从本地验光师那里获得了加勒森眼镜的具体参数，与案发现场发现的眼镜的数据相差甚远。

根据我所掌握的证据，我认为加勒森没有参与谋杀，但我不希望辩护律师在法庭上突然站出来，说加勒森是凶手，说那副眼镜是加勒森的。我也很好奇那副眼镜到底是谁的。待卡尔金斯和麦根走后，我联系了拉比安卡夫妇案的调查人员，让他们做类似的调查：辨认曼森家族成员的照片，并比对案发现场的指纹。

曼森家族的五名女孩此时还被关押在因约县独立城。洛杉矶警察局决定将她们带到洛杉矶，单独讯问。她们被送到了西比尔布兰德拘留所，与“其他人隔绝”，即彼此之间无法联系，而且也接触不到洛城警方指定的人，如苏珊·阿特金斯。

对洛城警方而言，这是一个明智的举措。分开讯问，有人或许会开口，可能还不止一人。

当晚，电视评论员乔治·普特南在电视上宣布了一个令听众大为震惊的消息：他会在周三告诉大家谁是塔特案的凶手。我们地方检察官办公室为此致电了洛城警方，警方让公关部发言人警督哈根联系普特南和其他媒体代表，要求他们推迟发布消息，现在公布会影响警方调查。所有报纸、通讯社、广播和电视台都同意保密到12月1日星期一，给警方留一周喘息的时间。这条新闻太轰动了，每家媒体都怕被同行抢了先。

但依然有人走漏了风声，且之后还屡有发生。

25号，星期二，因约县地方检察官办公室的弗兰克·福尔斯给我打电话，我们互相通了个气。

福尔斯告诉我，有人又偷听到桑德拉·古德告诉其他家族成员，查理要有“案发时不在场的证据”。如果曼森因塔特案和拉比安卡夫妇案出庭受审，他们准备提供证据，证明案发时曼森甚至不在洛杉矶。

我也把我听到的传言告诉了福尔斯。麦根说拉斯维加斯警方的一名线人告诉他，前一天在拉斯维加斯看到了绰号“特克斯”的查尔斯·蒙哥马利和布鲁斯·戴维斯，两人开着一辆绿色的大众汽车。据说这两人告诉别人，他们正想方设法筹钱保释曼森，如果失败，他们打算干掉某人。

福尔斯从曼森女孩的口中也听到了类似的传言，他对此不敢掉以轻心，趁感恩节假期送家人离开了因约县，自己则留下来不让任何人保释曼森。

挂断电话后，我致电负责拉比安卡夫妇案的警长帕切特和古铁雷斯，说我想要命案发生当周曼森活动的详细报告。不同于塔特案的警探，他们没问该怎么做，直接就着手去办，并最终给了我报告。有了这份报告，再加上已掌握的其他信息，足以驳回任何企图证明曼森不在场的伪证。

当天下午，麦根和帕切特又询问了龙妮·霍华德，并且录了音。继上次谈话之后，龙妮又给警方提供了一些回想起的细节，但对目前的调查没有帮助。而且，到目前为止，我们仍然搞不清凶手到底都有谁。

11月26日，星期三。“陪审团对博索莱伊一案没达成一致，”我们的一位副地方检察官站在我办公室门口大喊道，“八人认为有罪，四人反对。”

起诉博索莱伊的证据实在太少了，地方检察官办公室甚至都没要求判他死刑。另外，陪审团也不相信丹尼·德卡洛。他在最后一刻才出庭，而且事先没有做好充分准备，陪审团认为这个证人不可信。

当天晚些时候，洛杉矶县治安官办公室咨询地方检察官办公室，问我能不能接手重新起诉博索莱伊，因此除了塔特案和拉比安卡夫妇案之外，博索莱伊案现在也由我负责。

同天上午，弗吉妮娅·格雷厄姆下定决心要把知道的说出来。几天前，她丈夫来科罗纳探视她。她透过访客室的铁丝网悄声告诉丈夫，她听说了塔特案凶手的一些事，她不知道该怎么办。

她丈夫的建议是：“管好你自己，别管别人的事。”

弗吉妮娅后来说：“我知道有很多事不该说，但这件事太变态了。对这种恶行，我不知道谁能忍住不说。”[1]

由于监狱一直不批准她与德莱塞医生谈话，于是弗吉妮娅转而向她的教导员求助。接到科罗纳警方的电话，洛杉矶警察局的警长尼尔森当天下午3点15分赶到监狱，录下了弗吉妮娅的讲述。

龙妮不确定塔特案的凶手是四人还是五人，弗吉妮娅则清楚地记得苏珊说过，凶手是三个女孩和一名男子。但她和龙妮一样，也以为那个叫“查尔斯”的人是查尔斯·曼森。

当天下午和傍晚，警方在西比尔布兰德拘留所分别对曼森家族的五个女孩进行了讯问。

绰号为“小鸡”的警长曼努埃尔·古铁雷斯负责讯问黛安娜·布鲁斯坦，她绰号“蛇”，真名为黛安娜·莱克，被捕时登记年龄为二十一岁，实际十六岁。

1　原注：弗吉妮娅·格雷厄姆之后表示，她不知道龙妮·霍华德已经告诉了警方。但此前不久，刚有一批女犯人从西比尔布兰德拘留所被转送到了科罗纳女子监狱，她们也许带来了拘留所里的小道消息。

这次讯问录了音。当我听到录音时，我简直不敢相信自己的耳朵。

问："我是警长古铁雷斯，洛杉矶警察局凶杀组的警探……我已经和你们家族的几个女孩聊过。姑娘们人很好，大家也聊了很久。我们不但知道斯潘农场发生过的很多事，也知道发生在其他地方的很多事。我们清楚到底谁参与了，谁没参与。有些事你可能不知道，但我们很清楚，不过只有等时机成熟了才能告诉你，我们必须跟所有相关人员谈一谈，我想你应该清楚我说的是什么。我说的是查尔斯、曼森家族和所有家族成员。我不知道你和曼森家族关系有多深。你可能和家族的人关系十分密切，但有人就快要完蛋了，有人因为犯下了一系列命案要进毒气室[1]偿命，而你也参与了杀人，有人是这么说的。"

事实上，根本没证据表明黛安娜曾参与过谋杀，"小鸡"只是信口开河。

"我来这儿只有一件事，就是要听你说说，看你有什么可说的，那样我可以去找地方检察官，对他说：'看，这是黛安娜告诉我的，她愿意上法庭作证以重获自由。'我们要抓的人不是你。我们只对大人物感兴趣，你知道我说的是谁吧，亲爱的？"

答：……（没有任何回应）

问："现在，你知道的，有人得偿命。这事可太大了。这是本世纪最大的谋杀案。你知，我也知。所以为了不被起诉或下半辈子在监狱里度过，你必须得说点什么……我们知道大概有十四个人被杀，你清楚我说的都是谁。"

答：……（含糊不清）

古铁雷斯先指控黛安娜参与杀害了十四名被害者，然后说："我可以完全豁免你的罪，换句话说，如果你跟我坦白，毫无保留，那我也可以跟你交底，还可以保你出狱开始新的生活，不用再回独立城坐牢。我可是认真的，说话算话，你知道吗？"

实际上，警长古铁雷斯并没有权力豁免罪犯。申请豁免权需要一系列复杂的程序，不仅要得到警察局批准，还得地方检察官办公室批准，并且最终要由

---

1 译注：毒气室是美国一些州执行死刑的方式之一。

法院决定。可古铁雷斯说得像是给块口香糖那样随便。

见对方沉默不语，古铁雷斯继续道：“你现在这个态度是什么意思，嗯？亲爱的，我觉得这只说明一件事，哎呀，你这是要为那个查尔斯做替死鬼。可查尔斯呢？他把你们都拖下了水。本来你该在外面自由自在做你自己的事，可现在却被关在监狱里，你一句话都不说是为什么？为了查尔斯？那个查尔斯永远也别想出去了。你知道的，是不是？我们两个人总无冤无仇吧？是不是？”

答：“是的。”

问：“这就对了，我也不会拿锤子或水管什么的打你。我只想和你好好谈一谈……”

古铁雷斯讯问了黛安娜近两小时，这个十六岁的女孩仅承认了她喜欢吃糖果。

黛安娜·莱克后来成了检方最重要的证人之一。这都是因约县的功劳，尤其是副地方检察官吉本斯和他们的调查员加德纳，他们并没有威胁黛安娜，而是对她报以耐心、同情和理解，从而一举扭转了局面。

讯问黛安娜无果之后，古铁雷斯又讯问了十八岁的蕾切尔·莫尔斯，其真名为露丝·安·穆尔豪斯，绰号“乌伊施”。她是丹尼·德卡洛“最喜欢的甜心”女孩，也是在巴克农场告诉丹尼她迫不及待想宰她的第一头猪的那个女孩。

与黛安娜不同，露丝·安对古铁雷斯有问必答，可说的多为假话。她声称从没听说过“矮子”和加里·欣曼，也不知道有叫凯蒂的女孩。她辩解说加入曼森家族的时间并不长，到警方突袭斯潘农场为止，只有大约一个月而已（五个女孩对此口径一致，显然事先经过商量）。

问：“我想了解一下你都知道什么，因为你将出庭在大陪审团前作证。”

答：“我什么都不知道。”

问：“那你就会跟其他人一个下场，再回牢里。你要是不合作，就会被关回去。让我来告诉你接下来会发生什么。他们也许会毒死你，把氰化物丢给你。[1]”

答：（近乎尖叫）“我什么都没做！我什么都不知道！”

片刻过后。

问：“你今年多大了？”

答：“十八岁。”

问：“这年纪已经可以进毒气室了。”

在同样没有证据证明对方杀过人的情况下，古铁雷斯故技重施：“十四条性命被杀害，每一条都与你有关！”他承诺给她完全豁免权（“要么因为杀人受审，要么获得自由”），又补充道：“另外，还有25 000美元奖励等着你。”

玛农·米内特，绰号“吉卜赛人”，真名凯瑟琳·谢尔，二十七岁，曼森家族中年龄最大的女性成员，没给警方提供任何有价值的信息。同样如此的还有十八岁、真名为南希·皮特曼的布伦达·麦肯。

二十岁的莱斯莉·桑克斯顿则恰恰相反。

负责讯问莱斯莉的是警长麦根。当时我们并不知道莱斯莉的真名是莱斯莉·范霍腾。麦根先后试图以父母之情、做人的良心和杀人之恶让她开口，还暗示说其他人已经供出了她，但都没见效。最终竟是她那小女孩的单纯，她玩的那套“我知道，你不知道”的小把戏让她开了口，而且还一而再，再而三地泄露了她知道的秘密。

问：“听说过塔特案吗？”

答：“我聋了。什么也听不到。”（哈哈大笑）

问：“有五人在塔特家被杀，就在比弗利山上。我已经确定有三个人去过那里。我还知道有第四个人。但我不知道第五个人。我觉得你知道。你为什么瞒着不说？你知道都发生了什么。”

答：“我很清楚发生了什么。”

问：“我想知道都有谁参与了，怎么行凶的。详细过程。”

答：“我对帕切特先生说过（在独立城时），如果我改了主意，我会告诉他。

1 译注：毒气室执行死刑时要用到氰化物。

但我还没改变主意。”

问：“总有一天你得说出来。”

答：“但不是今天……你们是怎么查到斯潘农场的？”

问：“8月8日晚上，你看见谁离开了农场？”

答：（哈哈大笑）“哦，那天晚上我睡得早。说真的，我不想谈这事。”

问：“都有谁去了？”

答：“我就不想谈这事儿。”

以上对话看似什么也没透露，但其实已证明莱斯莉即使没参与，也肯定知情。

她不想谈谋杀案，但毫不介意谈曼森家族。“你再见不到比他们更好的人了，”她对麦根如此说道，“农场里的那些人之中，我最喜欢克莱姆。和他在一起很好玩。”克莱姆就是笑得像个白痴一样，喜欢在小孩子面前暴露身体的那个家伙。萨迪（即苏珊）“人真好。就是比较凶……”，这点莎伦·塔特、加里·欣曼等人已经见识过了。莱斯莉继续道，布鲁斯·戴维斯总滔滔不绝，总说他要如何炸死别人，但她确定他只是“要嘴皮子而已”。她还评论了其他人，但没提查尔斯。跟从独立城被带到洛杉矶的另外四个曼森家族的女孩一样，她也回避谈曼森。

问：“曼森家族已经不存在了，莱斯莉。查尔斯现在在监狱。克莱姆也被关起来了。‘零’玩俄罗斯轮盘赌，打死了自己——”

答：“‘零’！”

莱斯莉听到这个消息显然颇为震惊，一下子不再是个小女孩了，开始向麦根逼问细节。麦根告诉她，“零”死的时候，布鲁斯·戴维斯也在场。

答：“布鲁斯也玩俄罗斯轮盘赌了吗？”

问：“没有。”

答：（语带讽刺）“‘零’一个人玩俄罗斯轮盘赌？”

问：“有点奇怪，不是吗？”

答：“是的，很奇怪！”

麦根察觉到有机可乘，马上抓住机会告诉莱斯莉，他知道有五个人去了塔特家，三个女孩和两个男人，其中一个男人就是查尔斯·曼森。

答：“我可不认为查理去了。”

莱斯莉说，她听说只有四个人去了塔特家。“其中三个是女孩。女的可能比男的多。”还说：“听说杀人时，有一个女孩没参与。”

问：“是谁？”

答：“一个叫琳达的女孩。”

苏珊·阿特金斯在和龙妮·霍华德谈拉比安卡夫妇案时，曾说过“琳达那次没去”，由此推测，琳达应该参与了前一天晚上的塔特案，但此时我们才确定了这一点。

问起琳达，莱斯莉说并不知道琳达姓什么，琳达在斯潘农场的时间很短，也没在农场突袭中被捕。她个子很小，大概157厘米，身材瘦削，浅棕色头发。

麦根问莱斯莉是听谁说琳达参与了塔特案。莱斯莉怒不可遏地答道：“我不记得了。我不记得谁说过这些鸡毛蒜皮的事！”麦根问她为什么突然这么生气。“因为我很多朋友都死了，我甚至都不知道是因为什么。”

麦根将警方拍摄的巴克农场被捕人面部照给莱斯莉辨认。这些人和她同时被捕，她却说多数人她都不认识。但看到登记名为“玛妮·里夫斯”的女孩照片时，莱斯莉说：“这是凯蒂。”

问：“玛妮·里夫斯是凯蒂？”

莱斯莉又犹豫了，不敢确定。她和这些人的确不熟。她虽然在斯潘农场和巴克农场都与曼森家族生活在一起，但大多和机车党厮混，因为她觉得那些人爱干净。

麦根将讯问引回到谋杀案上，莱斯莉又开始玩她的小把戏，无意中又承认了一些事情。她暗示自己知道死了十一个人：欣曼案一人遇害、塔特案五人遇害、拉比安卡夫妇案两人遇害，再加上被杀的“矮子”，总共九人，但拒绝说出另外两人是谁，像在给棒球比赛计分，非要留个悬念。

审讯中途，审讯者需要暂时离开嫌疑人一会儿，这是警方审讯的标准程序，是为了给审讯者时间来审视嫌疑人的回答，或者以此为契机，转换“软”或“硬”的讯问手段。审讯者同时可以利用这个机会考虑怎么让嫌疑人开口。

休息回来之后，麦根决定透露一些更震惊的消息刺激一下莱斯莉。

问：“萨迪在监狱里已经跟十五个人说过，说她杀了人。”

答：“这不可能。”莱斯莉出神地琢磨了一会儿，“她没提其他人吗？”

问：“没有。只说有查理，还有凯蒂。”

答：“她说有查理和凯蒂？”

问：“是的。”

答：“她真令人恶心。”

问：“她说有凯蒂，我知道凯蒂是玛妮·里夫斯，这你也知道。”

麦根后来告诉我，莱斯莉这时点头表示确认。

问：“萨迪还说：‘第二天晚上我又出去，在山上又杀了两个人。’”

答：“萨迪这么说的？”

莱斯莉此时如此吃惊是有原因的，但当时我们并不知道为什么。其实莱斯莉知道苏珊·阿特金斯没有去过拉比安卡夫妇家，因为她自己就是杀害拉比安卡夫妇的凶手之一。

这之后，无论麦根怎么问，莱斯莉都不再回答了。麦根问她为什么。

答：“既然‘零’突然开始玩上了俄罗斯轮盘赌，那我也可能会玩俄罗斯轮盘赌。”

问：“从现在开始，我们可以24小时保护你。”

答：（讥讽地笑道）“哦，那真太好了！但我宁愿待在监狱里。”

根据警方与莱斯莉的以上谈话，我们得知有三个女孩去了塔特家：苏珊、凯蒂和琳达。我们还知道，琳达“没有杀人”，这显然说明杀人的是另外两个女孩。但除了莱斯莉提过几句琳达的长相之外，我们对琳达还一无所知。

我们还知道，凯蒂就是“玛妮·里夫斯”。根据因约县警方的犯人登记显示，此人身高167.6厘米、体重108.8斤、棕色头发、蓝眼睛。从照片上看，此人并不漂亮，头发很长，看上去更像个男人。年龄显得比登记的二十二岁要大。比对过巴克农场和斯潘农场被捕嫌疑人的照片之后，发现此人曾在斯潘农场的突袭中被捕，当时登记的名字是“玛丽·安·斯科特”。“凯蒂”“玛妮·里夫斯”和“玛丽·安·斯科特”很可能都是此人的别名。她在巴克农场被捕几天后就被释放，目前下落不明。

莱斯莉也在与麦根的谈话中了解到一些情况：特克斯、凯蒂和琳达没有被警方逮捕。更关键的是她已经知道，苏珊·阿特金斯（又名萨迪·梅·格鲁兹）

是告密者。

警方虽已对曼森家族的女孩采取了“与其他人隔绝”的措施，但消息应该很快会传到曼森耳中。

1969 年 11 月 27 日至 30 日

我觉得完全可以在独立城与洛杉矶之间架设一条电话专线了，因为福尔斯和我平均每天要打十几个电话。到目前为止，还没人试图保释曼森，也没发现特克斯或布鲁斯的踪影。独立城现在到处都是记者，KNXT 电视台明天会派一队摄制组拍摄巴克农场，我让洛城警方公关部发言人警督哈根联系了电视台。电视台同意等到约定的 12 月 1 号星期一再播出拍摄的影片，但拒绝了我延后到星期三再播放的请求。

尽管报纸上对此案一字未提，可一直有信息在泄露。洛杉矶警察局局长戴维斯对此大为光火。他想亲自宣布破案，可一直有人走漏风声，他想知道到底是谁在泄密，并决心抓住这个罪魁祸首，于是提议洛杉矶警察局和地方检察官办公室所有与此案有关的人都接受测谎。

不过，此建议连他警局的人都假装没听见，我也按捺住冲动，没向他提议我们更应该把精力用在抓捕凶手上。

星期六，警长帕切特询问了格雷格·雅各布森。雅各布森是个星探，妻子是昔日喜剧演员洛·科斯特洛的女儿。1968 年 5 月，他在沙滩男孩摇滚乐队成员丹尼斯·威尔逊位于日落大道上的家里，第一次遇见了查尔斯·曼森。

也正是雅各布森将曼森介绍给了女星多丽丝·戴的儿子特里·梅尔彻，梅尔彻当时正住在切洛路 10050 号。除了为母亲制作电视节目之外，梅尔彻还涉足了很多其他产业，包括唱片公司。雅各布森本希望说服梅尔彻给曼森出唱片，但梅尔彻听过曼森的演奏和歌唱之后没同意。

曼森的才华虽然没能打动梅尔彻，但他的歌曲、人生哲学和生活方式所构成的“查尔斯·曼森的世界观”却让雅各布森着了迷。有大约一年半的时间，他曾多次跟曼森进行讨论。雅各布森说查尔斯很喜欢谈对生活的看法，但警长帕切特对此并不特别感兴趣，将话题转到了别处。

“你认识别名为‘特克斯’的查尔斯·蒙哥马利吗？”帕切特问雅各布森。

“认识，很熟，”雅各布森答道，“只不过他不姓蒙哥马利，而是沃森。”

11月30日，星期日。从上午8点30分直至午夜，我一直待在洛杉矶警察局。

1969年4月23日，查尔斯·登顿·沃森因吸毒在加利福尼亚州范努伊斯区被捕。虽然警方第二天就把他放了，但在逮捕时留下了他的指纹。

上午10点30分，警督赫尔德接到洛杉矶警察局指纹鉴定部电话。沃森右手无名指的指纹与塔特家前门上发现的指纹相符。

听到这个好消息，赫尔德和我高兴得像孩子一样蹦了起来。这是警方首次获得能够证明犯罪嫌疑人在现场出现过的实物证据。

赫尔德派了十五名警探去沃森曾住过的多个地方搜捕，虽没抓到沃森，但了解到沃森来自得克萨斯州一个名为麦金尼的小镇。

我们查了地图，确定麦金尼镇位于科林县。帕切特与科林县当地治安官取得了联系，告诉他警方正在通缉当地一位名为查尔斯·登顿·沃森的居民，罪名是涉嫌在加利福尼亚州杀人。

当地县治安官的名字是汤姆·蒙哥马利。他的姓刚好是沃森的别名，这真巧。结果远不止如此，治安官蒙哥马利竟然是沃森的一位亲戚。

“查尔斯现在就住这儿，”治安官蒙哥马利说，“他在登顿有间公寓。我让他来警局。”

后来我们得知，这位治安官给沃森的叔叔莫里斯·蒙哥马利打了电话：“你能把查尔斯送到监狱来吗？我们遇到麻烦了。”

莫里斯接上侄子，开卡车将他送到了麦金尼镇。“这孩子一路上没怎么说话，”沃森的叔叔后来说，“我不知道发生了什么事，但我想他应该一直知道。”

据称沃森到了警局拒不讲话，被直接关进了当地的监狱。

洛杉矶警察局告诉我，得州人一贯按规章办事。只有我们把逮捕令送过去，他们才会把沃森送过来。

我不想有任何闪失，于是建议派人带逮捕令去麦金尼镇，最后决定第二天上午 11 点派萨图奇和尼尔森去提人。

曼森、苏珊和沃森现已在押，还有两名嫌疑人仍在逃。洛城警方通过斯潘农场的帮工了解到，琳达的姓是卡萨比安，据说她现在在新墨西哥州的一座修道院[1]里。玛妮·里夫斯据说现在在亚拉巴马州莫比尔市郊外的农场。

当天，警长帕切特询问了曾跟曼森打过交道的特里·梅尔彻。梅尔彻证实了雅各布森之前跟警方所说的情况：他曾去过斯潘农场两次，去听曼森和女孩们的音乐，但"并不感兴趣"。在此之前，他去丹尼斯·威尔逊家时，曾见过曼森两次。不过，梅尔彻为警方提供了雅各布森没提到的重要细节。

有一次去丹尼斯·威尔逊家，离开时因为天太晚，威尔逊就开车送他回了位于切洛路的家。曼森当时跟他们一起，坐在汽车后座上边弹吉他边唱。他们一直把车开到了大门前，把他送到家门口后，威尔逊和曼森才开车离开。

由此我们知道，在塔特案发生之前，查尔斯·曼森至少去过一次切洛路 10050 号，他到过大门口，但无法证实是否进去过。

星期天下午 5 点 30 分，我还在洛杉矶警察局和理查德·卡巴莱罗谈话。卡巴莱罗曾经是副地方检察官，现在转做了私人律师，在欣曼一案中担任苏珊·阿特金斯的律师。卡巴莱罗之前曾联系了阿龙，想了解一下地方检察官办公室都掌握了哪些相关证据。阿龙将证据给他一一列出：在西比尔布兰德拘留所，苏珊·阿特金斯向两名狱友承认，她不仅参与了欣曼案，还参与了塔特案和拉比安卡夫妇案。阿龙还把龙妮·霍华德和弗吉妮娅·格雷厄姆证词录音的复制版给了卡巴莱罗。

根据庭前证据公示制度的要求，控方要向辩护律师明示针对其委托人的所有证据。这条规定只要求控方必须披露，因而辩方在开庭前可以明确知道控方掌握的证据，而辩方没有披露证据的义务。证据公示往往需要辩方先向法院提出正式请求，但阿龙想让卡巴莱罗明白我们已胜券在握，希望他的委托人能和我们合作。

1　原注：此处有可能是警方听错了，将"嬉皮士团体"（commune）误听成了"修道院"（convent）。

卡巴莱罗因此来帕克中心找我和负责调查的警探，看怎么达成协议。根据地方检察官办公室与洛杉矶警察局此前讨论的结果，我们提议，如果苏珊肯合作，我们可以将她的罪行降为二级谋杀，即不要求法庭判处死刑，但依然会要求判处她终身监禁。

卡巴莱罗去拘留所告知了委托人我们的提议。他之后在法庭上作证说："我告诉她问题出在哪里，并如实说了我所了解到的对她不利的证据。其中有欣曼案（她此前已向洛杉矶县治安官办公室招供）、塔特案和拉比安卡夫妇案。我确定检察官肯定会要求判处死刑，而且很可能会成功。所以我告诉我的委托人：'他们有足够证据起诉你。你会被定罪。'"

大约 9 点 30 分，卡巴莱罗返回洛杉矶警察局告诉我们，苏珊还在犹豫，但有可能会出庭在大陪审团前作证，不过苏珊不会指证别人，这点他十分确定。苏珊还无法摆脱曼森的阴影，她感觉自己随时可能重新回到曼森身边。卡巴莱罗说等苏珊决定了，他会通知我。

苏珊是否同意合作依然悬而未决。现在我们手中虽然有龙妮和弗吉妮娅证明苏珊杀人的证词，还有能证明沃森曾去过塔特案现场的实物证据，但能否起诉曼森和其他人还要看萨迪・梅・格鲁兹（即苏珊）是否同意合作。

1969 年 12 月 1 日

早上 7 点，阿龙就到了我家。治安官蒙哥马利刚给他打过电话，说如果两个小时内还见不到逮捕令，他就会放了沃森。

我急忙赶到办公室，对逮捕令还没签发表示了不满。麦根和我将逮捕令送到法官安东尼奥・查韦斯面前，后者签署了逮捕令。洛杉矶警察局赶在最后几分钟将逮捕令通过电报发给了治安官蒙哥马利。

我还对另外两件事也表达了不满：一是寻找琳达・卡萨比安，另一个跟帕特丽夏・科伦温克尔有关。洛城警方从洛杉矶县治安官办公室获知，帕特丽夏・科伦温克尔是玛妮・里夫斯（又名凯蒂）的真名。在警方突袭斯潘农场之后，凯蒂的父亲约瑟夫・科伦温克尔，加利福尼亚州英格尔伍德市的一位保险代理人，给女儿办理了释放手续。知道此事之后，警长尼尔森打电话联系帕特丽夏的父亲，问在哪儿可以找到他女儿。他说她现在在亚拉巴马州莫比尔市的亲戚家，并给了尼尔森地址。洛城警方随后联系了莫比尔市警局的局长詹姆斯·罗宾逊，他派了手下去寻找帕特丽夏。查韦斯法官签署了相关的逮捕令。

这时，首席副地方检察官巴克·康普顿打电话告诉我，戴维斯局长准备当天下午2点召开新闻发布会。阿龙和我1点30分赶到巴克的办公室。“巴克，现在公布为时过早！”我对他说，“我们现在掌握的证据还不足以起诉曼森，更不用说给他定罪了。另外，还有凯蒂和琳达，如果在她们被捕之前宣布消息，我们可能就再也抓不到她们了。你难道不能劝劝戴维斯，推迟宣布吗？”巴克答应会去跟局长谈。

实际上，我有些多虑了。在我们到达巴克办公室前几分钟，帕特丽夏·科伦温克尔已在莫比尔市被捕。莫比尔市警方赶到帕特丽夏的姑姑加内特·里夫斯夫人家，可帕特丽夏不在。警长威廉·麦凯勒和搭档开车从房子前方经过时，发现了一辆跑车，跑车里坐着一对男女。两辆车交错而过时，麦凯勒“注意到车里的女孩把帽子向下拉遮住了脸”，他确定对方是“害怕被认出来”，于是马上调头，拉响警笛，叫停了跑车。车里女孩的样貌符合电报里对嫌疑人的描述，可女孩声称她叫蒙哥马利（与沃森的化名相同）。警官将她带到了帕特丽夏姑姑家，她终于承认自己就是帕特丽夏。跑车里的男孩是当地人，警方跟他了解过情况后，就把他放了。警方向帕特丽夏·科伦温克尔宣读了她的权利，并于当地时间下午3点20分逮捕了帕特丽夏。

下午1点30分，巴克、阿龙和我去见戴维斯局长。我告诉局长，我收集到的证据只可以勉强申请逮捕帕特丽夏和琳达，至于莱斯莉对警长麦根所说的话，苏珊·阿特金斯对弗吉妮娅·格雷厄姆和龙妮·霍华德所说的话，这些传闻证据[1]法庭是不会采纳的。单凭这些证据，大陪审团不会批准提起公诉，我补充道：“如果苏珊·阿特金斯不配合，我们就无计可施了。”

戴维斯局长则说，警察局会议室里现在有200多名记者和摄影师眼巴巴在

1 传闻证据（hearsay），指证人不是以自己对某事实的亲身感知为基础，而是就自己从别人那里听说的事实所做的陈述，本质上属于间接证据或二手证据。依据英美证据法，传闻证据一般不为法院采纳，但在符合法定例外情况时，可采纳传闻作为证据。

等他，其中不但有来自全美各电视台和各大通讯社的记者，还有世界各地媒体的记者。他现在已经骑虎难下，根本无法取消发布会。

就在新闻发布会即将开始时，警督赫尔德分别给罗曼·波兰斯基和保罗·塔特上校打了电话，告诉他们案子已破的消息。对塔特上校来说，他终于可以结束长达数月的私人调查了。他虽然一直在调查，但始终没能找到有助警方调查的线索。现在，至少他的疑惑和猜疑可以结束了。

下午 2 点，面对十五个麦克风和数十盏耀眼的闪光灯，洛杉矶警察局局长爱德华·戴维斯正式宣布，在经过 8750 个小时的调查之后，洛杉矶警方已经“破获”了塔特案，并对三名凶手进行了通缉：现年二十四岁的查尔斯·D. 沃森目前已在得克萨斯州麦金尼镇被捕；二十一岁的帕特丽夏·科伦温克尔在亚拉巴马州莫比尔市被捕；琳达·卡萨比安的年龄和下落依然不明。洛杉矶县大陪审团还会对另外四到五人提起诉讼。（戴维斯在新闻发布会上并没提及查尔斯·曼森和苏珊·阿特金斯。）

戴维斯继续说道，这些人还杀害了罗斯玛丽和莱诺·拉比安卡。

大多数记者听到此消息都大吃一惊，因为洛城警方几乎从一开始就认定这两起凶杀案并无任何关联。有一些记者曾撰文说过怀疑两起案件有关联，但洛城警方对此从未理会。

戴维斯接着说道：“洛杉矶警察局在此感谢其他执法部门在上述两个案件调查中所给予的巨大帮助，尤其要感谢洛杉矶县治安官办公室的大力合作。”

在塔特案刚开始调查时，洛杉矶县治安官办公室就为洛杉矶警察局提供了线索，可洛城警方直到两个多月之后才开始重视并追查，这点戴维斯并没提。

在记者提问环节，戴维斯局长认为此次破案要归功于“劫案–凶杀司执着顽强的调查”为破案打开了突破口。调查人员“觉得斯潘农场可疑，因而对斯潘农场和农场里的人做了大量调查，所以才取得了今天的成果”。

戴维斯也没有提警方曾从拘留所获得过线索。

记者们开始疯狂打电话。

卡巴莱罗打电话给阿龙，提出要询问苏珊·阿特金斯并录音，但不想在西比尔布兰德拘留所，怕被其他曼森女孩知道。另外，换个环境，苏珊也许更愿意谈。他提议将谈话地点设在他办公室，将苏珊从监狱里提出来。

尽管这个请求不寻常，但也不是没有先例。阿龙为此起草了一份犯人转移令，并让法官威廉·基恩签了字。当晚，两名副治安官将苏珊·阿特金斯押送到了卡巴莱罗的办公室。卡巴莱罗和助手保罗·卡鲁索询问了苏珊，并录了音。

卡巴莱罗告诉阿龙，他录音有两个目的。首先，如果将来他决定以精神错乱的理由为苏珊辩护，他可以将录音带交给精神病医生评估。另外，如果接下来苏珊与检方达成协议，在我们将此案提交大陪审团审议之前，可以通过录音让我们了解他与苏珊谈话的内容。

1969年12月2日

我刚到办公室几分钟便接到了洛城警方打来的电话。五名嫌疑人现都已被捕，琳达·卡萨比安刚向新罕布什尔州康科德市警方自首。据琳达的母亲说，琳达承认自己去过塔特家，但声称没有杀人。如此看来，将她引渡[1]回洛杉矶应该不是问题。

然而，得克萨斯州却出了麻烦。

麦金尼镇位于达拉斯以北不到50公里，距离查尔斯·沃森长大并上学的法默斯维尔市只有几公里。奥迪·墨菲[2]就是法默斯维尔市人。现在又出了一个新名人。

警长萨图奇和尼尔森抵达麦金尼镇时，警方已经对外宣布了破案的消息。得克萨斯当地报纸称沃森在高中时是优等生，足球、篮球和田径明星，而且还是低栏运动的州纪录保持者。当地大多数居民听闻沃森杀了人都表示震惊。有

1 译注：美国法律中规定如果犯人在某州犯罪后逃到其他州，可以将其引渡回犯罪的州进行受审。因为美国各州对犯罪的量刑有差异，例如有的州依然有死刑，这条法律是为了避免犯人逃到其他州以逃避应受到的惩罚。

2 译注：奥迪·墨菲（Audie Murphy，1926—1971），在二战中表现异常杰出的美国大兵。身高仅165厘米，体重100斤，却是二战时美国授勋最多的军人之一。战后他还成了一位电影明星，出演过四十四部电影。

人说："查尔斯就像个邻家男孩。""这都怪毒品。"查尔斯的某个叔叔告诉记者，"沃森是上大学时才开始吸毒的，都是因为毒品。"而法默斯维尔大学校长的原话是："家长们吓得几乎不敢再让孩子上大学了。"

因为沃森的律师比尔·博伊德的授意，从洛杉矶赶去的警探不能与沃森讲话。治安官蒙哥马利甚至不允许警探提取沃森的指纹。萨图奇和尼尔森确实见到了沃森，但只是碰巧遇到而已。当时他们正在与治安官谈话，沃森刚好走楼梯经过，要去访客室。据警探的报告记载，沃森穿着整齐，胡子刮得干干净净，不再是长发，剪了短发。他看上去健健康康，像个"整洁干净的大学生"。

两位警探在麦金尼镇了解到，沃森是在 1967 年去的加利福尼亚，直到 1969 年 11 月，也就是塔特案案发之后很久才搬回来。

确信当地警方几乎不会合作之后，警长萨图奇和尼尔森返回了洛杉矶。这并非因为沃森的那些亲戚，而是因为整件事不知为何变成了该州的政治事件！

"几乎不会合作"应该算是极其克制的说法。

记者们忙着寻找曾四处流浪的曼森家族的失落成员，对那些没被关起来的成员进行采访。我让妻子盖尔将相关报道都留档保存，今后或许会用得上。查尔斯·曼森虽然还未被指控谋杀，但俨然已经成了焦点人物。桑迪："我第一次听到他的歌声，感觉就像在听天使歌唱……""尖嗓子"："他浑身上下散发着一股巨大的魔力。他像是被仙女遗弃的孩子。每次看到他都感觉他有些变化。他似乎不会变老……"

媒体还采访了嫌疑人的熟人和亲戚。约瑟夫·科伦温克尔回忆了 1967 年 9 月，他女儿帕特丽夏是如何加入曼森家族的，她甚至抛弃了曼哈顿海滩的公寓、工作和汽车，连工资都没领。"所以我确信曼森可以给人洗脑。"

这种说法不止出于科伦温克尔一人之口。当律师卡巴莱罗的委托人苏珊在圣莫尼卡市法庭对欣曼案提出无罪抗辩后，卡巴莱罗在庭外告诉记者，苏珊·阿特金斯被曼森"洗了脑"，她的确去了欣曼和塔特家，但"没有杀人"。

卡巴莱罗还告诉媒体，他的委托人将在大陪审团面前说出所有实情。这是我们第一次得到确切消息，苏珊·阿特金斯已经同意了与检方合作。

同一天，洛城警方还询问了芭芭拉·霍伊特，她是在父母的劝说之下联系了警方。自 1969 年 4 月起，芭芭拉开始时断时续地和曼森家族生活在一起，其中包括在斯潘农场、迈尔斯农场和巴克农场。

通过几次谈话提供的零星信息，警方从这个漂亮的十七岁女孩口中得知：

在 8 月 16 日警方突袭斯潘农场之后大概一周，某天晚上在斯潘农场，她听到山下小溪那边传来尖叫声。叫声持续了很长时间，大约有 5 到 10 分钟，她确定那是"矮子"的声音。自那天晚上之后，她再也没见过"矮子"。

第二天，她听到曼森告诉丹尼·德卡洛，"矮子"自杀了，"我们帮了他一下"。曼森还问丹尼，石灰是否可以销毁尸体。

1969 年 9 月初，在迈尔斯农场时，芭芭拉无意中听到曼森告诉某人，她记不清是谁了，"矮子""被带出来"后，他们费了好大力气才杀死他。曼森说，他们用管子打他的头，所有人都用刀捅他，最后克莱姆还把"矮子"的头砍了下来。然后，他们把"矮子"分尸九块。

在迈尔斯农场时，她还无意中听到萨迪跟一个名叫乌伊施的女孩讲她如何杀死了阿比盖尔·福尔杰和莎伦·塔特。在那之后，乌伊施跟芭芭拉说，她知道还有十个人也是死于家族人之手。

此后不久，芭芭拉和另一个女孩雪莉·安·库珀（别名西米谷·雪莉）逃出了曼森家族的藏身之地死亡谷。曼森在巴拉瑞特区追上了她们，但由于当时还有家族其他人在场，曼森放了她俩，甚至还给了 20 美元作为她俩坐车去洛杉矶的旅费[1]。

芭芭拉虽然怕得要死，但还是同意与我们合作。

而因为这次合作她差点丢了性命。

大约与此同时，曼森家族的另一位女孩玛丽·布伦纳也表示同意与警方合作。她是曼森家族的第一位成员，这完全出乎我的意料，我怎么也想不到她会同意协助警方。

1967 年 3 月，查尔斯·曼森出狱后去了旧金山。监狱里认识的人给曼森

---

1 原注：根据之后了解的情况得知，曼森很可能曾授意三名家族成员去洛杉矶将她们带回来，或者杀了她们，但无法证实。这三名成员同时也要去杀迈尔斯农场的主人，也就是曼森家族成员凯瑟琳·吉利斯的祖母，这一计划最后因为汽车轮胎没气而流产。

在伯克利海湾对面找了一个住处。曼森没有急着找工作，而主要靠沿街乞讨来维持生计。他在电报局大道漫步，或坐在加利福尼亚大学萨瑟门的台阶上弹吉他。有一天，他遇到了一位图书管理员。丹尼·德卡洛从曼森那里听到的是："她出来遛狗。穿着那种扣子一直扣到领口的上衣。高昂着头，溜着她的小狮子狗。此时曼森刚从监狱里出来，同时也把他在狱里骗人的那套鬼话带了出来。"

玛丽·布伦纳，当时二十三岁，拥有威斯康星大学历史系文学学士学位，在加利福尼亚大学担任助理图书管理员。她一点也不漂亮，曼森显然是最早想和她交往的人之一。她有可能让曼森回忆起他靠女孩"胖弗洛"吃软饭的日子。

"于是一个女孩接一个女孩，"丹尼继续道，"曼森先和玛丽同居。随后又遇到了一个女孩。'不，不许让别的女孩住到我家里来！'玛丽断然拒绝了曼森的提议。但当那个女孩搬进来之后，曼森又遇到了另外两个女孩。玛丽说：'我可以接受一个，但绝不可以让三个女孩都住进来！'可之后四个、五个，一直到十八个女孩。一切都始于旧金山。玛丽是曼森家族的第一个女孩。"

曼森家族就此诞生。

这时，曼森还发现了海特区。曼森本人对追随者的惯常说法是，一天，一个小男孩递给了他一朵花。"我当时整个人都蒙了。"曼森回忆道。问过那个男孩之后，曼森了解到旧金山原来有地方可以提供免费的食物、音乐、毒品和性。那个男孩带曼森去了海特-阿什伯里区。曼森后来对地下报纸《星期二的孩子》的撰文作家史蒂文·亚历山大说："我们睡在公园里，住在街上，我的头发长了一点，我开始演奏，人们喜欢我的音乐，他们对我微笑，举起双手簇拥在我身边，拥抱我——我都不知道该如何回应。一切就这么发生了。老兄，他们是真的人，活生生的人。"

这些都是年轻人，天真，渴望信念，更关键的是渴望一种归属感。那时候，任何自称大师的人都能吸引一大批追随者，曼森很快便意识到了这点。他误打误撞闯入了地下文化，就连他坐过牢一事也让他获得了某种程度的光环。再加上他糅合自己拉皮条、蹲监狱的经验和宣扬科学教所掌握的说辞形成的形而上哲学观，他身边开始出现了追随者，最初几乎都是女孩，后来也有年轻男孩加入。

"相信我，到处都是像查理这样的人。"曼森在旧金山时的假释官罗杰·史密斯如是说道。

但曼森有一点与众不同，那就是在整件事的发展过程中，在某个节点，曼森全面控制了他的追随者，甚至可以让他们去做极其伤天害理的事——哪怕他只说一个"杀"字，那帮追随者也会照做不误。我不确定他是怎么做到的，也不知道是从什么时候、什么地方开始的。

许多人想当然地将这一切归咎于毒品。但在海特-阿什伯里区免费医疗诊所工作的大卫·史密斯医生了解曼森家族，他觉得在曼森家族里"起控制作用的不是毒品，而是性"。"从某种程度上来说，每个新加入曼森家族的女孩都曾受中产阶级道德的约束。而曼森做的第一件事就是让这种约束消失，从而让她们彻底摆脱正常生活对她们的束缚。"

性和毒品当然是控制信徒的手段，我很快就了解到曼森使用这两种手段的更多信息，但并非只有性和毒品两种手段而已。曼森还有更多其他的手段。

曼森本人并没有强调过毒品的重要性，至少他本人是这样认为的。在那段时间，他第一次服用了致幻剂。他后来说，这"增强了我的感知力"，但又补充道："在监狱里关了那么久，我的感知力本就已经很强大了。"他的感知力的确很强。

曼森声称在海特区还受嬉皮士热捧时，他便预见到了它的衰落。他看到警察来找麻烦，那里活动很差劲，气氛又压抑，人们在无聊中互相撕打，随处可见吸毒过量的人躺在街上。在那个著名的"爱之夏"[1]，每天都有免费的摇滚音乐会和奥斯利[2]生产的致幻剂，每天都有一百多名年轻人慕名而来，曼森却搞到一辆旧校车，带着满满一车追随者离开了，去"寻找远离人群的地方"。

玛丽·布伦纳最终也辞去工作，加入了流浪校车。她给曼森生了一个孩子，名为迈克尔·曼森。在孩子出生时，整个曼森家族的人都参与了分娩，曼森本

---

1 译注：1967 年的夏天被历史学家称为"爱之夏"（Summer of Love），因为那年夏天旧金山爆发了一场声势浩大的嬉皮士运动，"爱"是那场运动的口号。

2 译注：奥古斯塔斯·奥斯利·斯坦利三世（Augustus Owsley Stanley III，1935—2011），业余化学家，因为生产和出售极其低价的高纯度致幻剂而被人们称为"旧金山名誉市长"和"致幻剂之王"。

人亲自咬断了新生儿的脐带。

玛丽·布伦纳获释后去了威斯康星州的欧克莱尔市，在接受了警方讯问之后，她同意与警方合作，从而换取对欣曼案的豁免权。她为警方提供了大量关于欣曼一案的细节。她还说在1969年9月下旬，特克斯·沃森曾告诉她，他们杀害了“矮子”，把尸体埋在了斯潘农场的铁轨附近。特克斯还说，绰号“吉卜赛人”的女孩把“矮子”的车丢在了卡诺加公园，公园位于格雷沙姆街曼森家族曾住过的房子附近。洛杉矶县治安官办公室开始根据玛丽·布伦纳提供的线索，搜索“矮子”的遗骸和他的汽车。

玛丽·布伦纳显然将成为欣曼案和“矮子”案的重要证人。虽然在塔特案和拉比安卡夫妇案发生时，她人在监狱，但我曾考虑过让她以证人的身份出庭，在陪审团前就曼森家族的诞生作证。不过，我依然对她心存疑虑，根据我讯问过的其他人所说，她对曼森的崇拜近乎狂热。我无法想象她会当庭指证自己孩子的父亲。

自案发以来，塔特案一直受到国际社会的密切关注，相比之下，查帕奎迪克事件[1]也黯然失色。凶手被捕的消息自然也引发了大量关注。

由于时区的差异，12月1日临近午夜，伦敦人就已读到了“嬉皮士杀人邪教”的报道。而美国各大报纸的头条则在第二天刊登了这起耸人听闻的案件，各大广播、电视台也纷纷跟进报道。

当天上午11点，在伦敦市的塔尔加斯路，塔尔加斯酒店的女服务员想打开一间客房的房门时，发现门从里面锁上了，该房间的住户是一位名为乔尔·皮尤的美国青年。下午6点刚过，酒店经理用备用钥匙打开了房门。“门只开了30厘米左右，”酒店经理说，“好像有什么东西挡住了门。”他蹲下身，伸手进门去摸，“好像是条胳膊”。他马上报了警。几分钟后，哈默史密斯警察局的警官赶到现场，将门推开后，发现乔尔·皮尤横尸门后。他仰躺在地上，全身

1　译注：1969年7月，美国参议员爱德华·肯尼迪驾驶的汽车从查帕奎迪克岛的桥上坠入海中。肯尼迪侥幸捡回一条命，然而当时与他一同在车内的年轻女士却溺水身亡。这位以好色和酗酒著称的参议员对这一事件做出了自相矛盾的解释，此后政治生涯因此被罩上阴影。由于事件发生在查帕奎迪克岛，故名“查帕奎迪克事件”。爱德华·肯尼迪是肯尼迪家族三大政治家中最年轻的一位。

赤裸，下半身盖着一条床单。死者惨遭割喉，而且是两刀。额头有瘀伤，两个手腕都有划伤。现场发现两片血淋淋的剃须刀片，其中一片刀片距离死者不到60厘米远。现场没有发现遗书，但镜子上有反写的“一些字”和类似“漫画书上的那种图画”。

据酒店经理说，10月27日皮尤与一位年轻女士入住该房间，三周后，那位女士离开了。皮尤平常“打扮得像个嬉皮士”，人很安静，很少出门，似乎没有朋友。

“不能排除伤口为自残导致”，验尸官因此认定皮尤是在“精神失衡下自杀”。

尽管根据死亡现场情况，包括伤口本身，认定此案为普通自杀也不无道理，但也存在谋杀的可能。当时，没人觉得有必要记下案发现场的图案和文字（酒店经理后来只记得“杰克和吉尔”这几个字），也没人试图确认死者的死亡时间。皮尤所住的房间位于一楼，可以通过窗户进出，但没人觉得有必要调查现场指纹。

当时，也没人将皮尤的死与美国当天的重大新闻联系在一起。要不是一个月后有封简短的信提到此事，我们可能一直都不知道二十九岁的乔尔·迪恩·皮尤，前曼森家族成员，也是家族成员桑德拉·古德的丈夫，也登上了曼森一案的神秘死亡长名单。

坚持留在独立城的桑迪和“尖嗓子”从独立城汽车旅馆搬走时，留下了一些报纸。报纸中夹着一封身份不明的前家族成员的来信，信中有这样一句话：“我不希望乔尔的遭遇发生在我身上。”

1969年12月3日

当天晚上8点左右，苏珊·阿特金斯的律师理查德·卡巴莱罗将他与苏珊谈话的录音送到了洛杉矶警察局。卡巴莱罗不允许我们复制录音，但同意我做笔记。播放录音带时，除我之外，在场的人还有警督赫尔德和勒佩奇，以及四五名警探。苏珊·阿特金斯描述了屠杀七名受害者的经过，讲述时语调平静，像小孩子复述当天在学校做了什么一样，声音里透着满不在乎，仿佛内心没有一丝波澜。我们所有人都只是听着，几乎没说话。

录音带里的声音听上去很年轻，间或咯咯笑几声——“塔特可真是经历了很多变化（笑声），很多变化”——声音没有起伏，冷漠生硬，仿佛不具有人类的情感。怎么会有这样的人？我心里纳闷。

很快我就会知道了。将案件提交大陪审团审议之前，卡巴莱罗允许我亲自审问苏珊·阿特金斯。

录音播放了大约有两小时。最后结束时，卡巴莱罗对苏珊说：“好了，现在我们给你拿点吃的，包括一些冰淇淋。”要证明这些罪行依然需要大量艰巨的工作，但我们终于搞清楚了到底谁是塔特案和拉比安卡夫妇案的凶手。

曼森虽然派人去了波兰斯基家，本人却没去。奉命前往塔特家，无情射杀和刺死五名受害者的是被称为“特克斯”的查尔斯·沃森、苏珊·阿特金斯、帕特丽夏·科伦温克尔和琳达·卡萨比安。凶手共有四人，三个女孩和一个男人。

但第二天晚上，曼森的确进了韦弗利路的拉比安卡夫妇家，将罗斯玛丽和莱诺绑了起来，然后命令沃森、帕特丽夏和莱斯莉·范霍腾（又名桑克斯顿）“杀死他们”。

苏珊·阿特金斯没进拉比安卡夫妇家。她与克莱姆、琳达一直待在外面的车里。但她听曼森、帕特丽夏和莱斯莉说了里面发生的事情。

这个录音让我们理清了头绪，但还有许多情况依然扑朔迷离。另外，苏珊录音里说的跟我们之前掌握的有出入。比如，苏珊虽承认她“出于自卫”捅了大块头（弗雷科夫斯基）5 或 6 刀，但说用刀捅死莎伦·塔特的不是她，而是特克斯，她只负责按住塔特。这与她之前告诉弗吉妮娅·格雷厄姆和龙妮·霍华德的刚好相反。

回到办公室，我像平常一样将笔记转换成了提问式的提纲。我有一肚子问题要问苏珊·阿特金斯。

琳达·卡萨比安主动放弃引渡程序，当天飞回了洛杉矶。晚上 11 点 15 分被关进了西比尔布兰德拘留所。阿龙在拘留所等她，在场的还有琳达的律师加里·弗莱施曼。阿龙同时还带了曼森家族成员的照片，弗莱施曼虽允许琳达为阿龙辨认照片，却不让阿龙讯问琳达。阿龙只问了琳达感觉如何，琳达回答说："很累，但终于解脱了。"阿龙感觉琳达迫切想将她知道的都说出来，可她的律师弗莱施曼则想等达成认罪协议后再说。

1969年12月4日

机密备忘录

收件人： 埃韦利·J. 扬格

地方检察官

寄件人： 阿龙·H. 斯托维茨

地方检察官办公室庭审部部长

主题： 关于苏珊·阿特金斯

会议于上午在扬格先生的办公室举行。10点20分开始，11点结束。与会人员有扬格、保罗·卡鲁索、理查德·卡巴莱罗、阿龙·斯托维茨和文森特·布廖西。

会上对是否给予苏珊·阿特金斯豁免权，以换取她在大陪审团审议和之后的审判中出庭作证进行了讨论。最终决定不给予她豁免权。

卡巴莱罗先生表示，由于害怕在庭审中见到查尔斯·曼森和其他参与杀害莎伦·塔特等人的凶手，他的委托人苏珊可能不会在审判中出庭指证。

会上对苏珊·阿特金斯出庭作证的价值进行了讨论，就以下几点达成协议：

1. 苏珊·阿特金斯提供的信息对警方至关重要。

2. 鉴于其过去与警方的合作，如果她在大陪审团审议时如实作证，检方将在警方已知的欣曼案、塔特案和拉比安卡夫妇案中，不要求法庭对其判处死刑。

3. 地方检察官办公室将根据苏珊·阿特金斯之后的表现，协助辩护律师将量刑降至一级谋杀罪之下，请求法庭判处其无期徒刑。

4. 如果在大陪审团审议并批准起诉之后，苏珊·阿特金斯在之后的庭审中不出庭指证，或检方不再起用她作为证人，则检方不得用她在大陪审团审议中的证词对其进行指控。

从委托人的角度来说，卡巴莱罗替苏珊达成了非常合算的认罪协议。如果她在大陪审团审议时如实作证，那么在之后对欣曼案、塔特案和拉比安卡夫妇案的审判中，我们就不能要求法庭判她死刑，而当法院对她或其他共同被告进行合并审理时，我们也不能用她在大陪审团审议时的证词指控她和她的同伙。正如卡巴莱罗之后所说的："她什么也没损失，却得到了一切。"

从检方角度而言，我觉得这个协议很不划算。苏珊·阿特金斯只需在大陪审团前讲出实情，让大陪审团同意提起公诉。我们得到的只有一纸起诉书而已，因为卡巴莱罗确定，苏珊在之后的审判中不会出庭作证。即便如此，他还是担心苏珊会突然改变主意，不与警方合作。

我们现在别无选择，只能抓紧时间将证据提交给第二天的大陪审团听证议会。

我们也逐渐获得了一些有力证据。前一天，莫比尔市警察局的警长山姆·麦克拉蒂提取了帕特丽夏·科伦温克尔的指纹。根据送来的指模，洛杉矶警察局的警长弗兰克·马兹"复制了"嫌疑人的指纹。结果证明，科伦温克尔左手小指的指纹与指纹鉴定部的博恩从莎伦·塔特卧室与室外泳池之间那扇血迹斑斑的法式玻璃门左扇门框内侧提取到的指纹一致。

现在，我们又有了一个可以将另一犯罪嫌疑人与案发现场联系起来的实物证据。

可这两名嫌疑人现在都不在我们手上。科伦温克尔跟沃森一样，拒绝被引渡回洛杉矶。当地将关押她十四天，且不允许保释。如果在第十五天之前，当地警方没有收到引渡公文，她就会被释放。

卡巴莱罗开车将我送到了他位于比弗利山庄的办公室。我们下午 5 点 30 分左右到达办公室时，苏珊·阿特金斯已经在等我们了。在阿龙的要求之下，法院签了另一份犯人转移令，将苏珊从西比尔布兰德拘留所带到了这里。卡巴莱罗曾提出，在他办公室稍微轻松的氛围中，苏珊会更愿意跟我谈。地方检察官办公室中央行动处处长米勒·利维、阿龙和我都觉得这个建议可行。

虽然苏珊之前跟弗吉妮娅·格雷厄姆和龙妮·霍华德聊过塔特案和拉比安卡夫妇案，但这次面对我则是苏珊第一次，也是最后一次与执法人员对话。

二十一岁，身高165厘米，重108.8斤，棕色长发，棕色的眼睛，人并不漂亮，但有着与桑迪和“尖嗓子”类似的冷漠、迷离的神情，而且看着更明显。

这虽然是我第一次见到苏珊·阿特金斯，但我已了解了她的背景。她出生于加利福尼亚州的圣加布里埃尔市，在圣何塞市长大成人。母亲在她十几岁时就因癌症撒手人寰。她与父亲长年吵架，高中便辍了学，之后流落到旧金山。做过妓女、无上装舞女、姘妇、黑帮人士的情妇，在遇见查尔斯·曼森之前，已是个经历丰富的人。这让我觉得她有点可怜。我尽力试着去了解她，却无法过于同情她，尤其在看过莎伦·塔特案受害人惨死的照片之后。

待卡巴莱罗为我们做过介绍，我告知苏珊宪法赋予她的权利，并在征求她同意之后才开始讯问。

一男一女两名副治安官坐在卡巴莱罗敞开的办公室门口，密切留意着苏珊的一举一动。在我们谈话的大部分时间里，卡巴莱罗都在场，只偶尔离开接了几个电话。我让苏珊把她从1967年在海特-阿什伯里区第一次遇到曼森，一直到现在的所有经历从头到尾讲了一遍，并时不时地打断她，提些问题。

“塔特案案发当晚，你、特克斯，或其他人有服过致幻剂或其他毒品吗？”

“没有。”

“那第二天晚上，拉比安卡夫妇遇害的那天晚上呢？”

“没有。两次都没有。”

苏珊这人看着有些诡异。她会飞快地讲几分钟，然后停一下，头微微歪向一侧，像在凝神倾听别人听不到的声音。

“你知道吗，”苏珊像是要偷偷告诉我一个秘密似的，“查理现在正看着我们呢，我们说的他也都能听到。”

“查理正关在独立城的监狱里，萨迪。”

苏珊微微一笑，好像笃定自己说的千真万确，而我这个不信奉曼森、非曼森家族的人才是错的。

瞧着苏珊这副样子，我心里不禁犯嘀咕，这就是我们检方的关键证人？难道真要指望这个十分古怪的女孩的证词吗？

她是个疯子，我对此毫无疑问。从法律上来说，苏珊或许没疯，但不管怎样她都是个疯子。

苏珊像录音里那样承认她用刀捅了弗雷科夫斯基，但否认捅过莎伦·塔特。

我已经讯问过几百个人，一旦有人说谎，我的身体立刻就会产生某种本能反应。我觉得就是她用刀捅死了塔特，但她不想承认。

当晚，我还必须再见其他十几位证人：塔特家的女佣威妮弗雷德·查普曼、首先赶到塔特家和拉比安卡夫妇家的警官、警方科学调查司的法医化学家格拉纳多和指纹提取人员、高标武器公司的产品经理洛马克斯、洛杉矶县验尸官托马斯·诺古基和副法医胜山、机车党证人丹尼、塔特家前住户梅尔彻和星探雅各布森。所有证人都存在一定问题。塔特家的女佣威妮弗雷德·查普曼脾气不好、易怒，她不想作证说自己曾看到过那些尸体、血或者……洛杉矶县验尸官诺古基讲起话来漫无边际：必须提前准备，以免讲的时候跑题。丹尼·德卡洛曾在博索莱伊的审判中出庭作证，可陪审团不相信他：这次必须让他取得大陪审团的信任。我不仅要有针对性地从每个证人（他们中很多人都是各自领域的专家）的证词中提取与案件真正相关的证据，还要将零散的证据整合成令人信服的证据链。

七名死者，多名被告：此次案件不仅没有先例可遵循，而且也需要数周的准备时间，但由于戴维斯局长匆忙召开了新闻发布会，我们只有几天的准备时间。

凌晨 2 点前，我终于见完了所有证人，可还要将笔记转换成提问式提纲。等一切都结束已是凌晨 3 点半。而我一大早 6 点就起了床，因为 3 小时后，我们必须将塔特案和拉比安卡夫妇案提交给洛杉矶县大陪审团审议。

1969 年 12 月 5 日

“抱歉，无可奉告。”虽然按照法律规定，大陪审团审议证据的过程必须保密，无论地方检察官办公室、证人，还是陪审员都要守口如瓶，可这依然无法阻止有的记者试图从你嘴里套出消息。大陪审团会议厅外面狭窄的走廊里人满为患，起码有一百名媒体人员。有些人甚至干脆站到了桌子上，那感觉就像人挤得已经堆起来，头都顶到天花板了。

洛杉矶的大陪审团由二十三人组成，从每位高等法院法官提交的姓名中抽签选出。当天到场的陪审员共计二十一人，只有得到其中三分之二的人同意，检方才可以提起公诉。审议时间一般来说都很短，只要检方在大陪审团前证明该案应该起诉就足够了。但具体到我们这个案子，仅提供证词就用了两天多时间，而留给"检方关键证人"作证的时间只剩不到一天而已。

苏珊的律师理查德·卡巴莱罗第一个出庭，作证说已如实告知苏珊所拥有的全部权利，然后离开了大陪审团会议厅。按照规定，不仅所有证人的律师不得在场旁听，而且每位证人在作证时，其他证人不允许在场。

接下来，法警将苏珊·阿特金斯带进了大陪审团会议厅。

七男十四女，二十一名陪审员好奇地打量着苏珊。

阿龙先告知苏珊的权利，包括有权因为怕受牵连而选择不作证。苏珊同意继续作证。然后由我对她进行询问。我首先让大陪审团了解苏珊如何认识查尔斯·曼森以及他们初次见面的情况。那是在两年多以前，她和很多年轻人住在旧金山海特-阿什伯里区里昂街的一所房子里，那些年轻人大多都吸毒。

答："……我坐在客厅，一个男人走了进来，带着吉他，他身边一下子就围过去一群女孩。"那个男人坐下，开始弹吉他，"最吸引我的是那首《你的笑影》，他唱起歌来感觉像天使。"

问："你说的是查尔斯·曼森？"

答："是的。等他唱完，我想引起他的注意，就问能不能让我弹他的吉他……他把吉他递给我，而我心想：'我不会弹这个。'他看着我，说：'如果你想的话，你就可以弹。'"

"他绝对没有听到我说'我不会弹这个'，我只是心里想而已。所以，当他对我说我可以弹时，我一下子就蒙了，他竟然知道我心里的想法，那时我就知道他是我一直在寻找的人……我蹲下去亲吻了他的脚。"

一两天后，曼森又来了，还约她出去散步。"我们走了几条街，来到另一所房子里，他说他想和我做爱。"

"好吧，我承认我也想和他做爱，他叫我脱衣服，我毫不犹豫就脱了，房间里正好有一面全身镜，他要我走到镜子前，看着镜子里的自己。

"我不想那样。他拉着我的手，让我站在镜子前，我背过身去，他说：'转过来看着你自己。你没有错。你很完美。你一直都很完美。'"

问："接下来发生了什么？"

答：“他问我有没有和父亲做过爱。我看着他，忍不住咯咯笑，说：‘没有。’然后，他说：‘你有想过和你父亲做爱吗？’我说：‘有。’他对我说：‘好吧，在你做爱时……你想象我就是你的父亲。’我照做了，我做到了，那是一次非常美的体验。”

苏珊说，在遇见曼森之前，她总觉得自己“缺少点什么”。后来“我把自己交给他，作为回报，他把我还给了我自己。他让我对自己充满了信心，让我知道我是一个女人”。

大约一周后，苏珊、曼森、玛丽·布伦纳、埃拉·乔·贝利、琳妮特·弗洛姆和帕特丽夏·科伦温克尔，以及三四个她已记不得名字的男孩坐着一辆老式校车，一起离开了旧金山。校车里多数座椅都被拆除，换上了鲜艳的地毯和枕头。在接下来的一年半里，他们四处游荡，向北去过门多西诺、俄勒冈和华盛顿；向南到过大瑟尔、洛杉矶、墨西哥、内华达、亚利桑那、新墨西哥；最终又返回了洛杉矶，先是住在托潘加峡谷、马利布、威尼斯区等地，最后去了斯潘农场。途中有人加入他们，有些人还一直留在家族里，但大多数人只是暂住而已。据苏珊说，他们这些人都发生了变化，学会了如何去爱。女孩们彼此做爱，也与每个男孩做爱。但曼森是完整的爱。他虽然不经常与她发生性关系（在一起的两年多只发生过六次关系），但“他完全献出了自己”。

问：“苏珊，你很爱他吗？”

答：“我爱上的只是一个映像，而我所说的这个映像就是查理·曼森的映像。”

问：“你会为他做任何事吗？”

答：“是的。”

我想让大陪审团明白，苏珊和其他人愿意为曼森做任何事，甚至会奉命杀人，从而为起诉曼森做好铺垫。

问：“是什么原因让你们这些女孩爱上了查理，愿意听他的话，愿意为他去做任何事？”

答：“查理是我见过的唯一……在这个地球上……唯一一个完整的男人。他不允许女人和他顶嘴。他不允许女人劝他做任何事。他是一个男人。”

曼森给苏珊起了一个新名字——萨迪·梅·格鲁兹，“为了彻底解放我的思想，让我完全忘记过去。想达到这个目的，最简单的方法就是通过改名改变身份”。

据苏珊说，查理本人有各种各样的别名，他称呼自己为魔鬼、撒旦和幽灵。

问：“这位曼森先生曾自称过耶稣吗？”

答：“他从未自称过耶稣。”

问：“你有称呼过他耶稣吗？”根据前一天晚上我和苏珊的谈话，我料到苏珊在回答这个问题时会含糊其词，果然不出我所料。

答：“对我来说，他就像是耶稣基督那样的人。”

问：“你认为查理是一个邪恶的人吗？”

答：“以你们衡量邪恶的标准，从你们的角度来看，我会说是的。但在我眼里，他的善良和邪恶是对等的，他既邪恶又善良。你无法评价这个男人。”

虽然苏珊没有直言自己把曼森视为耶稣基督，但她的一切行为表现都应该与此有关。我目前还远未弄清楚曼森是如何控制信徒的，但是大陪审团需要一个解释，哪怕是只言片语，也非常重要。对大多来自中上阶层、人过中年的陪审员来说，苏珊的这些话让他们感到难以置信，但与接下来讲到的那两个晚上的杀人情景相比，这倒也不值一提了。

我要一步一步地为大陪审团揭开曼森家族的真面目。我先让苏珊讲了一下斯潘农场和农场的生活，以及曼森家族是如何谋生的。苏珊说，人们会施舍东西给他们，此外他们还可以乞讨。“洛杉矶所有超市每天都会扔掉一些还不错的食物，有新鲜的蔬菜，有时甚至还有成箱的鸡蛋，以及印有即将过期提示的整盒奶酪，可这些东西还可以吃，我们女孩常常会‘捡了垃圾就跑’。”

丹尼曾跟我们提过“捡了垃圾就跑”。那些超市员工瞧见女孩们开的竟然是沙滩男孩乐队成员丹尼斯·威尔逊的劳斯莱斯豪车，一个个惊得目瞪口呆。

他们还偷信用卡和其他东西。

问：“是查理要你们偷的吗？”

答：“不，是我要偷的。我是——我们都按照规定去做。”

问：“查理设定的规定吗？”

答：“是的，但很难跟你们解释清楚，我没法让你们感受我眼中看到的规定。

查理的话不是从身体里发出来的，而是来自所谓的无限。”

有些晚上，他们还去“潜行”。

问：“向陪审员解释下什么是‘潜行’。”

答：“不出声地移动，不让人看到或听到……我们都穿着深颜色的衣服……”

问：“是半夜去别人家吗？”

答：“是的。”

他们会在洛杉矶随机选择一所房子，趁屋里人入睡时悄悄溜进去，在屋里悄无声息地缓缓行走，或者挪动东西。等屋里人睡醒，会发现家里变了样，东西摆放的位置与他们上床睡觉时不一样。他们每个人都带着刀。苏珊说她也“潜行”过，“因为家族里的其他人都在做”，她也想试一试。

听了这令人毛骨悚然的举动，我相信大陪审团会认为这是在提前为谋杀进行练习。

问：“你们给你们组织起过什么名字吗，苏珊？”

答：“我们之间自称曼森家族。这是一个与其他所有家族不一样的组织。”

我当时似乎听到有陪审员喃喃自语：“幸好不一样！”

问：“苏珊，1969年8月8日，你在斯潘农场吗？”

答：“在。”

问：“苏珊，查理·曼森那天指使你和其他家族成员做了什么吗？”

答：“除了让我换上衣服，拿把刀，告诉我务必听特克斯的话之外，我不记得查理有指使我们做过什么。”

问：“查理是否告诉过你要穿什么样的衣服？”

答：“他让我……穿深颜色的衣服。”

这时，我让苏珊指认了沃森（特克斯）、帕特丽夏（凯蒂）和琳达的照片，以及他们四个人离开农场时开的那辆旧福特汽车的照片。他们开车离开时，查理还跟他们挥手告别。苏珊当时没看时间，但确定是在晚上。汽车后座上放着一把剪线钳，还有一根绳子。苏珊、凯蒂和琳达都带了刀。特克斯拿着枪，但她相信特克斯身上也有刀。直到上了路，特克斯才告诉她们要去哪儿，用苏珊的话说是：“去山上特里·梅尔彻以前住的房子，我们去那儿只因为特克斯了解那房子的布局。”

问："特克斯有说为什么去特里·梅尔彻家吗？"

苏珊答道："拿走所有钱，把那里所有人都杀了。"语气中没有一丝感情的波动。

问："也就是说，谁在房子里并没区别，你们被告知要杀死房子里的所有人，是不是？"

答："是。"

他们半道迷了路，但特克斯最终找到了正确的路口，转过弯，将车一直开到了山顶。特克斯下了车，爬上电线杆，用剪线钳剪断了电话线。（至于巴克农场发现的那把剪线钳与案发现场电话线切口的对比结果，洛杉矶警察局还没给我回信。）特克斯返回车上后，他们又开车下山，把车停在山底，然后带上备用衣服，一路走着回到了山上。他们没有从大门进院子，"因为我们怕门上装有警报系统或通了电"。大门右侧是长满灌木丛的陡峭斜坡，坡上的栅栏并不高。苏珊先将衣服团成一团扔进院子，然后用嘴咬着刀，爬过了栅栏。其他人紧随其后。

他们正将衣服藏在灌木丛时，苏珊发现有汽车前灯在闪。有辆汽车正沿着车道向大门开去。"特克斯先让我们女孩趴下别动，别出声，然后就走了……我听见他说了声'停车'。"苏珊又听到另外一个人的声音，有个男人说："请不要伤害我，我什么都不会说。""然后，我听到一声枪响，之后又是一枪、两枪、三枪。"共计听到四声枪响，随后特克斯回来，说可以走了。他们走到那辆汽车旁，特克斯伸手进车关闭了车灯。然后，他们将汽车从大门前推开，一直把车推回到了车道上。

我给苏珊看了那辆漫步者牌汽车的照片。"看起来很像，是的，就是这辆车。"然后，我给她看了案发现场警方拍摄的史蒂文·帕伦特死在车内的照片。

答："我在车里看到的就是这东西。"

陪审员席上一片哗然。

问："你刚说的'这东西'，指的是人吗？"

答："是的，人。"

陪审员们一下子感受到了苏珊·阿特金斯内心的冷酷无情。

他们沿着车道向院里走，走过车库，来到主宅前。在我为作证准备的等比例缩小平面图上，苏珊指出了他们走到餐厅窗户前的路线。“特克斯打开窗，先爬进去，然后给我们打开了前门。”

问：“所有女孩都进屋了吗？”

答：“只有两个女孩进了屋，有一个留在了外面。”

问：“谁留在了外面？”

答：“琳达·卡萨比安。”

苏珊和凯蒂进了屋。客厅里有个男人正躺在沙发上。（苏珊指认了沃伊特克·弗雷科夫斯基的照片。）“那人伸了个懒腰睡醒了。我猜他还以为我们是从哪儿来的朋友。他问：‘现在几点了？’……特克斯一下子跳到他面前，用枪指着他的脸，说：‘不许出声。别动，不然就让你死。’”弗雷科夫斯基回了一句“你是谁，来这里做什么”之类的话。

问：“特克斯回答了吗？他说了什么？”

答：“他说：‘我是魔鬼，我来这儿做魔鬼的事……’”

然后，特克斯让苏珊检查屋里是否还有其他人。苏珊先进了第一间卧室，看见有个女人正在读书。（苏珊指认了阿比盖尔·福尔杰的照片。）“她对着我微微一笑，我也对她回以微笑。”苏珊继续说，隔壁卧室里有一对男女。坐在床边的男人背对着苏珊。怀孕的女人躺在床上。（苏珊指认了杰伊·西布林和莎伦·塔特的照片。）两人当时正在聊天，没注意到她。苏珊返回客厅，告诉特克斯还有三个人。

特克斯将绳子递给苏珊，让她把客厅那个男人绑在沙发上。绑好后，特克斯让她去把其他人带过来。苏珊先进了阿比盖尔·福尔杰的卧室。“我在她眼前亮出刀，说：‘起来，去客厅。什么也别问。乖乖照我说的做。’”苏珊将福尔杰交给拿着刀的凯蒂，又去找另外两个人。

她们没有碰到任何抵抗。屋里这些人脸上只有一个“震惊”的表情。

西布林走进客厅，问特克斯：“你们要做什么？”特克斯让他闭嘴，命令他们三个人趴在壁炉前的地上。“你看不见她怀孕了吗？”西布林说，“让她坐着。”

见西布林“不听话……特克斯就对他开了枪”。

问：“你亲眼看到特克斯对杰伊·西布林开了枪？”

答："是的。"

问："用的是他从斯潘农场带去的枪？"

答："是的。"

问："接下来发生了什么？"

答："杰伊·西布林倒在壁炉前，莎伦和阿比盖尔开始大声尖叫。"

特克斯叫她们闭嘴，管她们要钱，阿比盖尔说她卧室钱包里有一些钱。苏珊和她一起去取钱。阿比盖尔给了苏珊 72 美元，还问她要不要信用卡。苏珊说不要。回到客厅后，特克斯让苏珊用毛巾把弗雷科夫斯基的手绑起来。苏珊说她绑了，但绑得不是很紧。接着，特克斯拿着绳子先在西布林脖子上绕了几圈，又把绳子绑在了阿比盖尔和莎伦脖子上。他把绳子一头抛过天花板横梁，拉紧绳子，"将莎伦和阿比盖尔吊着让她们站起来，又不至于勒死她们……"。"我忘记是谁说的，但有一个人问：'你们想把我们怎么样？'特克斯说：'你们都得死。'这时，他们开始求饶。"

问："接着发生了什么？"

答："特克斯让我去杀弗雷科夫斯基。"

苏珊举起刀时，弗雷科夫斯基已经设法挣开了被绑着的手，这时突然一下子跳了起来，"把我撞倒在地上，我拼尽全力抓住他，我们两人都像为了保命一样死命撕打起来"。

"他不知怎么就抓住了我的头发，还使劲拽，我大声尖叫，想让特克斯或者其他人帮我，弗雷科夫斯基也在尖叫。

"后来，他不知道怎么就跑到我身后去了，我右手拿着刀，我当时——当时是在——我也不知道我当时是在什么位置，我开始挥刀子，感觉刺中了身后什么东西四到五次。我也看不见我刺到的到底是什么。"

问："你觉得是人吗？"

答："我以前从未捅过人，我只知道刺中了什么。"

问："难道不是弗雷科夫斯基吗？"

答："可能是弗雷科夫斯基，也可能是椅子，我不知道是什么。"

苏珊改口了。在我讯问她时，以及在录音中，她都承认在弗雷科夫斯基"腿上捅了三或四刀"。另外，如果她跟弗吉妮娅·格雷厄姆说的是实话，那就意味着她明明知道用刀捅人的感觉，比如说捅加里·欣曼。

弗雷科夫斯基开始向前门跑。“他大声呼救，希望有人来救他。”特克斯赶上去抓住弗雷科夫斯基，并用“我确定是枪的握把”对着他的头打了几下。特克斯后来告诉苏珊，他的枪被砸坏了，不能再开了[1]。特克斯显然带了刀，因为他开始用刀捅弗雷科夫斯基。“他使出了全力，因为弗雷科夫斯基还在挣扎。”与此同时，“阿比盖尔·福尔杰也挣脱了捆绑，正与凯蒂，即帕特丽夏撕打在一起……”。

这时，大陪审团团长宣布，“有一位陪审员需要暂时休息一下。”

休息过后，大陪审团的座席里多了不止一张惨白的面容。

苏珊从休息时停下的地方继续讲。她说，他们听到有人在呻吟。特克斯跑到西布林身旁，“弯下腰，狠狠对着他背部捅了许多刀……”。

“至于莎伦·塔特，我记得她在挣扎，脖子上还绑着绳子。”特克斯让苏珊去料理她。苏珊用手臂锁住塔特的脖子，强迫她回到沙发上。她一直在喊饶命。“我看着她，说：‘女人，我可不会可怜你。’我知道我那是在自言自语，不是在和她说……”

问：“莎伦那时有提到她肚中的孩子吗？”

答：“有，‘请放过我。我只想生下我的孩子。’

> “当时现场一片混乱……特克斯去帮凯蒂……我看见特克斯要用刀捅阿比盖尔·福尔杰，就在他要捅她时——可能是在他下手前的那一瞬间——阿比盖尔看着他，放开双臂，然后看着我们所有人，说：‘我不挣扎了。杀了我吧。’”

我问苏珊，特克斯捅了阿比盖尔几刀。“只捅了一刀，”苏珊答道，“她捂住腹部，倒在了地上。”

然后，特克斯跑出了房子。苏珊松开抓住莎伦的手，但继续盯着她。特克斯返回屋后，对苏珊说：“杀了她。”但苏珊现在的说法却是“我下不去手”。而且，“为了转移特克斯的注意力，好让他不知道我下不去手，我就抓住莎伦的手，按住她的双臂，然后我看到特克斯用刀刺进了她胸口的心脏部位”。随后，

---

1 原注：尽管弗雷科夫斯基身中两枪，但苏珊不记得有人对弗雷科夫斯基开过枪，所以枪伤到底是怎么来的依然是个谜。

莎伦从沙发上跌倒在地上。（苏珊只说特克斯捅了莎伦·塔特一刀。但根据验尸报告显示，莎伦·塔特身中16刀。另外，据龙妮·霍华德说，苏珊告诉她："我一直用刀刺她，直到她停止尖叫为止。"）

苏珊说接下来她只记得她、特克斯和凯蒂在房子外面，"我看到阿比盖尔·福尔杰在房前的草坪上，弯腰摔倒在草地上……我没见她如何从房里出来……我看到特克斯走过去捅了她三四刀，我不知道一共捅了多少刀……"。（阿比盖尔·福尔杰身中28刀。）"特克斯在捅阿比盖尔时，凯蒂和我在找琳达，因为附近没看到她……接着，特克斯走到弗雷科夫斯基身前，开始踢他的头。"弗雷科夫斯基已经出了前门，在草坪上。特克斯踢他时，"他身子已经不怎么动了。我相信那时候他已经死了"。（这不奇怪，因为弗雷科夫斯基身中两枪，头遭到钝物击打13次，身中51刀。）

然后，"特克斯叫我回屋，用死人的血在门上写字……他说：'写点震惊世界的东西。'……我以前参与过那事（欣曼案），看他们在墙上写过'政治猪猡'，印象很深……"。返回房里，苏珊捡起用来绑弗雷科夫斯基手的毛巾，走到莎伦·塔特尸体旁。这时，她听到有声音。

问："什么声音？"

答："汩汩声，像血从心脏里流出来，流往体内各处的声音。"

问："然后，你做了什么？"

答："我捡起毛巾，转过头，用毛巾蘸她的胸口，这时我看到了她怀孕的样子，我知道她体内有一个生命，我想救他，但我没勇气去碰……我用毛巾蘸了莎伦·塔特的血，走到门前，用毛巾在门上写下了'猪猡'这个词。"

然后，苏珊把毛巾扔回客厅，没注意毛巾落在了哪儿。（毛巾正好落在了西布林脸上，因而成了报纸所说的"头罩"。）

接下来，苏珊、特克斯和凯蒂从灌木丛中取出之前藏的备用衣服，从大门离开了，是特克斯按下的开门按钮，然后他们匆匆下了山。"见我们向车走来，琳达·卡萨比安启动了汽车，特克斯跑过去说：'你干什么？坐到副驾驶位上去，都听我的。'然后我们开车离开了。"

除琳达之外，其他人都在车上换了衣服，琳达没进屋，身上没有血。离开时，苏珊发现自己的刀不见了，但特克斯不同意回去找。

他们沿着“贝内迪克特峡谷路，上了穆赫兰道，我不知道（是哪条街）……直到我们来到一个看着像路堤的地方，一侧是山峰，另一侧是悬崖”。他们靠边停下车，“琳达把所有沾血的衣服扔到了山下……”，把刀和枪扔在了“三四个不同地点，我不记得到底去了几个地方”。

接下来正如苏珊曾对弗吉妮娅·格雷厄姆和龙妮·霍华德所说的那样，他们将车停到一条侧街，用花园里的水管冲洗血迹时，从屋子里冲出来一对男女，威胁说要报警。“特克斯看着那个男人说：‘哇，对不起。我以为没人在家，我们只是四处走走，想喝点水。不是有意打扰你们。’那个男人顺着街道瞥了一眼：‘那是你的车吗？’特克斯说：‘不，我刚说了我们只是走走。’那个男人说：‘我知道那是你的车。你们最好上车给我离开这里。’”

他们上了车，那个男人显然想扣留他们，伸手进车想拔钥匙。可特克斯飞快启动汽车，一溜烟地开走了。

他们在日落大道上的服务站停车休息，轮流去洗手间检查“身上还有没有血”，然后开车返回了斯潘农场。苏珊估计回到农场时应该是凌晨两点。

车停在旧电影布景前的木板人行道上时，他们发现查尔斯·曼森正在等他们。曼森走到车旁，身子探向车里，问：“你们怎么这么早就回家了？”

据苏珊说，特克斯跟曼森“大致说了我们这一趟的经历。一切都很顺利。就是出了很多——突然发生了——很多乱子，用特克斯的话说：‘天啊，那真称得上 helter skelter。’”。

还在服务站时，苏珊就发现车门把手和方向盘上沾了血。这时，她走进农场厨房，拿了抹布和海绵，把血擦掉了。

问：“见你们回到斯潘农场，查尔斯·曼森什么反应？”

答：“查尔斯·曼森每秒都在变。他可以变成他想成为的任何人。他可以随时变换任何表情。”

帕特丽夏“异常沉默”。特克斯“神经兮兮，好像刚经历了某种精神刺激”。

问：“你对你做过的那些事有什么感觉？”

答：“我差点晕倒。我觉得我杀死了自己。我觉得自己已经死了。我感觉自己是个死人。”

擦掉车上的血迹之后，苏珊和其他人都上床睡觉去了。她觉得自己还和某人做了爱，也许是克莱姆，但也可能只是她的想象而已。

这时，法庭宣布已到午休时间。

在整个作证的过程中，苏珊都以名字提及受害者。午休后，我确定作案的那天晚上她其实并不知道那些人的名字，之前她也从没见过他们。“……第一次见到他们时，我的第一反应是：‘哇，真是些漂亮人儿。’”

苏珊第一次知道受害者的名字是在杀人后的第二天，他们当时正在乔治·斯潘房子隔壁的拖车上看电视新闻。特克斯、凯蒂和克莱姆也在，可能还有琳达，苏珊记不清了。

问：“你们看电视新闻时，有人说了什么吗？”

有人说（苏珊觉得是她自己说的，但也不确定），“幽灵选对了人”，或“幽灵做得好”。但她确定有人说这回“达到目的了”。什么目的？我问。

答：“让整个国家陷入恐惧之中。”

我问苏珊，家族其他成员知不知道塔特案是他们做的。

答：“家族的人一直都在一起，有些话无需说。我们都知道彼此会做什么或已经做了什么。”

接着，苏珊开始讲第二天晚上，即8月9日晚上至8月10日凌晨发生的事。

那天晚上，曼森让苏珊再多准备一套衣服。“我看着他，我知道他打算让我做什么，我叹了口气，去按他说的准备。”

问：“他说了你们那天晚上要出去做什么吗？”

答：“他说我们要出去，去做和昨晚一样的事……只是这次要去不同的地方……”

依然是同一伙人，乘着同一辆汽车——苏珊、凯蒂、琳达和特克斯，但这次多了三个人：曼森、克莱姆和莱斯莉。苏珊没注意他们有没有带刀，她只看到一把枪，在曼森身上。

他们将车停在一栋房子前。“我觉得是在帕萨迪纳的某个地方。”曼森下了车，其他人绕着街区开了一圈，然后回来接上他。“他说透过窗户看到了孩子的照片，他不想选这家。”但曼森又说他们将来可能也不得不杀孩子。

他们把车停在另一栋房子前，看见附近有人，便留在了车内，几分钟后开走了。苏珊说她不一会儿就在车上睡着了，等她醒来，发现他们在一个熟悉的街区的某所房子旁。大约一年前，她、曼森和另外十五个人曾来这所房子参加过致幻剂派对。那时住在这房子里的人是“哈罗德”，但她不记得那人姓什么了。

曼森下了车，但没去他们曾经去过的房子，而是向隔壁家走去。苏珊又睡着了。当曼森回来时，她醒了。“查理说：‘特克斯、凯蒂、莱斯莉，进屋。我已经把人绑起来了。他们现在没闹。’”

“头天晚上，因为特克斯说的话让那些人知道会被杀，结果引起了混乱，所以这次查理笑着安抚屋里的人，说保证他们不会受伤害……特克斯、莱斯莉和凯蒂下了车。”

苏珊指认了特克斯、莱斯莉和凯蒂的照片，以及拉比安卡夫妇家的住宅、长长的车道和隔壁房子的照片。

我问苏珊，查理还对他们三人说了什么。苏珊回答说她“觉得”，但也可能是“我的想象……查理指示他们进屋杀死屋里的人”。但她确实记得他说过，他们“要做一件世人从未见过的可怕之事”。他还叫他们做完以后搭便车回农场。

曼森上车时，手上多了一个女士钱包。然后，他们开车在一个“多是有色人种”的地区四处逛了逛。

问：“接下来发生了什么？”

苏珊说他们在加油站停了车。“查理把那个女士钱包递给琳达·卡萨比安，叫她把钱包拿到加油站厕所里，留在那儿，希望有人会发现钱包，使用里面的信用卡，那样警方就会误以为那人是凶手……”

奇怪的是，迄今为止罗斯玛丽·拉比安卡的信用卡从没有人用过。

苏珊说离开加油站后，她又睡着了。“虽然当时我没吸毒，但感觉就像是吸了。”等醒来时，他们已经回到了农场。

（此时，我们并没意识到，苏珊·阿特金斯在对大陪审团说的话中遗漏了一些重要信息——包括那天晚上他们还试图再犯下另外三起谋杀。如果当时知道这些情况，我们可能还会对克莱姆提起诉讼。但当时所掌握的有关克莱姆的证据，只有苏珊说在去拉比安卡夫妇家时，他曾在车上。我们已经通过高速公路巡警学院联系上了克莱姆的兄弟，我们仍然抱有一丝渺茫的希望，期待他能说服克莱姆与我们合作。）

苏珊没进拉比安卡夫妇家。当时屋里发生的情况是第二天早上她听凯蒂说的。

答："她说他们进了屋，把屋里的女人带到卧室，放在了床上，特克斯和男人留在客厅……然后，凯蒂说，那女人听到自己丈夫被杀，开始放声尖叫：'你们对我丈夫做了什么？'凯蒂说，她开始用刀捅那个女人……"

问："凯蒂说过莱斯莉当时在做什么吗？"

答："莱斯莉在帮凯蒂按住那个女人，因为那个女人一直到断了气才停止挣扎……"凯蒂之后告诉苏珊，她到死都会记得那女人说的最后一句话："你们对我丈夫做了什么？"

后来，凯蒂告诉苏珊，他们"在冰箱门或前门上写了'所有猪猡都去死'[1]，我觉得她说还写了'helter skelter'和'崛起'"。

随后，凯蒂拿着叉子从厨房走进客厅。"她看着那个男人的肚子，手里拿着叉子，把它扎在了男人肚子上，看着它来回摆动。她说她觉得很有趣。"

苏珊还说，"我确定是凯蒂"在那男人肚子上刻了"战争"一词。

三人随后冲了个澡，因为肚子饿了，还去厨房做了点东西吃。

据苏珊说，凯蒂还说他们觉得这对夫妇有孩子，当天晚些时候，如果孩子来父母家参加周日聚餐，会发现尸体。

离开拉比安卡夫妇家后，"他们把身上的衣服丢在了几个街区外，大概有1500米远的垃圾桶里"。然后搭便车返回了斯潘农场，到农场时天刚亮。

我只问了苏珊·阿特金斯几个问题。

问："苏珊，查理经常说'猪'或'猪猡'这个词吗？"

答："是的。"

问："那'*helter skelter*'这个词呢？"

答："也常说。"

问："查理是不是非常非常频繁地用'猪猡'和'*helter skelter*'这两个词？"

---

1 编注：此处提到的血字与案发现场的血字有偏差，可能是讲述者记忆混乱或口误。

答："嗯，查理话很多……在他写的一些歌曲中，有'*helter skelter*'这个词，他会谈'*helter skelter*'。我们也都谈过'*helter skelter*'。"

问："你说的'我们'是指曼森家族吗？"

答："是的。"

问："'猪'或'猪猡'一词对你和你们家族的人意味着什么？"

答："'猪'是用来形容当权者的词。但你必须得明白，所有词对我们来说都没有意义，而'*helter skelter*'那个词也有人给我解释过。"

问："是谁给你解释的？"

答："查理。我觉得不该说是查理——应该说，是那个词从他嘴里传出来——'*helter skelter*'会是地球上最后一场战争。这将是之前所有战争累积后的爆发，是任何人都无法想象的一场战争。你无法想象每个人都自我审判，然后发泄到地球上其他所有人身上会是什么样的景象。"

又问了几个问题之后，我结束了对苏珊·阿特金斯的提问。她不以为意地离开了证人席，脸上没有一丝一毫的忏悔、悲伤或负罪的神情。陪审员们都盯着苏珊，好像不敢相信自己的眼睛。

那天接下来只有四人出庭作证。苏珊·阿特金斯被带离大陪审团会议厅后，威尔弗雷德·帕伦特在高中毕业舞会的照片上指认了自己的儿子。女佣威妮弗雷德·查普曼辨认了塔特家受害人的照片，作证说8月8日星期五临近中午时，她清洗过塔特家的前门。这点非常重要，这说明"特克斯"，即查尔斯·沃森是在查普曼夫人当天下午4点离开后的某个时间出现在塔特家，并在门上留下了指纹。

阿龙当庭对特里·梅尔彻进行了询问。梅尔彻描述了他与曼森见面的情况。沙滩男孩乐队成员丹尼斯·威尔逊有天晚上开车送他回家，回切洛路10050号，曼森当时也在车上；梅尔彻还简单讲了他两次去斯潘农场的情形，第一次是去听曼森试唱，第二次将曼森介绍给了迈克尔·迪西，他觉得后者有移动式录音设备，可能会比他更有兴趣给曼森录歌。[1]

但据曼森家族多名成员说，梅尔彻曾对曼森许了很多诺言，却从未兑现。梅尔彻否认了这种说法：第一次去斯潘农场，他给了曼森 50 美元，那是当时他兜里所有的钱，因为“我觉着这些人挺可怜”。那些钱是给他们买食物的，不是录制唱片的预付款，他从没答应过要录制唱片。至于曼森的才华，他觉得“没有突出到要花时间”为其准备和录制唱片的程度。

我很想跟梅尔彻了解更多情况，觉得他有事隐瞒没说，但正如大多数在大陪审团前作证的证人一样，出庭只是为了就某事作证明，如果想了解更多情况需要之后再说。

洛杉矶县验尸官托马斯·诺古基出庭为塔特案五名受害者的尸检结果作证。作证结束后，法庭休庭，下周一再继续审议。

整个审议过程完全对外保密，这也引发了大众的猜测。有些猜测则摇身一变仿佛成了事实。当天下午《洛杉矶先驱观察报》的头条是：

据大陪审团陪审员透露

塔特案凶手作案时服用了致幻剂

事实并非如此。苏珊 · 阿特金斯的证词恰好相反，凶手在行凶的两个晚上根本没有吸毒。可木已成舟，大众已认定了这种说法，对民众来说，也许只有这样才能解释凶手为何做出如此凶残的行为。

而我很快知道了凶手作案时为何没有服用致幻剂。原因很简单，毒品只是曼森控制信徒的方法之一，曼森希望他的信徒在那两天残忍地大开杀戒的过程中，一直保持清醒。

细想之下，这个冰冷的现实及其背后透露出的深意比服用致幻剂的传闻更让人心底发寒。

1 原注：曼森给了迈克尔 · 迪西一些致幻剂。他服用之后吓得半死，因而不想与曼森和他的家族再有任何联系。

1969年12月6日至8日

星期六，洛杉矶警察局的法医化学家乔·格拉纳多前往卡诺加公园停放警方暂扣车辆的车库，检查了约翰·斯沃茨[1]那辆1959年的福特汽车，自8月16日警方突袭斯潘农场后，这辆车就一直在此扣押。据苏珊·阿特金斯说，凶手两个晚上作案时开的都是这辆汽车。

格拉纳多在手套箱右上角发现了血迹反应，证明上面有血，可血迹太少无法确定是动物的血还是人血。

当我终于收到乔·格拉纳多的书面报告时，却发现报告里没提血迹。询问乔时，乔说血量太少，所以没写进报告。我让他重写了报告，并在报告中写明曾在车里发现血迹。到目前为止，我们掌握的都仅是间接证据，在这种情况下，任何微不足道的证据都至关重要。

“文森特，我刚跟琳达的律师加里·弗莱施曼谈过，”阿龙说，“他想为委托人琳达·卡萨比安与检方达成认罪协议。琳达可以出庭作证，前提是获得完全豁免权。我告诉他，如果琳达对故意杀人罪认罪，我们可以考虑达成协议，但不能给她完全——”

“天啊，阿龙。”我打断阿龙，“不得已跟苏珊·阿特金斯妥协就已经够糟了！你想想：帕特丽夏在亚拉巴马州，沃森在得克萨斯州。就现在来看，在其他人出庭受审前，他们可能不会被引渡回洛杉矶，塔特案案发当晚莱斯莉又没去。如果我们与苏珊和琳达都达成协议，那在五人遇害的塔特案里，我们能起诉谁？只起诉曼森？洛杉矶人民是不会接受的。这些罪行让他们震惊和愤怒。你开车去富人区感受一下，那儿的人现在还在提心吊胆，你甚至都能闻到空气中充满了恐惧。”

据律师弗莱施曼说，琳达急于作证。他曾劝琳达驳回引渡程序。可琳达不听律师的建议，执意返回加利福尼亚，因为她想把一切都讲出来。

“好吧，那她可以证明什么？据苏珊说，琳达根本没进塔特或拉比安卡夫

---

1 编注：即第131页丹尼·德卡洛所说的约翰尼·斯沃茨。

妇家。根据我们掌握的情况，她也没有亲眼看见那两起案子，可能只看到了史蒂文·帕伦特遇害。更关键的是，一旦有了苏珊作为证人，琳达的证词就对我们没有价值了，因为苏珊和琳达是共犯。你我都清楚法律对此有明确规定：共犯的证词不能彼此互相证明。而我们其实最需要的是佐证。”

这正是我们需要解决的最大问题。从某种意义上说，谁是主要证人并不重要。如果没有佐证，按照法律规定，我们的案子将无法通过大陪审团审议，也就无法起诉。我们必须针对每个被告提出佐证，而且它们还不能与现有证人有关。

阿龙曾在琳达被关进西比尔布兰德拘留所时见过她一面。我还从没见过她。就我所知，她可能和苏珊·阿特金斯一样不正常。

“如果苏珊突然回到曼森身边，”我告诉阿龙，“如果苏珊这个重要证人没了，我们可以考虑与琳达达成认罪协议。有这种可能性，实际上如果真出现这种情况，琳达就是我们唯一的指望了。”

星期一，大陪审团重新开始审议，我们快速过了一遍证人的证词。警长迈克尔·麦根讲述了1969年8月9日上午，他在塔特命案现场发现的情况。警长弗兰克·埃斯卡兰特则作证，1969年4月23日，他以涉毒的罪名逮捕了查尔斯·沃森，并给他留了指纹。洛城警方科学调查司指纹鉴定部的杰罗姆·博恩讲了他如何从塔特家前门提取了指纹。指纹鉴证部的另一位警长哈罗德·多兰作证说，将沃森的指纹与案发现场指纹进行比对后，发现有18处相符，洛城警方规定10处相同即可认定指纹相符。警长威廉·李就现场发现的手枪握把碎片和.22口径子弹的情况作了说明。高标武器公司的产品经理艾德·洛马克斯将握把碎片与他们公司生产的.22口径长管左轮手枪的握把进行了比对，以数据说明因为产量低，这种枪“独一无二”。星探格雷格·雅各布森说了他如何将曼森介绍给梅尔彻。法医化学家乔·格拉纳多对命案现场发现的绳子、枪握把上的血迹，以及现场发现的巴克牌刀的情况做了说明。

以上证词大多都涉及十分专业的技术问题，所以等丹尼尔·德卡洛出庭时，所有人都松了一口气，尤其是他的讲话方式还带有地方特色。

阿龙问丹尼：“你留在农场有什么特别原因吗？”

答："那儿有很多漂亮女孩。"

问："你和某些女孩的关系怎么样——比如凯蒂？"

答："我们在一起聊天，差不多就是这样，但我从没做过什么。我从没诱拐过她什么的。"

问："你们是那种骑着摩托进城，让所有人闻风丧胆的机车党吗？"

答："不，只有电影里才那么演。"

我们安排丹尼出庭不是为了博大家一乐，而是想让他在大陪审团前证明，曼森、沃森和其他人，包括丹尼本人，曾在斯潘农场用一把 .22 口径的邦特兰款左轮手枪练习过打靶。那把枪最后一次出现"大概是在（8 月 16 日）前一周或一周半"，此后他再没见过那把枪。丹尼在不知道那把枪是塔特案的凶器前，曾为洛城警方画过那把左轮手枪的图，那张图被作为证据提交给了大陪审团。丹尼还回忆起 1969 年 6 月，他和曼森在圣莫尼卡市的杰克·弗罗斯特商店买过三股的尼龙绳（丹尼曾在海岸警卫队服役，所以他在庭上用的词是"尼龙线"），在当庭看过塔特案现场发现的绳子后，丹尼承认这与他们曾买过的绳子"一模一样"。

在苏珊·阿特金斯作证之后，这位机车党的亡命之徒在大陪审团眼里，简直像模范公民。

在丹尼之后出庭作证的是副验尸官大卫·胜山。胜山负责拉比安卡夫妇的尸检。这个证人给我造成了太多麻烦。在大陪审团前作证仅是其中一例而已。我们原本计划先让阿龙给胜山看莱诺·拉比安卡双手绑着皮绳的照片，然后让丹尼重新出庭，告诉大陪审团曼森脖子上总戴着皮绳。接下来，警长帕切特将向陪审团展示他在独立城监狱曼森私人物品中发现的皮绳，并证明两种皮绳看起来"很像"。

然而，当阿龙给胜山看过照片，问他绑着莱诺·拉比安卡双手的绳子是什么材质时，胜山竟然如此回答："是电线。"我强忍气愤："受害者拉比安卡夫妇脖子上缠着的才是电线。你可以再仔细看一下照片吗？"可胜山仍然觉得是电线。最后，我不得不给胜山看了他自己的验尸报告，上面他亲笔写着："受害人双手被一根细皮绳绑在一起。"

接下来，洛杉矶警察局的警官，从小与莱诺相识的罗克西·卢克雷利出庭指认了拉比安卡夫妇的照片。拉比安卡夫妇的子女，苏珊娜和弗兰克·斯特拉瑟斯因为父母之死受到惊吓，仍然无法出庭作证。警长丹尼·加林多讲述了1969年8月10日至11日晚上，他在韦弗利路3301号现场看到的情况，并说他们搜查过案发现场，但没找到罗斯玛丽·拉比安卡的钱包。

在从独立城监狱被带到洛杉矶的五个女孩中，凯瑟琳·谢尔（绰号“吉卜赛人”）拒绝作证，我们没有让莱斯莉·范霍腾出庭，因为已经知道她是杀害拉比安卡夫妇的凶手之一。剩下的三个女孩：黛安娜·莱克（绰号“蛇”）、南希·皮特曼（又名布伦达）和露丝·安·穆尔豪斯（绰号“乌伊施”）都说对两起谋杀案一无所知。

我早已料到她们会这么说，但让她们出庭我自有原因。当案子通过审议进入审判阶段时，如果她们以辩方证人身份出庭，只要所说的与今天在大陪审团面前说的不一致，我就可以用证词不一致来驳回证词。

下午4点17分，洛杉矶县大陪审团开始对证词进行审议。刚好在20分钟后，大陪审团达成决议，对以下人员提起诉讼：莱斯莉·范霍腾，两项谋杀罪和一项共谋杀人罪；查尔斯·曼森、查尔斯·沃森、帕特丽夏·科伦温克尔、苏珊·阿特金斯和琳达·卡萨比安，七项谋杀罪和一项共谋杀人罪。

这正是我们希望得到的结果，现在终于可以起诉了。

1969年12月9日至12日

阿龙和我都没统计接了多少电话，但可以肯定地说，一天起码有一百个电话，而我们在电话里说得最多的则是“无可奉告”。新闻界已完全陷入了疯狂。虽然起诉书已经对外公开，但大陪审团的笔录需要被“封存”，直到最后一名被告被传讯一周至十天后，才可以对外公开。据传，有杂志社出价一万美元只为看一眼笔录。

俄勒冈州的警官托马斯·德赖南给我打来电话。1966年，他曾逮捕过苏珊·阿特金斯，当时苏珊是某绑架团伙的一分子。逮捕苏珊时，她手里拿着一把.25口径的手枪，她对德赖南说，如果不是他先拔出枪，她就会开枪打死他。这些信息虽然与目前的调查无关，但说不定哪天会有用，于是我记下了这位警官的名字和电话号码。

我在司法大楼办公室办公的地方是个隔间，长约6米，宽约3米，隔间里有一张破烂的办公桌、一张午间用来打盹儿的摇摇床、一个文件柜、几把椅子和一张大桌子，桌上往往堆着高高的录音文本和物证。一位记者曾说这里看起来像1930年芝加哥的风格。就这点来说，我已经很幸运了，其他副地方检察官不得不共用办公的地方。每当需要询问证人时，我就不得不把其他人赶出去，而且不总是那么客气。隔间里还有电话，我们所有人都没有秘书，所以只能自己接电话。

调查每天都有进展。到目前为止，副治安官们虽然已在斯潘农场挖掘了相当大的一片区域，但依然没发现“矮子”唐纳德·希亚的尸体。但根据玛丽·布伦纳提供的线索，在搜查卡诺加公园格雷沙姆街20910号附近的社区时，在曼森家族曾经住所的附近，洛杉矶县治安官办公室找到了“矮子”那辆1962年的水星牌汽车。汽车饱经风雨吹打，满是灰尘，显然已被遗弃了数月之久。警方在车内收纳箱里发现了“矮子”的私人物品，提取指纹后得到一组掌纹，经比对发现是曼森家族成员布鲁斯·戴维斯的掌纹。警方还在车上发现了“矮子”的牛仔靴，靴子上有已经干了的血迹。

加利福尼亚州独立城，12月9日下午4点。查尔斯·米勒斯·曼森，又名耶稣基督，三十五岁，居无定所，职业为音乐人，涉嫌参与塔特案和拉比安卡夫妇案。警长萨图奇和古铁雷斯将曼森从独立城监狱押送到了洛杉矶。

我们将曼森的传讯时间与其他被告错开，因为担心曼森在法庭上见到苏珊，会说服她拒绝作证。

记者在圣何塞市找到了苏珊·阿特金斯的父亲。苏珊的父亲说他不相信苏珊杀人是因为曼森对她施了“催眠咒语”。“她只是想替自己开脱。她有病，需要帮助。”据那位记者说，苏珊的父亲将苏珊杀人归咎于吸毒和法院的宽宏大量。苏珊的父亲曾在三年里不断要求法院将他叛逆的女儿关起来。他暗示道，如果法院那时候能把苏珊关起来，之后的悲剧也许就不会发生了。

看到这篇报道，我意识到，对苏珊来说，曼森家族是她唯一的家。我现在也明白为什么她的律师卡巴莱罗坚持认为，苏珊重新回到曼森家族只是早晚的事。

12月10日，苏珊·阿特金斯、琳达·卡萨比安和莱斯莉·范霍腾出庭，面对威廉·基恩法官，三人提出将抗辩延期，并得到了批准。

这是我第一次见到琳达。她个子很矮，身高大约155厘米，一头浅棕色头发，绿色眼睛，看上去显然已经怀孕了。她看起来比二十岁的实际年龄大。与苏珊和莱斯莉出庭时面露微笑，时而还咯咯笑出声不同，琳达看起来一直眼中含着泪。

大陪审团的审议一结束，基恩法官便召我和阿龙商议。此前他对我们说过，由于地方检察官办公室没有与媒体讨论过此案，所以他认为没有必要发布“限宣令”（即通常所谓的“禁言令”[1]）。但庭审前媒体对此案的曝光令人不可思议，《纽约时报》的记者告诉我说，媒体对此案的关注已远超对山姆·谢帕德[2]首次受审的关注，因此基恩法官后来没和地方检察官办公室商量，就发布了法规详尽的限宣令，此后还进行过多次修改，法令文本长达十几页。总的来说，该法令禁止与此案有关的所有人，如检察官、辩护律师、警务人员、证人等与任何媒体谈论此案的相关证据。

但当时我并不知道，此时发布“禁言令”已经晚了，已无法阻止案情登上世界各国媒体的头条。而在前一天晚上，在征得苏珊同意之后，律师理查德·卡巴莱罗已将苏珊故事的出版权卖给了媒体。

洛杉矶警察局打来电话。西尔玛区恩塞纳达大道12881号，标准石油加油站的服务员查尔斯·凯尼格在打扫女洗手间时，发现坐便器跑水。他打开水箱盖子，发现冲水装置上放着一个受了潮的女士钱包，但钱包没浸在水里。他查看了钱包里的驾驶执照和信用卡，上面的名字是“罗斯玛丽·拉比安卡”，于

---

1 译注：禁言令（gag order）是法院下达的一种言论限制命令，通常适用于以下三种情况：一、对庭审时不守秩序的被告人，可予以约束并禁止其发言，以免进一步扰乱庭审；二、对有重大影响的案件，为确保被告人受到公正的审判，法庭规定律师和证人不得与新闻记者谈论案情；三、法庭规定新闻记者不得报道案件的审理过程或某些细节。

2 译注：1954年，外科医生山姆·谢帕德被指控谋杀了自己的妻子。其身份地位让该案在当时引发了巨大争议。当案发现场没有发现任何线索，案件调查始终没有进展时，媒体为了博取公众的关注，对此案进行炒作，不断制造新闻，煽动群众情绪。此举导致谢帕德在证据不足的情况下，被判无期徒刑。无辜的医生此后一直上诉，连续多年被法院驳回。直到1965年，法院才接受了他的上诉，并在1966年的重审中判定谢帕德无罪。

是凯尼格马上打电话报了警。

洛城警方科学调查司正试着从钱包上提取指纹，但由于材质不便，且钱包受潮，可能无法提取到指纹。

但对我来说，找到钱包就已足矣，这是可以佐证苏珊·阿特金斯证词的另一个独立证据。显然自拉比安卡夫妇遇害那天晚上，琳达·卡萨比安将钱包丢在洗手间之后，整整四个月它都没被人发现。

12 月 11 日上午 11 点，一身鹿皮装的查尔斯·曼森被带到威廉·基恩法官面前。法庭里挤满了记者和旁听的人，连落脚的地方都没有。鉴于曼森没钱请律师，基恩法官指派了公共辩护人办公室的保罗·菲茨杰拉德作为他的代表律师。在此前几次陪审团审判时，我跟菲茨杰拉德交过手，知道他在公共辩护人办公室享有很高的声誉。法庭宣读了曼森所受指控，并批准他延期至 12 月 22 日前对所受犯罪指控作出抗辩。

我在独立城时，桑德拉·古德曾跟我说过一件事。她说有一次，曼森在沙漠里捡起一只死鸟，对着那只鸟吹了口气，鸟就复活飞走了。我当时听了敷衍地说："好的，桑迪，好的。"自那之后，我还听过很多所谓曼森拥有"神力"的说法。例如，苏珊·阿特金斯曾说过曼森可以看到和听到她所做或所说的一切。

在对曼森提起公诉时，我看了眼我的手表，发现手表竟然停了。这真奇怪，我不记得我的手表曾经停过。这时，我发现曼森正盯着我，脸上挂着一丝浅笑。

我告诉自己，这只不过是一个巧合而已。

在曼森被提起公诉之后，曼森的律师保罗·菲茨杰拉德告诉《洛杉矶时报》资深刑事报道记者罗恩·埃因斯托斯："曼森和其他被告的案子都不成立。检方只有两个指纹和检察官文森特·布廖西而已。"

菲茨杰拉德认定此案证据薄弱，他说得一点错也没有。我也正在努力收集更多证据。大约三周前，我给负责塔特案的调查人员卡尔金斯和麦根写了一张待办事项清单，上面列出了我们初步要做的调查，其中包括询问特里·梅尔彻，将曼森家族所有已知成员的指纹与塔特案现场提取的指纹进行比对，让受害者亲友辨认曼森家族成员的照片，核查案发现场的那副眼镜是否属于某位家族成员等。

我打电话给警长卡尔金斯和麦根，询问事情进展如何。他们说只做了一件事：跟梅尔彻了解情况。可去询问的竟然是负责拉比安卡夫妇案的调查人员。

在大陪审团前作证时，苏珊·阿特金斯已提供了凶手丢弃凶器和作案时所穿衣物的大致地点，可到目前为止，洛城警方还没着手搜寻物证。通过地方检察官办公室的安排，我们计划周日从西比尔布兰德拘留所提出苏珊，看她能不能给我们指出琳达·卡萨比安丢弃物证的地点。

认同检方证据太过薄弱的大有人在，不止菲茨杰拉德一人。这点在方方面面都有体现，比如，我就经常听到诸如“真是太糟糕了，你怎么碰上这么倒霉的案子”之类的评论。地方检察官办公室和洛杉矶法律界人士都认为，对曼森和多数其他嫌疑人的起诉会因1118号动议取消。

根据《加利福尼亚州刑法》第1118条第1项规定，对于提起公诉的案件，如法院认定控方无法提供可以定罪的证据，则法院有权裁定被告无罪，被告甚至无需对指控进行辩护。

有些人甚至认为这案子撑不到开庭。《新闻周刊》援引一位不愿透露姓名的洛杉矶县副地方检察官的话说，鉴于起诉曼森的证据实在少得可怜，开庭之前这案子就会被法院驳回。

另一方面，关在洛杉矶县监狱的曼森则每天访客如云。我觉得出现这种现象有以下两个原因：一是法律界普遍认为曼森会被无罪释放，二是律师但凡能与本案扯上关系，就会获得全国性曝光。那情景正如一位副治安官所说：“监狱简直快变成美国律师协会的会场了。”（1969年12月11日至1970年1月21日期间，曼森共接受了237次探访，其中139次的探访者是一名或多名律师。）最早拜访曼森的律师中有艾拉·赖纳、戴伊·希恩和罗纳德·休斯，虽然一开始我们根本素昧平生，但本案结案前我已经对他们三人了如指掌了。

谣言已经像细菌一样疯狂传播。有传言说在法庭颁布媒体禁言令之前，苏珊的律师卡巴莱罗已将苏珊故事的出版权卖给了某欧洲新闻集团，并约定等大陪审团笔录公开后才能在美国公之于众。如果这个传言属实，我十分怀疑美国新闻界并不会遵守这个协议，肯定会提前报道。

1969年12月14日

事实上，我根本不用费劲去找出售外国报纸的报摊。只要在那周星期天的早上起床，走到前门，伸手从地上拾起《洛杉矶时报》就可以了。

苏珊·阿特金斯揭秘两起杀人案内幕

这篇报道在报纸上占据了近三页版面。文章内容显然经过编辑和重写，添加了不少对苏珊童年的描写，可大致就是苏珊·阿特金斯在卡巴莱罗办公室谈话录音上的内容。

一般来说，案件更深入的内幕要等案子开庭后才可以公开。那时所有报道都会根据法庭证词撰写。我不能断言这类报道的准确性，只能说它们是与案各方在法庭宣誓后所作的证词。

早在法庭颁布媒体禁言令之前，有位自称好莱坞“新闻记者和协调专员”的劳伦斯·席勒就联系了苏珊的律师理查德·卡巴莱罗及其助手保罗·卡鲁索，问他们是否有意出售苏珊·阿特金斯亲口讲述的谋杀案内情。与苏珊商量过之后，双方达成协议，并雇了一名“写手”，即当时正在休假的《洛杉矶时报》记者杰里·科恩，请他代笔将苏珊的讲述写成文章。[1]杰里·科恩被关在席勒家里，以12月1日的谈话录音为主要素材，仅用两天时间便写好了报道。为了确保新闻的“独家性”，席勒一直盯着科恩确保他没有复印，也没打过电话，然后销毁了除完稿之外的所有资料。

律师卡巴莱罗及其助手卡鲁索后来在法庭上作证说，他们本以为这篇报道

---

1 原注：席勒虽被署为作者之一，但他并未参与文章的创作，甚至没有见过苏珊。根据审判中提供的证据显示，协议中约定版权收入的25%归席勒，剩下75%的收入由苏珊及其律师按3:2的比例分配。

只会刊登在12月14日星期日的欧洲报纸上。

按照席勒的说法，他在12月12日将文章复印了三份：一份交给了律师卡巴莱罗；一份交给了购买版权的德国杂志编辑，他在返回德国的飞机上翻译了这篇文章；第三份用特快邮寄给了伦敦的《世界新闻报》，该报出40 000美元购买了独家英文报道权。文章原件则被席勒锁在他的保险箱里。

第二天，即12月13日星期六，席勒获悉（1）《洛杉矶时报》不知道为什么也有了该文章的复印件；（2）《洛杉矶时报》打算在第二天全文刊登。席勒强烈指责这是侵犯版权的行为，试图阻止文章发布，但没成功。

《洛杉矶时报》到底是怎么得到这篇文章的，没人知道。在庭审期间，卡巴莱罗不加隐晦地表示他怀疑这一切都是席勒在背后搞鬼，而席勒则反驳说是卡巴莱罗的责任。

姑且不论这件事谁对谁错，在整个审判过程中，无论辩方还是检方都因关于苏珊的这篇报道而深受其害。这篇文章不仅被世界各地的报纸转载，甚至还在开庭审判前变成了一本平装书出版，书名为《莎伦·塔特之死》[1]。有人认为苏珊透露的信息会导致其他被告受到不公正的审判。但阿龙和我，甚至法官都不赞同这种看法，不过自文章见报的那一刻起，我们就清楚地意识到，要找到没看过也没听说过苏珊的故事，在法庭上不受该报道影响的十二名陪审员，将会是一项极其艰巨的任务。

在读过周日《洛杉矶时报》上苏珊·阿特金斯那篇文章的洛杉矶人中，几乎没人知道苏珊此时正坐在一辆戒备森严，外表没有任何特征的汽车里，行驶在洛杉矶及周边地区。我们希望苏珊能给我们指出凶手犯案后丢弃衣物和凶器的地点。

当晚回到西比尔布兰德拘留所后，苏珊给曾与她同住一个牢房的狱友基特·弗莱彻写了一封信，信中提到了这次出行：“我的律师很棒。他已经让我去他的办公室两次了，今天还让我出去了7个小时。我们的车一直开到塔特家，然后穿过峡谷。洛杉矶警察局想看我还记不记得某些事发生的地点。这真是美

---

1 原注：该书由新美洲图书馆出版，该出版社当时由时报-明镜公司所有，《洛杉矶时报》也是该公司旗下的报纸。

好的一天，可我记不起来了。”

与多数监狱一样，西比尔布兰德拘留所的邮件也要接受审查。拘留所收到和发出的所有信件都会交由相关机构阅览，如果发现信中存在可能证明有罪的内容，信就会被复印，然后转交给地方检察官办公室。根据现行的判例法，这么做不侵犯囚犯的宪法权利。

萨迪，即苏珊，写了不少信。其中几封信中的话与她在大陪审团前给出的证词不一致，会对她非常不利，我们是可以在庭审时用这些话来指证她的。苏珊写的第十三封信，收信人是密歇根州她的一位朋友乔·史蒂文森，她在信中写道：“还机得莎伦·塔特案和拉比安卡夫妇谋杀案吗？啊因为我大嘴巴跟狱友说了所以他们起诉了我和另外五个人……[1]”

而苏珊送给龙妮·霍华德的“风筝”更能证明她的罪行，也进一步袒露了她的真实思想。“风筝”是监狱里的黑话，代指非法通信。苏珊通过西比尔布兰德拘留所的地下渠道给龙妮写了一封信，信的内容如下：

“我很清楚你为什么那么做。我并没生你的气。我有多伤心只有我自己知道。我谁也不怪，只怪我自己，是我要跟别人说那些事儿……是的，我想让全世界都知道M（曼森）。现在他们应该知道了。这一切的背后有一个所谓的动机。那就是让猪猡们感到恐惧，开启末日审判。现在，所有人受审的日子来了。

“说到杀这个词，杀死的只是自我。所有的自我都必须死，这是命中注定的。是的，目标有可能是你的家，也可能是我父亲的家。杀死一个人，只是释放了那个人的灵魂。生命并无界限，死亡也只是一种幻想。如果你相信耶稣复生，那M（曼森）就是那个救世主……或许这么说你就明白了……我没承认过我参与了第二起谋杀，那是因为我当时没有进屋。

“我已经在大陪审团面前作了证，因为我的律师说你的证词足以给我和其他所有人定罪。他还说，这是我拯救自己的唯一机会。于是我就出庭作证救自己。从那时起，我就发生了一些变化……现在，我知道这一切都非常完美。那些人之所以死不是因为仇恨或其他见不得人的原因。我也不会为我们的信仰争辩。我只想告诉你它是什么……当我给你写这封信时，我感觉心里越发平和。

---

1 原注：此处及下面几段内容保留了苏珊信件原文中的错别字和标点符号错误。

当我第一次听说你就是那个告密者时，我真想割断你的喉咙。但后来我突然意识到，我才是真正的告密者，我要割的应该是自己的喉咙。好吧，现在一切都结束了，因为我已经让自己把过去都忘了。你知道吗，无论如何，最终一切都会好起来，无论有没有 M（曼森），有没有萨迪，爱都会永远存在。我正在放弃我自己，一天一天，离成为那种爱越来越近……”

苏珊借用曼森一首歌的歌词作为信的结尾："消失吧，过来说你爱我。正如我说我爱你一样，或者我应该说，我爱的是你中的我（我的爱）。"

"希望你现在能更加理解我。如果没有，那就问我吧。"

此时的龙妮每天活在对苏珊的极度恐惧之中，她将这封信交给了她的律师韦斯利·罗素，后者将信转交给了地方检察官办公室。与苏珊在《洛杉矶时报》那篇报道中的坦白相比，这封信的内容对苏珊更为不利。

1969 年 12 月 15 日至 25 日

我接手任何案件之后，都会习惯性地时不时"翻"一下洛杉矶警察局的"垃圾桶"或者说无用的资料，经常会在这些资料中发现一些警方觉得没有价值，但其实对案件有用的证据。

经过对拉比安卡夫妇案资料的梳理，我有两个发现。首先是警方对阿尔·斯普林格的讯问。警方记录的文本内容仅有一页纸，斯普林格在这次讯问中提到，曼森曾跟他说过："我们那天晚上刚宰了五个。"

我们此刻正迫切需要证据，却没有警探跟我们提过斯普林格的录音，当我向两起案子的负责人警督赫尔德和勒佩奇问及此事时，他们都不知道警方记录中有曼森的这番话。我要来录音带，将录音转为文本，然后在我本就已经很长的待办事项清单里又添了一条：讯问阿尔·斯普林格。虽然由于阿兰达规则[1]的限制，斯普林格提到的曼森这番话无法作为庭审证据指证曼森，但他很可能还说过其他可用于指证的话。

1　编注：见第 159 页相关译注。

第二个发现是曼森在独立城监狱时收到的一封信的复印件。信的内容无关紧要，但写信人的署名是“哈罗德”。苏珊·阿特金斯在大陪审团前作证时曾说过，有一个名为“哈罗德”的人住在拉比安卡夫妇家隔壁，大概一年前，苏珊、曼森以及其他人曾去“哈罗德”家参加致幻剂派对。我感觉写信的这人很可能就是苏珊所说的那个“哈罗德”，于是我给拉比安卡夫妇案的调查人员记了下一条待办事项：找到哈罗德。这应该不难，因为那封信上有舍曼奥克斯区的一个地址和两个电话号码。

为什么？最关键，也最令人困惑的问题仍然是：曼森这么做的动机是什么？在得知曼森经常对追随者说他是天蝎座，考虑到曼森也许相信占星术这种可能后，我找到之前《洛杉矶时报》的复印件，查看了报纸上卡洛尔·莱特的“星象预言”专栏，看能否找到一些端倪。

8月8日：着手去做所有有助你扩大影响的事。明智而妥善地处理你的私人事务。从正确来源获取信息，然后巧妙利用它。

8月9日：灵活变通地处理，可能会让此前不愿帮你的人理解你的想法。如果出现问题，要与此人合作。

8月10日：你现在有大把的机会。不要犹豫，抓住最好的机会。扩大你的影响……

我觉得从这些预言中，每个人都可以解读出自己想要的任何含义，难道这其中也包括杀人计划吗？

这足以说明当时的我有多绝望，竟会试图用如此不靠谱的办法来找出曼森下令杀人的动机。

我甚至都不知道曼森是否看报纸。

自苏珊的故事见报之后，各州警察部门就一直在向洛杉矶警察局咨询，认为其辖区中尚未破获的谋杀案可能是曼森家族某位或多位成员所为。我仔细查阅了这些报告，从中排除了大量案件，只将“可能”的案件单列出来[1]。虽然

1 原注：这些案件会在之后进行探讨。

我目前主要关注的是塔特案和拉比安卡夫妇案，但我想看能否从中找出一个明确的模式来解释发生在切洛路 10050 号和韦弗利路 3301 号的惨案。如果这个模式真的存在的话，到目前为止，我还没有发现。

在报纸刊登的故事中，苏珊·阿特金斯提到他们在汽车里换过衣服后，“沿着陡峭的路堤”一路开，一侧是山峰，另一侧是悬崖。“我们停下车，琳达下车把所有衣服，沾满鲜血的衣服……从一侧扔下。”

KABC 电视台第七频道的一队摄制组试图重现丢弃证物的现场。他们从切洛路 10050 号大门出发，身旁座位上放着《洛杉矶时报》的那篇报道，车沿着贝内迪克特峡谷路向下行驶，途中除了司机之外，其他人都在车上换了衣服，共计用了 6 分 20 秒，后来他们承认这么做有点蠢。接着，他们在路上可以停车的第一个地点，贝内迪克特峡谷路 2901 号对面宽敞的路肩上停下，然后下了车。

一面是山峰，另一面是悬崖。新闻主持人艾尔·威曼顺着陡峭的路堤向下看，指着下方大约 15 米处一些深颜色的东西，笑着说：“那儿看着像是衣服。”摄影师金·巴格特和音效师埃迪·贝克瞧了瞧，感觉也像是。

这实在太容易了，容易得简直让人不敢相信，如果从马路上就能轻而易举地看到衣服，那洛杉矶警察局肯定早找到了。他们觉得这不太可能，但还是决定下去看一看。这时车上的步话机突然响了，他们需要去报道另一个新闻。

在报道另一个新闻时，那些深颜色的东西总是令他们无法释怀。于是在大约下午 3 点，他们又返回了原地。贝克先下去，然后是巴格特。他们在山下找到了三套衣服：一条黑色裤子，两条蓝色粗棉布裤子，两件黑色 T 恤，一件深色丝绒高领衫和一件白色 T 恤，这件 T 恤上面像是溅着干掉的血迹。有些衣服被山上滑下的土埋了起来，只露出一部分。所有衣服都位于大约 3.5 米见方的区域里，感觉像被人团作一团扔下去的。

他们大声喊着把消息告诉山上的威曼，后者给洛杉矶警察局打了电话。等警长麦根和其他三名警探赶到时，时间已经接近下午 5 点，天开始黑了，摄制组架起人工照明设备。当警探们将衣服装进塑料袋时，巴格特拍摄了整个过程。

得知这一发现后，我让负责塔特案的警探彻底搜索该地区，看能否找到凶器。我不止请求了一次，而是一次又一次请求警方行动。在那些衣物被发现一周后，摄影师巴格特和音效师贝克又回到现场搜索了一番，这次他们找到一把刀，一把用过的而且锈得十分厉害的菜刀。根据刀的尺寸和刀刃钝的程度，警方认定这把菜刀并非杀人凶器，但它距发现衣服的地点还不到 30 米远，而且毫无遮挡。

凶手丢弃的衣服竟然是被电视台摄制组发现的，这事令洛杉矶警察局感到尴尬。而第二天发生的另外一件事，则更让帕克中心的警察们脸上无光。

12 月 16 日星期二，苏珊·阿特金斯出庭，当着基恩法官的面，对起诉书中列出的八项指控提出无罪抗辩。基恩法官将庭审的日期定为 1970 年 2 月 9 日。由于这个日期与重审鲍比·博索莱伊的时间相同，因此博索莱伊涉嫌参与的欣曼案被从我这里撤下，改由副地方检察官伯顿·卡茨接手。对此我没有丝毫不满，因为光塔特案和拉比安卡夫妇案就已经让我分身不暇了。

对伯纳德·韦斯来说，这个星期二则是最糟心的一天。

伯纳德·韦斯并没看到《洛杉矶时报》上苏珊·阿特金斯的那篇报道，但他同事告诉他说塔特案中的凶器肯定是把 .22 口径左轮手枪。这巧合有点奇怪，不是吗？他儿子发现的好像正是这种枪。

韦斯感觉这可能并不只是巧合。毕竟他儿子发现那把枪是在 9 月 1 日，距离塔特案发生才不到三周，而且他们家离塔特家也不远，儿子史蒂文在山上发现枪的地点上方正是通往比弗利格伦住宅区的路。星期二上午，韦斯打电话给洛杉矶警察局范努伊斯区山谷分所，说他上交的那把枪很可能是塔特案的凶器。范努伊斯区山谷分所的人建议他给洛杉矶警察局凶杀组打电话。

大约在中午，韦斯将电话打到洛杉矶警察局凶杀组，把他儿子发现的枪和他的怀疑又说了一遍。他还告诉对方，他注意到那把枪的扳机护圈坏了，木制的枪握把也有缺失。“嗯，听着正像是那把枪，”电话里的警探这样对他说，“我们会去核实的。”

韦斯原本以为那名警探会给他回电话，可一直没等到回电。当天晚上回到家，他读了苏珊那篇报道，更确定自己的怀疑是对的。大约下午 6 点，他再次打电话给洛杉矶警察局凶杀组。不巧的是，中午与他通话的警探刚好不在，他不得不把之前说过的话又重复了一遍。这次接电话的警探告诉他：“我们的枪不会保存那么久。一段时间之后，我们就把枪丢到海里去了。”韦斯说：“我不敢相信你们竟然会丢掉，这可能是塔特案最重要的证据。”“听着，先生，”警探说，“我们没法逐一核实每位市民关于枪的举报。每年我们都会发现几千支枪。”两人从讨论升级成了争吵，最后互相挂断了电话。

接下来，韦斯给邻居克里特·罗伯茨打电话说了此事，罗伯茨是第二频道的新闻播音员，听完后他也给洛杉矶警察局的人打了电话。

不知道这五个电话到底哪个起了作用，不过至少有一个电话引起了警方注意。在韦斯将枪上交给警方三个半月之后，那个星期二晚上 10 点，警长卡尔金斯和麦根开车赶到洛杉矶警察局范努伊斯区山谷分所，找到了那把高标武器公司生产的 .22 口径左轮手枪。

警方发现确系杀害三名塔特案受害者的凶枪

四天后，警方发现凶器的消息就被人“泄露”给了《洛杉矶时报》。泄密者这次故意隐藏了细节，没有提及何时、何地、被谁发现的，只暗示凶手丢弃的衣服被发现之后，警方在同一地区发现了枪。

在那把左轮手枪的转轮里，警方找到了 2 发实弹和 7 发空弹壳。这与最初的验尸报告吻合，报告中说西布林和弗雷科夫斯基各身中一枪，帕伦特身中五枪。但是我发现这份报告有一个问题：数据有误。

苏珊·阿特金斯在大陪审团前作证时说，特克斯对帕伦特开了四枪，不是五枪，于是我让洛杉矶县验尸官托马斯·诺古基重新检查了帕伦特尸体解剖的照片。检查之后，验尸官发现其中两处伤口其实是来自同一枚子弹。这就将帕伦特中枪的次数从五枪减到了四枪。可这样一来，有一发空弹壳就无法解释了。

我让验尸官重新核查了所有尸检的照片，然后发现弗雷科夫斯基身上不止一处枪伤，而是两处。验尸官在尸检时忽略了死者左腿上的一处枪伤。因此，报告虽然有误，但事实上与那把左轮手枪开枪的次数吻合。

洛杉矶警察局科学调查司的比尔·李将案发现场发现的三块握把碎片与那把左轮手枪的握把进行了比对：完全符合。法医化学家乔·格拉纳多检测了枪管上的褐色斑点，结论是人血，而且与杰伊·西布林的血型和亚型相符。李还对那把枪进行了试射，将试射的子弹和塔特案的子弹放在显微镜下进行比对。案发现场发现的 4 发子弹中，有 3 发已经碎得不成样子或损毁严重，无法进行弹道比对。但西布林身上的子弹与试射的子弹弹道结果完全一致。李告诉我，这发子弹一定是从那把 .22 口径长管左轮手枪里射出来的。

此外，还有一个非常关键的步骤：确定那把枪与查尔斯·曼森的关联。我让负责塔特案的调查人员给丹尼看了那把左轮手枪，让丹尼确认这是否就是曼森和其他人曾经在斯潘农场练习打靶时用的那把枪。我还要求他们尽可能提供这把枪从高标武器公司出厂到被史蒂文·韦斯发现那天为止的使用记录。

由于没有足够证据起诉"吉卜赛人"和布伦达，曼森家族的这两位核心人物已被释放。布伦达回到了她的父母身边，但不久之后，她又和"吉卜赛人"回到了斯潘农场，与"尖嗓子"、桑迪以及其他曼森家族成员重新生活在一起。孤独的乔治·斯潘身体日渐虚弱，他允许他们返回农场。

曼森的频繁出庭给了我机会去研究他。他虽然几乎没接受过正规教育，但口齿伶俐，而且头脑绝对聪明。曼森极其善于察言观色，在开口回答问题前早已衡量过事情的利弊。你很难预测他的情绪走向，他脸上的神情像变色龙一样善变。但在所有表象之下，却有一股奇怪的激情喷薄欲出。他虽然被指控犯下重罪，却总开玩笑。但即使开玩笑时，你也能感受到他那种激情。在总是人满为患的法庭上，他不仅经常对忠于他的家族成员开玩笑，面对媒体和旁听者时也同样如此。瞧见漂亮女孩，曼森经常会对其报以微笑或眨眼。而那些女孩对曼森的回应更像是受宠若惊，而不是觉得被冒犯。

我本不该对女孩们的反应感到奇怪，可还是吃了一惊。我已听说曼森在狱中收到大量来信，其中许多是"情书"，大多来自希望加入曼森家族的年轻女孩。

12 月 17 日，曼森出庭，他面对基恩法官，要求解除为他指定的公共辩护人。他想自己代表自己。

基恩法官告诉曼森，法庭不认为他有能力代表自己，用法律术语来说，就是不能在没有律师的情况下“亲自出庭[1]”。

曼森：“法官大人，在这件事上我绝不会放弃自己的声音。如果我不能代表自己辩护，那整个庭审就可以结束了。如果我不能为自己辩护，不能在法庭上畅所欲言，那就相当于捆住了我的双手。如果我不出声，那辩护就毫无意义。”

基恩法官同意在 12 月 22 号的庭审上重新考虑曼森的这个动议。

曼森坚持要亲自为自己辩护，他显然对成为焦点人物兴趣十足，我因此得出一个结论：只要一有机会，他就会宣扬他的信仰。

我开始记录在法庭盘问环节需要问曼森的问题。很快我就写完了一本笔记本，然后是第二本和第三本。

19 号，莱斯莉·范霍腾也要求解除法庭给她指定的律师唐纳德·巴内特。基恩法官批准了她的动议，并任命马文·帕特作为她记录在案的律师。

后来我们才知道解除律师这事背后的猫腻。曼森已经在狱中建立了他的情报网。只要他听说曼森家族女孩的律师代表委托人提出了不利于他的提议，几天之内这位律师就会被解雇。莱斯莉的律师巴内特想让精神病专家给她做精神评估，曼森知道后不同意，当精神病专家来到西比尔布兰德拘留所时，莱斯莉拒绝见他。随后，她就提出要解除她的律师巴内特。

曼森这么做是为了保全自己。不管在法庭上，还是在法庭外，他都要将家族成员牢牢掌控在自己的手心里。

曼森坚持为自己辩护，他在法庭上说，因为“律师善于玩弄民众，而我就是民众，我不想在这件事上被律师玩弄于股掌之中”。大多数律师只对一件事情感兴趣，那就是想方设法获得媒体关注。曼森最近见过很多律师，清楚自己在说什么。他补充说，所有曾与地方检察官办公室有关系的律师他都不能接受。他还了解到，法庭为其他两名被告指定的律师都曾做过副地方检察官（苏珊的代表律师卡巴莱罗和莱斯莉的律师帕特）。

---

1 编注：原文为拉丁语。

基恩法官解释说，许多刑法律师都会先在地方检察官办公室、市检察官办公室或美国检察官办公室取得从业经验。了解起诉程序往往对委托人有利。

曼森："那是你觉得不错，我可不觉得好。"

"法官大人，"曼森继续道，"我现在身处困境。新闻媒体已经对我执行了死刑，并把我埋葬了……如果说有谁被蒙蔽，那就是民众被他们所听到的谎言蒙蔽了双眼……作为一个人，这世界上没有律师可以代表我。我必须亲自为我自己辩护。"

基恩法官为此提出一个建议。他建议安排一位经验丰富的律师与曼森协商。这位律师与曼森之前见过的那些律师不同，他不想代表曼森辩护，其作用仅是与曼森讨论他为自己辩护所涉及的法律问题和可能的风险。曼森接受了基恩法官的提议。在此次庭审之后，基恩法官安排了加利福尼亚州律师协会前主席，沃伦委员会[1]前高级顾问约瑟夫·鲍尔与曼森见面。

在与鲍尔谈过之后，曼森认为鲍尔是"一个非常不错的绅士"，在24号的庭审上，他告诉基恩法官："或许鲍尔先生熟知所有的法律知识，但他不了解代沟；他不了解自由恋爱的社会；他不理解那些试图从所有压迫中脱身的人……"

鲍尔则认为曼森是一个"有能力、聪明的年轻人，他说话安静，态度温和……"。尽管鲍尔试图劝过曼森，有经验的律师对他有益，但没成功。曼森显然令鲍尔印象深刻。"我们探讨了各种法律问题，我发现他对法律能够充分理解……理解得非常透彻。事实上，他头脑很好，我还为此称赞了他。我想我跟你们说过，他智商很高。我肯定说过这点，只有高智商的人才能有他那样的谈吐。""（曼森）没有对社会不满。"鲍尔说，"而且曼森认为，如果出庭受审，他能让陪审员和法官听见和看见他到底是一个什么样的人，那样他们就会明白，他绝不是会犯下那种可怕罪行的人。"

待鲍尔说完，基恩法官又跟曼森谈了一个多小时，了解他是否清楚法庭的程序以及他可能会获得的量刑。法官几乎是在恳求曼森重新考虑为自己辩护的

1 译注：即约翰·肯尼迪总统被刺事件的调查委员会。

决定。

曼森："我从记事以来，就一直听你们的建议。你们的样子虽然不同，但都来自同样的法院，同样的组织结构……我这一生都活在社会的边缘。我一直逆来顺受……我别无选择，只能以我所知的全部方式去抗争，因为你、地方检察官，以及我见过的所有律师都是一伙的。警察和你们是一伙的，媒体也和你们一伙，所有人都针对我……不，我不会改变主意的。"

法官："曼森先生，我恳请你不要这么做。你可以为自己选择一个律师，如果你选不了，也可以授权法院为你指定律师。"

然而，曼森心意已决，基恩法官最终做出决定："本法庭认为你这么做将是一个令人遗憾的错误，可鉴于我们无法说服你……曼森先生，你现在就是你自己的律师了。"

那是在圣诞节前一天。我一直工作到凌晨 2 点，然后休息了一天。

1969 年 12 月 26 日至 31 日

我接到洛杉矶警察局打来的电话。布伦特伍德乡村俱乐部的一位厨师说，8 月 9 日大约凌晨 1 点，塔特案凶手在某个房子前面停下用水时碰到的那个人正是他们俱乐部的服务主管鲁道夫·韦伯。

我和警长卡尔金斯去了韦伯家，同时还带了一名警方摄影师去给房子附近区域拍照。韦伯家位于贝内迪克特峡谷路下的侧街——波特拉路 9870 号，离塔特家不到 3 公里。听了韦伯的讲述，我觉得他会是一个很好的证人。韦伯的记忆力极好，在讲述时有一说一，不添油加醋。虽然在看过我们带去的一大堆照片后，他指认不出凶手，但他对当时情景的描述与苏珊的证词相符：四个人都很年轻（沃森、苏珊、帕特丽夏和卡萨比安都二十岁出头），那个男的个子很高（沃森身高 185 厘米），其中有个女孩个子很矮（卡萨比安身高 155 厘米）。而他对那辆汽车的描述精确到车牌四周有褪色的油漆，这是报纸上从未报道过的信息。韦伯没有看清凶手的长相，却对车牌的细节这么清楚，这难道不奇怪吗？答案其实很简单：韦伯在街上水管旁碰见凶手时是在黑暗中，而跟着四名凶手走向汽车时，他打开了手电筒，刚好瞧到了车牌。

韦伯还给了我们一个惊喜，一个特大的惊喜。那天晚上，他以为那四个人是小偷，所以在纸上记下了那辆车的车牌号，可之后那张纸不知道丢哪儿了，听到这儿我心一沉，但韦伯还记得那辆车的车牌号是 GYY435。

"你怎么会记得车牌号？"我问他。他回答说在做服务员时，已经养成了记数字的习惯。

预料到辩护律师很有可能会对此提出质疑，我问韦伯是否读过报纸上苏珊的故事。他说没看过。

回到办公室，我查了警方扣押斯潘农场帮工约翰·斯沃茨那辆汽车的报告：1959 年的福特牌 4 车门汽车，车牌号是 GYY435。

在跟斯沃茨了解情况时，这位斯潘农场曾经的帮工告诉我，曼森和那些女孩经常借他的这辆车；他去掉了后排座椅，以便曼森他们"捡了垃圾就跑"时，可以在车上放大箱子。每次借车他们都会跟他打招呼，但只有一天晚上是个例外。

"哪天晚上？"斯沃茨不记得确切日期，但记得是在警方突袭农场一周或两周前的某一天。"那天晚上发生了什么？"斯沃茨当时已回自己的拖车睡觉，听到汽车启动声，他站起来望向窗外，刚好看到汽车驶离农场时的尾灯。"还记得当时是几点吗？"斯沃茨一般晚上 10 点左右睡觉，所以肯定是 10 点之后。等斯沃茨第二天早上起床，车已经回来了。他问查理为什么不说一声就把车开走了，查理说不想吵醒他。

我问斯沃茨，在此之后曼森是否有晚上借过车。"借过，是另一天晚上，查理、几个女孩，还有其他人。"他不记得到底是哪些女孩和男孩，当时他们说要去市里演奏音乐。

斯沃茨也不记得那次的确切日期，只记得和没打招呼就把车开走那次差不多同时间。"在那之前还是之后？"他不记得了。"是那天之后，第二天晚上吗？"他记不清了。

我问斯沃茨是否也加入了曼森家族。"从来没有。"他特别强调了自己不是曼森家族成员。斯沃茨说，在警方突袭农场，"矮子"失踪之后，他和曼森吵过一次。曼森对他说："我随时都可以宰了你。你睡的地方我随时都能进。"自 1963 年开始，斯沃茨就一直时断时续地在斯潘农场工作，但发生那次不愉快后他就辞职了，去其他农场找了份工作。

斯沃茨对“矮子”失踪的事了解多少？大概在警方突袭农场一周或两周后，“矮子”就不见了。斯沃茨曾问过查理知不知道“矮子”去哪儿了，查理说：“他去旧金山了。我跟他说，那里有他能做的工作。”但斯沃茨认为曼森说的是假话，因为他发现比尔·万斯和丹尼·德卡洛各有一把“矮子”的 .45 口径手枪。

斯沃茨说，“矮子”不管多缺钱，那两把枪从不离身。

根据美国宪法，嫌疑人跨州引渡不由各州自行裁决，是法律的硬性要求[1]。当一个州对嫌疑人提起有效且合法的起诉时，如特克斯（即查尔斯·沃森）这种情况，应该依照法律引渡嫌疑人。

可得克萨斯州科林县的某些部门却对此有不同看法。沃森的律师比尔·博伊德对媒体说，即使告到美国最高法院他也奉陪，他会抗辩，要将他的委托人留在得克萨斯州受审。

罗兰·博伊德，即比尔·博伊德的父亲，不但是萨姆·雷伯恩一派有权有势的南方政治家，还是得克萨斯州总检察官候选人戴维·布朗法官的竞选经理。也正是这位布朗法官在得知引渡沃森的请求后，一而再再而三地延缓引渡博伊德儿子的这位委托人。

比尔·博伊德本人也是一位有抱负的政治家。当地地方检察官汤姆·瑞安告诉《洛杉矶时报》记者：“我听说比尔想当美国总统。之后，他想成为上帝。”

根据《时代周刊》的报道：“当成群的记者恳求博伊德，想去监狱采访他的委托人时，博伊德则频频暗示，‘如果出价够高’，沃森的家人可能会同意。一位摄影师为此报价 1800 美元。博伊德的答复却是：‘价格需要高很多很多。’具体需要多少钱？博伊德说：‘差不多要 5 万美元。’媒体无法接受这么高的价格，可博伊德就是不肯降价，他很确定自己最终会得到这些钱。”

与此同时，沃森显然也没遭什么罪。我们从各种渠道获知，他住的单人牢房布置得很舒适，有自己的电唱机和唱片。每天吃的是他母亲给他做的素餐。

---

1 原注：美国宪法第 4 条第 2 款规定：“在任何州被控犯有叛国罪、重罪或其他罪行而潜逃，并在另一州被发现的嫌疑人，应按照其犯罪所在州行政当局的要求，将其移交给该州的执法机关。”

他依然穿着自己的衣服，由母亲给他洗衣服。而且完全不用担心他会孤单，他牢房旁关的就是女囚犯。

尽管事实证明要将沃森带回洛杉矶相当困难，但有迹象表明，帕特丽夏·科伦温克尔很可能会自愿回洛杉矶，这也是曼森的命令。“尖嗓子”俨然成了曼森的联络人，她给帕特丽夏发了不少信和电报，亚拉巴马州莫比尔市警察局将那些信件和电报的复印件转交给了我们，其中写着：“我们要团结起来……如果你能过来那就太好了……”

我推测信中提到的“团结”说明曼森想联合她们，为自己打造一把防护伞。

据我们所知，曼森家族只联系了帕特丽夏，没有联系沃森。由此我推断，案件开庭时，曼森和那些女孩可能要将罪行都推给沃森。

他们可能想证明塔特案和拉比安卡夫妇案的主谋不是曼森，而是沃森。基于这个推测，我开始有意收集曼森与沃森之间的关系的材料，以及两人在家族中所扮演的角色的资料。

洛杉矶警方在讯问十六岁的黛安娜·莱克时，试过威胁她，说如果她不交代就会落得进毒气室的下场，可黛安娜什么也没说。因约县副地方检察官巴克·吉本斯和调查员杰克·加德纳则试着对黛安娜和颜悦色，让从小到大很少感受到善意的黛安娜知道，有人还关心她。

黛安娜的父母在她还小时就“成了嬉皮士”。她十三岁时已经是嬉皮士团体“猪圈公社”的一员，从小便耳濡目染接触到了集体性行为和致幻剂。快十四岁时，她在父母的同意下，加入了曼森家族。

曼森显然感觉黛安娜不太听话，曾在很多场合对她动粗，用拳头打她的嘴，一脚将她踢到房间另一头，用椅子腿打她的头，还用电线抽打她。尽管受到如此虐待，可黛安娜依然选择留在曼森家族。这同时也说明了一个悲惨的事实，那就是除了曼森家族，黛安娜其实无处可去。

黛安娜被送回独立城后，因约县副地方检察官吉本斯和调查员加德纳与她有过多次长谈，他们让她相信这世上确实还有人关心她。加德纳的妻子和孩子们会定期去探望她。黛安娜一开始犹犹豫豫，到后来逐渐开始跟警探敞开心扉，把她知道的一切都告诉了警方。实际情况与她在大陪审团前说的恰恰相反，她其实对很多事都知情。例如，特克斯曾向她承认过，说他刺了莎伦·塔特。而他之所以杀人，是因为曼森给他下了命令。

12月30日，警长萨图奇和尼尔森在独立城见了黛安娜。黛安娜告诉他们，在8月16日警方突袭农场前大约一周到两周的某个早晨，莱斯莉拿着一个钱包、一条绳子和一袋硬币进了斯潘农场的后屋，把东西都藏在了毯子下。随后很快有一个男人来敲门，莱斯莉听见声音马上躲了起来。莱斯莉告诉黛安娜，她在格里菲斯公园搭了这个男人的车，她现在不想让这个男人见到她。

负责拉比安卡夫妇案的两位警探互相交换了一下眼神。格里菲斯公园就在拉比安卡夫妇家所在的韦弗利路附近。

等男人离开，莱斯莉从躲的毯子下面出来，黛安娜帮她数了钱。都是一些零钱硬币，大约有8美元，装在塑料袋里。

莱诺·拉比安卡有收藏硬币的爱好，警探们对那袋零钱尤其感兴趣。

问："你说你帮莱斯莉数钱，或者说硬币。数钱时，有看到其他国家的硬币吗？"

答："有加拿大的。"

随后，莱斯莉点起一堆火，把钱包（黛安娜记得是个棕色皮钱包）、几张信用卡（其中一张是石油公司的信用卡）和那根绳子（长约1.2米，直径2.5至13.8厘米）都烧了。然后，她脱下衣服，把衣服也烧了。黛安娜看到衣服上有血迹吗？没看到。

后来，在8月下旬或9月初，在距巴克农场约16公里远的柳树泉，莱斯莉告诉黛安娜，她用刀捅过死人。至于死的那人是男还是女，莱斯莉并没有说。

莱斯莉还告诉黛安娜，杀人地点是在洛斯费利斯区附近，格里菲斯公园旁的某栋房子。有人在冰箱门上用血写了字；杀完人后，莱斯莉把屋子里的所有东西都擦了一遍，连没碰过的地方也擦了，那样就不会留下指纹。他们离开时，还拿了一些吃的。什么吃的？一盒巧克力牛奶。

莱斯莉有没有提过塔特案？莱斯莉跟黛安娜说过，但说她没有参与塔特案。

萨图奇试图多了解一些细节。黛安娜只记得房子外面有一艘大船，但记不清到底是莱斯莉告诉她的，还是她在报纸上看到的。但确实记得莱斯莉曾跟她描述过那艘船的样子。

在此之前，唯一能将莱斯莉·范霍腾与拉比安卡夫妇案联系起来的只有苏珊·阿特金斯的证词。而苏珊和莱斯莉是共犯，如果没有其他独立佐证，苏珊的证词无法成立。

黛安娜·莱克则为我们提供了佐证。

可黛安娜能否出庭却很难说。她的精神显然有问题。偶尔会出现曾服用致幻剂引起的幻觉。她害怕曼森，但也爱他。有时她以为曼森在她脑子里。关在独立城刚过一年，因约县法院就将她送进了巴顿州立医院[1]，一是为了治疗她的精神问题，另外法院也不知该拿她怎么办。

除了我之前所列的待办事项，还需要：检查拉比安卡夫妇的信用卡是否仍未找到；如果医生允许，跟黛安娜了解情况；核查那次后屋事件或柳树泉的对话是否还有其他人在场；跟副法医胜山核实，拉比安卡夫妇身上是否有死后造成的刺伤；询问苏珊娜·斯特拉瑟斯，她母亲是否有一个棕色皮钱包，钱包是否丢失；问一下苏珊娜和／或弗兰克·斯特拉瑟斯，他们父母是否喜欢喝巧克力牛奶。

全是一些琐碎细节，但可能会很重要。

我在浏览塔特案资料时，在一封信中发现了“哈罗德”，这个“哈罗德”正是苏珊·阿特金斯在大陪审团前作证时提到的那个哈罗德。他的全名是哈罗德·特鲁，是一名学生。当洛杉矶警察局找到哈罗德时，我正忙着跟其他人了解情况，于是阿龙主动请缨去跟哈罗德谈。

哈罗德与曼森依然是朋友，他曾去县监狱探视过曼森几次。通过哈罗德，阿龙了解到他和曼森是在1968年3月相识的，当时曼森家族还住在托潘加峡谷。两人认识的第二天，曼森和另外十余人（包括萨迪、凯蒂、“尖嗓子”和布伦达，但没有特克斯或莱斯莉）去了哈罗德与另外三个年轻人租住的房子——韦弗利

1　译注：一所法医精神病医院。巴顿是加利福尼亚州圣贝纳迪诺县的一个社区。

路 3267 号，并在那里过了夜。1968 年 9 月哈罗德和室友搬走之前，曼森曾去过他家四到五次。哈罗德说他们住在韦弗利路时，经常有邻居抱怨他们的派对太吵。

阿龙没有问那些邻居里是否包括拉比安卡夫妇，我记下这点，觉得应该再确定一下。经过核查，我发现哈罗德不记得见过拉比安卡夫妇，只记得他住在韦弗利路时，韦弗利路 3301 号一直是空的，没人住。

我又去查阅拉比安卡夫妇案的调查报告，得知拉比安卡夫妇 1968 年 11 月才搬进韦弗利路 3301 号，这时哈罗德和室友已经搬走了。

我一直试图找到拉比安卡夫妇与曼森家族可能存在的关联，却一直无果。我们此刻只知道两个事实：一、曼森曾去过拉比安卡夫妇家隔壁的房子五到六次；二、他至少到过塔特家大门一次。

这难道只是巧合？预料到曼森可能会用巧合做借口，我记下了可以用来反驳的一些想法。

查尔斯·曼森绝不是一个没有幽默感的人。关在因约县监狱时，不知道他怎么搞到了联合石油公司信用卡的申请单，如实填上了自己的真实姓名和监狱的地址。在此前居住地址一栏填的是"斯潘电影农场"，证明人写的是乔治·斯潘。至于职业，他写了"福音传教士"；业务类型，"宗教"；参加工作年限，"20 年"。妻子名字一栏写了"无"，其家属人数"16 人"。

这张申请表被人带出监狱，并从帕萨迪纳寄出。联合石油公司的人——显然不是计算机——认出了这个名字，因此查尔斯·曼森没能如愿得到他申请的两张信用卡。

通过在法庭上对曼森的观察，我还发现了此人的另一个特点：自大。这或许是因为他最近实在是恶名远扬。1969 年 12 月初，几乎没人知道查尔斯·曼森这个名字，但到了月底，这个杀人凶手的知名度已经超过了遇害的那些名人。有人曾听到曼森家族某位狂热成员炫耀："查理登上《生活》周刊的封面了！"

曼森如此自大并不仅因为突然名声大噪。看到曼森，你会有种感觉，他不止嘴上说说，心里也笃定自己肯定能逃脱法律的制裁。

认为能逃脱法律制裁的人还不止有曼森。莱斯莉·范霍腾在给她父母的信中说，即使定罪，七年后她也会出狱（在加利福尼亚州，被判无期徒刑的人可以在服刑七年后申请假释）。而鲍比·博索莱伊则给他的几个女友写信说，预计在新的审判中他将被无罪释放，他计划出狱后成立自己的家族。

关键是，在今年年末，曼森的这种想法很可能会成真。

“如果曼森要求马上审判怎么办？”

阿龙和我仔细探讨过这个问题。被告有权要求接受快速审判，并可在起诉书送达后六十天内出庭受审。如果曼森坚持快速开庭，我们就有大麻烦了。

我们需要更多的时间，原因有二。一、假设苏珊·阿特金斯同意审判时出庭作证，我们仍急需佐证苏珊·阿特金斯的证词，虽然这种假设很可能不会成真。二、被告沃森和帕特丽夏此刻仍在其他州，而他们是仅有的两名我们可以用科学证据证明其罪名成立的被告，比如塔特案案发现场的指纹。如果如我们所愿，法庭决定采取合并审理，那这两位被告至少有一位需要坐在被告席上。

我提议采用虚张声势的策略。每次出庭检方都表明想尽快开始审判，希望以此误导曼森，让他以为快速审判对他不利，从而拖住曼森。

然而，这是一场赌博。曼森很可能会识破我们的招数，脸上挂着诡异的浅笑，然后说：“好啊，那就马上开始审判吧。”

1970 年 1 月—2 月

第四章　寻找犯罪动机

《圣经》、披头士和 HELTER SKELTER

"要是让我找犯罪动机，我会试着跳出常规，你们当警察的思维都已经形成定式了，应该想想有没有什么不同寻常的原因。"

——波兰斯基在接受警督厄尔·迪米尔测谎时如是说

1970年1月

机密备忘录。寄件人：副地方检察官文森特·布廖西。收件人：地方检察官埃韦利·扬格。主题：关于塔特案和拉比安卡夫妇案的进展。

备忘录长达13页，其中有一段话最关键：

“塔特案有五人被起诉，但如果没有苏珊·阿特金斯的证词，关于其中两名被告（曼森和琳达）的证据就会过于薄弱。而在拉比安卡夫妇案的六名被告中，其中五人（除莱斯莉之外）之所以能被起诉只因为有苏珊·阿特金斯的证词。”

这就是现实。换句话说，如果没有苏珊，即使大陪审团批准起诉也无法定罪。

1月2日，我召集负责塔特案和拉比安卡夫妇案的警探们开会，在会上我给了他们一个清单，上面列出了必须要做的42件事。

其中许多我之前已经提过：如去发现凶手衣物和凶枪的区域搜索作案用的刀。法医化学家格拉纳多能否在11月从巴克农场带回的鞋里，找到与塔特案现场步行道上的靴子后跟血迹相符的靴子？至于剪线钳和电视台人员发现的凶手衣服，洛城警方科学调查司应该有结果了。因约县副治安官沃德与两名矿工克罗克特和波斯顿谈话的录音在哪儿？对塔特、拉比安卡夫妇和斯潘农场付费长途电话记录的调查进行得如何？电话公司的存档记录半年就会销毁，此事务必抓紧。

其中很多是随着案件调查必须展开的基本程序，我本以为不用我们催，警察自会完成：如提取苏珊笔迹，与塔特家前门上的“猪猡”比对。还要提取被告莱斯莉、帕特丽夏和沃森的笔迹，与拉比安卡夫妇案现场的字比对。提取被盗信用卡所有的消费记录（希望从中可以发现购买绳子或巴克牌刀的发票）。丹尼说，1969年6月，他和曼森在圣莫尼卡市的杰克·弗罗斯特商店买过三股的尼龙绳：跟弗罗斯特商店员工核实，是否曾卖出过这种绳子，并给他们看“曼森家族的相册”，看是否有人记得曼森和/或丹尼。还需要给发现罗斯玛丽·拉比安卡钱包的加油站员工看下曼森、苏珊、琳达和其他人的照片。

我把待办事项清单交给警探，问道：“除了我给的这份清单，你们肯定也做过其他调查吧？”所有警探一声不吭。良久之后，等来的是卡尔金斯的抱怨：“我们怎么会知道要做这些事？我们是警察，又不是律师。”

“等等，”我说，“这单子上的所有事都不是律师的工作。这些都是为了寻找证据，好让我们给那些人定罪。”

“可这并不是我们该干的。”卡尔金斯依然不服气。

听到他这话，我惊讶得差点没按住心中的怒火。“调查案件、收集证据、证明被告与犯罪有关，这难道不是警察该做的工作吗？鲍勃，你是警察。阿龙和我是律师。我们每人都有自己的工作。一旦有人没做好分内之事，曼森就会大摇大摆地走出监狱。你好好想想吧。”

如果警探们手里同时还负责其他案件，卡尔金斯这么说我还可以理解，可这些都是全职负责调查这两个案子的警探。

迈克尔·麦根跟他的搭档卡尔金斯不同，他很少抱怨，但也没有任何作为。相比之下，负责拉比安卡夫妇案的警探更勤勉认真。接下来的几周里，我开始安排他们做与拉比安卡夫妇案，以及与塔特案有关的工作，因为我知道他们会尽心尽力。我这么安排是因为我已经与警督赫尔德谈过，赫尔德坦率地承认，卡尔金斯和麦根无法胜任工作。

我要做的其实远比他们多得多，或许这能让警方感觉心理平衡一点（我确定不能）。从简单的小事，如找一张包含歌曲《Helter Skelter》的披头士乐队专辑，到跟五十多个可能的证人询问情况。还要确认与案件相关的确切数据：如拉比安卡夫妇身上所有伤口的准确数据（之前警官没向副法医胜山索要这些数据），以确定凶手杀人所用的刀的尺寸。

拉比安卡夫妇身上伤口的尺寸非常重要。如果这些伤口确实是拉比安卡夫妇厨房用刀所致，那合乎逻辑的推断是：被告人在进入拉比安卡夫妇家时，身上并没有携带凶器，而是用案发现场的刀杀死了死者。那么辩护律师肯定会提出质疑，如果曼森真有意要杀害死者，怎么会派两手空空的人去呢？

在所有人的任务清单上，我特别列出了一件尤为重要的事：寻找可能证明曼森下令或指使他人做事的相关证据或证人。

我们来假设一下，如果你是陪审员，检察官告诉你，斯潘农场的一个小个子派了大概六个人，其中多数是年轻女孩，去替他杀人，要杀的是与他们往日无怨、旧日无仇的陌生人，其中还有一名大肚子的孕妇，而这些人竟然二话不说，乖乖照做了。你觉得检察官的这番话有说服力吗？

为了说服陪审团，先要让他们认识到一点：曼森牢牢掌控着整个家族，他对这些共同被告的影响力如此之大，以至于只要他下令，他们就会毫不犹豫照做，包括杀人。

每次跟曼森家族相关人员了解情况，我都要求他们举几个有关曼森掌控家族的事例。这些见证人往往回忆不起具体事例，我必须抽丝剥茧才能问出所需的证据。如，曼森为什么殴打黛安娜·莱克？是因为她不听曼森的吩咐吗？农场的杂务由谁分配？谁指派守卫和瞭望哨？记得特克斯有跟曼森顶过嘴吗？

对此取证的过程尤为困难，因为曼森很少直接下令，往往只是建议，但这些所谓的建议都具有强制力，相当于命令。

曼森家族的人都在曼森的牢牢掌控之下，除非我们可以有理有据地证明这一点，否则根本别想给曼森定罪。

应辩护律师提出证据披露的要求，我将他们带到我办公室去查阅与案件相关的文件。曼森的律师是他自己，所以他也有权查阅这些文件，不过有一点不同，我们需要把文件用车送进县监狱，曼森只能在牢房里看。最后，根据法院的命令，办公室的秘书把所有文件都影印了，每名辩护律师手里都有一份复印件。

但我们向法庭提出，所有文件中必须去掉两处信息。“法官大人，我们坚决反对向曼森先生提供可能出庭作证者的地址，尤其是电话号码。”另外，我还强烈反对向辩方提供死者受害照片的复印件。我们听说有德国杂志愿出10 万美元买这些照片出版。我不想受害者家属一打开杂志就目睹自己亲人的惨状。

法庭同意了我们的请求，按照法律规定，控方需要为辩方提供他们想查阅的任何证据，这条规定只适用于控方，辩方无需披露任何信息。我们甚至无法获得辩方证人的名单。我只能从报纸和杂志的报道里挖掘我所需的信息。

但其实就连这个方法也不像说起来那么简单。很多与曼森家族有关的人都担心自己的生命安全。他们中有一些人，包括沙滩男孩乐队的丹尼斯·威尔逊都已经收到了死亡威胁。几乎没人希望报纸上提到自己的名字，所以文章中往往使用的是化名。有时，当我终于锁定文章里提到的人时，却发现我已经跟此人谈过。而且报纸上的很多信息往往只是捕风捉影。

例如，有一篇文章声称1969年初，曼森和家族成员曾参加过波兰斯基和塔特在切洛路10050号举办的派对。通过这篇文章的作者，我了解到作者的信息来自特里·梅尔彻的密友艾伦·沃内基。但当我咨询沃内基时，他却否认曾说过这些话。最后，我整理了一份参加过当晚派对的人员名单，尽可能询问了名单上的所有人。然而，无论是报道中所说的那晚，还是其他时间，都没人在切洛路10050号见过曼森或其他被告。

《大时代》[1]一书的作者彼得·马斯为《家庭妇女杂志》撰写了一篇题为《莎伦·塔特谋杀案》的文章，文中如此写道：

"'你要怎样才能让当权者有所觉悟？靠唱歌不行，我已经试过了。我试图拯救他们，但他们不听。现在，我们不得不摧毁他们。'——1969年夏，查理·曼森对某朋友如此说道。"

如果这话的确是曼森说的，它会是非常有力的证据，我急不可待地想知道马斯这段内容的信息来源。

我打了十几个电话，联系上了正在纽约的马斯。当我问他那篇文章里其他内容的来源时，他马上就告诉了我，可问到上面这段被刊登在杂志头版、用斜体突出的内容时，马斯却说他不记得是谁告诉他的了。

一个看似有希望的证据就此被排除。

1968年8月9日，塔特谋杀案发生的前一年，格雷格·雅各布森曾安排曼森在范努伊斯区的一个录音工作室里录过音。我去那里听了当时的录音带，录音带目前在代表该录音工作室的好莱坞律师赫伯·韦瑟手中。

从一个外行人的角度评价，我觉得曼森唱得与当前流行的很多歌手差

---

1 译注：*The Valachi Papers*，书中详细记述了20世纪60年代初，随着黑手党威胁日益加剧，美国司法部根据有组织犯罪成员约瑟夫·瓦拉基（Joseph Valachi）的供词，对当时猖獗的黑手党进行打击的真实故事。约瑟夫·瓦拉基为警方提供了各犯罪家族如何运作的精确细节，包括其组织结构和势力范围。

不多。[1]但我关心的并不是曼森的音乐天赋。苏珊和丹尼都曾说过，曼森至少在他的一首歌中用过“helter skelter”一词。就此我问过他们：“你确定他演奏的不是披头士乐队的歌曲《Helter Skelter》吗？”两人对此都给出了否定的回答，说那是曼森自己创作的。如果我能在曼森写的歌词中找到“helter skelter”“猪猡”“去死吧，猪猡”或“崛起”这些词，那将是有力的旁证。

可惜一无所获。

被告沃森的引渡曾一度貌似出现转机。1月5日，奥斯汀市举行了听证会，会后得克萨斯州州务卿马丁·迪斯命令将沃森移交给加利福尼亚州。沃森的律师博伊德返回麦金尼镇，向布朗法官申请了人身保护令[2]，并要求撤销迪斯的命令。1月16日，布朗法官批准了博伊德的请求，将沃森羁押时间再次延长了三十天。沃森依然留在得克萨斯州。

1月6日，琳达·卡萨比安在洛杉矶被传讯，法庭宣读其所受指控，她当庭提出“无罪”抗辩。当天，律师马文·帕特要求法庭指派精神病医生对其委托人莱斯莉·范霍腾进行精神检查。基恩法官指定了布雷克·斯库德拉医生，并要求检查结果要对律师帕特之外的所有人保密。在此之前，帕特已向法庭申请，并获得允许对他与莱斯莉的谈话进行录音。我们检方虽然听不到录音，也无法查阅检查报告，但基本可以断定，律师帕特想采用他前任律师巴内特的方法，准备以精神错乱的理由为莱斯莉辩护。

曼森很快对此事做出了反应。

19日，莱斯莉向法庭提出申请，希望法庭指定艾拉·赖纳作为她的律师，

1 原注：民谣专家之后听过曼森的录音，发现曼森的歌曲都“涉嫌抄袭”。专家在评论中这样写道：“曼森会在演奏中加入一些非常不错的吉他拍子，但曲子都不是原创。不过曼森的歌词另当别论。他的歌词中散发着令人难以置信的敌意（像‘你的报应迟早会来到’等）。这类歌词在民谣中很少有，仅在很久之前的谋杀歌谣中才能见到，但即便是在过去的谋杀歌谣中，一般也只是陈述过去，可曼森所用的都是将来时态，仿佛这些事将要发生，听起来令人毛骨悚然。总体评价是：一个音乐才华平平的业余爱好者。”

译注：谋杀歌谣指在过去通讯不发达的时代，喜欢八卦的人将谋杀案编成歌谣传唱，歌词内容包括杀人者在何时何地如何杀人，警察如何抓到他们，凶手最终被判处监禁还是被绞死等等，这类歌曲其实相当于一篇谱上曲的新闻报道。有些谋杀歌谣还从杀人犯或受害者的角度展现事情的经过，其中不乏同情成分，也会采用较为抒情的表现手法。

2 译注：人身保护令是指法官出于保障人权的目的，要求拘捕机关将被拘捕人移送法院出庭，听取被拘捕人有关被拘事实及理由等的供述，以调查被拘捕人是否应被拘留。

取代现在的律师帕特。

鉴于莱斯莉的证词会很敏感，乔治·戴尔法官决定召开内庭会议，在无人旁听且媒体不在场的情况下讨论莱斯莉的请求[1]。

律师帕特反对换人，他认为以莱斯莉·范霍腾现在的精神状况，她无法做出理智的决定。“这女孩对查尔斯·曼森或所谓曼森家族的人言听计从……毫无主见……查尔斯·曼森及其家族牢牢控制了她，她根本不在乎自己是否应该被合并审理，或者被判死刑，她脑子里只想着要和家族的人在一起。”

帕特声称，如果指派赖纳做莱斯莉的律师，会造成利益冲突，损害莱斯莉的个人利益。

帕特还当庭道出了莱斯莉要求换律师的原因。大约一周前，“尖嗓子”曾探视过莱斯莉。“尖嗓子”当着帕特的面告诉莱斯莉：“我们认为你应该换律师。”并把赖纳的名片给了莱斯莉。莱斯莉的回答是：“只要是查理让我做的，我都会照办。”几天后，莱斯莉拒绝接受精神病医生的检查，并告知帕特，她现在的律师是赖纳，不再是他。

帕特希望戴尔法官听一下他与莱斯莉的谈话录音。他确信只要法官听过录音，就会相信莱斯莉根本不会替自己的利益考虑。

显而易见，帕特认为如果进入合并审理，曼森的“防护伞”策略会伤害他当事人莱斯莉的利益。因为其他被告都被控犯有七项谋杀罪，莱斯莉只有两项谋杀罪指控，而且证据非常薄弱。“据我所知，”在谈到根据证据披露法查阅到的黛安娜的证词时，帕特说，“如果说莱斯莉有罪，最多也只是用刀刺过死者尸体而已。”

戴尔法官随后对艾拉·赖纳进行了询问，艾拉·赖纳承认他与曼森“见过大约十几次”。他还承认，曼森是提议让他做莱斯莉律师的几人之一。但事实上他并不代表曼森，而且是在收到莱斯莉的书面要求后，才去见了她。

随后，在两位律师均不在场的情况下，戴尔法官询问了莱斯莉。莱斯莉坚决要求法庭指定艾拉·赖纳做她的代理律师。

律师帕特恳求戴尔法官听一下他与莱斯莉的谈话录音。帕特说：“感觉这

---

1 原注：此次讨论的笔录直到此案结案后才对外公布。尽管期间偶有内容泄露，但大部分内容是在本书中首次对外披露。

女孩像科幻小说里才有的疯子。”

戴尔法官则说他不想听录音带，因为他只关心一个问题：以莱斯莉的精神状况，她是否可以决定换律师。为了确定这一点，他指派三名精神病医生去听帕特与莱斯莉的谈话录音，检查莱斯莉的精神状态，并将检查结果以机密报告的形式直接提交他本人。

17日，曼森本人出庭，面对戴尔法官。

曼森：“我有一个动议，奇怪的动议，或许法庭上从未见过这样的动议——”

法官：“提交上来看一下。”

看过曼森的动议，法官也不得不说：“这果然是份有趣的文件。”

“查尔斯·曼森，亦被称为耶稣基督，现为囚犯”，在自称“无限灵魂家族”的六位专业人士的协助下，谨代表曼森-耶稣，特此申请人身保护令，指控治安官以反宗教、反宪法的方式剥夺了他的信仰、精神和身体自由，并要求立即被释放。

戴尔法官拒绝了曼森的动议。

曼森：“法官大人，虽然你身穿法袍，但你的高谈阔论和困惑背后，其实是你的言不由衷。”

法官：“我无意隐瞒自己。”

曼森：“有时我怀疑你是否知道自己在干什么。”

法官：“曼森先生，有时我也有过这种怀疑。我承认，会有自我怀疑……但既然身披法袍就要尽职。”

曼森说他需要一些东西，如磁带录音机，还想申请不受限制打电话等等，并声称洛杉矶县治安官办公室和地方检察官办公室拒绝了他的这些正当请求。戴尔纠正了他的说法。

法官：“事实上，与治安官相比，检察官还想限制你的更多请求。”

曼森：“好吧，我想问检察官，他是否愿意撤诉。这可以给大家省去很多麻烦。”

法官：“与民众的要求背道而驰？绝不会撤诉的，曼森先生。”

28 号，当曼森再次出现在戴尔法官面前时，他又抱怨自己的权利没有得到保障。例如，他想见罗伯特·博索莱伊、琳达·卡萨比安和苏珊·阿特金斯，可他们的律师拒绝了他的请求。戴尔法官告诉曼森，律师有权拒绝他的请求。

曼森："我收到萨迪的消息。萨迪说，她那些话都是地方检察官逼她说的。"

曼森此举是想打媒体牌，他相信媒体一定会为此做文章，结果也确实如他所料。既然无法直接打电话告诉苏珊取消作证，曼森只好退而求其次，希望利用媒体传信。

阿龙则依照我们事先制定的策略，虚张声势，说我们已经做好了开庭的准备。

曼森果真上当了，他说还需要多一些时间准备，这让我们心里松了一口气。

戴尔法官将本案交由威廉·基恩法官负责，并批准延后至 2 月 9 日决定此案的开庭日期。

这给了我们一个喘息的机会，因为目前掌握的证据还很薄弱，而阿龙和我也还没对曼森的犯罪动机达成共识。

法律并不要求控方必须提供被告的犯罪动机，但犯罪动机是庭审中极其关键的证据。陪审团想知道被告为什么会犯下罪行。证明犯罪动机可以作为定罪的间接证据，而缺乏犯罪动机，往往意味着罪名也许并不成立。

对此案来说，犯罪动机至关重要，因为此案的谋杀看起来毫无道理可言。犯罪动机对起诉曼森则更为关键，因为案发时曼森并不在场。如果能向陪审团证明有谋杀动机的是曼森，且是曼森一人，这将是一个强有力的旁证，可用来证明他因此下令杀人。

阿龙和我是老朋友，我们彼此互相尊重，可以毫不忌讳地说出内心的真实想法，也常常会因此争得脸红脖子粗。此案也不例外。阿龙认为应将犯罪动机定性为抢劫。我坦白告诉他，这动机太荒谬了。这帮人偷了什么？他们拿了阿比盖尔·福尔杰的 70 多美元，拿了罗斯玛丽·拉比安卡的钱包（还把钱包丢了，没动里面的钱），可能还拿了一袋硬币和一盒巧克力牛奶，仅此而已。就我们所知，凶手在两处案发现场并没拿任何值钱的东西。警方的报告也再次证明了这点，现场没有任何洗劫或盗窃的迹象。案发现场有价值数千美元的物品，都放在显眼的地方，可凶手根本没拿。

阿龙提出了另外一个可能，曼森也许想筹集足够的钱保释他孩子的母亲玛丽·布伦纳。8 月 8 日下午，玛丽·布伦纳因使用盗窃的信用卡被捕。这个提议也遭到我的反驳，想一想这些凶手如魔鬼一般的恶行：杀死七人，一晚上杀了五个人，第二天夜里又杀了两个人；169 处刀伤；用受害者的血留言；将刀插在受害者喉咙上，叉子插进肚子，在肚子上刻下“战争”这个词——所有这一切只是为了筹集 625 美元的保释金？

其实我们有一个犯罪动机。虽然阿龙和洛杉矶警察局不赞同我的想法，但我觉得我们其实已经找到了犯罪动机，只是这个动机实在太过古怪。

12 月 4 日，在我讯问苏珊·阿特金斯时，她告诉我：“整件事是为了让当局感到恐惧，引发人们的恐慌。同时，也是为了向黑人展示该如何对付白人。”她说，这将是“Helter Skelter”的开始。第二天，她在大陪审团前接受我的提问时，将“Helter Skelter”定义为“地球上最后一场战争。这将是之前所有战争累积后的爆发……”

“这一切的背后有一个所谓的动机，”苏珊在给龙妮的信中写道，“那就是让猪猡们感到恐惧，开启末日审判。现在，所有人受审的日子来了。”

审判日、世界末日和 Helter Skelter，对曼森来说，这些是同一个词，都代表着一个意思：黑人将会崛起，并在种族大屠杀中获胜。“报应来了，黑人该占据上风了。”丹尼·德卡洛说曼森在不断地宣扬这个观点。就连陌生人，比如只去过斯潘农场几次的机车党阿尔·斯普林格也对我说，他感觉曼森“非常喜欢说 Helter Skelter”，总把这个词挂在嘴边。

黑人与白人之战，曼森预见的这场战争并不是他凭空想象出来的。当时，许多人都坚信这场战争早晚会爆发。不过，最令人震惊的是曼森坚信他可以亲自掀起这场战争：通过制造黑人杀害七名白人的假象，鼓动白人社会向黑人社会开战。

至于塔特谋杀案，起码还有另外一个犯罪动机。正如苏珊·阿特金斯在她与律师卡巴莱罗的谈话录音中所说：“查理选择那所房子是想吓唬特里·梅尔彻，要让他每天活得提心吊胆，因为特里曾向曼森承诺过一些事，却从未兑现。”这显然并非最主要的犯罪动机，因为根据格雷格·雅各布森的说法，曼森知道梅尔彻当时已经不住在切洛路 10050 号了。

到目前为止，我们掌握的所有证据都将关键的犯罪动机指向 Helter Skelter。这听起来很荒唐，但案子本身就很荒唐。我承认这动机听起来很古怪，但自接手此案起，我就有一种感觉，如此古怪的谋杀案背后必然有个离奇的犯罪动机，而警察课本里教的那些知识可能并不适用于此案。

阿龙说，将 Helter Skelter 定为犯罪动机，陪审团肯定不买账，建议换一个陪审团可以理解的动机。对此我回答他，只要他能根据证据找出其他动机，我马上可以将 Helter Skelter 抛到脑后。

但阿龙说得没错。陪审团绝不会接受 Helter Skelter 这个犯罪动机。而且我们对 Helter Skelter 知之甚少，此外，还有一个最为关键的问题。

假如曼森真相信他可以通过杀人引发种族战争，那这样做对查尔斯·曼森本人又有什么好处呢?

对于这个问题，我无法回答。而不解决这个问题，该动机也就无法成立。

“只关注当下……没时间回忆……没时间解释如何做。”桑迪、“尖嗓子”“吉卜赛人”和布伦达写给被告的每封信里几乎都有这首歌。用意显而易见:对警方守口如瓶。

通过一系列信件、电报，并多次尝试探监，曼森的女孩们试图让博索莱伊、苏珊和琳达换掉他们现在的律师，否认之前的归罪陈述，达成一条联合防线。

博索莱伊虽同意“整件案子取决于家族能否团结，心往一处想，不互相拆台”，但他还是决定，“我要保留我现在的律师”。

鲍比·博索莱伊在曼森家族中一直比较特立独行。虽说不上英俊潇洒（女孩们称呼他为“丘比特”），但在与曼森认识之前，博索莱伊曾参与演出过几部电影，写过音乐，组过摇滚乐队，而且有自己的“后宫”。在加入曼森家族之前，莱斯莉、“吉卜赛人”和姬蒂都与他住在一起。

博索莱伊要求“尖嗓子”和其他人不要总来探视他，因为她们几乎用光了他的探访时间。他真正想见的人是姬蒂，她肚中正怀着他的孩子，还有不到一个月就要生了。

曼森家族一直紧追的人不止有博索莱伊。如果没有苏珊·阿特金斯，控方就无法起诉曼森，曼森也知道这点。曼森家族的人一天 24 小时给苏珊的律师理查德·卡巴莱罗打电话。见劝诱不起作用，就开始威胁。卡巴莱罗最终同意让曼森家族的几名女孩（并非曼森本人）探视苏珊，他这么做并不是迫于曼森家族的威逼利诱，而是由于委托人苏珊的要求。

这只能算缓兵之计。苏珊随时会提出要见曼森，如果她坚持要见曼森，卡巴莱罗也没办法阻止。苏珊的故事在《洛杉矶时报》见报之后，西比尔布兰德拘留所的墙上曾出现一行字："萨迪是告密者"。这让苏珊大为光火。每当有类似的事发生，苏珊似乎就会更想回到曼森身边。

曼森也意识到另外一点，如果苏珊·阿特金斯不作证，我们的唯一希望就是琳达·卡萨比安。因为"吉卜赛人"总缠着琳达的律师加里·弗莱施曼不放，一段时间之后，弗莱施曼就再也不见"吉卜赛人"了。"吉卜赛人"曾多次对他说，只要琳达不作证，所有人就都没麻烦了。弗莱施曼确实带"吉卜赛人"去探视过琳达一次。"吉卜赛人"当着众多人的面告诉琳达，她应该撒谎说在塔特案和拉比安卡夫妇案案发两晚，她没离开过斯潘农场，而是一直陪着"吉卜赛人"待在瀑布旁。"吉卜赛人"答应琳达，到时她会替琳达圆谎。

如果可以在苏珊和琳达之间选择，我更倾向于选琳达作为我们的关键证人：因为她没杀过人。但由于急着将案子提交大陪审团审议，我们已经与苏珊达成了认罪协议，所以无论喜欢与否，除非苏珊回到曼森身边，否则关键证人只能是苏珊。

这本身就构成了一个问题。如果苏珊不作证，那我们就需要琳达，可如果没有苏珊的证言，指控琳达的证据也就没了，那我们又拿什么跟琳达达成认罪协议呢？弗莱施曼希望为他的委托人争取豁免权，但从琳达的角度看，与其冒着遭受家族报复的风险去指证曼森和其他人以获得豁免权，倒不如干脆出庭受审，然后被判无罪。

我们很担心无法给凶手定罪，这从我的一个电话就可以看出来。当曼森因为塔特案和拉比安卡夫妇案被起诉后，因约县警方撤销了对曼森的纵火罪指控，尽管那案子有充足的证据。我打电话给因约县地方检察官弗兰克·福尔斯，要求他重新对曼森提起指控。福尔斯按照我的指示，在2月6日重新起诉了曼森。我之所以打这个电话，是因为害怕曼森会被无罪释放。

1970年2月

被指控屠杀多人，手上沾着鲜血的杀人犯，摇身一变却成了反文化英雄，这真让人无法想象。查尔斯·曼森在某种程度上被人们推上了神坛。

在转入地下活动之前，伯纳丁·多恩曾在学生争取民主社会组织（SDS）的一次大会上说："用那些有钱猪猡的刀叉宰了他们，然后在同一个房间里吃一顿饭，做得漂亮！气象员[1]们喜欢查尔斯·曼森。"

自称"嬉皮士之声"的地下报纸《星期二的孩子》前脚刚指责竞争对手《洛杉矶自由报》，抨击其对曼森的过多宣传，后脚就在首页整版刊登了曼森的照片，并用通栏大标题称曼森为该报纸的"年度人物"。

他们下期报纸的封面则是曼森被钉在十字架上的图片。

售卖迷幻药的商店开始出售曼森的海报、印有曼森形象的运动衫，以及写着"释放曼森"字样的圆形徽章。

"吉卜赛人"和曼森家族的其他发言人登上深夜电台脱口秀节目，在节目中播放曼森的歌曲，谴责检方"陷害无辜"。

曼森充分利用了其代表自己辩护的权利，亲自接受一些地下媒体的采访，还有几家广播电台通过县监狱的电话对他进行了远程采访。现在，曼森的访客列表中除了"重要证人"之外，还包括一些大众熟悉的名字。

"第一次在电视上看到查理·曼森天使一般的脸和炯炯有神的目光，我就喜欢上他了。"杰里·鲁宾发出如此感叹。在芝加哥七人案休庭期间的巡回演讲中，鲁宾去监狱探视了曼森，这增加了曼森在审判时采取煽动性行为的可能性。[2]据鲁宾说，曼森滔滔不绝讲了3小时，他告诉鲁宾："鲁宾，我们不是一

---

1 译注：气象员（Weatherman），亦称地下气象组织（Weather Underground），活跃于20世纪60年代至70年代的美国激进团体，主张用暴力推翻资本主义。其成员大多是学生争取民主社会组织的领导者及支持者。伯纳丁·多恩是该团体的领导人之一。

2 译注：芝加哥七人案，亦称芝加哥七君子审判，是美国20世纪60年代民权运动的重要事件之一。1968年民主党在芝加哥召开代表大会，七名活动分子因在此期间聚集民众，采取了一系列诸如宣称要向全体芝加哥市民免费发放致幻剂等极尽夸张之能事的行动，被控阴谋鼓动骚乱，其中五人最终被判跨州鼓动骚乱罪，该案是美国20世纪60年代第一起针对民间反政府组织的大审判，在美国引发了广泛关注。1972年上诉法庭推翻了之前的有罪判决，理由是前审判法官的言论导致陪审团产生了偏见。杰里·鲁宾是芝加哥七人案被告之一，因此文中说控方担心曼森会在庭审时做出煽动性举动。

个世界的人。我这辈子都是在监狱里度过的，打小就是孤儿，因为太丑没人愿意收养我。现在我则因为太美丽，无法再重获自由。”

“他的话和勇气启发了我们，”鲁宾后来写道，“你轻而易举就可以触摸到曼森的灵魂，因为它暴露在外，显而易见。”[1]

然而，查尔斯·曼森这种革命斗士的假象很难维持下去。鲁宾承认他被曼森“超乎想象的大男子主义激怒”。《洛杉矶自由报》的记者惊讶地发现曼森既反犹太人，也反黑人。当采访者试图暗示曼森与休伊·牛顿[2]一样都受到政治迫害时，曼森显然不解地反问：“你说的是谁？”

到目前为止，亲曼森主义者虽然看似影响不小，但只是少数人。如果新闻媒体报道得没错，那么被媒体冠以“嬉皮士”之名的多数年轻人都拒绝为曼森背书。他们中许多人说曼森信奉的东西（如暴力）与他们的信念背道而驰。很多人还因受曼森的牵连而叫苦不迭。有个年轻人告诉《纽约时报》记者，他现在几乎再也搭不到便车了。“如果你年纪轻轻，却留着大胡子，或者甚至留着长发，那么司机会把你当‘会杀人的邪教分子’一样看着你，然后一脚油门就跑掉了。”

颇为讽刺的是，曼森从不自认为是嬉皮士，他觉得嬉皮士推崇的和平主义是软弱的表现。他告诉他的追随者们，如果一定要给家族成员贴上一个标签，他更喜欢被称为“溜皮士”。想到他们夜里偷偷去别人家里“潜行”，这词倒是再合适不过了。

最可怕的是曼森家族的人数在不断增长。斯潘农场里曼森家族的人数明显呈增加趋势。每次曼森出庭，家族中就会出现一些新面孔。

可想而知，许多新“皈依者”是为了寻求刺激。为了享受大众对他们的关注，便飞蛾扑火一般扑向媒体的闪光灯。

但他们为了获得关注或被家族接受，需要付出怎样的代价？这点我们并不清楚。

2月6日，根据三位精神科医生机密报告的结果，从法律上说，莱斯莉·范

---

1 原注：出自《我们无处不在》一书，杰里·鲁宾著，纽约 Harper & Row 出版社，1971 年。

2 译注：休伊·牛顿是黑豹党的创建人之一。

霍腾具有自主决定的权利，戴尔法官因此批准了莱斯莉更换律师的动议。

在当天的法庭上，曼森竟识破了我们在虚张声势："我们尽早开始审判吧。明天或星期一。我觉得那是适合开庭的好日子。"基恩法官将庭审日期定为 3 月 30 日，也是苏珊·阿特金斯开庭的日子。我们因此有了更多准备时间，但还远远不够。

2 月 16 日，曼森向基恩法官提出要更改审判地点。"现在有太多人关注这次审判了，甚至比关注杀害美国总统那家伙的人还多，"曼森说，"你知道吗，这事已经完全失控了，在我看来就像个玩笑，可这玩笑会要了我的命。"

之后其他被告的律师也提过类似的动议，认为开庭前公众对此事的巨大关注会导致他们的委托人在洛杉矶无法获得公正审判，可曼森并没对此强烈争取。这动议其实"不值一提"，曼森说，因为"貌似不管换到哪儿，结果都一样"。

基恩法官虽不赞同曼森认为自己无法获得公正审判这一看法，但在否决曼森的动议时也表示"即使有适当理由支持更换审判地点，其实也起不到任何作用"。

检方对此也持同样观点。因为无论在加利福尼亚州，还是在美国其他地方，此案已几乎无人不知，无人不晓了。

针对被告提出的每个动议，检方都必须给出对应的对策，而在本案结案前被告共提出过几百个动议。尽管我和阿龙彼此能分享法庭上的辩词，但我还要为此案准备书面摘要，其中许多内容需要大量的法律研究。除此之外，我还要负责许多调查工作。

但调查给了我一种特殊的满足感。2 月初，此案仍存在很多漏洞，很多关键信息依然缺失。比如，我们现在对查尔斯·曼森的犯罪动机依然一头雾水。

但到了 2 月底，我已经掌握了更多信息。直到此时，我才第一次解开曼森犯罪动机之谜，即他为何要下令杀死那些受害者。

在跟证人了解情况时，我会多次询问证人。因为往往可能谈到第四或第五次时，证人才想起此前忘记的情况，或者你会发现，一开始看起来微不足道的一些事，在某个特定环境下，很可能会对案件起到关键作用。

在大陪审团前询问格雷格·雅各布森，主要目的是向陪审员证明曼森与梅尔彻的关系。

但当我再次询问这位星探时，我惊讶地发现，自 1968 年初夏在沙滩男孩乐队的丹尼斯·威尔逊家中遇到曼森之后，他竟然与曼森聊过一百多次，两人谈的大多是曼森的人生哲学。雅各布森是个头脑聪明，时不时过一下嬉皮士生活的年轻人，他经常去斯潘农场拜访曼森，但从没加入过曼森家族。雅各布森除了从曼森身上看到商机之外，还觉得曼森“能给人以智慧上的启迪”。他对曼森的印象非常深，所以经常会将曼森介绍给其他人，如切洛路 10050 号住宅的所有者、特里·梅尔彻和莎伦·塔特的房东——鲁迪·阿尔托贝利。

曼森认识的人三教九流都有，这有点让我惊讶。雅各布森说，曼森是个变色龙，他常自称“自己有一千副面孔，而且告诉我，跟不同的人打交道会换上不同的面具”。

我很想知道，这其中也包括陪审团吗？同时我也意识到，如果曼森在庭审时摆出爱好和平的嬉皮士面孔，我可以用雅各布森的这些话揭开他的真面目。

我问雅各布森，曼森为什么要给自己戴上不同的面具？

答：“那样他就可以和各式各样的人打交道，从斯潘农场的帮工，到日落地带的女孩，再到我，跟所有人都能聊到一起。”

我想知道，曼森到底有没有一个属于自己的“真实”面孔。雅各布森认为答案是肯定的。因为在所有表象之下，曼森心中有非常坚定的信念。“你很难找到像曼森那样信仰坚定、绝不动摇的人。”

那曼森的信仰到底从何而来？我问雅各布森。

曼森很少，甚至几乎从没说过自己的信仰是打哪儿来的，雅各布森回答说。但这些信仰显然都是借鉴而来的。

曼森曾提到过科学教或进化教吗？

进化教，也被称为最终审判教会，是个非常古怪的邪教。其创始人是罗伯特·德格理姆斯顿，真名为罗伯特·摩尔，他与曼森一样，也曾经是科学教的信徒。进化教的成员既崇拜撒旦，又信奉基督。我是因为报纸上说曼森也许受到此教的影响，才注意到有这个邪教。

但据雅各布森说，曼森从未提过科学教或进化教，而雅各布森自己从未听说过进化教。

“查理曾引用过别人的话吗？”我问雅各布森。

雅各布森说，有，曼森曾引用过“披头士乐队和《圣经》里的话”。曼森会逐字逐句引用披头士乐队的完整歌词，并从中挖掘出许多隐藏的含义。至于《圣经》，曼森经常引用《启示录》第九章的内容。但曼森引用这些往往只是用来支持他自己的观点。

尽管我对披头士和《圣经》这对奇怪的组合很感兴趣，但向雅各布森深入了解相关情况是之后的事，当时我只想多了解一下曼森的个人信仰和他对人生的态度。

问："曼森如何看待是与非？"

答："他坚信人不会做错事，没有错。一切都是好的。无论你做什么，都是你应该做的，都是因果报应。"

对我来说，曼森的人生哲学仿佛一堆凌乱的碎片，现在开始在我脑中慢慢拼凑，形成一幅完整的图案。原来我希望定罪的这个人并不受道德约束。他不是不道德，而是完全没有是非观。这样的人往往极度危险。

问："他说过杀人不对吗？"

答："他说杀人是对的。"

问："曼森对死怎么看？"

答："在查理看来，根本不存在死这回事。死只是形式上的改变而已。灵魂和精神永远不会死……我们经常对此争论不休，从客观或主观的角度，以及将二者结合起来讨论。查理认为人一出生头脑里就有死的概念，但可以将死从脑中去除，那样人就再也不害怕死了……"

"死对查理来说，"雅各布森补充道，"跟吃冰淇淋甜筒差不多。"

然而，雅各布森有一次在沙漠里开车压死了一只狼蛛，曼森生气地谴责了他。别人杀死响尾蛇、摘花，甚至脚踩草叶的行为都会遭到曼森谴责。对曼森来说，杀人没有错，但杀死一只动物或植物却是错的。可他也说过，没有错这回事，但凡发生的都是正确的。

曼森的人生哲学中充斥着如此这般的自相矛盾，可其追随者们显然对此毫不在意。曼森说人人都应独立，可整个家族都依赖于他。他说自己不能告诉别人该怎么做，人们应该"听从心中的爱来行事"，但他也说"我就是你们的爱"，从而让他的心中所想变成了信徒的愿望。

我向雅各布森询问曼森如何看待女性。因为此案涉及女性被告，所以我对这个问题尤为感兴趣。

曼森说，女人的一生只有两个目的：为男人服务和生孩子。但他不允许家族的女孩抚养自己的孩子。曼森声称，抚养孩子会束缚自己。曼森坚信只要消除父母、学校、教会和社会对人的束缚，他就可以培养出“强大的白人种族”。一如他声称读过的尼采一样，他“相信优等民族说”。

“查理说，”雅各布森继续道，“女人与男人无异。她们只是男人的一种反映，且可一直追溯到女人的父亲。女人是她所亲近的所有男人的集合体。”

那曼森家族怎么会有那么多女孩？我问。曼森家族中女性与男性的比例是五比一。

雅各布森说，只有通过女人，曼森才能吸引男人加入他的家族。男人代表权力和力量，可他需要女人吸引男人加入。

像询问其他人一样，我也问雅各布森，是否记得有哪些可以体现曼森控制家族的事。雅各布森的回答堪称我一直以来要找的最好例子。他说他曾和家族的人吃过三次晚餐。每次都是曼森自己坐在一块大石头上，家族其他成员围坐在他身旁。

问：“特克斯·沃森有上过那块石头吗？”

答：“没有，当然没有。”

问：“家族里谁可以坐到那块石头上？”

答：“只有查理可以。”

这正是我所需的例子，而且越多越好。在法庭上将这些事摆在众人面前，陪审团会不由自主地认为：曼森牢牢控制着他的信徒，尤其是此案的共同被告。如果没有曼森的示意、指示和命令，他们绝不会犯下那些罪行。

我问雅各布森，曼森的人生目标是什么。“查理想成为一名成功出唱片的音乐家，”雅各布森说，“查理想成为音乐家与其说是为了钱，倒不如说是为了让公众听他要说的话。他需要人们与他同住、做爱，一起解放白人。”

曼森对黑人怎么看？

雅各布森说，曼森“坚信人种有优劣等级之分，白人地位高于黑人”。因此曼森强烈反对黑人与白人通婚。“那会阻碍人类的进化，扰乱人类神经系统的发育，导致有人进化慢，有人进化快。”

据雅各布森说，“查理坚信黑人活在这世上的唯一目的就是为白人服务，满足白人的需要。”但在曼森看来，黑人已经在底层被压迫得太久了，现在轮到他们来接管权力了。这正是 Helter Skelter 的目的：在黑人与白人之间引发一场革命。

我和雅各布森对于此事谈过不止六次。我之前所了解的仅是零碎信息，现在所有碎片拼在一起，给我勾勒出一幅完整的画面。

犯罪动机终于完整显现在我面前，但却如此怪异，奇怪到几乎令人难以置信。

询问证人多年后，你会拥有第六感。如果有人撒谎或隐瞒，你往往可以感觉得到。

当我再次询问特里·梅尔彻时，我确定他肯定有事隐瞒。时间可不等人，我通知特里，我要再跟他谈谈，但这次他需要带上他的律师切特·拉彭。17 日，在拉彭办公室见面时，我直接开门见山："特里，你没跟我坦白。你有事没说。我不管你隐瞒了什么，最终都得说出来。所以你最好现在就说，免得等上了法庭，架不住辩方律师盘问，到那时连我们也救不了你。"

特里先犹豫了几分钟，然后决定把他知道的都告诉我。

在曼森涉嫌塔特谋杀案的消息见报的第二天，特里接到从伦敦打来的电话。打电话的人是切洛路 10050 号住宅的房主鲁迪·阿尔托贝利。鲁迪在电话里十分确定地告诉他，1969 年 3 月的某一天，他正在切洛路 10050 号的客房里洗澡时，曼森突然来敲门。曼森声称来找特里·梅尔彻，可特里几个月前已经搬走了。身为众多电影明星的经纪人，鲁迪当时怀疑曼森其实是来找他的，因为在两人谈话时，曼森总把话题绕到自己的音乐和歌曲上。鲁迪十分委婉，但明确表示他对那些不感兴趣，于是曼森就离开了。

客房！"特里，"我说，"这你怎么不早说？"

"我不确定这事跟案件有关。"

"我的天啊，特里，这可以证明曼森曾进过塔特家院子。你很清楚，要想去塔特住宅的客房，必须经过主宅。这说明曼森熟悉切洛路 10050 号的房屋和院子的布局。我不知道还有什么比这更与此案有关。鲁迪人呢，他现在在哪儿？"

"他在南非开普敦。"特里不太情愿地答道。他查了他的通讯录，把鲁迪所住酒店的电话号码告诉了我。

我打电话到开普敦。鲁迪刚刚退房，没留下转寄地址。但特里说鲁迪很快会回洛杉矶待几天。

“他一到洛杉矶，你就通知我。”我告诉特里。为了确保找到鲁迪，我还动用了自己的一些关系，让认识鲁迪的人一看到他就马上通知我。

在与特里谈话的同一天，两名被告的引渡问题突然解决了一半：“凯蒂”，即帕特丽夏·科伦温克尔放弃走程序，要求立即把她移交给加利福尼亚州。24日，帕特丽夏首次出庭，她要求法庭指定公共辩护人办公室的保罗·菲茨杰拉德作为她的律师。菲茨杰拉德告诉法官，除非有利益冲突，否则他愿意担任帕特丽夏的辩护律师。

事实上，这可能带来两点利益冲突：首先，在欣曼谋杀案的审判中，博索莱伊的辩护律师就来自公共辩护人办公室；其次，菲茨杰拉德此前曾是曼森的律师，尽管没过多久曼森就决定要自己为自己辩护。

因公共辩护人办公室认为让菲茨杰拉德担任帕特丽夏的律师确实存在利益冲突，一个月后，保罗·菲茨杰拉德便辞去了他在公共辩护人办公室的工作。无论菲茨杰拉德这么做是纯粹出于理想主义，还是希望转做私人律师，通过为委托人争取无罪释放一举成名，抑或是两个原因都有，不管怎样他确实一文不收为帕特丽夏·科伦温克尔辩护，并为此放弃了年薪 25 000 美元的工作，以及作为公共辩护人办公室律师的大好前途。

特里·梅尔彻并没给我打电话，但我接到其他人的报告，说鲁迪·阿尔托贝利前一天已返回了洛杉矶。我打电话给鲁迪的律师巴里·赫希，约好见面。离开办公室前，我将准备好的传票放进了口袋。

我没有问鲁迪是否在客房见过曼森，怕他会否认，而是单刀直入：“鲁迪，我来是想跟你了解你在客房见到曼森的情况。特里已经把那事告诉我了。”这是既成事实，不容他否认。

鲁迪说，是的，曼森是去过。但他因此就必须出庭作证吗?

鲁迪·阿尔托贝利是个聪明人，温文尔雅，正如我后来发现的一样，他头脑很灵活。他是娱乐圈众多明星的经纪人，其代理的明星包括凯瑟琳·赫本、亨利·方达(曾在切洛路10050号客房租住过一段时间)、萨曼莎·艾加、巴菲·圣玛莉、克里斯托弗·琼斯和莎莉·凯勒曼等人。然而，像本案的几乎所有证人一样，他也怕得要死。

谋杀案发生后，鲁迪从欧洲回来，发现切洛路 10050 号住宅已经被警方封了，他需要另找地方住，另外他还害怕凶手本来要杀的人是他并且依然在盯着他，于是决定躲到了他能想到的最安全的地方。他因而去了特里·梅尔彻和坎迪斯·伯根的家，特里夫妇当时住在母亲多丽丝·戴在马利布的海边别墅里。鲁迪说，他和特里也多次讨论过这起谋杀案和可能的凶手，但从没想到过曼森。当曼森被控谋杀，犯罪动机可能是因为对梅尔彻心存怨恨的消息传出后，鲁迪这才意识到他竟然在整个南加州选择了一处最不安全的地方。回想起此事，鲁迪还会忍不住打寒战。

鲁迪之所以如此害怕还有另外一个原因。从某种意义上说，他曾拒绝过曼森。

“跟我说说，鲁迪，”我提议道，“然后我们再决定是否需要你出庭作证。但首先，你怎么知道那天你在客房见到的是曼森？”

鲁迪说，因为他此前跟曼森见过面。那是在 1968 年夏天，曼森当时住在丹尼斯·威尔逊家，鲁迪去时，丹尼斯正在播放曼森的歌，他出于礼貌听了一会儿，然后客气地说了句“不错”，就离开了。

丹尼斯和格雷格曾试图向他推销曼森和曼森的人生哲学。鲁迪说，他的钱都是辛辛苦苦挣来的，他不想投在曼森身上打水漂。这是他对丹尼斯和格雷格说的原话。

在客房见到曼森是在 1969 年 3 月 23 日，星期日晚上 8 点或 9 点左右。鲁迪之所以记得当天的日子，是因为第二天他要和莎伦一起坐飞机去罗马，鲁迪是出差，莎伦是去和丈夫团聚，并在那里拍电影。鲁迪当时一个人在客房，正在洗澡时，听见家里的狗克里斯托弗在叫。他抓起睡袍走到门口，看到曼森正站在门廊里。曼森之前也许敲过门，但洗澡淋浴声太大，鲁迪可能没听到。看见曼森不经允许就打开外面的门进了门廊，他感到很恼火。

这时，曼森开始介绍自己，鲁迪的反应则有些粗鲁，他没打开门廊与客厅之间的纱门，直接说道：“我知道你是谁，查理，你有什么事？”

曼森说他要找特里·梅尔彻。鲁迪告诉他特里已经搬去了马利布。当曼森询问特里的地址时，鲁迪说他不知道，他说了谎。

曼森跟鲁迪攀谈，问鲁迪做什么生意。鲁迪虽然感觉曼森肯定知道自己做什么，但还是回答说："我从事娱乐业。"接着又说，"我很想和你继续聊，查理，但明天我就要出国了，我现在得收拾东西。"

曼森说等鲁迪回来想再和他谈谈。鲁迪却告诉曼森，他要一年后才回来。鲁迪这次又说了假话，他其实并不想再见曼森。

曼森刚要走时，鲁迪问曼森怎么会跑到院后的客房来找人。曼森说是主宅的人让他过来的。鲁迪说他不喜欢自己的租户被打扰，希望曼森以后不要再来了。听完这话，曼森就离开了。

此时虽然我很想问一个问题，但在问之前，我先让鲁迪跟我描述了一下当时曼森的样子、门廊的灯光，以及两人所在的确切位置。鲁迪见到曼森是在案发之前，这毫无疑问是个有利证据，但我必须要先确定无误。

随后，我问出了想问的那个问题，然后屏息直到听到答案才松了口气。"鲁迪，那天晚上都有谁在主宅？"

"莎伦、阿比盖尔、沃伊特克和杰伊。"

塔特谋杀案五名受害者中的四个人都在！这意味着曼森可能见过他们中的某个人或所有人。在鲁迪告诉我此事之前，我们一直以为曼森从未见过他下令杀死的这些受害者。

"鲁迪，你说的这些人都已经遇害了。当时主宅里还有其他人可以证明吗？"

鲁迪想了片刻。他当天晚上早些时候去过主宅，事实上他是在曼森出现前几分钟刚回客房的。"我记不太清了，"他说，"但我几乎可以肯定哈塔米当时也在主宅。"

沙洛克·哈塔米，伊朗人，是莎伦的私人摄影师，也是波兰斯基的好朋友。鲁迪记得那天下午哈塔米一直在主宅，在莎伦收拾行李时给她拍照。

"我不想出庭作证，布廖西先生。"冷不丁，鲁迪突然冒出这么一句话。

"这我理解。但凡可以避免的话，我是不会传唤你出庭作证的。但鉴于你告诉我的这些事的重要性，我很可能不得不要求你出庭。"在我把传票给他之前，我们又对此讨论了很久。

然后，我说："跟我说说莎伦。"

鲁迪说，他与莎伦认识的时间并不长，但越来越喜欢她。莎伦是一个美丽的人。长相漂亮，这自不用说，但鲁迪所说的美丽不仅指外表。莎伦给人一种温暖和亲切感，见到她的人都能感受得到，可到目前为止，在其整个演艺生涯中，没有哪个导演能在银幕上展现这一点。他和莎伦有过多次长谈。莎伦称切洛路 10050 号为她的“爱屋”。

接着，鲁迪告诉我一件他从没跟别人说过的事。这件事无法递交法庭做证据，因为算传闻证据，虽然按照法律规定，有很多传闻证据可以破例采用，但这件事却不行。

在飞往罗马的飞机上，莎伦问鲁迪：“那个看着让人心里发毛的家伙昨天又来了吗？”

也就是说，莎伦那天看到了曼森，四个半月后，这个让人心里发毛的小个子策划谋杀了她！

那天一定有事发生，才会让莎伦有如此强烈的反应。或许是起了冲突。也许是弗雷科夫斯基，这人脾气难以捉摸，是不是他和曼森发生了争执？或者曼森言语冒犯了莎伦，杰伊站出来为她打抱不平？

我打电话给洛杉矶警察局，让他们找到沙洛克·哈塔米。

警督赫尔德联系了塔特上校的朋友，通过此人找到了哈塔米。我在办公室跟他见了面。这位伊朗摄影师动情地告诉我他有多爱莎伦。“不是爱情那种，而是，”他为自己蹩脚的英语道歉，“是喜欢一个人的品质的那种爱。”

我告诉他，他表达得再好不过了。

是的，他曾经在波兰斯基家告诉一个男人去后院。有过那么一次。他不记得确切日期，只记得是莎伦去欧洲的前一天。那天下午，他望向窗外，发现有个男人进了院子，犹犹豫豫，好像不知道要往哪儿走。那人看起来态度傲慢，就好像这儿是他的家一样。他的举止惹恼了哈塔米，哈塔米出门走进前廊，问那个男人有什么事。

我让哈塔米描述一下那人的样子。他说那个男人个子很矮，跟罗曼·波兰斯基身高差不多（波兰斯基身高 165 厘米，曼森 157 厘米），二十好几，瘦瘦的，留着一头长发。头发是什么颜色？深褐色。虽然没留胡子，但看着需要刮一刮了。他怎么看得这么清楚？原来哈塔米下了前廊，走到石阶上，跟那个人面对面：两人之间的距离最远不过一米左右。

哈塔米的描述只有一点与曼森不符，即那个人的年纪。曼森三十四岁，不过看起来很年轻，很容易被误认为岁数小，这样的话就符合了。

那人说他来找人，说了一个哈塔米不认识的名字。

是不是梅尔彻？我问道。有可能，哈塔米说，但他真的不记得了。当时那名字对他来说没有任何意义。

“这儿是波兰斯基家，”哈塔米告诉那人，“你要找的人不在这儿。也许在后院。”他手一指，“走后巷。”

哈塔米说的“后巷”指的是从主宅通往客房的一条土路。但正如我后来对陪审团解释的那样，对美国人来说，“后巷”是指用来放垃圾桶和废弃物的地方。曼森当时一定感觉受到了侮辱，被人当成巷子里的流浪猫。

我问哈塔米：“你当时说这话时是什么语气？”他跟我学了一下，气呼呼且大声。哈塔米说，波兰斯基当时不在家，他觉得自己有责任保护莎伦。“我当时不高兴，那人随随便便进别人家，盯着一个他根本不知道是谁的人。”

那个男人听了什么反应？哈塔米说，看上去生气了，然后也没说“打扰了”什么的，转身就走了。

但就在那个男人离开之前，莎伦走到门口，问：“是谁啊，哈塔米？”哈塔米告诉莎伦有个人在找人。

我给哈塔米看了波兰斯基家住宅和院子的示意图，让他指出当时每人各自所在的位置。莎伦在前廊，那个男人站在步行道上，他们两人的间距大约2米，之间没有任何阻隔。查尔斯·曼森肯定看到了莎伦·塔特，塔特也肯定看到了曼森。莎伦曾直视着那个即将下令杀死她的人的眼睛，这点确定无疑。我们此刻第一次有证据证明，在谋杀案发生之前，曼森曾见过其中一名受害者。

曼森沿着小路去客房时，哈塔米在步行道上，莎伦站在前廊处。据哈塔米说，“一两分钟后”曼森沿着小路又回来了，什么也没说就离开了。

我原以为曾发生过激烈冲突，但如果将所有因素考虑进去，梅尔彻的拒绝，鲁迪表面客气实则噎人的那些话，再加上哈塔米的“走后巷”，这足以令曼森对住在切洛路10050号的人心生怨恨。而且，这些人不但是成功人士，还在娱乐业、唱片业、电影业等领域获得了成功，这正是曼森一直渴望却始终无法达到的目标。

但有一点疑问：时间上有出入。哈塔米确定是在下午见到那人，鲁迪则确定曼森在客房门廊现身的时间是在晚上 8 点到 9 点之间，有可能他们中有谁记错了时间，但更合理的解释是，曼森当天下午去过客房，结果发现客房没人（鲁迪那天下午几乎都在外面安排行程），当天晚上曼森又去了一趟。这就和哈塔米的说法一致了，他说“一两分钟后”曼森沿着小路又回来了，如此短的时间曼森根本没法和鲁迪交谈。

我给哈塔米看了十几个人的照片。他从中挑出一张，说虽然无法百分百确定，但照片上的人看着像他那天碰到的男人。照片里的人正是查尔斯·曼森。

在跟哈塔米谈话时，我一直没提曼森的名字。直到我们谈话快结束时，哈塔米才意识到那天跟他说话的人可能正是被控策划谋杀莎伦等人的凶手。

从梅尔彻到鲁迪，再到哈塔米，如果不是因为我怀疑梅尔彻有所隐瞒，我们可能永远不会发现曼森曾进过切洛路 10050 号。

同样，通过因约县档案中一条简短的记述，我终于找到了塔特案和拉比安卡夫妇案之间的关联，这个问题此前一直困扰着我们，令人百思不得其解。

自提出要求后，直到三个月快过去了，我才拿到因约县副治安官唐·沃德与矿工保罗·克罗克特和布鲁克斯·波斯顿的谈话录音。

1969 年 10 月 3 日，副治安官沃德曾在独立城询问过两人。询问时间是在警方突击搜查巴克农场前一周，而洛杉矶警察局发现曼森家族涉嫌塔特案和拉比安卡夫妇案是在此约一个半月之后。因此，沃德的这次询问与两起谋杀案无关，只是为了了解当时住在戈拉河床地区一群“嬉皮士”的活动情况。

克罗克特，四十多岁，是一名饱经风霜的矿工。1969 年春，在死亡谷地区探矿时，他遇到住在巴克农场的曼森“先遣队”。那时派来勘察农场情况的“先遣队”只有两个人，一个是离家出走的年轻女孩朱厄尼塔·怀尔德布什，另外一个就是身材修长，温顺听话，十八岁的布鲁克斯·波斯顿，波斯顿自 1968 年 6 月就加入了曼森家族。每天晚上，克罗克特都去拜访他们，聊天时不可避免谈到了曼森。“他们说的那些话我简直不敢相信，”克罗克特说，“我是说，他们讲的实在太荒谬了。”在克罗克特看来，这两人显然认为曼森是基督转世，而且明显害怕曼森。克罗克特本人对神秘主义并不陌生，他当时做了一件有些奇怪，但至少从心理学上来说立竿见影的事。他告诉两人，他跟曼森一样，也有超能力。“我给他们灌输了一个想法，说我可以阻止曼森来巴克农场。”

曼森家族的其他成员，包括保罗·沃特金斯、特克斯·沃森、布伦达·麦肯和布鲁斯·戴维斯，偶尔会来巴克农场捎口信或带来一些物资，所以没过多久，这事就传到了曼森耳朵里。

曼森起初对这事嗤之以鼻，可每次他想去巴克农场，就会莫名其妙有事发生：如卡车抛锚，斯潘农场被警方突袭等等。与此同时，朱厄尼塔与克罗克特的合伙人鲍勃·贝里私奔了，克罗克特成功“策反”了曼森手下几名最重要的男信徒：波斯顿、曼森家族的二把手保罗·沃特金斯，以及之后的胡安·弗林，一个曾在斯潘农场做帮工，高大魁梧的巴拿马牛仔。

克罗克特第一次遇见年轻的波斯顿时，觉得他仿佛一具“僵尸”。这是波斯顿自己说的。他说他很多次想离开曼森家族，可“曼森牢牢控制了我的思想，我无法挣脱。我不知道该如何离开……”。

克罗克特发现曼森给“家族所有人都洗了脑，以至于人人都像他一样。他给家族人的脑子里灌输了各种各样的东西。我本来觉得这么做不可能，可曼森做到了，而且还起了效果”。克罗克特开始对波斯顿“反洗脑”，让波斯顿去各个矿场工作，让他锻炼身体，想一些别的事，忘记曼森。

1969 年 9 月，曼森终于来到了巴克农场，这是克罗克特与曼森首次见面，他发现曼森“聪明绝顶，是个天才”。曼森给他讲了“一些极其怪诞的故事。一开始，我觉得他说的都是编的”。没过多久，克罗克特就确信曼森不只是个疯子，“他虽然不愿意踩到一朵花，却会毫不犹豫地杀死一个人；事实上，相比踩死一朵花，他宁可杀人”。

认清自己能否活命取决于对曼森是否有用之后，克罗克特开始尽量体现自己的用处，如主动提出用自己的卡车拖运物资等。他和曼森从前的信徒住在巴克农场附近的小木屋里，这时他们开始提高警惕，提防曼森。

在曼森告诉克罗克特的那些诡异故事中包括，黑人“正准备震惊世界……查理已经把所有事都准备好了，听着有点像故事书里的故事……他说 Helter Skelter 就要来了”。

“Helter Skelter 是他所谓的黑人起义，”波斯顿解释道，“他说，黑人要造反，除了躲在沙漠里的白人，其余的白人都会被黑人杀光……”早在此之前，曼森曾告诉波斯顿，“等 Helter Skelter 一来，城市将陷入巨大恐慌，被他称为猪猡的警察会手足无措，野兽降临，黑人占领地球……世界末日之战将会开始”。

波斯顿告诉副治安官沃德：“查理坚信一点，女人的存在是为了满足男人的欲望，这是女人活在世上的唯一目的。这个世上没有犯罪，也没有罪孽，所有都是对的。一切都只是一场游戏，像小孩子的游戏，只是这次玩游戏的是大人，上帝已经准备拉下最后的帷幕，并开创一个新的世界，只有被他拣选的人才能幸存……”

曼森说被拣选的人就是这个家族。他将带领家族抵达沙漠，在那里繁衍生息，直到人数达到 14.4 万人。波斯顿说，曼森说的这个数字，来自《圣经·启示录》[1]。

波斯顿说，《圣经·启示录》和霍皮族印第安人传说中还提到了“无底坑”。据曼森说，这个“无底坑”的入口“是死亡谷下面的一个山洞，洞口一直向下通向印第安人所知的金海”。曼森声称“所有有觉悟的人都因为躲到地底，逃过了种族毁灭之灾，他们现在都住在金色的城市里，那里有一条流淌着牛奶和蜂蜜的河，还有一棵树，树上能结十二种果子，每个月会长出不同的果子，或者类似的东西。你下去的时候不需要带蜡烛，也不用带手电筒。曼森说下面光亮如昼，因为……那里的墙壁会发光，不会很冷，也不会太热。有暖泉和淡水，之前已经到达的人正在下面等他”。

苏珊和雅各布森都跟我提过曼森所说的这个“无底坑”。曼森家族的人喜欢听曼森谈这个“流淌着牛奶和蜂蜜的”隐秘之处。他们不仅相信曼森说的是真的，而且坚信一定有这样的地方存在，甚至花了好几天时间寻找通往地下天堂的洞口。

这种搜寻同时还掺杂着一丝孤注一掷的意味，因为他们坚信洞口存在，并计划躲在这个地下的“无底坑”里，等 Helter Skelter 过去。

在克罗克特和波斯顿看来，曼森显然坚信 Helter Skelter 即将开始，需要为此做好准备。1969 年 9 月，曼森和八名家族成员先行抵达巴克农场，每个人都全副武装。在接下来的一周里，又有更多家族成员开着偷来的沙滩车和其他车辆抵达农场。他们开始在农场设立瞭望哨和防御工事，藏匿枪支、汽油和补

1　原注：曼森显然是从《圣经·启示录》第七章中得出了这个数字，书中提到以色列人有十二支派，每个支派有 1.2 万人，所有支派人数加起来正好是 14.4 万人。

给品。

（克罗克特和波斯顿当时没有想到曼森除了害怕黑人之外，还害怕别的，因为他们并不知道曼森家族涉嫌塔特案和拉比安卡夫妇案。）

曼森并没有放弃波斯顿，可克罗克特的“反洗脑”措施非常见效。保罗·沃特金斯的离开则让曼森愈发恼火，沃特金斯长相不错，对付女人很有一套，曼森主要靠他来吸引女孩加入自己的家族。

此时，克罗克特、波斯顿和沃特金斯睡觉时都将散弹枪放在手边。至少有三次，曼森、克莱姆和/或女孩们曾试图潜入他们的小屋，但因为这三人每一次都幸运地听到了动静而没让他们得逞。有天晚上，胡安·弗林来“猎牛”，他承认是曼森建议他来杀了克罗克特。克罗克特则劝弗林，说他是个天性非常独立的人，不可能加入曼森家族，他应该离开农场。

克罗克特习惯了像山羊那样自由自在地生活，人也有点固执。他觉得自己和曼森都有权留在死亡谷，但他同时也是个现实主义者。弗林离开了农场，当沃特金斯去镇上拿补给时，克罗克特和波斯顿在人数上难与曼森匹敌。而且他还意识到“我对查理已经没用了，只要他觉得有必要，随时都可以把我干掉，我现在还没死已经万幸了”。克罗克特吩咐波斯顿装满水，带上食物。在夜色的掩护下，两人徒步逃离了农场，在走了二十多公里崎岖不平的山路之后，抵达了暖泉镇，然后搭车去了独立城，在那里向副治安官沃德举报了查尔斯·曼森和他的家族。

听完录音，我通过弗兰克·福尔斯安排将克罗克特和波斯顿送到了洛杉矶。

虽然是克罗克特让波斯顿摆脱了曼森的控制，可就现在的情况来看，头脑最清楚的人却是波斯顿。无论谈到哪个事件、日期和地点，波斯顿都说得清清楚楚。相比之下，克罗克特则选择避重就轻。“我和他们之间可以互相感应，所以我没法随便说，因为我说了什么他们可能会知道。”

克罗克特怀疑我们无法给曼森定罪，因为“他本人什么也没做。都是家族的人在替他动手。他什么也没做，谁也没法给他定罪”。他还说：“家族里所有的女孩都被他洗了脑，对他言听计从，她们每人都带着刀子。就好像曼森给那些女孩都输入了同一个程序，以至于她们都丧失了自我意志，变成了曼森的复制品。”

虽然我对克罗克特与曼森和曼森家族之间的事很感兴趣，但我希望他能给我提供一些更重要的信息。

克罗克特帮助波斯顿、沃特金斯和弗林摆脱了曼森的控制。既然可以做到这一点，那么他肯定了解曼森一开始是怎么控制他们的。其他人也曾说过，曼森会给他的追随者“洗脑”。克罗克特知道曼森是怎么做到的吗?

克罗克特说他知道，但一旦开始解释就又说得含含糊糊，让人摸不着头脑，最后他只得说：“我说不清。那是一种超自然的能力。”

因此我判定，克罗克特无法作为我们的证人出庭。

布鲁克斯·波斯顿则不同，这位高高瘦瘦的年轻人，虽然看上去有点像乡下孩子，却给我们提供了很多关于曼森和曼森家族的信息。

这位令人印象深刻的少年，十七岁时在沙滩男孩乐队成员丹尼斯·威尔逊的家中第一次遇见曼森，此后一年多一直跟曼森在一起，直到最终摆脱曼森的控制，跟随在克罗克特左右。“我那时相信查理就是JC。”

问：“JC？”

答：“是的，查理总用JC代指耶稣基督。”

问：“曼森曾跟你说过他是JC，或者说是耶稣基督吗？”

波斯顿说，更确切地说应该是暗示，曼森声称他曾生活在大约两千年前，死在了十字架上。（曼森也曾告诉过格雷格·雅各布森，说他已经死过一次，“死亡是美丽的”。）

曼森经常给家族的人讲他最喜欢的一个故事，在故事最后，曼森总会发出痛苦的呻吟，并辅以充满戏剧性的手势。波斯顿常听曼森说起这个故事。据曼森说，住在海特-阿什伯里区时，他吃过一次“魔法蘑菇”（一种致幻剂）。当时他躺在床上，床突然变成了十字架，他感觉自己的脚和手被钉上了钉子，身侧插着剑。当他低头望向十字架底端时，他看到了抹大拉的马利亚（即玛丽·布伦纳）正在哭泣，他说：“我没事，马利亚。”本来他一直在反抗，但现在他放弃，向死神投降了。就在这时，他突然可以同时看透所有人的眼睛，正是在那一刻，他变成了整个世界。

基于以上这些线索，曼森的追随者们可以轻易猜到曼森所暗示的真实身份。

有一件事我很好奇。1967 年 7 月 28 日，曼森在门多西诺县被捕之前[1]，一直用的是自己的真名 Charles Milles Manson（查尔斯·米勒斯·曼森）。但在那次被捕之后，他开始自称是 Charles Willis Manson（查尔斯·威利斯·曼森）。曼森曾提过自己的名字吗？我问。克罗克特和波斯顿都说，他们曾听曼森特别慢地念过自己的名字“Charles' Will Is Man's Son”，意思是“查尔斯代表了人子的意志”。

苏珊·阿特金斯在与狱友弗吉妮娅·格雷厄姆聊天时，曾着重强调过曼森的姓氏——Manson，直到现在我才明白这名字的特殊含义和强大力量。Manson 可以拆分成 Man Son，即“人子”。这简直是为曼森扮演耶稣基督量身定制的。

不止如此，波斯顿说，曼森还声称曼森家族成员就是最初的基督徒转世，现在掌权的人则是当年迫害基督徒的罗马人转世。

曼森告诉他最亲密的追随者们，是时候了，现在该轮到他们把那些罗马人钉上十字架了。

曼森到底怎么给信徒“洗脑”的？我问波斯顿。

对象不同，方法也不同，波斯顿说。对女孩来说，曼森通常会从性着手。曼森会说服相貌普通的女孩，让她们相信自己很美。假如女孩有恋父情结，曼森会让女孩把他想象成父亲。（曼森对苏珊·阿特金斯就采用了这两种方法。）再或者，如果曼森发现女孩渴望找到领袖，他就会暗示女孩他就是耶稣基督本人。曼森有感知并利用人的心结和欲望的天赋。男孩刚加入家族时，曼森通常会给他们服用致幻剂，名义上是为了“解放思想”，但当男孩服用致幻剂进入极易被暗示的状态时，曼森就会开始谈爱，谈人应该如何献身于爱，人只有彻底抛弃作为个体的自我，才能与万物融为一体。

如与雅各布森谈话时一样，我也问了波斯顿，他是否知道曼森这套人生哲学的来源。就波斯顿所知，其源头有科学教、《圣经》和披头士乐队。

---

1 原注：曼森被捕的罪名是干扰警方询问疑似离家出走的少女露丝·安·穆尔豪斯。曼森被判三十天监禁，暂缓执行，后改为三年缓刑。在警方询问其职业时，曼森说他是牧师。

这三种信仰放在一起还真是个古怪的组合。现在，我突然有种感觉，曼森应该还受到过其他东西的影响。在巴克农场找到的那些旧杂志；雅各布森提到曼森声称他曾读过尼采的书，并相信尼采的优等民族说；再加上曼森显露出了和第三帝国领袖诸多惊人的相似之处。我不禁问波斯顿："曼森提到过希特勒吗？"

波斯顿短短的一句回答，听着让人后脖颈发凉。

答："他说，希特勒很有觉悟，他注意到犹太人的罪孽，让他们受到了应有的惩罚。"

我跟克罗克特和波斯顿谈了差不多整整两天，从中获得了很多新的线索，其中包括可以证明曼森有罪的有力证据。比如，曼森曾建议波斯顿带刀，去肖肖尼地区干掉治安官。这是波斯顿思想重获自由后面对的第一个真正考验，他不但没听曼森的话，甚至拒绝考虑此事。

在克罗克特和波斯顿返回肖肖尼地区前，我告诉他们，我想跟胡安·弗林和保罗·沃特金斯谈谈。胡安，那个来自巴拿马的大块头牛仔，是个特立独行的家伙，他们不确定胡安会不会见我，但觉得沃特金斯可能会同意，他已经不再为曼森拉拢女孩了，现在有时间。

沃特金斯同意接受我的询问，于是我安排沃特金斯、波斯顿和克罗克特住在洛杉矶市中心的一家汽车旅馆里。

"保罗，我需要新的爱。"

保罗·沃特金斯这样向我描述了曼森如何派他去招募年轻女孩的。沃特金斯承认，他喜欢自己在家族中扮演的特殊角色。唯一让他感到不爽的是，每次找到新女孩，曼森都坚持要第一个和女孩上床。

曼森为什么不自己去勾搭女孩？我问。

"对大多数女孩来说，查理太老了，"十九岁的沃特金斯回答说，"查理会吓到她们的。另外，哄女孩我更在行。"此外，沃特金斯显然也比曼森更帅。

我问沃特金斯，他都在哪儿物色女孩。他说会去日落地带，那里有很多闲逛的少女。或者在高速公路上开车，物色搭便车的女孩。有一次，曼森甚至还唆使一个上年纪的女人冒充沃森金斯的母亲，让他假冒高中生去洛杉矶高中上学，好方便他物色女孩。

沃特金斯还给我描述了在格雷沙姆街和斯潘农场时，曼森家族举办性狂欢派对的情况。有一段时间，大约每周都会有一次这样的狂欢。这种派对往往先从服用各种毒品开始：大麻、迷幻药、致幻剂，不管什么类型，只要有就行。毒品由曼森分配，他决定每人服用多少。“全都听查理指挥。”沃特金斯说。曼森会先跳舞，其他人跟着，大家像火车一样连在一起。等曼森脱衣服时，大家也跟着脱。等每个人都脱得精光之后，他会躺在地上，“他们会先玩一个游戏：深吸十二口气，呼出，然后闭上眼睛，互相抚摸”，等到“所有人都彼此抚摸过之后”曼森开始指导狂欢，为所有人配对、安排姿势。“他把一切布置得很美，好像在创造一件雕塑作品，”沃特金斯说，“但他用的不是黏土，而是温暖的身体。”这种狂欢的目标一般是让家族所有成员同时达到高潮，但从没成功过。

曼森还常常出于“感化”外人的目的举办这种活动。如果他觉得某些人会对他有用，他就对家族成员说：“让我们聚在一起，给这些人展示一下应该如何做爱。”观看的人不管做何反应，心里肯定都会留下持久深刻的印象。“就好像把自己的灵魂交给了魔鬼。”沃特金斯说。

曼森还利用这种活动“根除成员心中的困扰”。如果有人表示不想做这种事，曼森就会强迫他去做。男跟女、女跟女、男跟男、性交、舔阴、口交、鸡奸……毫无底线。有个十三岁的女孩加入家族时的仪式之一就是跟曼森肛交，让其他家族成员在旁观看。曼森还同样鸡奸了一个小男孩，以向其他人展示，他帮助这个男孩摆脱了尘世的束缚。

沃特金斯说，查理将性作为控制手段。比如，当曼森见丹尼·德卡洛显然无意劝说机车党加入曼森家族时，便命令女孩们不要再对丹尼示好。

曼森甚至控制着信徒的性生活，这一点可以作为展现曼森控制力的有力证据。我问沃特金斯，他能否提供关于该案其他共同被告的具体例子。他回忆说，有一次在斯潘农场，曼森对苏珊说：“我现在想吃半个椰子，哪怕你去里约热内卢，你也要给我拿来。”苏珊听了二话不说，立刻起身，但正要出门时，曼森拦住了她：“算了。”

这是曼森对信徒的试探，同时也可由此判断：不管查尔斯·曼森提出什么要求，苏珊·阿特金斯都会如实照办。

像问其他人一样，我也问了沃特金斯，曼森如何给信徒洗脑。他跟我讲了一件很有趣的事，这件事其他家族成员显然并不知道。沃特金斯说，曼森在分发致幻剂时，他所服用的剂量要比其他人少。曼森虽没告诉沃特金斯他为什么这么做，但据沃特金斯推测，曼森是为了确保当所有人都服用了致幻剂之后，他自己还可以保持神志清醒。致幻剂是一种可以改变人类心智的药物，人在服用后往往更容易受其他人的影响。沃特金斯说，曼森借助致幻剂给信徒灌输他的理念，利用人的弱点和恐惧获取追随者对他的承诺和支持。

相比多数信徒，身为曼森家族的二把手，沃特金斯更受曼森的信任。我问他，曼森是否提过科学教或进化教。沃特金斯从未听说过进化教，但曼森曾跟他说过，他在监狱里研究过科学教，并达到了“至纯境界”。曼森说那意味着他已经“参透了人生的真谛”。1968 年夏天，沃特金斯和曼森去过洛杉矶市中心的一家科学教教会，曼森问接待员：“‘参透了人生的真谛’后，你们会做什么？”可没等接待员回答上来，曼森早已扬长而去。

曼森的人生哲学有一点尤为令人困惑：他对恐惧的看法近乎古怪。他不仅宣扬恐惧的美好，还常告诉自己的家族，人应该时刻生活在恐惧之中。他这话是什么意思？我问沃特金斯。

沃特金斯说，对曼森来说，恐惧和觉悟是同一回事，人越恐惧，就越容易觉悟，因此也就拥有更多的爱。人在真真切切感到恐惧时，就把握住了“当下”。而活在“当下”，就意味着你打开了自己的所有意识。

曼森声称儿童比成人更容易觉悟，因为他们一出生就心存恐惧。动物则比人更有悟性，因为它们总活在“当下”。曼森认为土狼是最容易觉悟的动物，因为土狼总是疑惧不安。而正因为它们害怕一切，所以什么都逃不过它们的眼睛。

沃特金斯继续道，曼森总是在“兜售恐惧”。曼森想要人们陷入恐惧，越害怕越好。基于同样的逻辑，“查理认为死亡是美丽的，因为人们害怕死亡”。

之后，在跟曼森家族其他成员了解情况时，我得知曼森会试图挖掘每个人心中最大的恐惧，他这么做不是为了帮人面对和消除恐惧，而是要对恐惧加以利用。它们就像曼森手中掌握的神奇按钮，他可以随意按动来控制他人。

“无论如何，”跟克罗克特和波斯顿一样，沃特金斯也劝我，“绝不要让查理察觉出你怕他。”有一次在斯潘农场，事先没有任何冲突和警告，曼森突然扑向沃特金斯，一把掐住了他的脖子。沃特金斯一开始还在反抗，可后来他喘着粗气，突然放弃了反抗。“真是奇怪，”沃特金斯说，“在我不再害怕他的那一瞬间，他突然松开掐着我脖子的手，人一下子向后跳开，那感觉就好像有一股看不见的力量突然把他推开了。”

“就像那些汪汪叫的狗，”我评论道，“如果你面露胆怯，它们就会攻击你；但如果你不害怕，它们就不攻击你？”

“正是如此。恐惧让查理感到兴奋。”

保罗·沃特金斯天性比布鲁克斯·波斯顿独立，不像一个会追随他人的人，但也曾在曼森家族中待了很长时间。除了女孩这个原因，他为什么要留在曼森家族呢？

“我认为查理就是耶稣基督。”他这样告诉我，说这话时眼都没眨一下。

沃特金斯和波斯顿虽然都已摆脱了曼森的控制，但承认自己还无法彻底脱离曼森，即便是现在，他们有时还能感到曼森带来的影响。

保罗·沃特金斯给我们提供了一直以来缺失的信息，曼森的杀人动机开始完整显现。若非我和雅各布森、波斯顿都谈过，很可能就会忽略它的重要性，正是凭借雅各布森、波斯顿和沃特金斯三人提供的信息，我才找到了解开曼森杀人动机谜题的关键：（1）查尔斯·曼森对《启示录》的独特解释；（2）他对英国披头士乐队复杂而诡异的态度。

已经有好几个人跟我提起，曼森很喜欢引用《圣经》，尤其是《启示录》第九章的内容。有一次，曼森将《圣经》打开到该章节，递给了雅各布森，然后一边读，一边讲他对这些文字的理解。关于曼森对《圣经》的解释，雅各布森所言与之后波斯顿和沃特金斯告诉我的完全一致，只有一点例外，这一点我随后会讲到。

雅各布森说，披头士是《启示录》中所说的“四位天使”，曼森视披头士为“领袖、代言人、先知”。《圣经》中写道：“他开了无底坑……有蝗虫从烟中出来，有能力赐给它们……”这话仍然是在讲那支英国乐队，只是换了一个说法而已。蝗虫和披头士乐队是一回事。“脸面好像男人的脸面”，但“头发像女人的头发”，这显然是指留着长发的披头士乐队成员。从四位天使口中“吐出火焰和硫黄”，雅各布森说，“这句是指他们的话，即披头士乐队的歌词，歌曲就是他们口中吐出的力量”。

波斯顿继续道，《圣经》中所说的“火焰胸甲”，指的是披头士的电吉他。那“预备出战的马”指的是沙滩车。而四处驰骋和破坏的二万万马军指的是机车党。

“并且吩咐他们说，不可伤害地上的草和各样青物，并一切树木，唯独要伤害额上没有神印记的人。”关于额上神的印记，曼森是怎么解释的？我问雅各布森。

“全凭主观判断，”雅各布森回答说，“查理说神在人身上留下了印记。”但曼森从没明确说过到底是什么印记，只有他“能看出来，也只有他知道”，而人身上的“印记代表此人是支持还是反对他”。雅各布森说，对曼森来说，要么支持，要么反对，“没有丝毫可妥协的余地”。

《启示录》中有一节说到崇拜恶魔和金银铜制的偶像。曼森说，这是指统治阶级对汽车、房屋和金钱的物质崇拜。

问：“请注意第十五节，其中写道：‘那四个使者就被释放。他们原是预备好了，到某年某月某日某时，要杀人的三分之一。’他解释过这句话的意思吗？”

答：“他说，那指的是在 *Helter Skelter* 中会死去的人……人类的三分之一……白人。”

这一刻，我意识到我的调查方向是正确的。

在回忆曼森对《圣经》的解释时，雅各布森的说法有一处与其他人不同。《启示录》第九章第一节提到了第五位天使；但直到该章结束，书中都只讲了四位天使。雅各布森解释说，披头士乐队原有五名成员，另外那名成员名为斯图尔特·萨克利夫，不幸在 1962 年于德国英年早逝。

与雅各布森不同，波斯顿和沃特金斯是曼森家族成员，他们对这一点的解读与雅各布森大相径庭。《启示录》第九章第一节的原文是：“第五位天使吹号，我就看见一个星从天落到地上，有无底坑的钥匙赐给他。”

对曼森家族的成员来说，《启示录》中的第五位天使，无底坑的统治者，毋庸置疑就是曼森。

《启示录》第九章第十一节写道：“有无底坑的使者作它们的王，按着希伯来话，名叫亚巴顿，希腊话，名叫亚玻伦。”

这位王其实还有一个拉丁文名字——Exterminans[1]，天主教杜埃版《圣经》[2]中虽然出现了该名字，可钦定版《圣经》的译者却无意中省略了这个词。

而 Exterminans 即查尔斯·曼森。

据雅各布森、沃特金斯和波斯顿所知，曼森并没有特别解释过《启示录》第九章最后一节。但在接下来的几个月里，我会经常不自觉地想起这一节中的一句话。

“又不悔改他们那些凶杀、邪术、奸淫和偷窃的事。”

“关于《圣经·启示录》第九章，最重要的一点是，”雅各布森告诉我，“查理认为《圣经》中的世界末日不是在将来，而是在现在。马上就要开始，是时候做出选择了……要么死，要么和他一起逃进沙漠。”

据雅各布森说，曼森坚信“披头士乐队是上帝的代言人。他们通过歌曲，与大洋彼岸的查理对话，告诉查理世界末日即将来临。他对此确信不疑……他把披头士的歌曲当作预言，尤其那张‘白色专辑’[3]中的歌曲……他跟我说过很多次”。

沃特金斯和波斯顿也说，曼森和曼森家族确信，披头士乐队通过他们的音乐跟曼森交流。例如，在《我将要》这首歌里有这样几句歌词：“当我最终找到你 / 你的歌曲将飘荡在空中 / 大声歌唱让我听见你的声音 / 让我更容易找到你……”波斯顿和沃特金斯说，曼森对此的解释是披头士乐队希望曼森出一张专辑。曼森对他们说，披头士乐队正在寻找耶稣基督，而他就是他们要找的人。曼森还说，披头士乐队知道基督已降临人间，住在洛杉矶某个地方。

“他到底是怎么得出这个结论的？”我问。

披头士的“白色专辑”里有一首歌《甜心》，其中的歌词是这样写的：“哦，甜心，我现在的情况很悲惨 / 给我展示一下 / 你那好莱坞歌曲的魔力。”之后

---

1 译注：意为毁灭之地。

2 译注：杜埃版《圣经》是由罗马天主教学者们完善的拉丁文《圣经》的英文译本。

3 编注：见第 82 页第一条译注。

的歌词又写道："哦，甜心，你让我失去理智 / 航行穿过大西洋 / 去到属于你的地方。"

曼森当然希望披头士能扬帆远渡大西洋，到死亡谷与他会合。住在格雷沙姆街时（1969 年 1 月和 2 月，即披头士的"白色专辑"发行后不久），曼森和女孩们发过几封电报，写了一些信，至少给英国打了三次电话，试图联系披头士乐队，但没成功。

在曼森看来，歌曲《甜心》中那句"我恋爱了，但我很慵懒"是说，披头士爱耶稣基督，却没下功夫去找他；披头士刚跟着智者玛哈礼希[1]不远万里去了印度，之后却发现这人是骗子。披头士还在他们的歌曲《不要无视我》《你们的布鲁斯》的前八句歌词中，以及早前一张专辑《奇幻之旅》中的歌曲《蓝松鸦道》中也呼唤过耶稣基督 / 曼森。

此番谈话中的很多内容不能提供给法庭，因为听起来实在太过荒谬。

曼森告诉沃特金斯和波斯顿等人，披头士的"白色专辑""已经为革命做好了铺垫"。而他的专辑，也就是他接下来要出的专辑，用曼森的话说，"将像导火索一样，引发这场革命"。

据波斯顿和沃特金斯等人说，曼森住在格雷沙姆街的大部分时间都在为自己的专辑作曲。每首歌都包含要传达给特定人群的信息，如摩托车手，歌中概述了他们将在 Helter Skelter 中扮演的角色。曼森说，歌词必须非常微妙，要与披头士乐队的歌词有异曲同工之妙，把真正的含义隐藏起来，只有有觉悟的人才能看明白。

曼森一直指望特里·梅尔彻帮他制作出版这张专辑。据曼森家族众多成员说，特里曾答应某天晚上来听歌（但特里和雅各布森都对此矢口否认）。女孩们打扫了房子，烤好饼干，卷好大麻烟，特里却没出现。波斯顿和沃特金斯说，曼森为此不肯原谅特里。他曾在多个场合愤愤不平地表示，特里这人说话不算话。

披头士乐队出过不少唱片，但在曼森眼里，最重要的当属 1968 年 12 月由

1　译注：20 世纪 60 年代，东方的哲学与亚洲文化曾在西方风靡一时。披头士乐队曾远赴印度，追随印度教大师玛哈礼希·马赫什·优济（Maharishi Mahesh Yogi）修行，后来因听说这位大师骚扰女弟子的丑闻而作罢。

美国国会唱片公司发行的双碟版“白色专辑”。这张专辑虽然只有白色的封面，除乐队名字的阳刻之外，再无其他设计，却对曼森意义重大。

这是一张曾经，而且现在依然令人感到震惊的专辑，专辑汇集了披头士乐队最优秀和最奇怪的音乐作品。其中有三十首歌曲，风格各异，从抒情的爱情民谣，到对流行歌曲的模仿，再到将不同磁带拼接营造的杂音。在查尔斯·曼森看来，这张专辑就是预言。至少他是这样说服他的追随者的。

披头士的“白色专辑”有一首歌曲名为《性感的萨迪》，而早在这张专辑发行之前，曼森就已经给苏珊·阿特金斯改名为“萨迪·梅·格鲁兹”，在曼森家族看来，这又一次证明曼森与披头士乐队有某种精神感应。

“白色专辑”中的每一首歌都另有深意，曼森负责为其追随者解释。对曼森来说，因为歌曲《洛基·瑞库》中的“库”（coon）是对黑人的蔑称，所以这首歌代表的是黑人。一般人觉得《幸福是一杆温暖的枪》的歌词显然带有性暗示，可曼森和曼森家族的人却不这么想，曼森的解释是，这是披头士乐队在告诉黑人，要他们拿起枪对抗白人。

据波斯顿和沃特金斯说，在“白色专辑”的歌曲中，曼森家族演奏最多的是五首歌：《黑鸟》《猪猡》《革命 1》《革命 9》和《Helter Skelter》。

《黑鸟》的歌词写道：“黑鸟在夜深人静时歌唱 / 用折断的翅膀，学着飞翔 / 你的一生 / 只在等待这一刻的奋起。”据雅各布森说，“曼森相信，现在就是歌曲中所说的那个时刻，黑人将要奋起，推翻白人的压迫，翻身做主人。”曼森从这首歌中看出“披头士正在号召黑人，号召他们起来反抗，付诸行动”。

第一次听到这首歌时，我以为杀害拉比安卡夫妇的凶手写错了，因为他们在现场留下的并非歌词中的“奋起”，而是“崛起”。但雅各布森告诉我，曼森说黑人将“崛起”，起来对抗白人。“曼森总将‘崛起’这个词挂在嘴边。”雅各布森这番话为我提供了另一个关键词的来源。

塔特谋杀案和拉比安卡夫妇谋杀案都发生在“夜深人静时”。然而，也许这两起完全不同的案子对曼森有某种特殊意义，但曼森从未向我询问过的任何人提起过；兴许他知道字典中“helter skelter”的意思，但他从没对别人说过。《Helter Skelter》这首歌的开头这样写道：“当我滑到底部，我会再回到滑梯上 / 在那里我停下来，转身，然后快速滑下去……”波斯顿说，曼森说这段歌词暗指曼森家族的人会从无底坑中出来。

在披头士乐队的老家英国，“helter skelter”有一个更简单的解释。它是游乐园里滑梯的别名。

如果你仔细听，可以听到《猪猡》[1]这首歌有猪鼾的背景音效。雅各布森和其他人告诉我，曼森所说的“猪猡”指统治阶级的所有人。

这首歌跟曼森本人一样，公开批评猪猡，指出猪猡最需要一次狠狠的打击。

“他的意思是说，黑人要给那些猪猡，统治阶级，一次狠狠的打击。”雅各布森解释道。曼森很喜欢这首歌的歌词，沃特金斯和波斯顿都说，曼森经常引用它。

每当听到《猪猡》这首歌的最后一节，我脑中都会浮现出一幅关于拉比安卡夫妇的画面：“猪猡”夫妇身穿一身笔挺的华服外出用餐，手握刀叉吃着培根。[2]

罗斯玛丽·拉比安卡：身中 41 刀。莱诺·拉比安卡：身中 12 刀，被餐叉捅了 7 次，喉咙里插着一把刀，肚上插着一把餐叉，墙上则用他的血写着“去死吧，猪猡”。

“在《猪猡》这首歌结尾有一个和弦，”沃特金斯说，“一个非常奇怪的低音和弦，出现在猪鼾音效之后。而在《革命 9》这首歌中，也有同样的和弦，在和弦之后，歌曲稍微有个停顿，然后便出现猪鼾、猪鼾、猪鼾。但在那个停顿中，有机枪扫射的声音。”

“《Helter Skelter》这首歌也一样。”沃特金斯继续道，“也有这个非常奇怪的和弦。《革命 9》这首歌里也有，而且伴有机枪扫射，人中枪而亡，痛苦哀号等动静。”

披头士的“白色专辑”中有两首歌歌名都有“革命”一词。

唱片封套上《革命 1》的歌词如此写道：“你说你想要一场革命 / 好吧，你

1 原注：与披头士乐队前成员约翰·列侬和保罗·麦卡特尼不同，乔治·哈里森拒绝写作者们引用他所写歌曲的歌词，包括《猪猡》这首歌。

2 译注：这正是《猪猡》最后一节歌词呈现的画面。

知道的 / 我们都想改变这个世界……/ 但当你说到毁灭 / 你难道不知道应该把我排除在外吗？”

但是如果你听一听唱片，你会发现在“把我排除在外吗”之后，还紧跟着“算我一个”。

曼森的解释是，披头士乐队之前犹豫不决，现在已经下定决心，要发动一场革命。

根据曼森的解释，披头士的许多歌曲都自有“隐意”，这在“白色专辑”中尤为普遍。曼森告诉信徒，这是披头士在与他——曼森，即耶稣基督进行直接交流。

《革命 1》的歌词接下来写道：“你说你有真正的解决方案 / 你知道的 / 我们都很想看看这个计划。”

在曼森看来，这句歌词要表达的意思再明显不过了：唱出来吧，查理，告诉我们怎样才能摆脱大屠杀的噩运。

在披头士乐队的所有歌曲中，《革命 9》这首歌一听就是最奇怪的。即便乐评人也不确定这首歌是在开拓摇滚乐的新方向，还是在故弄玄虚。一位乐评人说，这让他想起“服用致幻剂后的糟糕体验”。

这首歌既没有真正的歌词，也非传统意义上的音乐，而是用蒙太奇的手法将各种声音拼凑在一起：窃窃私语、大呼小叫、BBC 讲话片段、古典音乐小节、迫击炮的爆炸声、婴儿的哭声、教堂的赞美诗、汽车鸣笛声和足球场上的呐喊；“9 号，9 号，9 号”的声音在副歌里反复出现，并在机枪扫射和尖叫声中达到高潮，随后在明显具有象征意义的、轻柔的催眠曲《晚安》中结束。

雅各布森说，在“白色专辑”的所有歌曲中，曼森“提得最多的就是这首《革命 9》”。“这是披头士在以他们的方式告诉人们未来将要发生什么，以他们的方式做出预言。这首歌与《圣经・启示录》第九章如出一辙。”

曼森声称这首歌预示了世界末日之战的爆发，歌曲通过声音展现了即将发生的黑人与白人的战争。在亲耳听过这首歌之后，我不得不说，假如真发生这样一场战争，到时的声音很可能正如歌中所示。

据波斯顿说：“听这首歌时，查理在背景乐的噪音中，在机枪扫射声和猪鼾声出现时，听到有一个男人说‘崛起’。”重新听这首歌，我也听到了这个声音，它重复了两次：第一次几乎是低声细语，第二次是拉长音的尖叫[1]。这是一个强有力的证据。通过雅各布森和波斯顿，我现在把曼森与拉比安卡夫妇遇害现场的血字“崛起”联系在了一起。

在歌曲《革命1》中，披头士乐队终于决定投身革命。在《革命9》中，他们告诉黑人，现在是时候崛起了。这就是曼森的解释。

曼森从这首歌中挖掘出了大量信息（包括“阻止尼克松”这句话），就他的 Helter Skelter 哲学而言，这些都至关重要。

1968 年春天，格雷格·雅各布森第一次见到曼森时，曼森已开始谈论即将到来的黑白战争。当时人们私底下流传着“就要大祸临头了”的说法，各种解释都声称这意味着人类即将迎来最终审判日，或者说地狱即将打开，曼森则经常用它来指代即将到来的种族冲突。但曼森当时并不过分狂热，这只是他们讨论的众多话题之一。

“我第一次见到查理时（1968年6月），他确实还没Helter Skelter这种想法，”保罗·沃特金斯告诉我，“他谈过‘就要大祸临头了’的事，但只说了寥寥几句……他说，大祸临头时，黑人和白人将各自为战，仅此而已。”

随后，当年 12 月，美国国会唱片公司发布了披头士乐队的“白色专辑”，其中包括《Helter Skelter》这首歌。歌曲的最后一节歌词写道：“小心 helter skelter，helter skelter，helter skelter/ 当心（尖叫背景音）helter skelter/ 就要来了 / 是的，来了 / 是的，来了。”

曼森第一次听到“白色专辑”显然是在洛杉矶，当时他从巴克农场去了那里，而曼森家族的大部分成员都留在了巴克农场。据波斯顿说，1968 年 12 月 31 日，曼森返回死亡谷，对家族成员说：“你们听懂披头士乐队说的话了吗？Helter Skelter 就要来了。披头士乐队说的是真的。”

这是一句与“就要大祸临头了”同样的表述，只是曼森用 Helter Skelter 取代了“大祸”。

至此，我们找到案件的另一个关联点，发现了拉比安卡夫妇遇害现场冰箱

1　原注：该声音第一次出现在歌曲 2 分 34 秒处，在“很多刀伤”和“第三天晚上通知他”之后，“9 号，9 号”之前。

门上血字的渊源。

这是曼森第一次说出 Helter Skelter，但并不是最后一次。

沃特金斯说："从此之后，查理就不断提起披头士乐队的这张专辑和 Helter Skelter，以及所有那些我并没看出来的隐意……这是他为我们勾勒出的未来景象，他将其称为 Helter Skelter，代表黑鬼要来摧毁我们的城市。"

沃特金斯说，之后，"我们就开始不断听披头士乐队的专辑……"。

死亡谷的冬天异常寒冷，于是曼森在圣费尔南多峡谷找到一栋两层楼的房子，地址是卡诺加公园格雷沙姆街 20910 号，离斯潘农场不远。沃特金斯说，1969 年 1 月，"我们全部搬进格雷沙姆街，为迎接 Helter Skelter 做准备，以便亲眼见证 Helter Skelter 来临，目睹到时候城市里发生的事情。他（曼森）将格雷沙姆街的房子称为披头士乐队电影里的'黄色潜水艇'。这房子就好像一艘潜水艇，人在里面不能出去，只能从窗户向外看。我们开始着手设计沙滩车和摩托车，打算买二十五辆哈雷运动者摩托车……绘制通往沙漠的逃生路线……补给站……做各种准备"。

"我看着他一步步构建他的理念，"沃特金斯指出，"慢慢地，很仔细。我则像上钩的鱼，吞下他放出的吊钩、吊线和沉子。"

"在 Helter Skelter 来临之前，"沃特金斯怀着对往昔的伤感，叹了口气，"查理只关心狂欢。"

在和雅各布森讨论披头士乐队之前，我问："查理和你谈过黑白革命吗？"

答："说过，那就是 *Helter Skelter*，他相信 *Helter Skelter* 会在不久的将来爆发，几乎马上就会爆发。"

问："他对这场黑白革命怎么说？它将如何发生？目的是什么？"

答："首先黑人会冲进白人家里，将白人分尸，从肉体上摧毁他们，直到街头公然出现革命，直到黑人最终取得胜利并接管全世界。然后白人就会对黑人进行报复。到时查理就可以掌权。"

沃特金斯："他曾经说过，Helter Skelter 的开始会很简单。就几个黑人，来自沃茨区的黑鬼，到贝莱尔和比弗利山庄……到有钱猪猡住的地方……杀几个人，把尸体切碎，在墙上涂上血，用血写字……实施能让白人受刺激的任何残暴罪行……"

在和沃特金斯谈话之前，波斯顿也跟我说过几乎相同的话，但多了一个非常重要的细节。“他（曼森）说，一群真正的黑人将走出贫民区，在洛杉矶和其他城市的富人区犯下残暴的罪行。他们会持刀行凶，将尸体切成碎片，在墙上涂抹血迹，写下‘猪猡’……用受害者的血。”

这是一个极其有力的证据，不仅可以证明曼森与塔特谋杀案有关，因为命案现场前门上有用莎伦·塔特的血写的“猪猡”，而且能证明曼森与拉比安卡夫妇谋杀案也有关，因为在受害者客厅的墙上，凶手用莱诺·拉比安卡的血留下了“去死吧，猪猡”几个字。我向波斯顿详细询问了曼森当时的原话，他是在什么时间、什么地点说的，还有谁在场。波斯顿提到的所有人，只要愿意接受询问的，我都进行了核实。

通常情况下，我在法庭上会尽量避免使用重复的证词，以免让陪审团反感。但曼森的 Helter Skelter 动机实在太过诡异，如果只由一个证人阐述，恐怕陪审员不会相信。

波斯顿说，那场谈话是在 1969 年 2 月，在格雷沙姆街的房子里。

我们现在就有证据证明，早在塔特案和拉比安卡夫妇案发生的六个月前，查尔斯·曼森就跟家族的人详细描述过犯罪流程，甚至还说了要用受害者的血写下“猪猡”这个词。

现在，我们已经找出曼森与塔特案和拉比安卡夫妇案现场发现的每一个血字的关联。

曼森告诉沃特金斯，这只不过是 Helter Skelter 的开始而已。这些谋杀案会在白人中引发大规模的被迫害妄想症：“出于恐惧，白人会闯进贫民区，开始疯狂射杀黑人。”但他们杀的只是“从一开始就和白人在一起的黑人”。

“而真正的黑人”——曼森多次将真正的黑人定义为穆斯林黑人和黑豹党——“甚至没有受到任何影响”。曼森说，他们会躲起来，伺机而动。

沃特金斯说，待屠杀结束，穆斯林黑人“会站出来，向白人呼吁，说：‘看看你们对我们的人做了什么。’这将导致白人分裂为两派”，“嬉皮士自由派和顽固的保守派……”。这将演变成另一场南北战争：兄弟反目成仇，白人屠杀白人。“当众多白人因自相残杀而死之后，穆斯林黑人就从藏身处出来，将白人全部消灭。”

但曼森和曼森家族的人都会幸免于难，因为他们已经躲进了死亡谷的无底坑里。

届时，因果报应开始出现反转。“黑仔现在掌权了。”黑人就像过去经常做的那样，开始“收拾残局。黑人会收拾白人留下的烂摊子，一点一点重建，再次建起城市。但到那时，黑人并不知道该怎么办。黑人无法处理那种情况”。

沃特金斯说，曼森声称黑人有一个问题，他们只会做白人教他们做的事。如果没有白人教，黑人就没法管理世界。

沃特金斯继续道：“你知道的，那时黑仔会来对查理说：‘我做了我该做的事。我把他们都杀了，你知道的，我现在已经厌倦杀人了。一切都结束了。’”

“然后，查理会挠挠黑仔毛茸茸的脑袋，踢他的屁股，让他去摘棉花，去做个好黑鬼，然后我们就会幸福地生活下去……”到那时，曼森家族人数已发展壮大到 14.4 万人，一个纯洁的白人优等民族，正如《圣经》所预言的那样，将从无底坑中崛起。“世界将是我们的。到时候世上除了我们和黑奴，不会再有其他人。”

另外，根据曼森的“福音书”——正如他对门徒保罗·沃特金斯所说，他，查尔斯·威利斯·曼森，第五位使者，耶稣基督，将成为统治世界的王。

保罗·沃特金斯、布鲁克斯·波斯顿和格雷格·雅各布森为我们理清了曼森的动机——Helter Skelter，而且沃特金斯还让我们明白了这一令人费解的动机是如何形成的。查尔斯·曼森的头脑病态、扭曲而且混乱，他相信在这场黑白战争和引发该战争的系列谋杀中，自己会是最终的受益者。

有一次在格雷沙姆街，他们嗑了药，曼森对沃特金斯和其他人重申，黑人没有智慧，“黑仔只知道白人告诉过他或给他看过的东西，所以必须得有人教黑人该怎么做”。

我问沃特金斯：“教黑人做什么？”

答：“*如何启动 Helter Skelter。如何做到这一切。*”

沃特金斯说：“查理说 Helter Skelter 之所以还没来，只因为白人现在正用他们的女儿安抚着海特-阿什伯里区的黑人。等他的音乐一发行，他称之为‘爱’的所有美女都将离开海特-阿什伯里区，到时黑人们就会去贝莱尔富人区发泄不满。”

曼森说，黑仔只是暂时受到了年轻白人女孩的“安抚”。当曼森带走这些安抚者时——当他的专辑面世，所有年轻的“爱”会跟着“花衣魔笛手”曼森去沙漠——黑仔就需要其他方式宣泄挫败感，将他们的矛头指向掌权的白人。

可特里·梅尔彻却食言了。曼森没能录制他所说的那张专辑。1969年2月下旬，曼森派布鲁克斯和朱厄尼塔去了巴克农场。家族剩下的成员搬到了斯潘农场，开始为Helter Skelter的来临做准备。“这次是真正开始着手做准备，将各种所需物资集中在一起，以便他们可以搬进沙漠”，雅各布森在此期间曾去过农场，并对曼森的变化感到震惊。曼森之前总是宣扬家族的一体性，家族不需要外人就可以自给自足，现在却在说服机车党加入他们。在此之前，曼森是一个反物质主义者，此时他却在储存车辆、枪支和金钱。雅各布森说：“我觉得这一切都与查理之前的所作所为，以及他跟我说过的话相矛盾。”雅各布森说正因如此他开始对曼森不满，并最终与其决裂。

曼森摇身一变，变成一名物质主义者，还想出了一些疯狂的赚钱计划。比如，有人提议让家族的女孩去做裸体舞女，每人每周可以赚300到500美元。曼森很喜欢这个主意，十个女孩每周就可以赚3000多美元，这笔钱可以用来购买吉普车、沙滩越野车，甚至是机关枪。他派鲍比·博索莱伊和比尔·万斯去日落地带的吉拉德经纪公司洽谈生意。

这桩生意只碰到了一个难题。纵使曼森再法力无边，他也没法将丘陵变成高峰。因为除苏珊和其他几个女孩外，曼森家族的女孩都没有令人印象深刻的胸围。不知为什么，被曼森吸引的似乎多是平胸女孩。

住在格雷沙姆街时，曼森曾对沃特金斯说，今年夏天将发生残暴的谋杀。可是，随着夏天越来越近，黑人却没有一点想要崛起报复白人的迹象。1969年5月底或6月初，曼森把沃特金斯叫到一边，在斯潘农场的旧拖车旁告诉他：“黑鬼只知道白人告诉过他们的事，”接着又说，“我得教他们该怎么做。”

据沃特金斯说：“听了那番话，我头脑中出现一些奇怪的景象。”几天后，沃特金斯便出发去了巴克农场，担心如果继续待下去，那些奇怪景象会变成无政府主义的现实。

这是在1969年9月，在曼森返回巴克农场，发现沃特金斯和波斯顿叛逃之前。曼森虽然告诉了沃特金斯“把矮子分尸九块”的事，却完全没提塔特谋杀案和拉比安卡夫妇谋杀案，不过在与沃特金斯讨论 Helter Skelter 时，曼森说过："我得教黑仔该怎么做。"但他对此没有做更多解释。

1969 年 11 月底，洛杉矶警方曾询问过格雷格·雅各布森。当他试图把曼森诡异的人生哲学告诉警方时，一名警探回答说："啊，曼森就是个疯子，我们对这些不感兴趣。"下个月，两名警探去了肖肖尼地区，跟克罗克特和波斯顿了解了情况，洛杉矶警方还联系了沃特金斯。警方问三人是否知道塔特案和拉比安卡夫妇案的线索，三人都说不知道，在他们看来，这是真话，他们那时没想到曼森会和这些谋杀案有关系。跟波斯顿和克罗克特谈过之后，一名警探说："看来我们白跑了一趟。"

一开始，我很难相信我询问的这四人竟然都没怀疑曼森是塔特案和拉比安卡夫妇案的主使。后来我发现这或许是因为以下几点。曼森告诉雅各布森 Helter Skelter 将如何开始时，没提用血写字的事情。沃特金斯和波斯顿虽然听曼森提过血字，甚至还听他说过"猪猡"这个词，但巴克农场没有报纸，而且在那个偏僻的地方，连广播都接收不到。虽然他们偶尔去独立城和肖肖尼地区购买补给品时听说过谋杀案，却对案件细节知之甚少。

但最主要的原因还是曼森走运。媒体虽然报道了凶手在拉比安卡夫妇家留下了血字，但有一点洛城警方一直没有对外透露：血字中有 HEALTER SKELTER。

如果这一点公开的话，毫无疑问，雅各布森、沃特金斯、波斯顿，以及其他许多人都会把拉比安卡夫妇的遇害与曼森的疯狂计划联系起来，还可能因为案发时间接近，进而联想到塔特谋杀案。而且几乎可以确定，他们之中至少有一个人会跟警方提及自己的怀疑。

事情的发展就是如此奇怪，这并非哪一个人的错，也没人能预见到隐瞒血字会对破案造成的影响，但如果当时公布了案发现场的 HEALTER SKELTER 血字，凶手或许几天就会落网，而不是拖了几个月，那样"矮子"唐纳德和其他一些人也许还活在这个世上。

虽然我确信我们已掌握了曼森的犯罪动机，但其他线索还没取得进展。西尔玛区标准石油加油站和圣莫尼卡市杰克·弗罗斯特商店的员工没能认出"曼森家族相册”中的任何人。警方查过罗斯玛丽·拉比安卡信用卡的消费记录，没发现问题，罗斯玛丽的女儿苏珊娜·斯特拉瑟斯不确定母亲是否丢过棕色钱包，而且罗斯玛丽有好几个棕色钱包。

等洛杉矶警方终于开始调查斯潘农场的电话记录时，1969 年 5 月和 7 月的大部分账单都已“丢失或销毁”。至于 1969 年 4 月至 10 月其他月份电话记录中的所有电话号码，警方也已经一一核实过，虽然从中获知了关于一些家族活动的有限背景资料，但没发现凶手和受害者有关联。塔特和拉比安卡夫妇家的电话记录也没发现有关线索。

人体血液若长时间暴露在雨水和阳光下，其成分就会分解。联苯胺试验显示，电视台工作人员发现的衣服上有许多斑点都呈阳性反应，说明确实是血迹，但法医化学家格拉纳多无法确定到底是动物的血还是人血。不过，他的确在白色 T 恤上发现了 B 型人血（帕伦特、福尔杰和弗雷科夫斯基都是 B 型血），在深色丝绒高领衫上发现了“可能为 O 型”的人血（塔特和西布林都是 O 型血）。格拉纳多没有检测血型亚型。

格拉纳多还从衣物上提取到确定属于女性的头发，但与两名女性受害者的头发均不相符。

我打电话给西比尔布兰德拘留所的警监卡彭特，请求他们提供苏珊·阿特金斯的头发样本。2 月 17 日，副治安官海伦·塔布带苏珊去监狱理发店洗头做了头发，从她用过的梳子上取得了头发样本。之后，又用类似方法获得了帕特丽夏·科伦温克尔的头发样本。法医化学家格拉纳多根据样本排除了帕特丽夏的嫌疑，但发现苏珊的头发与衣服上获得的样本“非常、非常相似”，虽不能完全确定，但结论是衣服上的这些头发“很可能”是苏珊·阿特金斯的[1]。

另外，衣服上还发现了白色的动物毛发。塔特家的女佣威妮弗雷德·查普曼夫人说看着像是塔特家那条狗的毛。但狗在塔特遇害后不久就死了，无法进行比对。不过我还是打算将这些毛发作为呈堂证据，让查普曼夫人当庭陈述一遍她告诉过我的情况。

2 月 11 日，姬蒂·鲁特辛格生下了鲍比·博索莱伊的孩子。在此之前，

1　原注：相似之处包括头发的颜色、直径、长度以及毛髓质特征。

她极不情愿配合作证，从她那里获得一点信息都来之不易。孩子出生后，她将返回曼森家族；曾经离开家族，又再次回去。我不确定她在证人席上会说什么，所以最终决定不传唤她做本案证人。

此外，我也决定放弃机车党阿尔·斯普林格，但是是出于其他原因。斯普林格的大部分证词与丹尼·德卡洛的重复。此外，他最有力的证词——曼森说，“我们那天晚上刚宰了五个”——因为阿兰达规则的缘故，无法用作证据。我确实和斯普林格谈过好几次，有一次他提到曼森曾对他说过一句话，正是这句话让我预判到曼森在法庭上可能采取的辩护策略。在谈到曼森家族众多的犯罪活动时，曼森对斯普林格说：“不管将来发生什么事，都有女孩们顶罪。”

我和丹尼谈过很多次，有一次我跟他谈了 9 个小时，获得了很多以前询问时没得到的信息。我会从每次谈话中提取可以证明曼森控制家族的事例。如曼森会告诉家族的人什么时候才能吃饭；在他落座之前，不允许其他人吃饭；晚餐时，他会给家族的人讲他的人生哲学。

我问丹尼，有人曾在曼森讲话时打断过他吗？丹尼回忆说，有一次曼森正在讲话，有“几个娘们”开始说话。

问：“然后呢？”

答：“他冲她们扔过去一碗饭。”

尽管丹尼极不情愿出庭作证，但警长古铁雷斯和我最终说服丹尼，出庭作证对他最有利。

可惜，说服沙滩男孩乐队的歌手兼鼓手丹尼斯·威尔逊就没那么幸运了。丹尼斯一开始声称他什么都不知道，但最终同意向我“坦白”，不过他拒绝出庭作证。

丹尼斯拒绝出庭显然是出于恐惧，这也不能怪他。1969 年 12 月 4 日，在洛城警方宣布破案三天后，丹尼斯就收到了匿名的死亡威胁。据我了解，他不止一次收到威胁，而且其他威胁还不是匿名的。

尽管丹尼斯说他对曼森家族的犯罪毫不知情，但他确实提供了一些有趣的背景资料。1968 年春末，丹尼斯两次开车经过马利布，都遇上同一对搭便车的女孩。第二次，他把女孩们带回了自己家。对丹尼斯来说，他的家是位于日落大道 14400 号的豪华住宅，那曾是美国幽默作家威尔·罗杰斯的房子。那两个女孩分别叫埃拉·乔·贝利和帕特丽夏·科伦温克尔，她们在他家待了几小时，大多时间都在谈一个名叫曼森的家伙。

丹尼斯当晚有音乐录音，忙到凌晨3点才回家，当他把车开进车道时，发现一个陌生男子从后门走了出来。丹尼斯当时吓坏了，问："你不会伤害我吧？"那人说："我看起来像要伤害你吗，兄弟？"然后跪下来亲吻丹尼斯的脚，这显然是曼森最喜欢的套路之一。丹尼斯被曼森领进了自己家，他发现家里多了十几个不请自来的客人，而且几乎都是女孩。

这伙人在丹尼斯家住了好几个月，在此期间，这群人的数量又增加了一倍。（正是在曼森的"日落大道时期"，又名"特克斯"的查尔斯·沃森、布鲁克斯·波斯顿和保罗·沃特金斯接触到了曼森家族。）丹尼斯后来估计，这段经历让他损失了大约10万美元。除了曼森不断管他要钱之外，克莱姆还把他价值2.1万美元，没上保险的奔驰车开报废了——在去斯潘农场的路上，克莱姆开车撞到了山上；家族的人占领了丹尼斯的衣柜，以及几乎所有看得见的东西；有好几次，丹尼斯发现自己必须要带曼森家族所有人去找他住在比弗利山庄的私人医生打青霉素。"那可能是历史上最大一笔淋病账单。"丹尼斯说。丹尼斯甚至还给了曼森九或十张沙滩男孩乐队的金唱片，并出钱给苏珊·阿特金斯补牙。

刚刚离婚的丹尼斯显然觉得曼森的生活方式有吸引他的地方。"除了那些花费，"丹尼斯告诉我，"我跟曼森和他的女孩们相处得很好。"丹尼斯和曼森唱歌、聊天，女孩们负责打扫房间、做饭，满足他们的需求。丹尼斯说他喜欢曼森音乐中的"即兴"感，但又补充道："查理并没有音乐天赋。"尽管如此，丹尼斯还是努力向别人"推销"曼森。他在圣莫尼卡市租了间录音室给曼森录音。（虽然我很想听听那些录音，可丹尼斯声称他已经把录音磁带销毁了，因为"那些磁带激发的情感共鸣并不属于这个世界"。）丹尼斯还将曼森介绍给娱乐圈或与娱乐圈有关的人，其中包括梅尔彻、雅各布森和阿尔托贝利。在一次聚会上，曼森送给著名演员迪恩·马丁的女儿迪娜一枚戒指，并邀请她加入曼森家族。迪娜告诉我，她留下了那枚戒指，后来转送给了丈夫，但拒绝了曼森的邀请。而沙滩男孩的其他成员和丹尼斯不同，他们不喜欢曼森，有一名成员还称曼森为"邋遢的小个子精神领袖"。

丹尼斯否认在此期间曾与曼森发生过冲突。但1968年8月，在房子租约到期前三周，丹尼斯搬到了雅各布森家，把驱逐曼森和女孩们的任务留给了他的经理人。

曼森家族因而从日落大道搬到了斯潘农场。在此期间，丹尼斯显然一直躲着曼森家族，但他确实偶尔会去看曼森。丹尼斯说他与曼森一直没有矛盾，直到 1969 年 8 月——丹尼斯不记得确切日子，但确定是在塔特谋杀案之后——曼森来拜访他，管他要 1500 美元，说要去沙漠。丹尼斯拒绝了这一要求后，曼森对丹尼斯说："如果你再也见不到你孩子，你可不要惊讶。"丹尼斯有一个七岁的儿子，这显然是他不愿意出庭作证的原因之一。

曼森其实还试图威胁过丹尼斯本人的性命，只是丹尼斯并不知情，直到我同丹尼斯和雅各布森一起谈话时，丹尼斯才得知此事。据雅各布森说，在曼森被丹尼斯拒绝后不久，曼森给了雅各布森一颗 .44 口径手枪的子弹，对他说："告诉丹尼斯，还会有更多子弹送给他。"雅各布森知道丹尼斯对曼森之前的威胁很不爽，所以没跟丹尼斯提此事。

此事发生在1969年8月底或9月初。雅各布森当时被曼森的变化吓了一跳。"他头发竖着，像身上在放电，眼神狂野。我唯一能想到的比喻是……就像关在笼中的野兽。"

可能还有过一次威胁，但严格来说，这只是猜测。查阅斯潘农场的电话账单时，我发现 1969 年 9 月 22 日，有人用斯潘农场的公用电话给丹尼斯·威尔逊家打过电话，第二天丹尼斯就把电话线掐断了。

回看自己与曼森家族的交往，丹尼斯告诉我："我是这世上最幸运的人，离开曼森家族只损失了一些钱而已。"

从摇滚明星到机车党，再到前应召女郎，本案所有证人都有一个共同点：都在担心自己的生命安全。只要一拿起报纸或打开电视，他们就会看到曼森家族的许多成员仍大摇大摆地走在街上；克莱姆（即史蒂文·格罗根）被保释出狱，因约县法庭因为证据不足驳回了对布鲁斯·戴维斯的盗窃指控。由于缺少物证证明"矮子"希亚已死，克莱姆、戴维斯及其他犯罪嫌疑人均未受到谋杀指控。

而关在西比尔布兰德拘留所牢房的苏珊·阿特金斯，又名萨迪·梅·格鲁兹，也许是想起了披头士乐队《性感的萨迪》那首歌的歌词：

“性感的萨迪，你做了什么？

你让每个人都出了丑……

性感的萨迪，你坏了规矩

你把它说出来让大家都知道了……

性感的萨迪，你会得到报应的

不管你觉得自己有多厉害……”

又或许她只是被曼森通过其家族成员传递的消息打动了。

苏珊打电话通知律师卡巴莱罗，她无论如何都不会出庭作证，并要求见曼森。

卡巴莱罗告诉我和阿龙，我们可能会失去关键证人。

我们联系了琳达·卡萨比安的律师加里·弗莱施曼，准备跟他商谈认罪协议。

从一开始，律师弗莱施曼就极力为他委托人的利益着想，他希望琳达·卡萨比安获得完全豁免权。但直到和琳达亲自谈过之后，我才知道其实不管是否能获得完全豁免权，琳达都愿意和我们谈，但被弗莱施曼阻止了。我还了解到琳达此前不顾弗莱施曼“反抗引渡”的建议，执意主动返回了加州。

经过多次讨论，地方检察官办公室同意在琳达·卡萨比安出庭作证后，向高等法院申请对她的豁免权，条件是：（1）琳达·卡萨比安必须毫无保留地告知我们她与塔特谋杀案和拉比安卡夫妇谋杀案的干系；（2）在针对所有被告的审判程序中如实作证；（3）不论出于何种原因，如果琳达·卡萨比安没有如实作证，或拒绝作证，我们将对她提出全面起诉，但她向检方提供的供述将不会作为起诉证据。

1970 年 2 月 26 日，地方检察官扬格、地方检察官办公室中央行动处处长利维、副地方检察官布施、阿龙和我签署了这份认罪协议。

两天后，我见到了琳达·卡萨比安。这是琳达第一次跟执法部门的人谈塔特谋杀案和拉比安卡夫妇谋杀案的案情。

如前所述，如果让我在苏珊和琳达之间选，我更倾向于选择我没见过的琳达：因为她没杀过人，相比嗜血的苏珊，陪审团更容易接受琳达的证词。我在西比尔布兰德拘留所警监卡彭特的办公室里跟琳达了解案情时，很高兴最后是琳达成了我们的关键证人。

琳达身材娇小，浅棕色的长发，看起来颇像女演员米娅·法罗。随着了解的深入，我发现琳达是一个安静的女孩，性格温顺，容易受人影响，但言语间有一种发自内心的沉着自信，她好像坚信宿命论，这让她看起来比二十岁要成熟很多。琳达的父母婚姻破裂，她自己也有过两次不成功的婚姻，最后一次是嫁给了年轻的嬉皮士罗伯特·卡萨比安，就在她去斯潘农场之前，两人才刚刚离婚。琳达有一个两岁的女儿，名叫塔尼娅，现在她又已怀胎八月，琳达觉得这可能是她和丈夫最后一次在一起时怀上的。她在曼森家族待了不到一个半月。“我就像走进森林的盲眼女孩，见前面有路就一直走了下去。”直到现在，将过去发生的事说出来，她才感觉自己终于要走出黑暗了。

自十六岁起，琳达就独自一人从东海岸流浪到西海岸，试图“寻找上帝”。在寻找的过程中，她住过嬉皮士群体公社和临时借宿处，吸过毒，跟几乎所有对她有兴趣的人发生过性关系。她坦率的描述有时让我感到震惊，但我知道，当她站上证人席时，这会为她证词的真实性加分。

从我们的第一次谈话起，我就相信琳达说的都是事实，我觉得陪审团也会相信。琳达在回答问题时既不停顿，也不回避，而且没有试图遮遮掩掩。她真是坦率得要命。如果一个证人站在证人席上，即使有损自身形象也要说真话，那简直让对方无法反驳。我很清楚，只要琳达对那两个晚上的命案如实作证，她是否滥交、是否嗑药和偷东西都将变得无关紧要。关键在于辩方能否质疑琳达关于那两晚证词的可信度。基于我们第一次面谈的情况判断，我确定辩方没有机会，因为琳达说的显然都是实话。

28 日下午，我和琳达从 1 点谈到 4 点半。这只是此后多次漫长谈话中的第一次，我们有六次谈话的时间长达 6 到 9 小时，所有谈话都在西比尔布兰德拘留所进行，通常只有琳达的律师在场。每次面谈结束，我都告诉琳达，回到牢房后如果想到没有谈过的事，就“记下来”。其中一些笔记最后变成了邮寄给我的信件，长达十几页。根据证据披露要求，辩方可以查阅所有这些笔记，连同我的谈话记录。

证人重复证词的次数越多，越容易出现前后矛盾，对方可以利用这些差异进行反驳。为避免出现这种情况，有些律师会控制谈话和庭前陈述的次数，但我的做法恰好相反。如果证人说谎，我想在出庭作证之前就知道。在我和琳达·卡萨比安长达 50 多小时的谈话中，我发现像其他证人一样，琳达对某些细节并不确定，或者对其感到困惑，但她从不试图说谎。如果她觉得自己不确定，她会坦白承认。

虽然琳达·卡萨比安为我们提供了更多的案情细节，但关于那两个晚上的供述和苏珊·阿特金斯的说法基本一致。只有几处不同，但都是令人喜出望外的发现。

在和琳达谈话之前，我们以为她只目睹了一次谋杀，即史蒂文·帕伦特被枪杀。但现在我们知道，她还看到凯蒂高举刀子，追着阿比盖尔·福尔杰穿过草坪，还看到特克斯用刀捅死了沃伊特克·弗雷科夫斯基。

琳达还告诉我，在拉比安卡夫妇遇害当晚，曼森还计划要实施另外三起谋杀。

1970年3月—6月

第五章 「你难道不知道你正将谁钉在十字架上？」

“因为假基督、假先知将要起来，显大神迹、大奇事。倘若能行，连选民也就迷惑了……若有人对你们说，‘看啊，基督在旷野里’，你们不要出去……”

——《圣经·马太福音》24：24—26

“在沙漠被捕之前，有我们十二名门徒和查理。”

——露丝·安·穆尔豪斯（曼森家族成员）

“或许有几次我跟不同的人暗示过我可能是耶稣基督，但我还没有决定好我是什么，或者我是谁。”

——查尔斯·曼森

1970 年 3 月

3 月 3 日，在琳达的律师加里·弗莱施曼和十几名洛杉矶警察局和洛杉矶县治安官办公室警官的陪同下，我把琳达·卡萨比安带出了西比尔布兰德拘留所。对琳达来说，这仿佛一次时间倒流，又回到近七个月前那个几乎令人难以置信的夜晚。

我们的第一站是切洛路 10050 号。

1969 年 6 月下旬，鲍勃·卡萨比安[1]给新罕布什尔州琳达母亲家打电话，提出要与琳达和解。琳达当时正和朋友查尔斯·梅尔顿住在托潘加峡谷的拖车里。梅尔顿最近刚继承了两万美元，钱已经花掉了一多半，他计划驱车到南美洲大陆尽头，然后买一艘船，环游世界。他邀请了琳达、鲍勃，以及另一对夫妇和他一起前往。

琳达和女儿塔尼娅飞去了洛杉矶，但和解未果。

1969 年 7 月 4 日，凯瑟琳·谢尔（又名“吉卜赛人”）拜访了梅尔顿，他们是通过保罗·沃特金斯认识的。后来，“吉卜赛人”跟琳达讲起“那个名叫查理的英俊男人”，曼森家族，以及在斯潘农场的生活如何充满爱、美好与和平。对琳达来说，这“如同心中的祈祷终于得到了回应”[2]。当天，琳达和女儿塔尼娅就搬去了斯潘农场。那天她虽没见到曼森，但见到了家族的大部分成员，他们嘴里说的几乎只有曼森，很少谈其他的。琳达觉得“他们显然都很崇拜他”。

那天晚上，特克斯把琳达带到一个小房间，跟她讲了一些“我无法理解的离谱事：世上没什么是错的，一切都是对的”。然后，“特克斯和我做爱，那是一种前所未有的体验，就像被附了身”。结束时，琳达的手指因为攥得太紧，疼得厉害。之后，“吉卜赛人”告诉琳达，她所经历的是自我的死亡。

云雨过后，和特克斯聊天时，琳达提到梅尔顿继承的遗产。特克斯说琳达

1 译注：即琳达的前夫罗伯特·卡萨比安。

2 原注：我与琳达·卡萨比安的谈话没有录音。确切的引文出自我做的谈话记录、琳达的庭审证词或她写给我的回忆信件。

应该把钱偷过来。琳达说自己不能这么做，梅尔顿是朋友，是兄弟。特克斯则说琳达大错特错，所有一切都应该分享。第二天，琳达返回拖车偷了梅尔顿的 5000 美元，并把钱交给了莱斯莉或特克斯。琳达把所有财产都交给了家族，而曼森家族的女孩对琳达说：“你的就是我们的，我们的就是你的。”

当晚，琳达第一次见到了查尔斯·曼森。在听说过曼森的所有事后，琳达感觉自己当时像在受审。曼森问她为什么来农场。她回答说因为丈夫已经把她扫地出门。曼森伸手抚摸她的腿。“他似乎对我的腿很满意。”琳达回忆说。然后，曼森说她可以留下来。在和琳达做爱之前，曼森对她说，她一直为自己的父亲深感困扰。这话吓了琳达一跳，因为她不喜欢自己的继父，她觉得曼森能看透她的内心。

琳达·卡萨比安从此成了曼森家族的一员，去参加“捡了垃圾就跑”，和男人做爱，夜里去别人家“潜行”，听曼森讲披头士乐队、Helter Skelter 和无底坑。曼森对琳达说，黑人已经团结在一起了，白人还没有，但他知道如何让白人团结。这是唯一可行的方法，但他没跟琳达解释这个办法到底是什么。

琳达也没有问。从第一次见面开始，曼森就强调“永远不要问为什么”。每当曼森的言论或行为让琳达感到不解时，琳达就会想起曼森的这句话，或者曼森最喜欢的另外一条格言：“毫无道理可言才是道理。”

琳达说，整个曼森家族都有一种“黑人恐惧症”。周末，乔治·斯潘的农场租马生意很红火。偶尔会有黑人来骑马。曼森坚持认为这些黑人是黑豹党，来农场是为了刺探家族的活动。每当有黑人来，曼森就把年轻女孩藏起来。曼森要求每个人晚上都穿深色衣服以便于隐藏，最后他开始安排武装警卫，在农场里巡视直到天亮。

琳达渐渐开始相信，查尔斯·曼森就是耶稣基督本人。曼森虽从没对她直说，但有一天却问她：“你难道不知道我是谁吗？”

琳达回答说：“不知道，我应该知道什么吗？”

曼森没回答，只是笑笑，开玩笑地抱着她转了一圈。

但琳达心中对有些事依然感到疑惑。比如，在曼森家族，母亲不允许照顾自己的孩子。琳达解释说，曼森家族的人把她和女儿塔尼娅分开，是为了“杀死我放在女儿身上的自我”。“一开始我同意了，我觉得这是个好主意，女儿应该成为她自己。”另外，她有几次看到曼森打黛安娜·莱克。琳达此前曾去过许多嬉皮士群体公社，从波士顿的“美国迷幻马戏团”到陶斯县附近的“大地母亲之子”，但她从没见过这种事。她忘了曼森“不要问为什么”的戒律，询问“吉卜赛人”为什么会这样。“吉卜赛人”告诉她，是黛安娜很想挨打，曼森只是在帮她。

然而，琳达的所有疑虑都因为一件事而烟消云散：她爱上了查尔斯·曼森。

在斯潘农场待了一个多月之后，1969 年 8 月 8 日，星期五下午，曼森对家族的人说：“现在是时候启动 Helter Skelter 了。”

即便琳达就此打住，仅凭上面这一句证词，她就堪称有价值的证人了。而琳达要讲的还远不止这些。

那个星期五的晚上，吃完晚饭后大约一小时，七八名家族成员正站在农场小酒馆前的木板路上，这时曼森走出来，把特克斯、萨迪、凯蒂和琳达叫到一边，让他们去换衣服，拿把刀，还叫琳达去拿驾照。后来，我才知道除了玛丽·布伦纳，琳达是曼森家族中唯一持有合法驾照的人，而玛丽·布伦纳已在当天下午被警方逮捕了。由此我推断，这或许正是曼森让琳达同行的原因之一，毕竟琳达刚加入家族不久，而其他人已经和曼森在一起生活有一年多了。

琳达找不到自己的刀（刀被萨迪拿走了），但拉里·琼斯给了她一把。刀的刀柄断了，只缠了胶带。就在曼森对琳达说“跟特克斯走，按特克斯说的去做”时，布伦达找到了琳达的驾照，把驾照递给了她。

据琳达说，曼森下达这个命令时，除了特克斯、凯蒂和她之外，布伦达·麦肯和拉里·琼斯也在场。

然而，布伦达态度强硬，拒绝与执法部门合作。拉里·琼斯，真名劳伦斯·贝利，是一位瘦弱的小个子农场工人，他一直在试图讨好家族。但琼斯的长相带有曼森认为的黑人特征，据琳达说，曼森总贬低琼斯，说他是“白人的孽种”。由于曼森下令实施塔特案时琼斯也在场，所以他可以作为非常重要的证人，为琳达·卡萨比安的证词提供独立佐证。我请求洛杉矶警方找到此人，但警方找不到。于是我就把任务交给地方检察官办公室调查局，并最终找到了琼斯，可琼斯拒不合作。

琳达说，等曼森指示她和特克斯一起去之后，这伙人就挤进了农场帮工约翰尼·斯沃茨那辆老福特车。

我问琳达当天他们都穿的什么衣服。琳达并不十分确定，她记得萨迪好像穿着深蓝色T恤和粗棉布工装裤，凯蒂穿的也差不多，特克斯则穿着黑色丝绒高领衫和深色粗棉布工装裤。

我们给琳达看了电视台工作人员发现的衣服，琳达指认出七件衣服中的六件，只有一件白色T恤衫除外。合乎逻辑的推断是，琳达当时没看到那件白色T恤，因为它可能被套在其他衣服里面。

那鞋呢？我问琳达。琳达确信女孩们当时都光着脚，她记得特克斯穿着牛仔靴，但不能百分百确定。

警方在塔特案案发现场发现了一些血脚印。在排除了洛杉矶警方人员的脚印之后，有两个脚印无法确认：一个是靴子跟留下的印迹，另一个是光脚的脚印，这正好与琳达所述相符。但就像对苏珊·阿特金斯的证词一样，我迫切需要其他证据佐证琳达的证词。

然后，我问琳达我曾问过苏珊的问题：那天晚上他们有人吸毒吗？琳达的回答和苏珊一样：没有人吸毒。

特克斯启动汽车，刚要离开时，曼森说了一声“停”，也可能是“等一下”。然后，他靠在副驾驶座旁的车窗上说：“记得留个记号。你们女孩知道写什么。邪恶一点的话。”

特克斯递给琳达三把刀和一把枪，让她用破布包好，放在车厢地上。特克斯说如果碰到警察拦车，就把它们都扔出去。

琳达一眼就认出了那把.22口径的长管左轮手枪。她说这枪和她当时看到的有几点不同，当时握把完好无损，枪管也没有弯。

据琳达说，特克斯没告诉她要去哪儿，也没说去做什么，她还以为又要去执行夜里潜行的任务。但特克斯当时确实说他曾去过要去的那所房子，知道房子的布局。

我们开着县治安官的车驶上切洛路，琳达指出了特克斯开车转弯的地方，他们当时开车来到切洛路10050号门前，把车停在了电线杆旁。然后，特克斯从车后座拿出一把大号红柄剪线钳，爬上电线杆。从琳达当时所坐的位置是看不到特克斯剪电线的，但她确实看见被剪断的电线落了下来，也听到了它们掉落的声音。

我们给琳达看了警方在巴克农场发现的剪线钳，琳达说“看着”像那天晚上那把剪线钳。由于该剪线钳是在曼森专属的沙滩车中发现的，所以琳达的指认不仅将剪线钳与曼森家族联系了起来，而且也说明曼森本人与此事有关。我为此特别高兴，真的想不到这条线索很快就会被切断。

等特克斯返回车上，他们将车开到靠近山脚的地方停下。然后，四个人拿着凶器和备用衣服，悄悄走回切洛路 10050 号大门前。特克斯还带了一些白色绳子，绳子搭在肩上。

我和琳达下了县治安官的车，一接近切洛路 10050 号大门，房东鲁迪·阿尔托贝利的两只大狗便开始狂吠不止。琳达突然抽泣起来。“你哭什么，琳达？”我不解地问道。

琳达指着那些狗，说：“那天晚上如果这些狗在该多好！”

琳达手指向大门右侧，那天他们就是从这里爬上路堤，翻过了栅栏。就在他们翻下去来到栅栏另一侧时，车道上突然亮起了车灯。“趴下，别出声。”特克斯命令道。随即，特克斯跳起身，跑到汽车旁，汽车正停在大门口开门按钮旁。琳达听到一个男人的声音说：“请不要伤害我！我什么都不会说！”然后，她看到特克斯用枪对着驾驶室打开的窗户，随后响起四声枪响。她还看到车里的人瘫倒在座位上。

（我当时对这件事有点疑惑，直到现在也没搞清楚。遇害者史蒂文·帕伦特身上除了枪伤，还有一道因为自卫留下的刀伤，伤口从左手手掌一直划到手腕。刀割断了肌腱和手表的表带。当时，帕伦特显然是举起左手，即最靠近车窗的那只手，试图保护自己，而那一刀的力量之大足以让手表飞到车后座上。由此推断，特克斯走近车时，一定是一手拿刀，一手持枪，他先向帕伦特砍了一刀，然后才开的枪。但苏珊和琳达都没看到特克斯拿刀，也不知道特克斯这时挥过刀。）

琳达看着特克斯伸手进车关掉车灯，将车熄了火。他把车推回车道，推了一段距离，然后叫其他人跟着他走。

琳达说，她当时被枪声吓呆了。“我大脑一片空白。只是身体在跟着他们向房子走去。”

琳达和我走上塔特家的车道，我问琳达当晚有哪些灯亮着。琳达指了指车库侧面的驱虫灯，又指了指栅栏上的圣诞树装饰灯。如果辩方在法庭上反驳，说琳达的证词是根据报纸刊登的新闻编造的，这些小细节将起到关键作用，因为报纸上从没报道琳达刚才所说的，以及我收集到的许多其他细节。

我们走近主宅时，琳达的身子开始发抖，胳膊上起了鸡皮疙瘩。天气并不冷，可琳达正怀有九个月的身孕，于是我脱下大衣披在她肩上。但我们在命案现场期间，琳达身子一直抖个不停，在指出当时的一些情况时，她时常会放声哭泣。在我看来，这些眼泪毫无疑问是琳达真实情感的流露，这地方发生过的事令她深受影响。我忍不住想到，相比琳达，苏珊实在太过冷血。

琳达说，他们走到房前，特克斯让她到房后查看有没有未上锁的窗户或门。琳达回来报告说所有门窗都上了锁，实际上她没去检查。（这就解释了凶手为什么没从打开窗户的婴儿房进入室内。）于是特克斯用刀子拆掉一扇前窗的纱窗。那个纱窗现在已经换过，但琳达还是准确指出了那扇窗户，还说特克斯当时是用刀水平划开了一条缝，这与实际情况相符。然后，特克斯让她回去，在车道上的车旁等着。

琳达按照特克斯的吩咐回去等。大概过了一两分钟，凯蒂回来，问琳达要刀（即那把手柄缠胶带的刀），并告诉她：“听着点周围的动静。”

几分钟后，琳达听到屋里传来“可怕的声音”。有男人哀号，“不，不，不”，随后放声尖叫。屋里的嘶喊声似乎一直没停，还夹杂着求饶命的哀号，听声音有男有女。

琳达说，因为想“阻止正在发生的事”，“我向房子跑去”。她上了步行道，“有个男人，一个高个子男人正从门里出来，摇摇晃晃，脸上都是血，他站在门柱旁，我们对视了大约有一分钟，我不确定到底有多久，我说：‘哦，上帝啊，我很抱歉。’然后，那个男人就一头栽倒在了灌木丛里”。

“随后萨迪从屋子里跑出来，我说：‘萨迪，请停手吧！有人来了！’我是在骗她，想让他们停手。可她说：‘现在已经不能停手了。’”

苏珊一边抱怨说刀丢了，一边又跑回屋里。琳达依然留在屋外。（苏珊之前曾告诉我和陪审团，琳达没进过屋。）她转过身，看到一个穿着白色睡衣、深色头发的女人跑到了草坪上，凯蒂正在后边追她，手里高举着一把刀。不知怎的，那个高个子男人又从前廊旁的灌木丛中出来，踉跄着也跑到了草坪上，但又摔倒了。琳达看到特克斯用东西打那个男人的头，可能是一把枪，她并不确定，等男人倒在地上，特克斯又在他背上反复捅了几刀。

（根据我们提供的照片，琳达认出那个高个子男人正是沃伊特克·弗雷科夫斯基，深色头发的女人则是阿比盖尔·福尔杰。我核查了弗雷科夫斯基的尸检报告，在他所中的51处刀伤中，有5处是在背部。）

琳达转身，沿着车道向外跑。她跑了大概有5分钟，然后躲在大门附近的灌木丛里，接着又翻过栅栏，沿着切洛路一直跑到了那辆福特车停的地方。

问："你当时为什么没有跑去隔壁报警？"我问琳达。

答："我当时第一个念头是'找人帮忙！'，但我一下子想到了我的女儿，她还在农场，和查理在一起。而且我不知道自己当时在哪里，也不知道该怎么离开那里。"

琳达上了车，刚启动车子，"突然间他们就回来了。个个浑身是血，看着像僵尸。特克斯对我大喊，让我熄火，他要开车。他当时的眼神很可怕"。琳达滑坐到副驾驶位置上。"特克斯上了车，然后对萨迪大吼，骂她弄丢了刀。"

特克斯把那把.22口径左轮手枪放在两人座位之间。琳达注意到那把枪的握把断了，特克斯说是打那个男人的头打坏了。萨迪和凯蒂抱怨脑袋疼，因为那些人在反抗时扯了她们的头发。萨迪还说那个大块头打了她的头，"那个女孩"——不清楚她说的是莎伦还是阿比盖尔，哭着要找妈妈。凯蒂抱怨说手很疼，说用刀捅人时一直捅到骨头，因为刀子没有固定手柄，把她的手都弄肿了。

问："你当时什么感觉，琳达？"

答："震惊。"

问："其他人呢，他们看起来如何？"

答："他们好像只觉得这是一场游戏。"

等汽车开动后，琳达替特克斯握住方向盘，特克斯、萨迪和凯蒂在车里换了衣服。琳达自己没换，因为她身上没有血迹。特克斯说他想找地方把血冲干净，于是开车从贝内迪克特峡谷拐到了离塔特家不远的一条小街上。

琳达对冲洗血迹这件事的描述与苏珊·阿特金斯和鲁道夫·韦伯的一致。韦伯家距离塔特的住所不到3公里。

特克斯接着又拐上贝内迪克特峡谷，一路驶过黑暗的丘陵地带。他把车停在路边的土路肩上，特克斯、萨迪和凯蒂把血衣递给琳达，琳达按照特克斯的指示，把血衣卷成一团，扔到了山坡下。由于天太黑，她看不清衣服落在了哪儿。

继续开车后，特克斯吩咐琳达擦掉刀上的指纹，然后把刀扔掉。琳达扔出的第一把刀落在了路边的灌木丛里，几秒后扔出的第二把刀撞到路缘，又弹回到了马路上。琳达回头看见刀子躺在马路上。几分钟后，枪也被丢出了窗外，但琳达记不清到底是她扔的，还是特克斯扔的。

车子行驶了一会儿，在一座加油站里停下，琳达不记得是在哪条街。凯蒂和萨迪轮流进卫生间洗掉了身上残留的血迹。然后，他们一路开车返回了斯潘农场。

琳达没有手表，估计返回农场时大致是凌晨两点，查尔斯·曼森当时站在木板路上，就在他们离开时他所在的地方。

萨迪说车外还有血迹，于是曼森让女孩们拿来抹布和海绵，把车子内外都洗了一遍。

然后，曼森让他们去工棚。布伦达和克莱姆已经在那里了。曼森问特克斯情况如何。特克斯回答说那些人恐慌极了，房子里混乱一片，到处都躺着尸体，房子里的人都死了。

曼森问他们四个人："你们后悔吗？"所有人都摇了摇头，说："不后悔。"

琳达告诉我，她其实后悔，但没敢向曼森承认，因为"我很怕自己会因此没命。我可以从他的眼神里看出来，他能看透我的内心，如果我说后悔，就等于在违抗他"。

曼森告诉他们："去睡觉吧，跟别人什么都不要说。"

琳达睡了大半天。太阳快落山时，萨迪喊她去拖车里，拖车里的电视正在播当天的新闻。琳达不记得当时有没有特克斯，但她记得萨迪、凯蒂、芭芭拉·霍伊特和克莱姆都在场。

那是当天的大新闻。琳达此时第一次听到受害者的名字，还得知其中那个名为莎伦·塔特的女人也怀有身孕。而就在几天前，琳达刚知道自己怀了孕。

"看新闻时，"琳达说，"我心里在不停地问：'他们为什么要做那种事？'"

等琳达和我离开塔特家后，我让琳达指出他们当时逃走的路线。琳达找到了当晚停车处理衣物的土路肩，但找不到特克斯从贝内迪克特峡谷拐进去的那条小街，于是我让副治安官开车直接去了波特拉路。一上那条路，琳达马上认出了9870号，并指出门前的水管。9870号正是鲁道夫·韦伯的家。她还指出了他们当时停车的地方，也正是韦伯为警方指证的位置。无论是韦伯家的地址，还是警方找到韦伯的事，报纸都没报道过。

我们又返回贝内迪克特峡谷，想找到琳达扔刀的地方，这时副治安官说："有人在跟着我们。"

透过车窗，可以看见第二频道电视台的人正在跟踪我们。电视台人员的出现可能只是巧合，但我怀疑更可能是监狱或法院里有人给媒体透露了消息，说我们要带琳达出去。此时，只有少数人知道琳达·卡萨比安将成为检方证人，我希望这件事越晚曝光越好。我本来还打算带琳达去拉比安卡夫妇家和其他几个地点，看来也只能推后了。我让琳达转过头，以免被人认出来，然后让司机赶紧开车回西比尔布兰德拘留所。

上了高速公路，我们试图甩掉电视台的人，但没成功。他们拿着摄像机一路都在跟拍，那情景感觉像是马克·森内特[1]拍的喜剧，只不过媒体正在追赶的是警方罢了。

把琳达送回拘留所后，我让警长麦根从警察学院借调学员，或者派童子军去搜查凶手丢弃的刀。根据琳达的描述，那些刀应该是在发现衣服的地点和年轻的史蒂文·韦斯发现枪的那座山之间的某个地方，这两处大概只相距3公里。而且，琳达当时回头看到其中一把刀躺在路上，所以那附近一定有照明，也许可以通过这一点锁定位置。

第二天，也就是3月4日，"吉卜赛人"再次在琳达律师弗莱施曼的办公室出现，当着律师事务所合作伙伴罗纳德·戈德曼的面告诉弗莱施曼："如果琳达出庭作证，将有三十个人会采取行动。"

我检查过琳达在西比尔布兰德拘留所的安保。在孩子出生之前，琳达会被

---

1 译注：马克·森内特（Mack Sennett，1880—1960），加拿大出生的美国电影导演，为卓别林执导过多部作品，被称为"喜剧之王"。

关押在医务室旁的隔离间，与其他囚犯隔开，由副治安官负责送饭。但等孩子出生后，拘留所会将琳达重新转回多人牢房，那样她很可能受到苏珊、帕特丽夏或莱斯莉的威胁，甚至有可能被杀。我在备忘录上记下要和卡彭特警监谈谈，看到时能否给琳达重新安排。

苏珊的律师理查德·卡巴莱罗即便可以推迟苏珊与曼森的见面，却没有办法阻止。3月5日，苏珊·阿特金斯和查尔斯·曼森在洛杉矶县监狱见了面。当时在场的卡巴莱罗后来作证说："他们一见面，首先就想知道对方有没有见过琳达·卡萨比安。"两人都还没见过，于是决定继续想办法。

曼森问苏珊："你害怕进毒气室吗？"

苏珊笑着回答说，她不怕。

听到这句话，卡巴莱罗一定意识得到自己已经失去了这个委托人。

苏珊和曼森又聊了一个多小时，卡巴莱罗根本不知道他们在说什么。"谈着谈着，他们开始用双关语或者故意颠倒字母顺序交谈，我完全听不懂他们在说什么。"

但他们望向彼此的眼神说明了一切。这就像"高高兴兴回了家"。萨迪·梅·格鲁兹，即苏珊，又回到了令人无法抗拒的查尔斯·曼森身边。

第二天，苏珊就解雇了她的律师理查德·卡巴莱罗。

3月6日，曼森出庭提出了一系列新动议。其中一项要求"负责此案的副地方检察官在与我相同的条件下监禁一段时间……"，另一项要求"可自由前往我认为适合为本案准备辩护的任何地方……"。

除此之外，曼森还提出了其他要求，基恩法官当庭对曼森的"荒唐"之举表示"深感震惊"，并说他已审查过本案的所有文件，从曼森纯属"无稽之谈"的动议到曼森屡次违反法庭限宣令的行为，他全都知晓。此外，基恩法官还与曾审判过曼森的法官卢卡斯和戴尔展开讨论，从而得出结论："我现在已经非常清楚，你根本不具备为自己辩护的能力。"

这话激怒了曼森，他大喊："在这儿受审的不是我，而是这个法庭！"他还对法官说："去洗洗手吧。你的手太肮脏了。"

法庭宣布："曼森先生，鉴于你此刻的状态，本法庭撤销之前允许你为自己辩护的决议。”

基恩法官不顾曼森的强烈反对，任命洛杉矶刑事法庭律师协会前主席——查尔斯·霍洛彼得作为曼森记录在案的律师。

“你可以杀了我，”曼森说，“但你别想给我指定律师。我坚决不接受。”

基恩法官告诉曼森，如果曼森自己挑选一名律师，他会考虑让曼森选的律师取代霍洛彼得。我听过霍洛彼得这个人，他绝不会为虎作伥，所以我猜他大概只能坚持一个月，但结果证明我还是太乐观了。

庭审临近结束时，曼森大喊：“在这个法庭上没有上帝！”这句话就仿佛一个暗号，曼森家族的一些成员听了马上跳起来，对基恩法官大喊：“你的所作所为在嘲弄正义！你就是个笑话！”法官判定其中三个人——“吉卜赛人”、桑迪和马克·罗斯藐视法庭罪，在县监狱关押五天。

在收监前搜身时，法警在桑迪的包里发现一把巴克牌刀。

此后，所有旁听人员必须经过负责洛杉矶刑事法庭安全的副治安官搜身之后，才可以进法庭旁听。

3 月 7 日，琳达·卡萨比安被送进医院。两天后，她生下一个男孩，给孩子取名安杰尔[1]。13 日，琳达被送回拘留所，孩子没有和她一起，琳达的母亲把孩子带回了新罕布什尔州。

在此期间，我和卡彭特警监交涉，他同意让琳达还住在之前医务室旁的隔离间。我亲自去查看过，那是一个小房间，里面只有一张床、马桶、洗脸池，还有一张小桌子和椅子。房间很干净，但阴冷。最重要的是它很安全。

每隔几天，我就给警长麦根打一个电话。可他依然还没着手搜查凶手丢弃的那两把刀。

3 月 11 日，在正式提出解雇自己的律师理查德·卡巴莱罗之后，苏珊·阿特金斯要求法庭指派戴伊·希恩作为她的新律师。

---

1 译注：英文名为 Angel，有天使的意思。

由于希恩是在曼森被从独立城带到洛杉矶县监狱后第一批致电曼森的律师之一，也曾在其他几个案子中做过曼森的律师，而且去监狱见过曼森四十多次，所以基恩法官觉得这么做可能涉及利益冲突。

律师希恩对此予以否认。基恩法官于是警告苏珊，她选择与同案被告关系密切的律师存在风险。苏珊回答说她不在乎，她就想让希恩做她的律师。于是基恩法官批准了苏珊的请求。

我此前没有跟希恩交过手。他大约四十岁，出生在韩国。据媒体报道，在给曼森辩护之前，他主要接手的都是南加州墨西哥人的家务案件。

离开法庭时，苏珊的新律师希恩对等候的记者说，苏珊·阿特金斯“肯定会否认她之前对大陪审团所说的一切”。

3 月 15 日，我们又把琳达·卡萨比安带出拘留所。这次我们没开县治安官那辆显眼的警车，而是开了一辆没有任何标志的普通警车。

我想让琳达指认拉比安卡夫妇遇害当晚凶手所走的路线。

1969 年 8 月 9 日，星期六，琳达和其他几位家族成员当天晚上吃完晚饭，站在斯潘农场厨房外。曼森把琳达、凯蒂和莱斯莉叫到一旁，吩咐她们去换衣服，然后到工棚和他会合。

这次，曼森没有让琳达拿刀，但确实告诉她去拿驾照。

“我只是看着他，用眼神祈求他不要让我去，因为，”琳达说，“我知道我们又要出去做什么，我知道会是做同样的事，但我又不敢说什么。”

“昨晚真是一团糟。”当所有人在工棚集合后，曼森对所有人说，“这次我要教你们该怎么做。”

特克斯则抱怨前一天晚上他们用的武器不趁手!

琳达在工棚里看到两把长刀，其中一把是“皈依撒旦”机车党的长刀。她没看到有人拿那些长刀，但后来在汽车前座下发现了机车党的那把长刀和两把稍小的刀。之前我询问丹尼时，丹尼也跟我说过，大约在那天晚上的这个时候，他发现那把长刀被人拿走了。

这群人又一次挤进了农场帮工斯沃茨的那辆老福特车。这次曼森亲自开车，琳达坐在旁边，克莱姆坐在副驾驶位上，特克斯、萨迪、凯蒂和莱斯莉挤在车后座上。琳达说那天晚上除了克莱姆穿着橄榄色的野战夹克之外，其他人穿的都是深色衣服。曼森像往常一样，脖子上戴了一条皮绳，皮绳打结垂在胸前。我问琳达，当时除了曼森，是否还有其他人也戴了那种皮绳。琳达说没有。

出发之前，曼森向布鲁斯·戴维斯要了一些钱。正如丹尼负责管理曼森家族的枪支一样，戴维斯是曼森家族的会计，负责处理盗来的信用卡、假身份证等。

开车离开后，曼森告诉他们，今晚他们将分成两组：每组去一家。他会先放下一组人，然后带着第二组行动。

当他们停下来加油时（使用的是现金，并非信用卡），曼森让琳达接手开车。通过询问，我确定他们的一切行动，比如要去哪里、要做什么，都听曼森一个人指挥。琳达说特克斯·沃森从未命令过谁做什么事。他们完全都听曼森的。

按照曼森的指示，琳达将车开上去往帕萨迪纳的高速公路。等下了高速，曼森指了好多次路，以至于琳达已经不知道他们到底到了哪里。最后，曼森让琳达将车停在一栋房子前，琳达说那是一栋时髦漂亮，只有一层楼的中产阶级房子，也正是苏珊·阿特金斯所说的那栋房子。苏珊曾提到过，当时曼森下了车，让他们继续开车绕街区转一圈，然后他们又接上曼森。曼森说他透过窗户看到房子里有孩子的照片，就不想“搞”那栋房子了，不过，他补充说，将来可能也不得不杀孩子。琳达关于此事的说法与苏珊的基本相同。

绕着帕萨迪纳开了一段时间，又换回曼森开车。琳达说：“我记得我们开车上山，山上有很多房子，漂亮的房子，有钱人的房子，还有很多树。我们一直开到山顶，在某栋房子前掉了一个头，停下来。”琳达不记得那房子是一层还是两层，只记得它很大。但曼森说这里的房子互相离得太近，所以他们又开车离开了。

这之后不久，曼森看见一座教堂。他把车开进教堂旁的停车场，下了车。琳达隐约记得，曼森告诉他们，他要去“收拾”牧师或神父。

然而，几分钟后曼森就回来了，说教堂的门锁了。

苏珊·阿特金斯的证词没提过教堂。我是从琳达·卡萨比安口中第一次听到此事。

曼森叫琳达继续开车，但他指的路很混乱，琳达很快就迷路了。后来，他们一直从海边开到日落大道，这时又发生了一件苏珊·阿特金斯没讲过的事。

看到前面有一辆白色跑车，曼森对琳达说："在下一个红灯路口，把车停在跑车旁。我要杀了那个司机。"

琳达把车停在跑车旁，但就在曼森跳下车时，红灯突然变成绿灯，那辆跑车一下子开走了。

这位差点遇害的司机至今还不知道自己当时离死亡只有一步之遥。

到目前为止，他们只是开着车四处随意转，曼森似乎没有特定目标。正如我后来向陪审团所说，在那个时候，在这个聚集着七百万人的大都市里，无论是在家，还是在教堂，甚至在车里，都没有人是安全的，曼森对死亡、鲜血和杀戮的渴望随时会吞噬任何人的性命。

但就在跑车开走之后，曼森的指示开始变得非常具体。他领着琳达开到洛杉矶洛斯费利斯区，在距离格里菲斯公园不远的地方，让琳达把车停在住宅区一户人家门口的街道上。

琳达认识那所房子。1968 年 6 月，她和丈夫从西雅图开车去陶斯县，途中曾在洛杉矶短暂停留，一个朋友带他们去了韦弗利路 3267 号参加"佩奥特掌[1]派对"。琳达记得当时住在那房子里的男人名叫哈罗德。本案中有大量的巧合，琳达竟然碰巧也曾去过哈罗德家，尽管当时并没有曼森家族成员在场。

琳达问："查理，你不会要去那栋房子吧？"

曼森回答道："不会，是隔壁那栋。"

曼森让其他人留在车里，然后他自己一个人下了车。琳达注意到曼森把什么东西插在了腰里，但没看清是什么。琳达看着曼森走上车道，一直走过车道拐弯处，从视线中消失。

虽然无法确定，但我推测曼森当时应该是带了一把枪。

而对于罗斯玛丽和莱诺·拉比安卡夫妇来说，那致命的恐怖一幕即将上演。

琳达估计当时应该在凌晨两点左右。她说，大约 10 分钟后，曼森返回了

---

1 译注：peyote，一种无刺的圆形仙人掌，从中提取的仙人球毒碱具有很强的致幻作用。

车上。

我问琳达，曼森当时脖子上是否还挂着那条皮绳。琳达说没注意，不过当夜晚些时候她确实注意到曼森脖子上的皮绳没有了。我给她看了捆绑莱诺·拉比安卡手腕的皮绳，她说看着跟曼森脖子上挂的是“同一种”皮绳。

曼森让特克斯、凯蒂和莱斯莉下车，带上备用衣服。这三人显然是当天晚上的第一队。琳达只听到一部分对话。曼森告诉三人组，屋里有两个人，他已经都绑起来了，还安慰那两人没事，让他们别害怕。曼森嘱咐特克斯、凯蒂和莱斯莉，不要刺激他们，免得他们像前一天晚上的那些人那样过度恐慌。

拉比安卡夫妇已经成了他们“潜行”的猎物，在查尔斯·曼森虚情假意的安抚之下，等待被凶手宰杀。

接下来的谈话琳达只听到只言片语，她没听到曼森明确命令三人组杀死那两个人，也没看到这三人携带武器。但她的确听到曼森说：“别让他们察觉你们要杀死他们。”而且还听到曼森指示三人组，等完成任务后自行搭便车回农场。

待三人组向房子走去，曼森回到车上，递给琳达一个女式钱包，让她擦掉包上的指纹，取出零钱。打开钱包时，琳达注意到驾驶证上面有一位深色头发女人的照片。她记得那女人的名字是“罗斯玛丽”，而看那个女人的姓“不是墨西哥人就是意大利人”。她还记得看到过几张信用卡和一块手表。

当我问琳达钱包的颜色时，她说是红色。但其实是棕色。琳达声称拿走了包里的所有零钱，但实际上钱包被发现时，有个夹层里还留有一些硬币。我觉得这两处出入可以理解，尤其是钱包的零钱夹层很容易被忽略。

曼森又坐到了驾驶位上。琳达换到副驾驶位上，萨迪和克莱姆还在车后座。曼森告诉琳达，等车开到有色人种居多的地区时，就把钱包扔到人行道上，那样可能会被黑人捡到，而黑人在使用钱包里的信用卡时会被捕。曼森解释说，这样人们就会以为杀人的是黑豹党。

在离特克斯、凯蒂和莱斯莉下车地不远的地方，曼森开车上了高速公路，开了很久又下了高速公路，停在附近的一座加油站里。曼森显然更改了最初的计划，他让琳达把钱包放在女厕所里。琳达照做了，她掀开马桶水箱顶盖，把钱包放在了冲水装置的水漂上，她藏得太好了，以至于四个月后才被人发现。

我问琳达是否记得那个加油站有什么特点。她记得加油站隔壁有家餐厅，好像“发出橙色的光”。

西尔玛区标准石油加油站旁有一家丹尼连锁餐厅，餐厅上挂着橙色的大招牌。

琳达在卫生间时，曼森去了餐厅，回来时手里拿着四杯奶昔。

也许就在拉比安卡夫妇遇害的同时，那个下令杀死他们的人正在喝奶昔。

曼森又让琳达继续开车。这次也开了很久，大概有一个小时，他们将车开到了威尼斯区南部某处海滩。琳达记得看见了一些储油罐。四个人都下了车走在沙滩上，萨迪和克莱姆按照曼森的指示，跟在曼森和琳达身后。

曼森突然之间又变得爱意满满，就好像过去 48 小时从未发生过任何事。琳达告诉曼森她怀孕了。曼森拉着琳达的手，琳达描述说：“他给我感觉很和善，你知道吗，我们只是聊天，我给了他一些花生，他让我忘记了一切，让我感觉很好。”

对此，陪审团能理解吗？我想一旦陪审团了解了曼森的人格魅力和琳达对曼森的爱，他们应该会理解琳达的心情。

就在他们走到一条侧街上时，一辆警车突然停下，下来两名警官，问他们在做什么。

曼森回答说：“我们只是去散步。”然后问：“你们不知道我是谁吗？”或者“你们不记得我的名字吗？”好像警察就应该认识他似的。警察说：“不知道。”然后返回巡逻车，开走了，也没管两人要身份证件。据琳达说那是“一次友好的谈话”，大概只有一分钟。

我原以为很容易就能找到当晚在该地区值班的两名警察，可事实证明我错得离谱。

等曼森和琳达返回时，克莱姆和萨迪已经在车上了。曼森让琳达开车去威尼斯区。途中曼森问三人在威尼斯区是否认识什么人。没人认识。然后，曼森问琳达：“你和桑迪在威尼斯区遇到的那个人呢？他不是一只猪猡吗？”琳达回答：“不是，他是个演员。”曼森让琳达开车去那人的公寓。

我跟琳达了解了那位演员的情况。

琳达说，8 月初的一个下午，她和桑迪在码头附近搭便车，那人接了她们。那人好像说他是以色列人或阿拉伯人——琳达记不清到底是哪一个——曾出演过关于纪伯伦的电影。两个女孩饿了，那人开车带她们去他家，给她们做了午餐。之后，桑迪睡着了，琳达和那个男人做了爱。在女孩们离开时，那人给了她们一些食物和换洗衣服。琳达不记得那男人的名字，只知道他是个外国人。不过，她觉得自己肯定能找到那栋公寓楼，因为那天晚上曼森让她开车去的时候，她找到了。

曼森他们将车停在那人的公寓楼前，曼森问琳达，那男人会不会让她进门。“我想会的。”琳达答道。那萨迪和克莱姆呢？琳达说估计也会。随后，曼森递给琳达一把刀，并向她演示如何割断那男人的喉咙。

琳达说她做不到。“查理，我不是你，”琳达对曼森说，“我不能杀人。”

曼森让琳达带他去那人的家。琳达带着曼森上了楼，但故意指错了门。

回到车上，曼森给了三人明确的指示。他们要去那个演员的家。琳达负责敲门，等那人让她进去时，萨迪和克莱姆也跟着进去。一进门，琳达就割断那人的喉咙，克莱姆负责对他开枪。完事后，他们自行搭便车回农场。

琳达看到曼森递给克莱姆一把枪，但无法确切描述出枪的样子。她也不知道萨迪是否带了刀。

“如果出了什么问题，”曼森对他们说，“那就别干了，撤回来。”然后他溜进驾驶位，开车走了。

正如此前教堂和跑车那两件事一样，苏珊·阿特金斯也没跟我提过威尼斯区这件事，在大陪审团前作证时也没说。我觉得之前那两件事苏珊有可能忘了，但我怀疑她故意隐瞒没说这第三件事，因为这件事可以直接证明她自愿参与了另一起未遂的谋杀。不过，如果我有更多时间讯问苏珊，有可能会将这件事挖出来。

那个演员住在顶楼，或者说五楼，但琳达并没告诉克莱姆和萨迪，而是走到了四楼，敲响她看到的第一扇门。一个睡眼惺忪的男人来应门：“谁啊？”她回答说：“是琳达。”那个男人把门打开一条缝，琳达说：“哦，对不起，我走错门了。”

门只开了一两秒，琳达仅瞥见那男人的身影。虽然不确定，但感觉应该是个中年人。

三人随后离开了那栋楼，在离开前，萨迪像动物一样，在楼梯的平台上解了手。

显然，琳达·卡萨比安阻止了曼森下令的另一起谋杀。为获得佐证琳达说法的独立证据，我们不仅要找到那个演员，还要找到那个开门的男人，或许他还记得自己曾在凌晨四五点钟被一个年轻漂亮的女孩叫醒。

克莱姆、萨迪和琳达离开公寓楼，走到不远处的海滩。克莱姆想把枪扔掉，于是跑到了靠近一处围栏的沙堆后面。琳达推测克莱姆可能把枪埋了，或者扔到了围栏外面。

他们步行走回太平洋海岸高速公路，搭便车去了托潘加峡谷入口。那附近有一个嬉皮士临时借宿地，就在马利布一家宠物店的隔壁，萨迪说她认识住在那里的女孩。琳达回忆说，那里还有一个老男人和一条大狗。三人在那里待了大约一小时，抽了一些大麻，然后离开了。

接着，他们搭了两趟便车，最后那趟车把他们一直送到了圣苏珊娜帕斯路入口，克莱姆和琳达在那里下了车。第二天琳达才知道，萨迪一直留在车里，去了瀑布区。

当琳达和克莱姆回到农场时，特克斯和莱斯莉已经回来了，正在房间里睡觉。琳达没看到凯蒂，第二天才知道，凯蒂和萨迪一样，也去了瀑布区的营地。琳达当晚睡在农场的小酒馆里。

两天后，琳达·卡萨比安逃离了斯潘农场。然而，她离开农场的方式将会在庭审时引发巨大关注。

我没直接带琳达去拉比安卡夫妇家，而是让副治安官开车去洛斯费利斯区，看琳达能否找到拉比安卡夫妇家。她做到了，不但指出了拉比安卡夫妇家和哈罗德曾住过的房子，还指出了曼森当时停车的地方，以及曼森当时走的车道等等。

我还想确定曼森当晚早些时候在帕萨迪纳停留过的那两栋房子，但我们花了几个小时也没找到。不过，琳达确实找到了那位演员住的公寓楼——海滨大道 1101 号，并指出他的家是 501 室，她敲过门的是 403 室。我让警长帕切特和古铁雷斯去寻找并询问那位演员和住在 403 室的男人。

琳达还带我们去看了围栏旁的沙堆，她相信克莱姆就是在那儿处理了枪支，我们用铁锹挖过那片区域，却没找到枪。有可能别人发现了枪，或者克莱姆或其他家族成员之后回来把枪拿走了。我们一直不知道那是一把什么型号的枪。

我们从一大早就出了门，中午是在一家中餐馆吃的午饭。当天下午，返回帕萨迪纳，开车路过四十多座教堂后，琳达终于找到了曼森曾停留过的那座教堂。我让洛杉矶警方给教堂和附近的停车场拍了照，作为庭审证物。

琳达还指认了她藏钱包的西尔玛区标准石油加油站，以及旁边的丹尼连锁餐厅。

尽管我们一路采取了多重防范措施，可还是被发现了。第二天，《洛杉矶先驱观察报》报道说："除了获得豁免权，卡萨比安女士还得到了额外'优待'——在圣莫尼卡市的吴女士花园餐厅吃了一顿中餐。餐厅员工证实，周日卡萨比安女士、她的律师弗莱施曼和检察官布廖西曾在他们餐厅就餐。"

报纸省略没提与我们一起就餐的还有六名洛杉矶警察和两名洛杉矶县治安官办公室的副治安官。

之后，我们又带琳达出去了两次，试图找到位于帕萨迪纳的那两栋房子。两次都有南帕萨迪纳警察局的警官陪同，他们带我们去了一些与琳达描述相似的街区。最后，我们终于在山顶找到了那所大房子。我让人给那所房子和相邻的房子都拍了照，正如曼森所说，它们互相离得非常近，但我决定不向房主了解情况，我相信他们不知道自己曾与死亡擦肩而过的话，一定会睡得更好。但我们一直没找到苏珊和琳达都提过，曼森透过窗户看到孩子照片的那所房子。

我们确实给了琳达一项特权，或许可以称之为"优待"。我们带琳达离开西比尔布兰德拘留所三次，允许她给新罕布什尔州的母亲打电话，和她的两个孩子说话。电话费用由琳达的律师承担。虽然她的孩子安杰尔才一个月大，听不懂什么，但对琳达来说，能和孩子说话显然意义重大。

琳达并没提出要和孩子通话，她从没提过任何要求。她不止一次，而是好几次告诉我，虽然她很高兴自己能获得豁免权，那样她就可以和孩子们在一起了，但即使得不到豁免权也没太大关系。她心中始终抱有一种悲伤的宿命论。琳达说，她知道自己必须说出真相，而且自从命案发生起，她就知道自己会是那个说出真相的人。与其他被告不同，琳达似乎因此背上了罪孽，可她其实并没有伤害过任何人。琳达是个奇怪的女孩，因为和曼森生活在一起而被贴上了曼森家族成员的标签，却又不像其他成员那样被曼森彻底洗脑。琳达生性温顺，很容易受人引导，曼森要控制她显然不难。但琳达心中始终有一条连曼森也无法逾越的底线。"查理，我不是你。我不能杀人。"

有一次我问琳达她现在对曼森怎么看。琳达说她依然爱着曼森。“他说的有些是事实。”琳达若有所思道，“但现在我意识到，他会利用事实来编造谎言。”

在琳达·卡萨比安将成为检方证人的消息传出后不久，第七频道的新闻主持人，也就是曾发现凶手衣物的艾尔·威曼来办公室找我。艾尔·威曼认为如果琳达已同意作证，那她一定告诉了检方扔凶刀的地方。他恳求我给他指出一个范围，并保证电视台会提供搜索人员、金属探测器等一切所需资源。

“听着，艾尔，”我告诉他，“你们已经找到了衣服。如果再找到凶器，到时法庭会怎么想？告诉你吧。我已经想办法派人去找了。如果他们不去，我就告诉你。”

等艾尔·威曼离开后，我打电话给警长麦根。从我让他去找刀到现在已经两个星期过去了，可他依然按兵不动，没采取任何措施。我的忍耐已经到了极限，我打电话给警督赫尔德，告诉他艾尔·威曼的提议。“想想，如果在庭审时，大众得知是一个十岁男孩发现了凶枪，而第七频道的工作人员找到了凶手的衣服和刀，到时洛杉矶警察局会颜面尽失。”

第二天，警督赫尔德就派人去搜了，可一无所获。不过，至少在庭审时，我们可以说警方已经搜过了。否则辩方可以反驳说，正因为洛杉矶警方对琳达·卡萨比安的说法持怀疑态度，所以甚至都没费心去搜。

没能找到凶刀确实让人失望，但也不算太意外。从琳达那晚把刀扔出车外到现在，已经七个多月过去了。据琳达说，其中一把刀弹回到马路上，另一把则落在了附近的灌木丛里。这条路虽然位于乡下，但人流很大。那些刀很可能被开车或骑车路过的人捡走了。

我不知道警方跟塔特家的女佣威妮弗雷德·查普曼夫人谈过多少次。我也是和她谈过几次之后，才发现我们显然都忽略了一点。

查普曼夫人曾说，8 月 8 日，星期五快到中午时，她清洗过塔特家的前门。这意味着特克斯，即查尔斯·沃森的指纹一定是在此之后留在门上的。

而在塔特案现场，在莎伦·塔特卧室通往游泳池的门上还发现了第二枚指纹，也就是帕特丽夏·科伦温克尔的指纹，位于卧室门的内侧。

我问查普曼夫人："你也清洗过那扇门吗？"她说洗过。我问多久洗一次。她解释说，一周必须清洗几次，因为客人们通常会从那扇门去游泳池。

最关键的问题是："谋杀案发生的那一周你洗过吗？如果洗过，是什么时候？"

答："最后一次洗是在星期二。我用醋和水把门里里外外都洗了一遍。"

根据证据披露要求，我只需把谈话内容记下来，放进文件盒里即可。然而，为了对律师保罗·菲茨杰拉德及其委托人公平，我打电话给菲茨杰拉德，告诉他："如果你打算在法庭上，让科伦温克尔说她的指纹是在谋杀案发生前几周去塔特住宅游泳时留下的，那最好算了。查普曼夫人会证明她在 8 月 5 日星期二清洗过那扇门。"

菲茨杰拉德很感激我通知了他。如果他的辩护是基于这个前提，那查普曼夫人的话会对他造成毁灭性的打击。

当我们之间像这样私下谈话时，有些事虽然不明说，但大家都心知肚明。不管菲茨杰拉德公开如何表态，我确信他清楚自己的当事人有罪，而且他知道我也清楚。虽然辩护律师只在极少数情况下会在法庭上出现口误，承认这一点，但在法院内庭讨论和私下谈话时，往往是另外一种情况。

在检方提供的文件中，有两件证据我没向被告特别指出。我确信他们已经看过，那两份证据都是复印件，我希望辩方并没意识到它们的重要性。

一张是交通罚单，另一张是逮捕报告。两份文件分开看似乎并不重要。但合在一起就如同一枚炸弹，可以彻底摧毁曼森不在场的狡辩。

早前因约县地方检察官办公室的弗兰克·福尔斯曾告诉我，说曼森可能会声称案发时不在洛杉矶，我一得知该消息，就立刻让负责拉比安卡夫妇案的警探帕切特和古铁雷斯去调查曼森在案发时的行踪。他们的调查非常出色。根据信用卡交易记录和走访获得的信息，他们拼凑出了 Helter Skelter 开始前一周，曼森实际活动的时间表。

1969 年 8 月 1 日左右，曼森告诉几名家族成员，他要去大瑟尔物色新的家族成员。

曼森显然是于 8 月 3 日星期日早上离开的，因为在那天早上 7 点到 8 点之间，曼森在卡诺加公园的加油站加了油，用的是偷的信用卡。然后，他从卡诺加公园出发向北，朝大瑟尔方向开。第二天早上 4 点左右，在大瑟尔以南，距离大瑟尔尚有一段距离的服务站外，可能是在戈尔达，他载了一位名为斯蒂芬妮·施拉姆的年轻女孩。这个十七岁的漂亮女孩当时要搭便车从旧金山去圣迭戈市，她在那儿与已婚的姐姐住在一起。当天晚上，曼森和斯蒂芬妮在附近的峡谷里露营，可能是在萨尔蒙或利姆基尔恩溪，都是嬉皮士的聚集地，曼森跟斯蒂芬妮讲了他对生命、爱情和死亡的看法。斯蒂芬妮记得曼森当时谈了很多关于死亡的话题，这让她感到很害怕。两人服用了致幻剂，并发生了性关系。曼森显然十分迷恋斯蒂芬妮。通常和女孩发生过几次关系之后，曼森就会寻找新的“年轻的爱”，但对斯蒂芬妮则不然。他之后曾对保罗·沃特金斯说，斯蒂芬妮拥有德国血统，是两千年来完美繁衍的成果。

8 月 4 日，曼森在露西亚加了油，用的依然是偷的信用卡。扯掉挂在那里的“嬉皮士不得入内”的大牌子一定让曼森有种特别的满足感，因为第二天那牌子又被他扯掉了。

第五天晚上，曼森和斯蒂芬妮开车向北，到了一个斯蒂芬妮想不起名字的地方，曼森称其为“悟性营”。曼森告诉她，那是有钱人度周末，获得精神启蒙的地方。曼森所说的显然是伊莎兰学院[1]。

伊莎兰学院当时刚成为受人欢迎的“身心成长中心”，其设立的研讨课广涉各领域著名人物，如瑜伽师和精神病专家，救世主义者和撒旦主义者。曼森显然把伊莎兰学院当作宣扬他个人哲学的重要场所。至于曼森此前是否去过伊莎兰学院，这点无人知晓，但伊莎兰学院的人对此予以坚决否认[2]。

曼森拿着吉他离开，把斯蒂芬妮留在了面包车里。斯蒂芬妮一会儿就睡着

---

1 译注：伊莎兰学院（Esalen Institute）是位于美国加州大瑟尔的一家静修中心，成立于 1962 年，目的是要探索各种拓展意识的方法，实现“人的无限潜能”。

2 原注：1969 年 7 月 30 日下午 3 点 07 分，有人从塔特家致电总机，要求转接 408-667-2335，即加州大瑟尔伊莎兰学院。这是一次简短的叫号通话，接通即收费，电话费为 95 美分。打电话的人是谁无法查证；因为是通过总机转接的叫号电话，而非呼叫特定的某个人，所以也查不到是谁接的电话。该电话是在查尔斯·曼森去伊莎兰学院前六天打的，因此引发了人们的许多猜测。但有几个事实却很清楚：查尔斯·曼森在伊莎兰学院时，塔特案的受害者都不在大瑟尔；阿比盖尔·福尔杰过去曾参加过伊莎兰学院的课程；福尔杰有几位旧金山的朋友会定期去伊莎兰学院。所以当时可能是福尔杰打电话去找她朋友，但这只是猜测而已。虽然这个电话和曼森是否去过伊莎兰学院都仍然是个谜，但我也许应该指出，除了 1969 年 3 月 23 日，塔特的摄影师哈塔米、塔特和曼森在塔特家院子里发生的那次对峙之外，我并没查到塔特案和拉比安卡夫妇案的受害者在案发前与凶手有过任何联系。

了。第二天早上她醒来，发现曼森已经回来了。曼森的心情不太好，因为晚些时候，他竟出乎意料动手打了斯蒂芬妮。之后，曼森在巴克农场告诉保罗·沃特金斯，此处引用沃特金斯的原话：在大瑟尔时，曼森去了“伊莎兰学院，给那里最顶尖的一群人弹吉他，可那些人并不认可他的音乐。有人假装睡着，有人说‘这对我来说口味太重了’，又说‘我还无法接受这样的音乐’，有的人表示‘我听不懂’，而有的人则直接站起来扬长而去”。

曼森再一次被他所认为的当权者拒绝了，此后仅三天便发生了塔特命案。

8 月 6 日，曼森带着他新招募的家族成员斯蒂芬妮离开大瑟尔，当天在距离斯潘农场几英里[1]的圣路易斯–奥比斯波市和查茨沃斯区加过油。据斯蒂芬妮说，当晚他们在农场一起吃了晚餐，那是她第一次见到曼森家族。她觉得和那些人在一起很不自在，当得知自己要和其他女孩一起分享曼森的宠幸时，她告诉曼森，只有曼森答应和她在一起，而且只和她在一起，她才会在这里待两个星期。出人意料的是，曼森竟同意了斯蒂芬妮的要求。当晚他们在离农场不远的面包车里过了一夜，第二天就开车去圣迭戈市取斯蒂芬妮的衣物。

途中，在距欧申赛德以南约 16 公里的 5 号州际公路上，他们被加州高速公路巡警理查德·C. 威利斯拦下。巡警拦下他们是因为汽车本身安全设施不全，但在罚单上登记原因时，却只写了未带有效驾驶证。曼森当时报了自己的真实姓名和农场地址，并在罚单上签了字。威利斯在罚单上注明，曼森当时驾驶的是一辆“米色的 1952 年款福特牌面包车，车牌号为 K70683”。开具罚单的日期是 1969 年 8 月 7 日，星期四，时间是下午 6 点 15 分。

警长帕切特和古铁雷斯找到了那张罚单，因而可以证明在塔特谋杀案案发前一天，曼森本人在南加州。

在等斯蒂芬妮收拾衣物时，曼森和斯蒂芬妮的姐姐攀谈了起来，她也是披头士乐队的乐迷，有那张“白色专辑”。曼森告诉她，披头士乐队在歌曲里“描述了未来的场景”。他还提醒她说，黑人正准备推翻白人的统治，只有那些逃到沙漠、躲进无底坑的人才可以逃过一劫。至于那些留在城市里的人，曼森说：“人们将被屠杀，躺在草坪上死去。”

1　编注：英里，英美制长度单位，1 英里约为 1609 米。

仅仅 24 小时之后，在朋友的一点儿帮助之下，曼森预言中的可怕场景就在切洛路 10050 号变成了现实。

据斯蒂芬妮说，当天晚上，她和曼森把车停在圣迭戈市，就睡在面包车旁。第二天大约下午两点，他们返回了斯潘农场。

至于确切日期，斯蒂芬妮有点记不太清了。她记得回到斯潘农场那天是 8 月 8 日星期五，但不确定。我预计辩方会针对这一点反驳，但我并不担心，因为第二个证据明确证明，1969 年 8 月 8 日星期五，曼森已经返回了农场。

据琳达·卡萨比安说，8 月 8 日下午，曼森给了玛丽·布伦纳和桑德拉·古德一张信用卡，让她们去给他买些东西。当天下午 4 点，这两个女孩在圣费尔南多开车离开超市时被捕，因为店员发现她们付款时用的是偷的信用卡。根据圣费尔南多警察局的逮捕报告，她们当时驾驶的是一辆“1952 年款福特牌面包车，车牌号为 K70683”。

得益于拉比安卡夫妇案警探细致的调查，我们现在掌握了可以证明 1969 年 8 月 8 日星期五，曼森已返回斯潘农场的证据。

虽然交通罚单和逮捕报告都已披露给辩方律师，但一同披露的还有数百份其他文件。我希望辩方律师没有注意到两份证据的共同点：对那辆车的描述和它的车牌号。

如果曼森企图证明案发时他不在场，我就可以证明辩方捏造证据，届时这会成为证明曼森有罪的有力间接证据。

当然，也有其他证据也可以证明曼森当天在斯潘农场。除了斯蒂芬妮和丹尼等人的证词之外，琳达·卡萨比安说过，当天下午家族成员聚在一起时，曼森和大家讨论了他去大瑟尔的事，他说那里的人“很不团结，只顾着自己的小事”，而且“他们不会跟着他去沙漠”。

也正是这时，曼森告诉家族成员：“现在是时候启动 Helter Skelter 了。”

信息零零碎碎，大多只是间接证据，但经过耐心挖掘和拼凑即可构成有力证据。而每一次谈话都让证据变得更加有力。

我跟斯蒂芬妮·施拉姆谈过很多次。1969 年 10 月，在警方突袭巴克农场前几小时，她和姬蒂·鲁特辛格一起逃离了那里，克莱姆手持散弹枪在后面紧追不舍。我时常忍不住想，如果警方晚一天突袭，或者克莱姆的速度再快一点，真不知这两个女孩会落得怎样的下场。

不同于姬蒂，斯蒂芬妮已和曼森家族彻底断绝了关系。虽然我们没有跟辩方披露过她现在的住址，可“尖嗓子”和“吉卜赛人”还是发现了她在一家养狗学校工作。“查理想让你回来。”她们对斯蒂芬妮这样说。斯蒂芬妮的回答是：“不，谢谢。”鉴于斯蒂芬妮对曼森家族的了解，如此直截了当的拒绝证明她很勇敢。

从斯蒂芬妮那里我了解到，在巴克农场时，曼森举办过一次“杀人教学”活动。曼森给每个女孩发了一把巴克牌刀，给她们示范了如何“割断猪猡的喉咙”，方法是把“猪猡”的头往后拽，然后用刀从一只耳朵划到另一只耳朵（当时他让斯蒂芬妮扮作惊恐万分的受害者）。曼森还说要把刀“刺入耳朵或眼睛，然后转动刀子，尽可能伤害更多的重要器官”。接着他还讲述了一些更加血腥的细节：如果警察那帮猪猡来沙漠，就宰了他们，把他们切成小块，把脑袋煮熟，然后用杆子把头骨和制服支起来，吓跑其他警察。[1]

斯蒂芬妮曾告诉洛杉矶警方，8 月 8 日星期五晚上和 8 月 9 日星期六晚上，曼森是和她在一起的。我通过询问了解到，8 月 8 日吃过晚饭大约一小时后，曼森把她带到斯潘农场的拖车上，让她先睡，说他很快回来找她。但直到第二天早上快天亮她才见到曼森，曼森叫醒她，带她去了农场对面恶魔谷的营地。

斯蒂芬妮说，8 月 9 日晚上，“天黑后他就走了，可能是夜里或者清晨才回来”。

如果曼森打算通过斯蒂芬妮·施拉姆证明他案发时不在场，我们现已做好了应对准备。

3 月 19 日，法庭为曼森指定的霍洛彼得律师提出两项动议：检查查尔斯·曼森的精神状况，将曼森的案子与其他人的案子分开审理。

这两次动议激怒了曼森，他试图解雇霍洛彼得。

当被问到希望谁做自己的律师时，曼森回答说：“我自己。”见基恩法官

---

1 原注：很久后我才得知，早在 1969 年 12 月 3 日，洛杉矶县治安官办公室的副治安官乔治·帕尔默和威廉·格里森就已经从斯蒂芬妮·施拉姆那里获得了几乎完全相同的信息，但却没有向洛杉矶警察局汇报。

拒绝了他的要求，曼森拿起一份宪法，说宪法对法院来说毫无意义，然后把它扔进了垃圾箱。

曼森最终要求用罗纳德·休斯取代霍洛彼得。律师休斯与赖纳和希恩一样，都是曼森入狱后给曼森打电话的第一批律师之一。自那之后，他就一直在跟曼森打交道，主要是给曼森做些杂事，正如2月17日曼森签署的一份文件所述，曼森指定休斯为此案法律杂务的负责人之一。

基恩法官批准了曼森的要求。被新闻界誉为“洛杉矶县最成功的辩护律师之一”的霍洛彼得，在被法庭指定为曼森的律师仅仅十三天后就出局了。此前从未接手过任何案件的休斯则成了曼森的律师。

休斯多少算是个知识分子，秃顶，身材高大，留着邋遢的长胡子。他穿衣打扮很少有得体的时候，通常都能明显看到食物留下的污渍。正如一位记者所言：“你往往可以看出在过去几星期里，休斯早餐吃了什么。”在接下来的几个月里，随着对休斯的逐渐了解，我会对他越来越心生敬意。他曾经告诉我，他的西装是在米高梅电影公司一美元一件买的，是演员沃尔特·斯莱扎克穿过的旧衣服。媒体很快就把休斯称为“曼森的嬉皮士律师”。

休斯首先提出两项要求：撤销此前提出的精神检查和将曼森与其他被告分开审判的动议，并获得了法庭批准。接下来，他又提出两个要求：允许曼森再次为自己辩护，允许曼森在法庭上发表一次讲话。法庭驳回了他的要求。

曼森虽然对基恩法官的驳回感到不悦，但对现在的辩护律师团队应该不会不满意，该团队由四名律师组成：赖纳（为莱斯莉辩护）、希恩（为苏珊辩护）、菲茨杰拉德（为帕特丽夏辩护）和休斯（为曼森辩护），他们都从本案一开始就与曼森取得了联系。

而这个辩护律师团队之后的变化却出乎我们的意料之外。艾拉·赖纳和罗纳德·休斯都因违背曼森的指示而成为本案的牺牲品。赖纳因为曼森损失了大量时间和金钱，但与休斯相比，他的损失倒算不上什么，因为仅仅八个月后，休斯就为此付出了生命的代价。

3月21日，我和阿龙正走在司法大楼走廊里，突然瞧见欧文·卡纳莱克从电梯里走出来。

欧文·卡纳莱克虽然在其他领域鲜为人知，但在洛杉矶法律界的确是一个传奇人物。这位律师阻挠庭审的手段甚至曾惹得法官当众对其呵斥。他的行为举止若放在小说中，也算得上常见，可令人难以置信的是，这些竟然都被他变成了现实。例如，检察官伯顿·卡茨就回忆说，卡纳莱克曾反对控方证人说出自己的名字，因为证人第一次知道自己的名字是听母亲说的，因此算“传闻证据”。但与卡纳莱克的拖延战术相比，这种莫名其妙的反驳只是小巫见大巫。比如：

在公诉古德曼一案中，卡纳莱克将本来只需几小时或一天即可审理完毕的简单盗窃案拖延达三个月之久。被盗金额 100 美元。纳税人却要为此案支付 130 212 美元。

在公诉史密斯和鲍威尔一案中，卡纳莱克在审前动议上就拖了十二个半月。接着又为一名陪审员的审核耗费了两个月，最后还是他的委托人出于反感而解雇了他。欧文·卡纳莱克接手那件案子一年半，一直未能选定陪审团，也没有传唤过一名证人。

在公诉布朗森一案中，高等法院的法官雷蒙德·罗伯茨对卡纳莱克说：“不论你做什么，我都会尽力让布朗森先生得到公正的审判。我从未见过哪个律师对证人提出这样愚蠢不明智的问题。你如此浪费法庭的时间，你到底是按说的话收费，还是按时间收费？你是我见过的最能故意拖延审判的人。”

背着陪审团，罗伯茨法官对卡纳莱克的辩护手段如此评价：“对最微不足道、最无关紧要的细节进行无休止的盘问；说起话来反反复复，毫无时间逻辑，只是为了把法庭上的所有人都彻底搞糊涂，为了让陪审团、证人和法官感到极其沮丧。”

上诉法院在审查了当时的庭审记录之后，认为根据审判记录可以看出，法官的这番言论并非偏见。

“布廖西，”阿龙对我开玩笑说，“只要让欧文·卡纳莱克接手，这个案子就会审上十年。”

第二天，律师罗纳德·休斯告诉记者，“他可能会聘请范努伊斯区的律师欧文·卡纳莱克作为曼森的律师。他还提到，周一晚上他和曼森在县监狱与卡纳莱克进行了商议”。

虽然没有出现神迹，但 1969 年 7 月查尔斯·曼森枪杀的那位黑豹党成员竟死而复生。只不过他并非一名黑豹党，只是“前毒贩子”。虽然曼森和曼森家族都确信此人已死，而且那人的朋友也告诉曼森说他死了，但他在中了曼森一枪之后，其实并没死。此人名为伯纳德·克罗，但更为人熟知的是他的绰号：洛特萨帕巴。我们一直在寻找克罗，直到我接到我的老熟人——克罗的律师埃德·托马斯给我打来的电话。托马斯在电话里说他听说我们在找他的委托人，于是安排我去跟克罗谈一谈。

等曼森和T. J. 离开枪杀克罗时的好莱坞公寓后，一直在装死的克罗就让朋友们给他叫了救护车。叫来救护车之后，他们就和克罗分开了。克罗在医院里接受了警方的询问，他说不知道是谁，也不知道为什么对他开枪。他上了重症护理名单十八天，差点丢了性命。那颗子弹依然留在他的脊椎旁，没能取出来。

我对克罗感兴趣是出于两个原因。其一，这件事能够证明查尔斯·曼森可以独自杀人。我知道在定罪庭审时，无法将此事作为证据，但我有希望在量刑庭审中，将此事引入作为证据。其二，根据证词，曼森射杀克罗的那把枪正是.22口径长管左轮手枪，也就是仅一个多月后，特克斯在塔特杀人案中所使用的那把枪。如果能从克罗体内取出残留的子弹，与那把.22口径左轮手枪试射的子弹比对，就可以证明曼森持有杀害塔特等人的凶器。

可洛杉矶警察局科学调查司的警长比尔·李对此并不乐观。他告诉我，子弹已经在体内留存九个多月，子弹上的弹痕很可能已经被酸性物质腐蚀掉了，很难做出有效鉴定，但也并非完全不可能。随后，我咨询了几位外科医生，他们可以把子弹取出来，但手术有风险。

我把此事原原本本告诉了克罗，说我们想在洛杉矶县医院把子弹取出来，但手术风险很大，我没有故意隐瞒这一点。

克罗拒绝做手术，说他为那颗子弹感到骄傲，这会成为他今后很好的谈资。

因为证据披露的规定，曼森最终会发现伯纳德·克罗已经“死而复生”。但在此之前，克罗就因贩卖大麻入狱。在被押送走出大厅时，克罗恰好碰到警卫押送曼森从律师室回来。据在场的副治安官说，曼森飞快转过身，对克罗说：“对不起，我必须得那么做，你懂的。”

克罗如何回复未知，即使回答了，警方也没记录。

3 月底，检方差点失去一位关键证人。

曼森家族曾经的二把手保罗·沃特金斯被从燃烧的大众牌露营车中救了出来，紧急送往洛杉矶县总医院，脸部、手臂和背部 25% 二度烧伤。当沃特金斯恢复到可以与警方谈话时，他告诉警察，起火可能是因为他在烛光下看书睡着了，但也可能是大麻烟引起的。

不过这只是猜测而已，沃特金斯说他“并不确定火到底是怎么烧起来的”。

但就在火灾发生三天前，因约县当局曾听到传言，说曼森家族想除掉沃特金斯。

早在 1969 年 11 月，我曾要求洛杉矶警方派人潜入曼森家族。这么做并非只想刺探对方的辩护策略，我对警方说：“如果再出现一起本可以阻止的谋杀，那会是一场悲剧。”

我请求了至少十次，洛杉矶警方最后反对说，如果安插卧底，卧底就必须犯罪，如吸食大麻。我指出，犯罪的前提是必须存在犯罪意图；如果这是工作的一部分，为了抓捕罪犯，就不算犯罪。当警方对此表示异议时，我提议可以不派警察去。既然在毒品、赌博甚至卖淫案中都有警方线人，那对于本世纪最大的谋杀案之一，警方肯定能找到合适的卧底，但这事最终也不了了之了。

最后我求助于地方检察官办公室调查局，他们找到了一位愿意接受此任务的年轻人。我很佩服这位年轻人的决心，可他相貌清秀，一头短发，一看就不是嬉皮士。尽管我们迫切需要情报，但不能把他送进杀人犯的老巢，等那帮人取笑过之后，再把他碎尸。最后，我只能放弃这个计划，因此也就无从获知曼森家族的下一步打算。

1970 年 4 月

“猪猡”（PIG）、“去死吧，猪猡”（DEATH TO PIGS）、“崛起”（RISE）和“HEALTER SKELTER”这几个词只包含十三个不同的字母。笔迹鉴定专家告诉我，用被告提供的笔迹与血字比对非常困难，甚至根本无法鉴别。

原因在于案发现场只有寥寥几个血字，而且只能算痕迹，并非笔迹。不仅血字太大，而且在两起案件中，凶手写字用的都是非常规的书写工具，如在塔特家，凶手用的是毛巾，而在拉比安卡夫妇家用的可能是纸团。拉比安卡夫妇家除了冰箱门上的那两个血字之外，其他血字都写在墙的高处，凶手必须伸长手臂，用不自然的姿势写。

从证据角度来说，这些血字无法提供任何有价值的线索。

但我斟酌了一下，想到一个办法，如果这法子可行，这些血字就很有意义了。这其实是在赌，但只要成功就值得。

我们已经知道谁写过血字。苏珊·阿特金斯在大陪审团前作证时说，塔特家前门上的“猪猡”是她写的；在我跟苏珊了解案情时，苏珊告诉我，帕特丽夏·科伦温克尔跟她承认过自己在拉比安卡夫妇家留下了血字。根据检方与苏珊达成的认罪协议，苏珊在大陪审团前的证词不得用来起诉她，但苏珊还跟龙妮·霍华德说过她在塔特家留下了血字，我们可以以此起诉她。至于帕特丽夏，我们并没有可以指控她的证据。

根据《美利坚合众国宪法第五修正案》，在所有刑事案件中，不得强迫任何人提供对其自身不利的证据。美国最高法院对此的裁定是，此法规仅适用于证词，被告人不得拒绝提供与自身相关的物证，比如，不得拒绝接受证人指认，不得拒绝接受酒驾呼吸测试，不得拒绝提供指纹、笔迹和头发样本等。在研究了相关法律之后，我给西比尔布兰德拘留所的卡彭特警监写了非常明确的取证步骤，详细说明了要如何要求苏珊·阿特金斯、帕特丽夏·科伦温克尔和莱斯莉·范霍腾提供笔迹样本。

她们每个人将被告知：（1）根据宪法规定，你无权拒绝；（2）根据宪法规定，你无权要求律师在场；（3）宪法赋予你可以保持沉默的权利，但不包括拒绝提供笔迹样本的权利；（4）你所提供的笔迹样本有可能会成为指控你的证据。

卡彭特警监派高级副治安官 H. L. 莫斯去提取笔迹。根据我的指示，莫斯将上述内容告知了苏珊·阿特金斯，然后对她说：“塔特案现场的血字是‘猪猡’，我们需要你写下这个词。”苏珊对此完全没有抱怨，按照要求写了。

接下来，莫斯又分别提审莱斯莉·范霍腾和帕特丽夏·科伦温克尔，将相同的权利说明告知了她们。然后以口头形式提出了要求：“拉比安卡夫妇家的血字是‘HELTER SKELTE’、‘去死吧，猪猡’和‘崛起’，我们需要你写下这几个词。”

我在给卡彭特警监的指示中特别备注：“不要把那几个字写出来。”因为我想看帕特丽夏是否会像在冰箱门上写的那样，将“helter”错写成“healter”。

莱斯莉·范霍腾提供了笔迹。

帕特丽夏·科伦温克尔拒绝了。

这次我们赌赢了。拒绝提供笔迹可作为庭审时指控帕特丽夏犯罪的间接证据提交法庭。

该证据还具有另外一个重要的意义，因为虽然琳达·卡萨比安已经作证说帕特丽夏·科伦温克尔参与杀害了拉比安卡夫妇，但我们没有独立的证据。而从法律角度来说，在没有确凿证据的情况下，法庭可以裁定帕特丽夏无罪。

这场赌局其实赢得侥幸，因为帕特丽夏本可以轻松打败我们。只要莱斯莉拒绝提供笔迹，帕特丽夏的拒绝也会显得合乎情理；或者帕特丽夏提供了笔迹，可笔迹鉴定专家根本无法将其与案发现场的血字进行比对。

然而，要想证明拴住塔特和西布林的绳子，以及查获的剪线钳在案发前实为曼森所有，我们就没那么幸运了。我本指望以此佐证琳达·卡萨比安针对曼森的证词。

我们通过当时在场的丹尼了解到：1969 年 6 月，在圣莫尼卡市的杰克·弗罗斯特军队处理品商店，曼森购买了约 60 米长的白色三股尼龙绳。从我提出调查要求已经三个半月过去了，负责塔特案的警探们才终于去找了店主弗罗斯特，可店主却没找到曼森购买绳子的收据，也不确定案发现场的绳子与他所卖的绳子是否一样。[1]警方试图确定绳子的品牌，可追溯到杰克·弗罗斯特商店就查不下去了，该店一般通过批发商或拍卖会零散进货，并不直接从生产商那里进货。

除了对绳子的调查走进了死胡同，另外一条线索的调查也以失败告终。据丹尼说，曼森曾把一些绳子送给了斯潘农场的主人乔治·斯潘，留给农场用。

1　原注：据店主弗罗斯特回忆，他的商店曾经卖过白色三股尼龙绳，但他认为绳子的直径是 1.27 厘米。而塔特谋杀案的绳子直径是 1.58 厘米。虽然这可能是弗罗斯特弄错了，或者绳子贴错了标签，但辩方可以辩称不是同一种绳子。

可斯潘已近乎失明，无法作证。

这时，我想到了露比·珀尔。

不知何故，警方去过无数次斯潘农场，但从没跟斯潘农场的经理露比了解过情况。我从她那里获得了很多有价值的信息。露比仔细看过塔特案的绳子后，说看着像曼森的，她还给我提供了大量可证明曼森控制家族的例子；至于那把 .22 口径长管左轮手枪，她记得曾在农场看见过很多次；她还指出拉比安卡夫妇家发现的皮绳与曼森常戴的皮绳很像；她告诉我，在曼森家族到来之前，在农场从没见过巴克牌的刀，可到了 1969 年夏天，“突然每个人都有了一把”。

没能找到销售绳子的收据确实让人失望，但我很高兴能发现露比这条线索。作为一名经验丰富的牧马人，一位坚强勇敢的女士，露比丝毫不畏惧曼森家族[1]，浑身洋溢着顽强不屈的正义感，如果上了法庭，她的证词会很有分量。

在跟露比谈话的那天，我还有一个意外发现，那就是兰迪·斯塔尔。斯塔尔曾是电影特技演员，专门负责影片的绞刑特效，他说塔特案现场发现的绳子和他帮曼森把车从河床里拖出来时用的绳子“一模一样”。斯塔尔告诉我：“曼森爱把绳子放在他那辆沙滩车的座位后面。”

更重要的是，兰迪·斯塔尔明确指认了那把 .22 口径长管左轮手枪，那把枪原来是斯塔尔的，后来他给了曼森[2]。

有个问题一直让人百思不得其解。在塔特案案发当晚，凶手为什么要带一根长度约为 13.3 米的绳子？只是为了绑住受害者？可第二天晚上，曼森只用一根皮绳就达到了目的。我在询问丹尼时，无意中发现了一个可能的答案。据丹尼说，1969 年 7 月下旬，曼森曾跟他说：“应该割断那些当权猪猡的喉咙，再把他们倒吊起来。”这能让人体会到什么才是真正的恐惧，曼森如此说道。

以此推断，凶手带绳子是想把受害者吊起来。这只是猜测，但我觉得很可能正是如此。

---

1 原注：当警方将曼森从独立城监狱送到洛杉矶后，露比·珀尔去监狱看过曼森。“我来只为一件事，查理，”她对曼森说，“我想知道‘矮子’埋在哪儿。”曼森避开露比的目光，低头看着地板，说：“这得去问黑豹党。”“查理，你知道黑豹党从没去过农场。”露比如此答道，然后转身离去。

2 原注：此枪的序列号是 1902708。1969 年 3 月 12 日晚，加利福尼亚州埃尔蒙特的射箭总部被盗，这把枪是当时丢失的武器之一。据斯塔尔说，他是从一个只知道名为“罗恩”的人手中买的。曼森总借这把枪练习打靶，最后斯塔尔用枪跟曼森换了一辆原属于丹尼·德卡洛的皮卡车。

而那把剪线钳也出了问题。据琳达·卡萨比安说，在曼森沙滩车里发现的那把剪线钳看着就是案发当晚他们车里那把。很好。洛城警方科学调查司的乔·格拉纳多用那把剪线钳试剪了塔特家的一截电话线，结论是与案发现场的剪痕一致。太棒了。可随后洛杉矶警方最著名的物证专家德韦恩·沃尔费也做了试剪，结论却与乔·格拉纳多的正相反。

我并没轻易放弃，而是问沃尔费，电线绷紧的话是否会影响测试结果。沃尔费说有可能。然后，我让沃尔费和电话公司的人一起去了切洛路 10050 号，现场做了一次测试，这次我让沃尔费在电话线拉紧，与案发当晚相同的情况之下，再做一次测试。测试之后，沃尔费依然坚持己见：命案发生当晚的剪痕与测试得到的剪痕不符。

虽然这可能是因为在命案发生之后，剪线钳的刀口曾经受损过，但沃尔费的测试基本否定了曼森与塔特案证据之间的这一重要关联。

1969 年 11 月 19 日，我曾在洛杉矶警方陪同下，前往斯潘农场搜查，在现场发现了若干 .22 口径的子弹和弹壳。由于当时遭遇风暴天气，再加上还要追查其他线索，我们只粗略搜查了一遍，但我要求警长李之后再对农场进行更彻底的搜查。1969 年 12 月 16 日，洛杉矶警方拿到了那把 .22 口径的长管左轮手枪，再次搜查农场变得尤为重要。虽然我多次督促，但是直到 1970 年 4 月 15 日，警长李才再次去了斯潘农场，对乔治·斯潘住宅后约 60 米远的沟壑地带进行了集中搜查，此次搜查又发现了 23 枚 .22 口径子弹的弹壳。加上第一次搜查时发现的 22 枚，弹壳总数为 45 枚。[1]

直到第二次搜查之后，警长李才对发现的弹壳进行了比对，并得出结论，45 枚弹壳中有 15 枚出自塔特谋杀案的凶枪[2]。

虽然此证据姗姗来迟，但幸好还没开庭。现在，我们有科学证据证明这把凶枪与斯潘农场有关。

但如果那 23 枚弹壳是在警方发现凶枪之前得到的，那就更好了。因为辩

1 原注：两次搜查发现的 .22 口径子弹与凶案现场或那把凶枪试射的子弹都不相符。

2 原注：这是通过将斯潘农场弹壳边缘的痕迹与以下三者进行比对后确认的：（1）凶枪转轮中的弹壳边缘痕迹；（2）凶枪试射弹壳的边缘痕迹；（3）凶枪的撞针。

方现在可以辩称，这一证据是在两次搜查间的几个月里，警方和/或检方“栽赃”的。

几个月来，我始终对一件物证无法释怀，即在塔特家客厅行李箱附近发现的那副眼镜。人们会想当然认为这副眼镜不是受害者的就是某个凶手的。可沃森、苏珊、帕特丽夏，还有卡萨比安都不戴眼镜。

我预计辩方会对此大做文章，既然这副眼镜不是被告的，那说明至少有一名凶手在逃，从而进一步推断：警方抓错了人。

此物证将成为检方的一个严重隐患。好在当我跟罗丝安妮·沃克谈过之后，虽然依然不知道那副眼镜到底是谁的，但终于可以安心了。

鉴于苏珊·阿特金斯曾向弗吉妮娅·格雷厄姆和龙妮·霍华德讲过她的罪行，我推测她很可能也跟其他人谈过，于是我要求洛杉矶警方调查西比尔布兰德拘留所里与苏珊关系密切的女孩。

罗丝安妮·沃克，西比尔布兰德拘留所的前囚犯，虽然并不情愿，但最终还是同意了和我谈。她是一个体态臃肿的黑人女孩，看起来挺可怜，因受到与毒品相关的五项指控而被关进了西比尔布兰德拘留所。她成了拘留所里的“流动售货机”，向其他囚犯出售糖果、香烟和化妆品。直到我们第五六次谈话时，她才想起自己和苏珊的一次对话，对此她并不以为意，而我却发现这十分重要。

有一天，苏珊和罗丝安妮正在听收音机，新闻主持人谈到洛杉矶警方在塔特谋杀案现场发现了一副眼镜。苏珊被逗乐了，说：“如果警察把那副眼镜的主人抓了，可那人唯一的罪行只是丢了眼镜，这是不是太过分了？”

罗丝安妮说，那眼镜也许就是凶手的。

苏珊则说：“那可不是凶手的。”

苏珊的回答清楚表明了一点，眼镜不是凶手的。

除此之外，我们还要解决其他问题，其中最令人担心的是琳达·卡萨比安逃离斯潘农场的经历。

琳达告诉我，她当时下定决心，要在拉比安卡夫妇遇害的次日（8月11日）逃跑。可当天晚些时候，曼森送她去了瀑布区，因为曼森在那里安排了武装巡逻，她没敢当晚离开。

第二天（8月12日）一早，曼森就来找她，让她打扮“整齐”，去给西比尔布兰德拘留所的玛丽·布伦纳和桑德拉·古德，以及关在县监狱的鲍比·博索莱伊带个消息，告诉他们："什么都别说，一切都很好。"琳达向斯潘农场新来的帮工大卫·汉纳姆借了汽车，去了西比尔布兰德拘留所，可布伦纳和古德当天出庭受审；而在县监狱，她的身份证被拒，没见到博索莱伊。琳达返回农场，告诉曼森消息没能带到，曼森让她第二天再试一次。

琳达觉得这是逃跑的机会。当天晚上，她准备了一个单肩包，在包里装了一些衣服以及塔尼娅的布尿片和安全别针，然后把包藏在降落伞房。第二天（8月13日）一早，她又向汉纳姆借了车。但在去拿包时，发现曼森和斯蒂芬妮·施拉姆睡在降落伞房里。她决定放弃背包，直接去找女儿塔尼娅，却发现女儿已被送去了瀑布区。琳达说，她不可能去瀑布区接塔尼娅，因为那边的人问起来她没法解释，于是只好一个人离开了农场。

琳达没按照曼森的指示去洛杉矶，而是开车去了新墨西哥州的陶斯县，她丈夫当时住的地方。汉纳姆的车在阿尔伯克基市外抛了锚。琳达试图用布鲁斯·戴维斯之前给她的信用卡加油，可加油站老板发现卡已经失效了。琳达于是给汉纳姆写了一封信，附上车钥匙，告诉他在哪里可以找到车，并表示了歉意，从那之后就一路搭便车。

（琳达的这封信显然被苏珊·阿特金斯截获了，因为她把车抛锚的事告诉了汉纳姆，还给了他车钥匙，但没有给他看信的其余内容。汉纳姆为此很不高兴，这可以理解，他坐大巴到阿尔伯克基市取回了车。）

琳达发现丈夫鲍勃·卡萨比安和另一个女孩住在陶斯县郊外洛林的嬉皮士公社里。她把塔特谋杀案和第二晚发生的一切，以及把塔尼娅留在斯潘农场的事告诉了鲍勃。鲍勃建议两人一起回斯潘农场去找女儿，但琳达害怕曼森会杀了他们，鲍勃说他先考虑几天。琳达不愿意干等，便搭便车去了陶斯县，去找乔·塞奇。塞奇以助人为乐著称，是个相当有趣的人物。这位五十一岁的禅僧不是忙着经营他的长寿饮食机构，就是忙着宣传反污染政策，替美国总统拉选票。琳达想向塞奇要一笔可以让她回洛杉矶去接女儿的钱。当塞奇为此询问琳达时，琳达把谋杀的事告诉了塞奇和一个名为杰弗里·雅各布的年轻人。

塞奇不相信琳达所说的，于是打电话给斯潘农场，接电话的女孩是谁已无法查证，随后他和曼森本人通了话。塞奇问曼森，琳达说的是否是真的。曼森当时对此做何反应我们不清楚，只能靠想象。曼森告诉塞奇，琳达在发疯，她还没做好准备杀死她的“自我”，所以就跑了。

琳达没和曼森讲话，但和某个女孩通了话，琳达觉得应该是“尖嗓子”，但并不确定。“尖嗓子”告诉她，8 月 16 日警方突袭了农场，琳达由此得知女儿塔尼娅已被警方收留，现在在寄养家庭。琳达还和帕特丽夏·科伦温克尔通过电话，帕特丽夏在电话里说的大意是：“你就是迫不及待要到处乱说，是不是？”

琳达随后致电马利布警察局，打听到了负责塔尼娅事宜的社工的名字[1]。塞奇给了琳达来回的机票钱，还给她介绍了洛杉矶的律师加里·弗莱施曼，觉得他也许能帮琳达找回女儿塔尼娅。见到律师弗莱施曼时，琳达并没提谋杀案的事，只说离开农场是为了找自己的丈夫。最终，经过法庭审理，母女俩再次团圆，一同飞回了陶斯县。可丈夫鲍勃仍与那个女孩在一起，琳达就带着女儿先搭便车去找住在佛罗里达州迈阿密的父亲，然后又去了新罕布什尔州康科德市的母亲家。1969 年 12 月 2 日，正是在母亲家，琳达得知她因涉嫌塔特案正被通缉，于是向当地警方自首，并自愿接受引渡，第二天被警方送回了洛杉矶。

我问琳达：“从找回女儿到 12 月你被捕期间，为什么没报警，把你知道的告诉警方？”

琳达说，她害怕曼森，害怕曼森找到并杀死她和女儿。另外，她当时正怀孕，不想在孩子出生前受煎熬。

当然，这背后还有其他原因，但最关键的是她不信任警察。在她被毒品包围的生活中，警察既不是她的朋友也不是盟友。我觉得从这个角度好好解释，陪审团会理解琳达为什么不报警。

但还有一个更关键的问题：“琳达怎么会把女儿留给一群凶手？”

我很担心陪审团对此的看法，还担心辩方会对此大做文章。琳达丢下女儿一个人逃走，把骨肉留给斯潘农场里曼森那帮人，辩方可以将此作为间接证据，证明琳达并不是真的认为曼森他们是凶手，这显然与她证词的主旨相矛盾。因此，这个问题和琳达对该问题的回答将极为关键。

1　原注：在给这位社工打电话时，琳达得知不久前曾有女孩谎称是塔尼娅的母亲，想领走塔尼娅。虽然我无法证明，但我怀疑是曼森派了家族的女孩去认领塔尼娅，以确保琳达不跟警方开口。

琳达回答说，她觉得只要不报警，塔尼娅就会很安全。“我心里有种感觉，塔尼娅会没事的，”琳达说，“女儿不会有事，我现在应该逃走。我会回来接她。我当时就是相信她会没事的。”

这个解释陪审团会接受吗？我不知道。除此之外，随着开庭时间日益临近，我还有很多其他事情需要解决。

警督赫尔德和警长古铁雷斯联系了塞奇和雅各布，证实了琳达的话。但两人没法作为证人出庭，因为他们能提供的基本只是传闻证据，无法作为呈堂证供。斯潘农场的帮工大卫·汉纳姆说，他8月12日开始到斯潘农场工作，琳达在当天以及第二天都借过他的车。查阅监狱记录可知，布伦纳和古德确实曾在8月12日出庭受审。

我跟每个人了解情况时都有意外收获。汉纳姆说，有一次他杀死了一条响尾蛇，曼森愤怒地大声指责他：“如果我把你的头砍下来，你会怎么想？”曼森还说：“我宁可杀人也不杀动物。”在跟琳达的丈夫鲍勃·卡萨比安了解情况的同时，我还和查尔斯·梅尔顿聊了聊，他是一位嬉皮士慈善家，琳达从他那里偷走了5000美元。梅尔顿说，1969年4月（在琳达遇到曼森家族之前），他曾去斯潘农场见保罗·沃特金斯。他在那里碰到了特克斯，特克斯很喜欢他的胡子，说：“也许查理有一天也会让我留胡子。”

再也找不到比这更好的例子了，这可以充分证明特克斯是受曼森控制的。

以上是我们取得的成果，但也有挫折，而且是不小的挫折。

为了向陪审团证明琳达对那两晚谋杀案的陈述不是凭空捏造的，我迫切需要第三方证词作为佐证。第一个晚上，凶手冲洗血迹时碰到了鲁道夫·韦伯，这可以通过鲁道夫·韦伯佐证。但第二个晚上还没有任何佐证。我让洛杉矶警方首先调查以下关键线索：找到在海滩附近与曼森和琳达说话的那两位警察；找到琳达当晚敲门那家的男人；找到马利布宠物店旁嬉皮士聚集地的一男一女，或者任何曾经开车载过他们的司机。我希望警方能找到所有人，可就算他们只找到一个，我都会很高兴。

琳达已指出那两个警察拦住并询问他们的地方，该地区位于曼哈顿海滩附近。但洛杉矶是个超级大都市，那片地区竟然辖区重叠，负责在此巡逻的执法机构不止一家，而是三家。警方跟三家执法机构都核实过，可没人记得曾碰到过类似的事情。

但我们幸运地找到了琳达提到的那个演员。调查拉比安卡夫妇案的警探萨图奇和尼尔森发现此人还住在威尼斯区海滨大道 1101 号 501 室公寓。他不是以色列人，而是黎巴嫩人，名字是萨拉丁·纳德，三十九岁，自从主演了关于诗人哈利勒·纪伯伦的电影《折翼》后，就一直处于失业状态。他记得 1969 年 8 月初曾经载过两个搭便车的女孩，能准确描述桑迪和琳达的样子，包括桑迪当时明显怀有身孕的事实，还指认了两个女孩的照片，其所述与琳达告诉我的基本相同，只是没提和琳达上床的事。

根据警探递交的报告，警方询问过纳德后，“向当事人解释了此次询问的目的，纳德当时一脸惊讶，不敢相信那样可爱又善于交际的年轻女士竟然在他尽力帮助过她们之后试图伤害他”。

尽管纳德所说的与琳达的证词相符，但只佐证了琳达的部分证词，因为在拉比安卡夫妇案发生当晚，他并没有见到那帮人。他应该感谢琳达，正因为琳达，他才幸运躲过了那群杀手。

琳达说她当时敲的是纳德楼下的 403 室，我让警长古铁雷斯和帕切特去找当天晚上应门的那个人，希望他还记得此事。可当我拿到报告时，看到的却是对 404 室租客的调查。警方重新去调查，他们通过房东太太了解到，403 室在 1969 年 8 月一直空置。过往的人有可能暂住过那里，这情况之前也发生过。除此之外，我们一无所获。

据托潘加峡谷大道 3921 号的出租经理说，大约九个月前，一群嬉皮士曾住进马利布宠物店旁没租出去的房子里，即琳达说她、萨迪和克莱姆天亮前曾歇脚的地方。经理说有多达五十人住过那里，他一个人也不认识。但萨图奇和尼尔森还是想办法找到了两个年轻女孩，她们在 1969 年 2 月至 10 月就住在那里。两人都是苏珊·阿特金斯的朋友，都记得当时见过琳达·卡萨比安。其中一个女孩回忆说，有一次苏珊、另一个女孩和一个男的来看过她们。她记得那件事，但不记得日期、时间，也不记得在场是否还有其他人，因为她当时“吃了迷幻药”，而琳达他们三个人“看起来很邪恶”。两个女孩承认那段时间“嗑药”太多，记忆很模糊。从目击证人的角度来说，她们的证词基本没有价值。

洛杉矶警方也没能找到当晚曾载过琳达他们三人的司机。

这些调查是由拉比安卡夫妇案的警探负责。看过报告之后，我确信他们已经尽了全力。然而，现在的情况是：共有六到八人可以佐证琳达·卡萨比安关于第二晚事件的证词，可我们却连一个人也没找到。我预计这一点会受到辩方的质疑。

按照规定，每位被告起码可以提出一次抗辩，以法官对其存在偏见为由，申请更换法官。这甚至可以不用给出理由。4月13日，曼森提交了针对威廉·基恩法官的抗辩。基恩法官接受了曼森的质疑，于是此案被指派给查尔斯·H. 奥尔德法官。因为所有被告都有一次这样的机会，所以随后可能还会有更多抗辩，尽管如此，辩护律师简单商量了一下，还是决定接受奥尔德作为本案法官。

我从未与奥尔德法官在法庭上打过交道。这位五十二岁的法官以“直截了当”的行事风格闻名。二战时是战斗机飞行员，曾在飞虎队服过役，1967年被罗纳德·里根州长任命为法官。本案是他迄今为止负责的最大一起案件。

开庭日定在6月15日。开庭时间的延后让我们又心生希望，沃森（即特克斯）也许可以和其他人同时受审，但这一希望很快就破灭了，因为他的律师再次要求推迟引渡，并且又获得了批准。

3月底，博索莱伊谋杀欣曼一案开始重审。检方的主要证人是曼森家族的第一位成员玛丽·布伦纳，她作证说亲眼看到博索莱伊刺死了欣曼。布伦纳以出庭作证来换取自己的完全豁免权。博索莱伊则辩称他是被迫目睹受害者遇害，并且指证曼森才是杀害欣曼的真正凶手。陪审团采纳了布伦纳的证词。博索莱伊第一次受审时，因为当时的证据非常薄弱，我们地方检察官办公室没要求法庭判处博索莱伊死刑。这一次，本案的检察官伯顿·卡茨则要求法庭判处嫌疑人死刑，并且得到了法庭的支持。

这次审判中有两点让我感到担忧。一是看见玛丽·布伦纳竭尽所能为曼森开脱，我不禁担心，为了救曼森，苏珊、帕特丽夏和莱斯莉到时会有何举动。二是看到丹尼当庭对其此前的许多证词采取了回避态度，我非常担心到审判曼森时，丹尼有可能临阵脱逃，我很清楚丹尼没理由再继续作证。他为欣曼案作证是为了让警方撤销对他盗窃摩托车发动机的指控，但在塔特案和拉比安卡夫妇案中，我们没和他达成任何协议。此外，他很可能会分到那25 000美元的悬赏金，而获得悬赏的条件中并没要求必须出庭作证。

同月，丹尼和布伦纳都在大陪审团前作了证，大陪审团因此对欣曼案追加起诉，指控查尔斯·曼森、苏珊·阿特金斯和布鲁斯·戴维斯参与本案。但在大陪审团前是私下作证，这与在法庭上直面曼森本人是两码事。

丹尼对此有所顾虑我可以理解。因为大陪审团的起诉书刚一公布，一直在斯潘农场和曼森家族住在一起的戴维斯就人间蒸发了。

1970 年 5 月

5 月初，在肖肖尼地区，矿工克罗克特、波斯顿和已脱离曼森家族的沃特金斯遇到了克莱姆、"吉卜赛人"和新加入曼森家族的年轻人凯文。克莱姆对沃特金斯说："查理说了，等他出来，你们最好都离开沙漠这片地方。"

据斯潘农场传来的消息，曼森家族似乎"准备采取一些行动"。

由于经常接受采访，曼森家族的女孩与很多记者都已熟悉得互相直呼其名。有几次，这些女孩在无意中暗示说曼森很快就会出来。重点是她们在说这话时，只字未提"无罪释放"或"出狱"。

有些事显然正在暗中酝酿。

5 月 11 日，苏珊·阿特金斯发表声明，否认其在大陪审团前的证词。随后，她和曼森根据该声明提出人身保护令，但被法庭拒绝了。

我和阿龙同地方检察官扬格对此进行了商议。苏珊只有一条路可选。要么她在大陪审团前说的都是事实，那样根据之前达成的协议，检方不会对她提起一级谋杀指控；要么坚持近期的声明，撤回在大陪审团前的证词，从而违反我们的认罪协议。

我个人认为，苏珊·阿特金斯在大陪审团前的证词"大体真实"，除了以下几点：她没提第二晚另外三起谋杀未遂；在是否刺伤沃伊特克·弗雷科夫斯基的问题上，有所隐瞒（在我讯问她时，她曾承认是她刺伤了弗雷科夫斯基）；另外，我有一种很强烈的直觉，苏珊说她没用刀捅莎伦·塔特很可能是谎话（这点可从苏珊对弗吉妮娅·格雷厄姆和龙妮·霍华德说过的话中得到证实）。根据苏珊与我们达成的认罪协议，“大体真实”不符合要求，她必须全部坦白。

苏珊发表声明后，我们已经别无选择。基于苏珊的出尔反尔，阿龙和我请求扬格批准检方提请法庭对苏珊·阿特金斯和其他被告判处死刑。扬格批准了我们的请求。

苏珊的反悔并不意外。但另一个突发情况却让所有人始料未及。鲍比·博索莱伊当庭申请案件重审，并出示了玛丽·布伦纳签名的宣誓口供，布伦纳的口供里说她在鲍比的庭审现场提供的证词都“不是真的”，并且矢口否认是博索莱伊刺死了欣曼。

这个意外转折显然让此案检察官伯顿·卡茨措手不及，但他指出，即便如此，其他证据也足以给博索莱伊定罪。

经过进一步调查，伯顿了解到，在玛丽·布伦纳出庭作证的前几天，“尖嗓子”和布伦达曾前往威斯康星州，去布伦纳的父母家中看过她。在布伦纳签署宣誓口供的前两天，“尖嗓子”又去拜访过她，同行的还有桑迪。伯顿指控她们代表曼森胁迫玛丽·布伦纳否认自己的证词。

玛丽·布伦纳再次被传唤到证人席上，她先否认了伯顿的指控，在与律师商议之后，又突然改口，撤销了之前的宣誓口供，宣称她当时在庭审现场的证词是真实的，可之后她又再次反悔。

博索莱伊的重审请求最终被驳回，他被送到圣昆廷监狱的死囚区等待上诉。但此案给地方检察官办公室留下了一个法律难题。作为博索莱伊谋杀欣曼一案的证人，玛丽·布伦纳因出庭作证，获得了法院批准的完全豁免权。

除了或许可以指控她作伪证之外，地方检察官办公室似乎对她无计可施。

曼森因涉嫌杀害欣曼受到起诉，他向戴尔法官请求为自己辩护。被拒之后，曼森希望法庭指定欧文·卡纳莱克和戴伊·希恩做他的律师。但戴尔法官认为希恩在本案中同时代表曼森和苏珊·阿特金斯，存在“明显利益冲突”。如此一来，就只剩下律师卡纳莱克了。

对此曼森评论道：“我想大家都很清楚卡纳莱克先生和他的所作所为。”他对戴尔法官说：“我不想要这人做我的律师，但你让我别无选择。我明白自己在做什么。相信我，我明白。这是我手头可选择的最差的律师，可你却把他硬塞给我。”曼森说，如果戴尔法官允许他为自己辩护，他就放弃律师卡纳莱克。

“我不会受你的胁迫。”戴尔法官如此告诉曼森。

曼森：“那我就要上诉。”

戴尔法官说，曼森当然可以上诉。但因为在塔特-拉比安卡夫妇案中，法庭撤销了让曼森为自己辩护的决定，曼森已经对此提起了上诉，所以戴尔法官将等上诉法院接受或驳回曼森此前的上诉之后，再行裁定此事。

对于卡纳莱克可能成为曼森的律师一事，我和阿龙同地方检察官扬格进行了商议。鉴于卡纳莱克过去的“丰功伟绩”，如果此案由他接手，很可能要耗费两年或更长时间。扬格问是否可以根据法律把卡纳莱克撤出此案。我们告诉他，据我们所知没有这样的法律依据，但我可以研究一下。扬格让我准备驳回曼森的请求，建议重点强调律师卡纳莱克的无能。但根据我对卡纳莱克的了解，此人并不是无能，其最大的问题是惯于对庭审采取拖延战术。

要获得这方面的证据不用费吹灰之力。法官、副地方检察官，甚至陪审员都给我提供了卡纳莱克拖延、阻挠庭审的事例。曾有一位副地方检察官在得知又要在法庭上面对卡纳莱克时，干脆辞职不干了。人生苦短，这是那位副地方检察官当时说的话。

我预计等到塔特-拉比安卡夫妇案一开庭，曼森就会故技重施，要求法庭指派卡纳莱克做他的律师，因此我开始就这一点准备辩词。与此同时，我还想到了一个方法，如能奏效，我就没必要准备那份辩词了。

只要有一个合适的诱饵，我或许可以说服曼森主动抛弃卡纳莱克。

5月25日，在洛杉矶警察局检查拉比安卡夫妇案的证据时，我发现靠墙立着一扇木门，门上有一幅五颜六色的画和一句童谣里的歌词：“一二三四五六七——好孩子都要上天堂”；另外，还有用大字写的“HELTER SKELTER 就要来了”。

我惊呆了，忙问警长古铁雷斯：“你们到底是从哪儿弄来的这东西？”

“在斯潘农场。”

“什么时候？”

他看了一下贴在门上的黄色证物信封。

“1969 年 11 月 25 日。”

“也就是说，在我拼命想把凶手和 Helter Skelter 联系起来时，你们早在五个月前就有了这扇门，而且这门上还有和案发现场血字相同的字？”

古铁雷斯承认确实如此。这扇门是胡安·弗林拖车上的柜子门。警方根本没觉得它有多重要，甚至到现在都没人登记过。

第二天，这扇门被古铁雷斯登记为本案证物。

我再次告诉警探们，我希望找胡安·弗林了解一下情况，这话我已在各个场合说过无数次了。

我不知道弗林到底知道多少。还记得在本案开庭前飞快出版的那本平装书《莎伦·塔特之死》吗？这位巴拿马牛仔曾与布鲁克斯·波斯顿、保罗·沃特金斯一起，接受过那本书作者的采访。但他显然对作者有所隐瞒，因为我从波斯顿和沃特金斯那里得到的很多信息，在那本书中根本没有提及。

1970 年 6 月 1 日至 14 日

距离塔特–拉比安卡夫妇案开庭还剩下快两周时，曼森要求用律师欧文·卡纳莱克取代罗纳德·休斯，法官批准了他的请求。

为此，我提请召开内庭会议。我在内庭会议中指出，本案涉及的法律问题极其复杂，即使指派以快速结案著称的律师，本案或许都需要审理四个月或更长时间。“但是，”我补充道，“恕我直言，如果允许卡纳莱克先生代表曼森先生，这案子可能会审几年。”我指出：“法律界都知道，卡纳莱克先生擅长拖延庭审。我相信他的良知。我相信他的真诚。但是，”我接着道，“到时法庭根本无法阻止卡纳莱克先生。就算判他藐视法庭，他也不会收手，因为他很乐意在监狱里过夜。”

我告诉法庭，与其让本案变成“法律的滑稽戏”，不如试试我的一个提议。我为此斟酌了很久，虽然我和阿龙已讨论过，但我知道其他人听了肯定会很惊讶。

“作为一个可行方案，检方可以如曼森先生一直所希望的，不反对法庭允许他为自己辩护，且可以选择一名律师协助他……”

曼森一脸惊愕地看着我，从没想到检方会提出如此建议。

虽然我希望借此让曼森弃用卡纳莱克，但这个建议也发自真心。曼森从一开始就坚持说，只有他可以给自己辩护，还强烈暗示如果该要求得不到满足，他就会制造麻烦。在我看来，曼森之所以选择卡纳莱克，其实就是想给审判制造麻烦。

曼森虽没受过多少正规教育，但人很聪明。检方的证人，如琳达·卡萨比安、布鲁克斯·波斯顿等其他前曼森家族成员都曾经受控于他，如果曼森可以为自己辩护，那么他在盘问这些证人时，收效肯定比“正规”律师要好。至于法律事务，他不仅有自己的律师，还有另外三位经验丰富的辩护律师和他一起坐在律师席上。另外我还担心如果法庭拒绝曼森为自己辩护，那将来曼森上诉时，很可能会在此问题上大做文章。

随后，阿龙引用了曼森当初在法庭上对戴尔法官说的话：卡纳莱克是曼森手头可选择的最差的律师。

卡纳莱克对此反应甚是强烈，以至于奥尔德法官说：“卡纳莱克先生，阿龙和布廖西先生对你的评价听起来好像不公平，但法官们心中有数，他们说的很多的确是事实。我并不想指责你的个人动机，但你确实名声在外，一般律师很短时间就能审完的案子，只要碰上你就变得遥遥无期……”

但奥尔德法官说，他之所以还没做决定，只是想确认曼森确实是希望卡纳莱克做其律师。此前曼森在戴尔法官面前对卡纳莱克的那番评价，让奥尔德法官对其真实意愿产生了一些疑虑。

曼森则回答说，从某方面来看，卡纳莱克是最好的律师；“但从很多方面来说，他是我能接受的最差的律师”。曼森继续道：“我不觉得哪个律师能像我一样代表我自己。我很有自知之明，知道自己不是律师，我会坐在这些律师身后，不闹事。我出庭不是来捣乱的……”

“本案涉及的很多东西并不为人所知。一个人出生、上学，学习书本上告诉你的东西，然后靠你学到的东西生活。你唯一知道的都是别人告诉你的。你受过教育，做的是受教育之人会做的事。

“然而你一旦出了这个圈子，就掉入了这个时代的缝隙之中，那是一个缺少爱的社会，你会在疯狂的毒品或者大麻中沉沦。”曼森指出，在另外这个世界里，现实有所不同。在这里，只有经验才是你的老师；在这里，你会发现“除非你喝过水，淋过雨，或跳进过河里，否则你没办法知道水的味道”。

法官：“曼森先生，本庭只想知道你是否乐意选择卡纳莱克先生做你的律师，或者你是否有其他想法。”

曼森：“我想我已经解释过了。除了我自己，谁来我都不会乐意。没人可以代表我。”

我请求法庭允许我向曼森提问。卡纳莱克反对，但曼森同意了。我问曼森，在让卡纳莱克做代理律师一事上，是否征求过其他辩护律师的意见。我听说辩护律师菲茨杰拉德和赖纳都对卡纳莱克的加入非常不满。

曼森：“我不需要问别人的意见。我自己就能做主。”

布廖西：“你觉得卡纳莱克先生可以让你获得公正的审判吗？”

曼森：“我觉得可以。我认为你能让我获得公正的审判。你已经向我展示了你的公正。”

布廖西：“查理，我会让你接受公正的审判，而且我要给你定罪。”

曼森：“什么是公正的审判？”

布廖西：“就是让真相大白。”

奥尔德法官宣布：“如果允许你在如此复杂的案件中为自己辩护，则无法确保法律的公正。”他再次询问曼森：“你确定让卡纳莱克先生担任你的辩护律师吗？”

“我是被逼的。”曼森回答，“要么选他，要么我就给你们制造些大麻烦。”

一周后没多久，曼森说的麻烦就来了。

1月，十六岁的黛安娜·莱克被送到巴顿州立医院，临床心理学家判断她是精神分裂。我知道辩方很可能会因此否定黛安娜的证词，但我并不怎么担心，因为临床心理学家不是医生，没有资格做出医学诊断。而精神科医生指出，黛安娜是情绪问题，并非精神问题：青春期行为障碍，加上可能存在的药物依赖。他们认为黛安娜恢复得很好，可以出庭作证。

6月初，我和警长帕切特一起去了巴顿州立医院。当初我在独立城监狱看到的那个衣衫褴褛的小姑娘，现在已变成正常的少女。她在学校里各科成绩都是A，黛安娜骄傲地告诉我：离开曼森家族后，她才意识到生活有多么美好。现在回头看，她觉得自己过去一直生活在“死亡坑”里面。

黛安娜在这次谈话中跟我提到了此前没说过的信息。曼森家族住在沙漠里的柳树泉时，帕特丽夏·科伦温克尔曾说，她把阿比盖尔·福尔杰从塔特家的卧室一直拖到了客厅。而莱斯莉·范霍腾在跟黛安娜说她捅过人之后，还表示一开始她不愿意这么做，但后来发现，捅得越多，就越好玩。

黛安娜还说，在 1969 年的 6 月、7 月和 8 月，曼森曾多次对家族的人说："我们必须杀掉猪猡，帮助黑人启动 Helter Skelter"。

黛安娜记得应该是在 7 月，大约在塔特谋杀案和拉比安卡夫妇谋杀案发生前一个月，曼森好几次对家族的人说："我必须得开始革命了。"

我们谈了几个小时，其中有件事尤其让人感到悲伤。黛安娜告诉我，曼森家族的"尖嗓子"、桑迪和其他女孩绝不会爱别人，甚至都不会爱她们的父母。我问她："为什么？""因为，"黛安娜说，"她们把所有的爱都给了查理。"

离开巴顿州立医院时，我确信黛安娜·莱克已经摆脱了那种厄运。

6 月 9 日在法庭上，曼森突然在椅子上转过身，背对法官。"既然法庭不尊重我，"曼森说，"那么我就要以牙还牙了。"奥尔德法官对曼森提出了几次警告，可他依然拒绝面对法官，法官于是命令法警将他带离法庭，关在与法庭相邻的禁闭室里。禁闭室里装有扬声器，曼森本人虽然不在法庭，但可以听到审判的整个过程。

奥尔德法官给过曼森数次机会，只要他同意在法庭上遵守规矩，就可以重回法庭，可曼森拒绝了。

我们依然在想办法让曼森放弃欧文·卡纳莱克。6 月 10 日，我提交了一份动议，要求就卡纳莱克取代休斯一事召开证据听证会。动议的要旨是：曼森无权要求法庭指派卡纳莱克担任他的律师。

我提出，宪法虽然赋予被告选择律师的权利，但这并不是无限制、无条件、绝对的权利。此项权利旨在让被告获得对己有利的判决。但根据曼森的陈述，他选择卡纳莱克并非为了获得有利判决，而是为了干扰、阻挠和破坏司法公正。"所以检方认为，鉴于曼森以这种不光彩的方式行使宪法赋予的权利，法庭应该拒绝其更换律师的请求。"

卡纳莱克反驳说，他很愿意当庭宣读他过去的庭审记录，以判定他在案件审判时是否采用了拖延战术。当时，我好像看到奥尔德法官听了此话眉头一皱，但我并不确定。奥尔德法官始终一脸严峻，很难看出他心里在想什么。

我在法庭辩论时，通常会将时间控制在一小时，但研究了卡纳莱克的庭审记录后，我发现他采取的策略与我的完全不同。卡纳莱克会发表冗长的讲话，说一些毫无关联的闲言碎语，或者提出完全让人摸不着头脑的动议，以及疯狂且不负责任的指控，可关键是他往往能达到目的。比如，他指出，律师罗纳德·休斯是从未接过案子的新手，可地方检察官办公室并没有因此对休斯发难，说休斯代表曼森会对曼森造成不利。卡纳莱克在结束辩论前要求法庭驳回检方的动议，并一针见血地指出，这项动议“没有法律依据”。

我在反驳时坦承卡纳莱克说得没错，但我指出，“本案案情空前严峻，迫切需要法庭采取开创性的举措”。

然而奥尔德法官不同意我的看法，驳回了我的动议。

地方检察官扬格将奥尔德法官的裁决上诉到了加州最高法院，但最高法院依然维持原有裁决。虽然我们想为纳税人节省几百万美元，节省本案有关人员的大量时间和不必要的努力，可只要查尔斯·曼森一天不改主意，欧文·卡纳莱克就会一直担任塔特-拉比安卡夫妇案的辩护律师。

“如果法官大人不尊重曼森先生的权利，那也无需尊重我的权利。”苏珊·阿特金斯一边说，一边起身背对法官。莱斯莉·范霍腾和帕特丽夏·科伦温克尔也学苏珊的样子转过身。奥尔德法官建议辩护律师与委托人商议，苏珊的律师菲茨杰拉德承认商议没用，“因为在本案中，律师无法控制委托人的所作所为”。提出多次警告之后，奥尔德法官下令将女孩们带到楼上空闲的陪审室，并在房间里安装了扬声器。

眼前发生的这一切令我内心百感交集。女孩们在法庭上鹦鹉学舌一般模仿曼森的一举一动，足以证明家族成员受到曼森的控制，这样一来，本案又多了一条补充证据。可将来当被告提起上诉时，被当庭带走这种事很可能会导致上诉成功，而我们最不希望的就是此案从头再审。

根据现行法律，在艾伦诉伊利诺伊州一案中，如果被告当庭出现破坏行为，可将被告带离法庭。但另一起案件，公诉扎莫拉案却提出了一个更为微妙的法律问题。该案有二十二名被告，庭审时因为律师桌的摆放问题，律师很难与委托人沟通，这最终导致被告上诉成功。上诉法院裁定，律师权意味着庭审时要确保律师与被告进行协商的权利。

我提请奥尔德法官注意这点，并建议给被告提供电话机类的交流设施，可奥尔德法官对此不以为然。

中午休庭后，女孩们表示愿意重回法庭。帕特丽夏·科伦温克尔代表三人发言，她对奥尔德法官说："我们应该回法庭参加这场表演。"

对帕特丽夏来说，这次审判只不过是一场表演。她在法庭上仍然不坐，只背对法官席站着。苏珊和莱斯莉也马上模仿她的样子站着。奥尔德法官再次下令将三人带离了法庭。

第二天等所有被告上了法庭，奥尔德法官警告说，如果被告依然在陪审团面前一意孤行，会严重危及对他们的审判。"为此，我要求你们认真考虑自身行为，因为我觉得你们正在自己害自己。"这时，曼森再次要求为自己辩护，遭到拒绝后，他说："好吧，我被逼上绝路了。现在，你们杀了我吧。"

曼森保持站姿，低下头，伸出双臂，摆出十字架的姿势。女孩们也马上摆出同样的姿势。当副治安官试图让他们坐下时，他们全都开始反抗，曼森最后还和一名副治安官在地上扭打起来。另外两名副治安官把曼森扭送至禁闭室，女舍监们则把几个女孩带出了法庭。

律师卡纳莱克："法官大人，我提请法庭为曼森先生提供医疗援助。"

法官："我会让法警去检查一下，看他是否需要。如果需要，会给他安排的。"

曼森并不需要医生。一进禁闭室，离开了记者和旁听者的视线，他马上像变了一个人，换上了另外一副面孔：一个顺从的囚犯。在劳教所和监狱里生活了大半辈子，他对囚犯这一身份实在是再熟悉不过了。一旦被"收监"，曼森就规规矩矩，很少惹麻烦。

待中午休庭过后，卡纳莱克就开始施展他的本事了。他对警方的搜查和扣押提出质疑，声称逮捕曼森是非法行为，因为"苏珊小姐说的话，都是卡巴莱罗先生和布廖西先生的阴谋"，并指责"地方检察官办公室唆使证人作伪证"。

这听起来很荒谬，但唆使作伪证可是极其严重的指控，既然卡纳莱克在法庭上当着媒体的面公开指责，我就必须进行反击。

布廖西：“法官大人，既然卡纳莱克先生如此信口雌黄，应该让他在内庭提交证据。此人说话完全不负责任。我紧急提请法官召开内庭会议。天知道他接下来会说什么。”

法官：“卡纳莱克先生，请在辩论时控制你的措辞。”

卡纳莱克绕来绕去，终于说出了他的根据，这理由就连其他被告辩护律师听了都觉得匪夷所思。他声称，由于“逮捕曼森的逮捕令是基于非法获得的伪证，因此逮捕曼森先生是违法行为。所以，曼森先生本人作为物证必须被排除”。

正当我在想人如何作为物证被排除时，卡纳莱克给出了答案：“此物证，即曼森先生本人”不能“作为证据在法庭上提交”。换句话说，根据他错综复杂的逻辑，证人不可以在法庭上指认“物证”曼森。

奥尔德法官驳回了卡纳莱克的动议。

那天，欧文·卡纳莱克还在法庭上展现出了他的另一面：生性多疑，有时甚至近乎偏执。苏珊曾在大陪审团前作证，说塔特案和拉比安卡夫妇案的幕后主使是查尔斯·曼森。常人都会觉得这肯定是曼森律师最不愿意看到的证据。可当检方告诉法庭，在本次审判中，检方不会使用苏珊·阿特金斯的这些证词时，卡纳莱克突然变得警惕，反咬一口说，如果检方不使用这些证词，“那一定是证词的获取方式不光彩”。

奥尔德法官当天宣布预审结束，周末休庭。下周一，即1970年6月15日，本案将开庭。

1970 年 6 月 15 日—11 月 19 日

第六章 审判

“若非这徐徐道来的故事如此骇人，有些地方还真让人心碎。”

——琼 · 斯塔福德*

* 译注：琼 · 斯塔福德（Jean Stafford，1915—1979），美国小说家，《琼 · 斯塔福德短篇小说集》曾获得 1970 年的普利策小说奖。

1970年6月15日至7月23日

查尔斯·奥尔德法官的法庭位于司法大楼八楼104号审判厅。第一组的六十名候选陪审员一挤进法庭，脸上的神情就从无聊变成了好奇。等目光落在被告身上，他们个个惊讶地张大了嘴巴。

有位候选陪审员甚至倒抽了一口凉气，脱口而出的话声音大到旁边人听得一清二楚："我的天，这是要审曼森！"

法庭内庭会议主要探讨了陪审员隔离的问题。奥尔德法官决定，陪审团一经选出，就要与外界隔离，直到本案审判结束，"以免陪审员受到骚扰，防止其在案件审理期间受媒体报道影响"。法院已做好安排，所有陪审员住在大使酒店同一层。允许陪审员的配偶周末探望，但费用自理，法警会采取一切必要措施，避免陪审团接触外界以及与本案相关的任何消息。此案需要审多久，没人知道，预计将持续三到六个月，甚至可能会更久，对被选中的陪审员来说，庭审时长显然是个大问题。

阿龙："法官大人，我这么说可不是为了搞笑，这些重罪犯等于先服了差不多三个月的刑[1]。"

法官："说得没错。"

律师菲茨杰拉德："可不是在大使酒店服刑。"

辩护律师多对陪审团隔离持保留态度，只有一人强烈反对，那就是曼森的律师欧文·卡纳莱克。在媒体报道会损害被告利益这一问题上，卡纳莱克一直叫嚣得最欢，所以我断定真正反对隔离的不是卡纳莱克，而是他背后的曼森。至于曼森为什么不希望隔离陪审团，我自有见解。

有传言说，奥尔德法官已受到几次威胁。他在写给治安官的秘密备忘录中，列出了法庭需要的安保措施，并在备忘录最后一段这样写道：

"治安官须为主审法官提供一名司机兼保镖，并在案件审理及庭审后相关程序完成之前，为主审法官住所提供24小时的安保。"

---

1 译注：服刑时间是从判决执行之日起计算，如果判决执行以前先行羁押，需折抵相应的刑期。例如，如果案件审理了三个月，被告最后定罪，在服刑时等于已经先服刑了三个月。

以抽签方式从候选陪审员中选出了十二名。等他们坐上陪审团席后，奥尔德法官宣布，他们可能要与外界隔离“长达六个月”。当被问到有谁觉得自己可能做不到时，十二名候选陪审员中有八人举了手[1]。

因担心出现多位陪审员同时缺席的情况，奥尔德法官对陪审员做资格预审时非常苛刻。凡是不支持死刑的候选陪审员均被自动排除，另外，看过苏珊·阿特金斯那篇文章的也是如此。这种对陪审员的遴选通常采取旁敲侧击的方式，比如询问：“你是否曾看过有关任一被告任一形式的有罪陈述或坦白的材料？”几位候选陪审员回答：“是的，我看过《洛杉矶时报》上刊登的文章。”每位候选陪审员都是在内庭单独接受诸如此类涉及审前报道的询问，以免整组候选陪审员都受到影响。

等奥尔德法官完成对候选陪审员的初步询问，各位律师便开始进行预先审查。我对最先发问的菲茨杰拉德深感失望。他的提问大多非常口语化，常常给人一种没有提前做过准备的感觉。比如他问：“你或你家人是否曾经不幸成为凶杀案的受害者？”这问题问了不止一次，而是两次，直到另一位辩护律师提醒他，候选陪审员如果是凶杀案的受害者，今天肯定不会在这儿了。

辩护律师赖纳的表现要好得多。他显然想尽可能将他的委托人莱斯莉·范霍腾与其他被告区分开来。这么做显然惹火了曼森。因此，他的提问像检方的一样，经常招致曼森律师卡纳莱克的反对。

辩护律师希恩只向第一名候选陪审员提了十一个问题，其中七个都被奥尔德法官裁决为不当询问。希恩的整场预先审查，包括反对和论证，加起来也只有 13 页笔录。

辩护律师卡纳莱克以宣读显然出自曼森之手的一系列问题开场，而曼森显然对此并不满足，他问奥尔德法官，可否让他对候选陪审员提问，问一些“我在现实中确实遇到过的简单、细微、幼稚的问题”。法官没批准，曼森于是指示卡纳莱克：“从现在开始，你一个字都别说。”

卡纳莱克之后跟法庭解释，曼森这么做是因为觉得人们已经认定他有罪，

1　原注：后来，奥尔德法官根据多名律师对本案可能审理时长的重新估算，将隔离时间更改为“三个月或更久”，至此陪审员的配合情况才有了很大改观。

因此没必要审查候选陪审员，反正选谁都已不重要了。

令我颇感惊讶的是，一贯很有主见的卡纳莱克居然对曼森言听计从，自此之后，再没有向候选陪审员提问。

在陪审员资格审查阶段，律师不得“诱导”候选陪审员，但每位称职的律师都会想方设法博得陪审员的支持。例如，律师赖纳就问：“你是否曾在报刊或电视上，看过大意为查尔斯·曼森‘催眠’女被告的报道？”至于陪审员怎么回答，赖纳显然根本不在乎，他只想暗示媒体存在误导行为，并把这种暗示植入候选陪审员的脑中。同样，我也小心谨慎地在提问和引导的边界徘徊，我问每个候选陪审员：“你是否明白，陪审员仅需要排除合理怀疑，即可判被告有罪？无需排除所有怀疑，只要排除合理怀疑就可以，明白吗？”

一开始，奥尔德法官不允许律师给候选陪审员普法。为此，我与他激烈地讨论了好几次，后来他才允许律师笼统地向陪审员普及法律知识。我认为这是个重大胜利。比如，我可不想审判结束时，有陪审员说：“我们无法裁定曼森杀害了塔特家中的五位受害者，因为他当时返回了斯潘农场，不在现场。”

我方为曼森定罪的核心依据是共谋罪的“替代责任”规则，也就是说，如果共谋者为了推进共谋而实施了进一步犯罪，那么所有参与共谋者，即使未出现在犯罪现场，也须承担刑事责任。我给陪审团举例说明，比如 A、B 和 C 三人决定一同抢银行。A 只参与了策划，真正抢银行的人是 B 和 C。根据法律规定，A 虽然没进银行，但和 B、C 一样要承担法律责任。

从控方的角度来说，让陪审员理解合理怀疑、共谋、动机、直接证据、间接证据、共犯原则等概念非常重要。

我们希望奥尔德法官不要宣布琳达·卡萨比安为此案共犯，但确信他肯定会这么做。[1]这样一来，辩方就会向陪审员大肆灌输：不能根据共犯未经证据证实的证词给被告定罪。但我在研究法律时，发现加州最高法院曾有过一个案例，即公诉韦恩案，在此案中，法院裁定只需“轻微”证据即可确定共犯的证词成立。我将此案例告诉了奥尔德法官，他允许我在询问候选陪审员时使用

---

1 原注：奥尔德法官之后确实宣布了琳达·卡萨比安为此案共犯。

“轻微”证据一词。这一点，我认为也是一个重大胜利。

虽然奥尔德法官已跟候选陪审员确认过，如果证据充分，他们都赞同判处死刑，但我还是又跟所有候选陪审员进一步确认，对于下述三类被告，他们是否愿意支持死刑裁决：（1）年轻人；（2）女性被告；或（3）根据证据显示，其本人并未真正杀人的特殊被告。如果有人回答否，那我显然不希望此人成为本案的陪审员。

曼森和女被告没有干扰法庭审查陪审员。但候选陪审员在内庭接受单独预先审查时，曼森常常会盯着奥尔德法官，一看就是几小时。我只能推测，曼森在监狱里一定养成了不可思议的专注力。而奥尔德法官根本不理会曼森。

有一天，曼森也开始盯着我，我一直回瞪着他，直到他的手开始发抖。休庭时，我把椅子挪到曼森旁边，问：“你刚才抖什么，查理？你怕我吗？”

“布廖西，”曼森说，“你认为我是坏人，可我不是。”

“我不认为你是个不折不扣的坏人，查理。比如说，我知道你喜欢动物。”

“那你就应该知道，我不会伤害任何人。”他说。

“希特勒也喜欢动物，查理。他有条狗叫布隆迪，根据我看到的资料，希特勒对那条狗也很好。”

通常在案件审判中，控方律师不会和被告私下谈话。但曼森不是普通被告，而且他喜欢跟人攀谈。我和曼森有过多次奇怪但很坦诚的谈话。他第一次和我讲话时，问我为什么认为他是本案主谋。“因为琳达和萨迪都跟我说，你是主谋。”我回答他，“萨迪不喜欢我，查理，而且她觉得你是耶稣基督。如果这一切不是真的，那她当初为什么要那样对我说？”

“萨迪只是个愚蠢的小婊子。”曼森说，“你知道吗，我只和她做了两三次爱。在她生了孩子，身材走样以后，我根本看都不看她一眼。所以她才会跟你那么说，她是为了引起我的注意。我绝不会伤害任何人。”

“别跟我胡扯了，查理，我绝不会相信的！那洛特萨帕巴呢？你可对着他肚子开了一枪。”

“嗯，是的，我对那家伙开了枪。”曼森承认道，“他打算去斯潘农场干掉我们所有人。我那么做算自卫。”

曼森算得上是一位因为频繁进出监狱而自学成才的律师，他知道除非我事先告知其宪法权利，否则我们之间的谈话都不能用作证据。尽管如此，曼森方才及之后的坦白也让我甚感惊讶。曼森表现出一种奇怪的诚实，他兜来绕去，闪烁其词，但你依然能从中感受到那种诚实。比如，每当我把他逼到无路可退时，他就选择逃避，但在这次谈话，以及之后的许多次谈话中，对自己是否曾下令杀人这个问题，曼森从来没有断然否认过，一次也没有。

曼森给我感觉不像一个蒙冤的人在为自己的清白抗争，相反，他是在玩一种文字游戏。如果他在法庭上也是这副样子，陪审团肯定会看穿他的把戏。

曼森会在法庭上接受检方的盘问吗？大家都觉得以曼森的狂妄，再加上可以利用此机会，当着全世界媒体的面阐述自己的人生哲学，曼森肯定会站上证人席接受盘问。虽然我为此做了大量准备，但除了曼森自己，谁也不知道他到时究竟会怎么做。

休庭结束时，我告诉曼森："我很喜欢和你谈话，查理，但如果你站上证人席，那会更有趣。我有很多很多事要问你。"

"比如？"

"比如，"我回答他，"你到底从哪儿得来的疯狂念头，觉得别人都不想活了，是在终端岛监狱，海特-阿什伯里区，还是在斯潘农场？"

曼森陷入了沉默，他没说话，只咧嘴一笑。我这是在向他挑战，他心里也明白，但他会不会接受我的挑战，仍需时间证明。

曼森在法庭上一言不发，暗地里却在积极运作。

6 月 24 日，帕特丽夏·科伦温克尔打断其律师菲茨杰拉德对候选陪审员的审查，要求法庭解雇他。"我跟他说过我现在想做什么，可他并没按我说的做，"帕特丽夏告诉法官，"他应该是我的代言人，可他没做到……"奥尔德法官驳回了她的请求。

随后，辩护律师与被告开了会。菲茨杰拉德再次出现时眼含泪水。他为了成为帕特丽夏的律师甚至放弃了公共辩护人的职位，我真替他感到难过。我搂着他的肩膀，告诉他："保罗，别为这事伤心。她没准会留下你。即便不留下，又怎样？她们只是一群杀人犯。"

"这帮蛮不讲理、忘恩负义的家伙。"菲茨杰拉德愤愤道，"她们只对那个曼森唯命是从。"

菲茨杰拉德没跟我讲会上到底发生了什么，但也不难猜到。曼森可能已经直接，或者通过女孩们间接告诉各位辩护律师：按我说的做，不然就离开这案子。菲茨杰拉德和赖纳告诉《洛杉矶时报》的记者约翰·肯德尔，曼森指示所有辩护律师“保持沉默”，停止审查候选陪审员。

第二天，当赖纳违背曼森的命令，继续审查候选陪审员时，莱斯莉·范霍腾几乎一字不差地重复了帕特丽夏的原话，当庭提出解雇赖纳。该请求也被奥尔德法官驳回。

根据赖纳的一些提问，你就能猜到他会落得怎样的下场。例如，他问一名候选陪审员：“如果针对莱斯莉·范霍腾的有罪证据不足，那么即便她想和其他被告共进退，你仍然会认定她无罪吗？”

7 月 14 日，十二名陪审员通过了控辩双方律师的审查，随后宣誓就职。本案陪审团由七男五女组成，年龄从二十五岁到七十三岁不等，其中既有电子技术人员，也有入殓师[1]。

陪审团的人员构成复杂，控辩双方都不占特别优势。

从被告的角度说，他们自然会对所有与执法单位有关的陪审员抱有敌意。作为陪审团中最年长的一位，阿尔瓦·道森曾在洛杉矶县治安官办公室担任了十六年副治安官，而沃尔特·维泽利奥则在工厂做过二十年保安，他兄弟是一名副治安官。

但另一方面，入殓师赫尔曼·图比克和环球航空公司的秘书琼·罗斯兰夫人各有两个与三名女被告年纪相仿的女儿。

从陪审员宣誓时脸上的神情看得出来，多数人都为被选中而高兴。毕竟，他们有份参与有史以来最著名的审判之一。

奥尔德法官很快就将他们从喜悦拉回到了现实。法官命令他们第二天早上来法庭时，带上行李箱、衣服和个人物品，从明天起与外界彻底隔离。

---

1 原注：这十二名陪审员是：约翰·贝尔，电气测试员；阿尔瓦·道森，退休副治安官；雪莉·埃文斯夫人，学校秘书；伊夫林·海因斯夫人，口述打字录入员；小威廉·麦克布莱德，化工公司职员；塞尔玛·麦肯齐夫人，行政主管；玛丽·梅斯莫女士，现已停刊的《洛杉矶日报》前戏剧评论员；琼·罗斯兰夫人，行政秘书；安立·西斯托，电子技术人员；赫尔曼·图比克，入殓师；沃尔特·维泽利奥，退休工厂保安；威廉姆·扎莫拉，公路工程师。

接下来还要挑选候补陪审员。因为预计本案不会很快结案，奥尔德法官决定选六名候补陪审员，远多于平常要求的候补人数。我们又重复了一遍预先审查。

只是这次少了律师艾拉·赖纳。7月17日，莱斯莉·范霍腾正式要求法庭解除赖纳，改由罗纳德·休斯担任她的律师。

询问过休斯、曼森和莱斯莉三者之间是否构成利益冲突之后，奥尔德法官批准了莱斯莉的请求。赖纳为本案忙活了八个月，最后连句谢谢也没得到就被踢出了案子。曼森的前律师，身穿演员沃尔特·斯莱扎克的旧西装，留着圣诞老人胡子的"嬉皮士律师"罗纳德·休斯成了莱斯莉·范霍腾的代理律师。

律师艾拉·赖纳惨遭解雇只因一点：他竭尽全力想维护的是其委托人莱斯莉·范霍腾的最大利益，而非查尔斯·曼森的。

此时曼森脸上隐隐泛起一丝笑意。他的得意不难理解。他成功组建了一个对自己唯命是从的辩护团队。虽然在名义上，律师菲茨杰拉德是辩护团队的负责人，但到底由谁发号施令其实显而易见。

7月21日，六名候补陪审员宣誓就职，随即也被隔离。[1] 挑选陪审团用了五周时间，在此期间，共计205人接受了审查，仅笔录就多达4500页。

对所有人来说，这五周都是一个艰巨的考验。我和奥尔德法官有过多次对峙，赖纳和他更是经常发生冲突。奥尔德法官还向四名律师发出了藐视法庭的警告，最后其中一名律师真的获了罪。

那三位律师受到警告是因为违反了法庭的禁言令。阿龙·斯托维茨接受了《滚石》杂志的采访；《洛杉矶时报》在《塔特案被告试图让律师保持沉默》一文中引用了保罗·菲茨杰拉德和艾拉·赖纳的原话。最终，奥尔德法官并没有判这三人藐视法庭，可欧文·卡纳莱克就没那么走运了。7月8日，欧文·卡纳莱克出庭迟到了7分钟，原因合情合理：法院开庭时很难找到停车位。此前有一次卡纳莱克仅迟到3分钟就受到了奥尔德法官的警告，这一次自然未能博

1　原注：六名候补陪审员是：弗朗西斯·蔡森女士，退休公务员；小肯尼斯·道特，州公路局职员；罗伯特·道格拉斯，陆军工程部队员工；约翰·埃利斯，电话安装员；维多利亚·坎普曼夫人，家庭主妇；拉里·施立，电信维修工。

得法官的同情，他被判藐视法庭，同时须缴纳罚款 25 美元。

正当我们忙着为本案审查陪审员时，曼森家族的两名凶手却被释放了。

玛丽·布伦纳因欣曼案被再次起诉和逮捕。她的律师向法庭申请了人身保护令。凯瑟琳·帕克法官裁定玛丽·布伦纳已达成豁免协议的条件，批准了律师的请求，于是玛丽·布伦纳被释放。

与此同时，警方在突袭巴克农场后，曾以重大盗窃车辆罪对克莱姆（真名为史蒂文·格罗根）提起诉讼，克莱姆现在对罪行供认不讳。负责审理此案的是范努伊斯区的斯特里·费根法官，他知道克莱姆罪行累累，是个惯犯。另外，通常非常宽容的缓刑部也建议判处克莱姆在县监狱服刑一年。阿龙还告诉费根法官，克莱姆此人极其危险，不仅拉比安卡夫妇遇害当晚他在场，而且我们还掌握了他杀死"矮子"的证据。可令人难以置信的是，费根法官竟批准了克莱姆的缓刑！

在得知克莱姆返回斯潘农场，又跟曼森家族待在一起之后，我联系了克莱姆的缓刑监督官，要求他撤销克莱姆的缓刑，理由很充分：根据克莱姆的缓刑条款，他本该住在父母家中，找到并从事一份工作，不得吸食或持有毒品，不得与已知服用毒品者交往。此外，还有人多次看到他带着刀和枪，甚至还拍到了照片。

可克莱姆的缓刑监督官拒绝采取任何措施。后来他向洛杉矶警方承认，他之所以这样做是因为害怕克莱姆。

虽然布鲁斯·戴维斯已转入地下活动，可曼森家族众多核心成员依然在明目张胆地到处活动。他们中有十几人，包括克莱姆和布伦纳，每天都在司法大楼的入口和走廊出没，每次有控方证人前来作证，他们便投以冷漠、指责的目光。

自从桑迪随身带刀进法庭被发现之后，人们就担心在法庭上看见曼森家族成员，阿龙成功解决了这个问题。根据法律规定，证人作证时，候选证人[1]必

1 译注：在美国，由陪审团审理的案件开庭时，控辩双方须各向法庭提交一份候选证人名单，候选证人并非一定会出庭作证。任一方律师如需名单上的特定证人作证，应遵循合法流程传唤其出庭。庭审中，名单之外的证人如被传唤出庭，其证词可能会被宣布无效或受到其他限制。在不同地区的法庭，相关的具体规定可能不同。

须回避，于是阿龙将已知曼森家族成员全都列为控方证人，这一做法让本案被告大为光火，可其他人却都因此松了一口气。

1970年7月24日至26日

塔特案今日开庭

据悉控方将披露“令人震惊的犯罪动机”

遇害者塔特的父亲将率先出庭作证

从早上6点开始，众多旁听者就候在法院门口，希望能抢到座位，一睹曼森的真容。曼森被押上法庭时，有几人甚至惊得倒抽了一口凉气。曼森额头上赫然刻着一个血淋淋的字母X。前一天晚上，曼森不知从哪儿搞到尖锐的东西，在额头上刻下了这个标记。

没多久，曼森此举的用意便得以揭晓。曼森的信徒在法庭外发布了一份由曼森签名的声明。

“我已经把我本人从你们的世界X出去了……是你们创造了我这个怪物。我不属于你们，也不来自你们，我无法容忍你们不试着去理解，便对事物、动物和人抱有不公正态度……我反对你们现在和过去的所作所为……你们嘲笑上帝，以耶稣的名义杀死了这个世界……我心中的信仰比你们所有的军队、政府、毒气室，以及你们要对我采取的一切措施都强大。我知道我做过什么。你们的法庭是人类的游戏，而爱却是我的法官……”

法官：“对查尔斯·曼森、苏珊·阿特金斯、帕特丽夏·科伦温克尔和莱斯莉·范霍腾的公诉现在开始。”

“当事人、律师和陪审员都已到庭……

“检方现在要作开场陈述[1]吗？”

布廖西：“是的，法官大人。”

我开始作开场陈述，概述检方将在法庭上提出的证据。我申明了对被告的几项指控，列出了他们的姓名，然后描述了1969年8月9日凌晨在切洛路10050号和第二天晚上在韦弗利路3301号发生的一切，并确认了受害者的身份。

“各位女士们、先生们，在本案审判的过程中，我方希望用证据解答你们心中可能会产生的一个疑问，那就是：

“到底有着怎样邪恶思想的人才会计划或实施这两起谋杀？什么样的人才会如此残忍地杀害这七名被害者？

“我们希望本案的证据能回答这个问题，并向你们证明，有着如此邪恶思想的正是这位时而表现得无限谦卑，并自称耶稣基督的查尔斯·曼森。

“本案的证据将证明，被告曼森是一名流浪汉、郁郁不得志的歌手和吉他手、伪哲学家，而最重要的是，证据最终会证明，查尔斯·曼森是一个狡黠地躲在嬉皮士的面具之下，表面上热爱和平的杀人凶手……

“证据将证明查尔斯·曼森是一个极度渴望权力，迷恋暴力死亡的夸大狂[2]。”

我继续说道，本案证据还将证明，在自称“曼森家族”的这个流浪团体中，曼森是毋庸置疑的领袖和独裁者。在简要回溯了曼森家族的发展史和组织架构之后，我指出：“我们预计曼森先生会辩称，他和其他人都不是‘家族’的领袖，他从未命令‘家族’成员做过任何事，更不用说替他杀人了。”

卡纳莱克：“反对，法官大人，检方这是在臆测我方的辩护策略！”

法官：“反对无效。布廖西先生，你可以继续说。”

布廖西：“所以，我方会提供证据，证明查尔斯·曼森实际上是曼森家族的独裁领袖；家族的所有人都对他唯命是从；家族成员一直在替曼森做事，并

---

1 译注：开场陈述指庭审开始时，律师在出示证据之前向陪审团就案件性质及将要提供的证据所作的简要陈述，其目的在于使陪审团对案件事实及所涉争议有大致的了解，以便于其理解随后将提出的证据。

2 译注：夸大狂患者是一种病态的自我中心主义者，临床表现为极端的狂妄自大，常认为自己非常伟大，妄想号令他人、拥有绝对权力。

在曼森授意之下，杀害了塔特–拉比安卡夫妇案中的七名受害者。”

“曼森家族完全处于曼森先生的掌控之下，这点将作为间接证据提交法庭，以证明在案发那两个晚上，正是曼森下令杀死了七名受害者。”

我告诉陪审团，琳达·卡萨比安将作为控方主要证人出庭，并简要说明为证实琳达的证词，我方会提交凶枪、绳子以及凶手在塔特谋杀案当晚所穿的衣服等物证。

现在，我们回到案发后大家一直在问的问题：凶手为什么要杀人？

我告诉陪审团，检方并无义务证明凶手的犯罪动机。我们无需提供任何确凿证据以证明凶手的犯罪动机，但如果掌握了相关证据，我们就会提交，因为杀人动机可以作为证明犯罪的间接证据。“在本案中，我们将提供证据以证明查尔斯·曼森授意他人杀害七名受害者的犯罪动机。”

如果曼森和辩护律师以为检方会将犯罪动机归为“抢劫”，那他们恐怕就要失望了，因为检方将证明这些罪行其实源自曼森的信念。

“我方相信凶手不止有一个犯罪动机。”我对陪审团说，“我方将以证据证明，除了曼森对暴力死亡的迷恋和极端的反体制思想之外，本案背后还有另一个动机，这个动机或许和罪行本身一样令人费解，甚至更为诡异。”

“简而言之，有证据表明，曼森狂热迷恋 Helter Skelter，这个词来自英国音乐组合披头士乐队的歌曲名。

“作为披头士乐队的狂热追随者，曼森坚信远在大洋彼岸的披头士乐队在通过歌曲的歌词与他交流。事实上，曼森曾告诉他的信徒，这些歌词完美诠释了他的人生哲学……

“对查尔斯·曼森来说，披头士乐队《Helter Skelter》这首歌的名字暗示黑人将崛起，并杀死所有白人。不过，查尔斯·曼森和他选中的信徒除外，因为他们打算进入沙漠，躲进无底坑里，以躲过 Helter Skelter。‘无底坑’一词来自《圣经·新约》的最后一卷《启示录》，曼森借用了该卷第九章里的这个说法……

“几位证人所提供的证据将表明，查尔斯·曼森憎恨黑人，也憎恨当权的白人，他将他们称为‘猪猡’。

“在塔特案中，凶手在塔特家的前门上用血写下了‘猪猡’这个词。

“在受害者拉比安卡夫妇家中，警方发现了用血写的‘去死吧，猪猡’

‘Helter Skelter’和‘崛起’。

“有证据证明，曼森授意实施这两起凶残的谋杀是为了启动 Helter Skelter。换句话说，伪造黑人杀害七名白人的假象，从而挑拨黑人与白人开战。曼森那扭曲的思想认为这将引发白人与黑人对立，并最终导致双方之间爆发内战。曼森告诉其追随者，这场战争会让美国所有城市的街道血流成河，黑人会最终取得胜利。

“按照曼森的设想，黑人一旦杀光白人，便会因为缺乏经验而无法管理这个世界，因此不得不将管理权交给逃过 Helter Skelter 的白人，比如查尔斯·曼森和他的曼森家族。

“在曼森看来，他的家族，尤其是他，会是黑人与白人战争的最终受益者。

“关于曼森的人生哲学，我们将提供的证词不止出自一名证人，而是很多名。鉴于本案犯罪动机如此奇特诡异，只有一名证人恐怕无法令陪审团信服。”

到目前为止，我将陈述的重点都放在了曼森身上。我的首要任务是给曼森定罪。如果其他人获罪，曼森却安然无恙，这就好比宣判战争罪时，所有从犯伏了法，希特勒却还逍遥法外。因此，我特别强调了曼森授意杀人这一点，真正实施杀人行为的共同被告只是严格依照曼森的命令行事而已。

但该策略有一个风险。我这么做其实等于给三个女孩的辩护律师提供了一份现成的辩词。在本案量刑庭审时，辩护律师可以辩称，由于苏珊、帕特丽夏和莱斯莉完全受曼森控制，不如曼森罪大恶极，所以应被判处终身监禁，而非死刑。

我早就考虑到了这一点，所以在开场陈述时也留了后手。

“至于查尔斯·曼森的追随者，即本案的其他被告——苏珊·阿特金斯、帕特丽夏·科伦温克尔和莱斯莉·范霍腾。

“有证据证明她们和特克斯，即沃森，是本案中杀害七名受害者的实际凶手。

“证据还将显示，他们是完全自愿地参与了这一系列大型谋杀，这从本案过激的杀人方式中可见一斑。比如，罗斯玛丽·拉比安卡身中 41 刀，沃伊特克·弗雷科夫斯基身中 51 刀，另外还中了两枪，其头部也被凶手用左轮手枪的握把猛烈击打了 13 次。鉴于几名被告的行为，我们可以推断，即使没有查尔斯·曼森，她们也对杀戮充满渴望。”

我紧接着列举了苏珊·阿特金斯跟狱友弗吉妮娅·格雷厄姆和龙妮·霍华德的坦白，可以证明帕特丽夏·科伦温克尔曾出现在塔特谋杀案现场的指纹，以及能证明莱斯莉·范霍腾涉嫌杀害拉比安卡夫妇的证据。然后我说："证据显示，1967 年 3 月，查尔斯·曼森在旧金山海特–阿什伯里区创建了曼森家族。它的衰落发生于 1969 年 10 月的巴克农场，当时警方在阴暗的死亡谷内发现了曼森家族荒凉僻静、遍布岩石且与文明隔绝的藏身处，并将这伙人一举抓获。而从曼森家族诞生到衰落期间，有七人死于曼森家族成员之手，此外，莎伦·塔特腹中八个半月的胎儿也未能幸免。”

“这次审判的证据将表明，这两起不可思议的，涉及七名受害者的谋杀案也许会是有史以来最为诡异、最为凶残、最如同噩梦一般的罪案。

“根据规定，检方唯一的义务是在排除合理怀疑的基础上证明被告有罪。但我和检察官阿龙先生将排除所有怀疑，确凿无疑地证明被告确实犯下了以上罪行，他们都有罪。在证据提交完毕之后的终结辩论中，我们将吁请陪审团对本案所有被告做出一级谋杀的判决。”

鉴于本案审理时间可能会很漫长，而且涉及证人众多，我想起一句古老的中国谚语，“好记性不如烂笔头”，并借此提醒陪审员在庭审时记好笔记，以便他们之后对本案进行审议。

在开场陈述的最后，我对陪审团说，检方坚信他们会给被告和加利福尼亚人民一个公平公正的审判。

我的开场陈述被卡纳莱克打断了九次，但这九次反对都被法官驳回。等我结束了开场陈述，卡纳莱克提出动议，要求法庭撤销检方的全部陈述，否则便应裁定为无效审判 [1]。这两项动议均被奥尔德法官驳回。律师菲茨杰拉德对媒体称，我的言论“充满恶意，全是诽谤”，并说将“Helter Skelter”作为犯罪动

---

1 译注：无效审判（mistrial）是法庭审判非正常终止的一种原因，即由于审理中出现程序上的错误或困难，法官认为无法纠正且继续审理只会浪费时间和财力，因而在法庭做出裁决之前宣告审判不具法律效力，予以终止。被宣布无效审判的案件若再次被提起诉讼，则所有审理程序需要从头开始，与新案无异。

机简直“滑天下之大稽”。

我有种强烈的感觉，等菲茨杰拉德作终结辩论时，他甚至会懒得反驳“Helter Skelter”这一动机。

辩方最终决定等控方完成指控后再作开场陈述，于是我们传唤了控方的第一位证人——保罗·塔特上校。

塔特的父亲以军人的挺拔身姿站在证人席上宣了誓。塔特上校这年四十六岁，但看上去比实际更年轻，留着修剪整齐的胡子。在他进法庭之前，法警已经彻底搜过他的身，因为有传言说他发誓要杀死曼森。尽管塔特上校在法庭上只瞥了被告几眼，之后并无任何明显反应，可法警仍时刻关注着他的一举一动。

我们的直接询问[1]很简短。塔特上校讲了他与女儿塔特最后一次见面的情况，并通过照片指认了他女儿、福尔杰、弗雷科夫斯基、西布林，以及切洛路10050号房子。

继塔特上校之后站上证人席的是威尔弗雷德·帕伦特，看到儿子帕伦特的照片时，他整个人精神崩溃，放声大哭起来。

接下来作证的是塔特家的黑人女佣威妮弗雷德·查普曼夫人。我详细询问了塔特家两扇门的清洗情况；为了帮助陪审员确定凶手的作案时间，我在她讲到1969年8月8日下午离开塔特家时就打断了她，打算稍后再传唤她作证，让她继续讲述第二天早上看到的情况。

在交叉询问环节，律师菲茨杰拉德指出，案发几个月后，查普曼夫人才说她洗过塔特家卧室的门，而且告诉的还不是洛杉矶警方，而是我。

这是辩方开场惯用的手段之一。我跟每位证人都了解过情况，而且都谈过不止一次，因而掌握了大量他们此前并没跟警方透露的信息。很多次谈话只有我和证人在场。律师菲茨杰拉德这么说，只是要在陪审员心中种下一个念头，

---

1 译注：在庭审中，控辩双方逐一传唤自己的证人到庭后，通过提问，让证人把自己感知到的有利于本方的事情经过说一遍。这个过程叫询问（examination）；询问本方证人叫作直接询问（direct examination），通常只能用开放性问题；询问对方证人叫作交叉询问或盘问（cross examination），通常使用诱导性问题。因为对方证人被默认为“敌对证人”，不会与询问者配合，因此交叉询问的问题应该简短，只涉及一个需要确认的事实。

接下来卡纳莱克会继续培养，让这念头生根发芽，直到至少在他看来已经变成一个全面开花的阴谋：检察官布廖西捏造证据。

卡纳莱克只问了查普曼夫人一个问题，但问得恰到好处：在今天出庭之前，她是否曾见过被告查尔斯·曼森？查普曼夫人回答说没有。

波兰斯基家的前管理员威廉·加勒森当初被洛杉矶警方释放之后，就回到了位于俄亥俄州兰卡斯特市的家中。尽管他新婚宴尔，并不急于离开新娘，但他收到法庭传召后，还是坐飞机赶到了洛杉矶。这位曾经的管理员在法庭上表现得相当腼腆，但给人感觉很真诚。虽然我还会传唤首批抵达命案现场的惠森亨特警官和警方科学调查司的犯罪专家德韦恩·沃尔费——前者将作证当时看见加勒森音响的音量设在 4 到 5 之间，后者将描述他之后在命案现场做的声音测试——但我还是详细询问了加勒森案发当晚的情况。当他声称自己当时并没听到枪声或尖叫声时，我觉得陪审团相信他的话。

我问加勒森："你的音响当时声音有多大？"

答："大概中等音量……并不是很大声。"

这恰恰证明加勒森所说为实。假如他说自己什么也没听到是在撒谎，那他肯定会说当时音响声音很大。

至于律师菲茨杰拉德的盘问，则多与加勒森被捕和所谓的警察办事马虎有关。后来在法庭上，他一口咬定，加勒森至少参与杀害了塔特案中的某些受害者。鉴于他在盘问加勒森时并没问相关问题，所以我断定他后来这么做只是想找个省事的替罪羊。

律师卡纳莱克又问了和之前相同的问题。加勒森回答说，不，他以前从没见过曼森。

加勒森在出庭作证前和我谈话时，曾说起他还会做关于那天的噩梦。那个周末，在加勒森返回俄亥俄州之前，现居切洛路 10050 号主宅的房主鲁迪·阿尔托贝利安排他重新回了一次切洛路 10050 号。他去了之后发现那里一片安静祥和。加勒森告诉我，从那之后，他就再没做过噩梦。

当天庭审结束前，又有三名控方证人出庭作证，分别是弗兰克·格雷罗，案发的那个星期五他一直在给婴儿房刷漆；园丁汤姆·瓦尔加斯给出了案发当天客人来访和离开的时间，并作证是他签收了案发现场发现的那两个行李箱；还有丹尼斯·赫斯特，他通过照片认出，案发当晚 8 点左右他把订购的自行车送上门时，在前门见到的人正是西布林。

接下来，控方的主要证人即将出场。我计划星期一早上第一时间传唤我方的主要证人。

听了我的开场陈述，曼森一定意识到我已掌握了他的底细。

庭审结束的当天下午，副治安官威廉·莫平将曼森从禁闭室押往监狱九楼，此处引用莫平签字报告中的原话："嫌疑人曼森说可以出 10 万美元换取他的自由。他还说了他有多想再回到沙漠，恢复被捕前的生活。嫌疑人曼森还说钱对他来说毫无意义，有几个人曾与他联系，要给他一大笔钱。又说，警官私自释放囚犯，只会判六个月。"

莫平将此事报告给上司阿利警监，后者通知了奥尔德法官。这件事外界一直都不知情，但奥尔德法官第二天给本案所有律师看了莫平的报告。读着这份报告，我心中在想曼森接下来会怎么做。

周末，苏珊·阿特金斯、帕特丽夏·科伦温克尔和莱斯莉·范霍腾点燃火柴，将发夹烧得通红，先在额头上烙出 X 印记，随后用针挑开烧焦的皮肉，留下了更清晰的 X 疤痕。

星期一早上，陪审员上庭，第一眼就瞧见这三位被告的额头上都多了一个 X 标志。这情景正好证明了曼森是这个家族的领袖，她们会效仿曼森的所作所为。

大概一天之后，桑迪、"尖嗓子""吉卜赛人"和曼森家族的多数成员都如法炮制，在额头上留下了 X 印记。这也成了新人加入曼森家族的仪式之一，直至尝到从脸上流下的鲜血的滋味，该仪式才算结束。

1970 年 7 月 27 日至 8 月 3 日

八名副治安官将琳达·卡萨比安从西比尔布兰德拘留所押送至司法大楼。为了绕开在大楼前徘徊的曼森家族成员，一行人经一处偏僻的通道进入，前往关押室。一到九楼，桑德拉·古德突然在走廊里现身，尖叫道："你会杀了我们，你会把我们都搞死！"据目击者称，对这次遭遇，琳达脸上流露出的更多是悲伤，而非震惊。

等琳达一到，我马上去见了她。琳达的律师加里·弗莱施曼给她买了一件新衣服，但放错了地方，所以琳达穿的还是怀孕时的孕妇装。宽松的衣服让琳达看着比被告更像嬉皮士。我向奥尔德法官说明情况，法官决定先在内庭处理其他事，直到找到新衣服拿过来再开庭。之后，苏珊·阿特金斯出现找不到胸衣的情况时，法官也做了同样的处理。

布廖西："检方传唤琳达·卡萨比安出庭作证。"

迎着曼森和被告女孩恶狠狠的注视，琳达脸上流露出的却是悲伤与顺从。

书记员："请举起右手宣誓。"

卡纳莱克："反对，法官大人，这人没资格作证，她是疯子！"

布廖西："等一下！法官大人，我抗议，我请求法庭以行为严重不当判他藐视法庭。辩方此举简直让人难以置信！"

可这的确发生了，由不得你不信，这也正是卡纳莱克接手本案后，我们一直担心的问题。奥尔德法官命令陪审团无需理会卡纳莱克刚才的言论，将双方律师召到法官席旁[1]。"毫无疑问，"奥尔德法官对卡纳莱克说，"你刚才的行为简直是太过分了……"

布廖西："我知道法庭不能阻止他说话，但天知道他接下来会说什么。如果我公开在法庭说这种话，地方检察官办公室会把我撤出此案，吊销我的律师资格……"

辩护律师菲茨杰拉德则为卡纳莱克辩称，他们打算传唤证人，证明琳达·卡萨比安至少服用过300次致幻剂，从而论证琳达因吸毒精神有问题，没有资格出庭作证。

奥尔德法官说，不论辩方想提出什么证据，法律问题都应该在法官席或内庭讨论，而不是在陪审团面前。奥尔德法官对卡纳莱克刚才的行为提出警告，

1　译注：庭审过程中，如果遇到复杂问题或在证据上有重大争议，控辩双方当着陪审团的面辩论会对陪审团的判断产生负面影响，这时经法官许可，律师可在法官席旁边的位置与法官交谈而避免被陪审团听到，即法庭会议（bench conference），又称栏边会议（sidebar conference）。此时商讨的内容可记入也可不记入法庭诉讼记录中。

如果再犯，“我就会对你采取措施”。

待琳达宣过誓，我问她：“琳达，你知道你现在被控七项谋杀罪和一项共谋杀人罪吗？”

答：“知道。”

卡纳莱克提出反对，要求法官裁定审判无效，被驳回。一直折腾了十多分钟，我才提出第二个问题。

问：“琳达，你是否知道地方检察官办公室已和你的律师达成认罪协议？关于塔特-拉比安卡夫妇案，如果你就你所知的一切出庭作证，地方检察官办公室会向法院申请豁免权，并撤销对你的所有指控，你是否知道？”

答：“是的，我知道。”

律师卡纳莱克又提出了四次反对，每次都用了不同理由，全被法官驳回。我们之所以先公布认罪协议，是为了避免辩护律师对此大做文章。

问：“除了根据协议获得无罪豁免之外，还有其他原因让你决定说出你所知道的一切吗？”

没等琳达回答“我坚信真理，我觉得应该将真相说出来”，卡纳莱克又提出一连串反对。

卡纳莱克甚至反对我问琳达有几个孩子。这是他惯用的“散弹式”反驳，也就是从各个角度提出反对，寄希望于至少有几发流弹能击中目标。他常用的反驳理由包括“纯属诱导暗示、没有事实根据、妄下结论、传闻论据”等，很多都根本驴唇不对马嘴。例如，有时我没有下任何结论，卡纳莱克却提出反对，说我“妄下结论”，或者我只是问琳达接下来做了什么，他就大喊，这是“传闻论据”。

我早预料到卡纳莱克会这么做，所以没受他的干扰。但一个多小时过去了，琳达才讲到与曼森的初次见面和她在斯潘农场的生活，并在卡纳莱克的激烈反对中，说了她对“曼森家族”这一概念的理解。

答：“嗯，我们就像一家人那样生活，像家人一样住在一起，像母亲、父亲和孩子，但我们是一个整体，查理是我们的领袖。”

当我让琳达讲一下曼森让女孩们做过的各种事时，卡纳莱克提出反对，理由是这是传闻证据，该反对竟获得了奥尔德法官的支持，这完全出乎我的意料，我要求双方律师到法官席旁商议。

非法律专业人士普遍认为传闻不能作为法庭证据，但事实上，破例采纳传闻证据的案例非常多，以至于大多数律师甚至认为“除个别情况之外，传闻均可作为法庭证据”。[1] 我对奥尔德法官解释道：“我知道本案会涉及许多法律问题，而且也从被告的角度研究过法律法规，但我从没想到，让证人在法庭上叙述曼森命令家族成员做过什么竟会遭到反对。”

奥尔德法官说，他同意辩方律师的反对，是因为他想不起传闻证据规则中有支持检方这种陈述的案例。

这真是个棘手的问题。如果奥尔德法官裁定相关陈述不得作为法庭证据，那检方就无法证明曼森控制家族成员，也就无法给曼森定罪。

此后不久，法庭当天的庭审便结束了。当晚，阿龙、地方检察官办公室中央行动处处长 J. 米勒·利维和我连夜查找权威案例，幸好最终找到两起案例。在公诉弗莱蒂诺案和公诉史蒂文斯案中，法院裁定可以通过展示彼此关系，包括彼此之间的谈话，来证明存在共谋。第二天早上我将案例提交给奥尔德法官，法官撤销他之前的决定，驳回了卡纳莱克的反对。

然而让我完全没想到的是，随后另一个人也反对我的询问，那就是检察官阿龙。

琳达已作证说，曼森命令女孩们和男性访客做爱，诱使他们加入曼森家族，当我问琳达：“琳达，你知道性狂欢吗？”

卡纳莱克当即提出反对，而律师休斯提出反对时所说的话则多少透露出了他对本案的看法。“我们现在审的不是这些人的性生活，而是这些人的谋杀行为。”

辩护律师们纷纷提出反对，其中许多还得到了奥尔德法官的支持，就连阿龙也侧过身子，对我说：“要不跳过这个？这只是在浪费时间。我们直接开始讲那两晚的谋杀吧。”

“听着，阿龙，”我悄悄对他低语，“我正在和法官斗，和卡纳莱克斗，我可不想再和你斗。我的麻烦已经够多了。这点非常重要，我必须说。”

---

1 原注：比如，苏珊·阿特金斯对狱友弗吉妮娅·格雷厄姆和龙妮·霍华德所说的话属于传闻证据，但符合传闻证据规则所认可的例外情况，可以作为本案证据。

最后，琳达是在卡纳莱克的反对声中说说停停：曼森决定什么时候举行性狂欢；曼森决定谁参加，谁不参加；曼森分配每人扮演的角色。从头到尾，曼森像个指挥一样控制了一切。

就连最私密、最隐私的性生活都受曼森摆布，这一点极其有力地证明了曼森对家族成员的控制。

此外，在琳达所说的那场特殊狂欢中，参与者有二十多人，其中包括又名"特克斯"的查尔斯·沃森、苏珊·阿特金斯、莱斯莉·范霍腾和帕特丽夏·科伦温克尔。

证词中并不涉及性狂欢的细节，我也没再向琳达询问其他类似的活动。一达到目的，我就将话题引入了下一证据——Helter Skelter，即黑人与白人之间的战争。曼森坚信披头士乐队在通过歌词与他交流，1969 年 8 月 8 日下午，曼森曾说："现在是时候启动 Helter Skelter 了。"

《洛杉矶时报》在报道琳达的作证时说，即便在讲述曼森家族的性狂欢时，琳达·卡萨比安也出奇地"镇定，轻言细语，甚至可以说娴静"。

琳达的讲述有时也非常令人动容。在讲述曼森如何将母亲和孩子分开时，琳达联想到自己与女儿塔尼娅分开后的心情，说："有时候，趁周围没人，尤其是查理不在时，我会爱护我的女儿，给她喂东西吃。"

当琳达讲到那天晚上离开斯潘农场前，曼森对家族成员的指示时，坐在律师席前的曼森手举到脖子上，伸出一根手指，做出了割喉的动作。我当时在看别处，没注意到曼森的这个举动，但其他人，包括琳达，都看到了。

但琳达并没受曼森的影响，她继续讲了特克斯如何把车停在塔特家大门前，如何剪断电话线，如何开回山下停车，再走回来。当琳达讲到他们如何翻过大门右边的栅栏时，你能感到法庭上的气氛正变得越来越紧张。随后，车灯突然亮起。

答："一辆车停在我们前面，特克斯拿着枪冲了过去……那个男人说：'请不要伤害我！我什么都不会说！'但特克斯对他开了四枪。"

就像每次跟我讲时一样，一讲到史蒂文·帕伦特被杀的事，琳达就开始啜泣。看得出来，陪审员都因愈发恐怖的细节和琳达的哭泣而动容。

此时，苏珊却在咯咯笑。莱斯莉在伸懒腰。帕特丽夏看起来似乎很无聊。

在当天庭审快结束时，琳达在我的提问下讲出帕特丽夏当时拿刀追赶过一个穿白色睡衣的女人（福尔杰），特克斯则用刀捅了一个大块头（弗雷科夫斯基）。“他只是不停地用刀捅，一直捅，一直捅。”

问：“那人尖叫时，你听得出他在叫什么吗？”

答：“他喊的不是话，那声音无法用语言描述，只是尖叫。”

记者原本一直在记录卡纳莱克提出的反对，但进入庭审第三天，他们就放弃了，因为卡纳莱克提出的反对已经超过了两百次。奥尔德法官警告卡纳莱克，如果他再打断证人或控方发言，就判他藐视法庭。根据法庭笔录，从我提出问题到琳达回答，这之间一般都隔着十几页其他内容。

布廖西：“我们得再说一次，琳达。因为我们的问和答之间隔着一大堆反对。”

卡纳莱克：“我反对控方的说法。”

当琳达话刚说一半又被卡纳莱克打断时，奥尔德法官召集律师上法官席商议。

法官：“卡纳莱克先生，你刚才直接违反了不得反复打断证人的命令。我判你藐视法庭，休庭后今晚立即收押县监狱，明早 7 点才可以出来。”

卡纳莱克抗议说：“与其说我打断证人，不如说是证人打断我！”

当天庭审结束时，卡纳莱克会多一位狱友。在我提交法庭用来指认的证据中有一张照片，照片中那把“皈依撒旦”机车党的长刀插在曼森专属沙滩车方向盘旁的刀鞘里。由于博索莱伊一案需要这张照片作证据，所以等照片从别的法庭拿过来后，我才看到。“地方检察官向我们隐瞒了大量证据。”休斯为此指控道。

布廖西：“请法庭记录在案，我也是几分钟前才第一次看到这张照片。”

休斯：“这完全是屁话，布廖西先生。”

法官：“你的言论是对法庭的直接藐视。”

奥尔德法官之前对卡纳莱克的惩罚我完全赞同，但对休斯的判罚我有异议，如果说休斯藐视了什么，那藐视的也只是我，不是法庭。而且休斯这么说是因为小小的误解，等我跟他解释了之后，他马上意识到这只是一场误会。可奥尔德法官并不这么想。

面对支付 75 美元罚款或在监狱过夜的处罚，休斯告诉法官：“法官大人，我可是个穷光蛋。”这丝毫没有博得奥尔德法官的同情，他下令将休斯收押。

一晚的牢狱生活显然没让卡纳莱克有所收敛。第二天早上一回法庭，他故技重施，再次打断我的问题和琳达的回答。法官的训斥也毫无作用；他往往会先道歉，然后继续我行我素。但最让我担心的并不是不断地反对，而是他有时会得逞。一般来说，如果奥尔德法官同意卡纳莱克的反对，我往往可以换个方式引出证词。例如，奥尔德法官不允许我询问命案后第二天，被告观看塔特谋杀案相关电视新闻的情况，他觉得这跟本案无关。于是我转而问琳达，在命案发生当晚，她是否知道受害者的身份。

答："不知道。"

问："那你第一次知道五名受害者的名字是什么时候？"

答："第二天看了新闻才知道。"

问："在电视上？"

答："是的。"

问："在斯潘先生的拖车里？"

答："是的。"

问："命案发生的第二天，除了看电视的时候，你还见过特克斯、萨迪和凯蒂吗？"

答："嗯，我在拖车里看到了萨迪和凯蒂，但不记得那天有没有看到特克斯。"

当芭芭拉·霍伊特作证时，上述提问与本案的相关性就显而易见了：（1）苏珊进来告诉霍伊特把电视调到新闻台；（2）在此之前，苏珊和其他人从不看电视新闻；（3）当电视上播完塔特谋杀案，转而报道越南战争时，苏珊她们马上起身离开了。

在询问案发第二天晚上的情况时，我的问题总是围绕着一个主题。是谁让你驶出高速公路的？是查理。除了曼森先生，车上还有其他人给你指路吗？没有。有人质疑过曼森先生的任何指示吗？没有。

琳达对于那两晚的描述，有很多只有亲自目睹才可能知道的细节。

曼森很早就意识到琳达证词的巨大杀伤力，此时针对证词说道："你刚才撒了三个谎。"声音大到足以让琳达和陪审团听到。

琳达迎着曼森的目光，回答说："哦，不，查理，我刚说的都是实话，你知道的。"

7月30日下午，当我结束对琳达·卡萨比安的直接询问时，我感觉陪审团应该也知道琳达说的是实话。

如果我获知辩方掌握了可能对控方不利的证据，我通常选择先在法庭上公开。这种庭审策略不仅能把辩方有力的左勾拳变为不痛不痒的左刺拳，还可以向陪审团表明，控方对本案秉持开诚布公的态度，绝不会隐瞒任何证据。因此，我在法庭上公布了琳达的性放纵以及服用致幻剂和其他药物的经历。[1] 对于打算利用这些经历摧毁证人可信度的辩方来说，他们会发现自己只不过是在复述我的话而已，有时反而增加了检方的公信力。

引出琳达在斯潘农场生活经历的，并非控方律师，而是莱斯莉的律师菲茨杰拉德。"我那时并不清楚……我完全是凭感觉……我任由别人把思想灌输给我。"她说更重要的是，她害怕曼森。

问："你怕什么？"菲茨杰拉德问。

答："我只是害怕。他是个厉害的家伙。"

当被要求解释这句话时，琳达说："他身上就是有种东西，你知道的，能把人控制住。他很厉害。他就是很厉害，就这样。"

菲茨杰拉德还引导琳达说出了她爱曼森的事实。"我认为他是救世主转世。"

琳达接着又补充了一句，这不仅很好地解释了她为什么追随曼森，同时也解释了为什么许多人会轻易接受曼森。说起与曼森的第一次见面，琳达说："我当时心想……'这就是我一直在寻找的'，他能给我这个感觉。"

曼森其实是反射他人心中渴望的一面镜子。

问："在你印象中，农场里的其他人是不是也喜欢查理？"

答："哦，是的。女孩们都很崇拜他，愿意死心塌地为他做任何事。"

至于 Helter Skelter、曼森对黑人的态度，以及他对同案被告的控制，菲茨

---

1 原注：琳达在法庭上作证说，她服用过大约50次致幻剂，最后一次服用是在1969年5月，即案发前三个月。

杰拉德对琳达的盘问为以上三点提供了更多细节，进一步巩固了琳达之前所说的证词。

菲茨杰拉德的盘问效果常常适得其反，比如他问琳达：“你还记得8月8日你是和谁睡的吗？”

答：“不记得。”

问：“10号那天呢？”

答：“不记得，但我最终跟农场里所有男人都睡过。”

琳达曾几次三番主动说过类似的话，这本该对证人产生负面影响，可话从琳达口中说出，却让人感觉真诚。她的这种坦荡令菲茨杰拉德措手不及。

菲茨杰拉德避开“性狂欢”一词，问道：“在农场后屋发生的那些情爱场面……你喜欢吗？”

琳达坦率地回答说：“是的，我想我喜欢。我必须说我喜欢。”

甚至可以这样说，当菲茨杰拉德结束盘问时，琳达·卡萨比安的脸色比我的直接询问结束时还要好。

1970年8月3日，星期一。当时还差几分钟到下午两点，吃完午饭，在回法庭的路上，一群新闻记者突然出现，把我团团围住。他们同时跟我讲话，我听了好几秒才听清他们到底在说什么。“布廖西，你知道吗？尼克松总统刚刚说曼森有罪！”

1970年8月3日至19日

律师菲茨杰拉德拿来一份美联社报纸。在丹佛市召开的执法官员会议上，曾是律师的尼克松总统发言，抱怨现在的新闻界喜欢“美化和英雄化犯罪人物”。

尼克松总统说：“比如，我发现查尔斯·曼森案……每天都上报纸头版。就连晚间新闻也要报道几分钟。这是一个直接或间接杀害八人的罪人。这种人竟成了新闻的宠儿。”

待尼克松总统发言完毕，总统新闻秘书罗恩·齐格勒马上补充道，总统“刚才提到罪行时忘了说‘嫌疑人’这个词”[1]。

我们在内庭对这一突发情况进行了讨论。幸好在此事曝光之前，法警已将吃过午餐的陪审员们带回了法庭。所有陪审员依然在楼上房间隔离，到目前为止，对此事还一无所知。

辩护律师卡纳莱克再次要求法官宣布此次审判无效，被驳回。卡纳莱克怀疑隔离无效，要求重新审查陪审员以判断是否有人已经知道了消息。阿龙反驳说：“这么做无异于此地无银三百两。即使不知道，被这么一查肯定也都知道了。”

奥尔德法官驳回了卡纳莱克的请求，但保留其以后商议的权利。奥尔德法官还说他将命令法警启用非常规安全措施。当天下午，接送陪审团往返酒店的大巴车车窗就镀了膜，以防陪审员看到无处不在的新闻。大使酒店的娱乐室套间里有一台电视机，平时除了新闻，陪审员可以随便看任何节目，但需要法警换频道。这天晚上则不允许看电视。报纸也被禁止带入法庭，奥尔德法官特别交代所有律师，确保不要将报纸放在律师桌上，否则很可能会被陪审员无意中看到。

当我们重新回到法庭时，曼森脸上露出得意的笑容。这笑容整个下午都挂在他脸上。美国总统可不会关注所有罪犯，曼森现在已经成了大人物。

待陪审团进入法庭，苏珊·阿特金斯的律师戴伊·希恩开始盘问琳达。

他显然想向陪审团暗示琳达的证词经过我授意。他问琳达：“你还记得在你们第一次见面时，布廖西先生跟你说过什么吗？”

答：“嗯，他一直强调让我说实话。”

问：“我的意思是，除了让你说实话之外。”

就好像还有什么比说实话更重要似的。

问：“布廖西先生有没有对你说，你有些话说错了，或有些回答不合逻辑，

1 原注：在乘坐空军一号专机返回华盛顿途中，尼克松总统发表了补充声明：“我被告知，尽管我的新闻秘书当时已明确声明，但我在丹佛市针对洛杉矶塔特一案的言论依然可能会被误解。”“不管在什么情况下，我都绝不会损害任何人的合法权益。”“在此我要澄清，无论此刻还是过去，我都不会对塔特一案被告人是否有罪妄加揣测。此案目前正在审理中，所有被告此时应被视为无罪。”

或者没意义？”

答：“没有，都是我一直在跟他说，他从没跟我说过什么。”

问：“至于你怀孕一事，你是不是因为怀孕才选择留在（塔特家）外面，没有进去参与？”

答：“不管我有没有怀孕，我都不会杀人。”

希恩只盘问了一个半小时就放弃了。琳达的证词毫发无损。

辩护律师欧文·卡纳莱克拖着沉重的步伐，缓缓走到证人席前。此举充满了欺骗性，因为当卡纳莱克盘问时，他根本不容人有片刻松懈。那些令人反感的话随时脱口而出，问的问题完全出人预料，他会毫无预兆地从某话题突然跳到毫不相关的其他话题。很多问题甚至复杂到连他自己都被绕晕了，不得不求助法庭的记录员，让记录员再念一遍他之前问的问题。

听欧文·卡纳莱克说话简直是种折磨，但我不得不认真听，这非常重要，因为欧文·卡纳莱克与之前盘问的两位律师不同，他确实会对证词构成威胁。比如，他指出琳达回加州认领女儿塔尼娅时，曾告诉社工她是8月6日或7日离开加州的，如果这是真的，那琳达在案发之前就离开了曼森家族。这也意味着琳达与本案相关的所有证词都是捏造的。卡纳莱克暗示，反之，如果她是为了要回女儿而对社工撒谎，那么为了自己获得自由，琳达很可能也会对法庭撒谎。

但卡纳莱克多数时候是在絮絮叨叨，喋喋不休，听得旁听者和证人疲惫不堪。在报道本案时，许多记者很早就将卡纳莱克“排除”了。但凡需要报道辩护律师时，记者都会选择引用律师菲茨杰拉德的话，因为他的问题更好描述。但真正对证人构成威胁的，恰恰是啰里啰唆的卡纳莱克。

琳达也渐渐开始受卡纳莱克的影响。当天庭审快结束时，琳达已六次站上证人席，人看起来有些疲惫，回答问题也不那么流畅了。没人知道接下来像这样的盘问还会有多少次，因为卡纳莱克不像其他辩护律师，当奥尔德法官问他还要盘问多久时，他总是避而不答。

当晚在回家路上，我再次庆幸陪审团被隔离了。所有报摊都可以看到新闻头条上尼克松总统的话。车上收音机也会定期播报最新消息。辩护律师休斯说：“我只说了一句脏话就被判藐视法庭，但尼克松直接藐视了全世界。”辩护律师菲茨杰拉德说:“世上最有权势的人站出来反对你,这令人非常沮丧。”报道中引用最多的是曼森的话,他通过律师向媒体发表了一份声明。该声明虽然非常简短,却直截了当,还模仿了尼克松总统的口气:“一个被指控在越南杀害数十万人的人,现在指控我杀了八个人。”

第二天,卡纳莱克在内庭以共谋罪指控美国总统。“洛杉矶地方检察官扬格现在正竞选加州总检察官。虽然没有证据,但我认为这件事是扬格和尼克松总统的阴谋。”

卡纳莱克说,如果真是这样,“那尼克松就不应该当美国总统”。

法官:“这必须通过另外的审判才能裁定,卡纳莱克先生。我们还是先关注眼前的案子……目前陪审员并未受到媒体报道的影响,我对此感到满意……现在尚无需采取进一步措施。”

卡纳莱克继续他对琳达的盘问。在直接询问阶段,琳达说她大约服用过50次致幻剂。此时,卡纳莱克要求琳达描述她第23次服用致幻剂时的感受。

布廖西:“反对,法官大人,这问题简直太荒谬了。”

法律没规定可用荒谬作理由提出反对,但我觉得应该作这样的规定。奥尔德法官同意了我的反对,显然他对此也有同感。之后,我以“无休止重复”和“无意义”为由提出的反对也获得了法官的支持。

午休过后,曼森突然在法庭上起身,面对陪审团席,亮出了《洛杉矶时报》的头版新闻。

虽然法警抢过了报纸,但陪审团已经看到了曼森想让他们看到的巨大黑色新闻标题:

尼克松宣称曼森有罪

奥尔德法官命令陪审团离席,问到底是哪位律师不顾他的明确禁令,将报纸带进了法庭。但没人承认,只有几人说自己没带报纸。

毫无疑问,现在必须重新审查陪审团。每位陪审员被单独带进法庭,宣誓后由法官审查。在十二名陪审员和六名候补陪审员中,有十一人看见了完整标题；有两人只看到"曼森有罪"；有四人只看到报纸或曼森的名字；还有一个名为扎莫拉的男士什么也没看到："我当时正好在看表。"

所有陪审员还被问到看到此新闻的反应。麦肯齐夫人："我的第一反应是'这太荒谬了'。"麦克布莱德先生："如果总统真这么说，那他就太愚蠢了。"梅斯莫女士："没人可以替我思考。"道特先生："我一开始就没投尼克松的票。"

一番大动干戈的审查结束后，十八名陪审员宣誓，说他们不会受新闻影响，只针对法庭提供的证据进行判断。

对陪审员多了一些了解之后，我倾向于相信他们，原因很简单。经过日复一日的出庭，陪审员们认为自己了解本案内情。他们听到了证词，也只有他们才可以决定证词的重要性。陪审员们坚信自己熟悉此案的情况，法庭之外的人只是看热闹而已。正如陪审员道森所说，他听过法庭的所有证词，尼克松可没有，"我确信尼克松先生根本不了解此案"。

陪审团给我的总体感觉是，他们因为总统企图扮演他们的角色而恼火。曼森很可能会因总统这番评论获利，因为陪审员们的态度变得更坚决，他们不要像总统那样随意给人定罪，只要是对曼森稍有不利的疑点都会受到他们的严格审查。

许多专栏作家在全国性报刊上表示，即使曼森此次被定罪，此案上诉时也会因尼克松的言论被推翻重审。其实情况恰恰相反，因为是曼森给陪审团看的新闻，法律上将这种行为称为"招致错误"，简单说就是被告不会因自己的错误行为获利[1]。

但这的确带来了一个有些微妙的问题，对此我也有些担心。虽然新闻报道上说，总统说曼森有罪，而不是被告女孩们有罪，但辩护律师可以说，作为曼森的共同被告，她们也被"扣上"了有罪的帽子。辩方极有可能会在上诉时提到这点，但我相当确定这构不成法律意义上的"可撤销判决的错误"。每场审判都会出错，但大多数错误并不值得上诉法院据此撤销此前的审判结果。如果奥尔德法官没重新审查陪审团，陪审员没宣誓声明不受此事件影响，那倒有可

1 译注：招致错误（invited error）是上诉的一项重要原则，即被告在庭审时由于自身错误行为导致审判错误，被告不得以审判过程或结果错误为由提起上诉。

能会导致重审。

而三名女被告之后的举动也并没帮到自己。第二天在法庭上，她们站起身，异口同声地说：“法官大人，总统已宣布我们有罪，为什么还要继续审？”

奥尔德法官并没放弃揪出那个将报纸带进法庭的罪魁祸首。戴伊·希恩承认他在庭审休息快结束时，走到法警放置入庭前没收的报纸的档案柜前，拿了几张报纸返回了律师席。他说他其实想看体育新闻，可没承想还夹带了报纸的头版新闻。

奥尔德法官直接裁定辩护律师希恩藐视法庭，判他在县监狱关押三晚，于当天庭审结束时立即执行。此时，早已过了正常庭审结束时间，希恩要求给他一小时用于挪车和拿牙刷，但被奥尔德法官拒绝了，希恩旋即被收押入狱。

第二天早上，希恩向法官提请延期开庭，理由是前一天晚上睡在陌生的地方、陌生的床上，没睡好，他觉得自己无法为当事人有效辩护。

希恩说，这还不是他的所有烦恼。“我现在有婚姻问题，法官大人。我妻子认为我和别的女人在外过夜。她看不懂英文。现在连我的狗都不愿意和我说话。”

奥尔德法官驳回了希恩的请求，拒绝对他的家庭问题发表评论，但建议他在中午休庭时打个盹。

律师欧文·卡纳莱克一直盘问了琳达·卡萨比安七天。他的提问倒真是名副其实的盘问，例如：“卡萨比安女士，你去斯潘农场是不是想尝鲜，想找没和你发生过关系的男人？”

卡纳莱克与律师菲茨杰拉德和希恩不同，他仿佛在用显微镜审视琳达关于那两晚的证词。从辩方的角度来说，这么做有一个弊端，会导致有些最要命的证词在法庭重复两三遍，甚至更多。而卡纳莱克即使占据了上风，也还是会对有些问题死缠烂打，死咬不放。他常在某个问题上纠缠不休，甚至有时会否定自己之前的论点。例如，琳达说在塔特案案发当晚，她头脑清醒，但也说看到帕伦特遭枪杀，她整个人吓呆了。卡纳莱克指出了琳达前后说法的矛盾，但并没有就此止步，而是接着问琳达是什么时候恢复清醒的。

答：“我不知道什么时候。也不知道到底恢复了没有。”

问：“你说你头脑完全清醒，是这样吗？”

答：“是的。”

问：“你也没受任何药物影响，是这样吗？”

答：“是的。”

问：“你没受到任何影响，对吗？”

答：“我受到查理的影响。”

琳达的回答依然准确，但很明显卡纳莱克已让她疲于应对了。

8月7日，我们失去了一名陪审员和一名证人。

陪审员沃尔特·维泽利奥因为自己和妻子身体不好退出了陪审团。通过抽签，候补陪审员中的电信维修人员拉里·施立填补了他的空缺。

同一天，我得知斯潘农场的兰迪·斯塔尔在退伍军人管理医院过世，死于“无法确定的疾病”。

这位斯潘农场前帮工和兼职特技演员一直在等着出庭，证明拴在塔特和西布林身上的绳子与曼森的绳子相同。更重要的是，那把.22口径的长管左轮手枪正是兰迪给曼森的，所以他可以证明枪是曼森的。

虽然这些我可以通过其他证人证明，但我觉得斯塔尔突然去世有些蹊跷。得知没有尸检，我下令要求检验，结果表明，斯塔尔是自然死亡，死因是耳朵感染。

律师卡纳莱克：“卡萨比安女士，我给你看张照片。”

答：“哦，天啊！”琳达转过脸去。那张彩色照上是孕晚期莎伦·塔特的尸体。

这是琳达第一次看到这张照片，人吓得不轻，奥尔德法官宣布休庭10分钟。

没有任何证据表明琳达·卡萨比安曾进过塔特家，也没有任何证据表明她见过莎伦·塔特的尸体。因此，我和阿龙对卡纳莱克给琳达看照片一事提出质疑。律师菲茨杰拉德则辩称，琳达完全有可能进过塔特家和拉比安卡夫妇家，并参与了所有谋杀。奥尔德法官批准卡纳莱克可以给琳达看照片。

随后，卡纳莱克给琳达看了沃伊特克·弗雷科夫斯基遇害的照片。

答：“他就是我在门口看到的那个男人。”

卡纳莱克：“卡萨比安女士，你现在为什么哭？”

答：“因为我无法相信。那真是……”

问：“你无法相信什么，卡萨比安女士？”

答：“他们竟做出这种事。”

问：“我明白了。你是不相信他们能做出这种事，而不是不相信自己能做出。”

答：“我知道我没那么做。”

问：“你当时不是吓呆了吗？”

答：“是的。”

问：“那你怎么能知道呢？”

答：“因为我知道。我不会做那种禽兽不如的事。”

卡纳莱克给琳达看了塔特案五名受害者，以及罗斯玛丽和莱诺·拉比安卡遇害的照片。他甚至一口咬定是琳达用皮绳捆绑了莱诺的手腕。

卡纳莱克或许希望通过给琳达施压来逼她承认不利于自己的事情。可最终事与愿违，他只是突出强调了与本案其他被告相比，琳达·卡萨比安是个内心敏感，对他们的残暴行径深感震惊的人。

给琳达看这些照片其实是个错误，其他辩护律师也很快意识到了这点。每当卡纳莱克举起照片，要求琳达仔细观察照片上的微小细节时，陪审员都会眉眼颦蹙，或身体不安地扭动。连曼森都抗议说是卡纳莱克自作主张，可卡纳莱克仍然我行我素。

庭审休息时，在大厅里，律师罗纳德·休斯走到我面前。“我要跟你道歉，布廖西……”

“不必道歉，休斯。你只是‘一时冲动说走了嘴’。可惜奥尔德法官觉得你在藐视法庭。”

“不，我说的不是这个。”休斯说，“我说的是远比这更糟的事。当初是我提议让欧文·卡纳莱克担任曼森律师的。”

1970年8月10日，星期一，检方向法院申请批准琳达·卡萨比安无罪豁免。奥尔德法官虽然当天就签署了批准文件，但直到13日才正式撤销对琳达的所有指控，将其释放。琳达自1969年12月3日起就被收押，但与曼森、阿特金斯、科伦温克尔和范霍腾不同，她一直被关在单人牢房。

我妻子盖尔对此很担心。“如果琳达推翻她之前的证词怎么办，文森特？苏珊·阿特金斯就这么做了，玛丽·布伦纳也是。琳达现在已经获得了无罪豁免——”

“亲爱的，我对琳达有信心。”我这样安慰妻子。

我确实信任琳达，但心中也在想，如果信错了人，那这场公诉会怎样？

第二天，曼森递给了琳达一封手写长信。乍一看，信中所写大多像是胡言乱语。但仔细观察就会发现有些关键字被用小勾标了出来。将做了标记的字词提出来，拼写错误忽略不计，得到的内容如下：

“如果是爱，就永不会停止……玩笑结束了。看看结局，再重新开始……把自己交给自己的爱吧，给你的爱自由……如果你不说你所说的，就不会有审判……不要失去你的爱，它只为你存在……你认为他们为什么要杀基督？答：因为他是魔鬼和坏蛋。没人喜欢他……不要让任何人看到这封信，否则他们就会利用这封信对付我……对人子的审判只会向世界证明，每个人都在审判自己。”

琳达刚获得豁免就收到了这封信，说明曼森试图拉拢琳达回曼森家族，希望她获得自由之后推翻之前的证词。

琳达的回应是把信交给了我。

尽管很多人都看到曼森把信传给了琳达，可卡纳莱克坚持说信是琳达从曼森手里抢过去的！

对琳达·卡萨比安最具威胁的盘问竟来自罗纳德·休斯，这着实令人意外。本案是休斯第一次参与庭审，所以常常出现程序错误，但他曾是一名嬉皮士，深谙嬉皮士亚文化，很了解毒品、神秘主义、因果报应、灵气、心灵感应等，当他从此角度对琳达进行盘问时，会让人觉得琳达有些奇怪和激动。在他的盘问下，琳达承认自己相信超感官知觉[1]，在斯潘农场，琳达曾有几次认为自己是一名女巫。

问："你觉得你受曼森先生心灵感应的控制吗？"

答："有可能。"

问："他曾释放过很多感应情绪吗？"

答："当然，现在就在释放。"

休斯："请法庭记录，法官大人，曼森先生只是坐在那里而已。"

卡纳莱克："他看起来没释放什么情绪。"

休斯问了很多与毒品有关的问题，此时如果有不知情的旁听者走进法庭，会以为琳达是因藏毒而受审。琳达回答得很机警，令辩护律师想证明她因服用致幻剂而头脑受损的企图不攻自破。

问："现在，卡萨比安女士，你作证说你以为曼森先生是耶稣基督。还有谁你也认为是耶稣基督吗？"

答："还有《圣经》中的耶稣基督。"

问："从什么时候起，你不再认为曼森先生是耶稣基督了？"

答："从在塔特家的那个晚上起。"

我自信琳达应该给陪审团留下了深刻印象，也很高兴能听到其他人对琳达的评价。当休斯要求法庭指派精神病专家给琳达做检查时，奥尔德法官回答说："我觉得没有做精神检查的必要，她看起来头脑非常清醒，口齿清晰。回忆和讲述能力也没有任何异常。在各个方面都表达准确，反应灵敏。因此我驳回辩方律师的动议。"

休斯以一个颇具杀伤力的提问结束了他的盘问。

问："你作证说，你吸食过大麻、哈希什、四氢大麻酚、喇叭花种子、迷幻药、致幻剂、墨斯卡林、佩奥特掌、梅太德林和右美沙芬，是这样吗？"

答："是的。"

问："在过去一年，你出现的主要幻觉是：你相信查尔斯·曼森就是耶稣基

1　译注：超感官知觉简称 ESP，是指不凭借感官信息而对外界事物获得知觉经验的现象。这种知觉的存在缺乏证据，但相信的人却很多。

督，是吗？”

答：“是的。”

问：“你还相信自己是女巫？”

答：“是的。”

休斯：“法官大人，我没有其他问题了。”

检方的第二次直接询问主要是为了重建证人的可信度。但琳达需要的不是重建，而是不被辩方律师打断，能完整回答问题。例如，我指出琳达所说的“吓呆了”是一种修辞，并不是指医学上的精神状态，她很清楚当时都发生了什么。

控方在第二次直接询问时，可以对辩方盘问时提出的新问题做进一步说明。在刚才的盘问中，辩方提到琳达偷了5000美元，所以我现在可以就此提出可减罪情节：琳达偷了那笔钱后，如数交给了曼森家族，她既没再看到那笔钱，也没从中受益。

直到第三次直接询问时，我才得以解释琳达在逃离斯潘农场时，为什么没带上女儿塔尼娅。

我个人觉得解释得晚对控方更有利，陪审团现在对琳达·卡萨比安有了足够多的了解，此时再说原因更容易被接受。

直接询问、交叉询问、第二次直接询问、第二次交叉询问、第三次直接询问、第三次交叉询问，直到8月19日星期三快到中午时，琳达·卡萨比安才终于走下证人席。她已经作证了十七天，这时间比多数审判都要长。虽然在开庭前辩方就已拿到我和琳达的20页谈话摘要，以及她写给我的所有信的复印件，但琳达在法庭上完全没有因前后陈述不一致而受到辩方质疑。我为她感到骄傲。如果让控方选出一位明星证人，那琳达·卡萨比安肯定当之无愧。

结束作证之后，琳达飞回了新罕布什尔州与她的两个孩子团聚。但对琳达来说，她的考验还远没结束。卡纳莱克要求琳达必须随时接受辩方的召回，并且在沃森受审时，她也必须出庭作证。

兰迪·斯塔尔并不是控方在8月失去的唯一证人。

琳达的丈夫罗伯特·卡萨比安和琳达的朋友查尔斯·梅尔顿难抵旅行的诱

惑，去了夏威夷。我问琳达的律师加里·弗莱施曼能否找到这两人，弗莱施曼说他们现在在某个未知的岛屿上，正在山洞里冥想，没办法找到他们。我特别希望梅尔顿出庭，证明特克斯说过的那句话："也许查理有一天会让我留胡子。"

失去另一位证人对控方的打击则更大。萨拉丁·纳德，即拉比安卡夫妇遇害当晚，因为琳达而侥幸逃过一劫的那位演员，现已搬出之前所住的公寓。他告诉朋友说要去欧洲，但没留下新地址。我让负责拉比安卡夫妇案的警探通过黎巴嫩领事馆和移民局去找他，但没找到。之后，我又让警探询问他的前房东埃莉诺·拉利夫人，她至少可以证明，1969年8月期间，这位演员曾住在威尼斯区海滨大道1101号501室。但随着纳德的失踪，我们失去了唯一一位可以为琳达关于第二晚的证词提供部分佐证的证人。

然而8月18日，我们找到了一名新证人——本案最重要的证人之一出现了。

从我第一次说希望沃特金斯和波斯顿能说服胡安·弗林接受调查算起，已经七个多月过去了，胡安·弗林终于决定和我谈谈。

由于担心这位高大魁梧的巴拿马牛仔为控方作证，曼森家族对他展开了轮番威胁，其手段包括寄威胁信、打骚扰电话，以及夜里开车从他住的拖车旁疾驰而过，同时车里人发出猪鼾声，或大喊"猪猡"。这些疯狂举动惹火了弗林，怒火攻心的他于是联系了洛杉矶县治安官办公室，后者随后打电话通知了洛杉矶警方。

由于我当时正在出庭，当天下午由警长萨图奇在洛杉矶警察局总部帕克中心询问了弗林。这次询问时间很短，只有16页笔录，其中却包括一个令人震惊的发现。

警长萨图奇："你从什么时候开始意识到目前正在审理的案子是查尔斯·曼森干的？"

弗林："从他向我承认杀人时起，那是在……"

弗林操着蹩脚的英语说，曼森曾跟他承认，那些人都是他杀的。

问："当时曼森有谈到拉比安卡夫妇案吗？是和塔特案一起说的，还是……？"

答："嗯，我不知道他说的包不包括那案子，但他说的让我相信——他告诉我，他是杀死那几个人的主谋。"

问："除此之外，还说过别的什么吗？"

答："他承认——吹嘘——在两天里，杀了三十五人。"

当洛杉矶警方把弗林带进我办公室时，我还没和萨图奇谈过，也没听过他们的谈话录音，所以听到弗林说曼森明确承认过时，我大吃了一惊。

通过询问，我得知那次谈话是在斯潘农场的厨房里，在电视报道了塔特案的两到四天后。弗林刚坐下吃午饭，曼森就走了进来，他右手抚摸着弗林的左肩，这显然是在暗示他想和弗林单独谈，于是其他人都马上离开了。弗林感觉曼森找他有事，但不知道是什么事，于是他开始吃饭。

（自曼森家族到斯潘农场之后，曼森就一直想说服这个高大的牛仔加入他们。曼森曾对弗林说："我会给你买一个大金手镯，在上面镶上钻石，你可以当我手下人的头儿。"曼森还提出过其他诱惑条件。一开始，当曼森用招安其他男人的条件诱惑弗林时，弗林曾急切地尝试过，结果却让他后悔莫及。"那该死的淋病就是不好，"弗林告诉我，"至少要三四个月才能好。"弗林虽然一直待在斯潘农场，但拒绝替别人卖命，更不用说听小个子曼森的差遣了。不过最近，曼森的态度变得越来越强硬。）

曼森一把抓住弗林的头发，把他的头向后一拽，用刀子抵住他的喉咙，说："你这个狗娘养的，难道你不知道那些人都是我杀的吗？"

即便曼森没提塔特案和拉比安卡夫妇案，这种承认也是非常有力的犯罪证据[1]。

锋利的刀架在弗林的喉咙上，曼森问："你是跟我走，还是想让我杀了你？"

弗林答："我在吃饭，我就在这儿，哪儿也不去，你知道的。"

曼森把刀放在桌子上。"好吧。"他说，"那你杀了我吧。"

弗林继续吃饭，说："我不想那样做，你知道的。"

---

1 原注：从法律上说，曼森的话是一种承认，而非招供。承认指被告人的一种陈述，这种陈述本身并不足以证明被告有罪，但如果结合其他证据，则可以用来证明被告有罪。招供指被告人针对受审罪行供述自己故意实施罪行的事实，可以直接证明被告有罪。

曼森十分激动地告诉弗林：“Helter Skelter 就要来了，我们必须去沙漠。”然后他让弗林选：是跟他对着干，还是加入他们。曼森说，如果想加入，“去瀑布区，去和我的女孩们做爱”。

（曼森此处说的是“我的女孩们”，这本身也是一个有力的证据）。

弗林则告诉曼森，等下次他再想得九个月的梅毒或淋病时，他会通知曼森的。

正是在这时，曼森吹嘘说两天里他杀了三十五人。弗林觉得曼森只是在吹牛，这点我也赞同。如果在这两天里，由曼森指使杀害的不止七人，我确信警方肯定会在调查中发现蛛丝马迹。就本案而言，曼森的这句话没有价值，因为它显然不能作为证据。

最后，曼森拿起刀走出了厨房。弗林则再也没有继续吃饭的胃口了。

当晚我和弗林聊了 4 个多小时。曼森的承认并不是唯一的惊喜。1969 年 6 月或 7 月，当弗林、布鲁斯·戴维斯和克莱姆站在斯潘农场的木板路上时，曼森告诉弗林：“好吧，事已至此。现在只能继续做下去，杀一些该死的猪猡，教黑人们该怎么做。”

弗林还说，曼森曾多次威胁要杀死他，有一次曼森还用那把 .22 口径的长管左轮手枪对着他；曼森多次怂恿他杀人；大概在拉比安卡夫妇被杀当晚，他目睹了这帮人离开斯潘农场，在他们离开之前，苏珊还对他说：“我们要去收拾一些该死的猪猡。”

突然现身的胡安·弗林成了控方最重要的证人之一。问题是如何在出庭前确保弗林的安全。在我们谈话时，弗林一直紧张兮兮，就连大厅里的一点动静都吓得他坐立不安。弗林承认，因为害怕，他已经有好几个月没睡过一个好觉了。他问我有没有办法在他出庭作证前先把他关起来。

我打电话给洛杉矶警方，要求把弗林先关进监狱或医院。不管采取哪种方式，只要确保他不在街上出现就好。

警长萨图奇被这突然的转变搞糊涂了，在带走弗林时，他问弗林希望以什么罪名被逮捕。弗林回忆了一下，说他想起几个月前在沙漠里喝过一瓶啤酒。由于那是在国家公园，因此属于违法行为。警方便以此罪名将弗林收押入狱。

弗林在监狱里没待多久就开始厌倦了。才过了三四天，他就试图联系我。

但因为没法马上联系到我，他就给斯潘农场打了电话，留口信让农场的帮工保释他。曼森家族截获了这个消息，于是派欧文·卡纳莱克来保释弗林。

卡纳莱克为弗林支付了保释金，还给他买了早餐。他嘱咐弗林："别和任何人说话。"

等弗林吃完，卡纳莱克告诉弗林，他已经给"尖嗓子"她们打了电话，她们正在过来接他的路上。听到这话，弗林逃跑了。从此他一直躲着，但会定期给我打电话，向我保证他还活得好好的，到时一定会出庭作证。

虽然在法庭上我不会提，但弗林出庭作证其实还有一个特殊原因：曼森杀死的"矮子"希亚是弗林最好的朋友。

1970 年 8 月 19 日至 9 月 6 日

在琳达作证之后，我又传唤了一系列证人，他们为支持或佐证琳达的证词提供了更多细节。这些证人包括：提姆·爱尔兰，塔特家山下女子学校的辅导员，案发时他听到了哭声和尖叫声；鲁道夫·韦伯，他讲述了案发当晚碰到凶手在他家门前用水龙头的情景，并提供了一个有力证据——凶手当时所开汽车的车牌号；农场帮工约翰·斯沃茨，他确认了那个正是他的车牌号，并说 1969 年 8 月上半月有两天夜里，曼森没征得他同意就开走了他的车；塔特家女佣威妮弗雷德·查普曼夫人，她讲述了 1969 年 8 月 9 日早上她到切洛路 10050 号看到的情况；塔特邻居家的孩子吉姆·阿辛，他听到查普曼夫人沿着切洛路一路尖叫，"杀人了，有人死了，尸体，血！"，于是他报了警；以及抵达现场的第一批洛杉矶警察——德罗萨、惠森亨特和伯布里奇，他们描述了当时看到的可怕情景。从女佣查普曼夫人第一个抵达案发现场，到最后电话公司代表检查被剪断的电话线，证人们用证词为陪审团一点一点重现了当时的犯罪现场。即便证人离开了证人席后，恐怖的气氛似乎仍在法庭上挥之不去。

由于莱斯莉·范霍腾没有被指控涉嫌塔特案，所以休斯没有盘问上述证人，但他提出了一个有趣的动议。他希望在讨论塔特一案时，法官批准他和莱斯莉·范霍腾离开法庭。虽然这个要求被法官否决了，但他试图让他的委托人从塔特案中抽身的举动直接违背了曼森集体辩护的意愿，我想知道曼森会对此做何反应。

警长麦根出庭作证时，我详细询问了他在塔特案案发现场的发现，如握把碎片、绳子的尺寸和类型、在现场并没发现弹壳等情况，陪审团随后会明白这些细节之间的关联。我着重指出案发现场并没发现有洗劫或抢劫的迹象，并且抢在辩方之前说出现场发现了毒品，还有一副眼镜。

卡纳莱克预计控方下一个传唤的会是洛杉矶县的验尸官托马斯·诺古基，于是要求法官召律师在内庭商议。卡纳莱克说，他改主意了，虽然他之前给卡萨比安女士看了尸体照片，"但我刚考虑了一下，觉得自己做错了，法官大人"。卡纳莱克要求法庭将那些照片，尤其是那些彩色照片排除，不作为本案证据。他的请求被法官驳回。奥尔德法官裁定，那些照片可用于指认，至于是否可以作为证据，可留待以后再裁定。

卡纳莱克每次出招，我都以为他再也搞不出什么新花样了，可每次都有意外"惊喜"。

我和验尸官诺古基已谈过多次，但在他出庭作证之前，我又和他在办公室里谈了一次。诺古基不但亲自对莎伦·塔特进行了尸检，还监督了塔特案其他四名受害者的尸检。可这人总喜欢隐瞒一些小事不说。法庭上出人意料的小"惊喜"已经够多了，我可不想再被自己的证人搞得措手不及，所以我开门见山地问他，是不是还有什么事瞒着没说。

他承认有一件事在验尸报告中没提。他仔细研究过塔特左脸颊上的擦伤，得出结论："莎伦·塔特曾被吊起来过。"

诺古基说塔特并非是被吊死的，她被吊起来的时间可能还不到一分钟，但他确信塔特脸上是绳子的擦伤。

于是，我修改了我的当庭询问方案，将这个情况写了进去。

验尸官诺古基的证词几乎都很重要，其中有几处尤为关键，可以佐证琳达·卡萨比安的证词。

诺古基作证说，受害者身上的许多刀伤都深可及骨。琳达之前作证时也说过，帕特丽夏曾抱怨说，刀子刺到骨头搞得她手很疼。

琳达说，她从车窗扔出去的那两把刀长度差不多，她用手估算了一下，刀刃长度大概在 14 到 16.5 厘米之间。验尸官诺古基作证说，被害者身上的许多伤口足有 12.7 厘米深。这不仅与琳达估算的刀刃长度相近，还充分表明了凶手极端凶残。

琳达估计刀刃的宽度大约是 2.54 厘米。验尸官诺古基说受害者身上的伤口是由宽度在 2.54 到 3.8 厘米之间的刀形成的。

琳达估计刀的厚度大概是普通厨房用刀的两到三倍。验尸官诺古基说伤口厚度在 0.3 厘米到 1.27 厘米之间，与琳达的估计相符。

在曼森的指示下，琳达在斯潘农场时曾多次磨过类似的刀，她说这些刀都是两侧打磨，一侧一直磨到刀柄，另一侧从刀尖向下至少磨约 2.54 厘米。验尸官诺古基作证说，大约三分之二的伤口是由一把或多把双侧开刃的刀造成，刀刃两侧都磨过，其中一侧只开到了刀尖向下约 3.8 到 5 厘米处，另一侧则一直到刀柄都异常锋利。[1]

正如我后来向陪审团所说，琳达对那两把刀的描述，无论是厚度、宽度、长度，甚至是刀两侧开刃的程度，都有力地证明了她说的正是诺古基所描述的作案工具。

在盘问诺古基时，卡纳莱克反复用被害人“离世”的说法，还说阿比盖尔·福尔杰跑到她的“安息地”了，听起来像是森林草坪公墓的导游词。

曼森也意识到卡纳莱克措辞的荒谬，抱怨道：“法官大人，这个律师完全没按我的要求做，甚至可以说错得离谱……他不是我的律师，他是你的律师。我要解雇这个人，换其他的律师。”

我不知道曼森这么说是否出自真心，但即使只是嘴上说说也是很好的一招。曼森其实是在告诉陪审团，“别根据这个律师的言行来评判我”。

接着，律师卡纳莱克开始询问诺古基，问福尔杰身上 28 处刀伤中每一处伤口的情况。随后他在法庭会议上声称，这么做是为了论证“琳达·卡萨比安有罪”。按照他的说法，如果琳达当时跑出去求救，福尔杰现在也许就没有死。

卡纳莱克这么做其实存在几个问题。至少就盘问而言，卡纳莱克实际已承认琳达是当时的目击人，并且一再强调了帕特丽夏·科伦温克尔的罪行。这么做从道义上来说并无不妥，毕竟卡纳莱克只是曼森的律师，但令人惊讶的是，

---

1 原注：诺古基说，另外三分之一的伤口可能由单刃刀造成，但也不排除由双刃刀造成的可能，因为双刃刀未完全打磨的一侧造成的伤口看起来不明显，仅从表象判断很可能会以为使用的是单刃刀。

帕特丽夏的律师保罗·菲茨杰拉德对此竟没怎么提出反对。

检察官阿龙指出卡纳莱克这一说法存在基本谬误。“法官大人，即便克里斯琴·巴纳德医生[1]当时在场，而且还有手术室，面对伤及主动脉的受害人，他也回天乏术。”

之后，等陪审团离开法庭后，奥尔德法官问曼森是否还想换掉律师卡纳莱克。曼森这时又改了主意。在这次讨论中，针对目前审判的进展，曼森说了一句有趣的话：“一开始我们做得很好，可当证人出庭作证之后，我们就有些失控了。”

虽然最先发现凶手所弃衣物的是第七频道的新闻主持人艾尔·威曼，但我们传唤的却是电视台摄影师金·巴格特，因为威曼如果出庭作证，就不能再为电视台报道此案了。在巴格特宣誓作证之前，法官和律师们先在法官席上与他商议，确保他作证时不要提是根据苏珊·阿特金斯的陈述找到的衣服。所以，当巴格特作证时，陪审团以为电视台摄制组找到衣物只是侥幸。

待巴格特指认过衣物，我们传唤洛杉矶警方科学调查司的乔·格拉纳多为血液检测作证。

格拉纳多只出庭了一会儿，就回去拿忘带的笔记了。幸好，另一位证人——西比尔布兰德拘留所的副治安官海伦·塔布可以出庭，正是她取得了苏珊·阿特金斯的头发样本。

我虽然喜欢乔·格拉纳多，可作为证人，他的表现实在让人不敢恭维。他给人感觉不仅没条理，甚至连许多专业术语的发音都说不出，回答时往往词不达意，表述不清。而且，他既没在案发现场多点采集血样，对采集到的许多血样也没进行亚型分析，没法充分体现说服力。有一点我尤为担心，他从现场前门外的两摊血迹中采集的样本太少（“我都是随机取样，我觉得其他的血都一样”），而且也没检测前廊旁灌木丛里的血迹（“当时，我以为所有血都是同一个来源”）。我之所以担心是因为前门采集到的血液样本与莎伦·塔特和杰伊·西布林的血型及血型亚型均吻合，可并没证据表明他们曾出过前门。虽然我可以

1 译注：南非外科医生，人类史上第一位施行人体心脏移植手术的医生。

辩解，说这或许是因为凶手或者弗雷科夫斯基身上沾有塔特和西布林的血，但辩方很可能会利用这一点质疑琳达的证词，于是我问格拉纳多："你并不知道随机血样里可能会掺有其他受害人的血？"

答："是的。如果早知那样，我就必须得把现场所有血都收集起来。"

格拉纳多还提到，他在椅子上发现了巴克牌的刀，在帕伦特车里发现了带时钟的收音机。不幸的是，洛杉矶警察局显然有人动过那台收音机，上面的时钟现在显示的不再是午夜 12 点 15 分。我不得不证明这发生在格拉纳多看到时钟收音机之后。

本案结案后不久，乔·格兰纳多就离开洛杉矶警察局，去了联邦调查局。

曼森家族的人由于无法进入法庭，便开始在司法大楼外坦普尔大街和百老汇街的拐角处守夜，这里是洛杉矶最繁忙的十字路口之一。"我在等我的父亲出狱。"桑迪跪在人行道上对记者说。"在我们所有的兄弟姐妹获得自由之前，"面对着放缓的车流以及目瞪口呆的行人，"尖嗓子"告诉电视台的采访人员，"我们会一直守在这里。"在媒体采访中，曼森家族的女孩们将这次审判称为"对耶稣基督的二次迫害"。

夜里，女孩们就睡在司法大楼旁的灌木丛里。要是有警察出面干预，她们就把睡袋搬到她们停在附近的白色面包车里。白天，她们或跪或坐在人行道上，接受媒体采访，劝说好奇的年轻人加入曼森家族。曼森家族的忠实成员和一时兴起的追随者很好分辨。前者每人除额头上刻有字母 X 之外，还随身携带着带鞘的猎刀。刀暴露在众目睽睽之下，因此她们没有违反不得暗地携带武器的规定。警方曾以游手好闲为由抓过她们几次，但只能口头警告几句，最多再关上几天，然后她们还会回来，一段时间之后，警方也就随她们去了。

司法大楼附近的市县办公楼里有卫生间，还有公用电话。某个女孩会在事先约好的时间，去公用电话旁等其他家族成员打来电话，其中包括被警方通缉的成员。有几位擅于写悲情文章的女记者在庭审报道中给予了她们极大的同情，盛赞曼森女孩纯洁、清新、健康、漂亮，具有奉献精神，还经常用钱救济这些女孩。至于这些钱是用来吃饭，还是用作其他用途就不得而知了。我们确信曼森家族正在藏匿更多的武器和弹药。由于曼森家族反对猎杀动物，所以他们这么做肯定不是为了保护自己，而是另有他用。

苏珊娜·斯特拉瑟斯因母亲和继父遇害而精神崩溃。虽然她在渐渐恢复，但我们还是改为传唤她的弟弟弗兰克·斯特拉瑟斯出庭，让他辨认了继父莱诺和母亲罗斯玛丽的照片，并讲述了周日晚上回家看到的景象。看过在标准石油加油站发现的钱包后，弗兰克确定这是母亲的钱包，零钱格里的手表也是母亲的。在阿龙的询问下，弗兰克还作证说，没发现家里丢了其他东西。

罗斯玛丽的生意合伙人露丝·西维克则作证说，周六下午她去罗斯玛丽家喂过狗。不，她当时在冰箱门上没看到血字。是的，因为要给狗拿食物，她打开和关上过冰箱门。

报摊卖报的约翰·福基亚诺斯作证说，周日凌晨 1 点到 2 点之间，他与罗斯玛丽和莱诺聊过天。接着，好莱坞分局的罗德里奎兹和克莱因描述了他们抵达现场后的发现，警长克莱因就血字作了证。作为凶杀组第一个赶到案发现场的警察，加林多详细描述了他看到的景象，并说："我没发现有洗劫的迹象。现场很多值钱东西没动过。"他还列举了这些值钱的物品。负责调查拉比安卡夫妇案的警探布罗达作证说，直到法医给莱诺·拉比安卡做尸检时，他才看到莱诺喉咙上插着一把刀，此前被害者头上罩着枕套，其他警察并没看到那把刀。

因此，我们传唤了副法医大卫·胜山出庭作证，而这个证人给我们带来了一系列麻烦。

拉比安卡夫妇案的第一份调查报告中说："（莱诺·拉比安卡）喉咙上的那把面包刀貌似是杀害两名受害者的凶器。"

这个结论毫无科学依据，因为负责拉比安卡夫妇尸检的副法医胜山没测量过受害者伤口的尺寸。

然而，如果凶器真是拉比安卡夫妇家的那把面包刀，那辩方可以坚称，凶手在进入拉比安卡夫妇家时手无寸铁，由此可以推断，凶手当时并无杀人意图。虽然抢劫杀人也是一级谋杀，但被告可以逃过死刑。更关键的是，这会彻底否定检方对本案的判断，即本案所有谋杀都受曼森指使，其犯罪动机是为了启动 Helter Skelter，而不是普通抢劫。

收到拉比安卡夫妇案的报告后不久，我就派人按比例放大了验尸照片，让胜山测量伤口的长度和深度。通过伤口深度可以推测出凶器的最小长度。一开始，我以为没法确定伤口的深度，但在翻看法医的原始照片时，我发现罗斯玛丽·拉比安卡身上有两处伤口的深度已经测量过，分别为 12.7 厘米和 13.97 厘米，而莱诺·拉比安卡身上有两处伤口的深度为 13.97 厘米。

在我的反复要求之下，胜山终于测量了照片。我将测量数值与那把面包刀的尺寸进行比较，得出以下结果：

面包刀的刀长：12.38 厘米

伤口最深值：13.97 厘米

面包刀的厚度：不到 0.15 厘米

伤口厚度最大值：0.47 厘米

面包刀的刀宽：0.9 到 3 厘米

伤口宽最大值：3.17 厘米

由此我得出结论，凶器不是拉比安卡夫妇家的面包刀。那把面包刀的长、厚和宽的数值都小于伤口本身，因此凶手一定是自己带了刀。

回想到此前在大陪审团前作证时，胜山曾把皮绳和电线混为一谈，于是我先给他看过这组对比数据，然后用我惯常在法庭上询问证人的方式问他：他对插在莱诺·拉比安卡喉咙上的面包刀能否形成这些伤口是否已有结论？是的，胜山回答说。那他的结论是？是的，受害者的伤口可能是那把面包刀形成的。

我忍着没抱怨出声，让他再好好看一下数据。

这次他的结论是，那把面包刀不可能形成受害者身上的伤口。

为保险起见，在传唤他出庭作证当天，我先在办公室里和他模拟了一次庭审。这次，他又说面包刀可以形成那些伤口，然后又改了口。

“验尸官，”我对他说，“我不是要教你怎么说。如果你根据专业经验确定伤口是那把面包刀形成的，这没问题。但你自己给我的数据表明，伤口不可能是那把面包刀形成的。现在，到底哪一个对？你别现在这么说，等上了证人席又变了。你得给我一个确定说法。”

尽管他最终跟我确定，凶器不是那把面包刀，但在法庭上问他时，我心里还是七上八下的。好在胜山回答说：“那把面包刀的尺寸比我之前所说的许多伤口都小得多。”

问："所以你的看法是，很多伤口都不是从拉比安卡先生喉咙上取下来的那把面包刀形成的，是这样吗？"

答："是的，是这样。"

胜山还作证说，罗斯玛丽·拉比安卡身中41刀，其中有16处伤口是死后造成的，且大多位于背部和臀部。在我的追问下，胜山解释说，死后心脏会停止向身体其他部位泵血，因此死后形成的伤口血迹较淡，所以可以区分。

这个证词非常关键，因为莱斯莉·范霍腾曾对黛安娜·莱克说，她用刀捅过尸体。

胜山在直接询问环节表现不错，但我依然很担心接下来的交叉询问环节。在胜山最初提供的验尸报告中，他认为拉比安卡夫妇死于8月10日星期日下午，即实际死亡时间的十几个小时之后。这不仅与琳达对塔特案第二晚的描述矛盾，也让辩方有机可乘，为被告提供了不在场的证明。可以想象，他们会传唤很多人如实作证，说那个星期天下午在斯潘农场骑马时，曾看到曼森、特克斯、帕特丽夏、莱斯莉、苏珊、克莱姆和琳达。

关于受害者的估计死亡时间，我在直接询问时没问胜山，在诺古基为塔特案作证时，我也没问这样的问题。虽然我知道诺古基的回答会佐证琳达的证词，但我不想让陪审团疑虑为什么同样的问题我只问诺古基，却不问胜山。

交叉询问往往都从菲茨杰拉德开始，所以他有机会率先引爆辩方军火库中的任何炸弹，受害者死亡时间无疑是一个大炸弹。可他只是说："我没问题，法官大人。"更令我惊讶的是，希恩、卡纳莱克和休斯也没提出质疑。

对此，我想只有一种可能：虽然辩方律师因证据披露规定收到了所有验尸报告，但他们并没意识到这些报告的重要性。

苏珊·阿特金斯胃疼。这不过是一件微不足道的小事，却导致阿龙·斯托维茨被撤出了此案。

苏珊·阿特金斯声称胃痛，医生给她做了检查和化验，结论是"所述胃疼根本不存在"，这么一折腾就四天过去了。再次开庭时，奥尔德法官先让陪审团离席，然后传唤苏珊上证人席，苏珊充满戏剧性地向我们展示了她的病痛。可奥尔德法官根本不为所动，确定"她只是在演戏"，于是让陪审团再次上庭，继续审判。当阿龙离开法庭时，有记者问阿龙对苏珊的做法怎么看，阿龙回答说："这堪比莎拉·伯恩哈特[1]的表演。"

第二天早上，阿龙就被叫到地方检察官扬格的办公室。

在阿龙接受《滚石》杂志的采访之后，扬格曾告诉阿龙："以后不要再接受任何采访。"可阿龙生性从客，没遵守扬格的命令。有一次，扬格在旧金山打开收音机，刚好听到阿龙就当天的庭审发表评论。阿龙的话并没违反法官的禁言令，可等扬格返回洛杉矶后，他警告阿龙："如果再接受采访，你就别再负责这个案子了。"

这次是我陪阿龙去的扬格办公室。我辩解说阿龙的话不能被称为采访。阿龙不过随口一说而已，庭审期间大家都说过很多类似的话[2]。可扬格独断专行地宣布："不，我决定了。阿龙，你不要再管这个案子了。"

我为此感到很难过。这不公平。可这无法上诉，没有回旋的余地。

由于我已做好本案的准备工作，而且也询问过大部分证人了，所以阿龙的离开对目前的庭审并无影响。但此前我们已经商定，法庭辩论由我们分开负责，每人负责的部分都需要几天时间才能完成。我现已重担在身，如果再承担阿龙的工作，会大大增加原本就已巨大的工作量。单就时间而言，这意味着除了现在每晚工作四五个小时之外，我还得再多花两小时做准备。虽然来了两名年轻的副地方检察官唐纳德·穆西奇和史蒂文·凯接替阿龙的工作，但他们对案件还不太熟悉，无法应对庭审。

颇具讽刺意味的是，史蒂文·凯曾和曼森家族成员桑德拉·古德相过亲，他们从小在圣迭戈长大，在母亲的安排下见过面。

科学调查司指纹鉴定部的博恩和警长多兰在法庭上表现出了专家应有的风范。可疑指纹、样本、指纹提取卡片、污迹、残缺的指纹线、不留指纹的物体表面、指纹确认标准……等两位警官说完，陪审团等于上了一堂小型指纹鉴定课。

博恩讲了他如何在塔特家提取到可疑指纹，尤其是前门外侧和莎伦·塔特

---

1 译注：莎拉·伯恩哈特（Sarah Bernhardt，1844—1923），19 世纪和 20 世纪初法国著名的舞台剧和电影演员。

2 原注：其实出于礼貌，我并没提在审判期间，正在代表共和党竞选加州总检察长的扬格自己就曾召开过几次新闻发布会，奥尔德法官对其做法很不满意。

卧室法式玻璃门左扇内侧的可疑指纹。

通过我让准备的图表和放大的照片，多兰指出，从塔特家前门上提取的指纹与沃森（即特克斯）右手无名指的指纹有十八处相同，从塔特卧室门上提取的指纹与帕特丽夏左小指的指纹有十七处相同。多兰说，根据洛杉矶警察局的标准，只要有十处相同即可确认为同一人的指纹。

多兰作证说，警方从没碰到两个人的指纹相匹配，或一个人匹配两种指纹的情况。接下来，我通过询问多兰指出，在洛杉矶警方指纹鉴定部调查过的案件中，有 70% 并没提取到案发现场人员的清晰指纹，以此向陪审团表明，在塔特家虽然没提取到苏珊·阿特金斯的指纹，但并不代表她不在场。实际上，现场提取不到嫌疑人清晰可辨指纹的情况更常见。[1]

在拉比安卡夫妇家并没发现曼森、帕特丽夏或莱斯莉的指纹。预料到辩方会以此声称被告没到过现场，我于是向多兰询问了插在莱诺·拉比安卡肚子上那把叉子的情况。多兰说叉子是象牙柄，表面很容易留下指纹。然后，我问他："那你有没有在叉子上发现污迹、痕迹、残缺指纹，或其他东西？"

> 答："没有，先生，上面连一点轻微污迹都没有：实际上，我觉得……"律师卡纳莱克此时提出反对，被奥尔德法官驳回。"我觉得那把叉子的柄被人擦过。"多兰说他做过测试：先用手握住那把叉子，然后再对其提取指纹，"检测到残缺不全的指纹"。

案发当晚大约 6 点，罗斯玛丽的生意合作伙伴西维克夫人曾到拉比安卡夫妇家，打开和关闭过冰箱门，但在冰箱门的镀铬把手和珐琅质表面上，多兰都没发现"任何痕迹"。多兰说，检查过冰箱门之后，他发现"冰箱门确实有被擦拭过的痕迹"。

另外，帕特丽夏和沃森在塔特家留下指纹的位置也很关键。在莎伦·塔特的卧室，警方在通向室外游泳池的门内侧发现了帕特丽夏的指纹，这证明帕特丽夏曾进过塔特房间，再结合其他证据，说明当时帕特丽夏很可能是追着阿比盖尔·福尔杰从这扇门跑了出去。经检测，屋内、门上和门外的血迹都是 B-MN

---

1 原注：其实我还可以说得再详细一些，洛杉矶警方只在 3% 的案发现场提取到了与被告相匹配的指纹。也就是说，有 97% 的案发现场都找不到与被告匹配的指纹。在审理一桩没有发现被告指纹的案件时，97% 是一个非常有力的数据。我在本案中没细说的原因显而易见：洛杉矶警方在塔特家不仅发现了与被告相符的指纹，而且是发现了两名被告的指纹。

型，符合阿比盖尔·福尔杰的血型和血型亚型[1]。因此，此处发现的帕特丽夏的指纹与琳达·卡萨比安的证词吻合，即她看见帕特丽夏持刀从这个方向追赶福尔杰。

更为确凿的证据是沃森的指纹所在的位置。虽然博恩作证说，指纹在前门外侧，但同时也说了指纹位于门把手上方 15 到 20 厘米，靠近门边缘处，指尖朝下。正如我向陪审团展示的那样，在门的这个位置留下了这种指纹，沃森当时肯定是正从塔特家出去。因为如果当时他在屋外，想留下这样的指纹，手臂的姿势必然会极不舒服、不自然。（读者用右手无名指在门内外两侧试一下，就会明白我的意思。）

因此，合乎逻辑的假设是，这些指纹是沃森追弗雷科夫斯基，帕特丽夏追福尔杰时留下的。

在与指纹相关的证词里，以上这些是控方的得分点，此外也有一个对控方不利的地方：在塔特案现场共计发现了 50 枚指纹，其中 25 枚身份不明；在拉比安卡夫妇案现场发现了 25 枚指纹，其中 6 枚身份不明，辩方很可能会就无法辨明身份的指纹大做文章。于是我率先向陪审团披露了这点，并给出了几种可能的原因。正如多兰之前作证时所说，人和人的指纹完全不同，所以，塔特家 25 枚身份不明的指纹少则可能只是三个人留下的，而拉比安卡夫妇家那 6 枚身份不明的指纹甚至可能只是一个人留下的。另外，我通过多兰向法庭指出，指纹的留存时间很长。如果条件理想，住宅内的指纹可留存长达数月之久。我之所以敢这么说，是因为我已确认，我最关心的两枚指纹，即帕特丽夏和沃森的指纹，是在塔特家女佣查普曼夫人最近刚清洗过的门上发现的。

我本以为菲茨杰拉德会选择这一点作为突破口，尽全力攻击，可他却选择质疑多兰的专业度，而这恰恰是多兰最不怕质疑的地方。之前我在法庭上说过，多兰已经在洛杉矶警察局科学调查司指纹鉴定部工作了七年，期间调查过 8000 多起与指纹相关的案件，比对过 50 多万枚可疑指纹。菲茨杰拉德却问多兰："如果我算得不对，请你纠正我，警官。你说你到过 8000 个犯罪现场。假设你每天去一个犯罪现场，平均每年工作 200 天，那也得工作 40 年才行吧？"

1　原注：虽然受害者帕伦特和弗雷科夫斯基也是 B-MN 血型，但没有证据表明帕伦特曾进过塔特家主宅，而证据显示弗雷科夫斯基是从前门跑出去的。

答：“这我得拿笔算算。”

问：“假设你每天去一个犯罪现场，这么推测合理吧，警官，一天去一个犯罪现场？”

答：“不对，先生。”

问：“那你每天去多少个犯罪现场？”

答：“在这儿工作期间，有两三年我每天去十五到二十个现场。”

问：“一天？”

答：“是的，先生。”

菲茨杰拉德的提问碰了一鼻子灰，可他并没有马上转移话题，反而继续死缠不放，质疑数据有误，结果却在大庭广众面前出了丑。如果他提前做过功课（指纹是唯一可以把他的委托人与谋杀联系起来的物证，他没有任何理由不提前研究有关资料），他就会像陪审团一样知道，自1940年以后，洛杉矶警察局科学调查司有详细记录，可以明确查到每位警官打过多少次电话，提取过多少可辨指纹，以及通过指纹锁定过多少个犯罪嫌疑人。

轮到卡纳莱克盘问多兰时，他企图暗示陪审团，法医化学家格拉纳多在用联苯胺验血时可能破坏了拉比安卡夫妇家的一些指纹。不幸的是，多兰说格拉纳多是在他之后到达的案发现场。

虽然在盘问多兰时，卡纳莱克没尝到盘问其他证人时的甜头，但这并不意味着我可以放松警惕，因为他随时可能突然做出以下举动：

卡纳莱克：“法官大人，鉴于洛杉矶警方甚至没比对过琳达·卡萨比安的指纹……”

布廖西：“卡纳莱克先生，你怎么知道没比对过？”

卡纳莱克：“我没有问题要问证人了。”

法官：“卡纳莱克，你刚才的话不符合庭审程序。”

布廖西：“法官大人是否可以告诫陪审团，不要理会卡纳莱克先生刚才那句无理取闹的话？”

奥尔德法官授意陪审团无需理会卡纳莱克刚才的话。

休斯的盘问简短且有针对性。证人是否将莱斯莉·范霍腾的指纹与拉比安卡夫妇家发现的可疑指纹进行过比对？是的。在拉比安卡夫妇家提取到的指纹与莱斯莉·范霍腾的指纹不符，对吗？对。没有其他问题了。

休斯正在学习和成长，且进步神速。

菲茨杰拉德显然认为卡纳莱克刚才说的那句话一定有所图，于是他又继续盘问："你在塔特家和拉比安卡夫妇家提取到的可疑指纹，你是否将其与琳达·卡萨比安的指纹进行过比对？"

答："是的，先生，比对过。"

问："结果是？"

答："两个案发现场都没有琳达·卡萨比安的指纹。"

菲茨杰拉德："谢谢。"

我已经尽力不让洛杉矶警方在法庭上丢脸，可有时实在无法回避。比如早前，我就不得不把警官德罗萨按过塔特家大门开门按钮的事说出来，以免陪审团纳闷为什么证人没有提及按钮上的指纹。在直接询问十一岁的史蒂文·韦斯时，我将问题集中在 1969 年 9 月 1 日他发现的那把 .22 口径左轮手枪上，没追问之后发生的事。但在交叉询问时，菲茨杰拉德指出警方虽然当天就收到了那把枪，可直到 1969 年 12 月 16 日，洛杉矶警察局凶杀组才拿到凶枪，而且还是因为史蒂文的父亲打电话告诉警方，说警方一直在找的枪早就在警方手上了。菲茨杰拉德还指出，虽然史蒂文发现那把枪时小心翼翼地避免破坏枪上的指纹，可之后来收枪的警官却直接用手握住了那把枪。

我为下一位出庭的证人感到遗憾。因为旁听人的哄笑声刚停，洛杉矶警察局范努伊斯区山谷分所的警官迈克尔·沃森就出庭作证，说他就是当天收回那把枪的警官。

但是警官沃森的证词非常重要，他不仅指认了那把枪，指出枪右侧的握把不见了，枪管弯曲，扳机护圈也坏了，并且还作证说，枪里有 2 发实弹和 7 个空弹壳。

之后，警长卡尔金斯出庭作证说，1969 年 12 月 16 日，是他开车从帕克中心到山谷分所，取回了那把 .22 口径的左轮手枪。

律师菲茨杰拉德在盘问时指出，1969 年 9 月 3 日至 5 日，洛杉矶警察局向美国和加拿大的警察机构寄发了大约三百份寻枪通告，通告上包括一张要寻找的左轮手枪的照片和详细描述。

陪审团可能会困惑，洛杉矶警察局既然已经发了通告，为什么没有马上从山谷分所取回那把枪？为避免这一情况，我不得不追问卡尔金斯："你们有没有给范努伊斯区山谷分所发过通告?”

答:“据我所知没有,先生。”

为了避免让洛杉矶警方更加难堪,我没问山谷分所离塔特家有多近。

1970年9月7日至10日

由于州律师大会的召开,法庭休庭三天。我用这三天时间仔细研究了我的辩词,同时也在担心我接到的一个电话。

9月10日,本案重新开庭,我在内庭会议上作出以下声明:

“控方的证人之一——芭芭拉·霍伊特现已离开她父母家。具体细节未明,但她母亲说芭芭拉收到了生命威胁,威胁她的人声称,芭芭拉如果为本案出庭作证就会被杀,她家人也难逃一死。

“有两件事我可以确定。一、这威胁不是来自控方;二、也不是来自我那住在明尼苏达州的姑妈。

“我认为最合理的推断是,威胁来自被告一方。

“我之所以要把这件事说出来,是因为我想让辩护律师和被告明白,无论谁干扰司法公正,我们都会对其提出起诉。不只要起诉,当我们的证人出庭作证时,我还会尽我所能让陪审团明白,证人因本案而受到了死亡威胁。

“我建议被告把我这些话转告给他们的朋友。”

一回到法庭上,我必须把所有担心都抛在脑后,集中精力向法庭提交控方的证据。这至关重要。我们正在一点一点让凶枪与斯潘农场和查尔斯·曼森的联系浮出水面。

周五,在进入漫长的休庭之前,科学调查司枪械炸药部的警长李确定,西布林身中的子弹出自那支左轮手枪。警长李还说,虽然从塔特案现场找到的其他子弹没有足够弹痕,无法做出明确鉴定,但反过来说,也没有任何标记或特征可以让他排除其他子弹也是由那支枪射出的可能。

我开始向警长李询问证据链中的另一线索,即我们在斯潘农场发现的弹壳。就在这时,律师菲茨杰拉德要求到法官席旁商议。他说辩方认为这些弹壳是非法搜查获得的物证，不可以作为本案证据。

“我早料到会有人反对，”我告诉法官，“我把农场主乔治·斯潘允许我们搜查的话录下来了。录音带在警长卡尔金斯手里，当时他和我都在场。”

然而，警长卡尔金斯手里并没有录音带。已经快一周了，他还没找到那盘磁带。最后，我只能传唤卡尔金斯上证人席，证明我们获得了斯潘的许可。面对卡纳莱克的盘问，卡尔金斯否认磁带“消失”或“丢失”，说只是还没找到。

奥尔德法官最后裁定搜查合法，警长李继续作证说，经过显微镜比对，凶枪试射的弹壳和在斯潘农场发现的 15 个弹壳有相同的撞针撞击痕迹。

子弹上的条痕、阴膛和阳膛产生的凹凸痕以及撞针撞击痕迹——几小时技术性很强的证词中，穿插着辩方律师提出的一百多次反对，其中大部分都来自欧文·卡纳莱克。最后，我们终于把塔特案的凶枪与斯潘农场联系在了一起。

又名 T. J. 的托马斯·瓦勒曼虽同意出庭作证，可态度很勉强。他与曼森家族一直没彻底断绝关系，总是离开了又回来。他一方面对曼森家族随性的生活方式恋恋不舍，另一方面又因为目睹曼森朝伯纳德·克罗开枪而想逃之夭夭。

我知道在定罪庭审时无法将曼森开枪一事作为证据提交，但我跟 T. J. 询问了开枪之前的事。他回忆说曼森接到一个电话，然后借了农场帮工斯沃茨那辆 1959 年的福特车，带上一把左轮手枪，和 T. J. 一起开车去了好莱坞富兰克林大道的一所公寓。停下车之后，曼森把左轮手枪递给 T. J.，让他插在腰间。

问：“然后你们就一起进了公寓，是这样吗？”

答：“是的。”

我只能让证人说到这儿就停下。然后，我给 T. J. 看了那把高标武器公司生产的 .22 口径左轮手枪，问：“你见过这把特殊的左轮手枪吗？”

答：“我想没有。看起来像，但我不确定。”

T. J. 表现得犹豫不决。我不打算就此放过他。在我的追问之下，他承认这把枪与他那晚见到的枪只有一点不同：枪的握把少了一半。

问：“好，就你刚才的回答，我想你是想说，你觉得这不是你看到的那把左轮手枪，所以你才说看起来像。”

答：“我是说，我不确定到底是不是那把枪，但看着很像。这种左轮手枪太多了。”

对这点我倒不担心，高标武器公司的产品经理洛马克斯之前已作过证，说该型号的左轮手枪相当少见。

T. J. 的证词虽然有所保留，但却非常引人注目，因为他是第一个将曼森和那把枪联系在一起的证人。

当晚，我收到洛杉矶警方的通知，芭芭拉·霍伊特目前在檀香山的一家医院。有人给她服用了致幻剂，剂量足以致命，幸好她被人及时送进了医院。

直到和芭芭拉见面谈过之后，我才了解到此事的诸多细节。

逃离巴克农场之后，这个十七岁的漂亮女孩就回了家。她愿意配合调查，但很不想作证。9 月 5 日下午，曼森家族的女孩联系到她，提出要免费送她去夏威夷度假以帮她逃避作证，芭芭拉答应了。

劝说芭芭拉的曼森家族成员包括“尖嗓子”“吉卜赛人”、乌伊施和克莱姆。

当晚，芭芭拉就睡在斯潘农场。第二天，克莱姆开车把芭芭拉和乌伊施送到了家族的藏身处之一，那是一栋位于北好莱坞的房子，是曼森家族的新成员丹尼斯·赖斯[1]租的。

赖斯把两人送到机场，给她们买了机票，并给了她们 50 美元现金和一些信用卡，其中包括一张环球航空公司的“逍遥卡”，这张卡的名字倒是挺贴切。两人用假名登记飞到檀香山，在那里订了夏威夷希尔顿度假酒店的顶层套房。可芭芭拉几乎没怎么欣赏岛上的风光，因为乌伊施确信警察正在到处找芭芭拉，坚持要两人留在套房里。

之前就是好友的她们在酒店里长谈了几次。乌伊施对芭芭拉说：“我们都要经受 Helter Skelter 的考验。如果不提前想好计划，就只有亲身去经历。如果不做好思想准备，等 Helter Skelter 来了就会死。”乌伊施还坦言，琳达·卡萨比安在这世上活不长了，最多还能活六个月。

每天早上，乌伊施差不多都在同一时间打长途电话。（打的是北好莱坞一

---

1 原注：赖斯，三十一岁，犯罪记录可追溯到 1958 年。他与克莱姆一样，也曾因私藏毒品和猥亵暴露罪被判刑。他目前因袭警正处于缓刑期。他虽然是曼森家族的新人，却已成为最核心的成员之一。

处公用电话的号码，那个公用电话离赖斯家有三个街区远。在她打的这些长途电话中，至少有一次是打给“尖嗓子”的，曼森入狱之后，“尖嗓子”成了曼森家族非正式的领袖。）

9月9日那天，乌伊施打过电话之后突然像变了一个人。“变得非常严肃，看我的眼神也有点怪。”芭芭拉说。乌伊施告诉芭芭拉，她现在必须回加州，但芭芭拉还得留在夏威夷。乌伊施打电话订了当天下午1点15分飞往洛杉矶的航班。

两人打了一辆出租车，中午前赶到了机场。乌伊施说自己不饿，但建议芭芭拉吃点东西。两人进了一家餐厅，芭芭拉点了汉堡。等汉堡端上来后，乌伊施先拿着汉堡出了餐厅，让芭芭拉去结账。

芭芭拉在收银台前排队，有好几分钟没看见乌伊施。

等芭芭拉付了钱走出餐厅后，乌伊施把汉堡递给了她。芭芭拉一边吃汉堡，一边陪乌伊施等飞机。登机前，乌伊施说：“想象一下，如果这汉堡里有十粒致幻剂会怎样。”芭芭拉惊讶地叫出声来：“哇！”芭芭拉后来说，她从没听说有谁一次吃致幻剂会超过一粒，乌伊施这想法有点吓人。

等乌伊施上了飞机离开后，芭芭拉开始变得十分亢奋。她想坐公交车去海边，半路上觉得恶心就先下了车。惊慌失措的她开始奔跑，跑啊跑，跑啊跑，直到她倒在了地上。

在救世军[1]总部旁，社工拜伦·加洛韦发现一个年轻女孩趴在路边。幸运的是，加洛韦在州立医院工作，专长是药物学。他发现这女孩病得不轻，便立刻把她送到了皇后医疗中心。芭芭拉被确诊为药物引起的急性精神错乱。给芭芭拉检查的医生问到了她的名字和在洛杉矶的地址，但听不懂她说的其他话。根据医院的记录，“病人说：‘给布廖西先生打电话，告诉他，我今天不能为莎伦·塔特案出庭作证了。’”

在一番紧急治疗后，医院报了警，并通知了芭芭拉的父母，芭芭拉的父亲飞去了夏威夷。第二天芭芭拉病情就有了好转，可以返回洛杉矶了。

拿到最初的不完整报告后，我通知洛杉矶警方，希望警方以谋杀未遂罪指

---

1 译注：救世军（The Salvation Army）是一个国际性的慈善机构，以街头布道、慈善活动和社会服务著称。

控涉事人员。

因为芭芭拉是塔特案的证人，所以调查交由塔特案的警探卡尔金斯和麦根负责。

1970 年 9 月 11 日至 17 日

我知道丹尼·德卡洛害怕曼森，可这位机车党上了证人席掩饰得很好。曼森和女孩们对这位“丹驴儿”微笑时，他还回以微笑。

我担心丹尼像在博索莱伊案中那样，回答问题时改口。可等他作证了几分钟后，让我担心的人不再是他，而是奥尔德法官了。在我询问丹尼，想证明曼森与沃森的关系时，奥尔德法官一再支持辩方的反对，竟反对我们提曼森晚餐时谈过的他对黑人和白人的看法。

回到内庭，奥尔德法官说的两句话简直让我如遭雷击。法官问：“曼森是不是领袖跟本案有什么关系吗？”他还希望我能提供证据，证明 Helter Skelter 与本案相关！听上去就像他之前并没参加庭审一样。

从我的回答可见法官的态度让我多么心烦意乱：“证据就是曼森过去常说要煽动黑人对抗白人。这当然就是这几起谋杀的唯一动机。证据已经很充分了。除此以外，不需要其他证据。”

我指出：“检方现在指控曼森先生指使他人杀人。是曼森对人生的看法引发了这几起谋杀。他的杀人动机是要启动 Helter Skelter。我认为这再明白不过了，我都不知道还要怎么说。”

法官：“布廖西先生，我建议你午休时仔细考虑一下你想证明什么。现在，我看得出来，你想证明的东西需要通过多个证人来证明。这么做没关系。但到目前为止，我看不出曼森先生对黑人和白人的抽象看法与犯罪动机有什么联系。”

整个午休期间，我心里一直七上八下。除非能证明其他被告受控于曼森，否则我无法说服陪审团是曼森指使了其他被告杀人。如果奥尔德法官裁定，我通过丹尼引出的曼森对黑人白人之战的看法不能作为证据，而有关此事的重量级证人——雅各布森、波斯顿和沃特金斯都还没出庭，那我们可就有大麻烦了。

再次返回内庭时，我就证词的可采纳性和相关性提供了一些判例。但纵使我激动地辩解了很久，奥尔德法官似乎依然不为所动。比如，他还是看不出沃森对曼森的唯命是从与本案有何相关性，也不明白我为什么要通过丹尼证明沃森其实是一个性格随和，甚至软弱的人。相关性在于，如果我无法证明以上两点，那么陪审团很可能认定下令杀人的是沃森，而不是曼森。

布廖西："鉴于辩护律师拼尽全力想将这几点排除在证据之外，就此来看，我想法庭可以判断它们与本案的相关性。"

卡纳莱克："我认为现在的问题是，布廖西先生已失去了冷静，他对给曼森先生定罪有一种偏执的狂热。"

布廖西："他被控杀了七个人，我肯定要一查到底……我打算重新询问证人，以证明特克斯·沃森到底是什么样的人，而不只是一个名字而已，法官大人。"

法官："如果你想试一试的话，我不会阻止，布廖西先生。"

回到法庭上，我问丹尼："你对特克斯这人整体印象如何？"这问题几小时前我问过。

卡纳莱克："法官大人，我反对控方要求证人对此下结论。"

布廖西："在公诉佐尔纳案中有先例，法官大人。"

我本以为奥尔德法官会说"反对有效"，所以当他说出"反对无效，证人可以回答"时，我还以为出现了幻听。

丹尼："他是个乐天派，是个好人。我喜欢特克斯。在我看来，他没有一点脾气。他从不多说话。"

我瞥了眼身后，瞧见唐纳德·穆西奇和史蒂文·凯一脸难以置信。几分钟前在内庭，奥尔德法官还反对我问丹尼的所有问题，现在却突然改了主意。趁他心意还没变，我尽快问完了我的问题。在我的询问下，丹尼作证说，无论曼森让沃森做什么，沃森都会听命照办。

虽然在证明曼森家族成员受曼森控制的问题上，奥尔德法官没有阻挠，但这不代表他看到了 Helter Skelter 与本案的关联。我手指交叉，问道："在你的记忆中，曼森先生曾说过黑和白的事吗？黑人和白人？"

卡纳莱克惊愕又不安地反对道："他之前问过这个问题了！"

法官："反对无效。证人可以回答。"

答："他不喜欢黑人。"

丹尼说，曼森希望看到黑人与警察，与白人当权者开战，曼森称呼后两者为"猪猡"。曼森曾告诉他，"应该割断那些当权猪猡的喉咙，再把他们倒吊起来"。曼森说过 Helter Skelter 这个词很多很多次。在我询问时，卡纳莱克一再提出反对，还经常打断丹尼的回答。奥尔德法官警告卡纳莱克："你在干扰证人作证，卡纳莱克先生，我今天已经警告过你好几次了。这是最后一次警告。"

卡纳莱克："我没有故意干扰证人作证，法官大人。"

法官："是吗？那就别再这么做了。"

可仅仅几分钟之后，卡纳莱克又故技重施，奥尔德法官把他叫上法官席，怒不可遏地对他说："我感觉你总打断和扰乱证人作证是因为你有某种生理缺陷或精神疾病。不管我警告多少次，你总一而再，再而三……企图扰乱这位证人作证。这简直再明显不过了。我现在对你已经忍无可忍，卡纳莱克先生。"

卡纳莱克抱怨道："我在很努力地听你的命令。"

法官："不，不，我不听你的解释。我听得已经够多了。你这套做法我太熟悉了，我不会再忍了。"奥尔德法官裁定卡纳莱克藐视法庭，判其庭审结束后，周末在县监狱度过。

丹尼·德卡洛其实一直不明白 Helter Skelter 代表什么，也不在乎。他曾跟我坦白，说他在斯潘农场只对"酒和女人"感兴趣。丹尼觉得说说黑人和白人的事对曼森没任何影响，所以在作证时毫无保留，无所顾忌。可一讲到本案物证——刀、绳子和枪时，他很清楚这其中的利害关系，开始变得闪烁其词，虽然表现得不明显，但足以影响他的指认。

跟丹尼谈时，我了解到很多在洛杉矶警方询问录音里没有的信息。比如，丹尼回忆说，1969 年 8 月初，"吉卜赛人"买了 10 或 12 把巴克牌刀，这些刀后来被分发给了斯潘农场的曼森家族成员。据丹尼说，这些刀长约 15 厘米，宽约 2.54 厘米，厚度大约 0.3 厘米，尺寸很接近琳达和诺古基所说的刀。在翻阅 8 月 16 日洛杉矶县治安官突袭斯潘农场后的搜查报告时，我发现虽然警方收缴了大量武器（包括装在小提琴琴盒里的一把冲锋枪），其中却不见巴克刀的踪影。

我后来向陪审团解释，合乎逻辑的推断是，案发之后剩下的巴克刀都被丢掉了。

我打算传唤洛杉矶县治安官办公室的警长格里森作证，在突袭农场时没发现刀。但首先，我要让丹尼证明存在购刀一事。他对此作了证，可稍微改了口。当我问他是谁买的巴克刀时，他说："我不确定。我想应该是'吉卜赛人'，但不确定。"

至于拴住塔特和西布林的那根绳子，丹尼说跟曼森在杰克·弗罗斯特商店买的绳子"相似"。我追问："看起来有什么不同吗？"

答："没有不同。"

丹尼说，与用枪相比，曼森更喜欢用刀和剑，因为"在沙漠里，枪声传得太远"。我问丹尼，在斯潘农场的所有枪中，曼森是否有特别喜欢的枪。丹尼说有，曼森特别喜欢一把高标武器公司生产的 .22 口径左轮手枪。我给他看了警方得到的那把枪，问："你以前见过这把左轮手枪吗？"

答："我见过一把和它很像的。"

问："这把和那把有什么不同吗？"

答："这把枪的扳机护圈坏了。"

除此以外呢？

答："我不确定。"

问："为什么不确定？"

答："我不知道，我不知道枪的序列号，所以不确定是否就是眼前这把。"

丹尼曾在斯潘农场负责枪械的清洗和保养，也用它们射击过。他对武器非常在行，而且这把枪的型号很少见。另外，在被告知塔特案使用的是这把枪之前，他已经给洛杉矶警方画过枪的图。（之前我不顾卡纳莱克的反对，以辨认的理由给陪审团看了丹尼画的那张图，卡纳莱克认为这是所谓的"传闻证据"。）如果说有谁能确认那把枪，这人非丹尼·德卡洛莫属。我怀疑丹尼没明确指认是因为害怕曼森。

虽然丹尼在证人席上的表现不如在庭下，但通过丹尼，我成功提交了大量证据。本次作证因为休庭三天被打断了，但我对丹尼的直接询问实际只用了不到一天半，9 月 17 日便完成了。

那天早上，曼森通过菲茨杰拉德和希恩传话，说中午休庭时想在禁闭室见我。卡纳莱克当时没在，但另外两名辩护律师在场。

我问曼森想和我说什么。

“我只想让你知道，谋杀芭芭拉·霍伊特未遂这事和我没有任何关系。”曼森说。

“我不知道是你指使的，还是他们自作主张，”我回答说，“但你我都清楚，不管怎样，他们都认为这样做会让你高兴。”

曼森刚要辩解，我就打断了他：“我真没心情和你说话，查理。如果你够胆出庭作证的话，我们到时在法庭上谈。”

我向负责塔特案的警探麦根询问了“檀香山汉堡案”，即报纸上报道的谋杀芭芭拉未遂一案的调查情况。麦根说他和卡尔金斯没找到任何证据。

我让负责拉比安卡夫妇案的警探菲利普·萨图奇接手调查。萨图奇很快给我提交了详细报告，其中包括此案涉及的机票、信用卡、长途电话等信息。不过我将此案提交给大陪审团时，已是12月了。在此期间，乌伊施、“尖嗓子”、克莱姆、“吉卜赛人”和赖斯仍然逍遥法外。我经常看到他们和其他曼森家族成员出现在坦普尔大街和百老汇街的拐角处。

在盘问环节，菲茨杰拉德问丹尼：“曼森先生曾跟你说过他爱黑人，没错吧？”

丹尼回答道：“是的。说过一次。”

轮到我直接询问时，我问丹尼刚提到的那次谈话，即曼森说他爱黑人的那句话的细节。丹尼说：“因为他觉得黑人有胆子跟警察斗。”

辩护律师希恩指出，丹尼知道有25 000美元悬赏金，而且对那笔钱很感兴趣，他想暗示丹尼可能会因此捏造证词。卡纳莱克在盘问中对此进行了更详细的追问。他还细致入微地描述了丹尼对武器的喜爱。丹尼之前作证说他喜欢枪支，那可以再说一下到底有多喜欢吗？卡纳莱克问。

丹尼的回答让全场哗然。“嗯，我爱枪胜过爱我的老婆。”

卡纳莱克的用意很明显，他要让人们觉得斯潘农场的所有武器都是丹尼的，并不是曼森的。

接下来他转换了话题，问丹尼：“在农场时，你总是酩酊大醉，这是事实吧？”

答：“确实是。”

问："你是不是醉得很厉害，很多时候必须要人把你抬上床？"

答："有时我也可以自己上床。"

卡纳莱克这招厉害，他指出丹尼有酗酒和记不清日期及时间的问题。丹尼怎么会记得某个星期六晚上，却不记得其他晚上呢?

"嗯，因为那天晚上特殊，"丹尼回答说，"'吉卜赛人'因为我和她做爱时不脱靴子生气了。"

问："也就是说，在你脑袋里，真正能记住的只有一件事，那就是你做过很多次爱，对吗？"

答："嗯，有些也不记得了。"

卡纳莱克此刻已占了上风。他指出丹尼之前（在博索莱伊一案的审判中）曾作证说，他在斯潘农场99%的时间都酩酊大醉。辩方现在可以辩称，丹尼醉得太厉害，根本不知道发生过什么，更不用说记得某次谈话的具体内容了。不幸的是，菲茨杰拉德不经意间搬起石头砸了自己的脚，他要求丹尼定义一下"醉"和"酩酊大醉"的区别。

答："我的'醉'是指醉倒在地。'酩酊大醉'是指喝多了到处走。"

1970年9月18日

那天下午，查尔斯·沃森，即特克斯突然在法庭上现身。

沃森拖了九个月，现在只能单独受审了。在美国最高法院法官雨果·布莱克拒绝了他的暂缓引渡申请之后，9月11日，他终于被遣返回了加州。押着沃森飞回来的警长萨图奇和古铁雷斯说，沃森一路上话不多，大多时候只两眼发呆盯着空气出神。在关禁闭期间，沃森瘦了大约26斤，而且基本是在过去两个月，当他得知自己即将被遣返回洛杉矶后瘦下来的。

菲茨杰拉德要求将沃森带上法庭，看丹尼能否认出他。

卡纳莱克意识到这么做非常不明智，极力反对，但奥尔德法官已经批准了转移令。

沃森进法庭时，陪审团还没上庭。他对三名女被告微笑示意，她们也对他回以微笑和飞吻，但他对曼森毫无表示。等陪审团上庭后，沃森已经坐好，看起来像个旁听者。

菲茨杰拉德："德卡洛先生，你之前作证说，1969年你在斯潘农场时，有一个叫特克斯·沃森的人也在农场，是这样吗？"

答："是的。"

问："你能在法庭上认出沃森先生吗？"

答："是的，就在那儿。他就坐在那边。"丹尼指指沃森坐的地方。

陪审团显然很好奇，极力扭身想看一看早已听闻多次的这个人。

菲茨杰拉德："可以让这位先生向法庭表明身份吗，法官大人？"

法官："请你站起来，说出你的名字。"

沃森在法警的示意下起身，但一句话都没说。

在沃森起身的那一刻，菲茨杰拉德的错误就很明显了。陪审团只要看一眼就知道，这位特克斯，即查尔斯·沃森绝不会命令查尔斯·曼森，更不会指使别人杀死七个人。沃森看起来不像二十五岁，而像二十岁。短发，蓝色西装外套，灰色休闲裤，打着领带。外貌清秀，看着像典型的大学生，完全不是1969年4月警方入狱照上那个眼神凶狠的野兽（沃森在拍摄入狱照之前服用过毒品）。

在陪审团的想象中，沃森是个凶狠的恶人，可现在瞧见了本人，陪审团会改变之前的猜想。

自从在独立城初次见面之后，我与桑迪和"尖嗓子"时常会谈话。她们俩有时会单独或者一起到我办公室聊天。我一般都会抽时间接待她们，既是想搞清楚她们（以及那三名女被告）为什么会加入曼森家族，同时也隐隐抱有一丝希望，如果曼森家族在计划另一起谋杀，她们中的某人或许会提醒我。我确信她们不会去找警察，所以想跟她们之间至少建立一个沟通的渠道。

我把希望更多寄托在桑迪而不是"尖嗓子"身上。"尖嗓子"现在掌握着家族的权力，暂时代替曼森管理家族，作为曼森家族的非官方发言人，她似乎不会做任何危及自身地位的事。而据我所知，桑迪过去曾几次违背曼森的命令，虽然算不上什么大事（比如，桑迪在孩子快出生时选择去医院，而不是由曼森家族接生），但通过这些小事，我觉得在和她来往时，我也许可以触动她人性中善良的一面。

大约两个月前，桑迪第一次来我办公室时，我们曾探讨过曼森家族的信仰：桑迪认为家族信仰和平，我却认为是嗜血杀人，并问她如何能忍受杀人这种事。

“在越南，每天都有人被杀。”她反驳说。

“就算你说得对，越南每天都有人被杀，”我回答她，“就因为这个，你们杀死七个人就合情合理了吗？”

趁桑迪陷入思考时，我告诉她：“桑迪，如果你真的信仰和平与爱，我希望你证明自己。下一次如果曼森家族有杀人计划，我希望你记住，其他人也像你一样喜欢活着。而且，作为一个人，我希望你尽一切可能阻止那种事发生。你明白我的意思吗？”

桑迪平静地回答道：“我明白。”

我当时希望她是发自内心地明白。但在我与芭芭拉·霍伊特谈话，得知在劝她去夏威夷度假的家族成员中也包括桑迪后，我幼稚的希望就彻底破灭了。

18日下午，我离开法庭，迎面碰上桑迪和两个男性曼森家族成员向我走来。

“桑迪，我对你非常非常失望。”我告诉她，“计划杀芭芭拉时，你就在斯潘农场。你肯定知道要发生什么。芭芭拉是你的朋友，你却什么也没说，什么也没做。为什么？”

桑迪并没回答，而是一副精神恍惚的样子盯着我。有那么一瞬间，我还以为她嗑了药，没听到我说的话，但随后她慢慢伸出手，把玩起腰间的带鞘短刀。这就是她对我的回答。

我厌恶地转身就走。等我回头时，发现桑迪和那两个男孩正跟着我。我停下脚步，他们也停了下来。等我一抬脚，他们就又跟了上来，桑迪手里仍然把玩着那把刀。

桑迪他们渐渐逼近。直面麻烦总比背对麻烦好，于是我转身走到他们面前。

“听着，你这个该死的坏女人，给我好好听着。”我对桑迪说，“我不知道你是否参与了谋杀芭芭拉，如果你参与了，我会尽我所能把你送进监狱！”然后，我看着那两个男孩，告诉他们，如果再跟着我，我就当场揍他们，要他们好看。

说完，我转身就走。这一次，他们没再跟上来。

就当时的情况来说，我的反应可以说是非常温和。

可卡纳莱克却不这么看。9月21日，星期一，一开庭，他就向法庭提出动议，说我企图干扰辩方证人，要求逮捕我，理由是我违反了《刑法》第415条，对女性口吐污言秽语。

1970年9月21日至26日

桑德拉·古德（即桑迪）发表声明称："在我看来，布廖西先生的所作所为是对我的蔑视。"奥尔德法官从中未发现我的行为有何不妥，因而驳回了卡纳莱克的动议。曼森又要求午休时在禁闭室和我见面。他希望我不要将谋杀芭芭拉未遂、桑迪持刀威胁一事和本次庭审当成私人恩怨。

"不会的，查理，"我告诉他，"我是奉命负责此案，不是我个人要求的，这只是我的工作。"

曼森说，现在我应该看得明白，那些女孩做什么都是自作主张，没人命令她们。见我怀疑地扬起眉毛，曼森说："听着，布廖西，如果我真有你说的那种控制力，我只要简单说一句'布伦达，给我干掉布廖西'就足够了。"

我心中暗想，这很有意思，曼森竟选择布伦达·麦肯（真名南希·皮特曼）作为他的头号杀手。

此后，我将有充分理由再回想起曼森这番话。

不要把本案当成私人恩怨，曼森的话言犹在耳。可就在这次谈话之后，我家里的电话就开始半夜响铃，一接起来就挂断。换了未登记的电话号码后，情况依旧没有好转。而且，有好几次晚上离开司法大楼时，我都遭到包括桑迪在内的多个家族成员的跟踪，但只有第一次让我深感不安。当时，我妻子盖尔正带着两个孩子开车行驶在街上，我怕曼森家族的人记住他们或车牌号，于是我装作没看见她。盖尔马上就意识到了危险，一直开车在街上绕，直到我甩掉"跟踪者"。后来妻子向我承认，她当时远没有看起来那么冷静。

尽管担心家人的安危，我也一直没太在意，直到有一天下午，曼森显然被证明曼森家族受他控制的证词激怒了，他对法警说："我要把布廖西和法官都弄死。”

曼森之所以这么对法警说，是为了确保我们能收到他的口信。奥尔德法官早已处于保护之下。第二天，地方检察官办公室为我安排了一名保镖，在审判期间负责我的安全。此外，还采取了其他保护措施，鉴于这些措施很可能还将用于保护其他人，我在这里就不一一列举了，但有一点也许可以提一下。为防止切洛路 10050 号的事件重演，我们在家里安装了对讲机，即使电话线被剪断，也可以随时与最近的警局联系。

本案相关的负责人中，只有我和奥尔德法官配备了保镖，而有些辩护律师，甚至可以说所有辩护律师都害怕曼森家族，这已是人尽皆知的秘密了。律师戴伊·希恩的同事告诉我，希恩在家里每个房间都放了上膛的手枪，以防有人突然“拜访”他。至于卡纳莱克，尽管他经常被曼森列为头号杀害对象，但我也不知道他到底有没有采取防范措施。据另一位辩护律师说，曼森觉得卡纳莱克是要在法庭上害死他，所以屡次威胁要杀死卡纳莱克，他觉得只有这样才公平。

曼森甚至一度让菲茨杰拉德起草了解雇卡纳莱克的文件。据告诉我这件事的菲茨杰拉德说，卡纳莱克当时几乎双膝跪地，眼含泪水求曼森不要解雇他。曼森后来妥协了，虽然两人仍有分歧，但卡纳莱克还是在继续担任曼森的律师。

每周，洛杉矶监管会的人都会发布一份文件，详细列出本案迄今为止的审判费用。虽然卡纳莱克在庭审时频繁提出反对，这些反对都需要大量时间商议，但我们依然每天提供了很多证词。一位负责庭审报道的资深记者说，二十多年来他还是第一次碰到这种情况。

到目前为止，奥尔德法官基本能约束卡纳莱克。卡纳莱克经常要求召开“证据听证会”，但凡法官批准他一半的请求，本案可能审十年的预测就会变成现实。每次卡纳莱克提出要求，奥尔德法官都会说：“把要求写成书面材料，并附上支持案例。”考虑到这要花费不少时间，卡纳莱克几乎不会为此大费周折。

至于控方，我原本计划传唤一百多名证人，但后来把人数削减到了八十人左右。就本案的规模和复杂程度来说，这已经是非常小的数字了。有时一天有多达六位证人出庭作证。只要有机会，我会尽量通过一个证人提供多方证词。比如，我会向丹尼追加问题，询问曼森家族所有成员的名字和大致年龄，由此陪审团可以明显看出曼森比家族里其他人年纪都大，不太可能是听命于人的角色。

我传唤副治安官威廉·格里森，想通过他证明在8月16日突袭和搜查斯潘农场时没有发现巴克刀，这时卡纳莱克看出我的意图，提出了反对，奥尔德法官裁定反对有效。

而菲茨杰拉德显然认为没发现刀对辩方有利，于是就在我正要放弃这一点时，他在盘问中问道："1969年8月16日，你在斯潘农场有没有发现巴克牌的刀？"

答："没有，先生。"

曼森家族试图让芭芭拉·霍伊特闭嘴，结果却适得其反。之前极不情愿作证的她，现在铁了心要出庭。

芭芭拉不仅证实了琳达关于观看电视新闻的证词，还回忆说，在那天的前一晚，也就是塔特案案发当晚，苏珊曾用农场后屋的座机给她打电话，让她带三套深色衣服去农场门口。等她赶到后，曼森告诉她："他们已经走了。"

芭芭拉的证词既佐证了琳达·卡萨比安的证词，同时有力证明了曼森也参与了本案。卡纳莱克极力想将这些证词排除在证据之外，可最终功亏一篑。

我在内庭会议上辩论了很久，法官才允许我在法庭上提及迈尔斯农场的谈话，但不出所料，法官只允许我提部分内容。

1969年9月初的某个下午，芭芭拉在迈尔斯农场的卧室里打盹，醒来时听到苏珊和乌伊施（即露丝·安·穆尔豪斯）正在厨房里聊天。苏珊显然以为芭芭拉还没醒，她对乌伊施说，莎伦·塔特是最后死的，苏珊的原话是，因为"必须让她看着其他人先死"。

我终于将这句话提交为法庭证据，但受限于阿兰达规则，剩下的内容不能说。芭芭拉其实还听到苏珊告诉乌伊施，阿比盖尔·福尔杰当时跑了出去，帕特丽夏在草坪上追到了她，可福尔杰反抗得太厉害，帕特丽夏不得不向沃森求助，是沃森跑过来用刀捅了福尔杰。

在内庭，希恩力争允许他就此询问芭芭拉，但奥尔德法官和其他辩护律师坚决不同意。希恩抱怨说，因为阿兰达规则不让提及共同被告，迈尔斯农场谈话中有关帕特丽夏和沃森的内容均被排除在证据之外，这等于把五条人命都推到了苏珊头上。他还补充说："可当时其他被告都在场，法官大人。"

布廖西："希恩，你说他们都在？"

希恩在无意中承认，他的委托人苏珊·阿特金斯当时在案发现场。希恩和苏珊都很幸运，因为希恩这话是在内庭说的，而不是在法庭上当着公众承认。

在我的询问下，芭芭拉像其他前来作证的曼森家族前成员一样，提供了许多曼森控制家族的例子，以及曼森有关 Helter Skelter 的言论。但有一件事我无法提及，那就是曼森家族为了阻止芭芭拉·霍伊特出庭作证，曾企图将她灭口。

卡纳莱克在盘问中对芭芭拉展开了全面攻击，从她的道德观到她的视力，对她提出各种各样的问题。

卡纳莱克知道芭芭拉视力很差，所以让芭芭拉摘下眼镜，然后他在法庭上走来走去，问芭芭拉看到他伸出了几根手指。

问："你现在看到几根手指？"

答："三根。"

卡纳莱克："请法庭记录，她说三根，可我只伸出了两根手指，法官大人。"

法官："我想我还看到了你的大拇指。"

卡纳莱克最终证明了芭芭拉视力不好。可问题的关键不在于芭芭拉视力好不好，而在于她的听力：她说的是听到了苏珊和乌伊施在迈尔斯农场厨房里的谈话，而不是看到。

卡纳莱克还问芭芭拉："最近几年你进过精神病院吗？"

一般来说，对这种问题我会提出反对，但这次例外，因为卡纳莱克给了我一个可乘之机，我可以借此指出曼森家族企图杀人灭口。

第二次直接询问仅限于回答之前辩方盘问时提出的问题。例如，在第二次直接询问时，我让芭芭拉估算了迈尔斯农场卧室和厨房之间的距离，然后对她进行了听力测试。芭芭拉顺利通过了测试。

然后，我要求双方律师上法官席商议，既然卡纳莱克暗示说芭芭拉·霍伊特有长期精神病院住院史，那我有权让陪审团知道，她只在精神科室住过一晚，而且并不是因为精神出了问题。奥尔德法官同意了我的请求，但有一个条件：不能问到底是谁给芭芭拉吃的致幻剂。

我向陪审团介绍了芭芭拉住院的来龙去脉，然后问："你是自愿服药过量的吗？"

答："不是。"

问："药是别人给你的吗？"

答："是的。"

问："你当时是不是差点没命？"

卡纳莱克："法官大人，这是诱导证人下结论。"

法官："反对有效。"

这已经足够了，我相信陪审团能看出两者之间的关联。

1970 年 9 月 26 日，星期六，世界似乎要迎来末日。一场肆虐的大火席卷了南加州，在时速 128 公里的大风之下，大火形成了高 18 米的火墙，过火面积达 404 平方千米。整个斯潘电影农场在大火中化为灰烬。

在农场帮工忙着拯救马匹时，曼森家族的女孩却手舞足蹈，火光照亮了她们的脸庞，她们一边拍手叫好，一边开心地大叫："Helter Skelter 来了！ Helter Skelter 来了！"

1970 年 9 月 27 日至 10 月 5 日

自称在斯潘农场负责"铲肥料"的胡安·弗林似乎很享受在法庭上作证。在所有证人之中，这位身材魁梧的巴拿马牛仔是唯一敢公开与曼森为敌的人。当曼森在法庭上盯着他看时，他也回瞪着曼森。

在确认过那把左轮手枪之后，弗林说："曼森先生有一次还开过这把枪，对着我，你知道吗，因为我当时正和一个女孩在河对岸散步。"

只要弗林一开口，你很难再让他住口。那女孩来斯潘农场骑马，她没理曼森，而是选择和多情的弗林沿着小溪散步。这让曼森非常恼火，于是他朝他们的方向开了几枪。

可是除了曾看到曼森开过那把枪之外，弗林的其他证词基本都被卡纳莱克成功排除在了证据之外。

卡纳莱克还企图排除弗林提供的最重要的两个证据，但没成功。

1969 年 8 月初的一天晚上，弗林一直在拖车里看电视，这时身穿一身黑衣的苏珊走进来。“你这是要去哪儿？”弗林问。“我们要去收拾一些该死的猪猡。”苏珊如此回答。等苏珊离开后，弗林望向窗外，看到苏珊上了农场帮工约翰尼·斯沃茨的老福特车。一同上车的还有曼森、克莱姆、特克斯、琳达和莱斯莉。

据弗林说，那是在天黑之后，大约晚上 8 点至 9 点，他不确定日期，但大概是在 8 月 16 日斯潘农场被突袭的前一周。合乎逻辑的推论是，他说的正是拉比安卡夫妇被杀的那个晚上。

弗林这番话既是重要证据，也佐证了琳达·卡萨比安的证词。不仅时间、参与者、车辆、苏珊·阿特金斯衣服的颜色都与琳达的证词吻合，弗林还注意到当时开车的是曼森。

弗林随后还讲了“大约一天”之后在厨房里的那次对话。曼森用刀抵住他的喉咙，对他说：“你这个狗娘养的，难道你不知道那些人都是我杀的吗？”

这一刻，新闻记者都冲出了法庭。

斯潘农场牛仔声称曼森曾承认杀人

可另一个有力证据却因为卡纳莱克的反对，被排除在了证据之外。

1969 年 6 月或 7 月的某天晚上，曼森、弗林和三名男性家族成员开车经过查茨沃斯区。曼森将车停在一栋“豪宅”门前，让弗林进去把人绑了。曼森让弗林把人绑起来后打开门，“我们就进去，把那群该死的猪猡给剁了”（曼森的原话）。弗林说：“谢谢，我不去。”

这实际上是塔特谋杀案和拉比安卡夫妇谋杀案的预演。但奥尔德法官认为“这番话造成的偏见远超过其作为证据的价值”，因此不允许我当庭询问此事。

出于同样的原因，我也无法让弗林当庭说出曼森说过的一句话：“要解决这一切，希特勒的法子最有效。”

这个所谓的法子当然就是杀戮，但由于卡纳莱克反对，这两件事并没有让陪审团知道，也没有对外公开过。

在盘问中，菲茨杰拉德指出了一个有趣的奇怪现象。弗林声称遭到了曼森威胁，且不止一次，而是几次三番威胁，可即便如此他仍坚持留在斯潘农场。在警方突袭斯潘农场之后，弗林甚至还跟着曼森家族去了死亡谷，和他们住了几个星期之后才离开，转而投奔了克罗克特、波斯顿和沃特金斯。

我其实也对此感到困惑。一种可能是，正如弗林作证时自己说的，一开始，他以为曼森说杀过人是“胡说八道”，“正常人不会杀了人还到处吹嘘”。而且弗林个性从容，不轻易发火。更关键的一点可能是弗林个性独立，他像保罗·克罗克特一样，在被曼森威胁之后很久才离开死亡谷，因为他不喜欢因受人恐吓而退缩。

卡纳莱克紧咬着菲茨杰拉德的这一发现不放。“现在告诉我，弗林先生，你害怕和曼森先生一起待在迈尔斯农场吗？”

答：“我意识到有危险，所以做了防范。”

问：“只回答问题就好，弗林先生。我知道你是个演员，但请你回答这个问题好吗？”

答：“我喜欢迈尔斯农场，你知道的，因为我喜欢一切都往好里想，你知道的。但几乎每次走到拐弯处，我都会想他们有多少机会能把我干掉。最后，我还是选择离开了。”

问：“现在，弗林先生，你能告诉我，你是如何意识和防范的吗？你如何保护自己？”

答：“嗯，我只是通过离开来保护自己。”

卡纳莱克指出，在警长萨图奇询问弗林时，弗林只字未提曼森把刀架在他喉咙上的事。“弗林先生，你当时没提这事儿，是为了在这个法庭上冷不丁告诉我们，对不对？”

答：“不，我之前告诉过其他警官。”

卡纳莱克没理会弗林的回答，继续问道：“你的意思是，弗林先生，这些话是你为了这次出庭编出来的，是这样吗，弗林先生？”

卡纳莱克指控弗林的证词是最近编造的。此时我并不知道这个问题很快会变得非常重要，但我记下了这次提问。

法庭上我从弗林口中问出的一些内容在他和警长萨图奇的谈话录音中并没出现，卡纳莱克重点围绕这些展开了盘问，然后又问弗林，他第一次跟别人说曼森曾把刀架在他喉咙上是什么时候。

答：“嗯，在肖肖尼地区，我跟几位警官谈过。”但弗林想不起那些警官的名字了。

卡纳莱克几次三番地强烈暗示弗林捏造了证词。被人称为骗子，弗林心里感到生气，而且显然火气越来越大。

卡纳莱克试图证明，弗林出庭作证只是为了自己的电影事业（弗林曾在几部西部片中出演过小角色），于是他问：“你知道的，不是吗？在本案中针对曼森先生作证会给你带来大量的曝光机会，对不对？”

答：“嗯，这可不是我想要的曝光，你这个大嘴巴。”

法官：“卡纳莱克先生，今日到此为止，现在宣布休庭。”

庭审之后，我问了弗林在肖肖尼地区那次谈话的情况。他记得有名警官是加州高速公路巡警，但不确定。当天晚上，我给独立城地方检察官办公室打电话，查到当时询问弗林的是一名叫戴夫·斯泰伯的加州高速公路巡警。当天深夜，我在加州弗雷斯诺市找到了他。没错，他在 1969 年 12 月 19 日询问过弗林，还询问了克罗克特、波斯顿和沃特金斯。整个询问他都录了音，长达 9 个多小时。是的，他手里还有那盘录音带。

我查了一下时间安排。弗林应该还需要一两天才能完成作证。我问斯泰伯能不能在三天内带着录音带来洛杉矶，准备出庭作证。斯泰伯说可以。

然后，斯泰伯跟我提起一件我觉得不可思议的事。原来，早在 1969 年 12 月 29 日，他就已经把那盘录音带复制并交给了洛杉矶警方。之后，我知道是哪位洛杉矶警探收到了录音带。那位警探（现已去世）回忆说他收到了录音带，并承认自己没听过。他把录音带交给了某人，但不记得是谁了，只知道那盘录音带现在不在他手上。

也许是因为询问录音时间太长，有 9 个小时。也许是当时正值圣诞假期，录音带在混乱中被放错了地方。但不管怎么说都无法抹杀一个令人不快的事实，那就是早在 1969 年 12 月，洛杉矶警方就收到了那盘录音带，里面曼森承认自己犯下了塔特案和拉比安卡夫妇案，但目前来看，那盘录音带甚至没被登记为证据，更没人听过录音。

正常来说，斯泰伯的录音无法作为证据，因为法律规定不可以用先前的一致陈述来支持证人的证词。但此规定有个例外：如果辩方指控证人捏造证词，那么该证人在所谓捏造的证词之前作出的相似陈述可以作为佐证。此前卡纳莱克问：“你的意思是，弗林先生，这些话是你为了这次出庭编出来的，是这样吗，弗林先生？”他这是在指控证人捏造证词，我可以借此机会提交证人之前的相似陈述。

辩方的盘问为控方提供了许多机会，不过一开始我们并没有意识到。弗林在案发后很久才向警方提供证据，所以辩方死咬住这点不放。为此我提出，法官应该允许我阐述原因：证人之所以这么做，是担心自己的生命安全。

至于律师卡纳莱克的反对，奥尔德法官说：“卡纳莱克先生，不能只允许你盘问，却不让对方回应。你不能只指出对方有问题，然后说对方无法解释就完了。”

法官批准弗林可以解释原因，弗林说他没去报警，是因为“我觉得那样做不安全，你明白的。我收到了几封恐吓信……”。

弗林共计收到了三封恐吓信，都来自曼森家族成员。弗林住在农场帮工约翰·斯沃茨停在卡诺加公园的拖车里。两周前，当“尖嗓子”和拉里·琼斯发现弗林住在那里之后，弗林收到了第三封恐吓信。为了表明收到恐吓信算不上理由，菲茨杰拉德说了一句有趣的话。“我也受到过三次威胁，可我什么都没说。”

布廖西：“是控方威胁你吗？”

菲茨杰拉德：“没有，我说的不是这个意思。”他没解释到底是谁威胁了他。

奥尔德法官最后裁定，弗林作证时可以提恐吓信，但不能提发信人的名字。弗林还说了夜里那些莫名其妙挂断的电话，以及飞驰而过的汽车，车里的人学着猪叫，大喊“混蛋！”和“猪猡！”。

我问他：“你认为这些是威胁，对吗？”

答：“嗯，听起来是，你懂的，我感觉那是严重的威胁。”

问："这就是你不想出庭作证的原因之一？"

答："嗯，是其中一个原因，是的。"

问："因为担心自己的生命安全？"

答："是的。"

当我继续追问其他原因时，弗林讲到在巴克农场时，曼森、克莱姆和特克斯曾去克罗克特的小屋"潜行"。

感谢辩方的盘问给我们提供了机会，让这些证词能作为证据提交。

由于卡纳莱克质疑弗林提供的曼森给家族成员"洗脑"的证词，我得以在法庭上引出曼森与弗林的对话，曼森在那次对话里解释说，他必须给他的追随者"反洗脑"，以摆脱父母、学校、教会和社会对他们的制约。曼森告诉弗林，要想摆脱自我，你必须去除"你所有的欲望……放弃你的母亲和父亲……抛弃所有禁忌……让自己彻底放空"。

根据男女不同，曼森反洗脑的手段也有区别。我问弗林，曼森对给女孩洗脑是怎么说的，但我没想到弗林竟说得十分细致入微。

答："嗯，他说，你懂的，要想让她们抛弃顾忌，你可以带几个女孩，你懂的，让她们躺下，让她们互相……，或者带一个女孩上山，你懂的，然后躺下，让她给我那个一整天……"

卡纳莱克："法官大人，法官大人！可以上法官席商议一下吗，法官大人？"

之前，有位候补陪审员曾写信给奥尔德法官，抱怨有些证词对性的描述过于露骨。我没看奥尔德法官，但我怀疑他这时一定大为光火。上法官席路过律师席时，我对曼森说："别担心，查理，我会把你所有恶事都说出来的。"

奥尔德法官裁定证人刚才的回答答非所问。

我问弗林："曼森先生有没有和你说过必须给家族成员'反洗脑'？弗林，你不用说得那么具体。"听到弗林回答"是"，我就结束了询问。

曼森从没跟家族成员解释过，他在"反洗脑"时，其实给他们也洗了脑，将他们彻底变成对他唯命是从的奴仆。

卡纳莱克对弗林的盘问与之前对其他证人的做法如出一辙，试图暗示是我炮制了弗林的证词。进入第二次盘问环节，他问："弗林先生，当你被问到你觉得对本案控方没有帮助的问题时——"我以为卡纳莱克要故技重施，这招他已用过无数次了。

布廖西："哦，可别再这么问了。"

卡纳莱克："法官大人，他干扰我的盘问！"

布廖西："你闭嘴。"

法官："布廖西先生，这是最终警告。"

布廖西："他在做什么，法官大人？他在指控我，我不喜欢这样。"

法官："两位律师请上法官席。"

布廖西："我受不了他的这种做法。我已经受够了。"

我表现出的愤怒其实是一种庭审技巧。如果我一次又一次容忍卡纳莱克使出相同的伎俩，陪审团或许会认为他说得有道理。在法官席旁，我告诉奥尔德法官："我无法忍受这家伙每天都指控我违法犯罪。"

法官："你打断盘问的做法太出格了，而且在陪审团面前口无遮拦……判你直接藐视法庭，罚款 50 美元。"

法庭书记员被我逗乐了，因为我不得不给我妻子打电话，让她来交罚款。之后，我办公室的副地方检察官每人掏一美元凑了一个"布廖西辩护基金"，给我妻子报销了这笔罚款。

我想起休斯之前被判藐视法庭时我对他说的话，如果说这次我有藐视谁，那就是卡纳莱克，而不是法庭。第二天，出于庭审记录所需，我对藐视法庭的判决做出回应，并指出："今后，我想提请法官考虑两个显而易见的问题：本案双方辩论激烈，脾气都有些暴躁；另外，也要考虑一下，正因为卡纳莱克先生的所作所为，我才会作出当时的反应。"

现在，本案所有人无一例外，都曾被判藐视法庭，或曾被这样警告过。

辩方竭力想证明弗林害怕曼森的说法是无稽之谈。

休斯指出，曼森现已身陷囹圄，几乎不可能伤害到任何人，难道弗林先生真以为陪审团会相信他害怕曼森先生吗？

弗林的答复或许代表了控方所有证人的心声。"我说的不是曼森先生本人，而是他的影响力，你知道的。"

此时，我已察觉到了辩方的真正意图。在法庭上，辩方越质疑证词，曼森就越可能制造骚乱，从而保证成为当天头条新闻的是曼森而不是本案证据。胡安·弗林的证词对曼森造成了很大伤害。有好几次因为曼森和女孩们情绪过于冲动，奥尔德法官不得不下令将被告带离法庭。10 月 2 日，法庭上再次上演被告被带离的一幕。曼森转身面对旁听者，说："看看你们这些人。你们会落得什么下场？你们就要被毁灭了，这就是你们的下场。"曼森微微一笑，露出诡异的笑容，继续道："这是你们的审判日，不是我的。"

女被告们则又开始效仿曼森，奥尔德法官下令把四名被告都带离了法庭。

我给法官看了卡纳莱克指责弗林捏造证词的庭审记录，卡纳莱克为此大发雷霆。奥尔德法官裁定："毫无疑问，这即使不算当面指控，也是在暗示证人的证词是最近捏造的。"于是，法官批准高速公路巡警戴夫·斯泰伯当庭播放对弗林的询问录音。[1]

斯泰伯先介绍了当时询问的情况，然后设置好录音机，开始播放弗林讲述曼森承认杀人的那一段录音。此类物证一般会给陪审团留下极其深刻的印象。录音机里传出的话与弗林的证词相差无几。"然后，他十分滑稽地看着我……突然抓住我的头发，就像这样，把刀放在我喉咙上……然后说：'难道你不知道那些人都是我杀的吗？'"

1970 年 10 月 5 日，星期一。之后，法警比尔·默里说他当天总感觉有事要发生。他说，如果你天天跟囚犯打交道，你就会有一种预感。当他把曼森带进禁闭室时，曼森看起来十分焦虑暴躁。

虽然曼森他们并没有保证说会遵守法庭秩序，奥尔德法官还是给了所有被告一次机会，允许他们重新回到法庭。

当天的证词很沉闷，没有任何波澜，感觉也不太重要，但我觉得曼森可能正在猜我要做什么。我正通过一系列目击证人，为摧毁曼森的不在场证明打下基础。

等洛杉矶县治安官办公室的警探保罗·怀特利作完证后，辩护律师说没有

---

1 原注：斯泰伯在肖肖尼地区询问弗林、克罗克特、波斯顿和沃特金斯时，负责调查的其实是汽车失窃案，并非谋杀案。但他意识到此事的严重性，于是花了 9 个多小时询问他们对曼森和曼森家族的了解。等本案结案之后，我写信给加州高速公路巡警，赞扬了斯泰伯的出色工作。

问题要问证人，这时曼森突然发问："我可以问他吗，法官大人？"

法官："不，你不可以。"

曼森："你这是要用审判杀了我？"

奥尔德法官宣布证人可以离席。曼森又问了一次，还补充道："我总要以某种方式为自己的生命辩护。你应该允许我用语言辩护。"

法官："如果你再不停止，我只能下令将你带离法庭。"

曼森："如果你再不停止，我就得把你干掉。我有我自己的一套规则。"

听到曼森恐吓法官，我这才意识到他此时不是在演戏，而是动了真格。

法官："传唤下一位证人。"

布廖西："接下来传唤警长古铁雷斯。"

曼森："你们以为我在开玩笑吗？"

说时迟，那时快。曼森右手紧握铅笔，一下子跳过律师桌，朝奥尔德法官扑过去，身子落在了距离法官席只有几十厘米远的地方，单膝跪地。当他挣扎着站起身时，法警比尔·默里也跟着飞扑过去，身子砸在了他背上。另外两名副治安官飞快赶过来，经过一番短暂搏斗，按住了曼森的两只胳膊。被推搡着押去禁闭室时，曼森对着奥尔德法官大叫："以上帝正义的名义，有人应该把你的脑袋砍下来！"

苏珊、帕特丽夏和莱斯莉似乎还嫌这不够热闹。她们站起来，开始用拉丁文吟唱，现场因此变得更加混乱。奥尔德法官比我想象的更冷静，在多次警告女孩之后，下令将她们也带离了法庭。

据法警说，曼森被关进禁闭室时还不停反击，最后是四人一起出动才给他戴上了手铐。

菲茨杰拉德问是否需要召集律师上法官席商议。为了庭审记录，奥尔德法官确切描述了他对此事的看法。菲茨杰拉德又问是否可以询问法官当前的精神状态。

法官："他看起来像是要攻击我。"

菲茨杰拉德："我担心您的精神状态，尽管……"

法官："如果他再上前一步，我就会采取自卫。"

菲茨杰拉德说，鉴于法官当前精神状态不稳定，自己有责任提请法官宣布此次审理无效。休斯、希恩和卡纳莱克也跟着附和。奥尔德法官说："没那么容易，菲茨杰拉德先生……被告别想着从自己的错误行为中受益……驳回你的动议。”

庭审结束后，法警默里好奇地量了一下距离，曼森那一跃足有 3 米远。

默里并不太惊讶。曼森腿部和手臂的肌肉非常发达。他在禁闭室里经常锻炼。问及原因，曼森告诉法警：“我在为去沙漠锻炼身体。”

默里试着像曼森那样跳了一次，可没有那股突如其来的肾上腺素，他甚至都跳不到律师桌上。

尽管奥尔德法官授意陪审团“不要理会今天上午在法庭上看到和听到的”，但我知道法庭上那一幕肯定令人终生难忘。

查尔斯·曼森彻底撕下了伪装，让陪审团见到了他的真面目。

根据可靠消息，此次突发事件之后，无论在法庭上，还是在内庭，奥尔德法官的长袍里总藏着一把 .38 口径左轮手枪。

这是你们的审判日。在司法大楼外街角等候的曼森女孩们开始呼应曼森在法庭上的说法，用阴谋论的口吻悄悄议论：“等审判日到了，Helter Skelter 就会真正降临。”

审判日。那是什么？企图救出曼森的计划？还是报复的狂欢？

与审判日代表什么同样重要的是审判日的时间。是陪审团宣布曼森“无罪”或“有罪”判决的那一天？如果判其有罪，那么是陪审团裁定“无期”或“死刑”的那一天？又或者是法庭宣布判刑结果的那一天？甚至，也可能就是明天？

审判日。我们越来越频繁地听到这个词，却完全不知道它到底代表什么。我们也并不知道，随着彭德尔顿海军陆战队基地的一箱手榴弹被盗，审判日的第一阶段已经拉开了帷幕。

1970 年 10 月 6 日至 31 日

几周前，结束庭审回到办公室，我收到了律师罗伯特·斯坦伯格的电话留言，他现在是弗吉妮娅·格雷厄姆的律师。

弗吉妮娅在前律师的建议下，有些事隐瞒着没说。斯坦伯格现在敦促她把那些说出来。“尤其是，”电话留言里说，“苏珊·阿特金斯曾跟弗吉妮娅说过其他杀人计划的细节，苏珊要杀的人包括弗兰克·辛纳屈和伊丽莎白·泰勒。”

我实在忙不过来，便让一同负责此案的副地方检察官史蒂文·凯向弗吉妮娅了解了详情。

据弗吉妮娅说，在苏珊·阿特金斯跟她说了欣曼、塔特和拉比安卡夫妇谋杀案的几天后，可能是1969年11月8日或9日，在西比尔布兰德拘留所，苏珊走到弗吉妮娅床前，开始翻阅电影杂志，说这让她想起她一直在策划的其他谋杀。

她决定杀死伊丽莎白·泰勒和理查德·伯顿。苏珊说这话的语气像在聊家常。她说会把刀烧得通红，抵在伊丽莎白·泰勒的脸上，这是为了给泰勒留个印记。然后，她会给泰勒的额头刻上“helter skelter”。接下来，要把泰勒的眼睛挖出来，曼森已经教过她该怎么做，还要……

弗吉妮娅打断苏珊，问那理查德·伯顿呢?

苏珊说，他们两个会被绑起来。只不过这次绳子会套在脖子和脚上，以免他们“像之前那些人那样”逃走。

苏珊说她接着会阉了伯顿，把他的命根子和伊丽莎白·泰勒的眼睛放在瓶子里。“听着不赖吧，是不是！”苏珊哈哈大笑，“然后我会把它寄给艾迪·费舍尔[1]！”

至于苏珊的另一目标——汤姆·琼斯[2]，她打算用刀逼他和她做爱，在他高潮时，割断他的喉咙。

史蒂夫·麦奎因也在苏珊的谋杀名单上。但没等苏珊详细说如何对麦奎因下手，弗吉妮娅便打断了苏珊，说：“萨迪，你不可能随随便便走到这些人面前杀了他们！”

苏珊说，那不是问题。找到他们的住处很容易。然后，只要简单来次夜间“潜行”就好，“就像我对付塔特那样”。

---

1 译注：艾迪·费舍尔（Eddie Fisher，1928—2010），美国20世纪50年代重要的歌星。费舍尔与影星伊丽莎白·泰勒的恋情曾轰动美国，有过三段婚史的泰勒被看成是插足费舍尔婚姻的第三者，饱受媒体和公众的斥责。然而两人仍然不顾外界批评坚持结了婚。泰勒后来与理查德·伯顿两度结婚，两度离婚。

2 编注：见第106页译注。

苏珊继续说，至于弗兰克·辛纳屈，她会换个方式。她知道辛纳屈喜欢女孩。她会直接走到他家门口敲门。她的朋友们就守在外面。一旦进了门，他们会把辛纳屈倒吊起来，一边放辛纳屈的音乐，一边活剥他的皮。然后，用他的皮做成钱包，把钱包卖给嬉皮士商店，“这样所有人都能分到一点弗兰克·辛纳屈”。

苏珊说，她觉得必须杀大人物，那样才能让全世界知道。

没过不久，弗吉妮娅就结束了和苏珊的闲聊。史蒂文·凯问她为什么之前没说。弗吉妮娅说，这实在太疯狂了，说出来也没人相信。就连她之前的律师也建议她什么都别说。

这些是苏珊的计划，还是曼森的计划？以我对苏珊的了解，我怀疑这并不是她的想法。虽然我没证据，但按照逻辑推断，这些计划可能是她从曼森那里听来的。

不管怎样都不重要了。看过谈话录音记录后，我知道这些不可能作为法庭证据：从法律的角度说，它与塔特-拉比安卡夫妇案的关联可以忽略不计，而且无论关联有多大，都抵不上它会带来的对本案被告的巨大偏见。

虽然弗吉妮娅·格雷厄姆的话在证据方面没有价值，但根据证据披露的规定，所有辩护律师都会得到这份谈话记录的副本。

而这份记录很快会在法律史上留下浓墨重彩的一笔。

虽然在听到苏珊的坦白后，最先报警的人是龙妮·霍华德，但我先传唤了弗吉妮娅·格雷厄姆出庭作证，因为她是苏珊在拘留所里的第一个倾诉对象。

弗吉妮娅的证词非常骇人，这是陪审团第一次听到塔特案案发当晚的详情。

弗吉妮娅和龙妮的证词只针对苏珊·阿特金斯，所以只有希恩对两人进行了盘问。希恩质疑的与其说是两人的证词，倒不如说是两人的背景。比如，希恩指出龙妮·霍华德使用过十六个化名，还问她做应召女郎是不是赚了很多钱。

奥尔德法官召希恩上法官席，告诉他：“你懂法，希恩先生。别用那无辜的眼神看着我，假装你不知道我在说什么。”

希恩：“法官大人的意思是我不能问证人的职业吗？”

控方没有与弗吉妮娅·格雷厄姆和龙妮·霍华德达成过任何“认罪协议”。龙妮被控伪造处方罪，最终无罪释放，弗吉妮娅则在科罗纳监狱服满了刑期。但希恩在盘问两人时，提到了塔特案的悬赏金。当他问龙妮是否知道25 000美元的悬赏时，龙妮的回答直截了当：“我觉得我有权得到那笔赏金。”

在第二次直接询问时，我分别问两人：“你们是否知道获得悬赏的条件中并没要求必须出庭作证？”这时希恩提出了反对。法官裁定反对有效，但我已经达到了我的目的。

苏珊·阿特金斯写给龙妮·霍华德、朋友乔·史蒂文森和狱友基特·弗莱彻的信充分证明苏珊有罪。我准备请笔迹专家鉴定笔迹，但希恩为了节省时间，直接认定那些信都出自苏珊之手。不过，在将这些信引入证据之前，必须根据阿兰达规则进行审查，把所有提及苏珊共同被告的内容删掉。这个工作是在内庭完成的，陪审团并不知情。

卡纳莱克想把差不多所有话都删掉，菲茨杰拉德对卡纳莱克的不断反对不胜其烦，他向奥尔德法官抱怨：“我可不想把后半辈子都耗在这案子上。”奥尔德法官也同样厌恶，他警告卡纳莱克：“我建议你稍微收敛一下，别用你那连十岁小孩都知道要么是胡说八道，要么毫不相关的动议、反对和陈述来干扰我们的工作……”

但也正是卡纳莱克发现了其他辩护律师忽略的细微之处。比如，苏珊写信给龙妮：“当我第一次听说你就是那个告密者时，我真想割断你的喉咙。但后来我突然意识到，我才是真正的告密者，我要割的应该是自己的喉咙。”

卡纳莱克指出，一般不会说自我“告密”，而会用自我“坦白”。从这个词来看，这信不是出自苏珊之手，是别人写的。

我们为此争论了好久，庭审记录长达19页，其中很多讨论非常复杂，最终我们将这段话改为：“当我第一次听说你就是那个告密者时，我真想割断你的喉咙，但后来我突然意识到，我要割的应该是自己的喉咙。”

卡纳莱克希望将“爱、爱、爱”这些表达从苏珊写给朋友史蒂文森的信中删除，因为“它让人想到曼森”。

法官："这看起来更容易让人想到格特鲁德·斯坦[1]。"

由于"爱"的提法是信中为数不多对苏珊有利的地方，苏珊的律师希恩力争保留这些内容，说："你们想做什么，想让人们认定苏珊就是凶手吗？"

泰勒和辛纳屈上了谋杀名单

10 月 9 日，《洛杉矶先驱观察报》在署名为记者威廉·法尔的独家文章中报道了此事。奥尔德法官得知此事会在第二天见报后，再次下令把接送陪审团的大巴车车窗遮住，以免陪审员看到街角报摊上的新闻。

法尔的文章直接引用了弗吉妮娅·格雷厄姆的原话，而此前根据证据披露原则，我们将弗吉妮娅的谈话记录交给了辩方律师。

在内庭接受询问时，法尔拒绝透露是谁为他提供的消息。根据加州法律，奥尔德法官无权强制记者透露消息来源，只得让法尔离开了。

由此可见，肯定有人或多人违反了法庭的禁言令，但奥尔德法官并没深究，此事似乎就这样不了了之了。当时也没迹象表明这事最后会演变成一起轰动事件，并让记者法尔锒铛入狱。

在接受奥尔德法官询问之前，法尔曾告诉弗吉妮娅·格雷厄姆的律师罗伯特·斯坦伯格，他是从本案某位辩护律师那儿得到的谈话记录，但没说究竟是谁。

格雷格·雅各布森是一个非常重要的证人，令人印象深刻。这位身材高大、穿着得体的星探详细回忆了他与曼森的许多谈话，在谈话中，两人曾讨论过 Helter Skelter、披头士、《圣经·启示录》第九章，以及曼森对死亡的好奇心。

在雅各布森之后作证的是塔特的私人摄影师沙洛克·哈塔米，他讲述了 1969 年 3 月 23 日下午，他与曼森的那次对峙。这时，陪审团和公众才第一次知道，莎伦·塔特原来曾见过那个随后下令杀死她的人。

等到鲁迪·阿尔托贝利出庭作证时，卡纳莱克才终于碰到了强硬的对手。

---

1 译注：格特鲁德·斯坦（Gertrude Stein，1874—1946），美国小说家、诗人、剧作家、理论家和收藏家。其作品独树一帜，标新立异，致力于语言文字的创新和变革，其写作语言的一个特色就是词的重复。

在接受直接询问时，这位切洛路 10050 号的房主作证说，他第一次遇见曼森是在沙滩男孩乐队成员丹尼斯·威尔逊家里。然后，他详细讲了他和塔特去罗马的前一天晚上，曼森突然出现在切洛路 10050 号客房的情况。

因为房主阿尔托贝利曾拒绝卡纳莱克参观切洛路 10050 号，所以卡纳莱克充满敌意地问："现在，你住的切洛路房子四周都是安全的，是吗？"

答："我希望如此。"

问："你还记得我想进你那座戒备森严的堡垒时，你和我的对话吗？"

答："我记得你当时含沙射影的威胁。"

问："我怎么含沙射影地威胁了？"

答："你说'我们会收拾你的，阿尔托贝利先生''我们会让你走着瞧，阿尔托贝利先生''我们会把法庭设在你家，在你家进行审判，阿尔托贝利先生'。"

阿尔托贝利当时告诉卡纳莱克，如果卡纳莱克进他家是法院的命令，他乐意听命。"不然的话，想进来没门。这里是我家，不是旅游景点或马戏团。"

问："你尊重法庭吗，阿尔托贝利先生？"

答："我觉得我比你更尊重，卡纳莱克先生。"

尽管遭到辩方反对，我还是成功让证人雅各布森、哈塔米和阿尔托贝利说出了 95% 的证词。

但随着下一位证人出庭，我突然遇到了大麻烦。

加油站服务员查尔斯·凯尼格出庭作证，说他在西尔玛区标准石油加油站的女卫生间发现了受害人罗斯玛丽·拉比安卡的钱包。他掀开马桶水箱盖，看到钱包放在冲水装置上。

卡纳莱克就马桶对凯尼格展开了长时间盘问，引得旁听者和媒体窃笑不已。但我突然意识到了他此举的真正用意。

卡纳莱克问凯尼格，打扫卫生间是否有标准程序。

凯尼格回答说，根据标准石油加油站的工作手册，厕所每隔一小时要打扫一次。至于放在马桶水箱里的蓝色洁厕块，凯尼格进一步说明，"只要用完就要更换"。

"那是多久换一次？"卡纳莱克问。

作为“领班”，或者说这家加油站的老板，凯尼格并不用亲自打扫卫生间，都是交给别人去做。因此，我对这个问题和类似问题提出了反对，理由是辩方是在要求证人凯尼格作结论。

幸运的是，法庭随后休庭一天。

我马上致电洛杉矶警察局，要求警方紧急寻找并询问从1969年8月10日（即琳达·卡萨比安证词中所说她把钱包丢在加油站的那天）到1969年12月10日（即凯尼格发现钱包那天），在西尔玛区标准石油加油站工作过的每一个人。我想抢在卡纳莱克之前找到这些人，是因为担心卡纳莱克会教唆他们如何作证。我告诉警方：“你告诉这些人，‘别管标准石油加油站的工作手册怎么规定，也别管雇主发现你没遵守手册后会说什么，只要如实回答，在加油站工作时，是否换过女卫生间的蓝色洁厕块。’”

要更换蓝色洁厕块，就必须打开水箱顶盖。如果有人换过，应该就会看到钱包。所以只要卡纳莱克找到一位声称在这四个月内换过蓝色洁厕块的员工，辩方就可以大力质疑钱包是“栽赃”，这不仅有损琳达·卡萨比安所有证词的可信度，还会让人误以为控方企图构陷曼森。

洛杉矶警方没能找到所有员工，只找到了一部分，其中没人换过蓝色洁厕块。幸运的是，卡纳莱克的运气也不比我们好。

律师休斯只问了凯尼格几个问题，但个个犀利，切中要点。

问：“西尔玛区现在主要是白人居住区，是吧？”

答：“是，我想是的。”

问：“西尔玛区不是黑人聚集区，对吧？”

答：“对。”

据琳达所说，曼森希望黑人发现受害人的钱包，并使用钱包里的信用卡，那样警方就会以为人是黑人杀的。我对本案犯罪动机的推论也是基于曼森试图引发黑人与白人的战争。那么，曼森为什么会把钱包丢在白人居住区呢？

事实上，曼森下高速公路的出口位于北帕科伊马，紧邻圣费尔南多峡谷的黑人贫民区。我想通过凯尼格向陪审团说明这点，但辩方提出反对，并将凯尼格的话排除在证据之外，因此我不得不传唤警长帕切特为此出庭作证。

辩方律师，尤其是卡纳莱克和休斯，他们对加油站服务员的盘问差点在控方的举证上打开了两个巨大的缺口。

此时，我已基本锁定我在本案中的真正对手。菲茨杰拉德虽然出场风光，可大多时候毫无作为。希恩讨人喜欢，但基本不构成威胁。至于休斯，本案是他第一次参加审判，就这点来说，他的表现十分出色。但辩方几乎所有成绩都来自被大多数媒体认为是法庭小丑的欧文·卡纳莱克，他一次又一次成功地将控方的重要证据排除在外。

例如，斯蒂芬妮·施拉姆出庭作证说，曼森在巴克农场举办过“杀人教学”，卡纳莱克对此提出反对，并得到了奥尔德法官的支持。我虽然不赞同法官的裁决，但也没办法改变什么。

在接受直接询问时，斯蒂芬妮作证说，8月8日星期五下午，她和曼森开着白色面包车从圣迭戈返回了斯潘农场。在接下来的盘问中，菲茨杰拉德问：“你是不是算错了一天？”我觉得曼森可能还想证明他案发时不在场，所以在第二次直接询问时，我提交了塔特案案发前一天曼森的交通罚单，以及8月8日布伦纳和古德的逮捕报告，上面记录了同一辆面包车的车牌号。如果辩方声称曼森在案发时不在南加州，我已准备好拆穿曼森的谎言。

但我并不知道曼森是否对此早有准备，等着对我展开反击。

事实证明，曼森早有准备。

警长古铁雷斯就写有“HELTER SKELTER”的斯潘农场木门作证；洛杉矶警察局科学调查司的德韦恩·沃尔费就他在塔特家进行的声音测试作证；加州大学洛杉矶分校的学生杰罗尔德·弗里德曼就史蒂文·帕伦特死前给他打过的最后一次电话作证；苏珊的狱友罗丝安妮·沃克就苏珊关于眼镜的言论作证；哈罗德·特鲁就曼森曾去过拉比安卡夫妇家旁边的房子作证；警长麦凯勒作证说，帕特丽夏在亚拉巴马州被莫比尔市警方逮捕之前，一直试图隐瞒自己的真实身份。一点一点的信息片段最终汇集在一起，我希望这些证据能让人信服。

控方的作证马上就要结束了，目前只剩下几位证人，可我还不清楚辩方会采取什么策略。按照规定，控方必须给辩方提供控方所有证人的名单，而辩方则没有此义务。此前，菲茨杰拉德曾告诉媒体，他计划传唤三十名证人，其中包括凯丝妈妈、约翰·菲利普斯[1]和披头士乐队的约翰·列侬等名人，后者将出庭就他如何阐释自己的歌词作证。关于辩方会采取的策略，我们只知道菲茨杰拉德的这一说法和曼森准备亲自作证的传闻，但就连曼森是否要亲自作证也并不确定。从我与曼森的谈话来看，他似乎正犹豫不决，也许会作证，也许不会。我一直在怂恿曼森出庭作证，可又担心自己做得太过头了。

自曼森企图袭击法官之后，被告就再没在法庭上出现过。但特里·梅尔彻出庭作证那天，奥尔德法官批准被告可以返回法庭。特里不想面对曼森，他问我："能不能把我关进禁闭室，通过喇叭作证？"

在控方所有证人之中，最害怕曼森的就是梅尔彻。梅尔彻跟我坦白，他怕得甚至一度需要接受精神治疗，而且自 1969 年 12 月，他就给自己雇了一名全职保镖。

"梅尔彻，他们那天晚上要杀的不是你。"我安慰他，"曼森知道你已经不住在那里了。"

但梅尔彻还是提心吊胆，在他出庭作证前，我们甚至不得不给他打了一针镇静剂。梅尔彻在法庭上的表现虽然稍逊于庭下谈话，但等结束作证后，他显然松了一口气，告诉我他看见曼森对他笑了，所以他对自己的表现不至于很不满意。

或许是应曼森的要求，律师卡纳莱克没盘问梅尔彻。休斯则指出，丹尼斯·威尔逊和曼森那晚开车把梅尔彻送到切洛路 10050 号大门前时，可能看到了梅尔彻按下开门按钮。所以辩方现在辩称，既然曼森知道如何打开大门，他就不会像琳达所说的那样，让被告翻过栅栏进院子。

我现在已经获得证据，可以证明在案发前，沃森和曼森曾多次去过切洛路 10050 号。可这事却无法让陪审团知道。

几个月前，我了解到在特里·梅尔彻搬出切洛路 10050 号之后，波兰斯基夫妇搬进来之前，格雷格·雅各布森曾安排迪恩·穆尔豪斯，即乌伊施的父亲在这里住过一段时间。在此期间，特克斯·沃森至少来看过穆尔豪斯三次，甚至可能多达六次。在与菲茨杰拉德私下谈话时，我把这事告诉了他（从法律上

1　译注：凯丝妈妈和约翰·菲利普斯都是美国 20 世纪 60 年代著名民谣音乐组合爸爸妈妈乐队的成员。

说，我有义务这样做），他说他早就知道了。我打算等到审判沃森时再提出这个证据，不想在本案中提，也不希望菲茨杰拉德提，因为这件事强调的是沃森与本案的关系，而不是曼森。我虽然怀疑在此期间曼森也去过切洛路 10050 号，但苦于没证据，直到本案审判进行了很久，我才从最可靠的消息来源得知，曼森曾去过切洛路 10050 号“五到六次”。这个消息来源就是曼森本人，他在和我的一次长谈中承认他去过切洛路 10050 号，但没进门。曼森说，他和沃森去那里是为了开沙滩车跑山。

这些信息无法用来指控曼森，曼森对此非常清楚，我们是在他的坚持要求下见的面，他也没有被当面告知宪法权利，所以我们的所有谈话都不能作为法庭上的证据。

这情景真是太奇怪了。曼森一方面发誓要杀我，一方面又时不时要见我，让我听他唠叨。

同样奇怪的还有我们之间的谈话。比如，曼森告诉我，他个人相信法律和秩序。他说政府应该采取“严格管控”。法律是什么并不重要，毕竟对与错只是相对的，但无论谁掌握了权力，都应该从严治理。舆论就该被压制，因为人总有分歧，有人想做这事，有人却想做那事。

“换句话说，你解决问题的方法就是独裁。”我说。

“没错。”

曼森说他有解决犯罪问题的简单方法。清空监狱，把所有罪犯流放到沙漠里去。但先要在罪犯额头上烙一个 X 标记，这样他们一旦在城里出现，就会被认出来，并被当场击毙。

“查理，我想我不用猜也知道在沙漠里谁会负责管理他们。”

“是的。”曼森咧嘴一笑。

还有一次，曼森告诉我，他刚写了一封信给尼克松总统，要求总统把权力交给他。如果我感兴趣，我可以做他的副总统。曼森说我是个出色的检察官，辩论高手，而且，“你对很多事的看法都是对的”。

“你指什么事，查理？ Helter Skelter、你们的杀人方式，还是你对生死的看法？”

曼森笑笑，没有回答。

“我们都知道那些谋杀是你指使的。”我对曼森说。

“布廖西，是披头士乐队，是他们发表的歌曲。那些歌曲在谈论战争。孩子们听了那些歌就在潜意识里接收到了信息。”

“拉比安卡夫妇被杀当晚你也在场。”

“我经常晚上出去。”

曼森从来都是回避，从不直接否认。我迫不及待地想让他出庭作证。

曼森告诉我他喜欢监狱，虽然他更喜欢沙漠、阳光和女人。我说他在圣昆廷监狱服刑时肯定没进过那间绿色的行刑室。

曼森说，他不怕死，死只是个念头。他曾经面对过死亡，很多次，无论是今生还是前世。

我问他，当他对伯纳德·克罗开枪时，是不是打算杀了克罗。

“当然，”曼森说道，“不管杀死谁，我都可以连眼睛都不眨一下。”当我问其原因时，他说：“因为数年来你们一直都在杀我。”我追问这些杀戮是否会让他心里不安。曼森说，他没有良知，一切都只是念头而已。只不过他，也只有他一个人，凌驾于他的思想之上，掌控一切，不受任何人或任何事的影响。

“当你听到我这么说时，你最好相信，我会凌驾于我的思想之上。”曼森说，“我知道自己在做什么。我很清楚自己正在做什么。”

布鲁克斯·波斯顿和保罗·沃特金斯的作证常常被曼森的旁白打断。卡纳莱克也不断提出反对，奥尔德法官气得把他召上法官席，愤怒地说：“你一直在用轻率、冗长、复杂、愚蠢的反对来干扰证人作证。在本案审判中，你一而再，再而三地……我仔细研究过你，卡纳莱克先生。我很清楚你想做什么。之前我已经因此判过你两次藐视法庭。我会毫不犹豫再判你一次。”

无论是卡纳莱克还是曼森，他们都清楚，波斯顿和沃特金斯的证词非常有力，而且令人印象深刻。这两位证人一点一点回溯了 Helter Skelter 的演变过程，正如雅各布森所说，他们不是在讲自己如何看穿了 Helter Skelter，而是从曾经的忠实信徒的角度，讲他们如何看着这个模糊的概念渐渐演变成一个可怕的现实。

两人经受住了辩方律师的盘问，不但自己毫发无损，还提供了更多细节。

比如，卡纳莱克对波斯顿的盘问就意外引出了可以有力证明曼森家族受曼森控制的例子。“曼森在的时候，给人感觉就好像老师回到了班里。”

律师休斯问波斯顿。“你觉得自己有被曼森先生催眠吗？”

答：“没有，我不认为查理会催眠术。”

问：“你是否觉得他拥有某种力量？”

答：“我觉得他是耶稣基督。对我来说，这种力量已经足够了。”

回顾与曼森相处的日子，波斯顿说：“我跟查理学到了很多，但他似乎并没让人获得自由。”沃特金斯发现：“查理总喜欢宣扬爱，可他根本不知道爱是何物。查理离爱有十万八千里远，这一点也不好笑。查理迷恋的是死亡。事实也正是如此。”

自从被引渡回加州之后，查尔斯·沃森，即特克斯的行为举止就变得奇奇怪怪的。一开始他话很少，后来甚至不再讲话。与他同住一个牢房的囚犯联名写了请愿书，抱怨他在牢房里不讲卫生。他会连着几小时盯着空气，然后莫名其妙地用身子去撞牢房的墙。把他固定在束缚椅上后，他就开始水米不进，即使对他采取强行喂食的方法，他的体重还是降到了 100 斤。

虽然有证据表明沃森的某些症状是装出来的，但沃森的律师萨姆·布勃里克还是要求法院派三名精神科医生给他做检查。三位医生的检查结果各不相同，但有一点他们意见一致：沃森正在迅速退化至胎儿状态，除非马上给他治疗，否则会有生命危险。根据医生的检查结果，10 月 29 日，戴尔法官裁定沃森目前的身体状况无法接受审判，下令将他送去了阿塔斯卡德罗州立医院。

休庭时，曼森要求见我。

“布廖西，”曼森隔着禁闭室的门恳求道，“让我跟特克斯见半小时。我肯定能治好他。”

“对不起，查理。”我告诉他，“我不能冒这个险。如果你治好了他，那所有人都会相信你是耶稣基督。”

1970 年 11 月 1 日至 19 日

就在沃森被送进医院的前一天，法庭指定的两名精神科医生给十七岁的黛安娜·莱克做了检查，认为以她现在的情况完全可以出庭作证。

离开巴顿州立医院之后，黛安娜收到了几个好消息：因约县地方检察官办公室的调查员杰克·加德纳和他妻子被指定为黛安娜的养父母，他们是在警方突袭巴克农场逮捕黛安娜之后跟她认识的，黛安娜将与两人的孩子一起生活，直到她上完高中。

因为阿兰达规则的限制，有些事陪审团并不知情。例如，沃森曾让莱斯莉用刀捅罗斯玛丽·拉比安卡，之后又让她把他们碰过的东西上的指纹擦掉。这些都是两人的共同被告帕特丽夏告诉黛安娜的，所以只能删除，不能当庭提出作为证据。

黛安娜可以讲莱斯莉跟她说过的事，可问题是，莱斯莉没告诉黛安娜她用刀捅的是谁，只说她捅了尸体，地点在格里菲斯公园附近，屋外面有一艘船。我希望陪审团可以根据这些线索推断出，莱斯莉说的正是拉比安卡夫妇。黛安娜还作证说，8 月的某天早上，莱斯莉曾在斯潘农场后屋烧了一个钱包、一张信用卡和她自己的衣服，只留下一袋硬币，那些硬币被女孩们分了买吃的了。可黛安娜不确定确切日期，我希望陪审团推测那是拉比安卡夫妇遇害后的第二天早晨，但其实并无证据可以证明。

这是除琳达·卡萨比安的证词之外，唯一可以证明莱斯莉·范霍腾涉嫌拉比安卡夫妇案的证据。但在盘问时，休斯指出黛安娜并不确定屋外有艘船到底是莱斯莉告诉她的，还是她自己在报纸上看到的，这让黛安娜证词的可信度大打折扣。

休斯还特别指出，黛安娜的陈述前后有很多小出入（她对警长萨图奇说硬币在钱包里，但跟我说时却变成了在塑料袋里）。很可能非常致命的一点则出现在直接询问环节，黛安娜说，“我确定”，她自己、小帕蒂和桑德拉·古德把钱分了。

如果桑德拉·古德，即桑迪当时在场，那就不可能是 8 月 10 日，即拉比安卡夫妇遇害后的第二天早上，因为桑德拉·古德和玛丽·布伦纳那时已被警方逮捕。在我的追问下，黛安娜说桑迪“当时可能不在场”。

卡纳莱克在盘问中指出，警长古铁雷斯曾用毒气室威胁过黛安娜。菲茨杰拉德也指出了黛安娜证词前后的不一致：黛安娜曾在大陪审团前作证说，8月8日和9日，她在因约县，而不是在斯潘农场。

第二次直接询问时，我问黛安娜："你为什么要对大陪审团说谎？"

答："因为我害怕如果说了实话，家族成员就会杀了我。查理也不让我说，他跟我说过，跟警察什么都别说。"

11月4日，警长古铁雷斯在找咖啡时，误打误撞走进了供女被告庭审休息的陪审室。

他在那里看见了一张黄色的法律便签，上面有帕特丽夏·科伦温克尔的名字。帕特丽夏在这张便签上记笔记和涂鸦时，写了三遍"healter skelter"——第一个词拼写错了，和拉比安卡夫妇案现场冰箱门上发现的血字一模一样。

奥尔德法官不允许我将此作为证据。对此我有异议：这毫无疑问属于间接证据，与本案有关联，可以作为证据。但奥尔德法官却不这么认为。

当我告诉陪审团帕特丽夏拒绝提供笔迹时，奥尔德法官的举动再次让我心有余悸。他认为可以将此事用作证据，但觉得应该再给帕特丽夏一次机会，于是命令帕特丽夏提供笔迹。

法官这么做的问题在于，帕特丽夏这次很可能在律师的建议之下，同意提供笔迹，如果真是这样，那事情就麻烦了。

可帕特丽夏竟然拒绝了，而且是在其律师保罗·菲茨杰拉德的建议之下！

显然，菲茨杰拉德并不知道洛杉矶警方基本无法鉴定笔迹，即便可以，也非常困难。如果警方鉴定失败，按照法律规定，法庭就不得不宣布帕特丽夏·科伦温克尔在拉比安卡夫妇一案中无罪。可帕特丽夏拒绝提供笔迹，这等于为琳达关于帕特丽夏涉案的证词提供了唯一的独立佐证。

法官给了帕特丽夏一个绝佳的"翻身"机会。直到今天，我仍然不明白她的律师为什么会建议她拒绝，导致她失去了最好的机会。

控方最后传唤了给黛安娜做检查的两名精神病专家——布莱克·斯克德拉医生和哈罗德·迪林医生出庭作证。在直接询问和第二次直接询问时，我通过两位医生证明，致幻剂虽然药效强劲，但不会损伤人的记忆力，也没有医学证据表明致幻剂会让大脑受损。这点非常重要，因为辩方律师声称控方的多名证人，尤其是琳达和黛安娜，他们的大脑因服用致幻剂“受损”，无法区分幻想和现实。

斯克德拉医生作证说，服用致幻剂的人可以区分真实与虚幻。事实上，人服用了致幻剂后，其感知力往往会因药物得到提升。斯克德拉医生还说，致幻剂让人产生的是错觉，而不是幻觉，换句话说，服药者看到的事物确实真实存在，只是他们对所见事物的感知改变了而已。很多人听到这儿都吃了一惊，因为人们已经习惯将这类药物称为致幻剂。

当沃特金斯出庭作证时，我亲自引导他说出，他现在虽然才二十岁，但已经服用过 150 到 200 次致幻剂。然而陪审团明显看得出来，沃特金斯是控方最聪明，也最能言善辩的证人。同时，斯克德拉医生也作证说：“我见过服用过几百次致幻剂的人，停止服用后不会出现任何情绪障碍的外在表现。”

律师菲茨杰拉德问斯克德拉医生：“在一段时间内服用了大剂量的致幻剂会让人变成行尸走肉吗？或者说，会破坏人的理性思维吗？”

如果我没猜错，菲茨杰拉德这是想给之后的反驳做铺垫，可斯克德拉医生的回答让他的计划泡了汤。“律师，我从未碰到过你说的这种情况。”

作为控方的最后一位证人，迪林医生于 11 月 13 日星期五完成了作证。星期一，也就是 16 日，庭审的大部分时间都用来介绍控方的证物。控方共计提交了 320 件证物，从凶枪到塔特家的等比例缩小平面图，卡纳莱克对每件证物都提出了反对。其中案发现场遇害者的彩色照片遭到了卡纳莱克最强烈的反对。我对此反驳说：“我同意法官的意见，这些照片看上去确实非常可怖，这毋庸置疑。但如果正如控方所指控的，是被告实施了这些谋杀，那么，需要为这些可怖场面负责的就是他们，是他们犯下了如此恶行。陪审团有权查看被告的所作所为。”

奥尔德法官裁定，可以将这些彩色照片作为本案证据。

但有一件证物没能提交。如前所述，在塔特案案发当晚凶手丢弃的衣服上，警方发现了一些白色狗毛。塔特家的女佣威妮弗雷德·查普曼夫人看过后告诉我，那些毛看起来像塔特家那只狗的毛。但当我要求将狗毛从洛杉矶警察局带到法庭现场时，警方却百般推辞。最后我才知道，负责塔特案的一名警探在过马路前往司法大楼时，把装着狗毛的小瓶摔到了地上，瓶子摔碎了，他只找回了一根狗毛。那场面让我不禁想起“捞救命稻草”这句习语，只是这里稻草要换成狗毛。最终，我决定不将那根狗毛列为本案证据。

在那个星期一的下午 4 点 27 分，即开庭整整 22 周，自我被指派负责此案起还差两天就满一年之际，我在法庭上宣布：“法官大人，检方对此案陈述完毕。”

之后法庭休庭，到 11 月 19 日星期四再次开庭时，本案的每位辩护律师都按照程序提出了各种驳回动议。

我回想起 1969 年的 12 月，当时很多律师都预测，等控方陈述完案件之后，法官会因控方证据不足不得不判曼森无罪。

但此刻，我想包括辩方律师在内，再没有哪位律师认为法庭会判曼森无罪。

奥尔德法官驳回了辩护律师的所有动议。

法官：“辩方律师，你们现在是否可以开始辩护了？”

辩护律师菲茨杰拉德：“是的，法官大人。”

法官：“那你现在可以传唤第一位证人了，菲茨杰拉德先生。”

菲茨杰拉德：“谢谢法官大人。辩方放弃辩护。”

那一刻，法庭上几乎所有人都不敢相信自己的耳朵。有好几秒钟，就连奥尔德法官也目瞪口呆，说不出话来。在刑事审判中，最关键的法律问题并不像大多人以为的那样是被告到底有罪还是无罪。最关键的问题在于控方是否履行了法律责任，在排除合理怀疑的基础上证明被告确实有罪。[1] 辩方此举虽然令人意外，但也是常见的辩护策略。很显然，他们是觉得在盘问控方证人时已经达到了辩护目的，所以选择放弃辩护，避免控方盘问他们的证人，同时也寄希望于控方的举证无法证明曼森及其共同被告确实有罪，陪审团因而只能作出无罪判决。[2]

但是，更让人深感意外的事还在后头。

---

1 原注：在美国刑法中，“无罪”并不完全等同于无辜。“无罪”指陪审团因认为控方未能证明指控而做出的法律裁定。基于证据不足的“无罪”判决体现了陪审团可能持有以下某种看法：一、被告确实是无辜的，并没有犯下所指控的罪行；二、陪审团倾向于认为被告确实犯了罪，但控方未能排除合理怀疑，让他们相信被告确实有罪。

2 原注：因为琳达·卡萨比安是本案共犯，所以我猜测辩方会辩称，根据《加利福尼亚州刑法》第 1111 条，除非有其他独立证据佐证，否则“不能根据共犯的证词对被告定罪”，而控方未能就琳达·卡萨比安的证词提供佐证。

1970年11月19日—1971年1月25日

第七章 风中的杀戮

“你可以感觉到空气中的异样，你懂的，你可以感觉到空气中有某些东西。”

——胡安·弗林

“告密者和其他敌人，会被格外关照。”

——桑德拉·古德

“塔特–拉比安卡夫妇案的庭审辩护律师罗纳德·休斯在失踪之前，曾向密友透露自己害怕曼森。”

——《洛杉矶时报》

1970 年 11 月 19 日至 12 月 20 日

菲茨杰拉德表示其辩护到此结束。但这时，三名女被告大声喊着要求作证。

奥尔德法官把律师叫进内庭，想知道究竟发生了什么。

菲茨杰拉德解释道，辩护律师和他们的委托人之间产生了分歧。女孩们想作证，但她们的律师表示反对，希望直接结束案子。

经过一个小时的激烈讨论，菲茨杰拉德才非公开地承认了分歧的真正原因：

苏珊、帕特丽夏和莱斯莉想出庭作证，证明是她们策划并实施了谋杀——而曼森没有参与其中！

看来曼森是想引爆他的重磅炸弹，而女孩们的律师设法缓和了局面，至少是暂时缓和了。莱斯莉的辩护律师罗纳德·休斯第一次站出来反对曼森，他说："我拒绝参与任何强迫我把委托人排除在外的诉讼。"

这些变故引发了一些重大的法律问题，但基本上可归结为一点：应当优先考虑有效辩护权还是作证权？我担心无论奥尔德法官采取哪一种做法，都可能构成"可推翻审判结果的错误"，导致被告上诉成功，我建议他将此事提交至州最高法院裁决。然而奥尔德法官认为，即便律师已经结束辩护并建议其委托人不要出庭作证，但作证权"高于其他任何权利"。因此，他允许这些女孩出庭作证。

奥尔德法官还问曼森是否也想作证。"不。"曼森回答，然后他犹豫了一会儿，又补充道："我是说，至少不是在这时候作证。"

回到公开法庭后，辩护律师卡纳莱克提出动议，要求曼森单独受审。

曼森现在打算弃船自保，任女孩们沉没，不管她们了。奥尔德法官否决了卡纳莱克的动议，请陪审团上庭，苏珊·阿特金斯站在证人席上宣了誓。然而辩护律师戴伊·希恩拒绝向她提问，说苏珊早已准备好怎么回答了，如果他提问了，那些人就会归罪于她。[1]

---

1 原注：希恩此言本身就表明苏珊有罪，因而随后从法庭记录中被删去。

所以，现在又有了一个新问题。回到内庭后，奥尔德法官说："目前来看，辩方的手段越来越明显了，很简单，就是破坏审判……我不会让这种事情发生的。"

也是在内庭，陪审团不在场的情况下，苏珊·阿特金斯告诉奥尔德法官，她想证明"事情是怎么发生的"，以"我的亲眼所见"作证。

法官："你的证词极有可能让你面临被定罪的风险，你明白吗？"

苏珊："我明白。"她补充说，如果她被判有罪，"请让他们用事实来给我定罪。我不希望因为一堆断章取义的谎言而被定罪。因为，布廖西先生，你用以定罪的根基正在崩塌。我目睹了它摇摇欲坠。你一直是只狡猾的狐狸"。

布廖西："萨迪，如果它正在崩塌，你为什么要帮我把它重新组装起来？你应该高兴才对。假如它正摇摇欲坠，你大可以回到巴克农场。你又为什么要站在证人席上帮助我呢？"

希恩表示，如果奥尔德法官命令他向自己的委托人提问，他将请求解除律师职务。菲茨杰拉德也作了同样的回答，并补充说："在我看来，这是一种怂恿人自杀的行为。"

当天休庭时，这个问题还没有得到解决。

第二天，曼森出乎所有人的意料，说他也想作证。事实上，他想第一个站上证人席。但是考虑到阿兰达规则可能带来的问题，法庭决定曼森首先应在陪审团不在场的情况下作证。

曼森在证人席上宣了誓。他并没有让卡纳莱克向他提问，而是请求发表陈述并且得到了准许。

他讲了一个多小时。刚开始时，他几乎带着歉意，说话声音很低，以至于在拥挤的法庭上，旁听者不得不前倾着身子来听他讲。但几分钟后，他的声音就变了，变得更加洪亮、更富活力，而且正如我和他谈话时已经发现的那样，他的声音一变，面孔也跟着变了。无名小卒曼森、殉道者曼森、教师曼森、先知曼森，他在滔滔不绝之间，变成了所有这些人。他脸上不断流露出淡淡的情绪变化，直到那不再只是一张脸，而是变成了由不同脸孔组成的万花筒——每张脸都如此真实，但只是暂时的真实。

他不停地东拉西扯，时而离题，时而重复，但整出表演却有一种催眠的魔力。他试图以自己的诡异方式编出一套咒语，就像施在他那些易受影响的追随者身上的咒语一样。

曼森："在这起案件中，有太多关于我和我的共同被告的指控，其中很多是可以澄清的。"

"我没有上过一天学，所以从小到大都不擅长读书写字，我一直待在监狱里，一直很笨。我看着你们在你们的世界一天天成长，而我自己仍然是个孩子。看到你们的所作所为，我真的无法理解……

"你们吃着大鱼大肉，杀害这些远比你们美好的生命，然后却说你们的孩子有多坏，甚至还控诉他们是杀手。是你们让你们的孩子成了现在的样子……

"这些拿着刀攻击你们的，正是你们的孩子。教他们的人是你们，而不是我。我只是想帮助他们站起来反抗。

"农场里那些你们口中的'家族成员'，大多都是被你们遗弃的人，是流浪街头的人，是被父母轰出家门的人，是不想去少管所的人。所以我尽我所能，把他们带到我的垃圾场，然后对他们说：'爱没有对错……'

"我告诉他们，只要怀着善心，他们为自己的兄弟姐妹所做的任何事情都是好的……

"我是在打扫我的家园，而这本该由尼克松总统来做。他应该走上街头，去接他的孩子们，但他没有。他坐在白宫，把孩子们送上了战场……

"我不明白你们的所作所为，但也不打算弄明白。我不会评判任何人，我知道我唯一能评判的人，就是我自己……但我很清楚一点：在你们的内心和灵魂深处，你们对越南战争的责任和我对杀害这些人的责任是一样的……

"我不能对你们任何人做出评判。我对你们没有恶意，也没有赞美。但我的确认为，现在是时候了，你们应该开始自省，开始评判你们赖以为生的谎言了。

"我没法儿讨厌你们，但我要说的是：你们离自我毁灭已经不远了，因为你们都疯了。你们当然可以把这话投射到我身上……但我不过是活在你们每个人内心深处的那个人罢了。

"我以监狱为父，以你们的体制为父……是你们造就了我。我只是你们的一个映像。

"为了不进监狱，我从你们的垃圾桶里找吃的，穿你们扔掉的旧衣服……

我尽了最大努力和你们的世界相处，现在你们却想杀了我。我看着你们，然后忍不住自言自语：你们想杀我？哈！我早就死了，早就过完了我这一生。我在你们挖的坟墓里都待了二十三年。

“有时候我想以牙还牙；有时候又想着不如直接跳到你们跟前，让你们冲我开几枪……如果可以的话，我会立马把麦克风扯下来，用它打爆你们的头，因为这是你们的报应，是你们应得的……

“假使我可以生你们的气，我会把你们杀光。如果这就是罪，那我甘愿犯罪……

“这些孩子，他们做的这一切，都是因为爱自己的兄弟……

“如果我向他们表明，我愿意为自己的兄弟做任何事——包括在战场上献出生命——然后他们便拿起旗帜，走到外面做了那些事，那可不是我的责任。我从没告诉过任何人要做什么……

“这些孩子（指本案女性被告）是在寻找自我。她们的行为只取决于她们自己，如果她们真做了什么的话，也都是她们自己决定的。一会儿她们会跟你们解释的……

“你们的一切行为都是出于恐惧，你们是害怕了，所以挑出来一个矮小的、脏兮兮的老乞丐，这乞丐从垃圾桶里找东西吃，被所有人嫌恶，被赶出了监狱，被拖进过所有恶心的鬼地方，现在你们又把他拖到了法庭。

“你们想把我毁掉？不可能！好多年前你们就已经毁了我。好多年前你们就已经杀了我……”

奥尔德法官问曼森还有什么要说的。

曼森：“我没有杀过任何人，也没有命令任何人去杀人。”

“或许有几次我跟不同的人暗示过我可能是耶稣基督，但我还没有决定好我是什么，或者我是谁。”

曼森说，有人会叫他耶稣基督，在监狱里，他的名字只是一个编号。现在有些人想找一个施虐狂魔，所以就把他看作施虐狂魔。那就这样吧。有罪，无罪，不过是词语而已。“你们可以对我做任何想做的事，但不能碰我，因为只有我爱我自己……如果你们要把我关进监狱，那就毫无意义了，毕竟我就是被你们从监狱里赶出来的，我当时可没有要求被释放，我喜欢蹲监狱，因为我喜欢我自己。”

“你好像离题太远了。”奥尔德法官提醒曼森回到正题。

曼森：“什么正题？布廖西是一个野心勃勃的检察官，受过良好的教育，能言善辩。他是个天才，拥有每个律师想要的一切，除了一桩案子。他没有案子。如果你们允许我为自己辩护，我就能证明这一点……”

“本案的证据是一把枪。农场附近的地上有一把枪。它属于每一个人，因为任何人都可以捡起那把枪，随心所欲地使用它。我不否认曾拥有过那把枪，它很多次都在我手上。”

“就像绳子在那里一样。”曼森承认，他的确买了绳子，大约46米长，“因为农场需要用绳子。”

那些衣服怎么解释？“对布廖西先生来说，找到那些衣服真是太容易了。我猜他花点小钱就搞定了。”

血迹呢？“哦，那其实不是血迹，只是联苯胺试验产生了反应而已。”

那根细皮绳？“有多少人穿过皮绳制成的软皮鞋？”

7具尸体的照片，169处刀伤呢？“他们故意把那些丑陋的尸体示众，无非是想暗示：如果他逃脱了，看看你们身上会发生什么吧。”

Helter Skelter？“这词从字面上看，指的是纷乱。它既没有向任何人开战的意思，也不意味着一些人准备杀害另一些人……Helter Skelter就是纷乱。纷乱正迅速降临到你们身上。如果你们看不到这些纷乱，那么Helter Skelter是什么意思，随你们怎么说吧。”

共谋？“当权者正迅速摧毁一切，而音乐告诉年轻人，要起来反抗，这是共谋？这能叫共谋吗？”

“音乐每天都在对你们说话，但你们太聋、太蠢、太盲目，甚至根本不听音乐……

“这不是我的阴谋，也不是我的音乐。我只是听到了歌的内容，歌词里写着‘崛起’，还写着‘杀戮’。

“为什么怪到我头上呢？那些歌又不是我写的。”

说说证人。“比如丹尼·德卡洛。他说我讨厌黑人，还说我们的想法很像……但实际上，我对丹尼·德卡洛或其他任何人所做的一切，都不过是在反射他们的自我。如果他说他不喜欢那个黑人，我会说：‘好吧。’于是他会再喝一杯啤酒，临走时说：‘查理和我想的一样。’”

“但实际上，他压根不知道查理是怎么想的，因为查理的想法从不外露。

“我不像你们那样思考。你们这些人太看重自己的生活了。但我的生活对任何人都无关紧要……”

那琳达·卡萨比安呢？曼森说，琳达指证他，仅仅是因为把他当父亲看待，而她从来都不喜欢她的父亲。“所以她站在证人席上说，当她看着那个垂死男人的眼睛时，她发觉这是我的错。她说这一切都是我的错，因为她无法面对死亡。但她无法面对死亡并不是我造成的。我可以面对死亡。我有的是时间。在监狱里，你和死亡同住，无时无刻不恐惧，因为那里是一个充满暴力的世界，你必须时刻保持警觉。”

至于黛安娜·莱克，曼森说她渴望关注，为此不惜惹出麻烦、造成事故。她希望有个父亲来惩罚自己。“所以，就像所有父亲那样，我用痛苦来训练她的思维，以免她烧毁农场。”

是的，曼森是家族里年轻男女们的父亲。但是作为父亲，他教给他们的，只有“不能软弱、不要依赖我”而已。保罗·沃特金斯想要一个父亲。“我告诉他，孩子，要成为一个男人，你必须站起来，做你自己的父亲。于是他去了沙漠，在保罗·克罗克特身上找到了父亲的影子。”

是的，曼森是曾用刀抵住胡安·弗林的喉咙。是的，曼森曾告诉胡安，他觉得自己应该为这些杀戮负责。“我确实感到我有些责任，我对把东西弄脏负有责任，对整件事负有责任。”

曼森没有否认自己曾叫布鲁克斯·波斯顿拿把刀，去杀了肖肖尼地区的治安官。“我不认识那个治安官。我不是说我以前没对波斯顿讲过那些话，我的意思是，如果我讲过，那么当时我可能觉得那是个好主意。”

“说实话，我不记得自己曾说过‘拿把刀，带上备用衣服，按特克斯说的去做’或者‘拿把刀，去杀了治安官’。

“事实上，看到有人杀死蛇、狗、猫或马，我会非常生气。我甚至很讨厌吃肉——可见我是多么反对杀戮……

“我对任何事情都没有负罪感，因为我从没觉得哪里是错的……我总是说：‘你爱的人让你做什么，你就做什么，我也同样遵循我所爱的人……’你们的孩子做了你们在做的事，这难道是我的错吗？”

“你们的孩子怎么办？”曼森愤怒地问，他从证人席上微微站起身来，好像要冲出去攻击法庭上的每一个人："你们说这样的孩子只有几个？"

"不，有很多，还会有更多，他们来自同一个方向。

"他们在街上乱窜，正准备向你们冲过来！"

我只有几个问题要问曼森，而且都不是我提前在笔记本上写好的。

问："你说你已经死了，是吗，查理？"

答："是你所谓的死，还是我所谓的死？"

问："你想怎么定义都行。"

答："正如所有孩子都知道的那样，死亡就是从人世消失。当你不再存在于人世时，你就死了。"

问："你死了多久了？"

曼森没有正面回答。

问："确切地说，你认为你已经死了快两千年了，对吧？"

答："布廖西先生，两千年是相对于我们生活的这一秒而言的。"

问："简单地说，104 号审判厅离耶稣受难的加略山很远，对吧？"

曼森作证说，他的愿望只有一个，就是带着孩子们回到沙漠。我提醒他"唯一能给你自由，能让你重回沙漠的，就是本案的十二名陪审员"，让他注意到虽然他已经说了一个多小时，"本案的陪审团还没有听见你说的哪怕一个词"。接着，我提出了最后一个问题："曼森先生，你愿意在公开法庭作证，当着陪审团的面，把刚才的证词再说一遍吗？"

卡纳莱克对此表示反对，奥尔德法官批准了他的反对。我的交叉询问就此结束。

令我惊讶的是，之后奥尔德法官竟问我为什么没有认真盘问曼森。我本以为原因显而易见。陪审团又不在场，所以即使我认真盘问，也不会有什么收获。如果曼森是陪审团在场时作证，那我有太多太多的问题要问他，都写满好几本笔记本了，但在内庭，我可不想给他排练的机会。

然而，当奥尔德法官问曼森现在是否愿意在陪审团前作证时，曼森答道："我已经释放完所有的压力了。"

当曼森离开证人席，从律师席边经过时，我无意中听到他对三个女孩说："你们现在不必作证了。"

最大的问题是：他说的“现在”是什么意思？我强烈怀疑曼森没有放弃，而是在等待时机。

在辩方出示完证据后，奥尔德法官宣布休庭十天，让律师们有时间准备辩词和对陪审团的指示[1]材料。

这将是罗纳德·休斯第一次参与审判，此前他从未在陪审团前辩论过，也没有参与撰写过法官在陪审团开始审议前会用到的指示材料。不过他显然非常盼望这一天的到来。他向电视台新闻播音员斯坦·阿特金森透露说，他相信自己能为莱斯莉·范霍腾争取到无罪释放。

可他甚至连尝试的机会都没有了。

11 月 30 日星期一重新开庭时，罗纳德·休斯没有出庭。

奥尔德法官问罗纳德·休斯去哪儿了，但是几个辩护律师都答不上来。菲茨杰拉德说，他最后一次和休斯说话是在上周四或周五，当时他听起来状态还不错。休斯经常周末去塞斯普温泉露营，那地方在洛杉矶西北约 210 公里处，地形崎岖。上周末那儿发生了洪水，休斯有可能是被困在那里了。

第二天，我们得知上周五休斯和十几岁的詹姆斯·福舍尔、劳伦·埃尔德一起出发，乘坐埃尔德小姐的大众汽车去了塞斯普温泉。这两人接受了询问，但没有被拘留。他们说，天刚开始下雨时，他俩就决定返回洛杉矶，但是休斯决定留在那儿，到星期天再回去。然而，当他俩正要离开时，车却陷进了泥潭，所以他们不得不丢下汽车，徒步返回了洛杉矶。

次日，也就是 28 日星期六的早晨，有另外三个年轻人看到过休斯。他们说当时休斯独自一人在高地上，离洪区很远。大家简单地聊了几句，休斯看上去既没有生病，也没有什么危险。警方对这三人进行测谎后，发现他们知道的确实只有这么多，因此就没有拘留他们。由于福舍尔和埃尔德最后一次见到休斯是在此前一天，所以显然警方没有测谎，就对他俩的说法信以为真了。

天气一直很恶劣，导致文图拉县治安官办公室在两天后才派出一架直升机，

---

1 译注：对陪审团的指示（jury instructions）是陪审团制度重要的组成部分，指法官为协助陪审团审议以保障审判的公正性，就与案件有关的法律适用问题向陪审团做出的指示。在美国，联邦法院和多数州的法院都有陪审团指示模式。

对塞斯普温泉所在地区展开搜索。而这时已经谣言四起。一种说法认为休斯故意缺席庭审，不是为了逃避法庭辩论，就是为了阻挠审判。我了解休斯，觉得他不太可能会这么做。当记者探访了休斯的住处后，我对自己的判断更加确信了。

休斯每天睡在朋友家车库里的一张床垫上。据说那里非常凌乱，甚至有记者说连自己的狗都不会睡在那种地方。但是在车库的墙上却小心翼翼地挂着休斯的律师资格证书，四周整整齐齐地镶着边框。

有很多报道称，人们在不同的地方看到过疑似休斯的男人——他在里诺市上过公交车，在圣贝纳迪诺县的高速公路上开着车，在墨西哥下加利福尼亚州的酒吧里喝过酒——但这些信息均未得到证实。12 月 2 日，奥尔德法官告诉莱斯莉，在休斯缺席期间，应当由一个协理律师为她辩护，但莱斯莉说她拒绝接受其他任何律师。

12 月 3 日，奥尔德法官在与保罗·菲茨杰拉德商议后，指定麦克斯韦尔·基斯担任莱斯莉的协理律师。

律师基斯四十多岁，性格安静、内向，衣着保守，在法庭上的举止与休斯形成了鲜明的对比。他在法律界享有很高的声誉，认识他的人都夸他工作又认真又专业，道德意识很强。从一开始大家就很清楚，他将代表他的委托人，而不是曼森。

意识到这一点后，曼森要求解除和所有辩护律师的委托关系（“他们不是我们的律师，他们不会听我们的”），这样他和女孩们就可以代表自己了。曼森还要求重新审理此案，好让他们给自己辩护。他说他们有二十一个证人等着作证。这两个请求都被拒绝了。

基斯的工作内容已经安排好了。为了准备辩词，他必须熟读 152 卷笔录，加起来有 18 000 多页。

奥尔德法官虽然允许基斯多准备一段时间，但同时又对所有律师说：“如果没有另行通知，我们就继续每天早晨 9 点见。”

很明显，奥尔德法官希望全体律师都能到场。

几天前，与我一同负责此案的史蒂文·凯无意中听到曼森对姑娘们说：“注意保罗，我觉得他正在搞什么鬼。”得到消息后，我即刻让保罗·菲茨杰拉德知道自己已经被盯上了。可千万不能再有律师失踪了。

警方对塞斯普地区先后展开了空中搜索和地面搜索，却依然没有发现休斯的踪迹。他们找到了那辆废弃的大众汽车，里面有一摞法庭记录，但休斯理应持有的其他文件，包括一份莱斯莉·范霍腾的精神鉴定机密报告，全部都不翼而飞了。

12 月 6 日，保罗·菲茨杰拉德告诉记者："我觉得休斯已经死了。"12 月 7 日，洛杉矶县治安官办公室就休斯失踪案发布全境通告，同时承认"没有其他线索的情况下，只能这么办了"。12 月 8 日，奥尔德法官前往洛杉矶大使酒店，向陪审团说明庭审延期的原因。他还告诉陪审团："看来圣诞节期间你们也得被隔离在这儿了。"对此，陪审团的反应要比预期中好得多。12 月 12 日，搜寻罗纳德·休斯的行动暂停。

流传最久的一种说法是休斯已经被曼森家族成员杀害了。当时还没有证据指向这一点，但这种推测确实有充分的理由。

休斯曾经只是曼森的跑腿小弟，但后来在审判过程中，他变得越来越独立，最终两人在是否要辩护的问题上出现了分歧——休斯强烈反对他的委托人出庭作证，为曼森开脱。此外，我还从好几个人那里得知休斯害怕曼森，其中包括保罗·菲茨杰拉德。休斯可能流露出了他的恐惧，这对于曼森而言，就像在公牛面前挥舞红旗，他人的恐惧令曼森兴奋无比。

如果休斯真的被杀了，那可能有几个原因。曼森家族这么干或许是为了吓退其他辩护律师，让曼森能在量刑庭审中为自己辩护（的确有一名辩护律师被休斯的失踪吓坏了，为了压惊，他喝得酩酊大醉，最后因为酒后驾驶被捕）。也可能是曼森想借此拖延审判，希望这件事能导致审判无效，或者为上诉时推翻审判结果创造条件。

当然这些都只是猜测。不过，一个或许与此无关的怪事倒是的的确确发生了。12 月 2 日，也就是休斯失踪前最后一次被人看到的四天之后，逃犯布鲁斯·戴维斯和南希·皮特曼（又名布伦达·麦肯）向警方自首了。这两人都是家族的核心成员。几周前，皮特曼被指控犯了伪造罪，但她没有出庭受审就消失了。而戴维斯则已经逃亡了七个多月。他涉嫌谋杀加里·欣曼和"矮子"希亚；他曾拿过“零”用来“自杀”的那把枪却没留下指纹；另外，他在信仰科学教的两名年轻学生遇害一案上也有主要嫌疑。[1]

休斯的失踪和戴维斯、皮特曼的突然自首，这两件事一前一后发生，时间上很接近，所以我总觉得在某种程度上，它们是有关联的。

12 月 18 日，即塔特–拉比安卡夫妇案重新开庭的前三天，洛杉矶县大陪审团起诉了史蒂文·格罗根（绰号克莱姆）、琳妮特·弗洛姆（绰号“尖嗓子”）、露丝·安·穆尔豪斯（绰号“乌伊施”）、凯瑟琳·谢尔（绰号“吉卜赛人”）和丹尼斯·赖斯，罪名是共同故意阻挠芭芭拉·霍伊特出庭作证。其实大陪审团还提出了包括共谋杀人罪在内的其他三项指控，但由于辩方提交了第 995 号动议而被乔特法官驳回。[2]

我们曾以为过量服用致幻剂可能会致命，我怀疑曼森家族相关成员也是这样认为的，但后来我们从医学专家那里得知，目前还没有人死于这种原因。然而，很多时候致幻剂会使服用者对周围环境产生错觉，从而间接导致死亡。比如一个人在致幻剂的作用下相信自己能飞，从高楼的窗户中跳了出去。我联想到了芭芭拉·霍伊特，她误服了大量致幻剂后，曾在檀香山市区的车流中狂奔。因为大家对致幻剂的了解都不够充分，所以曼森家族没有成功将芭芭拉灭口，倒也不能说是他们的失误。现在的结果是，尽管拉比安卡夫妇案的警探们已竭尽全力调查霍伊特案，检方掌握的证据还是很薄弱。

在候审期间，五名被告人中有四名都获准保释了。他们立即回到了司法大楼外的街角，在余下的候审时间里，他们将时不时地待在那里。往芭芭拉的汉堡里加了致幻剂的人是乌伊施，她现在怀孕快九个月了，所以乔特法官准许她保释自己。她一获释就飞快地逃离了加州。

犯了伪造罪的南希·皮特曼刑满后被释放了，然而几周后，她因在县监狱探监室里试图给曼森递一片致幻剂而再次被捕。服了三十天刑之后，她又一次获释，随即回到了守在街角的那伙人中，很快便卷入了另一起谋杀案。

1　原注：第八章将就这些案件进一步展开讨论。

2　译注：在重罪案件的预审阶段，辩方可以根据《加利福尼亚州刑法》第 995 号动议，要求预审法官以证据不足等原因驳回控方的一项或多项指控。

1970年12月21日至1971年1月25日

重新开庭的那一天，塔特–拉比安卡夫妇案的四名被告制造了一起骚乱：曼森将一个回形针掷向奥尔德法官，女孩们则控诉法官“弄死了休斯”——显然都是为了抢登当天的新闻头条而提前策划好的行动。

奥尔德法官命令把这四个人押下去。苏珊在被押送出去时从我身后经过。虽然我没有看见，但我感觉到发生了什么：她掀翻一块展板，砸在了我的后脑勺上。目睹了全过程的人说，苏珊好像是要扑向旁边那张桌子，去拿桌上的巴克刀。这一事件后，那把刀一直被放在被告够不着的地方。

随后，莱斯莉的协理律师麦克斯韦尔·基斯告诉法官，虽然他已经通过法庭笔录和其他文件熟悉了证据，但是证人作证时他不在场，无法判断证人的行为、态度和可信度，所以他根本不确定自己能否有效地履行辩护职责。基于上述理由，他提出动议，要求法官宣布本次是无效审判。

尽管这个动议很有说服力，但奥尔德法官还是拒绝了。他说，在上诉法院，每天都有未出庭的律师在为委托人辩护。

排除这些动议的干扰后，就到了陪审团听取开场辩论[1]的时间。

在加州，定罪阶段的庭审程序是，控辩双方依次进行开场辩论，最后由控方进行终结辩论。而是否有罪的决定权则掌握在陪审团手中。

如果陪审团一致认为被告有罪，则庭审进入量刑阶段。在此期间，控辩双方均进行开场辩论和终结辩论，其中辩方的结辩在后。

为了准备这次开场辩论，我前后耗费了好几百个小时。早在庭审开始前我就已经在准备了。我手写了400页左右的开场辩词，对其内容早已烂熟于心，所以基本上能够脱稿，只是偶尔才需要瞥一眼。

首先我借助图表和其他辅助工具，深入讨论了陪审团必须考虑的法律要点，如谋杀、共谋等等。法官给陪审团的指示是书面形式的正式法律声明，所用术语模糊且抽象，有时甚至连律师都难以理解。另外，法官也没有向陪审团解释

1　原注：开场辩论（opening argument）不同于庭审刚开始时的开场陈述（opening statement）。

这些法律规则如何适用于本案事实。因此在陪审团的心目中，它们如同虚无缥缈的空中楼阁，无法与任何有形的事物产生联系。在我参与的每一个案件中，我都会通过大量使用常识性的例子以及将法律用语转化为日常语言等方法，为法律规则和案件事实提供一种联结。

接下来是开场辩论的主体部分。我总结了每个证人的证词，时不时一字不差地引用他们在证人席上的原话，然后将这些证词与其他证据联系起来，从中得出结论。尽管我的开场辩论前后历时三天，但它是一个紧凑、连贯的整体，辩论结束的那一刻，我确信自己充分且清晰地呈现了曼森对家族的操控，他的犯罪动机，他如何参与本案，以及沃森、阿特金斯、科伦温克尔和范霍腾的作案过程。

这一切显然让曼森乱了阵脚。在我的开场陈述结束后，他就曾打算通过贿赂，让副治安官莫平释放他。而在我首日开场辩论的当晚，他甚至试图越狱。

洛杉矶县治安室办公室正式否认了曼森试图越狱一事，但办公室的一名副治安官告诉了我相关细节。尽管曼森本人及其牢房每天都要接受搜查，可他还是设法弄到了一根长得惊人的绳子，并在绳子末端系了一个较小的重物。监狱应该是一直处于监视之下的，但谁也不知道曼森用了什么方法，把绳子沿着他牢房前面的过道一直拉到了一扇窗户前，然后把系了重物的那一端抛了出去。绳子从十层楼高的地方垂下来，触到了地面。随后他的同伙（们）就将违禁品系在了绳子上。然而，一定是发生了什么事，导致曼森没能把绳子拉回来。第二天早上，一名副治安官经过司法大楼的拐角时，发现了这根绳子和上面系着的东西：一小瓶大麻和一把钢锯。

鉴于之前当庭闹事的三名女被告承诺会好好表现，奥尔德法官准许她们次日下午重回法庭。曼森却说他不想再回去了，要继续待在禁闭室，从那里听庭审的进展。

重新开庭后，我刚要继续开场辩论，莱斯莉便又开始闹了。苏珊和帕特丽夏也跟着胡闹起来，于是三个人又一次被勒令押出法庭。这一回苏珊是从我站着的讲台前面经过。突然间，她猛地踢了一名女副治安官的腿，然后抓起我的几页笔记，迅速撕成了两半。我伸出手去夺，忍不住低声道："你这个小贱人！"

话一出口，我就为自己的失控感到懊悔，哪怕是她挑衅在先。

次日，《长滩独立报》的头版头条标题如下：

曼森案检察官对苏珊动粗

记者玛丽·内斯文德写道："本案主要检察官咒骂并试图殴打其中一名被告，使混乱达到了高潮……布廖西扇了那女孩的手，一把抓起笔记，挥舞着冲她大喊：'你这个小贱人！'"

奥尔德法官和法庭上的其他人一样，对此事持有不同看法。在法庭记录中，他谴责关于我和苏珊打起来的说法"完全不属实。布廖西没有和任何人打斗。事实是，（她）从讲台前走过时，从讲台上一把夺走了笔记"。

我想说在整个审判期间，这种错误报道绝非个例。很不幸的是，有好几名记者的报道都错误百出，读起来让人觉得他们写的是另一场庭审，这其中包括某家通讯社的一名代表，其报道在全国各地的报纸上都能看得到。不过的确也有记者表现得相当出色，比如《洛杉矶时报》的约翰·肯德尔和《洛杉矶先驱观察报》的比尔·法尔[1]，他们经常能捕捉到连律师都没注意到的细微差别。

在这三名女被告全都被押下去后，奥尔德法官将双方律师叫到法官席旁，说他已经明白是怎么回事了。"很明显，被告这几个月在法庭上都是在相互协作。他们把法庭当作表演的舞台了，我不觉得美国的哪一个法庭会日复一日地忍受这种荒唐事……"他旋即声明，在余下的定罪庭审阶段不会再让被告重回法庭了。

我本打算在圣诞节假期法院休庭之前结束开场辩论，但辩护律师卡纳莱克不断地提出反对意见，耽误了我的进度。

在圣诞节期间仍然要被隔离，陪审团对此有何感受？从一名陪审员的做法中，我们可以略知一二：他把酒店的菜单挂起来，在上面写下了"呸，骗子"。

1　编注：即第 429 页提到的威廉·法尔。

虽然节日期间家人可以前来探亲，酒店里也专门安排了宴会，但那仍是一段痛苦的时光。谁也没有料到会离家这么久，许多陪审员担心审判结束后无法重返工作岗位。所有人，包括法官，都不敢想究竟要审判到什么时候。

每逢周末，陪审员和候补陪审员都会由四名副治安官（两男两女）陪着，去迪斯尼乐园、电影制片厂、圣迭戈动物园等地游玩，其中的很多人可能一生都没有逛过南加州这么多地方。他们还在洛杉矶各地的餐馆就餐，打保龄球，游泳，甚至连夜总会也去。在那段漫长而艰难的时间里，这些只不过是一点小小的补偿。

为了给陪审团鼓舞士气，法警们充分展现了自己的聪明才智。比如，尽管这可能是有史以来最广为人知的审判，但也有一些日子，大多数程序都是在内庭开展，所以记者们几乎没什么可报道的。这时候，法警比尔·默里常常会从报纸上剪下大段的文章，只是为了让陪审员以为他们仍然占据着新闻头条。

尽管如此，陪审团的气氛还是越发紧张起来。尤其是在年纪稍长的成员之间，由于他们各自的生活已成惯性，所以不可避免地爆发了争吵，形成了派别。一天晚上，一名喜怒无常的男陪审员打了法警安·奥尔一耳光，仅仅是因为不满意她换了公共电视的频道。法警默里和奥尔经常熬夜到凌晨四五点，倾听陪审员的各种抱怨。当定罪庭审接近尾声时，我最担心的已经不再是证据问题，而是陪审员可能会带着个人分歧走进陪审室。

但凡有一个人不同意，陪审团就无法达成审议裁决。

12 月 28 日，星期一，我完成了开场辩论，结尾时我把辩方可能会使的伎俩都告诉了陪审团，以减轻辩护律师可能会带给他们的心理影响。

“辩方可能会反驳说本案不存在共谋……他们会声称 Helter Skelter 这个犯罪动机实在荒唐可笑，令人难以置信……他们会告诉你们，曼森对披头士歌曲的解读是正常的……会辩称琳达服用致幻剂后精神已经失常，她编造这些故事是为了获得豁免权，身为共犯，她的证词没有得到任何证实……也许辩方还会说，他们未答辩是因为控方从未证明指控……他们会告诉你们，查尔斯·曼森不是个嗜杀成性的人，他连一只跳蚤都不忍心伤害。

“他们会说，查理并非曼森家族的统领，也从未下令杀人……他们会完全无视琳达证词中的直接证据，告诉你们本案只有间接证据，就好像间接证据起不到任何作用似的。

“不同证人的证词之间偶尔略有出入也是意料之中的事，但是他们会从18 000页的笔录中把这些地方挑出来，然后告诉你们，这意味着控方的证人都是骗子。”

最后，我请求陪审团各成员作为明智的个体，能从常识和理性出发，认真地审视本案的证据，从而得出公平、公正的裁决。

“根据我国以及本州的法律，这些被告有权为自己申辩。他们得到了这一权利。

“他们也有权由公平的陪审团做出公正的审判。这个他们也得到了。

“这就是他们有权得到的一切！

“鉴于他们残忍杀害了七人，加州人民有权得到对他们的有罪判决。”

轮到保罗·菲茨杰拉德为帕特丽夏·科伦温克尔作开场辩论时，他说：“如果我方开始反驳控方的每一个证人，那我方可以一直站在这里，反驳到1974年。”他不加思考地强调控方证人数量庞大，以及辩方没办法对其一一进行辩驳。

然而，菲茨杰拉德的辩论相当令人失望。他不仅跳过了很多值得辩驳的地方，还在陈述证据时一再出错。他说西布林是被吊死的，所有受害者都是被刺身亡的，守夜的提姆·爱尔兰老师听到过帕伦特的尖叫。他称莎伦为“玛丽·波兰斯基”。按照他的说法，凶手是从卧室窗户进入了塔特家。此外，他搞不清弗雷科夫斯基究竟身中多少刀，被打了多少下，还表示琳达的证词里说一共有五把刀，而不是三把。塔特案案发后第二天晚上开车的是曼森，但他说是琳达。照他的话说，在斯潘农场突袭行动中，一个当时根本不在场的副治安官逮捕了曼森。凡此种种，不胜枚举。

菲茨杰拉德说，控方一味强调“谋杀、谋杀、谋杀”，“实际上，你们必须裁决这是不是谋杀”。他紧接着表示，陪审团应该裁决的第一件事是“如果有犯罪行为，应当如何定性”。

“现在我想到，用.22口径手枪杀人明显是一种低效的方式……

“很显然，把人吊死实在是太荒唐了……”

“设想一下，假如你是犯罪行动的主谋，就像控方所言，你对那些奴仆的身心有绝对的操控力，那么你会把女人当成男人一样，派她们出去杀人吗？女士们、先生们，女性是生命的赋予者。她们做爱、怀孕、生子，是生命的赋予者，而非索取者。女性向来反对暴力……”

在菲茨杰拉德的辩词中，只有很少的内容涉及控方针对其委托人科伦温克尔的举证，而且称不上是一种反驳。

他说：“（在塔特家发现的）指纹是否是帕特丽夏·科伦温克尔的，目前还存在疑问。”并表示，即便假设它是，那么“帕特丽夏·科伦温克尔作为受邀客人或某个朋友出现在那所房子里，也是完全合情合理的”。

某个朋友！

菲茨杰拉德说，至于科伦温克尔对黛安娜·莱克的所谓的招供——她说自己曾经把阿比盖尔·福尔杰从卧室拖到了客厅，这根本不是招供，因为她并没有提到时间和地点。此事也可能发生于 1967 年的旧金山。

不过，为了破坏琳达·卡萨比安的可信度，菲茨杰拉德确实花了大量时间。我在辩论中曾这样说过：“女士们、先生们，琳达·卡萨比安已经在证人席上待了十八天，不论对哪个案件、哪个证人而言，这都是非常漫长的作证时间。我想你们会同意我的观点，那就是在这十八天里，琳达·卡萨比安是与真相为伴的。”菲茨杰拉德反驳了我的这番话，只可惜他在琳达的证词中找不出任何矛盾之处。

实际上，他的大部分辩词都是在为查尔斯·曼森辩护。他指出，所有关于曼森哲学的证词都表明“他属于某一类右翼嬉皮士”。曼森，曼森，又是曼森！

最后，菲茨杰拉德以一段激情洋溢的抗辩结束了他的辩论——不是为他的委托人帕特丽夏·科伦温克尔抗辩，而是为查尔斯·曼森。他得出的结论是，对曼森的指控证据不足。

他从来没说过对帕特丽夏·科伦温克尔的指控证据不足，一次也没有。

他甚至都没请求陪审团对他的委托人做出无罪裁决！

苏珊·阿特金斯的辩护律师戴伊·希恩则早已准备好一张表格，上面列出了所有指证过苏珊的证人。他说他将一一反驳。

“这份名单上的第一个人是琳达·卡萨比安，我相信菲茨杰拉德先生已经充分陈述了卡萨比安女士的证词。”

然后他大概提了一下丹尼·德卡洛、龙妮·霍华德、弗吉妮娅·格雷厄姆和罗丝安妮·沃克的犯罪记录。

关于丹尼·德卡洛，他说："你们想让他做女婿吗？你们想让自己的女儿遇见他吗？"

关于弗吉妮娅·格雷厄姆："你们想邀请她来家里过圣诞节吗？你们可得提前把银器藏好了。"

"布廖西先生在笑。看来至少我没有让他睡着。"

希恩的辩词总共只写了38页。

接下来是欧文·卡纳莱克，他的辩词有1182页。

卡纳莱克几乎忽略了我对曼森的指控。他侧重进攻而非防守，反复强调这两个名字：特克斯，琳达。在斯潘农场，琳达第一次是和谁上的床？她为谁偷了5000美元？陪谁去了塔特家？答案都是查尔斯·沃森，也就是特克斯。所以对这些谋杀最合理的解释其实再简单不过："出于一个女孩对一个男孩的爱。"

卡纳莱克把委托人曼森描述成一个平和的人，说如果一定要说他有罪，那么他唯一的罪过，就是弘扬和实践了爱。"现在，提出这些指控的人想以查尔斯·曼森道德败坏、违背教义等为由给他定罪，我认为这些理由只是与曼森的生活方式有关。"

在我看来，卡纳莱克的许多陈述都荒谬至极，令人无可置评，尽管如此，我还是做了大量笔记，因为他毕竟提出了几点质疑，如果我不反驳的话，等陪审团开始审议时，这些质疑可能会变成大问题。

比如卡纳莱克反问道，如果是为了在黑人和白人之间引发种族战争，那为什么在第二天晚上之后，杀戮就停止了呢？怎么没有第三个、第四个晚上？为什么控方没有把演员萨拉丁·纳德、海滩附近的那名警察以及琳达声称救过的那个人都带到这里来？……难道在马桶水箱里发现了一个钱包，就能证明曼森先生企图发动种族战争吗？……如果特克斯曾把帕伦特的车推到了车道上，为什么车身上没有发现他的指纹？

卡纳莱克好几次把这次审判称为"马戏表演"，奥尔德法官对此反应强烈。此外，当卡纳莱克指责控方隐瞒证据时，奥尔德法官没等我提醒就做出了回应，他说："在本案中，没有证据表明任何人对任何事有所隐瞒。"

在卡纳莱克的第二天辩论快结束时，奥尔德法官告诉他，陪审团都快听睡着了。"我现在不是想告诉你应当如何辩论，"奥尔德法官在法庭会议上说，"但我要提醒你，你过度延长辩论时间，可能不会给你的委托人带来太大好处……"

然而他的辩论又延续到了第三天，然后是第四天。

到了第五天，陪审团给法警传了一张字条，上面写着他们的要求：请给我们来点醒脑的咖啡因药片，让卡纳莱克先生吃些安眠药吧。

第六天，奥尔德法官警告卡纳莱克："你正在滥用你的辩论权，就像你在本案中几乎滥用了你所有其他权利一样……卡纳莱克先生，有一点请你注意，你已经不是在辩论了……已经到了阻挠庭审的地步。"

次日，卡纳莱克又说了整整一天，最后用一句声明结束了他的辩论："查尔斯·曼森没有犯任何罪。"

在卡纳莱克辩论的过程中，禁闭室的曼森好几次忍不住打断他的发言，远远地评论几句。有一回，曼森直接大声喊道："你为什么不坐下呢？你这是要把事情搞得更糟。"

有一天中午的休庭时间，曼森要求见我。之前他好几次说要见我，我都拒绝了，我说如果他出庭作证，那我会和他谈谈。但这一次，我决定见见他，看他到底想要什么。

我很庆幸自己这么做了，因为这是我们之间最有价值的对话之一——曼森确切地告诉了我他是如何看待三名女性共同被告的。

曼森想要澄清对他形象的一些曲解。其中一个是菲茨杰拉德称他为"右翼嬉皮士"。我个人认为这个说法有些道理，但曼森很不赞同。他说他从不觉得自己是个嬉皮士。"嬉皮士不喜欢现有的体制，所以他们选择避退，然后建立自己的体制。他们并不比别人好到哪里去。"

此外，他也不想让我觉得苏珊、帕特丽夏和莱斯莉就是他最想要的货色。"我睡过的女孩里可不缺能把这三个人比下去的。"他说。

出于某种原因，曼森觉得让我相信这一点对他而言非常重要，所以他再次强调，并且补充说："我这人非常自私。我才不管这些女孩。我只关心我自己。”

“你告诉过她们这些吗，查理？”我问。

“当然。你可以问她们。”

“那她们为什么还要为你做这些事？为什么还愿意追随你到任何地方去——哪怕是圣昆廷监狱的毒气室？”

“因为我会告诉她们真相，”曼森回答说，“其他男人会骗她们说‘我爱你，只爱你’之类的，统统都是胡扯。我待她们很真诚。我告诉她们我是世界上最自私的人。我也的确是。”

我提醒他，他总是说愿意为自己的兄弟而死，这难道不矛盾吗？

“不矛盾，因为那也是出于自私，”他回答说，“如果我不愿为我的兄弟而死，他们就不会为我而死。”

我强烈地感觉到曼森是想和我势均力敌。他在暗示我，苏珊、帕特丽夏和莱斯莉愿意为了他杀人，献出生命也在所不惜，而他本人却对她们漠不关心。

尽管莱斯莉的协理律师麦克斯韦尔·基斯没有出席证人作证环节，但在为自己的委托人辩护方面，他是四名辩护律师中表现最好的。他还做了一件其他辩护律师始终不敢做的事情，那就是把帽子戴在查尔斯·曼森的头上，尽管采用了迂回战术。

“本案笔录一次又一次向我们证明，农场里的所有女孩都相信曼森是上帝，她们真的相信。

“笔录显示，女孩们完全服从曼森的命令，不经任何思考和质疑。”

“如果你们相信控方的说法，认为沃森先生和这些女被告都是曼森先生的延伸，是他备用的手和脚，如果你们相信他们是没有意识的机器人，那他们就不可能犯故意谋杀罪。”基斯争辩说，犯一级谋杀罪的人，一定是心生恶念在先，提前谋划好的。“而这些姑娘和沃森先生根本没有提前谋划的思维能力……他们的思维完全被另一个人操控着。”

至于莱斯莉本人，基斯反驳说，即便控方列举的这些事她确有做过，那仍然没有构成犯罪。

“即使诸位愿意相信黛安娜·莱克，其证词最多也只能说明莱斯莉曾在现场。

“最多说明在一系列谋杀发生后，她做了一些不好的事情。

“最多说明在谋杀发生后，她抹去了一些指纹，但这并没有构成共犯。

“虽然你们可能会觉得在死者身上捅刀子是非常恶心的行为，但世界上的确没有人会因此被判谋杀罪或共谋杀人罪。我很确信侮辱尸体在加州属于犯罪，但莱斯莉受到的并不是这一项指控。”

基斯总结说，陪审团必须基于证据对本案做出裁决。“女士们、先生们，我告诉你们，基于证据，你们必须宣判莱斯莉·范霍腾无罪。”

1月13日，我开始进行终结辩论（最后辩论）。

在我看来，终结辩论通常是审判中最重要的部分，因为它是双方向陪审团做出的最后论证。同样地，这一次我也花了几百个小时准备。首先，我对辩方的论点逐个击破，希望以这种方式解决所有遗留的问题或困惑，否则等到终结辩论进入尾声，当我竭尽全力总结我方要点，强化论证力度时，它们有可能会分散陪审团的注意力。

我将每一位辩护律师在法律条文或证词方面的错误都依次列举出来。菲茨杰拉德一共犯了二十四处错误。他说曼森如果下令杀人，会派男人去，而不是女人。对此我问道：“菲茨杰拉德先生是在暗示凯蒂、萨迪和莱斯莉无法胜任这项任务吗？是对她们的杰作不满意吗？”菲茨杰拉德还争辩说，也许琳达是在那些沾血的衣服被发现的前几天把它们放在那里的。于是我提醒陪审团，琳达是12月2日被送回加州关押起来的，那些衣服则发现于12月15日。“显然，菲茨杰拉德先生是想让你们相信，在12月2日到15日之间的某个晚上，琳达偷偷溜出了西比尔布兰德拘留所的牢房，收拾出一些衣服来，弄些人血在上面，然后搭便车到了贝内迪克特峡谷路，把衣服扔到山下后又搭便车回到拘留所，溜回了自己的牢房。”

菲茨杰拉德把本案的间接证据比作一根链条，说只要少一个环，链条就会断开。相反，我把它比作一根粗绳，其中的每一股细绳都是一个事实，“随着我们不断地增加细绳，整根粗绳会越发强劲有力，直到能把这些被告绳之以法”。

希恩的发言很短，几乎没有什么值得反驳的点。卡纳莱克则不然，他的辩论漏洞百出，所以我开始逐一反驳。举几个例子：

卡纳莱克问为什么控方不让被告试穿那七件衣服，看看是否合身。而我则反过来问，既然辩方觉得那些衣服不是被告的，为什么没有向陪审团证明这一点。

至于帕伦特的车身上没有沃森的指纹，我提醒他们，科学调查司的指纹专家哈罗德·多兰曾作证说，在70%的情况下，洛杉矶警察局在案发现场都找不到清晰可辨的指纹。我还指出，沃森的手移动时很有可能破坏了那些指纹。

如果遇到无法回答的问题，我会很坦率地承认，然后通常会提供几种可能性，至少也是一种。比如，案发现场的那副眼镜是谁的？说实话我方也不知道。但根据苏珊对罗丝安妮·沃克说的那番话，可以判断那不是凶手的。为什么在塔特家椅子上发现的那把巴克刀上没有血迹？卡纳莱克的这个质疑提得很好，我方没有答案。但是我们可以这样推测，苏珊在刺伤沃伊特克和莎伦之前把刀弄丢了，可能是在她绑沃伊特克的过程中丢的，后来她从帕特丽夏或沃森那里要来了另一把刀。"比她用了哪一把刀更为重要的是，她向弗吉妮娅·格雷厄姆和龙妮·霍华德承认自己曾用刀把这两名受害者都捅死了。"

我对陪审团说，欧文·卡纳莱克的辩论长达七天，全部要点就是控方诬陷了他的委托人查尔斯·曼森。

"换句话说，女士们、先生们，"我继续道，"有七人惨遭杀害，于是警察和地方检察官聚到一起说：'这两起谋杀案总得有人负责，咱们起诉个嬉皮士吧，生活方式很讨人厌的那种，随便哪一个都成。'然后我们就随意挑中了可怜的查尔斯·曼森。"

"查尔斯·曼森在本案中被起诉，并非因为他是一个留着长发、和年轻女孩做爱的流浪汉，一个恶毒的持不同政见者。

"而是因为他是个如魔鬼般凶狠邪恶的杀人犯，他发出杀人的命令，致使七个人告别人世。这才是他接受审判的原因。"

卡纳莱克在辩论中声称控方应对审判时间过长负责，我对此也进行了猛烈的反击。陪审员们已经错过了在家过圣诞节和新年的机会，我不希望他们在进入陪审室时，因为这一点而对控方心怀怨恨。

"欧文·卡纳莱克，冗长辩论的缔造者和指挥者，现在竟然谴责是控方让庭审拖了六个多月。诸位是最好的见证人。你们都看到了，我方对传唤的每一个证人都是以简单扼要的方式进行直接询问。让他们日复一日站在证人席上的是辩方的交叉询问，而非我方的直接询问。”

至于麦克斯韦尔·基斯，我说，他“为他的委托人莱斯莉·范霍腾竭尽所能了”。他的确尽了最大努力，但不幸的是，他既没有事实依据，也没有法律依据。如果你们仔细想想基斯的论点，就会发现，他从来没有真正质疑过琳达·卡萨比安和黛安娜·莱克证词的真实性。所以他的立场基本上就是，即使琳达和黛安娜关于莱斯莉的证词均属实，莱斯莉仍然没有犯任何罪。

“我不知道基斯是否承认她至少犯有非法侵入他人住宅罪？”

基斯说：“我承认。”

他的回答令我大吃一惊。他实际上是在承认莱斯莉曾经出现在拉比安卡夫妇的住宅里。

我告诉陪审团，即便在被莱斯莉用刀刺之前，罗斯玛丽·拉比安卡已经身亡，莱斯莉仍然犯了一级谋杀罪，既是同谋，也是共犯。如果一个人在犯罪现场对他人犯罪提供精神支持，即构成帮助和教唆。但莱斯莉做的远远不止这些，她还有用刀刺他人、擦除指纹等犯罪行为。

另外，我们只是听莱斯莉说，她用刀捅罗斯玛丽的时候，罗斯玛丽已经死了。“然而在罗斯玛丽的 41 处刀伤中，只有 13 处是死后留下的。那另外 28 处呢？”

是的，沃森、苏珊、帕特丽夏和莱斯莉是机器人，是僵尸，这些都毫无疑问，但只是在对曼森唯命是从、卑躬屈膝这一层面上而言。“并不意味着他们不想做查尔斯·曼森命令他们做的事，不意味着他们没有参与这些谋杀的意愿。恰恰相反，所有证据都指向了相反的方向。没有任何证据表明关于那两晚的可怕谋杀，有哪名被告是反对查尔斯·曼森的。”

“只有来自威尼斯区的琳达·卡萨比安说：‘查理，我不是你。我不能杀人。’”

而其他几个人在看到电视上关于塔特谋杀案的报道时，不仅没有抱怨什么，反而哈哈大笑起来；莱斯莉告诉黛安娜，捅人很好玩，她越捅越高兴；而苏珊对弗吉妮娅和龙妮说，那感觉比高潮还爽。

“本案的三名女被告服从了查尔斯·曼森的命令，做了他要求她们做的事情，但这一事实并不能提供任何庇护，使她们免于被判处一级谋杀罪。否则，雇佣杀手或黑手党枪手在谋杀他人后将自带一个辩护理由。他们只需要说：

‘哦，我只是在照老板吩咐的做。’”

基斯先生还“暗示沃森和那三个女孩患有某种精神障碍，从而不具备深思熟虑和提前谋划的能力，甚至无法事先心生恶念”。我告诉陪审团，这一说法的问题在于，辩方从未就被告的精神障碍或能力丧失进行过任何举证；我提醒道，相反，在菲茨杰拉德的陈述中，这些女孩“聪明、感性、敏锐、受过良好的教育”，而且证据表明“几名被告对这两晚上的谋杀考虑得明明白白”。

提前剪断电话线、安排琳达听动静、用水管冲洗身上的血迹、处理掉衣服和凶器、事后拭去指纹——“他们的行动清晰而明确地表明，在那两个晚上，他们非常清楚自己在做什么，他们意图杀人，也的确杀了人，并且竭尽所能地使用了反侦查手段。”

“女士们、先生们，他们并非遭受了智力逐渐丧失的痛苦。实际上，逐渐丧失的是他们的良心，他们的灵魂。”

卡纳莱克还在继续玩老把戏，他不断提出无关紧要的反对意见，一次次打断我的辩论。即便又一次因为藐视法庭被罚款100美元，他仍然一再故技重施。奥尔德法官只好把律师们召到法官席旁，并表示：“现在我可以这么说，很遗憾，在本案的审判过程中，卡纳莱克先生似乎无所顾忌，毫无道德感和职业精神可言，我希望法庭记录能清楚地反映这一点。”

卡纳莱克：“我可以宣誓吗？”

法官：“卡纳莱克先生，就算你宣誓，我也不会相信你。”

我对辩方的反驳到此为止，接下来的整整一个下午，我都在回顾琳达·卡萨比安的目击者证词。在奥尔德法官即将给陪审团的指示中，有一条与共犯的证词有关。菲茨杰拉德和卡纳莱克都朗读过这条指示的开头：“对于共犯的证词，应当持怀疑态度。”然而他们都没有再往下读了。于是我把余下部分读给了陪审团听：“但这并不意味着陪审员可以任意无视共犯证词，你们应当基于案件的所有证据，对其进行认真而谨慎的审查，并据此给予应有的重视。”

然后，我拿出了一些独立证据，即独立于琳达证词之外的其他证人的证词，并展示它们是如何证实或支撑了琳达的证词。琳达作证说，沃森向帕伦特开了四枪。诺古基医生证实帕伦特是中了四枪。琳达说帕伦特倒向了副驾驶位一侧。

警方拍摄的照片也显示，帕伦特的尸体倒向副驾驶位一侧。琳达指出，沃森横着划破了塔特家的纱窗。警官惠森亨特则作证说，塔特家的纱窗被横着划破了。仅就塔特案这一个案子，我就呈出了45个独立证据，它们都证实了琳达的证词。

我总结道："女士们、先生们，看到指纹、枪支、供词以及其他所有证据，连全世界最极端的怀疑论者都会相信琳达·卡萨比安说的是实话。"

接下来我开始针对每一个被告依次列举证据，从女孩们开始，到曼森本人结束。我特意强调，庭审记录中有238处内容都表明曼森支配着其共同被告，乃至整个家族的日常生活。在那两晚上的谋杀中，他一定也是指挥者，这一点毫无疑问。

我回想起在过去漫长的几个月里，要证明曼森对家族的绝对支配权，想举出几个例子都困难重重。

在庭审期间，关于Helter Skelter的证据零零散散，是从很多证人的口中一条条得来的。现在这些信息碎片被我组装起来，变成了威力无穷的炸弹。我有力地论证了本案一系列谋杀的动机是Helter Skelter，而这个动机只属于查尔斯·曼森一个人。我指出，当人们发现"Helter Skelter"这两个血字时，几乎等同于在现场发现了曼森的指纹。

到这里，我方的终结辩论即将结束，再过几个小时陪审团就要开始审议了。我以强有力的方式为这场辩论画上了句号。

"女士们、先生们，查尔斯·曼森曾宣称拥有赋予生命的力量。而在塔特-拉比安卡夫妇案发生的那两个夜晚，他理所当然地认为自己也有夺取他人性命的权利。

"他从来没有过这个权利，但是却夺取了别人的生命。

"在1969年8月8日那个炎热的夏夜，查尔斯·曼森，这个魔鬼般的对完全献身于他的那些人进行了疯狂洗脑的精神首领，从斯潘农场的地狱之火中释放了三个冷酷而嗜血的杀人机器，但他倒霉就倒霉在还释放了一个人类——嬉皮士女孩琳达·卡萨比安。

"这些遇害者的照片证明了沃森、阿特金斯和科伦温克尔是何等出色地执行了主人查尔斯·曼森布置的谋杀任务……

"这极有可能是犯罪史上最惨无人道、最野蛮残暴、最惊悚恐怖的屠杀。

那些无助的、毫无防备的受害者拼命地哀求，他们的尖叫和哭号让暗夜为之震颤，鲜血从他们的体内喷涌而出，汩汩成河。

“我相信如果可以的话，沃森、阿特金斯和科伦温克尔一定会兴奋地在这条血河里游来游去，脸上洋溢着极度的狂喜。实际上，苏珊·阿特金斯的的确确尝过莎伦·塔特的血……

“就在第二天晚上，莱斯莉·范霍腾加入了谋杀的行列。为了满足查尔斯·曼森疯狂成瘾的杀人欲望，可怜的莱诺·拉比安卡和罗斯玛丽·拉比安卡被残忍地杀害……

“我方现已就指控提供了海量的证据，其中绝大多数是科学证据，它们都确凿无疑地证明了这些被告就是本案的凶手。

“我方唯一的义务是在排除合理怀疑的基础上证明被告有罪，而根据证人的证词，不仅合理怀疑被一一排除，而且被告的犯罪事实已确凿无疑……

“女士们、先生们，控方已经收集并提交了证据，证人也已在证人席上宣誓、作证了，我们都完成了各自的任务。现在正义之链的最后一环，是你们。”

“我恭敬地请求你们在慎重思考后，带着以下裁决重返法庭。”接下来我把公诉方期望得到的裁决全文朗读了一遍。

然后就是这场辩论的结束语了，报纸上称之为“亡者名单”。我每念完一个人名就稍微停顿一下，好让陪审员们回忆起这个人。

“陪审团的女士们、先生们，”我平静的声音响起，“莎伦·塔特……阿比盖尔·福尔杰……沃伊特克·弗雷科夫斯基……杰伊·西布林……史蒂文·帕伦特……莱诺·拉比安卡……罗斯玛丽·拉比安卡……这些人此刻不在法庭上，没能和我们在一起，但是他们的亡灵正在坟墓中呼唤正义。只有你们带着有罪判决重回法庭，正义才能真正得以伸张。”

说完这些，我收拾好笔记，感谢陪审团在整个庭审过程中的耐心和专注。我说，这是一场非常、非常漫长的庭审，对他们的私人生活造成了极大负担。“你们是一个模范陪审团。这场庭审的原告是加利福尼亚州的全体人民。我相信你们绝不会令他们失望。”

中午休庭后，奥尔德法官对陪审团做出了指示。1971年1月15日，星期五，下午3点20分，也就是开庭整整七个月之后，陪审团的审议终于开始了。

陪审团在周六审议了一整天，周日休息。周一他们提出了两项要求：一个是给他们一台留声机，用来播放披头士乐队的“白色专辑”，这张专辑在举证环节引起了诸多讨论，但并没有在法庭上播放过；二是允许他们看看塔特和拉比安卡夫妇的住宅。

在与律师进行了长时间的会谈后，奥尔德法官同意给陪审团留声机，但是拒绝了他们的第二个要求。奥尔德法官承认，没有看到这两处死亡现场，大家自然非常好奇，他本人也不例外。但他认为，这样的查访过后，就需要再一次召回证人、交叉询问等等，相当于重开此案。

周二，陪审团要求重听苏珊·阿特金斯写给前狱友的信，并且得到了法庭的准许。在这个如此重大、复杂的案件中，除了这封信之外，陪审团再也没有要求重听任何证词。我推测是因为在整个审判过程中，每一名陪审员都做了大量笔记。

周三、周四和周五，陪审团那边没有传出进一步的消息。早在周末到来前《纽约时报》就报道说，陪审团已经审议了太久，似乎是陷入了僵局。

而我并没有为此感到烦恼。我早前已经告诉过媒体，我没有指望陪审团四五天就能回来，哪怕他们离开一周半，我都不会惊讶。

我也不担心我方是否证明了指控。

真正使我忧虑的，是人性。

十二名陪审员的背景完全不同，却被长期隔离在一起，时间之久史无前例。我为此忧心忡忡。一名陪审员透露说打算将这段经历写成一本书，听到这个消息，有些陪审员开始为自己在书中的形象感到担忧。这名陪审员还想当选陪审团团长，结果却连候选人都没能入围，他为此恼羞成怒，有一两天都没和其他人一起用餐。[1] 他或者其他陪审员会因为个人恩怨而无法达成一致裁决吗？我不知道。

图比克和罗斯兰各自的女儿都与苏珊、帕特丽夏和莱斯莉年龄相仿。这会影响他们的决定吗？如果会，将以何种方式影响？这些我也无从预料。

---

1 原注：在竞选陪审团团长的过程中，前副治安官阿尔瓦·道森和入殓师赫尔曼·图比克打成了平手。最后图比克通过掷硬币的方式成功当选。此人是一名虔诚的宗教人士，每天都以无声的祈祷开始和结束陪审团的审议工作。在漫长的隔离期里，图比克起到了稳定局面的作用。

据传，最年轻的陪审员小威廉·麦克布莱德对被告莱斯莉·范霍腾有点倾心，主要是因为有人看到了他们在法庭上的目光交流。这只是个毫无根据的传言，但是由于陪审团那边迟迟没有消息，在漫长的等待中，记者们开始押注麦克布莱德是否会投莱斯莉二级谋杀罪，或者甚至是无罪释放。

我一接手这个案子就开始竭力搜集查尔斯·曼森的背景资料，得到的信息和我方大多数证据一样都很零散。直到我方将案件提交陪审团审议后，我才收到曼森在华盛顿特区全美少年教养所七个月生活的相关记录。其中绝大多数信息我都已经很熟悉了，只有一个例外令人颇为震惊。如果记录属实，那很可能就是这粒种子，在仇恨、恐惧和爱的滋养下开花结果，致使曼森对黑人与白人的种族革命怀有了畸形而怪诞的痴迷和狂想。

1951 年 3 月，十六岁的曼森被送往华盛顿特区全美少年教养所。在对曼森进行问询后，工作人员为他起草了一份收管记录，其中有一部分是关于他的家庭背景，前两句为：“父亲，不详。据传为斯科特，有色人种，厨师。曼森之母在孕期曾与其发生不正当关系。”

曼森的父亲是黑人吗？我通读了记录，发现还有两处类似的陈述，但没有找到其他细节。

针对这部分关于曼森家庭背景的记录，我们可以做出几种解释。一种可能是，它们均不属实，只是一些形式主义的信息填充，或许曼森自己根本不知情。另一种可能是，曼森在接受问询时撒谎了，尽管我暂时还想不到在一个教养所里，他撒谎能得到什么好处。当然，这些信息也有可能就是真的。

此外还有一种解释，在某种意义上，它甚至比信息的真假更为重要。年轻的查尔斯·曼森相信这是真的吗？曼森认为，在种族革命中，黑人将战胜白人，但最终会把权力的缰绳交给他本人。如果曼森相信他父亲是黑人，那么他这种怪诞的革命想法究竟从何而来，或许就可以解释清楚了。

我只知道有一点是肯定的：即便早些得到这份记录，我也不会拿它作证据。它太具有煽动性了。然而我还是决定，如果有机会的话，我要找曼森本人问问这件事。

1 月 25 日，星期一，我因患流感卧病在床。上午 10 点 15 分，法庭书记员吉恩·达罗打电话给我说："我就开门见山吧，陪审团已经做出裁决，奥尔德法官希望全体律师即刻赶往他的办公室，越快越好。"

自从陪审团离开后，司法大楼一直如堡垒般戒备森严。1月25日当天，法院发布了一道秘密指令，开头是："根据情报，可能有人试图在所谓的'审判日'破坏诉讼程序，故本院拟加强安保工作……"接下来是长达27页的详细指令。整栋司法大楼都被封锁了，所有进入者无论出于何种原因前来，都必须接受人身和个人物品检查。我现在配有三个保镖，奥尔德法官也差不多。

至于为何采取如此严密的安保措施，原因一直没有公开。洛杉矶县治安官办公室从一个与曼森家族关系密切的人那里听到了一些传闻，说曼森的一名追随者在彭德尔顿海军陆战队基地工作时偷了一箱手榴弹。为了营救曼森，"审判日"当天，这些手榴弹会被偷运到法庭引爆。

曼森家族所谓的"审判日"究竟有何深意，我们也一无所知，但现在我们的确知道传闻至少有一部分是真的。曼森家族的一名成员确实曾在彭德尔顿的军火库工作，他辞职后，军火库的一箱手榴弹就不见了。

当天上午还不到11点15分，所有律师就都到了法官办公室。奥尔德法官说在把陪审团带上庭之前，他想和我们谈谈量刑庭审。

加州的庭审分为两个阶段。我们刚刚完成的是第一阶段，叫作定罪庭审。如果被告中有人被判有罪，随后将进行量刑庭审，由同一陪审团决定对该罪行的量刑。在本案中，我方要求判处所有被告一级谋杀罪。如果陪审团做出了这样的裁决，那么只有两种可能的量刑：无期徒刑或死刑。

在大多数情况下，量刑庭审都会很快结束。

奥尔德法官与律师协商后决定，如果有被告被判有罪，法庭将在三天内开始量刑庭审。他还告知我们，他决定封锁法庭，等陪审团宣读完裁决书，全体陪审员投完票之后，才会解除封锁。届时陪审团和被告先行离开，然后是媒体工作人员，接下来是旁听观众。

最先被带进法庭的是三名女被告。在庭审期间她们通常衣着鲜艳，但这一回显然是没有时间换衣服，都穿着色彩单调的囚服。然而她们看起来精神抖擞，一路咯咯地笑着，间或耳语几句。曼森进入法庭时，冲她们眨了眨眼，她们也都朝曼森眨了眨眼。曼森身穿一件白衬衫，系着蓝围巾，新刮了整齐的山羊胡。

看来他为了迎接“审判日”特意换了个新打扮。

陪审员们排成一列进入陪审席，坐在了指定座位上，这个动作他们已经重复了好几百次，唯有这一次不同以往，因为旁听观众探寻的目光都落在了他们脸上，希望能找到什么线索。在所有关于法庭的传言中，最常见的一种或许是：如果陪审团达成的是有罪裁决，他们就不会看向被告。然而实际情况往往并非如此。当曼森盯着陪审团看的时候，没有哪个陪审员会盯着曼森，但他们也不会马上移开视线。你真正能从他们脸上看出的仅仅是一种疲惫的紧张感。

法官：“所有陪审员和候补陪审员已经就位。除了休斯先生之外，全体律师也已到齐。被告均已到庭。图比克先生，请问陪审团做出裁决了吗？”

图比克：“是的，法官大人，我们已经做出了裁决。”

法官：“请把裁决书递给法警好吗？”

陪审团团长图比克把裁决书递给了比尔·默里，默里又传给了奥尔德法官。奥尔德法官一言不发地浏览着裁决书，苏珊、莱斯莉和帕特丽夏也都陷入沉默，曼森紧张地用手捋着他的山羊胡。

法官：“现在请书记员宣读裁决书。”

书记员：“加利福尼亚州高等法院，于洛杉矶县，为了洛杉矶县，加利福尼亚州人民诉查尔斯·曼森、帕特丽夏·科伦温克尔、苏珊·阿特金斯及莱斯莉·范霍腾。案号：A-253，156。地点：104 号审判厅。”

裁决书中针对四名被告的裁决共计二十七条，书记员达罗在宣读第一条之前停顿了一会儿，每个人都定定地坐着等他读下去，似乎等了好几分钟，但实际上也许只有几秒钟而已。

“在上述诉讼中，陪审团裁定被告查尔斯·曼森谋杀阿比盖尔·福杰尔，违反《加利福尼亚州刑法》第 187 条，属重罪，根据大陪审团起诉书第一项指控，进一步裁定其犯有一级谋杀罪。”

我瞥了一眼曼森，注意到他虽然面无表情，但双手却在颤抖。女孩们则不动声色。

陪审团在九天时间里一共审议了 42 小时零 40 分钟，对于如此漫长而复杂的庭审而言，这样的审议时长已经很短了。而宣读裁决书只用了 38 分钟。

查尔斯·曼森、帕特丽夏·科伦温克尔和苏珊·阿特金斯均被裁定犯有一项共谋杀人罪和七项一级谋杀罪。这一裁决满足了控方的要求。

控方对莱斯莉·范霍腾的定罪要求也同样得到了满足：她被裁定犯有一项共谋杀人罪和两项一级谋杀罪。

我后来了解到，虽然麦克布莱德曾建议对莱斯莉·范霍腾做出从轻裁决，但在随后的陪审员投票环节中，该建议只得到了一张赞成票，最终陪审团一致通过了对莱斯莉·范霍腾的现有裁决。

在陪审员投票时，莱斯莉转向帕特丽夏说："瞧瞧这些陪审员，难道他们看起来不伤心吗？"莱斯莉说得对，陪审员的确感到伤心。这对他们来说显然是一个艰难而痛苦的抉择。

之后当陪审团离开法庭时，曼森突然对奥尔德法官大声嚷道："还是不让我们辩护吗？你活不了多久了，老头儿！"

卡纳莱克似乎对这个裁决结果无动于衷，这让我觉得很奇怪。尽管菲茨杰拉德曾告诉媒体，"我们从一开始就做了最坏的打算"，但他现在显然大为震动。等出了法庭，他对记者说："当申请更改审判地点的动议被驳回时，我们就觉得已经输了这场官司。本案的陪审团充满敌意。被告们遭遇的情况和克利夫兰市的山姆·谢帕德案一样。"菲茨杰拉德还说，假如庭审地点不是洛杉矶，他相信辩方律师能让所有被告无罪释放。

"这些话我可一点都不信，"我对媒体说，"不过是辩方在哭诉罢了。陪审团非常公平、公正，其裁决的依据有且仅有证人的证词。"

"是的，"我回应了人们最关心的问题，"我们会尽力让四名被告都被判处死刑。"

那些守在司法大楼外街角处的曼森家族女孩是从广播中第一次听到了审判结果。她们同样表现出了异乎寻常的镇静。布伦达告诉记者："革命很快就会到来。"桑迪则说："下一个就轮到你们了，你们所有人。"这些都是曼森几个月前在法庭上说过的话，从那以后她们就一直在说。她们没有眼泪，也没有外露的情感，就好像真的毫不在意审判结果。但我知道她们肯定是在做戏。

之后我看到了她们的电视采访，当时我猜想她们可能早已习惯于做最坏的打算。

而如今回想起来，我发现还有另一种可能性。这些女孩曾一度是曼森家族最底层的成员，只是在性、生育和服侍男人方面能对家族有点好处，但这时她们却成了曼森的主要使徒，成了信仰的守护者。曼森需要依靠她们。所以，她们没有受到裁决结果的困扰很有可能是因为早已谋划好了对策，如果行动顺利，她们不仅可以救出曼森，还能让其他家族成员也重获自由。

1971 年 1 月 26 日—4 月 19 日

第八章 城市之火

“美国的女士们、先生们——你们都错了。我不是犹太人的国王，也并非嬉皮士邪教首领。我由你们一手造就，是疯狗，是魔鬼杀手，是凶残的麻风病人，是你们这个社会的反映……不论你们如何称谓这疯狂之举的结果，公平的审判也好，基督的正义也罢，你们都得明白这一点：我脑海中腾起的思想之火已点燃了你们的城市。”

——查尔斯·曼森的声明，于塔特-拉比安卡夫妇案定罪后

1971年1月26日至3月17日

在量刑庭审阶段，陪审团唯一要做的决定是判处被告无期徒刑还是死刑。所以他们需要慎重考虑减罪情节，以及被告的个人背景、认罪态度和改过自新的可能性。

为了控制庭审时长，避免让陪审团产生疏离感，我只传唤了两名证人：警官托马斯·德赖南和绰号“洛特萨帕巴”的伯纳德·克罗。

德赖南作证说，1966年，他在俄勒冈州斯泰顿市郊外逮捕了苏珊·阿特金斯。当时她手里拿着一把.25口径的手枪。“我问阿特金斯小姐拿着枪干什么，”德赖南回忆说，“她告诉我，如果有机会的话，她会开枪打死我。”

德赖南的证词证明，早在遇见查尔斯·曼森之前，苏珊·阿特金斯就曾经起过杀心。

辩护律师希恩对德赖南的交叉询问是关于那把.25口径手枪的。

问：“它的尺寸很小，看起来像把玩具枪，对吧？”

答：“额，我可不觉得。”

克罗向我们描述了在1969年7月1日那天晚上，曼森是如何朝他的腹部开了枪，然后把他扔在那里等死的。克罗证词的重要性在于，它证明了曼森完全有能力独自杀人。

我方的举证于2月1日结束。当天下午，辩方传唤了他们的第一组证人：帕特丽夏的父亲约瑟夫·科伦温克尔，母亲多萝西·科伦温克尔。

在约瑟夫·科伦温克尔的描述中，他女儿是一个“非常正常的孩子，特别听话”。她加入了北美蓝知更鸟协会[1]、美国营火少女团[2]和约伯女儿会[3]，同时也是奥杜邦协会[4]的成员。

---

1 译注：北美蓝知更鸟协会（North American Bluebird Society）是北美的一个非营利性生物保护、教育和研究组织，旨在保护北美的蓝色知更鸟和其他本土洞巢鸟。

2 译注：营火少女团（Camp Fire Girls）是美国第一个针对女孩的非宗派多元文化组织，重视举行露营和其他户外活动。

3 译注：约伯女儿会，全称为国际约伯女儿会（Job's Daughters International），是共济会下属的青年组织，为十至二十岁的女孩和年轻女性服务。

4 译注：奥杜邦协会（Audubon Society）是美国的一个非营利性民间环保组织，以美国博物学家奥杜邦命名，专注于生态保育。

菲茨杰拉德："她对待动物温和吗？"

科伦温克尔先生："非常温和。"

科伦温克尔先生作证说，帕特丽夏曾是教堂唱诗班的一员。虽然她并非优等生，但在喜欢的课程上，她都取得了好成绩。她在亚拉巴马州莫比尔市的一所耶稣会学校，即斯普林希尔学院上了一个学期的大学，然后回到了洛杉矶，和同父异母的姐姐合住一套公寓。

在帕特丽夏十七岁时，科伦温克尔夫妇离婚了。根据科伦温克尔先生的说法，他和妻子是和平分手，之后两人仍然是朋友。

然而就在一年后，十八岁的帕特丽夏放弃家庭和工作，加入了曼森家族。

多萝西·科伦温克尔这样描述自己的女儿："她宁愿伤害自己，也不愿伤害其他任何生命。"

菲茨杰拉德："你爱你的女儿吗？"

答："我很爱我的女儿，我会永远爱她。我不相信她做了什么可怕的事情，谁说我都不会信。"

菲茨杰拉德："谢谢。"

布廖西："法官大人，我方没有问题要问。"

菲茨杰拉德想把帕特丽夏写的大量信件作为证据，收信人中包括她父亲，以及斯普林希尔学院里她最喜欢的一位牧师。

这些信件属于传闻证据，显然不应该被法庭采纳。我唯一需要做的就是反对，但是我没有。辩方此举将会引起陪审团的同情，这一点我心里清楚，不过我认为正义应当高于战术。现在的问题在于这个女孩是否应该被判处死刑。作这个决定的人是陪审团，而不是我。我觉得这一决定事关重大，陪审团需要全面掌握信息，哪怕关联不是很密切的也应当知晓。因此，我没有提出反对。

菲茨杰拉德看起来如释重负，同时也充满感激。

基斯负责对莱斯莉的母亲简·范霍腾进行直接询问。基斯后来告诉我，虽然莱斯莉的父亲不想出庭作证，但他百分之百地支持自己的女儿。和科伦温克尔夫妇一样，范霍腾夫妇也离了婚，但也同样坚决地站在女儿一边。

根据范霍腾夫人的说法："你会发现莱斯莉这孩子活泼好动，非常幽默，相处起来会很有趣。"莱斯莉出生在洛杉矶郊区的阿尔塔迪纳，有一个哥哥、一个弟弟和一个妹妹，弟弟妹妹都是范霍腾夫妇收养的韩国孤儿。

莱斯莉十四岁那年父母离婚了。“我感觉这对她造成了很大的伤害。”范霍腾夫人作证说。同年，莱斯莉爱上了一个比她大的青年鲍比·麦基，随后怀了孕，又做了人工流产，也平生第一次服用了致幻剂。此后她一发不可收拾，常常每周服用两到三次，至少也是一次。[1]

在蒙罗维亚高中读高一、高二时，莱斯莉是返校节公主之一。高三那年她再次参评，但没能成功。落选后她深感痛苦，便和男友麦基一起逃到了海特-阿什伯里区。然而海特区的情景把她吓坏了，于是她又回到家里完成了高中学业，还参加了一年的秘书培训。与此同时，麦基已成为悟真会[2]的见习瑜伽士。为了维系两人的关系，莱斯莉戒毒、禁欲，成了一名见习修女。她坚持了大约八个月，直到与麦基分手并退出了瑜伽团队。

范霍腾夫人的证词里没有提及女儿此后的经历，也许她自己也几乎一无所知。从相关采访中，我了解到莱斯莉兴趣广泛。这位曾经的修女现在渴望“尝试一切”，不管是吸食毒品，还是回应《洛杉矶自由报》上的性伴侣征寻广告。她的一个老朋友再也不愿意跟她约会，因为她变得“太古怪”了。

莱斯莉曾经在北加州的一个社区里住了几个月。在此期间，她遇到了鲍比·博索莱伊。鲍比有自己的流浪“家族”，除了他以外，家族里还有两个女孩：“吉卜赛人”和盖尔。莱斯莉于是加入了他们。然而，盖尔的嫉妒心很强，导致家族成员之间常常争吵不休。“吉卜赛人”第一个离开家族，搬到了斯潘农场。不久之后，莱斯莉也跟着加入了曼森家族。那一年她十九岁。

大概就是在这个时候，莱斯莉打电话给她母亲，告诉母亲她已经决定退学，家里今后不会再听到她的消息了。范霍腾夫人从此再没有了女儿的任何音讯，直到女儿被捕的那一天。

基斯问范霍腾夫人：“你现在对女儿是什么感觉？”

答：“我非常爱她。”

---

1 原注：帕特丽夏·科伦温克尔也是在遇见曼森之前就开始服用致幻剂。少女时代的她饱受肥胖的困扰，在十四五岁时开始服用减肥药，然后尝试了由她同父异母的姐姐沙琳提供的红胶囊、墨斯卡林和致幻剂。沙琳吸食海洛因成瘾，现在已经过世。

2 译注：悟真会（Self-Realization Fellowship），又译“自我了悟联谊会”，是一个国际性非营利宗教组织，旨在向世界推广瑜伽的思想。它由著名瑜伽士尤迦南达在1920年于美国创立，至今已发展至世界各地，拥有超过五百个地方分会。

问：“和之前一样爱吗？”

答：“比之前更爱。”

听这些被告的父母作证时，你会意识到他们和那些死者的亲属一样，都是受害者。

首先传唤被告的父母出庭作证是辩方的严重战术错误。他们的证词和所处的困境引起了法庭上每一个人的同情。对他们而言最佳的出庭时机本应该是辩方举证快要结束，也就是陪审团审议即将开始的时候。事实上，在其他证人作证时，他们几乎快被遗忘了。

希恩没有为苏珊·阿特金斯传唤证人。希恩告诉我，苏珊的父亲拒绝再和女儿有任何瓜葛，他只希望能弄死曼森。

《洛杉矶时报》的一名记者在太平洋西北区的某个城市找到了查尔斯·曼森的母亲。她改嫁了，还换了新的名字。据她所言，查尔斯被剥夺童年的故事纯属虚构，她又补充说：“他被宠坏了，是一个娇生惯养的孩子。”

卡纳莱克没有让曼森的母亲出庭作证。相反，他传唤了曼森的假释官塞缪尔·巴雷特。

巴雷特是所有证人当中最不起眼的一个。他说他印象中第一次见到曼森是在“1956 年左右”，他不记得曼森当时是处于缓刑期还是假释期。他声称自己负责了 150 个犯人，所以不要指望他能够回忆起和每个犯人有关的一切。

对于本案发生之前针对曼森的各种指控，巴雷特一而再，再而三地轻描淡写，弱化其严重性。原因显而易见，如果他不这么做，人们可能会奇怪他为什么没有撤销曼森的假释。然而即便他这么做了，人们仍然对此颇觉惊奇。因为曼森和有前科的人、臭名昭著的吸毒者，以及未成年女孩都有密切接触，但他没有上报行踪，成天游手好闲不说，还对自己的行为一再撒谎。仅在 1969 年上半年，他就多次因犯罪而被指控，其中包括重大盗窃车辆罪、私藏毒品罪、强奸罪、诱导未成年人犯罪等。巴雷特本有足够充分的理由撤销曼森的假释。

有一次在休庭时间，大厅里一名记者向我走来。“天哪，文森特，”他喊道，“你有没有想过，假如巴雷特在 1969 年 4 月撤销了曼森的假释，莎伦和其他几个人今天可能还活着？”

我以禁言令为借口拒绝置评。但是我的确想到了，而且想了很多。

巴雷特在接受直接询问时作证说，曼森的监狱记录中没有任何证据表明他有犯罪风险。在交叉询问中，我不顾卡纳莱克的反对，坚持让巴雷特查看了一个文件夹，那里面有 1957 年曼森在海岸警卫队越狱未遂的相关记录。

接下来登场的是一队作伪证的人，为首的是“尖嗓子”。

二十二岁的“尖嗓子”琳妮特·弗洛姆作证说，她来自一个中上层阶级家庭，父亲是一名航空工程师。在她十七岁时，父亲把她赶出了家门，她说：“当时我在威尼斯区，正坐在路边哭，这时一个男人走过来对我说：‘你父亲把你赶出了家门，是吗？’这个人就是查理。”

“尖嗓子”非常重视一个事实，即除了玛丽·布伦纳，她是家族中最早遇见曼森的女孩。

菲茨杰拉德问了她关于曼森家族的事：“你们有首领吗？”

答：“没有，我们御风而行。”

没有首领，但是——

“查理是我们的父亲，因为他会——他会向我们指明一些事情。”

查理和寻常人一样，但是——

“有时我会趴在角落里看书，他会从我身边走过，告诉我书里写了什么……他也知道我们的想法……他总是很快乐，总是……有时他去洗手间梳头，会有一大群人看着他，因为他太有意思了。”

对于“尖嗓子”而言，否认主人兼导师曼森的教诲是一件不大可能的事。当菲茨杰拉德试图弱化披头士乐队“白色专辑”的重要性时，她回应说：“那张专辑内涵丰富，非常丰富。”她声称：“我从来没听查理说过‘helter skelter’这个词。”但接下来却又说：“这是一个关于进化和平衡的问题”，“黑人正在走向顶峰，而他们本该如此”。

很显然，菲茨杰拉德没有得到期待的回答，而且还不小心暴露了自己的情绪。

弗洛姆：“你做鬼脸干什么？”

菲茨杰拉德：“抱歉，请继续。”

这时奥尔德法官将律师们召到法官席边，说：“她现在做的一切只会损害被告的利益。”

我向奥尔德法官解释说："我一直没有提出反对，是因为我觉得她的证词对控方有帮助。"

事实上是非常有帮助，以至于我方几乎没有交叉询问的必要了。例如，在我原本想问她的问题中，有一个现在被卡纳莱克问了："你认为查尔斯·曼森是耶稣基督吗？"

"尖嗓子"在回答之前犹豫了片刻。她会做否认耶稣的门徒彼得吗？[1] 显然她决定不那么做，因为她回答说："我认为在山洞和森林里的基督徒是一群孩子，他们没有罪咎，不知羞耻地生活，可以脱掉衣服躺在阳光下……在我看来，耶稣基督是一个男人，他的母亲不知道自己孩子的父亲是谁。"

在作证的家族成员中，"尖嗓子"是最诚实的。然而她对辩方造成了极大的破坏，菲茨杰拉德后来不得不让其他辩方律师传唤证人。

基斯传唤了十九岁的布伦达·麦肯，其真名为南希·劳拉·皮特曼。布伦达看起来是一个强硬又恶毒的女孩。她充满敌意，随时都有可能爆发。

她说，她的父亲"设计了五角大楼的制导控制系统"，在她十六岁那年，父亲把她赶出了家门。这位好莱坞高中的辍学生声称，根本不存在什么家族，曼森"根本不是首领，更像是查理一直在跟着我们，照顾我们"。

但是和"尖嗓子"以及随后作证的女孩们一样，布伦达的世界明显在围绕一个轴心旋转。曼森和普通人没什么两样，但是"查理坐下来的时候，所有的动物都会围在他身边，包括驴子、土狼等等……有一次他伸出手抚摸了一条响尾蛇"。

在卡纳莱克的询问下，布伦达作证说琳达"每天都会服用致幻剂……兴奋剂……琳达非常爱特克斯……特克斯走到哪儿，琳达跟到哪儿……"。

在交叉询问时，我问布伦达："如果查尔斯·曼森要求你为他献出生命，你愿意吗？"

答："他已经多次把生命献给了你。"

问："请直接回答我的问题，布伦达。"

---

1 译注：彼得是耶稣的十二门徒之首，彼得的否认（The Denial of Peter 或 Peter's Denial）是指在耶稣被捕以后，彼得三次否认自己是耶稣的门徒（正如耶稣预言的那样）。这在《圣经·新约》的四部福音书中均有记载。

答："是的，我愿意。"

问："你愿意为了查尔斯·曼森而在证人席上说谎吗？"

答："不，我在证人席上会讲真话。"

问："所以你情愿为他而死，但不愿为他说谎？"

答："没错。"

问："布伦达，你觉得在宣誓后撒谎比死亡还要严重吗？"

答："我自己并不把死亡看得那么严重。"

这些证人都对他们真正的家人极为反感。例如，桑德拉·古德声称，她父亲是圣迭戈市的一名股票经纪人，已经与她断绝了关系，但她没有提到父亲是在给她寄了数千美元，又被曼森威胁着要更多钱之后，才和她断绝关系的。

曼森在将这些女孩与自己联结起来的同时，切断了她们与原生家庭的纽带。这一点在她们的证词中显而易见。比起"尖嗓子"和布伦达，桑迪更是有过之而无不及，对曼森的"魔力"崇拜至极，赞不绝口。她讲述了曼森如何对一只死鸟吹气并使它起死回生的故事。"我相信，只要他愿意，他的声音可以摧毁这栋大楼……有一次他一声大喊，有扇窗的玻璃就应声而碎。"

直到量刑庭审阶段，陪审团才得知曼森家族成员守在坦普尔大街和百老汇街拐角处的事。在作证时，桑迪动情地描述了那里的生活。"因为烟雾弥漫，大多数时候你几乎看不到天空。总是有人在挖掘，每天都有一个新项目，有些东西一直处于施工建设中。他们不停地把一些东西挖出来，又把另一些东西放进去，通常是混凝土材料。那里太疯狂了。简直是疯了，我在那儿待的时间越长，就越能感受到那种癫狂。我真是受不了了。"

我拒绝对桑迪进行交叉询问，她非常恼怒地问："你为什么一个问题都不问我？"

"因为你没有说什么对控方不利的话，桑迪，"我回答，"事实上，你还帮了忙。"

我本以为桑迪会作证说，凶杀案发生那段时间，曼森根本不住在斯潘农场。然而她没有这么说，我因而意识到辩方已经不打算用不在场证明来替曼森辩护了，这意味着他们有了别的想法。但是是什么想法呢？

在量刑庭审阶段，曼森和三名女被告得到了许可，可以重返法庭。现在他们安静多了，非常克制，就好像终于明白科伦温克尔所说的这出“戏”可能会要了他们的命。当“尖嗓子”和家族中的其他女孩作证时，她们的导师曼森看上去若有所思，他抚着自己的山羊胡，那神情像是在说：“她们是在实话实说。”

这些女证人穿着她们最好的衣服前来作证。显然，想到自己能在证人席上帮助曼森，她们感到由衷的骄傲和喜悦。

陪审员们的脸上则清一色写着两个字：怀疑。有几个陪审员甚至都不记笔记了。我猜想他们都在苦苦思索着眼前惊人的反差。证人席上的女孩们谈论着爱、音乐和婴儿。然而，就在人类享受爱、音乐与孕育婴儿的喜悦之时，同样的这群人却冲上街头，大肆屠戮。最令人惊骇的是，对他们而言，爱和杀害之间没有矛盾，没有冲突！

到 2 月 4 日，根据卡纳莱克直接询问的内容，我已经确信曼森不会出庭作证了。在整个庭审过程中，我最大的遗憾就是没有机会当庭质问曼森。

就在同一天，地方检察官办公室获悉绰号“特克斯”的查尔斯·沃森已被移交回洛杉矶，并被裁定有出庭受审能力[1]。

在被送至阿塔斯卡德罗州立医院仅三天后，沃森就开始正常饮食了。不到一个月，一位给他做检查的精神科医生就写道：“目前，沃森除了沉默，没有任何异常行为的迹象。而他的沉默属于有意为之。”另一位精神科医生后来又指出：“心理测试结果呈分散反应模式，与所有已知精神疾病类型均不一致……”简而言之，沃森是在装疯。按照目前诉讼程序的进展，沃森即将在庭审中进行供述和辩解，届时假如他试图以精神错乱为借口来辩护，那么上述信息都可以被我方派上用场。

绰号“吉卜赛人”的凯瑟琳·谢尔为辩方作了最有力的伪证。她二十八岁，是家族中年龄最大的女性成员，也有着最不寻常的背景。

“吉卜赛人”于 1942 年出生在巴黎，父亲是一名匈牙利小提琴家，母亲是

---

1 译注：受审能力指的是刑事案件被告人出庭接受审讯、审判的能力，主要依据被告人受审时的精神状态而定。

一个德国犹太裔难民，两人都是法国地下抵抗组织[1]的成员，在二战期间自杀身亡。她八岁时被一个美国家庭收养，从此被带到了美国。她十六岁那年，养母不堪忍受癌症的折磨，最终选择了自杀。她的养父是一位精神科医生，双目失明。“吉卜赛人”一直照顾养父，直到他再婚。然后她便离开了家。

“吉卜赛人”从好莱坞高中毕业后上了三年大学，随后结了婚，一年之后就离婚了。她从小就是小提琴演奏家，有一副异常美妙的歌喉，曾经参演过多部电影。在托潘加峡谷的片场，她与扮演小配角的鲍比·博索莱伊开始交往。大约两个月后，博索莱伊把她介绍给了查尔斯·曼森。尽管对曼森一见钟情，但她还是继续和博索莱伊家族一起待了六个月，之后才离开他们，去了斯潘农场。她在加入曼森家族时还是一名公开的无神论者，但曼森很快就说服了她，让她相信曼森的信条都是天命。“在家族的所有女孩中，”保罗·沃特金斯曾告诉我，“‘吉卜赛人’是最爱查理的。”

她也是曼森的辩护者中最为雄辩的一个。然而，尽管比大多数人都聪明善辩，她偶尔也会失言。

“我们都面临着同样的判决，”她告诉陪审团，“我们都身处洛杉矶的毒气室里，忍受着慢性中毒。每一座城市的空气都越发稀薄。很快，空气和水都将不复存在，食物会越发匮乏。它们正在毒害你们。你们吃的食物正在毒害你们。过不了多久，树木就会消失，地球就要灭亡。人类，尤其是白人，正在毁灭这个星球。”

“但这些都是我自己的想法，不是查尔斯·曼森的。”她飞快地补充道。

“吉卜赛人”第一天作证时并没有引起什么轰动。不过她的确试着反驳了庭审中的很多证词。为了给后屋事件辩解，她说莱斯莉经常出去偷东西。她声称是琳达自己提出偷那5000美元的。她还说琳达不想要塔尼娅，所以把塔尼娅甩给了曼森家族。

在“吉卜赛人”出庭作证的第二天，卡纳莱克要求接近证人，在和她私下谈了话之后，又一次对她进行了直接询问。直到这时候“吉卜赛人”才突然想

---

1 译注：在第二次世界大战期间，为抵抗纳粹德国对法国的占领和维希政权的统治，法国爆发了抵抗运动。这些武装起来的小组织以游击战方式进行武装对抗，同时发行地下报纸，传递第一手情报，救助落于敌后的盟军士兵和飞行员逃出战区。

出了另一个动机——一个旨在澄清曼森与本案谋杀无关的动机。

"吉卜赛人"声称塔特案和拉比安卡夫妇案的策划者是琳达·卡萨比安，而不是查尔斯·曼森！"琳达爱上了鲍比·博索莱伊。""吉卜赛人"说。当鲍比因杀害欣曼而被逮捕后，琳达建议女孩们实施类似的谋杀，这样警方就会将这些罪行联系起来，然后意识到在发生此类谋杀时，博索莱伊已被拘禁，所以他不可能是欣曼案的凶手。如此一来，博索莱伊就会被警方释放。

"模仿作案"这一犯罪动机本身并不让人觉得意外。事实上，阿龙·斯托维茨在接受《滚石》记者采访时曾表示，这是他认为可能的几个犯罪动机之一。该动机只存在一个问题：它是假的。然而，为了洗清曼森的罪名，诱导人们对 Helter Skelter 动机产生怀疑，从"吉卜赛人"起，辩方证人开始捏造伪证。

她们编排的这出戏不仅上演时间非常滞后，而且背后的用意极容易被人识破。

"吉卜赛人"声称，1969 年 8 月 8 日下午，琳达向她解释了谋杀计划，并问她是否愿意加入。她吓了一跳，不仅没加入，反而逃到了山里。当她从山里回来的时候，谋杀案已然发生，琳达也消失不见了。

"吉卜赛人"进一步作证说，鲍比·博索莱伊并没有杀害欣曼，他所做的不过是开了欣曼的车。曼森也没有参与欣曼案，那案子是琳达、萨迪和莱斯莉干的！

麦克斯韦尔·基斯马上表示反对。在法庭会议上，他对奥尔德法官说："在我看来，她是想一步步证明我的当事人莱斯莉承认自己参与了欣曼案、塔特案和拉比安卡夫妇案。这太无耻了！"

法官："我不知道卡纳莱克先生是否清楚自己想要干什么。"

菲茨杰拉德："我恐怕他不清楚。"

卡纳莱克："我非常清楚。"

基斯说："昨天我在县监狱和'吉卜赛人'谈了谈，她的证词里有关于莱斯莉的部分，但是基本上无伤大雅。然而今天她的证词突然大变，砰的一声，差点儿把我们炸出了法庭。"

在交叉询问中，我问："'吉卜赛人'，你现在是打算牺牲莱斯莉和萨迪以洗脱查尔斯·曼森的罪名，没错吧？"

答："不，不是这样的。我不会那样做的。"

为了破坏“吉卜赛人”的可信度，我先用她证词中一些前后矛盾的话反驳了她，然后才又回到犯罪动机的话题上。

“吉卜赛人”作证时曾说，一听到塔特案和拉比安卡夫妇案，她就很确信琳达、莱斯莉和萨迪都参与其中了。

我问她：“如果你认为琳达、莱斯莉和萨迪都参与了塔特案和拉比安卡夫妇案，而曼森先生是无辜的，与这两桩谋杀案毫无关系，那你为什么在今天之前不去告诉当局你和琳达的谈话内容呢？”

答：“我不想被牵扯到这件事里，也根本没想到会来这儿作证。”

先前在回答我的交叉询问时，“吉卜赛人”曾承认她爱曼森，愿意为他而死。我提醒了她这一点，然后说：“好吧，你相信他与这些谋杀没有任何关系，是吗？”

答：“是的。”

问：“然而你任他被关在监狱里好几个月，却不告诉我们这么重要的信息？”

“吉卜赛人”避而不答。

问：“关于琳达喊你一起杀人那段不光彩的对话，你是什么时候第一次告诉别人的？”

答：“就在这里。”

问：“今天？”

答：“嗯。”

问：“所以今天在证人席上，你第一次决定公布所有这些重要的信息，对吗？”

答：“没错。”

我成功地将她引入了圈套。现在我可以对陪审团说，这是曼森，被控犯有七项谋杀罪；那是“吉卜赛人”，自庭审开始以来，她一天 24 小时守在坦普尔大街和百老汇街的拐角处。她深爱着曼森，甚至愿意为曼森献出生命，但直到量刑庭审阶段，面对第二轮直接询问时，她才决定将自己知道的事告诉大家。

1971 年 2 月 9 日清晨 6 点 01 分，南加州地区遭遇里氏 6.5 级的强烈地震，造成六十五人死亡，经济损失高达数百万美元。

我醒来时还以为是曼森家族的成员准备破门而入。

陪审员们一觉醒来，发现房间上方的水管已经破裂，水正从高处倾泻而下。

守在拐角处的曼森女孩们告诉记者，是查理带来了这场地震。

尽管发生了灾难，但那天法庭还是照常恢复了庭审，而证人席上的苏珊·阿特金斯却在法庭中引发了另一场地震。

在直接询问环节，戴伊·希恩的第一个问题是："苏珊，你个人是否参与了塔特案和拉比安卡夫妇案？"

苏珊那天穿着黑色套头衫，搭一件白色短外套，看上去很像个小女孩。她平静地答道："是的。"

所有律师都已经知道这三个女孩准备当庭"招供"，因为菲茨杰拉德大约一星期前曾在内庭提到过。尽管如此，大家在这一刻还是惊诧万分。陪审团和旁听观众都面面相觑，几乎不敢相信自己的耳朵。

接下来，在希恩的询问下，苏珊介绍了自己的背景：她早年的宗教生活（"我是教堂唱诗班的成员"）；她死于癌症的母亲（"我不明白她为什么会死，这对我打击很大"）；她失去信仰的过程；她和父亲之间的矛盾（"我父亲一直跟我说，'你在堕落'，所以我就堕落了"）；她在旧金山做无上装舞女的经历；她对自己在俄勒冈州被捕时带着枪的解释（"我怕蛇"）；她初次接触毒品和海特–阿什伯里区；以及她与查尔斯·曼森命中注定的第一次相遇。

然后话题回到了罪行本身，她作证说："整件事是从我杀死加里·欣曼开始的，因为他想要伤害我的爱……"

这时奥尔德法官宣布中午休庭。在离开证人席之前，苏珊转过身来对我说："看着吧，布廖西先生。伙计，你的一切都玩完了，你所谓的犯罪动机也玩完了。这可太傻了。简直蠢死了。"

当天下午，苏珊在证人席上背诵了最新修改后的欣曼谋杀案经过。据她所言，曼森早前买了一辆汽车，想转手给欣曼。于是那天他到了欣曼家，试图说服欣曼在汽车的"粉条子"上签字，这时欣曼拔出了枪。曼森转身就要逃跑，欣曼正准备从后面开枪。"我别无选择。他想伤害我的爱。当时我身上带着刀，于是我冲向他，把他杀了……后来鲍比顶了我的罪，被送进了监狱。"

她的故事漏洞百出，我在交叉询问时都一一指出了。

苏珊作证说，鲍比被逮捕后，琳达提议实施模仿谋杀。“……她还叫我去拿把刀和一套换洗的衣服……她说她从比弗利山庄的人那里买了一些叫 MDA 的新品摇头丸，被讹了 1000 美元……”

苏珊继续说，离开斯潘农场之前，“琳达给了我一些致幻剂，也给了特克斯一些迷幻药……那天晚上的所有指令都是琳达发出的……没有人告诉查理我们要去哪里，要做什么……琳达以前去过那儿，所以她知道怎么走……特克斯变得疯狂起来，开枪打死了帕伦特……琳达走进房子里……琳达把她的刀子递给了我”。当她说到这里时，戴伊·希恩打开了那把巴克牌折叠刀，准备把刀递给苏珊。

法官：“把刀放回原处！”

希恩：“我只是想看看尺寸，法官大人。”

苏珊跳过了一些情节，直接讲到她抱着莎伦·塔特，“特克斯这时回来了，他看着莎伦说：‘杀了她。’于是我就杀了她……我捅了她一刀，然后她倒在了地上，接着我又捅了她一刀。我不知道我总共捅了多少刀……”，莎伦求我饶了她的孩子，“我对她说：‘闭嘴。我不想听。’”。

尽管苏珊的话令人毛骨悚然，但大多数时候她的表情都很单一，甚至有点孩子气。

这种反差恐怕只能用一种方式来形容：无耻至极，令人发指。

在说到欣曼案时，苏珊把莱斯莉·范霍腾安排在了凶杀现场。然而事实上，从来没有任何证据能表明莱斯莉和欣曼案有关。

随后在谈到拉比安卡夫妇案时，苏珊对当晚作案人员的角色做了一些调整。她说，曼森没有跟他们一起去，路上是琳达开的车；特克斯去拉比安卡家“潜行”；琳达指挥特克斯、凯蒂和莱斯莉应该做什么；是琳达提议杀掉威尼斯区那个演员的。当他们回到斯潘农场时，“查理正在那里睡觉呢”。

她的另一套说辞也同样令人匪夷所思。她声称，她在与我谈话，以及在大陪审团前作证时都暗示曼森是主使者，这是因为我曾向她保证，如果她这样做，我就会让包括曼森在内的所有被告都免于死刑。

对她这番话的最好反驳是，在我们初次见面几天前，她在和卡巴莱罗的录音谈话中就已经说过是曼森指使了这一切。

苏珊描述了我们的那次会面："布廖西走了进来。我想他当时的穿着和现在差不多，灰色西装马甲。"

问："那是1969年的事了，是吧？"

答："是的。他那时看起来年轻多了。"

在过去的十四个月里，我们都经历得太多了。

接下来，希恩居然开始询问苏珊关于"矮子"的事！我立刻请求召开法庭会议。

布廖西："法官大人，我真不敢相信眼前发生的。他现在居然在说'矮子'希亚！"我转身对希恩说："如果你引入其他谋杀案，那就是在害你自己，害共同被告。"奥尔德法官表示同意，并告诫希恩要格外谨慎。

我担心如果希恩继续说这些，本案在上诉时就有可能被推翻。一名律师究竟有什么理由让自己的委托人走上证人席，承认一桩根本没有被指控的谋杀？

菲茨杰拉德接替了希恩，继续对苏珊进行询问。他问苏珊为什么要杀害塔特案的受害者。

答："因为我相信这样能帮助我的兄弟姐妹，让他们获释。我现在仍然这么认为。"

问："阿特金斯小姐，你有没有出于个人仇恨而杀害他们当中的哪个人？"

答："没有。"

问。"你对他们有什么感情吗？莎伦·塔特、沃伊特克·弗雷科夫斯基、阿比盖尔·福尔杰、杰伊·西布林、史蒂文·帕伦特，你对这些人有感情吗？"

答："我一个也不认识。我不认识他们，又怎么会有感情呢？"

菲茨杰拉德问苏珊是否考虑过以仁慈的方式终结他们的生命。

答："没有。事实上，我记得我告诉过莎伦·塔特，我一点也不可怜她。"

苏珊继续解释说，她知道自己做的事情"是对的，当时我就知道这是对的"。这是因为，当你做了正确的事时，"那种感觉会很好"。

问："杀人怎么可能是对的呢？"

答："带着爱去杀人，怎么可能不对呢？"

问：“你有没有后悔过？”

答：“后悔？因为做了正确的事？”

问：“你可曾为此感到过抱歉？”

答：“因为做了正确的事而感到抱歉吗？我一点也不觉得内疚。”

菲茨杰拉德看起来很受挫。在他的询问下，苏珊的毫无悔意昭然若揭，如此一来，辩方几乎不可能说服陪审团苏珊能够改过自新。

我们目前所处的境况有点微妙。陪审团很久前就裁定了四名被告有罪，现在到了量刑庭审阶段，我突然觉得有必要再次证明曼森的罪行。

如果我在交叉询问中逼问得太紧，就会显得我方之前未能证明指控成立。但是倘若我避开交叉询问，陪审员可能会对曼森的罪行心生疑问，等到审议时，这种挥之不去的疑云就会影响他们的量刑裁决。所以我必须小心行事，如履薄冰。

为了让陪审团产生这种疑问，辩方，特别是欧文·卡纳莱克，试图在本案犯罪动机上偷梁换柱，用“模仿作案”来替换 Helter Skelter。我个人觉得关于模仿作案犯罪动机的证词毫无说服力，但这并不意味着我可以坐视不管，默认陪审团也会和我有同感。

为了解释苏珊为何撒谎来救曼森，我必须强有力地向陪审团证明苏珊对曼森的绝对忠诚。在交叉询问中，我首先提出的问题是：“萨迪，你相信查尔斯·曼森是基督再世吗？”

答：“文森特，在过去的四五年里，我从很多人身上看到了基督的影子，很难说哪一个才是真的基督再世。”

我把问题重复了一遍。

答：“我考虑过这个问题，考虑了很久……我曾认为他是基督，是的……我不知道。可能是吧。如果他是，哇，我的天哪！”

她曾在给龙妮·霍华德的信中写道：“如果你相信耶稣复生，那 M（曼森）就是那个救世主。”我引述了这句话，然后质问道：“萨迪，即使现在站在证人席上，你还是认为查尔斯·曼森，在那边摆弄头发的那个人，可能就是耶稣基督？”

答：“可能吧。我就讲到这里。他可能是，也可能不是。”

我穷追不舍，直到苏珊承认："他在我心目中就代表着上帝，他是如此美好，我愿意为他做任何事。"

问："甚至谋杀？"我立刻问道。

答："我愿意为上帝做任何事。"

问："包括谋杀？"我再一次追问道。

答："是的。如果我相信这么做是对的。"

问："为了你的上帝曼森，你在塔特家杀害了五个人，对吗？"

苏珊停顿了一下，然后答道："我杀害他们是为了我的上帝鲍比·博索莱伊。"

问："哦，所以你有两个上帝？"

她闪烁其词地回答说："上帝只有一个，上帝存在于万物之中。"

因为苏珊已经为这些事情作了证，所以现在我方可以利用她证词中的矛盾处来驳斥她，早先她在大陪审团前作证时的漏洞同样可以为我方所用。

在交叉询问中，我让苏珊重复他们去塔特家的所谓理由。一旦她重申那荒唐至极的模仿作案犯罪动机，我就用她对我和大陪审团，以及在给霍华德的信中都说过的 Helter Skelter 动机进行反击。

我还把她告诉我和大陪审团的事都说了出来。她说是曼森下令谋杀了塔特案和拉比安卡夫妇案中的七个人；第二个晚上，曼森指挥了他们的所有行动；此外，在那两个晚上，他们当中没有人吸过毒。

接下来，我引着她一步步回顾欣曼案以及塔特案和拉比安卡夫妇案的凶杀场景，我知道这样会让她出错，她也确实出了错，而且是屡屡出错。

比如我问："当你捅死加里·欣曼时，查尔斯·曼森在哪里？"

答："他离开了。他割掉欣曼的耳朵后就离开了。"她无意中承认了这一点，但很快又补充说，她曾试图缝合欣曼的耳朵。

接下来，我又把她带回了方才的场景：欣曼冲曼森拔出了枪；曼森逃跑；欣曼准备从曼森背后开枪；为了保护自己的爱，她捅死了欣曼。然后我问，她哪来的时间扮演护士弗洛伦斯·南丁格尔，给欣曼缝耳朵？

于是苏珊又声称，她一直没告诉曼森自己已经杀死了欣曼，直到他们在巴克农场突袭中被捕时她才说了出来。换句话说，尽管从 1969 年 7 月到 10 月她一直和曼森共同生活，但却没来得及告诉曼森这件事？"没错。"为什么？"因为他从来没有问过。”

她声称她甚至没有告诉曼森自己犯下了塔特案和拉比安卡夫妇案，而且直到两天前，她才第一次透露这两起谋杀的主使者是琳达·卡萨比安。

问：“在1969年8月9日到1971年2月9日期间，你怎么从来没对任何人说过，这些谋杀案的幕后黑手是琳达？”

答：“没有就是没有。就这么简单。”

问：“那你有没有告诉家族里的人这些谋杀案都是你干的？”

答：“没有。”

问：“你连龙妮·霍华德和弗吉妮娅·格雷厄姆这样的外人都告诉了，为什么却不对自己家族的人说呢，萨迪？”

答：“这些事都不值一提。我对那些人干了什么就是什么，如此而已。”

问：“那我只问一件事，七具死尸怎么解释？”

答：“没啥大不了的。”

我停顿了一下，好让这句令人难以置信的话刻在大家的脑海里，然后我问：“所以杀死七个人只是寻常事，没什么大不了的，对吗，萨迪？”

答：“不是寻常事。事情就摆在那里，所以我就干了。”

我问她对受害者有什么感受。她回答道：“他们看起来根本不像人……我觉得莎伦·塔特就是商店里的人体模型。”

问：“你从来没有听过商店里的人体模型开口说话，是吗，萨迪？”

答：“是的，先生。但她听起来就像IBM公司的一台机器……她不停地哀求，恳求，哀求，恳求，我听腻了，于是就用刀捅了她。”

问：“萨迪，她越尖叫，你就越捅她？”

答：“没错。所以呢？”

问：“你还看着她说：‘听着，贱货，我可不会可怜你。’是这样吗，萨迪？”

答：“是这样的。我当时就是这么说的。”

布廖西：“我没有问题了。”

2月16日，星期二，经过长时间的内庭讨论后，奥尔德法官把最新决定告诉了陪审团：他们的隔离可以解除了。

听到这个消息，陪审员们看起来又惊又喜。他们已经被隔离了八个多月，时间之长在美国历史上绝无仅有。

虽然我担心曼森家族仍有可能会骚扰，但自从陪审团听到苏珊和其他女被告的证词后，隔离陪审团的其他理由——比如担心陪审员得知欣曼案的事、《洛杉矶时报》上刊登的苏珊的口述材料，以及苏珊在大陪审团前的证词等等——大多都不复存在了。

第二天我们就好像换了新的陪审团似的。这十二个人在走上陪审席时全部面带微笑。我都不记得上次看到他们笑是什么时候了。

然而这笑容不会停留太久。帕特丽夏·科伦温克尔现在站上了证人席，供述了自己在塔特案和拉比安卡夫妇案中犯下的罪行。

作为证人，帕特丽夏甚至比苏珊·阿特金斯还要离谱，她关于模仿作案犯罪动机的证词含糊不清，几乎没有可以支撑的细节。她走上证人席的目的在于转移人们对曼森的注意力。然而，和之前作证的其他家族成员一样，她一再强调曼森的重要性。例如，在描述斯潘农场的生活时，她说："我们就如同森林女神，如同森林动物。我们会戴着花冠在森林中奔跑，而查理会吹起长笛……"

关于杀害阿比盖尔·福尔杰："我手里拿着一把刀，她跑开了，她跑了——从后门跑了出去，我从来没有碰过后门，我的意思是，后门上没有留下指纹，因为我从来没碰过那扇门……我捅了她，一刀，一刀，又一刀。"

问："你捅伤她之后有什么感觉？"

答："没有感觉——我是说，要怎么形容呢？事情就这样发生了，似乎就是正确的。"

关于杀害罗斯玛丽·拉比安卡：根据帕特丽夏的说法，她和莱斯莉把罗斯玛丽·拉比安卡押进卧室，就在翻看罗斯玛丽衣柜里的衣服时，她们听到了莱诺的尖叫，这时罗斯玛丽抓起一盏灯冲她们砸了过来。

关于残害莱诺·拉比安卡：帕特丽夏记得在杀死罗斯玛丽之后，她看到莱诺正躺在客厅的地板上。她愤怒地说："你没有机会把你儿子送上战场了。""然后，我好像在他的肚皮上用刀刻了'战争'这个词。然后，我好像手里拿着一把叉子，扎进他肚子里了……再然后，我走到墙跟前，在上面写了字……"

在交叉询问时，我问她："当你坐在阿比盖尔·福尔杰身上，把刀捅进她的身体时，她是不是在尖叫？"

答："是的。"

问："她叫得越厉害，你就捅得越厉害？"

答："我猜是吧。"

问："当她尖叫着要活命的时候，你觉得烦吗？"

答："不觉得。"

帕特丽夏说，当她用刀捅阿比盖尔时，其实是在捅自己。我在下一个提问中用了反问修辞："但是你根本没有流血，对吗，凯蒂？只有阿比盖尔流血了，不是吗？"

这些证人辩称欣曼案的血字"政治猪猡"、塔特案的"猪猡"，以及拉比安卡夫妇案的"去死吧，猪猡"是故意提供给警方的线索，好让他们将这三起案件联系起来。但当我问苏珊为什么一开始要在欣曼家墙上写"政治猪猡"时，她没能给出合理的解释。我还问她，如果这些都是模仿作案，那她为何在塔特家写的是"猪猡"，而不是"政治猪猡"，这个她也答不上来。至于为什么要在拉比安卡家的冰箱门上写 HEALTER SKELTER，帕特丽夏更是百口莫辩了。

很明显，麦克斯韦尔·基斯也不相信模仿作案是犯罪动机。在直接询问环节，他问凯蒂："犯下塔特案和拉比安卡夫妇案与试图让鲍比·博索莱伊出狱，这二者之间毫无关联，不是吗？"

答："喔，这很难解释。那只是一个念头，后来变成了现实。"

现在奥尔德法官因为卡纳莱克而越发恼火，并一再警告他，如果他再提出违规的问题，就会第五次判他藐视法庭罪。希恩也让奥尔德法官心生不悦。有人发现希恩把一个旁听观众的纸条递给了苏珊·阿特金斯。一个星期前，有人看见司法大楼外街角的那些曼森女孩正读着一份法庭记录，上面写有希恩的名字。面对奥尔德法官的质问，希恩解释道："他们从我这儿借去看看。"

法官："你说什么？你知道本案有禁言令吗？"

希恩回答说知道。

法官："在我看来，希恩先生，你几乎无视了禁言令，而且你这样已经有一段时间了。法庭的信息总是被泄露，这么久以来，我心里一直都觉得那个泄露者就是你。"

随后，麦克斯韦尔·基斯极不情愿地传唤了他的委托人莱斯莉·范霍腾。在引导她介绍了自己的背景后，基斯请求召开法庭会议。他告诉奥尔德法官，莱斯莉准备把自己卷进欣曼案。他已经和她谈了“好几个小时”，但是毫无结果。

莱斯莉开始背诵那些编好的故事了，但她很快就露出了马脚。她作证说，玛丽·布伦纳从未去过欣曼的住所，而查尔斯·曼森和鲍比·博索莱伊在案发前就离开了。她指证是苏珊杀害了欣曼。

尽管莱斯莉将自己牵连进了欣曼案，但至少她的确试着为自己参与拉比安卡夫妇案提供了一些减轻罪行的细节。她声称她对塔特案一无所知，第二天晚上和家族的人一起出去时，她都不知道大家究竟要去哪里，去做什么。她把杀害罗斯玛丽·拉比安卡描述得像是自卫。直到罗斯玛丽将灯砸向她之后，她才“从刀具中拿出来一把刀，和本来手里就有刀的帕特丽夏一起，开始用刀捅她、砍她”。

问：“在那之前，你有过任何伤害他人的念头吗？”

答：“没有。”

问：“你是不是在她看上去已经死了之后捅了她，莱斯莉？”

答：“我不知道那是在她死前还是死后，但我捅了她……我不知道她是不是已经死了。她就在地板上躺着。”

问：“在她躺在地板上之前，你究竟有没有捅过她？”

答：“我不记得了。”

莱斯莉说她忘记了，这就像她声称直到他们到了沙漠，她才向曼森提起这些谋杀案一样，几乎都是不可能的。

基斯小心翼翼地想要证明莱斯莉对自己的行为感到懊悔。

问：“莱斯莉，你有没有因为参与杀害拉比安卡夫人而感到悲伤或羞愧或罪疚？”

答：（沉默）

问：“我还是一个一个地问吧。对于她的死，你有没有感觉到悲伤？抱歉？不高兴？”

她的回答让人感觉整个法庭都寒意凛然。她说：“‘抱歉’只是一个词而已。它什么也带不回来。”

问：“莱斯莉，我正试着了解你的感受。”

答：“我能感受到什么？事情已经发生了。她已经死了。”

问：“你是否希望这件事不曾发生过？”

答：“我从不希望任何事情以另一种方式被完成。那是个愚蠢的想法。这种情况永远不会发生。你无法撤销已经发生的事情。”

问：“你是不是想为发生的事哭一场？”

答：“哭？因为她的死亡？即便我为别人的死亡而哭泣，那也是为了死亡本身。她又不是唯一一个死掉的人。”

问：“你会时不时地想起这件事吗？”

答：“只有当我在法庭上的时候。”

在庭审的大部分时间里，莱斯莉·范霍腾都一直表现得像个天真无辜的小女孩。现在她放弃了伪装，陪审团第一次看清她是多么的冷酷无情。

在面对卡纳莱克的询问时，她又暴露了本性中的另一个方面。有时她对卡纳莱克的提问感到既恼火又不耐烦，便恶狠狠地反唇相讥，非常尖酸刻薄。你会发现，她每一次恶毒回击后，陪审员们都会身体往后靠看着她，仿佛在重新审视她。她早先引起的同情现在都消失殆尽了，连陪审员麦克布莱德也不再看她的眼睛了。

莱斯莉·范霍腾已被判犯有两项谋杀罪。她是非常积极、乐意地参与了那些谋杀行动，所以我认为她应该被判处死刑。但我不想让陪审团以她根本没犯过的罪来判处她死刑。我告诉莱斯莉的辩护律师麦克斯韦尔·基斯，我愿意证明欣曼案发生时莱斯莉不在现场。“我的意思是，陪审团倾向于认为她当时在场，这会对你的委托人不利，我认为这样是不对的。”

另外，在交叉询问时，我问莱斯莉：“在你走上证人席作证之前，你有没有告诉过任何人，和萨迪、鲍比一起出现在欣曼家的人是你？”

答：“我对帕特丽夏说过。”

问：“实际上在场的那个人是玛丽·布伦纳，而不是你，对吗？”

答：“你爱怎么说就怎么说吧。”

尽管我努力证明莱斯莉并非欣曼案同谋，但在她谋杀罗斯玛丽·拉比安卡的犯罪事实上，我毫不让步。等到我对此展开的交叉询问结束时，莱斯莉已经承认，当她用刀捅罗斯玛丽的时候，罗斯玛丽可能还活着；她不仅捅了罗斯玛丽的臀部，可能还捅了脖子，“我好像在她的后背上也来了几刀”。（随后我提醒陪审团，罗斯玛丽背部的伤口有很多并不是死后造成的，而且其中有一处切断了她的脊柱，本身就是致命的。）

就像对苏珊和帕特丽夏那样，我也强调了莱斯莉所谓的模仿作案犯罪动机纯属虚构。例如，她作证说，她“无可救药地爱着”鲍比·博索莱伊，心里也很清楚实施这些谋杀都是为了解救他，但我指出了一个事实：假如她刚才讲的故事是真的，那只要她出庭为鲍比作证，鲍比就很有可能获释，然而她根本没有提出要为鲍比作证。

现在我决定引她上钩。尽管没有确切的证据，可我强烈怀疑莱斯莉已经将这一系列谋杀的真相告诉了她的第一个律师马文·帕特。我清楚地知道帕特在和莱斯莉谈话时都录了音，虽然我从来没有听过那盘磁带，但我回想起来当时帕特几乎是在恳求法官听一下。

布廖西：“莱斯莉，在庭审开始前，你曾告诉过某人是查尔斯·曼森下令杀人的，是吗？”

答：“我有一个法庭指定的律师，马文·帕特，他坚持认为我是……”

基斯打断了她，并且提出反对，说我们对话的内容涉及特许不泄露的信息[1]。我向奥尔德法官指出，是莱斯莉自己提到了帕特的名字，而且她也有权利放弃这一特权。卡纳莱克很清楚我的意图，因此他也向奥尔德法官提出了反对。

范霍腾：“卡纳莱克先生，你能闭嘴让我回答他的问题吗？……我有一个法庭指定的律师，名叫马文·帕特。为了帮我免除罪行，他想了各种各样的主意，都是他自己的主意。他说他要为我们的谈话录音，还把想让我说的要点都告诉了我。然后我就说了。”

问：“你跟帕特先生说了什么？”

答：“我不记得了。那是很久以前的事了。”

我问她是否告诉过帕特，曼森是这些谋杀的主使者。

---

1 译注：特许不泄露的信息（privileged communications），即证人在法庭作证时，不得强令其揭露因夫妻关系、律师与当事人关系、医生与病人关系、牧师与忏悔者关系等而获知的信息或内情。

答："我当然告诉过他。"

那她有没有告诉帕特，第二天夜里曼森是和他们一起去的，当他们在韦弗利路停下来时，曼森下了车，进了拉比安卡家的房子？

莱斯莉支支吾吾地回应了几句，然后生气地嚷道："我当然告诉他了！"

法官："我们现在要休庭了——"

范霍腾："布廖西先生，你是个坏人！"

曼森家族的所有证人都否认曼森憎恨黑人，但是我最近了解到，有几个女孩在谈及此事时话说得相当诡异。菲茨杰拉德问"尖嗓子"："他对黑人，究竟是爱还是恨？"她回答说："是爱。黑人是他的父亲——那个黑人是查理的父亲。""吉卜赛人"也作证说："首先，查理几乎一辈子都待在监狱里，所以他非常非常了解黑人。实际上我想说，黑人就像查理的父亲，你知道的。"莱斯莉的说法也如出一辙，她补充说："如果查理恨黑人，那他也会恨自己。"

有一回在休庭时间，我问曼森："查理，你父亲是黑人吗？"

"什么？"他似乎被这个问题吓了一跳，不知道是因为我的想法太疯狂，还是因为我发现了一些他不想让人知道的事情。不过曼森最终没有回避问题，他断然否认了这一点。

我觉得他应该没有说谎，现在我也依旧这么认为。

接下来的这名证人已经不是第一次出庭作证了。在欧文·卡纳莱克的要求下，琳达·卡萨比安从新罕布什尔州被带回，再次出现在了证人席上。此前菲茨杰拉德、基斯和希恩都反对传唤她，可惜卡纳莱克没有听取他们的建议。果然，琳达这一次又表现得很好，我甚至没怎么盘问她。她对自己以前的证词也没有丝毫动摇。

琳达和丈夫鲍勃·卡萨比安，还有两个孩子一起住在新罕布什尔州的一个小农场里，无拘无束的鲍勃后来成了她的精神支柱。听说两人的婚姻现在似乎有了起色，我为此感到很高兴。

绰号"乌伊施"的露丝·安·穆尔豪斯现年二十岁，她曾告诉丹尼·德卡洛她迫不及待地想宰自己的第一头猪。现在她又重复了我们已经耳熟能详的那些话：“查理不是首领。”但是“响尾蛇都喜欢他，他能和它们一起玩”，而且“他能把老人变回年轻人”。

乌伊施又在模仿作案犯罪动机中添加了一些虚构成分，她声称鲍比·博索莱伊是琳达·卡萨比安第二个孩子的父亲。

我问她：“为了帮助查尔斯·曼森和这三个女被告，你愿意做任何事，对吗，乌伊施？”

她避而不答，我便又问道：“你甚至会为他们杀人，对吗？”

答：“我不能杀人。”

问：“好的，乌伊施，那我们谈谈下面这个问题吧。你认识一个叫芭芭拉·霍伊特的女孩吗？”

在辩护律师的建议下，乌伊施拒绝回答任何有关企图谋杀霍伊特的问题。根据法律规定，如果证人拒绝接受交叉询问，那么该证人的全部证词就无法成立。因此，乌伊施的证词全部都被推翻了。

所有证人中最古怪的无疑是十九岁，绰号“克莱姆”的史蒂文·格罗根。他谈到了他脑袋里的“印记”；在被问及自己的父亲时，他却大谈起母亲来；他还声称真正的家族首领不是曼森，而是“小熊维尼”，也就是玛丽·布伦纳与曼森的孩子。

随后在法庭会议中，卡纳莱克抱怨奥尔德法官在格罗根作答时发笑了。奥尔德法官回答说：“我可以向你保证，我一点也不觉得这个证人有什么好笑的……我不明白你为什么要传唤他，不过这是你自己的决定……我敢肯定没有哪个陪审员会相信这个证人。”

这个砍下“矮子”希亚脑袋的年轻人看起来完全是个白痴。他不停地咧着嘴笑，做鬼脸，比曼森更爱玩自己的胡子。然而，有几次回答问题时他非常谨慎，这表明事情绝非角色扮演那么简单。

克莱姆回忆说，有一天晚上，他和琳达、莱斯莉、萨迪、特克斯、凯蒂一起坐在车里；他声称是琳达给了他们所有人致幻剂，而曼森当时不在场。但是为了避免把自己牵连进去，他言辞格外谨慎，没有说那是拉比安卡夫妇案发生的那个晚上。

克莱姆的很多回答几乎完全引用了曼森的话。例如，当我问他：“克莱姆，你什么时候加入曼森家族的？”他回答说：“当我以白人身份降生的时候。”

辩方在直接询问时提及了克莱姆在巴克农场突袭中被捕一事，所以我也问了他当时为什么会被逮捕。

答：“我因违背诺言而被捕。”

问：“违背诺言？克莱姆，是你答应过某个女孩，还是别的什么？”

答：“我承诺过要在某个特定日期归还一辆卡车。”

问：“哦，我明白了。有时候这叫作‘重大盗窃车辆罪’，对吧，克莱姆？”

随后辩方传唤了下一位证人：文森特·T. 布廖西。菲茨杰拉德在法庭会议上承认此举非同寻常：“从另一方面看，布廖西在本案中既是调查员又是公诉人。”

戴伊·希恩问了我有关我对苏珊·阿特金斯的讯问以及她在大陪审团前的证词。“为什么你觉得苏珊没有告诉大陪审团全部真相？”他问道。我列举了原因，又特别指出，我相信苏珊用刀捅了莎伦·塔特。

问：“你是怎么得出这个结论的？”

答：“她在证人席上承认了这一点，希恩先生。她还告诉龙妮·霍华德和弗吉妮娅·格雷厄姆，说她用刀捅了莎伦·塔特。”

地方检察官办公室曾与苏珊达成认罪协议：如果苏珊如实作证，检方就不会要求法庭判她死刑。希恩现在试图恢复这项协议，但是正如奥尔德法官在法庭会议上所言：“苏珊·阿特金斯在本案中宣了誓，却作证说她在大陪审团前说了谎。即便双方曾经达成协议，苏珊这一行为本身也足以使协议无效。”

基斯问我是否听过帕特和莱斯莉的谈话录音，或者是否和帕特讨论过录音里的内容。我回答说没有。卡纳莱克的交叉询问则离题太远，最后被奥尔德法官下令终止了。

在接下来的日子里，相继出庭的证人包括阿龙·斯托维茨，前洛杉矶地方检察官、现任加州总检察官的埃韦利·扬格，律师保罗·卡鲁索和理查德·卡巴莱罗，还有促成苏珊口述材料见报及出版的劳伦斯·席勒。此番论证的内容涉及1969年12月4日那份认罪协议的方方面面、阿特金斯与律师的谈话录音、她口述材料的版权出售情况、她在大陪审团前的证词，以及在与曼森会面后的第二天，她解除了和卡巴莱罗的委托关系。希恩在庭审全程中最严厉的交叉询问是针对证人席勒的：他想知道苏珊的故事究竟为席勒赚了多少钱，所得的每一分钱都存在哪个银行账户里。作为苏珊的代理律师，他将从这些钱中得到一些分成。

我在盘问这些证人时得到了一些重大收获。例如，我通过卡鲁索让大家了解到，在1969年12月4日于扬格先生办公室召开的会议上，卡鲁索曾表示苏珊·阿特金斯可能不会出庭作证，"因为她害怕曼森"。

但是卡纳莱克却为控方赢得了最关键的一分。在询问阿特金斯的前律师卡巴莱罗时，他问道："关于这三处住宅中的血字，苏珊·阿特金斯对你说过什么？"

卡巴莱罗："我告诉过你不要问我这个问题，欧文。"

卡纳莱克显然确信卡巴莱罗隐瞒了对苏珊有利的信息，于是便重复了这个问题。

卡巴莱罗叹了口气道："她告诉我说，查尔斯·曼森想发动Helter Skelter，但是事情进展得不够快。写'猪猡'是为了把这些罪行引到黑人身上，因为黑豹党之类的人会用'猪猡'指代当权者。Helter Skelter来得不够快，而查理意图毁灭全世界，这就是曼森家族的全部目的，这就是为什么这些谋杀案会发生。"

"我叫你别问我这些问题，卡纳莱克先生。"

辩方试图证明模仿作案犯罪动机，但结果却一败涂地，于是他们现在转向了一种新策略。他们将多名精神病专家传唤到庭，希望能证实三名女被告的心智受到了致幻剂的严重影响，从而无法对自己的行为负责。

这算不上真正的辩护，但似乎有减轻被告罪行的可能。如果我方不彻底反驳该策略，陪审团量刑的天平可能就会偏向终身监禁，而非死刑。

辩方的第一个证人安德烈·特威德医生自称是致幻剂专家，但是几乎他所有的证词都与该领域公认的专家相左。

特威德声称有这样一个案例：有个年轻人在服用致幻剂后听到一种声音叫他去杀死自己的母亲和祖母，于是他照做了。特威德从这个未经证实的孤例中得出结论，"人们在致幻剂的影响下可能会产生杀人的行为"，并且表示致幻剂可能会造成大脑损伤。

在对特威德医生的交叉询问中，我得出了下列事实：他和帕特丽夏·科伦温克尔只谈了两个小时；他既没有读过庭审记录，也没有询问过帕特丽夏的任何亲戚朋友；他从未在致幻剂领域开展过任何对照研究，只做过一次该主题相关的演讲，而且没有写过任何相关论文。当我问他为什么自认是专家时，他倨傲地答道："什么是专家？不过是旁人根据他的经验认为他是罢了。很多人都认为我是专家，所以我已经习惯了这样认为。"

问："你认为加州大学洛杉矶分校的托马斯·昂格莱德医生是致幻剂领域的专家吗？"

答："是的，我认为是。"

问："他比你更权威吗？"

答："我没有资格对此作出评判，把这个问题留给别人回答吧。"

问："你认为加州大学洛杉矶分校的杜克·费舍尔医生是致幻剂领域的专家吗？"

答："是的。"

于是我指出，这两名医生曾写过一篇论文，题目是《情绪障碍中的致幻剂问题》，文章的结论是：没有科学证据能证实致幻剂会造成脑器官损伤。

现有的证据不容置辩，特威德只得承认该结论是正确的。

1969年12月24日，亚拉巴马州莫比尔市一位名叫克劳德·布朗的精神病专家对帕特丽夏·科伦温克尔进行了医学检查。特威德的部分结论是基于布朗的检查报告，所以在交叉询问开始之前，我拿到了该报告的一份副本。

这份材料是控方的一枚重磅炸弹，从我对特威德医生的下一个提问中，就能够看得出它巨大的威力：

问："在你形成对帕特丽夏·科伦温克尔的看法时，你有没有考虑到她告诉过布朗医生，在塔特案发生当晚，查尔斯·曼森曾让她和特克斯·沃森一起去？"

就这一问题，辩方无数次提出反对，奥尔德法官也召开了长时间的法庭会议，最终特威德医生承认他考虑过这一点。随后，帕特丽夏·科伦温克尔又一次被传唤到证人席上，她承认自己对布朗医生说过那话，但拒不承认其真实性。

现在在这场博弈中，我方得了一个满分。曼森曾让苏珊、帕特丽夏和莱斯莉等人出庭作证，试图以此为自己开脱。然而结果却恰恰相反，我现在证明了她们三人之前都告诉过别人，曼森是这些谋杀案的幕后主使。

这份检查报告中还有其他惊喜。科伦温克尔还告诉过布朗医生，她逃到莫比尔市“是因为害怕曼森发现她，会杀了她”；[1]塔特案发生那天，她刚从嗑药的幻觉中走出来，当晚没有服用任何毒品；案发后“她总是担心他们做了这些事会被逮捕，但‘查理说没人敢碰我们’”。

最后那句话证明帕特丽夏很清楚自己行为的后果。

这一点很关键，因为从辩方律师的询问中可以明显看出，他们是想暗示三名女被告在作案时处于精神错乱状态。

根据加州法律，以精神错乱为由的抗辩必须在庭审开始前向法庭提交。在定罪庭审结束后，会有一个单独的精神状况裁定环节。然而辩方并没有在适当的时间提出该抗辩。因此，从某种意义上说，被告作案时精神是否错乱其实无关紧要，因为它并不属于陪审团裁决的范畴。然而换个角度来看，这一问题仍然至关重要。如果辩方能让陪审团怀疑被告作案时精神错乱，那么被告的量刑将会受到极大的影响。

突然之间，我不仅需要重新论证曼森的罪行，还必须从法律层面证明三名女被告在作案时精神处于正常状态。

在美国，包括加州在内的大多数州在进行精神疾病司法鉴定时均遵循马克诺顿原则，即如果被告人由于精神疾病或缺陷，在作案时无法意识到自身行为的错误性，则可以在法律上认定其精神错乱。不过，倘若只是被告个人坚信其行为没有错误，则不足以适用该原则。如果仅凭被告个人想法就认定其精神错乱，那每个人都可以成为法律的制定者了。例如，某男子可以强奸十几个女子，然后说：“我不认为强奸是错误的。”从而逃避刑罚。问题的关键在于此人是否知晓社会认为他的行为是错误的。如果他知道，那么他在法律上就不属于精神错乱。在本案中，被告为了避免被人发现，故意采取了一系列行为，诸如剪

1 原注：该证据对曼森不利，但是能让菲茨杰拉德的委托人帕特丽夏·科伦温克尔从中受益。然而，将这一证据呈堂的却并非菲茨杰拉德本人，而是紧随其后进行提问的基斯。

断电话线、擦除指纹、更改身份、销毁罪证，这些均构成间接证据，表明被告知晓社会认为其行为是错误的。

之前特威德医生曾作证说，帕特丽夏·科伦温克尔不认为这些谋杀是错误行为。所以现在我问道："在你看来，当帕特丽夏·科伦温克尔犯下这些谋杀案时，她知不知道社会认为她的行为是错误的？"

答："我觉得她知道。"

布廖西："我没有问题了。"

3月4日那天，曼森把胡须修剪成了整整齐齐的分岔式，还剃光了头发。他告诉记者："我是魔鬼，魔鬼总是个光头。"

有趣的是，这一回三名女被告并没有效仿曼森。而且当曼森在法庭上胡闹时，她们也不再像定罪庭审时那样亦步亦趋了。她们现在显然已经明白，这些荒唐的模仿只能证明曼森的绝对权威，不过她们明白得太迟了。

辩方的下一位证人是精神病专家基思·迪特曼，他否认致幻剂会造成大脑损伤，但同时又作证说，该药物会对人的性格产生不利影响。他还声称致幻剂的服用者更容易受到他人的影响，莱斯莉服用了致幻剂，再加上曼森对她的影响，这些都有可能是导致她参与谋杀的重要因素。

范霍腾："这真是天大的谎言。我是受了越南战争和电视的影响。"

在我的交叉询问下，迪特曼承认，并非所有人对致幻剂的反应都一样，这取决于服用者的人格结构。随后他又不得不承认自己从未对莱斯莉进行过医学检查。由此可知，迪特曼并不知道莱斯莉的人格结构，从而无法指出致幻剂对莱斯莉的精神产生了什么影响。

同理，在未对莱斯莉做出医学检查的情况下，迪特曼也不能明确说出她是否具有内在杀人倾向。

在第二轮直接询问中，基斯问迪特曼："内在杀人倾向指的是什么？"

答："比方说，和一般人相比，一个人有着更强烈的杀人冲动……"

问："从精神病学角度讲，你认为有些人的杀人冲动比其他人更强吗？"

答："嗯，有些人的敌对性和攻击性更为隐蔽或者更为公开。从这个意义上说，他们更有可能实施暴力犯罪，比如谋杀。"

这恰恰是我准备的一个主要论点，我本来打算在量刑庭审结束前的终结辩论中论证这一点的，现在迪特曼医生已经帮我阐明了。

人称“海特区嬉皮士医生”的乔尔·福特本来颇有些传奇色彩，但看起来却毫无嬉皮士的风格。这个美国国家特殊社会与健康问题解决中心的创立者四十多岁，穿着保守，说话轻声细语，头发不长（实际上已经谢顶）。曼森被他的证词激怒了，大声嚷道：“就算他看到过嬉皮士，那也一定是在街上开车经过时看到的。”

曼森有理由愤怒。因为即使是在辩方直接询问环节，福特医生对控方的帮助也比对辩方的大。作为一本药学专著的作者及另外十一本书的合著者，他表示：“药物本身并不会产生神奇的变化——还有许多其他因素。”

我通过交叉询问引出了其中一个因素。福特说：“在检查过莱斯莉·范霍腾之后，我感觉曼森先生的影响力对这些谋杀案的发生至为关键。”

这场博弈的另一个关键得分点也在交叉询问环节出现了。辩方的新论点是：这些女孩作案时服用了致幻剂，因此对自身行为不用负太大责任。为了反驳这一论点，我问福特：“服用致幻剂的人不会产生暴力倾向，医生，事实难道不正是如此吗？”

答：“是的。”

卡纳莱克仍然在攻击我方的曼森操控论，他问福特：“那么你知道这样的案例吗？我的意思是，除了在弗兰肯斯坦式[1]电影里之外，有这样的案例吗？某人坐在那儿，操纵着别人出去武装抢劫、入室盗窃、袭击他人之类的，你听说过这类事情吗？”

答：“听说过。从某种意义上说，我们在战争中操纵士兵就属于这类事情。军队利用同龄群体特性以及灌输给国家公民的爱国思想来实现这种行为模式。”

许多人虽然原则上反对死刑，但又觉得这些谋杀实在太过残忍、太过冷酷，实在没有减罪的理由，因此出于正义，他们要求判处凶手们死刑，福特医生就

1 译注：弗兰肯斯坦是玛丽·雪莱创作的小说《弗兰肯斯坦》中的人物，是一个疯狂的科学家。后来用以指代顽固的人或人形怪物。

是这类人的典型。我在法庭外的大厅里和他有过一次交流，从中了解到了这一点。当时他表示，他对被辩方传唤出庭作证深感不悦。福特医生非常担心曼森家族给所有年轻人留下的污点，因而提出在查尔斯·特克斯·沃森受审时，他要为控方作证，我后来接受了这个提议。

当天中午，我得知基斯下午打算传唤乔尔·西蒙·霍克曼医生，于是我迅速解决了午餐，这样就可以挤出半个小时来跟这位精神病专家谈一谈了。正是在那次“走廊谈话”中，我发现了他可能对辩方造成的巨大伤害。

令我惊讶的是，麦克斯韦尔·基斯压根没有跟自己的证人聊过。他未事先联系就冷不丁地传唤了霍克曼。假如基斯能提前和霍克曼聊聊，哪怕只聊五分钟，他也绝不会传唤此人出庭作证。因为霍克曼医生曾跟莱斯莉面谈过，认为致幻剂并没有对她造成重大影响；相反，他觉得莱斯莉身上有其他非常严重的状况。

不论是在莱斯莉的精神病学报告中，还是在证人席上，霍克曼医生都称莱斯莉·范霍腾为“一个被宠坏的小公主”，不能“忍受挫折和延迟满足”。从童年开始，她就很难控制自己的冲动。一旦不能随心所欲，她就会勃然大怒，比如用鞋子抽打父母领养的妹妹。

“整体而言，”霍克曼指出，“从心理上看，莱斯莉·范霍腾显然是一把上了膛的枪，她的爆发是多种难以预料的、古怪而复杂的情况交织的结果。”

霍克曼证实了我长期以来的怀疑。在三名女被告中，莱斯莉·范霍腾对查尔斯·曼森的忠诚度最低。“她听了（曼森）关于哲学的说辞，但并不赞同。”她也无法“和查理在性方面达到契合，这让她非常烦恼。她说：‘我没法儿像跟鲍比那样和查理做爱。’”。据霍克曼所言，莱斯莉对美很着迷。“鲍比的身体很美，查尔斯则不然。查尔斯很矮，我很讨厌这一点。”

然而莱斯莉依然在曼森的指使下杀了人。

基斯问道：“霍克曼医生，你有没有问过莱斯莉，在她和曼森先生交往期间，曼森先生对她的思维、行为和活动是否产生过影响？”

答：“她表示否认，但我并不相信。”

问：“你为什么不相信？”

答：“好吧，如果莱斯莉没有意识能力，案发现场也没她什么事，那她为什么还要在那里待那么久，这一点我无法理解。"

正如我后来在终结辩论时说的那样，许多人来到斯潘农场，但只有少数人留了下来；这些人之所以选择留下，是因为他们发现曼森兜售的黑心药实在可口极了。

据霍克曼说，莱斯莉在和他交谈时宣称自己信仰"一种原始的基督教，热爱世界，接受一切。于是我问她：'那么既然如此，你怎么会去杀人呢？'她说：'嗯，那也是我内心深处的东西。'"。

麦克斯韦尔·基斯本应该就此打住的，可他却继续问霍克曼："你是怎么理解她这句话的？"

答："我觉得它很现实。我认为，尽管她一向否认自己的情绪问题，但实际上她内心的确有一种愤怒在作祟。"

基斯仍没有就此罢休。他又问道："你说她内心有一种愤怒，这指的是什么？"

答："在我看来，杀人需要一种愤怒，一种情绪反应。我认为毫无疑问，她的内心存有这种愤怒。"

问："事实上她从来没有见过，也没听说过拉比安卡夫人，所以你仍然认为案发时她心中存有愤恨吗？"

答："嗯，我想她不认识拉比安卡夫人，这反而让事情变得更容易了……杀害一个你有好感的人是很难的。我认为拉比安卡夫人对她而言没有什么特别之处。

"我这么说可能会更清楚一些：拉比安卡夫人是一个实体对象，一块空白的投影屏，莱斯莉将自身情感投射到了该屏幕上，如同病人将自身情感投射到陌生的分析师身上一样……她对母亲、父亲和当权者的情感……

"我认为在很长一段时间里，她都是一个异常愤怒的女孩，这种愤怒与她长期被人疏远有关。"

霍克曼将我结案陈词中的一个主要观点表达出来了：在受到查尔斯·曼森的掌控之前，莱斯莉、苏珊、帕特丽夏和沃森心中就已存有敌意和愤怒。当曼森要求琳达·卡萨比安、保罗·沃特金斯、布鲁克斯·波斯顿、胡安·弗林和T. J. 为他杀人时，这些人都说了不。

特克斯·沃森、苏珊·阿特金斯、帕特丽夏·科伦温克尔和莱斯莉·范霍腾则不同，他们都听了曼森的话。

所以除了受曼森的影响之外，一定还有某种特殊原因导致这四个人做出了杀人行为，那是一种内在的人格缺陷。

基斯把自己的案子搞得一塌糊涂，却一直想把帽子扣在曼森头上。菲茨杰拉德在询问霍克曼时则恰恰相反，他试图弱化曼森对莱斯莉的影响。他问霍克曼，曼森的影响究竟是什么，然后得到了这样的回答："他的思想、存在，以及他在双方关系中扮演的角色，都极大强化了莱斯莉多方面的情感和态度。这种强化作用持续存在，并且使她对社会和当权者的疏离感得以延续。"

问："所以实际上，你想表达的一共有两点，一是曼森可能会对莱斯莉有一些影响，二是如果这些影响真的存在，也只是会削弱她对自身冲动的控制力，对吗？"

答："是的。"

问："所以从你的专业视角而言，曼森对莱斯莉·范霍腾的影响充其量也是微不足道的，对吗？"[1]

答："我再给你举个例子吧，这样可能会更清楚……假设有人走进来说：'我们把整个苹果派都吃掉吧。'很明显，这个建议对你产生了诱惑，但究竟是吃整个苹果派还是只吃一块，最终的决定还是由你自己做出。因此，那个人是有影响力的，但在那种情形之下，他不是最终的仲裁者或决定者……

"有人可以叫你去开枪杀人，但是否要这样做，取决于你的内心。"

轮到卡纳莱克询问时，他循着这个话题继续追问："所以你是在用通俗的语言告诉我们，当一个人持刀伤人时，该行为是他个人的决定？"

答："从最终的分析来看，的确是这样。"

问："该行为是持刀伤人者的个人决定？"

1 原注：莱斯莉·范霍腾和菲茨杰拉德的委托人帕特丽夏·科伦温克尔之间并没有明显的区别。这两个年轻女孩都加入了曼森家族，服从曼森的统治，并最终为了他去杀人。为了证明曼森在莱斯莉杀人一事上没有任何责任，菲茨杰拉德同时也论证了曼森并没有促成帕特丽夏的杀人行为。霍克曼医生的回答不仅严重伤害了莱斯莉的利益，对帕特丽夏和苏珊也极为不利。

答："是的。"

现在我和卡纳莱克站在了同一战线上，这真是颇有讽刺意味。我们俩都想证明，即使不受曼森的影响，这些女孩也有杀人的冲动。

曼森对霍克曼的印象非常深刻，一开始就想与他面谈，接受他的询问。然而曼森后来放弃了这个念头，这也让我松了一口气。我倒不太担心曼森会操纵霍克曼。但是即使霍克曼不相信曼森的说辞，卡纳莱克也一定会让他在证人席上把那些说辞都重复一遍。因此，通过利用霍克曼这个中间人，曼森几乎可以在陪审团前得到他想要的一切，而不必受制于我的交叉询问。

霍克曼在三名女被告身上发现了"她们早期生活的大量证据，足以证明她们的反社会或越轨行为，以及与社会的疏离感是由来已久的"。甚至早在加入曼森家族之前，莱斯莉的情绪问题就比一般人要多。苏珊则不顾父亲的告诫，偏要和父亲唱反调。"现在回想起来，她认为，"霍克曼说，"即便没有查尔斯·曼森，她也会因为过失杀人或使用致命武器攻击他人而锒铛入狱。"帕特丽夏第一次和人做爱是在十五岁，此后她再也没有见过那个男孩，她因为这段经历而感到非常内疚。是曼森祛除了她的内疚感。在允许她加入家族的同时，曼森也给予了她渴望已久的认可和接纳。

霍克曼觉得苏珊要比其他两个女孩更加悔恨——她经常说希望自己的生活就此终结。但霍克曼也指出："这个女孩没有传统的道德感或良知，这让人非常震惊。"他作证说："当下她面临着刑罚，甚至可能是死刑，但是她好像并没有任何不安或焦虑的迹象。相反，在目前的处境中，她似乎表现出一种非同寻常的平静和自我接纳。"

据霍克曼说，这三个女孩都否认"对任何事怀有任何负罪感"。而且他觉得在她们的头脑里，一切都没有对错之分，道德是一个相对的概念。"然而，作为一名精神科医生，我知道人无法在理性上摆脱那些存在于非理性、无意识层面上的感觉。如果你从小到大都觉得杀人是错的，你就无法理性地告诉自己杀人是可以接受的。"

简而言之，霍克曼认为，作为人类，这些女孩内心深处是有一些负罪感的，尽管她们一直在有意识地压抑这种情感。

基斯问道："霍克曼医生，在你看来，莱斯莉会对强化治疗产生反应吗？"

答："有可能。"

问："换句话说，你不认为她是那种迷失了灵魂且永远无法找回的人？"

答："对，是这样，我不认为她是那种永远丧失了灵魂的人。"

对精神科医生来说，没有人是无可救药的。这是一个必不可少的标准化证词。然而，辩护律师中只有麦克斯韦尔·基斯问了这个问题，而且还是到第二轮直接询问时才问的。

早前我曾令霍克曼承认，他只是听女孩们说，她们在案发的两个晚上都服用了致幻剂。现在我问他："在阅读致幻剂的相关文献时，你是否读到过有人在致幻剂影响下杀人的公开案例？"

答："读到过，不过是自杀案例，不是谋杀。"

就像我后来问陪审团的那样，沃森、阿特金斯、科伦温克尔和范霍腾，他们四个难道都是致幻剂使用者中的例外吗？

霍克曼的大部分证词都涉及三个女孩的精神状态。他说苏珊·阿特金斯患有一种可诊断的疾病：一种导致歇斯底里型人格的童年早期剥夺综合征。

但这并非马克诺顿原则定义的法律上的精神错乱。

莱斯莉·范霍腾是一个不成熟的、异常冲动的人，倾向于不经过思考就自发行动。

这也不属于马克诺顿原则定义的法律上的精神错乱。

在科伦温克尔的医学检查报告中，莫比尔市的精神病专家克劳德·布朗医生写道："我见到科伦温克尔女士时，她表现出了精神分裂症的反应。"然后他又补充说："我不能肯定在她涉嫌的谋杀案发生时，她是否患有这种精神疾病。"

根据马克诺顿原则，精神分裂症有可能是法律上的精神错乱。但是布朗医生对此持保留意见。菲茨杰拉德问霍克曼医生，基于对科伦温克尔的医学检查，他是否同意她现在或曾经患有精神分裂症，这时霍克曼回答说："我不同意。"

接下来的任务就是以容易理解的方式把这些内容讲给陪审团听。

在第二轮交叉询问中，我让霍克曼为"精神病患者"下定义。他回答说，这意味着"与现实脱节"。

我又问道："医生，你觉得现在这三名女被告中有谁是精神病患者吗？"

答："没有。"

问："在你看来，这三名女被告中有谁曾是精神病患者吗？"

答："没有。"

布廖西："我可以接近证人吗，法官大人？我想私下问证人一个问题。"

法官："同意。"

尽管我已问过霍克曼医生这个问题，但我想再次确认他的回答。得到回答后我便回到了律师席，问了霍克曼一些其他问题，这样陪审团就不会知道我们刚才说了什么。然后，我开始一步步为那个重要论点埋下伏笔。

问："医生，'精神错乱'这个词，你肯定很熟悉吧？"

答："是的。"

问："总的来说，你是把'精神错乱'定义为外行人眼中'精神病患者'的同义词？"

答："要我说，'精神错乱'这个词通常指的是'精神病患者'。"

问："那么从精神病学的角度来看，我是不是可以认为，在你看来，这三名女被告现在都没有精神错乱，以前也不曾有过？"

答："没错。"

霍克曼此话一出，控辩双方在精神病学层面的证据博弈其实已经结束了。

在量刑庭审阶段，除了这几名证人，辩方只传唤了另外三个证人，而且均为曼森家族的核心成员。她们在证人席上的时间都很短，但是就像之前发生的所有事情一样，她们每个人的证词都令人震惊，这在第一名证人那里体现得尤为明显。

凯瑟琳·吉利斯是迈尔斯农场主的孙女，她的证词与其他家族成员的保持一致：曼森从不领导任何人；从来没有人谈论过种族战争；谋杀这些人是为了解救鲍比·博索莱伊。

这个二十一岁的女孩用一种叙述事实的冰冷语气作证说，在拉比安卡夫妇案发生当晚，"我跟着凯蒂上了车，问我能不能和她一起去。琳达、莱斯莉和萨迪也都在车里。她们说，她们要做的事已经有足够的人手了，我不用去了"。

在回答卡纳莱克的直接询问时，凯瑟琳说："你知道的，我愿意为自己的兄弟而杀人，我们都愿意。”

问：“你这话是什么意思？”

答：“换句话说，为了把一个兄弟救出监狱，我会去杀人。那天晚上我要是去了，我也会杀人……”

问：“你为什么没跟她们一起去呢？”

答：“就是因为她们不需要我。”

轮到菲茨杰拉德询问时，他显然希望能缓和凯瑟琳的严厉语气。他问：“你是否曾为救某人出狱而杀过人？”

凯瑟琳脸上浮出一丝诡异的微笑，她摇了摇头，直视着陪审团回答说：“暂时还没有过。”

在直接询问环节，凯瑟琳作证说，帕特丽夏告诉过她塔特案和拉比安卡夫妇案的事。于是在交叉询问时，我问：“当凯蒂告诉你他们杀了这些人时，你内心有没有觉得不安？”

答：“实际上我没怎么受影响，因为我知道他们为什么这么干。”

问：“所以你没有为此感到难过？”

答：“是的，这当然不会让我难过。”

问：“你没有决定不再和杀人犯一起生活了吗？”

答：“显然没有。”

问：“没能和他们一起去，你觉得难过吗？”

答：“我想和他们一起去。”

曼森家族的第一个成员玛丽·布伦纳曾声称，警方告诉过她，如果她不把曼森与欣曼案联系起来，她就会受到谋杀指控。现在她否认了这一证词，甚至还否认自己曾去过欣曼家。

在基斯的询问下，玛丽·布伦纳表示自己在鲍比·博索莱伊的复审中和在欣曼案的大陪审团前都作证过，而且在两次作证中，她都没有说过欣曼被杀时，莱斯莉·范霍腾在现场。

我没有问题要问她，已经没有问的必要了。

布伦达·麦肯又一次被传唤到证人席上，她说在塔特案和拉比安卡夫妇案发生的那两个晚上，她看到曼森和斯蒂芬妮·施拉姆在恶魔谷一起睡觉。

早在十五个月前，我就为盘问布伦达做好了准备。我用她在大陪审团前的证词反驳了她，当时她说不记得那两个晚上她和曼森都在哪里。

布伦达是辩方的最后一名证人。1971 年 3 月 16 日，星期二，布伦达的作证也结束了。那天下午，辩方又挣扎了几番，比如卡纳莱克拒绝宣布加里·欣曼已经死亡，之后他们才停止举证。周三一整天，我们都在准备给陪审团的指示材料。周四，量刑庭审进入了最后阶段，现在只剩下开场辩论、终结辩论、陪审团审议和裁决这三个环节了。

1971 年 3 月 18 日至 29 日

我在量刑庭审中的开场辩论非常简短，还不到 10 分钟。同往常一样，曼森依然决定在禁闭室旁听，其用意显而易见：曼森不希望在我谈论到他时，陪审员的目光全部都聚焦在他身上。

我开门见山地说："为了撇清查尔斯·曼森与本案的关系，三名女被告和辩方证人付出了疯狂的努力。我相信你们都清楚地看到了，他们在证人席上谎话连篇，为自己的上帝查尔斯·曼森而竭尽所能。这一切我不再赘言。"

"实际上，查尔斯·曼森早都已经被定罪了。他被判犯有七项一级谋杀罪和一项共谋杀人罪。"

"女士们、先生们，在我看来，下决定的最艰难之处不在于这些被告是否应被判为死刑。鉴于他们犯下了如此惨绝人寰、野蛮凶残的血案，死刑才是唯一正确的裁决。"接下来，我提出了我的核心论点："如果本案还不能适用死刑，那么没有哪个案件可以适用死刑了。考虑到他们的所作所为，倘若判处他们终身监禁，那绝对是有史以来最丰厚的礼物、最伟大的慈善和最仁慈的施舍。"

"在我看来，下决定的最艰难之处在于，你们是否有勇气将四名被告全部判为死刑。"

我预料辩护律师会乞求留下被告的性命，于是告诉陪审团，这不仅值得赞扬，而且可以理解，就像他们“在定罪庭审阶段辩称被告与本案无关一样，都是可以理解的，哪怕在后来的量刑庭审阶段，三名女被告站在证人席上说：‘没错，是我们干的。’”。

我指出，这些被告绝对没有任何理由以如此惨无人道的恶毒方式去扼杀七个人的生命。本案不存在任何减罪情节。

“女士们、先生们，这些被告根本不是人。人类是有心，有灵魂的。他们对这七名受害者所做的一切，没有哪个有心有灵魂的人能够做得出。

“他们是人形怪物，是人类的变种。”

“塔特-拉比安卡夫妇案只有一个正确的审理结果，”我总结道，“将四名被告全部判处死刑。”

卡纳莱克在辩论之初就表示：“曼森先生有时候并不是个好人。”然而他接下来却说：“但是曼森先生在本案中是无辜的。”

那曼森为什么要受审？卡纳莱克回到了他最喜欢的两句辩词：“因为喜欢女孩子，曼森先生给自己惹来了很多麻烦。”他被带到法庭只是因为，“这样一来，地方检察官办公室的某人就可以记一个大功，然后炫耀说：‘我抓到了查尔斯·曼森。’”。

卡纳莱克的辩论持续了三天多，有时候相当荒谬，比如他宣称：“给予这些人生命，其实就是在为美利坚合众国提供服务，因为假如我们需要一场革命，他们会是激发革命的那股力量。”有时候他的荒唐话纯属无心之言，比如他说，与帕特丽夏·科伦温克尔和莱斯莉·范霍腾不同，“查尔斯·曼森没有家人在此作证”。不过大多数时候，卡纳莱克都在试图播下怀疑的种子。

如果苏珊·阿特金斯为帮曼森开脱而在证人席上撒了谎，那她为什么还要指证是曼森指使谋杀了欣曼？为了保护斯潘农场的人，曼森亲自朝克罗开了枪，这难道不是他无须指使别人为自己做事的明证吗？如果这些女孩在曼森与谋杀无关这一点上撒了谎，那她们不也应该谎称自己感到悲伤和懊悔吗？

关于模仿作案犯罪动机，卡纳莱克只是简单提了一下，根本没有试图为之辩护。相反，他又提出了另一个犯罪动机。“如果不是他们（即塔特案的受害者）当中有人吸食毒品，这一系列事件就不会发生。”

接下来轮到戴伊·希恩辩论，他紧扣霍克曼医生的说法，表示自己坚信即使这些女孩没有意识到，她们在潜意识中也是懊悔和自责的。

至于苏珊，“她还年轻，”希恩争辩道，“她才二十二岁。我相信她仍有重塑的希望……也许有一天她会改过自新，最终意识到自己的行为是不对的。我相信她拥有这种可能性，应当得到一个机会，这样的话，也许有一天她就会被释放，在监狱外度过余生。”

希恩的这个策略非常糟糕，它暗示了如果苏珊·阿特金斯被判终身监禁，那么有一天她可能会被假释。然而根据法律要求，控方不能对此进行辩驳，以免对被告造成危害。

麦克斯韦尔·基斯的开场辩论是四名辩护律师中最好的。他也是唯一一个真正试图反驳我论点的人。

“布廖西先生告诉你们，如果本案还不能适用死刑，那么没有哪个案件可以适用死刑了。好吧，我想知道死刑何曾适用过？

“在定罪庭审阶段，布廖西曾以一份‘亡者名单’结束了他的辩论。女士们、先生们，现在请让我念一份活死人的名单吧：莱斯莉、萨迪、凯蒂、‘尖嗓子’、布伦达、乌伊施、桑迪、凯西、‘吉卜赛人’、特克斯、克莱姆、玛丽、‘蛇’，当然还有更多人。他们的生活，尤其是这三个年轻女孩的生活，已经遭到了严重的破坏，而且有些破坏可能永远无法修复。我希望事情不至于此，但这种可能性的确存在。”

他坚称莱斯莉·范霍腾能够改过自新，应当将她作为研究对象，而不是对她执行死刑。“原谅是神圣的，但我并不是在请求你们原谅她。我想请求你们给她一个赎罪的机会。她应该活下去。她所做的那一切，并不是真正的莱斯莉会做出的事。让今天的莱斯莉死去吧——今天的她会缓慢抑或痛苦地死去。让曾经的莱斯莉得以重生。”

下一个进行开场辩论的是保罗·菲茨杰拉德，他并没有说曼森对帕特丽夏身上发生的事情负有责任，甚至没有给出任何暗示。

“帕特丽夏·科伦温克尔今年二十三岁，”菲茨杰拉德说，“一年有 365 天，23 年大概就是 8400 天，她迄今为止的人生大约一共有 200 000 个小时。”

“而实施这些犯罪最多需要 3 个小时左右。

“难道仅根据 200 000 个小时里的 3 个小时中发生的事情，就要对她做出评判吗？”

3 月 23 日开庭前，我走到饮水机旁时，不远处禁闭室里的曼森大声对我喊道：“如果我被判死刑，将会发生很多流血事件，因为我不会接受死刑的。”

法庭书记员和地方检察官办公室的史蒂文·凯碰巧都听到了。史蒂文火冒三丈地冲出法庭，向媒体重复了一遍曼森的话。得知这一消息后，我要求记者们不要刊登出来。可是《洛杉矶先驱观察报》还是在头版用通栏大标题报道了此事：

曼森发出死亡威胁

如果我注定要死

那恐怖必将降临

然而早在这个报道之前，奥尔德法官就已经意识到发生了什么，并且决定立刻隔离陪审团，而不是等到辩论结束再隔离。

在终结辩论中，我逐一驳斥了辩方的所有论点。例如，辩方声称琳达是听了苏珊的录音带才得知了案发情节。我反问，既然琳达在案发的两个晚上都在场，那她为什么还要听录音带呢?

卡纳莱克之前告诉陪审团，如果他们做出死刑裁决，那他们就都是凶手。这一论点非常有力。为了支撑它，卡纳莱克引用了《圣经》“十诫”中的第五诫：“不可杀人。”

作为回应，我告诉陪审团，大多数《圣经》学者和神学家都将原文解读为：“不可谋杀他人。”1970 年版的《新英文圣经》也正是这样释义的。

我强调，“十诫”出现在《出埃及记》的第二十章，而卡纳莱克没有提到的是，就在下一章，死刑的适用性得以确认。《出埃及记》第二十一章第十二节说：“打人以致打死的，必要把他治死。”同一章的第十四节则说：“人若任意用诡计杀了他的邻舍，就是逃到我的坛那里，也当捉去把他治死。”

卡纳莱克辩称被告没有受到任何人的操控。对此我反驳道，除了定罪庭审阶段的所有证据之外，在量刑庭审中，“阿特金斯、科伦温克尔和范霍腾甘当替罪羊，承认参与了这一系列谋杀，然后在证人席上谎称曼森与本案无关，她们心甘情愿作伪证，这一事实本身就证明了曼森对她们的操控……”。至于家族中的其他证人，“尖嗓子”、桑迪等等，“这些人的证词听起来就像是一张受损的唱片。她们的想法和语言都如出一辙，简直是从一个模子里刻出来的。她们现在仍然完全从属于查尔斯·曼森，仍然是他的奴仆”。

接着我开始谈论模仿作案犯罪动机。我的目标是要彻底摧毁它，但同时又不在该话题上停留太久，以免适得其反。

“女士们、先生们，”我说道，“为了摘掉查尔斯·曼森的帽子，三名女被告和辩方证人使用的手段实在是太可笑了。”

“他们必须想出一个作案动机，用以替代 Helter Skelter。为什么呢？因为在定罪庭审中，至少有十名证人都把曼森和 Helter Skelter 联系起来了，话一出口，不可撤销。所以现在他们作证时当然不能说本案的动机是 Helter Skelter，毕竟这么说就等同于在承认‘是的，是查尔斯·曼森一手策划了这些谋杀’。于是他们就编出了所谓的模仿作案犯罪动机。”

“我可以列出二三十个理由，来说明为什么这个荒谬的动机显然是凭空捏造的，但我不想在这上面占用你们的时间，也不想侮辱你们的智商。”不过我还是给出了一些理由：

琳达·卡萨比安在量刑庭审中作证说，她从未听说过实施这些谋杀是为了解救鲍比·博索莱伊。

加里·欣曼被刺了不到 4 刀。沃伊特克·弗雷科夫斯基身中 51 刀，罗斯玛丽·拉比安卡身中 41 刀，莱诺·拉比安卡则身中 26 刀。如果是模仿杀人的话，那差别也太大了。

况且，如果是模仿杀人，那为什么塔特家和拉比安卡夫妇家没有出现“政治猪猡”这个词呢？为什么这两所住宅中没有血掌印？

我指出，推翻这一荒谬动机的最有力证据是，早在 1969 年 2 月，“在欣曼案还没有发生，‘政治猪猡’一词还未出现，尚且没有任何可以模仿的样本时，曼森就已经告诉过布鲁克斯·波斯顿和其他家族成员——包括本案的所有共同被告，波斯顿的证词原话是：‘他说，一群真正的黑人将走出贫民区，在洛杉矶和其他城市的富人区犯下残暴的罪行。他们会持刀行凶，将尸体切成碎片，在墙上涂抹血迹，写下“猪猡”。’”。

“在墙上涂抹血迹，写下‘猪猡’。”我重复道。

“所以在塔特家和拉比安卡夫妇家写‘猪猡’只是曼森 Helter Skelter 蓝图

的开始，而不是为了模仿欣曼案。”

“顺便提一句，”我说，“卡纳莱克先生从来没有向你们解释为什么拉比安卡家的冰箱门上有‘helter skelter’这个词的血字。Helter Skelter与解救鲍比·博索莱伊有何关联？与据称在塔特家被讹了1000美元才买到的新型毒品MDA又有何关联？绝对毫无关联，事实就是这样。拉比安卡夫妇家冰箱门上之所以有‘helter skelter’的血字，是因为Helter Skelter就是这些凶残谋杀的主要动因，本次庭审中所有的证据都毫无疑问地表明了这一点。”

“是的，”我承认，“欣曼案与塔特–拉比安卡夫妇案之间是有联系的，但这联系与解救鲍比·博索莱伊之类的无稽之谈毫不相干。二者的联系在于，曼森先生不仅是塔特–拉比安卡夫妇案的主使者，还是下令谋杀欣曼的那个幕后黑手。这就是它们之间的联系。”

至于苏珊·阿特金斯声称是琳达·卡萨比安策划了这些谋杀案，我反驳道，直到量刑庭审阶段，苏珊才提到这件事，然后“突然之间，琳达·卡萨比安就取代了查尔斯·曼森”。

为了证明苏珊这一说法着实荒谬，我给出了几个解释，比如温顺听话的琳达仅在一个月内就掌管了整个家族，这简直荒唐至极。“女士们、先生们，只有一个人谋划了这些血案，他姓名的缩写是CM，别称的缩写是JC。现在此人正在禁闭室听我讲话……”

而最为荒谬的是，在大约一年半的时间里，萨迪和‘吉卜赛人’都保守着模仿作案犯罪动机的秘密，不断地作伪证。她们不仅没有告诉其他家族成员，甚至也不曾透露给曼森的律师，尽管两人都作证说自己深爱着查理，愿意为他而死。

“她们为什么不把模仿作案犯罪动机告诉曼森的律师呢？因为这个动机根本就不存在。它是最近才编出来的。”

至于曼森的不在场证明，即案发那两晚他都和斯蒂芬妮·施拉姆待在恶魔谷，“曼森先生的所有奴仆在量刑庭审时都这样作证了，而斯蒂芬妮·施拉姆，那个他们声称和曼森在一起的女孩却作证说，曼森没有和她在一起，这难道不奇怪吗？”

然后我开始论证四名被告是否应该被判处死刑。

我认为，支持死刑的最有力论据是死刑具有威慑力，这种威慑可能会挽救更多的生命。然而，根据加州法律，控方不能谈及死刑的威慑作用，只能探讨其惩罚作用。

“女士们、先生们，这些并非典型的谋杀，而是一场单方面的战争，其暴行之恶劣简直无法言喻。如果这些被告还不能被判处死刑，那么一般的一级谋杀犯只需在县监狱服刑十天就够了。”

菲茨杰拉德认为处死这些被告并不能使七名受害者起死回生，对此我反驳道：“照这么说，那人们不论犯了什么罪，都不会受到惩罚了，因为惩罚一个人并不能消除他犯罪的事实。”比方说，“不要惩罚纵火者，因为惩罚并不能使被烧毁的建筑复原”。

加州法律规定，不得将未满十八岁的被告判处死刑。尽管菲茨杰拉德一再称三名女被告为“孩子”，但我提醒陪审团，莱斯莉二十一岁，苏珊二十二岁，帕特丽夏二十三岁了。“无论以何种标准衡量，她们都是成年人了，必须对自己的行为完全负责。”

至于辩方所谓的精神失常论，我提醒陪审团，唯一对这三名女被告进行过医学检查的精神病专家霍克曼医生说，她们现在和过去精神都处于正常状态。

我指出，霍克曼医生作证时说，我们都有能力杀人，然而“他并没有说我们都有能力谋杀。正当杀人、自卫杀人或防卫他人杀人等都属于杀人，但和谋杀却有着天壤之别。女士们、先生们，我永远无法相信我们所有人都有能力毫无理由地谋杀陌生人，就像三名女被告所做的那样”。

“这种事情只有特定类型的人才能做得出来，也就是视他人生命如草芥的那种人。

“的确，沃森、阿特金斯、科伦温克尔和范霍腾实施这一系列谋杀是由于受到了查尔斯·曼森的指使，但是如果他们的体内没有谋杀的欲望，那么即使过去了一百万年，他们也不会制造出这些血案。他们早已经有谋杀的能力了，曼森只是让他们去做而已。”

另外，没有任何证据能表明曼森强迫沃森和女孩们为他去杀人。“事实上，合理的推论是他们想要追随曼森。这似乎是全体家族成员的普遍感受。苏珊·阿特金斯曾对胡安·弗林说：‘我们要去收拾一些该死的猪猡。’同样的话在凯瑟琳·吉利斯的证词中也出现过，这听起来像是被迫出去杀人吗？”

曼森是下令让他们去杀人，但沃森和三个女孩照做了“是因为他们想这样做。这一点毫无疑问。如果不想谋杀这些受害者，他们只要不那么做就行了”。

我又强调了三个女孩的个人背景。她们和曼森家族中的其他女性成员有一个共同点：“很明显，她们都对社会和父母心存厌恶，极度反感。”甚至早在遇见查尔斯·曼森之前，这三个女孩就已经脱离了社会，她们都服用过致幻剂和其他药物，都拒绝了自己真正的家人。

我看着有两个十几岁女儿的陪审员琼·罗斯兰，继续道：“不要把她们和邻家女孩混为一谈。这三名女被告在还没遇到查尔斯·曼森时，就已经与家庭和社会断绝了关系。”

“事实上，正是因为她们不屑一顾地否认、抛弃了家庭和社会，才最终和查尔斯·曼森搅和在了一起。这正是一切的根源所在。

“曼森只是一个催化剂，促使她们将自己对社会、对人类原有的厌恶和仇恨转化成了暴力。”

我预料到了麦克斯韦尔·基斯可能会提出的一个论点，于是抢先说道：“你们心里肯定会有这样的想法，这三名女被告虽然邪恶狠毒，但与查尔斯·曼森相比却差得很远。因此我们应该判处曼森死刑，将这三名女被告判为无期徒刑。”

“该做法的唯一问题是，这三名女被告之所以得到减刑，是因为她们穷凶极恶的程度稍逊曼森一筹。按照这种逻辑，如果阿道夫·希特勒是查尔斯·曼森的共同被告，那么给曼森判个无期徒刑就够了，因为他穷凶极恶的程度要稍逊希特勒一筹。”我告诉陪审团，与其将这三名女被告与曼森相比较，不如对每名被告的行为进行评估，从而决定是否应当判处死刑。然后，我从曼森开始，逐一列举了他们应该被判处死刑的理由。

我指出，陪审团肯定会问：为什么被告感觉不到悔恨？原因很简单：“曼森及其共同被告喜欢杀人，所以根本不会心生悔恨。正如保罗·沃特金斯的证词所言，‘查理迷恋的是死亡。’”

我的终结辩论已经接近尾声。

“现在，辩护律师希望你们放这些被告一条生路。可是这些被告可曾放七名受害者一条生路？

“现在，辩护律师希望你们给这些被告一个机会。可是这些被告可曾给七名受害者一丁点儿机会？

“现在，辩护律师希望你们对这些被告心怀慈悲。可是这些被告面对七名受害者求生的哀求，可曾动过一丝慈悲之心？”

随后我提醒道，在九个月前的预先审查阶段，每名陪审员都表示如果认为本案适用于死刑，他们就会投出赞成票。我再次申明：“在加利福尼亚州，如果说死刑除了是两个空洞的字之外，还意味着别的什么，那本案就是最适当的证明。”

我总结道：“我谨代表加利福尼亚州人民向陪审团致谢，感谢你们在这漫长而意义深远的庭审中做出的巨大贡献。”

那天吃完晚饭后，我对盖尔说：“今晚肯定有事情需要我处理。”但是没有。一年半以来，我每天都完全沉浸在这个案子里。而现在我能做的就是听辩护律师的终结辩论，然后等待陪审团做出裁决。

在终结辩论中，卡纳莱克一开始就含沙射影地说我居心不良，最后竟一章接一章地当庭朗读起《圣经·新约》来。

“现在正好是复活期[1]，这和曼森先生之间有某种类比——乍一听可能很可笑，我们并不是说曼森先生是神或者基督什么的——但是我们又怎么知道他不是呢？”

奥尔德法官曾多次警告卡纳莱克，说他已经有点强词夺理了。而现在卡纳莱克居然大谈基督复活，奥尔德法官最终打断了他的“布道”。

戴伊·希恩则致力于攻击地方检察官办公室，特别是攻击我：“阿特金斯小姐溺水了，孤立无援……这时她看到布廖西先生划桨经过。她大呼：‘啊，现在有救了。’于是便朝那桨伸出了手。你猜怎么着？布廖西先生用桨打了她的脑袋。”

基斯有力地反驳了死刑本身。但在此之前，他说：“奇怪的是，或许也没

1　译注：复活期是从复活节算起的七个星期。依据基督教教义，教会在这期间庆祝基督救世的成功，同时纪念耶稣的苦难、死亡、复活、升天以及圣神降临。

那么奇怪，我现在完全认同布廖西的某些论点。”

“我认同是曼森先生操纵了这些女孩，下令让她们杀人的。

“我认同‘解救鲍比·博索莱伊’的犯罪动机是无稽之谈。

“我认同布廖西的说法，你们的确不应该相信莱斯莉涉嫌欣曼案。

“我认同控方的论点，莱斯莉和本案其他女孩的证词表明，曼森先生的操控和影响依然存在，并且无孔不入。”

基斯说，否认这些就是在否认证据。这样一来，他成了第一个，也是唯一一个指控曼森犯下这些谋杀案的辩护律师。

然而，基斯也表示他反对将任何一名被告判处死刑，即使是查尔斯·曼森也不例外。基斯说，在他看来，“曼森先生疯了”，他在把想法灌输给三名女被告的同时，也把疯狂传染给了她们。

基斯总结道：“给莱斯莉一个赎罪的机会吧，这是她应得的。记住，用布廖西的话说，琳达·卡萨比安已经切断了把她与曼森及其家族连接在一起的脐带，请给莱斯莉同样的机会，放她一条生路吧。我谢谢你们。”

菲茨杰拉德则先念了一段简短的辩词，然后开始详细描述如果陪审团做出死刑裁决，三名女被告将如何在圣昆廷监狱的毒气室里受刑。这属于不当辩词，我对此提出了反对。在旋即召开的法庭会议中，菲茨杰拉德恳求奥尔德法官让他继续说下去。“这至关重要！我无法向法庭形容它有多么重要！”看到他如此绝望，我决定做出让步：如果他将受刑场景描述为一种假设的情况，“想象这种事情正在发生”，而不是以事实来描述，那我就不再提出反对意见。菲茨杰拉德照我说的做了，在他的辩论结束后，奥尔德法官对陪审团作出了指示。1971 年 3 月 26 日，星期五，下午 5 点 25 分，陪审团走出了法庭。

我相信陪审团会判处查尔斯·曼森死刑，但三个女被告是否会得到死刑裁决，我就不那么确定了。加州历史上只有四名女性被处以死刑，而且都不像本案被告那么年轻。

我原以为陪审团至少要过四天才会回来，可是仅仅两天后，也就是周一下午，我就接到了电话。那一刻我就明白了只可能有一种裁决结果，否则不会在如此短暂的时间内达成。我后来才知道，陪审团实际上只审议了 10 个小时。

3 月 29 日，星期一，下午 4 点 24 分，在多重安保防护下，陪审团带着量刑裁决回到了法庭。

曼森和女孩们被提前带进了法庭。三名女被告现在剃了光头，不过此举已经影响不到陪审团的裁决了。就在书记员准备宣读第一项裁决结果时，曼森嚷道："你们都没让我为自己辩护，就得出了这个裁决，我不明白你们怎么搞的……你们这群人没权力管我……你们当中有一半人都比不上我……"于是奥尔德法官下令把他带出了法庭。

曼森的未辩护声明简直是一派胡言。他打算在定罪庭审时为自己做的辩护，显然已经在量刑庭审阶段实现了。而此刻在挤满旁听者和媒体人的法庭上，陪审团正在传达他们对这些辩护的反应。

书记员宣读了第一项裁决："作为本案陪审团，我们认定被告查尔斯·曼森犯有起诉书第一项指控的一级谋杀罪，现决定判处其死刑。"

科伦温克尔："你们刚刚是给自己判了死刑。"

阿特金斯："最好把你们家门锁上，看好自己的孩子。"

范霍腾："你们的整个体制如同游戏。你们这些人又瞎又蠢。你们的儿女必会与你们为敌。"

奥尔德法官下令将这三个女孩都带出了法庭。她们和曼森一样，也通过扩音器听书记员宣读了对四名被告的死刑裁决。

然后奥尔德法官离开法官席，与每位陪审员握了手。"如果庭审法官有权给陪审员颁发荣誉勋章，"他说，"相信我，我会给你们每个人都颁发的。"

陪审员们也终于可以向媒体诉说他们遭受的折磨了。

陪审团团长赫尔曼·图比克告诉记者，陪审团确信"作案动机是 Helter Skelter"。塞尔玛·麦肯齐夫人说，陪审团"当然曾试图"找到一些对三名女被告做出从轻裁决的理由，"但我们找不到"。小威廉·麦克布莱德表示："我同情这些女被告，但同情不能妨碍司法公正。她们的所作所为应该被判处死刑。"玛丽·梅斯莫说，考虑到苏珊·阿特金斯的个人背景，相比其他两名女被告，她对苏珊怀有更多的同情心，但是看到三个女孩全无悔意，她感到非常震惊。谈及曼森，她表示："我想要保护社会，我认为曼森是这个社会的危险人物。"琼·罗斯兰有三个正值青春期的孩子，其中两个是女孩，她对媒体说，整个庭审中最可怕的莫过于莱斯莉·范霍腾"用那双棕色的大眼睛盯着我看"。她确信曼森对他人的操控力并非来自他自身，而是"来自其追随者们头脑和灵魂的空虚"。

此后不久，《生活》杂志就刊发了一篇文章，题目为《曼森案陪审团：漫长折磨的终结》。

颇具讽刺意味的是，在同一期刊物上还出现了一篇题为《保罗·麦卡特尼退出披头士乐队》的文章。

麦卡特尼在文中表示，在创作"白色专辑"的时候，乐队内部不可调和的矛盾又一次加剧了。

针对这一死刑裁决，保罗·塔特上校在报道中称："这是我们想要的结果，它符合我们的期望。但这样的事情不会给人以喜悦和满足。它带来的其实是一种正义得到伸张的感觉。我当然希望他们被判死刑，因为他们杀害了我的女儿和外孙。"

塔特夫人告诉记者，她坚信人的生死取决于上帝，任何人都没有权力剥夺他人的生命。

罗曼·波兰斯基拒绝置评，媒体联系的其他遇难者家属也拒绝对此做出评论。

桑迪、凯瑟琳和守在街角的其他女孩曾扬言说，四名被告中但凡有人被判死刑，她们就会点燃汽油，将自己烧死。但是后来这些话并没有得到兑现，不过她们倒是都剃光了头发。

在得知裁决结果后，桑迪冲着电视台的摄像机尖叫道："处死？你们所有人很快也会被处死的！"

现在整个庭审已经接近尾声，只剩下正式判刑环节了。这场谋杀案的庭审在美国历史上创下了多条纪录：历时最长，前后共九个半月；开销最大，耗资约100万美元；最广为人知（仅次于林德伯格婴儿绑架案）；陪审团隔离时间最长，共计225天。光是庭审记录就有209卷，共31 716页，约800万字，相当于一座迷你图书馆。

几乎所有人都遭受了漫长的折磨，而且付出了高昂的代价。许多陪审员本以为老板会照常发薪水，而现在的结果却是要么分文不入，要么丢了工作。例如，据罗斯兰夫人披露，环球航空公司曾与她达成口头协议，答应在庭审期间薪水照发，但是后来却没有履行，她现在的欠薪累计约为2700美元。该公司后来否认有这样的协议。这样的情况出现了好几例。

辩护律师也遭受了巨大的经济损失。菲茨杰拉德说："这个案子真的让我心力交瘁。"他告诉记者，他的收入损失约为3万美元，还多花了1万美元的诉讼费。为此，他只好变卖立体声音响和一些其他物品，还预先支出了5000美元。曾结过六次婚的戴伊·希恩则表示："我现在没钱还房贷、养孩子，前妻的赡养费也给不起了。"希恩说他从阿特金斯那本书中获得了1.9万美元的版税，但同时又声称其中大约1.6万美元要返还给曼森家族。卡纳莱克拒绝谈论自己的经济状况。不过，另有一个辩护律师告诉我，在庭审期间，有一次曼森曾让希恩从阿特金斯的账户中取出5000美元给卡纳莱克，帮助他支付开销。如果真有这回事，那么卡纳莱克是否还拿过更多的钱，我们就不得而知了。基斯是法庭任命的律师，所以从洛杉矶县那里获得了一笔报酬，但他承认自己的私人业务越发不景气了，而且也不指望公众的关注度能带来新的客户。

因为本案庭审，有一名律师甚至付出了生命的代价。

关于曼森案裁决的报道铺天盖地，而当天的一条小新闻却几乎没有引起注意。

文图拉县治安官办公室报告说，他们发现了一具尸体，据信是失踪的辩护律师罗纳德·休斯。尸体是在塞斯普溪被发现的，已经严重腐烂，面部朝下，卡在两块巨石之间，距离休斯生前最后一次被看到的地方有几英里远。

两个渔民在周六一大早就发现了这具尸体，但直到周日晚上才报警，原因是"我们不想耽误捕鱼"。

当时死因尚不清楚。我通过地方检察官办公室下令立即进行尸检。

1971年4月19日

奥尔德法官将判刑日期定在了1971年4月19日，星期一。

有人猜测，奥尔德法官可能会自行决定将部分被告的死刑减为无期徒刑。过去他曾在一起案件中这么做过，当时那名被告的罪行是将汽油泼在两张床上，导致四个正在睡觉的孩子中有一个因此丧了命。然而，我个人认为，奥尔德法官既然已经称赞了陪审员，就不会转而无视他们的裁决。

19日当天，法庭驳回了辩护律师的多项动议，其中有一些是要求重新审理本案的。在这之后，奥尔德法官询问被告是否有话要说。这时只有曼森要求发言。

曼森左手在发抖，看起来似乎要哭了。他非常温顺地用一种颤抖的声音说："我接受了这个法庭，就如同接受我的父亲。我一生都在竭尽全力维护我父亲的法律，我接受我父亲的审判。"

法官："经过九个半月的审判，我们已极尽语言之能事，遍用夸张之修辞，余下的便是赤裸而血腥的事实：两起惨无人道的谋杀，七条鲜活的生命被完全陌生的人残忍地扼杀……"

"为了本次庭审，我仔细地搜罗了可能的减罪情节，但最终却一无所获……

"经过慎重考虑，我认为，对于本案而言，死刑不仅是适当的，而且是此种案情下不得不达成的。我必须同意检方的意见，如果本案还不能适用死刑，那还有什么案件可以适用死刑呢？"

奥尔德法官对曼森说："惩教局接到命令，须将你移交给加利福尼亚州圣昆廷监狱的监狱长，由他依据加利福尼亚州相关法律规定，对你执行死刑。"

当时还没有针对女犯人的死囚区。弗龙特拉的加州女子监狱正在修建一座特殊的隔离室，于是阿特金斯、科伦温克尔和范霍腾被押送到了那里等候处决。

据估计，如果被告上诉，那么审理过程至少需要两年，也可能长达五年。

然而事实上，在不到一年的时间里，他们的命运就将尘埃落定。

我没有想过在判刑日之后还会看到查尔斯·曼森。但我还会再见到他两次，而且最后一次见面的场景会非常特殊。

尾声 感应性精神病

“该患者的详细病情仍有待进一步研究。根据目前的检查结果推断，其可能患有感应性精神病，即同一集体中成员的妄想症相互感应的精神疾病。”

——乔尔·霍克曼医生，摘自苏珊·阿特金斯的精神检查报告

“我和查理一起生活过一年，后面又断断续续同住了两年。我了解查理，对他了如指掌。我变成了查理。我的一切都成为查理，原本的我彻底不复存在。而家族的所有成员也都变成了查理，原本的他们彻底不复存在。”

——保罗·沃特金斯

“是你们一手造就了我们。我们是看着你们的电视节目长大的，打小就看《神枪小霸王》《枪战英豪》《联邦调查局》和《战斗》。我最喜欢《战斗》这部剧，一集不落地追完了。”

——布伦达

"只要有必要，你就杀。如果有人该杀，那就杀了他，这么干绝对没有错。你杀了那人，然后继续前进，然后抱起一个孩子，把他带到沙漠里。你能抱多少孩子就抱多少，谁挡了你的路，你就杀了谁。这就是我们。"*

——桑迪

"如果你发现苹果上有一个小点，那就把那个点切掉。"

——"尖嗓子"

"你们最好盼着我永远出不了狱。"

——鲍比·博索莱伊

---

* 原注：此处保罗·沃特金斯、布伦达和桑迪的话均引自罗伯特·亨德里克森和劳伦斯·梅里克共同导演的纪录片《曼森》。

感应性精神病[1]

曼森和女孩们均已被定罪，但是庭审尚未结束，谋杀也仍在发生。

有五名曼森家族成员因谋杀检方证人芭芭拉·霍伊特未遂而被控告。最终，其中四人在县监狱服刑了九十天，而第五人则完全逃脱了惩罚。

我并未参与审理此案，但非常质疑这个庭审结果。因为有人认为检方证据不足，加之从夏威夷空运证人费用高昂，地方检察官办公室和洛杉矶警察局便与辩护律师达成了一项协议：由检方提出动议，将重罪指控降为轻罪指控，作为交换，被告须对共同故意阻挠证人作证这一指控“不予抗辩”。该动议得到了斯蒂芬·斯托瑟斯法官的批准。1971 年 4 月 16 日，五名被告中的四人被判处在县监狱服刑九十天，即琳妮特·弗洛姆（绰号“尖嗓子”）、史蒂文·格罗根（又名克莱姆）、凯瑟琳·谢尔（绰号“吉卜赛人”）和丹尼斯·赖斯。此前他们已被关押十五天，所以仅仅七十五天之后，他们就又一次出现在了街头。

剩下的那名被告露丝·安·穆尔豪斯，也就是乌伊施却逍遥法外，但其实正是她把含有致幻剂的汉堡递给了芭芭拉·霍伊特。判刑那天，乌伊施根本没有出庭。尽管法院已经发布了逮捕令，也知道乌伊施就住在内华达州的卡森市，但为了避免大费周章，地方检察官办公室决定不引渡她了。

1971 年 8 月，查尔斯·沃森，也就是特克斯出庭受审。我非常确信他会以精神错乱为由进行无罪抗辩，因此，我大部分准备工作是在医学图书馆，而不是法律图书馆完成的。

整场庭审可能分为三个阶段：定罪庭审、精神健全之审理和量刑庭审。每一个阶段都会产生特定的问题。

尽管辩护律师萨姆·布勃里克告诉我沃森打算作证并认罪，但我很清楚在定罪庭审中，我仍需给出最有力的论证，因为沃森的证词肯定都只对他自己有

---

1 译注：感应性精神病，即感应性妄想性障碍，是一种以系统性的妄想为突出表现的疾病，往往发生于同一家庭或环境中长期相处、密切接触的亲属或挚友中。当处于支配地位和有威信的一方发生精神障碍，出现严重的妄想时，另一方长时间受其影响，也可能出现相似的妄想内容。

利。此外，我还必须通过相关证据，比如沃森指使琳达偷了5000美元等，来证明沃森虽然受到曼森的控制，但仍具有一定的独立性，足以为自身行为承担法律责任。定罪庭审阶段面临的一个关键问题是，沃森在谋杀发生时是否正遭受神志衰减。如果他当时神志正在衰减，并且因此丧失了深思熟虑和提前谋划的能力，那么陪审团就只能认定塔特-拉比安卡夫妇案的头号凶手犯有二级谋杀罪，而不是一级谋杀罪。

如果沃森被判定犯有谋杀罪，接下来就会进入精神健全之审理。该阶段只需解决一个问题，即案发当时沃森的精神是否正常。我预料辩方会传唤许多知名精神病专家出庭作证，他们中的大多数人都会说沃森当时精神是错乱的。事实证明，我的猜测准确无误，辩方一共传唤了八名精神病专家。这样一来，我不仅要对他们进行严厉的交叉询问，还必须出示大量证据，证明沃森在行凶杀人时不仅神志完全可以自控，而且还很清楚在社会规范里他的行为是错误的。简而言之，我必须证明他在法律上不存在精神错乱。所以，他剪断电话线，他让琳达擦除凶器上的指纹，他和鲁道夫·韦伯谈话的方式，案发几周后他在死亡谷接受当局讯问时使用了化名……这些间接证据对我而言都至关重要，因为它们都能证明沃森意识得到自身行为是错误的，属于犯罪。

如果沃森被判一级谋杀罪，并且被认定为精神正常，那么陪审团面临的最终问题是判处他无期徒刑还是死刑。这意味着，早前在曼森女孩的量刑庭审中出现的诸多问题将会重现，需要我再一次面对。

还有一个问题就是沃森的行为举止。为了呈现大学男生的形象，沃森在法庭上打扮得很规矩——短发、衬衫、领带、蓝色西装外套和宽松长裤。但他看起来还是很怪异：目光呆滞，似乎从不聚焦；对于琳达·卡萨比安、保罗·沃特金斯、布鲁克斯·波斯顿和黛安娜·莱克等人的不利证词，他没有做出任何反应；他的嘴总是微微张着，给人感觉像个心智迟缓的人。

在接受辩方律师的直接询问时，特克斯扮演了曼森奴隶的角色，看起来卑微怯懦。他承认自己用枪或刀残害了塔特案和拉比安卡夫妇案中的六名受害者，但否认用刀捅过莎伦·塔特。凡是看似经过深思熟虑或提前谋划的事情，他都一律推到了曼森或三名女被告的身上。

但我的交叉询问令特克斯大为震惊，以致他常常忘记了装傻。等我询问完，陪审团已经很清楚特克斯的神志完全可以自控，而且很可能一直如此。在我的盘问下，特克斯还承认了下述事实：他的确用刀捅过莎伦·塔特；他觉得那些受害者不是人类，只是“一团血肉”而已；他告诉过乔尔·福特医生，塔特家的那些人“像被砍掉脑袋的鸡一样跑来跑去”，而且当时说这话时他笑了。特克斯声称自己只是一具受曼森操控的僵尸，没有任何思维能力，但我戳穿了这个谎言。他还表示对过去的行为感到悔恨，对此我也提出了强烈质疑。

沃森的证词澄清了一些谜团：

与洛杉矶警察局犯罪专家德韦恩·沃尔费的发现恰好相反，沃森指认了在曼森沙滩车里发现的那把红色剪线钳就是案发当晚他用来剪断塔特家电话线的那一把。

曼森在切洛路10050号谋杀案发生当晚给沃森的确切指示也首次得以披露。沃森作证说：“查理在一辆车后面叫住我……递给我一支枪和一把刀。他让我带着枪和刀去特里·梅尔彻以前住的地方。他说，去把屋里所有的人都杀光，能多狠就多狠。我记得他提到有电影明星住在那里。”

沃森还承认，在闯进拉比安卡家时，他身上已经带了一把刀。

在审判沃森的整个过程中，我最大的困难不是来自证据的寻找、辩护律师或辩方证人，而是来自法官阿道夫·亚历山大。他和辩护律师萨姆·布勃里克私交甚密，裁决时一再偏袒辩方，而且还远不止于此。他在预先审查陪审员阶段声称：“我们中的大多数都反对死刑。”每逢控方证人作证，他就投以充满怀疑的目光；而在辩方证人作证时，他却勤勤恳恳地做笔记。这一切行为都是当着陪审团的面做的。他还经常盘问控方证人。最后我终于忍无可忍，要求召开法庭会议。在会议中我提醒亚历山大，本次庭审是由陪审团裁决，而非法官；我非常担心他对控方证人的盘问会让陪审团认为法官不相信控方证人，由于法官在陪审团眼中的地位很高，这可能会对公诉方造成极大的伤害。我建议，如果他想询问证人，可以把问题写出来，交给辩护律师去问。

于是，亚历山大法官减少了对控方证人的盘问次数。然而他之后的行为依然令我大跌眼镜。当陪审团离庭开始审议时，他竟然没有派人把证物送到陪审室——而这实际上是所有法官都会主动做好的事。我只得再次提醒他。另外，在内庭会议中和无需法庭记录的情况下，他都会称呼被告为“可怜的特克斯”。

庭审快结束时，我对亚历山大法官说：“在我力求判处本案被告一级谋杀罪的过程中，你是我遇到的最大也是唯一的障碍。”这句评论同样没有被写入法庭记录。

尽管亚历山大法官制造了种种麻烦，在 1971 年 10 月 12 日，陪审团还是裁定沃森犯有七项一级谋杀罪和一项共谋杀人罪。10 月 19 日，陪审团只花了两个半小时就认定沃森精神正常，这说明我的交叉询问成功地驳倒了那些精神病专家的证词。10 月 21 日，陪审团只审议了 6 个小时，就对沃森做出了死刑裁决。

这场庭审用时两个半月，耗资25万美元，还为塔特-拉比安卡夫妇案的“迷你图书馆”又添了 40 卷资料，共计 5916 页。

亚历山大法官虽然对陪审团的认真和尽职表示了感谢，但他在判刑那天宣称：“如果我在没有陪审团的情况下审理本案，那可能就是另一种判决结果了。”

在欣曼案的庭审中，苏珊·阿特金斯认罪，并被判处终身监禁。法官雷蒙德·乔特在宣判时表示，苏珊是“全社会的威胁”，应该“在监禁中度过一生”。

在欣曼-希亚谋杀案合并审理开庭前，辩方申请对被告查尔斯·曼森、布鲁斯·戴维斯和史蒂文·格罗根进行单独审理，并且得到了法庭准许。尽管“矮子”唐纳德·希亚的尸体当时还没有被找到（至今仍未找到），但公诉人伯顿·卡茨、安东尼·曼泽拉和史蒂文·凯克服万难，成功地让每一名被告的每一项指控都得到了有罪判决。曼森和戴维斯被判处终身监禁。格罗根被陪审团判为死刑，但在宣判那天，也就是 1971 年圣诞节的前两天，法官詹姆斯·科尔特评论道：“格罗根这人蠢笨至极，又嗜毒如命，根本没办法自己决定任何事情。”他宣称是曼森真正“掌握着生杀的决定权”，并且将格罗根的死刑减判为终身监禁。

在预先审查中曼森想为自己辩护，但没有得到法官的准许。他恼羞成怒地对法官表示：“我认罪，是我砍下了‘矮子’的头。”然而法官拒绝接受认罪。第二天曼森又不认罪了。还有一回曼森再次怒不可遏，他对记者说：“我已经告诉手下可以开始杀人了，就从你们开始。”

这一次曼森的代理律师仍是欧文·卡纳莱克。曼森知道，只要有欧文在，庭审就会漫长无休，为他推迟去圣昆廷监狱死囚区的行程。

尽管经历了种种磨难，曼森女孩们还是坚持守在坦普尔大街和百老汇街的拐角处。就在司法大楼的阴影里，在成千上万行人的注视下，她们谋划出了一个离奇的方案，妄图解救曼森家族所有在押成员。

1971 年 7 月下旬，我的合著者从旧金山湾区的一名曼森家族成员那里得知，他们打算在下个月的某个时间把曼森救出来。虽然此人没有说明要怎么行动，但的确透露了一些其他细节：曼森家族成员正在储备武器和弹药；他们在洛杉矶南部悄悄租了一所房子，窝藏了一名逃犯；一旦曼森成功越狱，“Helter Skelter 将真正启动，革命即将爆发”。

这是他们的痴心妄想吗？我也不太确定，于是便把消息通报给了洛杉矶警察局。从那里我了解到，曼森在单独受审时要求传唤的证人中有一个福尔瑟姆市的在押囚犯，他名叫肯尼斯·科莫，又名杰西·詹姆斯。在不到一周前被带往洛杉矶时，科莫成功地从洛杉矶档案大楼逃跑了，这一事件并没有对外公布。不过洛杉矶警察局怀疑科莫现在还藏在那片地区。至于曼森准备越狱的事，警方也听到过一些传闻，但都不是很确切，他们目前对此持怀疑态度。

然而不到一个月的时间，曼森家族果然按照计划行动了。

1971 年 8 月 21 日星期六的晚上，位于洛杉矶郊区霍索恩的西部军队处理品商店关门时间刚过，六名持械抢劫者便破门而入。其中一人拿着散弹枪对准女店员和两名顾客，其他五人则抱起店里的步枪、散弹枪和手枪，朝外面小巷里停着的一辆面包车走去。当第一辆警车驶来时，面包车里已经堆放了大约 140 支枪。而洛杉矶警察局早已接到无声报警并封锁了那条小巷。

几名劫匪走了出来，开始开枪射击。在接下来 10 分钟的枪战中，面包车被五十多颗子弹击中，警车车身则留下了大约二十个弹孔。令人惊讶的是，劫匪无一人死亡，其中只有三个人受了点轻伤。

六名劫匪都来自曼森家族，其中有五人当场被捕：玛丽·布伦纳，二十七岁，曼森家族的首个成员；凯瑟琳·谢尔，绰号“吉卜赛人”，二十九岁，以及丹尼斯·赖斯，三十二岁，这两人因谋杀芭芭拉·霍伊特未遂获刑九十天，最近刚刚出狱；劳伦斯·贝利，又名拉里·琼斯，二十三岁，塔特案当晚凶手从斯潘农场出发时，此人在场；还有肯尼斯·科莫，三十三岁，在逃犯人。十九岁的查尔斯·洛维特在枪战中逃跑了，但很快也被抓获。

六名劫匪落网后，警方才知道，此前8月13日在科维纳一家啤酒经销店发生的抢劫案也是这伙人干的，他们一共抢走了2600美元。

警方推测，该团伙在霍索恩抢劫是为了储备足够的枪支弹药，以便向审判厅发动突袭。考虑到史蒂文·格罗根要求传唤曼森为他作证，警方认为，在曼森出庭的那一天，其家族成员可能会冲进司法大楼，将曼森和格罗根两人同时救走。

实际上，曼森家族的真正计划要更为野心勃勃。而且在特定的环境和足够的公众压力下，他们真有可能得逞。

虽然在此之前从未公开过，但据一位了解霍索恩抢劫案的家族成员透露，真正的计划是这样的：

他们打算用抢来的武器劫持一架波音747客机，每过一个小时就杀死一名乘客，直到曼森和其他在押的家族成员全部被释放。

在霍索恩抢劫案的庭审过程中，警方采取了极为严密的安保措施，部分是因为辩方传唤了一群特殊的证人，法官阿瑟·阿拉肯称之为“洛杉矶县史上头号杀人团伙”。他们是十二名已被定罪的杀人犯，其中包括曼森、博索莱伊、阿特金斯、科伦温克尔、范霍腾、格罗根和戴维斯。这伙人的同时出现让大家都有点紧张，尤其是现在这个时候，因为曼森家族这时已经发现，司法大楼其实并非牢不可破。

1971年10月20日凌晨，肯尼斯·科莫把牢房的铁栅栏锯开了一个口子，从中钻出来，顺着用床单拧成的绳子从十三楼爬到八楼，踹开了104号审判厅的一扇窗户，然后下楼梯离开了司法大楼（就在几个月前，我还在104号审判厅起诉过曼森和那三名女被告）。桑德拉·古德随即用家族的那辆面包车接上了科莫。桑德拉一路上横冲直撞，把面包车撞坏了，结果她被警方当场逮捕，然而科莫却又逃了7个小时才被抓获。“尖嗓子”、布伦达、姬蒂和另外两名家族成员也被警方逮捕，不过很快便获释了，因为没有确凿的证据表明她们协助或唆使了科莫越狱。

在霍索恩抢劫案的审理过程中，他们没有展开解救曼森的行动。然而有两名陪审员被替换了，因为他们接到威胁电话说，只要敢给本案定罪投赞成票，那就是死路一条。致电的是一名曼森女孩，具体身份不详。

此前“吉卜赛人”和赖斯谋杀芭芭拉·霍伊特未遂，只获了九十天刑。现在，他们和同伙都发现，法庭对待向警察开枪的问题要更为严肃。全体被告都被指控犯有两项持械抢劫罪。赖斯当庭认罪，并被移送至州监狱。法庭判定对其他被告的各项指控均成立，并判刑如下：

洛维特，两次终身监禁，连续执行，每次五年后可申请假释；

谢尔，终身监禁，十年后可申请假释；

科莫，终身监禁，十五年后可申请假释；

布伦纳、贝利，终身监禁，二十年后可申请假释。

随后，桑德拉·古德也因协助和唆使囚犯越狱而受审。她的辩护律师欧文·卡纳莱克声称是科莫绑架了她。但是陪审团并不买账，桑德拉最终被判处服刑六个月。

科莫越狱那天，卡纳莱克出现在法庭上，在法官雷蒙德·乔特面前以他惯有的方式宣称：“我要声明一点，在此时此刻，没有任何证据表明科莫是故意越狱的。”

乔特法官则问卡纳莱克能否解释一下，为什么科莫要被迫沿着绳子从十三楼爬到八楼。

“法官大人，那样下楼看起来很酷。”卡纳莱克解释道。

在曼森接受欣曼-希亚谋杀案庭审期间，有一天我顺便去了审判厅。从检察官变成了旁听观众，对我而言是一种令人愉悦的解脱。

曼森最近在法庭上总穿一身黑色冲锋队制服，他看到了我，就派法警给我捎了个信，说想和我谈谈。我也还有几件事想问他，所以休庭后就留了下来。我们坐在法庭的被告席上，从下午4点半聊到将近6点，谈话内容与欣曼-希亚谋杀案中对曼森的指控毫无关系，主要是关于曼森的哲学观。我对曼森一些想法的演变非常感兴趣，详细地询问了他与科学教以及崇拜撒旦的进化教（也称最终审判教会）之间的关系。

曼森说，他和我谈谈是想让我知道“我没有什么怨恨”。他告诉我，我为他定罪是“一项了不起的成就”，“你给了我一个公平的审判，就像你承诺的那样”。不过，他对庭审结果并不怨恨，是因为对他而言，“监狱一直都是我的家；上次我并不想离开家，而你只是把我送回家了而已”。那里的饭菜虽然没有按时供给，但比在斯潘农场吃垃圾强多了。而且你要是不想干活，就可以不干活，然后就有很多时间弹吉他。

“也许吧，查理，但你在那儿没有女人。”我说。

“我不需要女人，”他回答，“我遇到的每一个女人都要求和我做爱。但我从来没有主动提出过，没有她们，我也照样过。”监狱里有很多性行为，他说。

曼森再次声称披头士的音乐和致幻剂是塔特案和拉比安卡夫妇案的罪魁祸首，不过这一回他承认他早就知道这一切会发生，“因为连斯潘农场里的老鼠在干什么我都知道”。他又补充道：“于是我对他们说：‘来，你们想要这根绳子吗？想要这把枪吗？’后来我还告诉他们不要把发生的事告诉任何人。”

曼森在法庭上一向小心翼翼，从不会把黑人叫成“黑鬼”，但是在我们的私下交谈中，他常常用到这个词。他表示自己并不讨厌他们。“我不恨任何人，”他说，“但我知道他们恨我。”

随后又谈到我们熟悉的话题：Helter Skelter。我问曼森他认为黑人何时能占据上风。

“我可能在他们心里放了块石头。”他答道。

“你是说那场庭审警醒了白人？”

他的回答简单而悲伤：“是的。”

我们谈话的那天是1971年6月14日，次日就有一位律师对此提出了控告，乔特法官随即在公开法庭举行了证据听证会。在会上，我汇报了自己和曼森谈话的要点，并指明是曼森要求与我谈话，而不是我主动去找他的，而且我们没有谈及曼森在本案中受到的指控，所以这并没有什么不道德的。我说，而且我也告诉过卡纳莱克，说曼森想和我谈谈，但他听到后只是走开了。

我和曼森交谈时法警拉斯蒂·伯勒尔一直在旁听，他觉得很有意思，所以下班了都没有离开。在听证会上，他证实了我的说法。曼森本人也是。

曼森：“这人（指的是我）说的都是事实。我可以肯定卡纳莱克先生知道我要求见这人。在过去的一年里，我一直都想和他谈谈，是我主动提出和他交谈的。”

至于听证会本身，曼森说："法官大人，我认为这太不公平了。事情是我造成的，是我的错。"

乔特法官表示认同，裁定我和曼森交谈并非不当行为，听证会就此结束。

媒体当然也嗅到了其中的讽刺意味，他们用怀疑的口吻报道说，曼森站在证人席上，竟是为了给那个判他犯有七宗谋杀罪的人辩护！

自接手曼森案后，我就开始对曼森信仰的来源很感兴趣。除了前文提到的那些，我还需要掌握更多信息，这可不是我一时心血来潮，因为此类信息即便不能作为呈堂证据，也可能成为溯源曼森病态心理的突破口。

据格雷格·雅各布森等人所言，曼森善于兼收并蓄，借用他人的各种想法。我读过曼森的监狱记录，也与他本人交谈过，从中发现他对科学教的兴趣绝非一时兴起。就像之前对保罗·沃特金斯说的那样，曼森告诉我他已经达到了科学教的最高层次"至纯境界"，因此不再需要科学教，也不再和它有任何联系了。我认为至少他最后这几句话是可信的。我对此进行过深入的调查，但没有任何证据表明曼森 1967 年获释后还与科学教有关联。[1] 那时他已经开始做自己的事情了。

科学教对曼森精神状态的影响不可估量。毫无疑问，他在狱中通过科学教的"引路者"修行学到了一些精神控制术，后来在给家族成员洗脑时也派上了用场。

曼森与进化教，也就是最终审判教会的关系不太密切，但却更加微妙离奇。这个邪教教派的领袖是罗伯特·摩尔，其教名为罗伯特·德格理姆斯顿。摩尔本人曾是科学教创始人罗恩·哈伯德的信徒，他在科学教伦敦总会担任要职后，于 1963 年与该教派决裂，自立门户成立了进化教。后来摩尔和追随者们到世界各地旅行，其中也包括墨西哥和美国。他在旧金山住了至少几个月，也可能更久。据报道，他还去加州大瑟尔的伊莎兰学院参加了一个研讨会，不过目前尚不清楚当时曼森是否恰好也在场。

1 原注：作为曼森的主要追随者之一，布鲁斯·戴维斯曾一度与科学教瓜葛极深。从 1968 年 11 月或 12 月至 1969 年 4 月，他一直在科学教伦敦总会工作。科学教的一名发言人称，戴维斯后来因吸毒被该组织除名。随后，戴维斯旋即赶往斯潘农场，重返曼森家族，并参与谋杀了欣曼和"矮子"希亚。

德格理姆斯顿有一个狂热的信徒名叫维克多·维尔德，教名为“伊力弟兄”，此人是一位年轻的皮革制造商。

在1967年12月之前，进化教旧金山总会的会址一直都设立在维克多·维尔德家，也就是海特–阿什伯里区科尔街407号。

大约在1967年4月至7月，羽翼未丰的曼森家族就住在科尔街636号，离进化教会址仅有两个街区的距离。曼森这人好奇心极重，很可能也调查过这些崇拜撒旦的教徒，而且有重要证据表明曼森“借用”了他们的一些教义。

在塔特–拉比安卡夫妇案庭审期间，有一次我和曼森谈话，问他是否认识罗伯特·摩尔或罗伯特·德格理姆斯顿。他回答说不认识德格理姆斯顿，但的确见过摩尔。“你正看着他呢，”曼森说，“摩尔和我是同一个人。”我觉得曼森是想说他和摩尔的想法一致。

此后不久，有两名进化教的代表来拜访了我，一个是“约翰父亲”，一个是“马太弟兄”。马萨诸塞州剑桥市进化教总会听说我在打听有关教会的事情，便指派他们前来向我保证，曼森和摩尔从未见过面，而且摩尔坚决反对暴力。他们还给我留下了一堆关于进化教的资料。第二天，曼森的访客名单上就出现了“约翰父亲”和“马太弟兄”的名字。没有人清楚他们讨论了什么。我所知道的是，在与曼森的最后一次交谈中，当我问及进化教时，他变得闪烁其词。

1968年和1969年，进化教在美国发起了大规模的招募活动。在1968年5月、6月和1969年秋天的几个月里，教会人员一直活跃在洛杉矶的大街小巷；1969年10月左右，他们宣称约有200名美国嬉皮士已皈依进化教，随后便返回了英国。在这两个时间段里，曼森都在洛杉矶，所以进化教的人可能与曼森和/或其家族成员有过一些接触，但我没有找到这方面的证据。我认为曼森可能是1967年在旧金山开始与进化教产生了联系，当时他的人生哲学仍在形成中。曼森和进化教至少有过一些接触，这一点我很确信，毕竟根据资料显示，两者的教义有诸多相似之处。

曼森和进化教都鼓吹残酷的末日审判即将到来，除了少数的天选之子以外，其他所有人都会被毁灭。而且他们都在《启示录》中为该说法找到了依据。他们还一致认为，“地狱天使”[1]等机车党将是“末日之军”，因此都积极地笼络各大机车党。

进化教认为，宇宙中的三大神是耶和华、路西法和撒旦，而基督将会降服三大神，最终一统全宇宙。曼森的二元论则更为简单：在追随者的眼中，他既是撒旦，也是基督。

两者都宣扬基督再世，这种信仰本身很常见，但是他们的相关阐释却非同寻常。进化教的一本宣传册里这样写道：“基督和撒旦用爱消解了敌意，为了末日审判而联手并肩：基督进行审判，撒旦负责执行。”曼森则宣称这一次基督再世，被钉上十字架的将是罗马人，即当权者。

曼森对待恐惧的态度非常奇特，几乎是绝无仅有的，至少我这么认为，直到后来我在《进化》杂志上读到一篇关于恐惧的特刊文章：“恐惧是有益的……恐惧是行动的催化剂，是游戏开始时内置的电池和武器，能够对人自身发挥作用，激励人到达新的高度，祛除失败带来的痛苦。”尽管措辞不同，但这和曼森的说法几乎如出一辙。

曼森也经常谈及所谓的无底坑及其“进化”过程。

至少在1969年之前，进化教内部都自称“家族”，教会成员以弟兄、姊妹、母亲、父亲相称。

进化教的标志和曼森前额刻的纳粹万字符虽不完全相同，但却高度相似。

进化教教规和曼森家族的戒律也有雷同处：“末日审判就在此时此刻……最大的罪恶就是杀害动物……基督说要爱你的敌人。基督的敌人是撒旦，所以既要爱基督，也要爱撒旦……羔羊和山羊[2]必须联合起来。真爱自天堂的巅峰降下，而至恨由地域的深渊升起，二者最终融为一体。”

有一名进化教前成员因牵涉两起机车党杀人案（均与进化教无关）而接受了洛杉矶警察局的审讯。谈及进化教，他说：“对于那些不接受本教思想、不加入本教的人，他们会一律憎恶。他们完全反对所谓的‘灰色势力’，比如富

---

1 译注：地狱天使（Hells Angels），1948年成立于加利福尼亚州，是一个被美国司法部视为有组织的犯罪集团的摩托车帮会，成员大多骑哈雷摩托车，主要由白人男性组成，小部分成员为西班牙裔或美洲原住民血统，没有任何黑人。

2 译注：在基督教中，羔羊（the Lamb）即天主／神／上帝的羔羊；山羊（the Goat）性格暴戾、自私，是邪恶的代表，魔鬼撒旦的标志就是山羊头。

有的当权者或黑人——”

问：“他们为什么不喜欢黑人？”

答：“我不知道，他们就是不喜欢。”

问：“他们对黑人有一种与生俱来的仇恨？”

答：“是这样的，但他们也想利用黑人群体激起一些斗争……他们非常擅长利用别人的愤怒。”

这些仅仅是一名离教者的个人看法，很可能无法代表进化教的官方立场，但是这与曼森人生哲学的相似之处仍然令人不寒而栗。

以上只是我发现的部分相似点，但却足以让我相信，曼森即便从未加入过进化教，也从中汲取了很多灵感。[1]

曼森家族和这些撒旦主义者之间的关联远不止于此。

鲍比·博索莱伊曾一度与电影制片人肯尼思·安格尔[2]交往密切，而安格尔本人则与秘术、机车党神秘学都有扯不清的关系。在安格尔的电影《路西法升天》中，博索莱伊饰演了路西法的角色，当时他还不认识曼森。

另外，在苏珊·阿特金斯的精神病学报告中，乔尔·霍克曼医生提到她曾在旧金山待过一段时间，显然那是在1967年或1968年，当时她还没有遇见曼森：“她现在把这段时间称为人生的‘撒旦时期’。在此期间，她认识了撒旦教创始人安东·拉维[3]，还参演了一部关于女巫安息日的商业演出。据她回忆，首演那晚是她平生第一次服用致幻剂。根据情节要求，她应该躺到棺材里，而她躺下以后开始产生幻觉。她说她当时躺下就不想出来了，以至于演出被耽搁了15分钟。她觉得自己还活着，而这个丑陋世界的其他一切都是死的。此后，她的‘撒旦之旅’持续了将近八个月……”

在塔特-拉比安卡夫妇案庭审期间，帕特丽夏·科伦温克尔经常乱涂乱画。

---

1 原注：进化教至少有这样一条戒律没有被曼森借鉴——未婚信徒应当保持贞洁。

2 译注：肯尼思·安格尔（Kenneth Anger，1927—），美国前卫地下电影导演。他拍摄的基本上都是超现实主义电影，创作不受传统制片规程的限制，而是由他自己的潜意识支配；题材大都是表现人的性欲世界和神秘的幻觉，情节充满性爱场面和光怪陆离的魔法或宗教仪式。

3 原注：拉维在旧金山创建了首个撒旦教会。在那些通晓这一领域的人看来，拉维更像是一个引人注目的表演家，而不是恶魔般的撒旦信徒。他曾多次申明自己谴责暴力和献祭。

据法警比尔·默里说，她最喜欢画的是魔鬼头和曼德斯的山羊[1]，二者都是撒旦教的象征。

查尔斯·沃森在杀死沃伊特克·弗雷科夫斯基之前曾对他说："我是魔鬼，我来这儿做魔鬼的事。"

很明显，已逝的阿道夫·希特勒也对曼森产生了重要影响。对曼森而言，希特勒是一个榜样，其思想和行为都颇具启发性。曼森敬仰希特勒，常把他挂在嘴边。他告诉自己的追随者，"希特勒对每件事都有最佳答案"，他是"一个协调者，平衡了犹太人的业力"。曼森将自己视为历史性的领袖人物，不但会扭转黑人的命运，而且将平衡所有人的业力。当然，这里的所有人中不包括曼森掌控的雅利安族，也就是他那全部由美国白人组成的家族。

不论从表面上还是实质上而言，希特勒和曼森之间都有相似之处。

两人都是素食者，身材都比较矮小，在年轻时都受过深深的伤害，而这种心理创伤引发了或者至少助长了他们对社会的仇恨。他们都遭受了私生子的耻辱，曼森自己就是私生子，希特勒则是因为他父亲是私生子。

两人都是流浪汉，是失意、受挫的艺术家，都喜欢动物胜过人类，都深深痴迷于秘术，都会指使别人为自己杀人。

两人都是种族主义者；而且有证据表明，他们都相信自己身上也流淌着他们眼中最劣等民族的血液。许多历史学家都认为，希特勒私下里非常担心自己有犹太血统。同样，根据曼森的监狱记录，他可能也相信自己有一个黑人父亲。

两人身边都围满了溜须拍马的奴仆，而且都善于发现和利用别人的弱点。他们都一遍遍地重复同样的话来给追随者洗脑，也都充分意识到并利用了恐惧对人心理的影响。

两人对于憎恨的人都有统一的称呼：希特勒的是"懒猪狗"，曼森的则是"猪猡"。

在追随者看来，两人都有一双"能够催眠"的眼睛。除此之外，他们都颇

1 译注：曼德斯的山羊（the Mendes Goat），也称"安息日的山羊"，是一种五芒星纹章。该纹章的简化版被撒旦教创始人安东·拉维采用，作为该教的代表纹章。

有风度，魅力十足，具有极强的说服力。比如，德军将领们前来游说希特勒，想让他意识到自己的军事计划太疯狂，结果临走时都对希特勒笃信不疑。迪安·穆尔豪斯曾因女儿乌伊施被曼森偷走，愤而冲到斯潘农场要杀曼森，最终却双膝跪地，向曼森顶礼膜拜。

两人都具有不可思议的影响力，能够任意左右他人。

两人的追随者也都能以抽象的哲学来解释其首领犯下的滔天罪孽。

对希特勒影响最大的人很可能只有一个，那就是尼采。而曼森曾告诉雅各布森自己读过尼采的作品。尼采的书深奥难懂，对曼森而言读起来肯定困难重重，但是不管曼森究竟读没读过，他和希特勒都相信尼采哲学的三个基本原则：女人不如男人；白种人优于其他所有种族；如果目的正确，杀人就没有错。

希特勒和曼森都杀了人。他们一致认为，如果大屠杀有助于实现某个宏伟目标，那么它就是可取的，甚至是值得鼓励的。他们两人各有一个宏伟目标，各自为之浮想联翩，难以自拔：希特勒妄图建立第三帝国，曼森则沉迷于Helter Skelter。

想必上述相似之处不仅仅是巧合。曼森的思想和行为有多少是对希特勒有意识的学习，有多少是无意识的模仿，这一切都无人知晓。我非常确信，如果有机会，曼森一定会成为第二个希特勒，他嗜血成性，肯定会大量屠杀生命，绝不可能收手。

迄今为止，有一些谜团仍未解开，比如曼森家族杀人的确切数目。

曼森曾向胡安·弗林吹嘘自己手上有三十五条人命。第一次听到胡安的转述时，我怀疑这只是曼森几近病态的自夸。然而现在有证据表明，即使曼森当时有些夸大其词，截止到目前，他犯下的命案总数也可能非常接近，甚至已经超过了那个数字。

1969 年 11 月，苏珊·阿特金斯对龙妮·霍华德说："有十一起谋杀案他们永远也侦破不了。"莱斯莉·范霍腾在接受迈克尔·麦根审讯时同样提到了这个数目，而乌伊施曾告诉芭芭拉·霍伊特，据她所知，"除了莎伦"，家族成员还杀害了十个人。

苏珊也向弗吉妮娅·格雷厄姆透露过，除了欣曼案、塔特案和拉比安卡夫妇案的八名受害者之外，"还有更多的血案，以前我们也杀过很多人"。毫无疑问，“矮子”希亚就是其中之一。“黑豹党”伯纳德·克罗可能也被记入其列，因为苏珊和曼森一样，误以为克罗当场就死了。

苏珊在和卡巴莱罗的录音谈话中也说，塔特案的 .22 口径长管左轮手枪之前曾被用于“谋杀其他人”。她口中的“其他人”用了复数，但应该是指克罗。

“他们在沙漠里也干掉了三个人。”弗吉妮娅说，“（苏珊）当时说得轻描淡写，没有提到任何人的名字。”而史蒂夫·扎布里斯基曾告诉波特兰市警方：塔特案和拉比安卡夫妇案的凶手是“查理”和“克莱姆”，因为加州的嬉皮士爱德华·亚瑟·贝利曾对他说自己亲眼看到查理朝一个人的头部开了枪，事发地点在死亡谷，那是一把 .45 口径的自动手枪。[1] 洛杉矶警察局在 1970 年 5 月询问了贝利，而贝利却矢口否认了这一点。但是，另一位曾与曼森家族关系密切的消息人士称自己听说“在巴克农场后面大概 2.4 米深的地方，埋着两个男孩和一个女孩的尸体”。

警方在那里没有发现过任何尸体。不过当时“矮子”唐纳德·希亚的尸体也一直下落不明。

1968 年 10 月 13 日，在加州尤凯亚市以南几千米的地方，两名女性，即克里达·德莱尼和南希·沃伦惨遭殴打并被皮带勒死。当时曼森家族的几名成员就在该地区游荡。两天后，曼森突然带着全体家族成员从斯潘农场搬到了巴克农场。门多西诺县治安官办公室认为这两件事可能有关联，然而如果没有证据，一切都只是空谈。

1968 年 12 月 30 日凌晨 3 点 30 分左右，作家汉斯·哈贝的女儿，十七岁的玛丽娜·哈贝结束约会后回家，在她母亲位于西好莱坞的住宅外遭到绑架。元旦那天，她的尸体在穆赫兰道与博蒙特路交界处被人发现。死因：颈部和胸部多处刀伤。

有传言称该受害者认识曼森家族的人，不过没有得到证实。虽然曼森的大多数追随者都在巴克农场，但 12 月 30 日那天，曼森本人显然是在洛杉矶，次日他才回到巴克农场。有几个人认为曼森与玛丽娜案有关，加州 KNXT 频道的新闻播音员卡尔·乔治便是其中一个，可惜目前还没有任何确凿的证据。这

1　译注：见第 95 页相关内容。爱德华·亚瑟·贝利是爱德·贝利的全名。

起谋杀案仍然真相不明。

1969 年 5 月 27 日晚上，肯塔基州阿什兰市，一个名叫达尔文·奥瑞尔·斯科特的男子在家中遇害。凶手作案手段令人发指，受害者身中 19 刀，并被屠刀钉在了地板上。

时年 64 岁的达尔文·斯科特是斯科特上校的兄弟，而根据传言，斯科特上校就是查尔斯·曼森的父亲。

1969年春天，曾有一位来自加州的“大师”骑着摩托车出现在阿什兰地区，身后还跟着几名女性追随者。他自称“传教士”，在亨廷顿市附近的一处废弃农舍住了下来，还给当地青少年免费分发致幻剂，企图建立一个社区。这伙人一直待在那里，直到同年 4 月当地自发组织的治安团体烧毁了农舍，把他们赶走了，根据该地区的报道，其原因是“他们不喜欢嬉皮士，不想再看到这伙人在附近活动”。后来至少有四位当地居民告诉记者，曼森和“传教士”是同一个人。此外，根据确切记录，在这一时期内曼森曾在加州出没，而且斯科特遇害当天，曼森好像就在加州。

1969 年 5 月 22 日，曼森致电他的假释官塞缪尔·巴雷特，申请和沙滩男孩乐队一起去得克萨斯州。因为曼森与该乐队的关系有待核实，所以暂未获得准许。他在一封日期为 5 月 27 日（斯科特遇害的同一天）的信中告诉巴雷特，乐队的人没有带他就走了，他已经从死亡谷搬回了斯潘农场。由此可见，有人说巴雷特对曼森缺乏管控，这其实有点夸张了。一直到 6 月 18 日之前，巴雷特都没有再和曼森说过话。

巴雷特没有注意看信封上的邮戳。不过他的确留意到自己直到 6 月 3 日才收到来信，而信应该是在七天之前就写好了。所以，一种可能是，曼森亲手杀了斯科特，这封信正是他伪造的不在场证明；另一种可能是，曼森派了一个杀手前去杀害斯科特。但是严格来说，这两种可能性仅仅只是推测，达尔文·斯科特遇害案也一直未能侦破。

1969 年 7 月 17 日清晨，十六岁的马克·沃尔茨从查茨沃斯区的父母家出发，搭便车到圣莫尼卡码头钓鱼。此后不久，有人在码头上发现了他的钓鱼竿。次日凌晨 4 点左右，在离穆赫兰道不远的托潘加峡谷大道附近，他的尸首也被人发现了。年轻的沃尔茨脸部和头部都有严重瘀伤，胸部连中三枪，子弹为 .22 口径。

沃尔茨既不是斯潘农场帮工，也并非曼森家族成员，不过他偶尔会在斯潘农场附近闲逛。洛杉矶县治安官办公室派人前往该农场展开调查，但没有找到任何能将沃尔茨案与农场的人联系起来的证据。

然而沃尔茨的哥哥打电话给斯潘农场，对曼森说："我知道你杀了我弟弟，我要你血债血偿。"虽然他并没有去杀曼森，但他显然认为曼森应该对弟弟的死负责。

丹尼·德卡洛在洛杉矶警察局接受一系列询问时，有警察问他："一个十六岁男孩被枪杀了，你对这件事了解多少？"

德卡洛回答说："那跟曼森家族的人没有关系。告诉你为什么吧，因为他们和我一样对此案非常震惊。如果是他们干的，他们会告诉我的。"

德卡洛把沃尔茨的哥哥给曼森打电话的事告诉了警官。有一名警官问道："你觉得他为什么会怀疑查理？"德卡洛的答案是："因为街上没有几个疯子会无缘无故拿枪指着别人，打爆别人的头。"

因为这个案子归洛杉矶县治安官办公室管，所以洛杉矶警察局没有进一步追问。沃尔茨案一直没有任何进展。

1969 年 7 月 27 日至 8 月 26 日，在短短一个月的时间里，查尔斯·曼森和他嗜血成性的家族成员一共杀害了九人：加里·欣曼、史蒂文·帕伦特、杰伊·西布林、阿比盖尔·福尔杰、沃伊特克·弗雷科夫斯基、莎伦·塔特、莱诺·拉比安卡、罗斯玛丽·拉比安卡和唐纳德·希亚。

曼森家族在杀害了希亚之后，紧接着展开了"清理"，很多女性成员都参与了其中，这一点众所周知，可是事后她们当中却没有一个人被指控为从犯。有些女孩至今仍在街上游荡。

曼森于 1969 年 10 月 12 日被捕，但这没能阻止凶案的继续发生。如前文所述，1969 年 11 月 5 日，约翰·菲利普·霍特，又名克里斯托弗·耶稣，也就是"零"在威尼斯区的一所海滨住宅里遭到枪杀。当警方赶到时，四名曼森家族成员仍在现场，他们说"零"是在玩俄罗斯轮盘赌时死在了自己的枪下。据琳达·鲍德温（真名为马达琳·柯特奇，绰号"小帕蒂"）所言，事发时她就躺在他旁边。其他三个人，布鲁斯·戴维斯、苏珊·巴特尔（绰号“乡下苏”）[1]和凯瑟琳·吉利斯都声称没有目睹这一过程，只是听到了枪声。

他们当中至少有一个人撒谎了，也可能是全部。

在塔特-拉比安卡夫妇案的庭审中，我问凯瑟琳：“你说‘零’是开枪自杀的。谁告诉你的？肯定不是‘零’。”

答：“不用别人告诉我，我是亲眼看到的。”

问：“哦，你在场？”

答：“是的。”

问：“你能说说事情的过程吗？”

答：“当时他一边听我说话，一边走进了隔壁房间。‘小帕蒂’那会儿正躺在床上。他在她身边坐了下来，伸出手去拿枪，然后朝自己开了一枪。”

问：“就这样吗？”

答：“是的。”

问：“此前毫无预兆吗？”

答：“真的毫无预兆。”

至此，本案仍然存在三个疑点：为什么“零”会用一把装满子弹的枪玩俄罗斯轮盘赌？如果是他把枪从枪套里拿出来的，那枪套上为什么没有指纹呢？还有，为什么布鲁斯·戴维斯承认拿过枪，而枪身上却既没有他的指纹，也没有“零”的指纹？

在曼森参与塔特案和拉比安卡夫妇案的事见诸报端大约一周后，一名男子与《洛杉矶时报》记者杰里·科恩取得了联系，声称“零”中枪时自己在现场，不过“零”没有玩俄罗斯轮盘赌，他是被谋杀的。

该男子二十五岁左右，身高172厘米，金发，体形消瘦。他拒绝透露姓名，承认自己“怕得要死”。

案发当晚有六或八人在威尼斯区的度假屋里抽大麻，该男子告诉科恩：“是其中的一个小妞儿杀死了‘零’。”但是他不肯指明是哪一个小妞儿，只是说

---

1 译注：即苏·巴特尔。

在曼森家族最近举行的另一次聚会上，她坐在那里一边用手摆弄着刀子，一边盯着他看，足足盯了3个小时。

面对科恩的询问，该男子透露自己是在塔特案和拉比安卡夫妇案发生后才开始与曼森家族往来的。他说自己从未见过曼森，但从其他家族成员那里听说“警方不知道的谋杀案还多着呢”而且“曼森家族也比你们想象的要庞大得多”。

这个年轻人想要些钱去北加州的马林县。科恩给了他25美元，并且暗示，他回去后若能确认杀死“零”的凶手是谁，就可以拿到更多的钱。然而科恩此后再也没有见过他。

1969年11月16日，有人在月桂峡谷附近的穆赫兰道与博蒙特路交界处的路堤上发现了一名年轻女孩的尸体，这里与玛丽娜·哈贝的尸体所在地几乎相同。死者是一名黑发女子，十八九岁，身高约175厘米，体重104.3斤，胸部和喉咙被刺了157刀。替老乔治料理生意的露比·珀尔记得在斯潘农场见过这个女孩，名字好像叫“雪莉”。曼森女孩们经常交换化名，但是洛杉矶县治安官办公室只知道一个“雪莉”，即雪莉·安·库珀，又名西米谷·雪莉，她曾和芭芭拉·霍伊特一起逃离了巴克农场，不过幸运的是，她现在还活着。所以，在警方的档案中，本案这名遇害不到一天的女孩被命名为“59号无名女性”。她的身份至今不详。

该女孩和“零”的死亡时间相差不远，因此有可能她在“零”遇害时在场，因而被杀人灭口了，但这只是毫无根据的推测。该案也成了悬案。

1969年的11月21日，两个年轻人的尸体在洛杉矶市中心的一条小巷里被发现，分别是十五岁的詹姆斯·夏普和十九岁的多琳·格尔。两人是在别处为长刃刀或刺刀伤害致死，然后被抛尸在那条巷子里的，两个人都身中五十多刀。

洛杉矶警察局兰帕特分局的警督厄尔·迪米尔和《洛杉矶时报》记者科恩均调查了夏普和格尔遇害案。两人一致认为凶手很可能来自曼森家族，但该案最终还是成了悬案。

詹姆斯·夏普和多琳·格尔都是科学教教徒，而且格尔已经达到了“至纯境界”，一直住在科学教的一处教堂里。根据未经证实的报道，格尔是曼森家族成员布鲁斯·戴维斯的前女友，戴维斯本人也一度信奉科学教。

在夏普、格尔和59号无名女性遇害时，戴维斯的行踪无迹可寻。戴维斯因为“零”之死接受了警方的询问，此后不久便人间蒸发了。

1969年12月1日，在伦敦某酒店的房间里，有人发现曼森家族成员桑德拉·古德的丈夫乔尔·迪恩·皮尤已被割喉致死。如前所述，当地警方认定死者系自杀。在得知皮尤的死讯后，因约县的地方检察官弗兰克·福尔斯展开了正式调查，特别要求国际刑警组织核查签证，看看案发当时一个名叫布鲁斯·戴维斯的人是否在英国。

伦敦警察厅的答复如下：“据记录，戴维斯于1969年4月25日从伦敦机场出发前往美国，持美国护照，号码6122568；在英登记住址为萨里郡费尔布里奇的多梅尔乡村别墅。该别墅为科学教所有，可供该教派的信徒居住。”

“当地警察无法提供有关戴维斯的任何信息，但是了解到该男子到访我国的时间要晚于1969年4月。然而，我国现有官方记录无法证实这一情况。”

直到1970年2月，戴维斯才再次出现：他因被指控犯有重大盗窃车辆罪于斯潘农场遭到逮捕，在接受了警方的简单讯问后就被释放了。随后戴维斯受到大陪审团的指控，罪名是涉嫌谋杀欣曼，于是他又一次消失了，这一回直到当年12月2日，也就是辩护律师罗纳德·休斯神秘失踪后的第四天，他才重新露面。前文已经提到过，当天他和另一名曼森家族成员布伦达·麦肯一同来向警方自首。

上述这些案件，警方均已证实或怀疑与曼森家族有关。他们还犯有更多的谋杀案吗？我和洛杉矶警察局、洛杉矶县治安官办公室讨论过这个问题，大家一致认为很有可能，因为这帮人喜欢杀人。不过我们没有确凿的证据来证实这一点。

下面这三起谋杀案是否系曼森家族所为，我们就无从而知了。其中有两起发生在1972年。

1972年11月8日，在加州北部根维尔地区的俄罗斯河度假村附近，一名徒步旅行者发现了从地面上伸出的一段手臂。警察赶到现场后将尸体挖出，死者还很年轻，穿着深蓝色海军制服外衣，生前曾中枪，而且惨遭斩首。

随后此人的身份得以确认：詹姆斯·T. 威利特，二十六岁，来自洛杉矶县，海军陆战队前队员。11 月 10 日星期五那天，公众通过广播和电视获知了这一消息。

11 月 11 日，星期六，警方在加州斯托克顿市西弗洛拉街 720 号的一处住宅前发现了威利特的旅行车。警方要求进入该住宅，但却遭到了拒绝，他们当即破门而入，逮捕了里面的两名男子和两名女子，还收缴了一些手枪和散弹枪。

这两名女子即二十一岁的普里西拉·库珀和二十岁的南希·皮特曼（又名布伦达·麦肯），她们的前额上都刻有曼森家族的 X 标志。警方进入住宅后没过几分钟，有一名女子打电话来，主动要求乘警车前往该住宅投案。就这样，警方又逮捕了琳妮特·弗洛姆，也就是“尖嗓子”。曼森不在的时候，二十四岁的她自然而然地成了家族首领。

两名男子则分别是二十四岁的迈克尔·蒙福特和三十三岁的詹姆斯·克雷格，他们都是州监狱的逃犯，因在加州各地多次持械抢劫而被警方通缉。两人的左胸都文上了字母“AB”。根据国家惩教局发言人所述，字母“AB”代表雅利安兄弟会，一个由“白人囚犯组成的邪教帮派，主要从事种族主义活动，但也制造过包括雇凶杀人在内的其他暴力事件”。

当日，警方还注意到该住宅地下室的泥土有翻动过的痕迹。在获得搜查令后，他们展开了挖掘工作，并在次日早晨挖出了劳伦·威利特的尸体。该女子十九岁，头部中了一枪，死于周五深夜或周六凌晨，而正是周五那天，她丈夫詹姆斯·T. 威利特的死讯首次通过广播新闻对外公开。

面对警方的讯问，普里西拉·库珀声称劳伦·威利特是“玩俄罗斯轮盘赌”时自杀的。

威利特太太和“零”一样，永远都无法反驳这个说法了，好在斯托克顿市警方的质疑精神要远高于负责“零”遇害案的洛杉矶县治安官办公室：普里西拉·库珀等五人均受到了谋杀劳伦·威利特的指控。

根据原定安排，这五人将于 1973 年 5 月出庭受审。然而出人意料的是，其中四人竟在 4 月 2 日便主动认罪了。迈克尔·蒙福特承认自己谋杀了劳伦·威利特，被判处在州监狱服刑七年。詹姆斯·克雷格坦白曾在案发后协助埋尸，且非法持有武器——一把被锯短的散弹枪，高等法院法官詹姆斯·达拉对其做出如下判决：两罪并罚，分别判处五年和两年有期徒刑，连续执行。曼森口中的家族种子杀手普里西拉·库珀和南希·皮特曼（又名布伦达）也承认自己曾协助埋尸，两人因此各获刑五年。

另外，还有一名二十一岁的家族成员玛利亚·阿朗佐（又名"水晶"）在向斯托克顿市监狱偷运一把弹簧刀时被捕，没多久便获释了。

同样，"尖嗓子"也很快获释了。因为证据不足，检方撤销了对她谋杀劳伦·威利特的指控。她一出狱就再次成了曼森家族的首领。

此后不久，蒙福特和他二十三岁的同谋威廉·古彻先后承认杀害了詹姆斯·威利特，两人均因二级谋杀罪被判处终身监禁，五年后可申请假释。克雷格随后坦白自己曾在案发后协助埋尸，于是他又被判了五年有期徒刑。

威利特夫妇谋杀案的作案动机尚不清楚。据悉，威利特夫妇与曼森家族至少有一年的来往，甚至可能更久。警方猜测劳伦·威利特是在得知丈夫遇害后被灭了口，原因是曼森家族担心她会去报案。至于詹姆斯·威利特为什么会被杀害，警方的官方解释是，可能是因为威利特打算告发这伙人犯下的抢劫案。

威利特夫妇遇害或许还有另一个原因：他们对另一起谋杀案知道得太多了。

詹姆斯和劳伦这两个名字似乎有些耳熟，后来警方终于想起来在哪里听到过了。1970 年 11 月 27 日，詹姆斯·福舍尔和劳伦·埃尔德开车载着辩护律师罗纳德·休斯去了塞斯普温泉。休斯失踪后，警方曾询问过威利特夫妇，得知在他们离开洪区时休斯还活着，警方便打消了疑虑，也没有给他们拍照。

起初我以为"埃尔德"可能是劳伦·威利特婚前的姓氏，但事实并非如此。我又读遍了警方报告和报纸上的相关文章，也没能找到任何关于福舍尔和埃尔德的描述，除了他们的年龄（都是十七岁）和地址。后来我前往那个地址探访时，才得知他们早就搬走了。为了查明这两人的身份，我们付出了很多努力，却都以失败告终。

詹姆斯·福舍尔和詹姆斯·威利特似乎不太可能是同一个人：1970 年，威利特应该是二十四岁，而非十七岁。不过劳伦这个名字确实不同寻常，而且

1972 年她十九岁，那么 1970 年她就是十七岁。

这一切纯属巧合吗？本案中还有更离奇的事情。

现在有一个疑团已经基本解开了。如果曼森家族某位核心成员没有说谎，那么罗纳德·休斯的确是被该家族杀害的。

塔特–拉比安卡夫妇案宣判日当天，文图拉县治安官办公室报告说在塞斯普温泉一带发现了一具尸体，我获悉后当即要求对其进行尸检。但是直到好几个星期之后，我才收到文图拉县的尸检报告。通过牙科 X 光片可以判定这就是罗纳德·休斯的尸体，不过报告中几乎没有什么媒体想要报道的内容。上面写道："死者面部朝下泡在水泊中，头部和肩部被卡在一块巨石下。"一只手臂几乎完全从肩部断掉，胸膛和背部大面积生理组织外露。除此之外，"未发现其他暴力伤害的外部证据"，而"根据 X 光片，无法判定死者系谋杀"。这种说法的确相当严谨，毕竟尸体已经严重腐烂。该报告并没有得出实质性结论："死亡的性质：未确定。死因：不明。"

报告还指出死者胃里有"药物残留"，然而其确切成分是药品还是毒品也同样未能判定。

我对这份尸检报告失望透顶，强烈要求地方检察官办公室就休斯的死因展开调查。可我的要求遭到了拒绝，地方检察官办公室认定，既然没有证据显示休斯的死亡系谋杀，就没必要再进行死因调查了。

此后，休斯之死一直是个谜。在塔特–拉比安卡夫妇案还在审理时，电影导演劳伦斯·梅里克就开始制作一部关于曼森家族的纪录片。该片直接取名为《曼森》，主要聚焦于曼森家族在斯潘农场和巴克农场的生活，对一系列谋杀案只是一带而过，其中也有我讲述的几个片段，还有对部分曼森追随者的采访。这部电影在 1972 年的威尼斯电影节上放映，并于次年获得奥斯卡提名。梅里克在拍摄过程中获得了曼森女孩们的信任。例如，桑德拉·古德在电影中承认，她和玛丽·布伦纳在洛杉矶县监狱得知了塔特案时，"玛丽说：'太棒啦！'我说：'哇，看来咱们成功了！'"。

在电影拍摄间隙，桑德拉还向梅里克承认了别的事情。她当着另一个人的面告诉梅里克，到目前为止，曼森家族已经杀害了"三十五到四十人"，而休斯是他们报复性谋杀的开始。

虽然对曼森的审判已经结束，他的“传奇”却仍在继续。正如《洛杉矶时报》记者戴夫·史密斯在《西部杂志》上评论的那样：“拉下曼森案的帷幕，就等同于否认任何可能的暗示，我们将无法预知下一只野兽会从哪里袭来，因而对暗夜里可能撞到的一切都心怀恐惧，就好像 1969 年 8 月从未离我们远去。”

大规模屠杀在历史上时有发生。仅在加州，自塔特案和拉比安卡夫妇案之后，还发生过如下血案：包工头胡安·科罗纳被判定谋杀了二十五名移民农场工人；约翰·林利·弗雷泽杀害了维克多·奥塔医生及其妻子、两个儿子和秘书，并将五人的尸体扔进了奥塔家的游泳池；赫伯特·穆林在连续三个月的时间内共杀害了十三人，年龄从三岁到七十三岁不等；埃德蒙·肯珀三世在杀死祖父母后被鉴定为精神分裂，过了几年他通过了精神评估测试并得以释放，此后又杀死了自己的母亲、母亲的一个朋友和六名女大学生；另外，两个劣迹斑斑的年轻流浪汉可能一共犯下了十七起谋杀案。

除了最后这两个人之外，上述凶手都是单人作案，他们即便不属于法律意义上的精神错乱，也显然性格孤僻、精神失常。

然而，曼森案不论在过去还是现在都尤为特殊。如果桑德拉·古德所言属实，那曼森家族迄今已经残杀了三十五到四十人，快要打破美国连环凶杀案的最高纪录。不过曼森案之所以持续吸引着众多关注，并非是因为受害者数量，而是由于在很多方面，它在美国犯罪史上都是罕有前例的：受害者身份特殊；全民持续数月的惊恐和猜测，在查明凶手前的日夜恐慌；作案动机竟是意欲在黑人和白人之间引发末日大战，令人匪夷所思；罪犯从史上最著名的摇滚乐队——披头士乐队的歌词中得到作案灵感；数桩血案背后的操纵者，这个歹毒的“大师”，具有蛊惑人心、借刀杀人的力量，被他洗脑的多为年轻女孩，她们奉命残忍地杀害了陌生人，兴致勃勃，激情洋溢，丝毫不觉得罪疚和懊悔。正是由于这一切，曼森几乎成了美国有史以来最恐怖的连环杀手，而曼森案之诡异也堪称史无前例。

一直以来最令人困惑的问题在于：曼森是如何操控整个家族的？

在塔特-拉比安卡夫妇案的庭审过程中，人们看到的仅仅是曼森做到了这一点，然而在理解整个曼森现象时，如何做到的也至关重要。

现在我们掌握了一部分答案。

在曼森的流浪生涯中，或许有很多人曾与他相遇，但其中大多数并没有选择追随，他们要么是嗅到了曼森身上的危险气息，要么是对他的病态哲学不感兴趣。

如前所述，曼森的追随者并非典型的邻家男孩或女孩。曼森可不是什么花衣魔笛手，突然出现在得克萨斯州立大学的篮球场上，给查尔斯·沃森递上致幻剂，然后引他堕入了罪恶的深渊。在毕业的前一年，沃森就退学去了加州，沉迷于贩毒和吸毒无法自拔，那时候他还没有遇到曼森。不仅沃森是如此，几乎所有曼森家族成员早在遇见曼森前就已经堕落了。

他们大都对整个社会怀有根深蒂固的敌意，而这种敌意在他们认识曼森前就已经存在。乔尔·霍克曼医生作证说，那些人选择追随曼森，根源其实“在于他们自己”。总之，他们内心存在某种需求，似乎能从曼森那里得到满足。但这种选择是双向的，因为曼森会决定将谁留下。显然，曼森不希望任何人挑战他的权威，在家族中引起分歧，或者质疑他的教义。于是，那些经过双向选择后剩下的人共同组成了曼森家族。他们被吸引到斯潘农场并最终决定留下，正是因为他们能与曼森的想法产生共鸣。这些人就是曼森杀人工厂的原材料。

为了将原材料塑造成一批冷血杀手，让他们替他发泄对社会深深的敌意，曼森可以说是无所不用其极。

他捕捉并利用了这些人的需求。正如格雷格·雅各布森所言，“查理有一千张面孔，能与有不同需求的各种人产生共鸣。”他太懂得如何“震慑住”别人，以至于很多追随者都觉得他会读心术。

我根本不相信所谓的“魔力”说。曼森老奸巨猾，在狱中长年研究人性，他明白大多数人会被一些共性问题所困扰。我强烈怀疑他的“魔力”无非是在对的时间向对的人说出一些基本真理。例如，每个离家出走的女孩都很可能和自己的父亲有矛盾，而每一个来斯潘农场的人都是要寻找缺失的东西。曼森会指出他们要找的是什么，而且尽可能满足他们的需求，无论是充当父亲的角色，塑造基督形象，提供一种归属感，还是在一个群龙无首的时代担任领导者。

毒品是曼森的得力助手。就像本次庭审中精神病专家指出的那样，致幻剂并非一切的起因，而是一种催化剂。曼森充分利用了致幻剂，从而使其追随者更容易受到影响、接受灌输或达成“协议”。正如保罗·沃特金斯所言，查理服用的致幻剂总是比其他人少，这样他才能始终控制大局。

曼森也借助了重复的力量。他几乎每天都在反复说教，从而渐渐消除了成员们的许多禁忌。曼森本人曾在法庭上说过："只要你肯反复说下去，你就可以说服任何人。他们可能不会百分之百相信，但仍然会从中汲取观点，尤其是在没有其他信息来源的情况下。"

这就要说到他的另一个重要手段了：除了重复洗脑之外，他还使用了隔绝法。斯潘农场没有报纸，也没有时钟。曼森在这片与外界隔绝、失去时间感的土地上，一手创建了属于自己的小社会，它结构紧凑、功能完整，自有一套价值体系，和外面的世界截然不同。

曼森还以性为武器。他意识到大多数人都存在性心理障碍，于是就通过言行教导家族成员们性是没有错的，从而根除了他们对性的禁忌和罪恶感。

然而，仅仅有性是不够的。还得有爱，很多很多爱。爱是维系曼森家族的重要纽带，绝对不容忽视。在甘苦与共的日常里，在与查理的相处中，这种爱都在暗暗滋长着。不论从哪个层面来看，他们都是真正意义上的一家人，生活在一个完整的社会单位中。"全知全能"的曼森如家长一般统领和团结着全体成员，家族中有人充当母亲的角色，其余人也都情同手足。做饭、洗碗、清扫、缝纫——这些曾是他们讨厌的家务活，可现在为了讨好查理，他们都干得心甘情愿。

曼森还将恐惧的效用发挥得淋漓尽致。至于他是不是在狱中学会的这一招，我们就不得而知了，但他的确将恐惧变成了操控别人的利器之一。曼森之所以具备这种能力，可能还有其他的原因。斯坦福大学教授菲利普·津巴多长期从事犯罪学研究，他在《新闻周刊》的一篇文章中指出："通过增强周围人的恐惧度，你自身感到的恐惧或许会显得更加正常，也更能为社会所接受。"而曼森本人怀有太多恐惧，几乎接近妄想症的边缘。

曼森还教导家族成员们，人生如同游戏，是一场"魔幻的神秘之旅"。也许有一天，他们会成为手执弯刀的海盗，生活在虚拟的大船上，将所有闯入者斩杀殆尽；接下来，他们会摇身一变，成为追踪印第安人的牛仔；或者变成会施咒语的魔鬼和女巫——人生就是一场游戏，而游戏必然会有敌我双方，曼森的惯用伎俩就是制造敌我对立。正如霍克曼医生的证词所言："我认为从历史上看，要想把人改造成杀人机器，最简单的方法就是让他们相信自己与社会格格不入：他们是他们，我们是我们，大家截然不同，分属两个阵营。"

在他们眼中，我们就是德国佬、日本鬼子、黄种佬和猪猡。

借助频繁更名和角色扮演，曼森打造了属于自己的团队，成员全都是精神分裂症患者。那个在教堂唱诗班唱歌，在母亲患癌症后日夜守候的小苏珊·阿特金斯，自然不能为萨迪·梅·格鲁兹所做的事情负责。

曼森把他们内心潜藏的仇恨和对暴力的固有嗜好全都激发出来，转移到了共同的敌人——当权者身上。他抽离了受害者的人类特质，使之符号化，毕竟刺伤象征物可比刺伤人要容易得多。

曼森传授的人生哲学彻底违背了道德，但却能为他们的罪恶行径背书。曼森声称，倘若目标是对的，其他的就不可能错。倘若一切皆为虚妄，人生便是一场游戏，自然谈不上懊悔。

如果他们需要衣食，在垃圾桶或爱心衣物箱里又没能找到，他们就会去偷。然后他们一步步地变本加厉，从行乞、小偷小摸、卖淫，到入室行窃、持械抢劫，再到不牟取任何利益地完成查理的意志，因为查理就是人类之子，直到最后一步，采取反抗当权者的最终行动，向曼森证明自己的忠诚——谋杀。

有喜剧演员戏谑道："一起杀过人，才进一家门[1]。"这冷酷的玩笑背后隐藏的其实就是真相。他们都知道自己犯了杀人重罪，正因为要共同保守这个秘密，大家才变得前所未有的团结。

曼森当然利用了宗教。他多次援引《圣经》来证明自己的人生哲学，还经常暗示自己是基督再世。基督有十二个门徒，曼森的则翻了好几倍；基督有一个犹大，曼森有两个，分别是萨迪和琳达；基督曾经退居旷野，而曼森隐居在沙漠和巴克农场；基督曾在犹太公会面前受审，曼森则是在司法大楼。

曼森也利用了音乐，一方面是因为他自视为怀才不遇的音乐家，另一方面，他必定也知道没有什么比音乐更能打动年轻人的心。

曼森的高智商同样至关重要。和自己的追随者们相比，他不仅年龄更大、见识更广，而且也更加聪明伶俐、老谋深算。他有着丰富的监狱生活经验，坑蒙拐骗屡试不爽，能如皮条客一般玩弄人心于股掌之间，所以轻而易举就能让那些年轻又无知的追随者相信，病态的不是他们，而是这个社会。这话正合他

1　译注：此处的英文原文为 the family that slays together stays together，改编自俗语 the family that prays together stays together（大意为"不是一家人，不进一家门"）。

们的心意。

在上述因素的作用下，曼森成功地操控了家族成员。但是这些因素叠加起来，就足以导致一系列毫无悔意的谋杀了吗？也许吧，不过我倾向于认为，曼森如此彻底地操控了追随者，以至于他们违背“不可杀人”的最高训诫，心甘情愿，甚至热切地充当他的杀手，这背后肯定还有别的原因。

可能是因为曼森身上的魔力吧。他总是有一种无形的神秘特质和力量，虽然无法准确地定义，但却令他魅力十足，高深莫测。也可能是曼森还从别人那里学到了洗脑的招数。不论如何，我都确信曼森对这些招数了如指掌，而令人担忧的是，我们对此一无所知。所以曼森案最可怕的后果是，类似的悲剧还有可能再度上演。

我认为查尔斯·曼森是独一无二的，他无疑是美国历史上最惹人注目的罪犯之一，像他这样的杀人狂魔，今后不太可能再出现了。然而实际上，直至今日，曼森的那种疯狂仍然在毒害人间。不论是撒旦教教徒、狂热的耶稣怪[1]，还是右翼人士、极左人士或其他邪教徒，每当他们无缘无故将矛头直指当权者，肆意对其展开攻击时，他们身上都有曼森的影子。人们希望这些群体中不会出现下一个查尔斯·曼森，但要是认为这种可怕的事情绝无可能，那就太天真了。

曼森系列故事的结局有喜有悲。

芭芭拉·霍伊特和黛安娜·莱克都重返校园，完成了高中学业，与曼森共处的日子并没有给她们留下永久的伤痕。目前，芭芭拉正在攻读护理学。

斯蒂芬妮·施拉姆开了一家狗狗美容店。保罗·沃特金斯和布鲁克斯·波斯顿成立了小型乐队，在因约县各个俱乐部演出。他们的歌唱得很好，完全可以作为纪录片《曼森》的背景音乐。

火灾过后，乔治·斯潘把农场卖给了一家投资公司，按照规划，这里将变成度假农场，供德国游客游玩。之后他又在俄勒冈州克拉马斯福尔斯附近购买了另一个农场，现在由露比·珀尔代为经营。

我最近没有听到胡安·弗林的消息，可我一点也不担心，因为他总是能照

---

1 译注：20 世纪 60 至 70 年代，美国西海岸发生了一场耶稣运动，这是嬉皮士反文化运动中最重要的基督教部分。该运动的成员被称为耶稣怪或耶稣人。

顾好自己。我们最后一次见面是在我的办公室里，但不知为什么，我脑海里总是浮现出这样一幅画面：胡安骑着一匹高大的白马，身后的漂亮女友紧紧搂着他，两人在夕阳中疾驰而去。我觉得这可能也是胡安对自己的想象。

罗曼·波兰斯基在妻子遇害后又拍摄了几部电影，其中包括新版《麦克白》。令人不安的是，评论家们注意到该片隐射了塔特谋杀案。在接受《时尚先生》杂志的采访时，波兰斯基举着一把闪亮的刀摆了个姿势。另外，据媒体报道，他最近搬回了洛杉矶，住在离切洛路 10050 号不远的地方。

至于那 25 000 美元的悬赏金，波兰斯基的律师与洛杉矶警察局共同决定分配如下：龙妮 · 霍华德和弗吉妮娅 · 格雷厄姆各获得 12 000 万赏金，发现 .22 口径凶枪的小男孩史蒂文 · 韦斯分得了剩下的 1000 美元。

丹尼 · 德卡洛和阿尔 · 斯普林格均不在受赏之列。就在沃森受审前不久，丹尼受到联邦法院的非法持枪指控，随即弃保潜逃，去了加拿大，具体藏身处不明。至于阿尔·斯普林格，根据洛杉矶警察局的说法，这名摩托车手只是“消失了”。没有人知道他现在是死是活。

龙妮 · 霍华德曾试着做鸡尾酒服务员，可惜想保住这份工作并非易事。她说不论自己去哪儿，都会被贴上“曼森案告密者”的标签。她在下班回家的路上被人打过好几次。有一天晚上，有人朝她的卧室开了一枪，子弹穿过窗户，擦着她的脑袋呼啸而过。袭击者的身份至今未能查明。次日接受采访时，龙妮表示：“一开始我就应该闭紧嘴巴。”

弗吉妮娅 · 格雷厄姆后来在一家律师事务所担任接待员，看起来改造得很好，但没过多久她就违反假释条例，逃之夭夭了。在我写作本书的时候，她仍然没有落网。

记者比尔 · 法尔[1]当初得到了弗吉妮娅的陈述材料，内容关于曼森家族计划谋杀的名人名单，但他拒绝向奥尔德法官透露获取这些信息的来源。七个月后，奥尔德法官重新将比尔召回法庭，并且表示如果他仍然拒绝透露，就会因藐视法庭而获罪。

根据加州法律，记者新闻来源的机密性是受到保护的。不过自从塔特–拉

1　编注：即第 429 页提到的威廉 · 法尔。

比安卡夫妇案审理结束后，比尔就辞去了《洛杉矶先驱观察报》记者一职，转而做了新闻秘书。所以奥尔德法官指出，既然比尔已经不是记者了，他就不受这条法律的保护。比尔反驳道，如果法官强行获取新闻来源，那么媒体和公众都会遭罪，毕竟倘若不能保证匿名的话，许多人都不敢向媒体提供重要信息了。他说自己是从两名律师和另一名受禁言令约束的人那里获得了弗吉妮娅的陈述材料复印件，但他拒绝透露这三个人的名字。（实际上，在1971年6月30日的一场听证会上，曼森案的一名律师曾作证说，当他询问比尔是从谁那里得到了这份材料的复印件时，比尔答道："哪怕是我的律师格兰特·库珀来问，我也不会说的。"1971年7月19日，在另一场听证会上，比尔要求其律师提醒奥尔德法官"陪审团已经被隔离了"，这是在暗示既然陪审员从没看到过弗吉妮娅的陈述材料，那么违反禁言令就没有造成伤害。1973年1月30日，比尔还告诉《洛杉矶时报》自己早就知道弗吉妮娅陈述材料中的内容了，从那三个人手中拿到复印件只是为了进一步证实。）

在奥尔德法官的命令下，本案检察官史蒂文·凯、唐纳德·穆西奇和我，以及辩护律师戴伊·希恩、欧文·卡纳莱克、保罗·菲茨杰拉德都当庭宣了誓，作证说自己没有泄露弗吉妮娅的这份陈述材料。很显然，我们六人中至少有两人说了谎。总之我本人清清白白，至于这件事是谁干的，相信读者和我一样，都能猜得到。

最终，奥尔德法官以民事藐视法庭罪[1]判处比尔不定期刑[2]。比尔在洛杉矶县监狱服刑四十八天之后，最高法院法官威廉·O. 道格拉斯下令将他释放，等最新上诉结果出来后再下定论。如果法庭将法尔裁定为刑事藐视法庭罪[3]，连续执行判决，那么他面临的最高刑罚是六十五天监禁和6500美金罚款。然而奥尔德法官将比尔裁定为民事藐视法庭罪，判处其不定期刑，这就意味着一

1 译注：所谓民事藐视法庭罪，是指法院为维护当事人利益，对拒不遵守或执行法院命令的行为（如拒不出庭、拒不履行等）进行的处罚。

2 译注：不定期刑（indefinite sentence）是指审判机关对构成犯罪需要监禁之被告不给确定的刑期，只给相对确定的幅度刑，即上限刑期或下限刑期或两者兼有。由假释委员会或其他执行机构根据犯人在服刑期间的具体悔罪表现，来决定何时予以释放。

3 译注：所谓刑事藐视法庭罪，是指妨碍正义或对法庭的公正性进行攻击的行为，如当庭侮辱法官、扰乱庭审秩序、庭外骚扰证人、泄露审判秘密等。设立此罪的主要目的在于维护法庭的权威，惩罚不遵守法庭命令的行为。对这类行为，法院往往处以监禁或罚金。

旦法官一直坚持原判，且高等法院裁定比尔不再受新闻来源保密法的保护，那么比尔有可能服刑十五年之久，直至现年五十五岁的查尔斯·奥尔德法官达到强制退休年龄！

曼森家族的许多核心成员现在都在各个刑罚机构服刑。其他普通成员则已四散逃开，各寻新主。根据我收到的最新信息，凯瑟琳·吉利斯成了某个机车党的“妈妈”，还有一些家族成员则继续出现在头条新闻上。玛利亚·阿朗佐（又名“水晶”）因向斯托克顿市监狱偷运一把弹簧刀被捕，不久后获释，又于1974年3月再次被捕，罪名是蓄意绑架某外国总领事，企图逼迫洛杉矶县监狱释放两名囚犯。在我写作本书时，她还没有接受审判。

有一段时间，市面上涌现了大量相关书籍、戏剧和电影，其中不乏对曼森的溢美之词，而且社会上一度兴起一阵曼森崇拜。人们可以看到刻着“释放曼森等四人”字样的徽章。此外，曼森家族的人数也像病毒般呈爆发式增长。记者前去采访了这些新成员，他们与曼森本人从未有过任何接触，言谈举止却和“尖嗓子”、桑迪等人几乎一样，就好像曼森的疯狂是可以传染的，这一切都令人深感不安。好在这个奇怪的阶段很快就过去了，目前留在曼森家族的人已经所剩无几了，不过作为曼森坚定的支持者，小“尖嗓子”依然从未动摇。

曼森不在的时候，“尖嗓子”作为无可争议的家族首领，很可能参与策划了一些活动。她因抢劫和谋杀等罪名被逮捕过十几次，但是只有几次被定了罪，而且都是轻罪。另外，前不久她还在洛杉矶县地方检察官办公室找到了一位支持者。

年轻的副地方检察官威廉·梅尔彻是在坦普尔大街和百老汇街的拐角处第一次认识“尖嗓子”的。1970年的圣诞节，梅尔彻的妻子为曼森女孩们烤了些饼干，于是大家就成了朋友。“尖嗓子”曾因威利特夫妇谋杀案被捕，但是很快就获释了。出狱后不久，她又因涉嫌在格拉纳达山附近持械抢劫而再次被捕。梅尔彻坚信警方抓错了人，还说服警方把“尖嗓子”释放了。他对《洛杉矶时报》表示，还她清白是“我三年检察官生涯中最大的满足”。注意到曼森家族“对警察和法院心怀怨念，我想让他们知道，在他们流浪的街头，正义也仍然存在”。梅尔彻补充说他想写一本关于曼森女孩的书。“我并不是要揭露悲剧和暴力，这些我永远也无法宽恕。我想展现的是我在这个家族中看到的美——他们的反战思想、真诚和慷慨。”

1972 年 2 月 18 日，查尔斯·曼森、查尔斯·沃森、苏珊·阿特金斯、帕特丽夏·科伦温克尔、莱斯莉·范霍腾和罗伯特·博索莱伊的命运迎来了转折点。当天，加利福尼亚州最高法院以 6 票赞成、1 票反对的投票结果，决定从即日起废除本州的死刑。这一决定的依据来自《加利福尼亚州宪法》第 6 条第 1 款：不得施加“残酷和异常的刑罚”。[1]

共有 107 名待处决的加州死刑犯被自动减刑为终身监禁。

曼森当时正在洛杉矶为布鲁斯·戴维斯案出庭作证，听到这个消息后，他咧开嘴肆意大笑起来。

在加州，被判处终身监禁的人七年后即可申请假释。

截止到 1972 年 8 月，全部囚犯都已经分批离开加州的死囚区，其中大多数被转移到了各州刑罚机构的“院子”，也就是普通囚室。在我写作本书时，阿特金斯、科伦温克尔和范霍腾仍被关押在加州女子监狱的特殊隔离室中，但是随着时间的推移，她们很可能也会被转移到普通囚室。

乔尔·霍克曼医生在帕特丽夏·科伦温克尔的精神病学报告中说，在三个女孩中，凯蒂与现实的联结是最脆弱的。他认为，如果凯蒂和其他人分开，也不再受制于曼森，那她很可能完全脱离现实，精神彻底失常。

至于莱斯莉·范霍腾，她在三个女孩中对曼森的忠诚度最低，但仍然会为曼森去杀人，所以我担心她会变得越来越心狠手辣。对于她的改造，我几乎不抱什么希望。

《洛杉矶时报》记者戴夫·史密斯写到过苏珊·阿特金斯，他的文字表达出了我长久以来的感受。“看看她的行为吧——在法庭上胆大包天而又演技出

---

1 原注：1972 年 6 月，美国最高法院以 5 票赞成、4 票反对的投票结果裁定，如果陪审团在拥有绝对裁量权且未受任何指示的情况下，任意将被告判处死刑，则该刑罚构成“残酷和异常的刑罚”，违反了《美利坚合众国宪法第八修正案》。虽然后来包括加州在内的一些州已经通过了恢复死刑的法律，并将死刑强制适用于包括大规模谋杀在内的某些罪行，但在本书写作期间，美国最高法院尚未就其合宪性做出审查。即使加州这一法律得以确立，曼森家族的凶手也不会受到任何影响，因为新确立的法律不具备追溯效力。

众，和别人眉来眼去时可爱又忸怩，没人注意时则显得心事重重——我觉得有一天她可能会突然放声尖叫，而且永远不再停止。”

曼森家族其他几个被定罪的凶手现在都是普通囚犯，包括查尔斯·沃森、罗伯特·博索莱伊、史蒂文·格罗根（又名克莱姆）以及布鲁斯·戴维斯。沃森不再装疯卖傻了，还有个女朋友定期前来探视。博索莱伊在一部关于美国监狱的纪录片中接受了作家杜鲁门·卡波特的采访，从而受到了全国人民的关注。此后不久，为了争夺雅利安兄弟会的领导权，博索莱伊在圣昆廷监狱里被人打得下巴骨折，手部脱臼。他早就加入了雅利安兄弟会。该帮派是由早前的几个组织分化重组而来，其中包括一个新纳粹主义组织。在过去几年间，加州多所监狱发生了十几起持刀杀人案，凶手极有可能都来自这个帮派。没有人确切知道雅利安兄弟会的成员总数，但是据信大约有两百名囚犯都是它的核心成员。该帮派奉行的种族主义原则很多都与查尔斯·曼森的相同，可见曼森这人的确贻害无穷。

在曼森家族的所有凶手中，只有首领曼森必须接受特殊管理。1972年10月，查尔斯·曼森由于“敌对好斗”被转移到了北加州福尔瑟姆州立监狱的最高安全级别监禁区。这里被称为“监狱中的监狱”，能够为普通监狱无法控制的“问题囚犯”提供特殊囚室。这样一来，曼森不仅丧失了等待处决者本应享有的全部特权，也无法再享受作为囚犯的常规特权。

“监狱就是我的家，我唯一的家。”曼森经常这么说。1967年，他曾恳求当局不要释放他。如果当时当局照做了，那这本书就永远没有必要写了，尸骨未寒的那三十五到四十个人就有可能都还活着。

曼森曾说，我给他定罪只是送他回家了而已。只是这次回家却与以往不同。在曼森被转移到福尔瑟姆州立监狱之前，圣昆廷监狱的监狱长路易斯·尼尔森曾表示：“把曼森这样的人关进普通监狱是很危险的，因为在其他囚犯看来，曼森犯下的可不是什么有脸面的罪行。他因谋杀一名孕妇被判刑，在监狱的生态中，这种罪名和儿童性骚扰一样，无法给人带来较高的地位。像曼森这样的人无论在哪里都不会好过。”

和谋杀参议员罗伯特·肯尼迪的西尔汉·西尔汉一样，曼森的恶名同样是他最大的敌人。只要还在监狱里，他就得小心翼翼。他很清楚如果有囚犯想要声名大噪，从他背后捅一刀就行了。

等到1978年，曼森、沃森、博索莱伊、戴维斯、格罗根、阿特金斯、科伦温克尔和范霍腾就可以申请假释了，但这只是他们有资格申请假释的最早日期，并不意味着他们一定能成功出狱。在加州，一级谋杀罪的平均刑期是十年半到十一年。鉴于曼森等人罪孽深重，又没有任何减罪情节，我推测他们的刑期都会延长：除了曼森本人，其他几个人大概需要服刑十五到二十年。[1]

至于家族首领曼森，我猜他至少要在监狱里蹲二十五年，很可能这辈子都出不来了。

1973年10月中旬，在加州管控最严格的福尔瑟姆州立监狱4–A级[2]监禁区，大约有三十名囚犯针对监狱条件提出了抗议，《旧金山纪事报》称之为“和平抗议”。

一贯善于利用和制造恐惧的曼森并没有参与其中。据《旧金山纪事报》报道：“一级谋杀犯查尔斯·曼森是4–A级监禁区的囚犯之一，但监狱发言人说他并没有参与此次示威。曼森过去屡遭其他囚犯的威胁，当局表示，由于担心受到攻击，他很少冒险走出自己的囚室。”

---

1 原注：我在1974年本书出版时持有该观点，是因为加州在押杀人犯的数量居全美前列。然而后来情况在一夜之间改变：1978年，根据加州人民的倡议，加州议会颁布了《加利福尼亚州刑法》第190条法案，将一级谋杀罪的最低刑期增加了近三倍，从七年延长至二十五年。虽然从理论上讲，该法案对塔特案和拉比安卡夫妇案的凶手没有追溯效力，但它实际上起到了追溯作用，因为它极大地改变了州假释委员会对已定罪杀人犯适用刑期的想法和态度。我现在（2001年）冒昧地预估如下：未参与塔特案的范霍腾会在十年内获得假释，阿特金斯和科伦温克尔则需等二十至二十五年。至于沃森和曼森，我认为他们将在狱中度过余生。

2 译注：在美国，囚犯被关押在安全级别不同的关押设施中，这些设施在安全措施、囚犯管理、牢房类型、狱警使用的武器和策略等方面有所不同。联邦政府的监狱管理局使用数字1到5来代表不同的安全级别。第5级是最高安全级别，第1级则是最低安全级别。

后记

正如我当年所言，曼森“从斯潘农场的地狱之火中释放了三个冷酷而嗜血的杀人机器”，犯下了野蛮且恐怖的塔特案和拉比安卡夫妇案。如今二十五年过去了，全美上下仍然密切关注此案。经常有人，尤其是新闻媒体问我，这是为什么？

在众多的大型谋杀案当中，为什么唯独本案在持续吸引着全球数百万人的眼球？比如，本案每隔五年的纪念日都会得到全美各大媒体的报道，在国际上也引起了极大关注[1]，纵观美国历史，只有肯尼迪总统遇刺案能有这样的热度；据《洛杉矶时报》报道，曼森在狱中收到的信件之多在全美史无前例，来信者多为年轻人，他们都想加入曼森家族；曼森T恤至今仍在全国热销；现在已有好几部关于曼森的戏剧作品，甚至包括歌剧，如1990年7月在纽约市林肯中心首演的歌剧《曼森家族》——1992年还发行了一张该歌剧的音乐CD；已发行多张白金唱片的枪炮与玫瑰乐队翻唱了曼森写的歌《女孩，看看你的游戏》；加州的前卫排印师甚至设计了一套曼森字体，据《时代周刊》报道，花95美元“就可用其刊印连环杀人案相关文章”，遭到批评后，这套字体改以“迈森”命名；在英国，“释放曼森”的涂鸦严重影响了一些大城市的市容，英国广播公司的威廉·斯坎伦·墨菲说，相当一部分英国人对曼森近乎狂热[2]；根据本书改编的电视剧在1976年一经播出，即创下收视率最高纪录，而且在多

---

1 原注：近日，英国广播公司、德国广播电视联合会和德国国家电视台正在播放关于本案二十五周年纪念日的特别节目。

2 原注：1994年3月4日，墨菲在给我的一封信中写道：据我所知，英国有32支摇滚乐队在演唱曼森写的歌和支持他的歌。在欧洲，这样的乐队还有40支左右，多集中在德国。就在上周，青蓝盛年（Indigo Prime）乐队的新歌《查理的69岁是美好的一年》一经发行便极为畅销。新一波曼森热似乎以曼彻斯特为中心，有五家商店在卖印有“释放曼森”的T恤和曼森的盗版唱片。不仅曼城如此——今年1月，伦敦举行了一场曼森主题音乐会，有2000人参加。沃灵顿甚至建了一个曼森社区，名为“英国Helter Skelter”。支持曼森的海报在主要城市随处可见，特别是在曼森系乐队筹备演唱会的阶段。这些乐队的受众大多不超过二十五岁。最可怕的是，他们多是曼森的狂热崇拜者，读过所有能找到的相关读物，也强烈支持Helter Skelter。这些人与极右翼政党，尤其是英国国家党关系极为密切。

国连年重播；1994 年 3 月，美国广播公司关于塔特案和拉比安卡夫妇案的特别节目创下了网络电视史上的最高首播收视率。所以，这是为什么？

在塔特案和拉比安卡夫妇案之后，洛杉矶又出现了一个杀手，此人杀害并肢解搭便车的人，然后将尸块装进垃圾袋里，因而被称为“垃圾袋杀手”。他承认自己杀害了二十一人。尽管如此，我还是记不得他的名字。我敢打赌，就算你问一百个洛杉矶人，也很难找到一个能记住他名字的人。这种情况并不罕见。每次发生连环凶杀案，当犯罪嫌疑人被捕受审时，总会有大量相关报道。然而一般来说，过不了多久，他们就会被公众淡忘。唯独曼森是个例外。实际上，除了身份至今不明的开膛手杰克之外，曼森大概是有史以来最臭名昭著的杀人狂。这是为什么呢？

一种比较流行的解释是，曼森案是美国社会结构演变的一道分水岭。它标志着“纯真的终结”，为宣扬爱、和平及共享的 20 世纪 60 年代画上了句号，为嬉皮士及其所代表的一切敲响了丧钟。作家琼·狄迪恩在其回忆录《白色专辑》中写道：“我认识的很多洛杉矶人都认为，20 世纪 60 年代在 1969 年 8 月 9 日那天突然结束了……从某种意义上说，的确如此。”即便是在 1994 年的今天，美国广播公司的主播黛安·索耶仍赞同这种说法，她表示，曼森案“终结了那宣扬爱的十年……美国的内核随之发生了某些改变”。

另一些人的看法则没那么夸张，他们认为曼森案象征着反主流文化的凋零。正如《时代》杂志在本案二十周年纪念日当天的刊文所言，那三名女杀手“可以是任何家庭的女儿，她们被淹没在毒品、性和叫嚣革命的浪潮里，而这一浪潮席卷了整整一代年轻人”。

在本案发生后的一段时间里，也有一些人认为，曼森及其追随者预示了反主流文化运动在未来十年至二十年可能的发展方向。凡此种种，不一而足。

然而上述看法似乎都缺乏经验证据的支撑。例如，尽管曼森案可能加速了水瓶座时代[1]的衰落，但事实上，在惨案发生一周后举办的伍德斯托克音乐

---

1 译注：20 世纪 60 年代的西方年轻人热衷于反主流文化运动。因为根据占星术的流行说法，“水瓶座”代表和平与和谐，于是他们将其视为象征符号，并认为在这个新的水瓶座时代，个人和世界将先后经历巨大的精神觉醒，从而迎来和平与和谐。但实际上，这场运动在吸毒、媒体炒作等因素影响下，已接近自我消亡。

节[1]既是水瓶座时代的巅峰时刻，也是它最后的苟延残喘，这一时代本身早已走向衰亡。随着这充满异见、过度放纵的十年反主流文化运动接近尾声，其圣地——海特–阿什伯里区已变得满目疮痍，美国也开始从越南战争中撤兵，而越战正是推动这场运动的政治原因。此外，曼森及其导致的癫狂并没有反映出60年代末的灵魂。无可否认，那场反体制运动在当时达到了高潮，并且确实想建立新的社会秩序，但它主张用和平手段来实现目的。而曼森却崇尚以暴力、谋杀改变现状。正如我在正文中所言，尽管曼森在某些人眼中是英雄，但根据当时的调查，被媒体冠以“嬉皮士”之名的大多数年轻人都反对曼森，称曼森的主张与他们的信仰背道而驰。[2]

当然，这之后的二十五年也已准确表明，曼森案并没有预示出反主流文化运动后来的发展方向。

因此，该案的社会学意义可能仅在于它重申了这样一条真理：人们一旦把思想和灵魂交给一个独裁的偶像，再想回头就必然为时已晚。而且这个独裁者会像历史上万众追随的暴君一样，无论走上哪条路，都牵引着自己的信徒。比如，韩国统一教领袖文鲜明会大量购买游艇、豪宅，却号召其追随者睡地板、喝稀饭；牧师吉姆·琼斯和大卫·考雷什会诱导其追随者自杀；曼森则教唆信徒去谋杀他人。

也有一些人试图找个简单点的解释。他们指出，曼森案热度不减当年，是因为曼森家族可能谋杀了三十五人之多，其中包括名人，且早有计划谋杀弗兰克·辛纳屈、伊丽莎白·泰勒、理查德·伯顿、史蒂夫·麦奎因和汤姆·琼斯等明星。然而，同样犯下二三十条人命的其他凶手都不像曼森这般广受关注，而且在本案中遇害的明星其实没那么有名。另一些人则认为是由于其作案手段异常残忍。不过实际上，比这更残忍的谋杀案虽然不多，也还是有的。

虽然上述因素都能促使曼森案长期获得关注，但我认为最重要的原因在于，

---

1 译注：1969年8月15日至18日在美国纽约州伍德斯托克镇附近的一个农场举办，32场演出吸引了50万人次，堪称史上最大的摇滚音乐节，也是20世纪60年代反主流文化运动的分水岭。其最初的海报标题为“水瓶座博览会：三天的和平与音乐”。

2 原注：尽管我认为曼森可以是任何时代的偶发现象，但20世纪60年代末显然为这种人的出现提供了更为肥沃的土壤。在那个时期，性和毒品革命、校园骚乱、民权示威、种族暴动，以及对越南战争的所有怨忿似乎都在翻涌、碰撞，搅动着这暴风雨的前夜。而曼森的歪门邪说便根植于此。

该案几乎是犯罪史上最离奇的连环凶案，而人们总是喜欢猎奇。假设本案从未发生过，而有人将同样的事情写成了小说，想必大多数人都会只翻几页就放下吧。因为在我看来，好的小说必须要有几分可信度，而曼森的故事实在太离谱了。

另一个重要原因是，“曼森”二字业已成为邪恶的代名词，曼森因而变得颇具神秘色彩，他代表了人性阴暗、邪恶的一面，而人类本身会被绝对的恶所吸引。恶的终极体现便是谋杀。想想看，为什么会有那么多谋杀类畅销书和犯罪类电视节目？（1946 年，乔治·奥威尔在随笔《英国式谋杀的衰落》中谈到，他和同胞们很享受在舒适的客厅里阅读一桩耸人听闻的谋杀案。）我们既然向来珍视生命，又为何要以一种有悖常理的方式关注其消亡呢？这一问题的答案不论是什么，都会有助于解释人们为何总是受到希特勒、开膛手杰克和曼森的吸引。

和邪恶一样，恐惧也是一种诱因。如我们所知，恐怖电影的质量通常与其恐怖程度成正比。而曼森造成的恐惧之深，几乎无人能敌；从电视屏幕、杂志和地下音乐专辑的封面，到杜莎夫人蜡像馆的曼森蜡像，他始终在以希特勒般的目光凝视着我们。“人们害怕他，如同害怕癌症和地震。”1979 年，有记者这样写道。“就在最近，”他引用加州一位监狱官员的话，“纽约一名女子来电，说她梦见曼森越狱了，开始追杀犹太人。她想确认曼森是逃不出来的。”《洛杉矶时报》专栏作家霍华德·罗森博格称曼森为“美国头号恶魔”，这不仅是因为曼森家族的作案手段远超恐怖电影导演的想象，而且不同于 20 世纪的所有杀人狂魔，曼森的恐怖又多了一个令人战栗的维度——他具有蛊惑人心的可怕力量，一声令下，就能让别人毫不犹豫地替他杀人。研究美国暴力史的著名精神病专家大卫·亚伯拉罕森说，这种事情他闻所未闻。其他恶名远扬的连环杀手——从查尔斯·斯塔克威瑟、大卫·伯科维茨、亨利·李·卢卡斯、查尔斯·惠特曼、理查德·斯佩克、泰德·邦迪，到胡安·科罗纳、迪恩·科尔、阿道夫·康斯坦索、约翰·韦恩·盖西、杰夫瑞·达莫和理查德·拉米雷斯——无一例外都是自己动手或伙同他人作案，他们制造的恐惧通常是有限的。但曼森能够操控他人替自己发泄对社会的仇恨，因而凶杀的可能性会呈指数级增长，令大家陷入更深也更久的恐慌。

有人将曼森与吉姆·琼斯和大卫·考雷什相较而谈。尽管他们都是追随者眼中的救世主，都有能力完全主宰信徒的生活，但这三个人的共同点也仅限于此。琼斯和考雷什在生命的最后时刻精神极度错乱，他们命令追随者自杀，随后也自尽而亡。这两名牧师是命令他人自杀，同时也参与集体自杀，并没有危害其团体之外的任何人，而曼森则不然，他是趁夜带着追随者驾车乱逛，随机挑选入室杀人的目标。在琼斯和考雷什自杀前的那段日子里，没有任何证据表明他们曾命令追随者杀人。而曼森则将谋杀视为信仰、信条和存在方式。正如沃特金斯所言，“查理迷恋的是死亡。”

曼森的忠实奴仆也产生了同样可怕的激情。苏珊向狱友龙妮和弗吉妮娅讲述谋杀过程，以及整个家族周游全美、随机杀人灭门的计划时，兴奋不已地说：“你杀得越多，就会越享受。”

曼森不仅引起了美国主流社会的关注，在那些狂热的极端群体中也颇具影响力。如今在美国，从撒旦教教徒到新纳粹光头党，几乎每一个心怀仇怨、道德沦丧的团体都欣然接纳了曼森恶毒的思想，并将曼森视为精神偶像和反体制祭司。正如专栏作家威廉·伯克利所说，曼森已然是“这个国家的头号反动公民”。韦恩·迈奎尔在杂志专栏“水瓶座日志”上预测，“有朝一日，查尔斯·曼森会转而成为美国重要的民间英雄。”或许这一天遥遥无期[1]，但曼森的确被许多边缘人士奉为英雄。1994 年，十七岁的撒旦教教徒娜塔莉（化名）对记者说：“查尔斯·曼森是偶像，也是榜样。”她说，之所以发生谋杀，是因为“曼森想实现无政府主义，以新的体制清除那些没用的人”。她的男友罗伯特（化名）今年二十岁，和她一起住在旧金山，也是撒旦教教徒，谈及塔特案和拉比安卡夫妇案的受害者时，他补充道：“我觉得这些事或许就是对的，任何没做好准备捍卫自己生命的人，在生命被剥夺时都不应该哭泣。”二十一岁的威利（化名）是一个白人至上主义者，他说自己“是在该案发生整整二十年那天，参加一场重金属致敬音乐会时，真正迷上了曼森。我早见遍了宣扬爱与和平的各派人物，但当我接触到这种撒旦派的时候，我瞬间爱上了它代表的一切消极面。所以从那以后，我就一直跟曼森的支持者在一起”。威利认为自己作为白人，

---

1 原注：然而，曼森 T 恤以及枪炮与玫瑰乐队的专辑表明，对曼森的神化仍在进行中。而且令人遗憾的是，另有两部正在拍摄的影视作品，即英国纪录片《曼森：男人、媒体、音乐》和美国长篇故事片《沙漠中的曼森》，其主题会转移观众对谋杀的关注，助长这一风气。

是种族主义的受害者，黑人“就像尼安德特人一样，在美国社会中是多余的”，如果曼森出狱，“他将提高人们的生活质量”。四十二岁的新纳粹分子亚历克斯（化名）与曼森通信多年，他说自己“发现”曼森时的那种惊喜，仅有早前“发现”希特勒和国家社会党能够与之比拟。他认为曼森是“当今世界最重要的革命领袖”，其特别之处在于“拥有极为罕见的基因组合，从而被赋予了独特的思想、个性和外表”。

在极端分子看来，像约翰·韦恩·盖西和杰夫瑞·达莫这样的连环凶手与普通民众一样，都不值得关注。他们只是病入膏肓的精神病患者，因为欲望失控而杀了人。虽然在一段时间内，这些杀手难免会受到关注，但他们没有追随者，也没什么要说的，就算他们开口说话，连极端分子也懒得听。这帮嗜杀成性的怪物传达出的唯一信息就是恐怖。然而，曼森及其犯罪手段则正中极端分子的下怀。他的暴力行径虽然是误导性的，却具有政治和革命意义，因而他在社会边缘人眼中是独具魅力的。此外，极端分子意识到大多数连环杀手智力平平，而曼森智力超常、眼光独到、富有洞察力。他谜一般的解答、成熟的心智、敏锐的应变力，以及言语间暗含的深意，这一切都神秘莫测，也正因如此，极端分子才对他钦佩不已。

当这种神秘的曼森文化在高墙外蔓延开来时，现年五十九岁，编号B-33920的囚犯查尔斯·曼森正在加州科克伦镇的科克伦州立监狱服刑。该镇坐落于加州中部的圣华金河谷，在弗莱斯诺县以南60英里，人口约为9000人。监狱就建在昔日的图莱里湖上，那里曾是大溪印第安人的家园。

1972年10月6日，曼森从圣昆廷监狱的死囚区被移送至北加州福尔瑟姆州立监狱；1974年3月20日，又被送到位于瓦卡维尔市的加州医疗监狱；同年10月22日，返回福尔瑟姆监狱；1975年6月7日，返回圣昆廷监狱；1976年5月11日，再次被移送至加州医疗监狱，在那里一直待到1985年7月17日，这是他在一座监狱中待得最久的一次；1985年7月18日，再次返回圣昆廷监狱；1989年3月15日，曼森被押送到他现在服刑的科克伦州立监狱。

加州惩教局的公共信息官蒂普·金德尔解释说，屡次转移曼森是因为他“既会扰乱狱中纪律，也是一种安全隐患”。曼森陶醉于塔特案和拉比安卡夫妇案带来的名声中，自我认知似乎产生了偏差，因而在狱中变得更加好斗。在此之前，曼森虽然没当过模范囚犯，但服刑多年从未留下攻击监狱管理人员的记录。然而，金德尔报告说，曼森自从被判谋杀罪以来，曾六次对监狱管理人员进行攻击（用手打人、泼热咖啡或冲他们吐痰等），最后一次是在 1992 年 2 月，此外，他还多次威胁监狱管理人员。根据加州惩教局的记录，迄今为止，曼森在狱中共有五十九次违法犯罪行为。不过，据科克伦州立监狱的一位官员称，去年一年，曼森"没有搞过破坏，也没有陷入任何麻烦"。监狱顾问欧内斯特·卡尔德伦表示，曼森的"表现会不断循环，在一段时间内，他会比较配合，但转而就会用暴力方式威胁监狱管理人员，尤其是那些没有经验的狱警"。

1972 年和 1973 年，曼森在福尔瑟姆监狱先后两次遭到狱友袭击。加州州立监狱的一名官员透露，这几年监狱管理人员接到的报告总是在说，狱中又有团伙"雇人谋杀查理"。不过据我们所知，曼森的生命安全仅受到过一次威胁。当时他正在加州医疗监狱服刑，他被移送到那里，不是为了接受精神病诊疗，而是因为对于他这样的特殊囚犯而言，那是整个加州最安全的监狱。该监狱囚禁的多是囚犯中的弱势群体，比如残疾人或精神病患者，因为他们更易遭受攻击。1984 年 9 月 25 日，曼森被分派到当地一家消闲品商店工作，很不幸，和他同去的囚犯是简·霍尔姆斯特罗姆。此人属于国际黑天觉悟会会员，因 1974 年枪杀了自己的父亲——帕萨迪纳市的一名妇科医生而被判终身监禁。（讽刺的是，他曾在自家墙壁上写了"婴儿杀手"几个血字，与曼森家族的行径如出一辙。）他往曼森身上浇满了油漆稀释剂，然后点着火，致使曼森全身近 20% 面积二度至三度烧伤，脸部、头皮和双手伤势尤为严重。监狱官员口中的这个"处于矫治期的精神病囚犯"后来说，他这么干是因为曼森反对国际黑天觉悟会的唱颂，还威胁他不要再信这个教了。他还声称："是神让我去杀了曼森。"

如今，加州的监狱已经不存在真正的"单独监禁"了。不过，囚犯们仍然用它来指下面这种情况：独居一室，与多数囚犯隔绝，只能与特定的囚犯相处。因塔特案、拉比安卡夫妇案、希亚案和欣曼案，曼森服了二十三年刑，大部分时间都是在单独囚室中度过的。

1980 年 8 月，曼森在加州医疗监狱获得了第一份监狱工作——新教教堂的园丁兼维修员。"我等了整整十年才呼吸到一口新鲜空气，"他说，"我绝不会搞砸的。"在接下来近两年的时间里，曼森一直表现良好。1982 年 6 月，曼森主动要求结束单独隔离，并且得到了批准。然而他“绝不会搞砸”的决心并没有持续太久（也可能他只是假装有决心），同年 10 月 29 日，狱警在他的囚室中发现了钢锯和大麻。[1]警方随后搜查了他工作的教堂，搜出了四袋大麻，一根 30.5 米长的尼龙绳，以及一张热气球邮购目录。看来这次曼森又有了新主意，打算“飞越”监狱。当时，监狱官员要求加州总检察官办公室以私藏大麻罪起诉曼森，但曼森已经被判了九次终身监禁，所以再提出指控也没有什么意义，不过是走个形式罢了。因而检察官比较明智，并没有起诉曼森。

在加州医疗监狱服刑期间，曼森拒绝接受集体精神治疗，而在单独治疗中，他基本上只是和心理医生玩文字游戏。根据一份精神病学评估报告，“曼森的智力高于平均水平，罗夏测验[2]结果显示他可能患有精神分裂症，但这并不意味着他的所有行为都是精神分裂症的表征……曼森属于有偏执倾向的被动攻击型人格。”

曼森对此如何回应?“我当然偏执。从记事起，我就有理由偏执。而现在为了活着，我也必须这样。至于精神分裂症，你从街上随便带走一帮人，把他们关进监狱，然后你就能看到各种分裂人格了。我有一千张面孔，也就是五百种分裂人格。这辈子我每一张面孔都用过，有时是被迫扮演一个角色，有时则是因为做别人比做自己更好。”曼森在医疗监狱的精神科病房没有待多久，因为心理医生报告说，曼森只不过是个“奇葩或怪胎”，建议将他移出病房。

曼森自知很可能要在狱中度过余生，所以从 1978 年第一次假释听证会起，他就要么抵制假释，要么把听证会当作布道或找乐子的地方。1978 年，他在假释委员会面前滔滔不绝地讲了 3 个小时。“我完全不适合外面的世界。根本

---

1 原注：1985 年，警方将曼森从加州医疗监狱转回圣昆廷监狱时，在他的鞋里发现了一条 10 厘米长的钢锯。回想 1967 年，曼森都不愿意从终端岛监狱出来，为什么现在反而想越狱了呢？当年他表示已将监狱当成了家，无法适应外面的生活。直至今日，我仍怀疑他在狱中并不痛苦，甚至还会觉得快乐。五十九岁的曼森迄今为止有四十二年都是在看守所、少管所和监狱中度过的，显然已经完全习惯了，因而很可能对监禁本身并无不适。不过，在 1967 年出狱后，曼森无疑学会了享受女人的簇拥（“在海特，我被称为园丁，照管所有的花童。”出狱后第一次见到“尖嗓子”时，曼森如是说），还经常开着沙滩车在沙漠里来回转悠。另外，曼森须比以往任何时候都更加谨慎，因为他深知凡是想出名的恶棍都可能会来杀他。

2 译注：罗夏测验，又称墨渍测验，是人格测验的投射技术之一，1921 年由瑞士精神科医生赫曼·罗夏最先编制。测验由 10 张有墨渍的卡片组成，受试者需要回答卡片上的图案像什么，以及由此联想到了什么。精神科医生根据回答及统计数据判断受试者的人格特征。

适应不了。”胡子邋遢、头发蓬乱的曼森说不应该把他从监狱中放出来。但曼森一向反复无常，紧接着又说：“我特火大。我很愤怒。我简直要气炸了，我又没有违法，却还得再被关起来。”他挥舞着双臂，半说半唱道：“我不是你们的刽子手。我不是你们的魔鬼，也不是你们的上帝。我是查尔斯·曼森。”他提醒假释委员会，说他的一生多在狱中度过：“我在监狱里出生，在监狱里长大。”他还表示自己“收到了去苏格兰、德国和澳大利亚的邀请”，但压根没什么兴趣。当被问及如果获得假释会去哪里时，曼森回答：“我会去沙漠，和动物说话，过自给自足的生活。”最终，假释委员会拒绝假释曼森，理由是他“罪大恶极”。次年，曼森从囚室中传出话来，说他跟假释委员会没什么可讲的，还把大富翁游戏的几张100美元纸币和一张写着“可先出发，得200美元”的机会卡给了狱警，让他帮忙转交给假释委员们。

曼森还很喜欢在假释听证会现场和记者交谈，他对其中一名记者说：“你比我更像是个蹲监狱的。你要守的规矩比我的还要多。我能坐下来放松一下。可你能吗？”他又抓住另一个记者的胳膊，把嘴巴凑到她耳边，低声道：“你知道怎么出去吗？如果你能带我出去，咱们可以去沙漠，我保准让你大开眼界。”

在1981年的假释听证会上，曼森身穿印着骷髅和交叉骨的T恤，坐立不安、来回踱步，还频繁打断别人，冲委员会成员大喊大叫。他说：“我已经被单独监禁了十年。我没有思想了。听着，我的思想已经消失了。你说的话我连一半都听不懂。”然后他接着道：“我从来没有真正长大。我九岁就进了监狱，不太会读书写字，总是像小孩子一样。1954年，我停止了思考。”

1986年的那场假释听证会，曼森没有出席，而是向委员会递交了一份冗长的书面声明。“所有强加在我身上的评判和指责，都将在你们称之为犯罪的圣战之火中得到映射，”他写道，“我的确曾呼唤地球上生命的平衡。在法庭的定时锁背后，在黑暗的世界里，我的确放出了魔鬼和毒蝎来折磨人们。我也的确根据你们对我的判决，打开了七个封印和七个坛子……多年以来，你们一直毒害我，在监狱的走廊里把我拖来拖去，把我的头按在你们的每一块砧板上，用链子拷我，用火烤我，但你们打败不了我……与我有关的一切说法，都不是我本人说的，如果你们看到的是一个假先知，那只能说明你们的判断是错的。”

同年，曼森给里根总统写了一封信，建议他“不断告诉孩子们什么不该做，这样他们就会思考什么能做、将做什么”。在以“随和的查尔斯·曼森”落款之前，他写道：“我是最后一个囚徒，但唯有我知道如何在一个世界政府的治理下，实现秩序与和平之间的平衡，让我们大家都生存下去。”

1992年4月21日，曼森参加了他的上一次假释听证会，当时，他前额上颇有挑衅意味的纳粹万字符仍然清晰可见。当着三名假释委员的面，他对教唆杀人罪做出了回应：“所有人都说我是孩子们的领袖，但实际上我是他们的追随者……我既没有违反上帝的律法，也没有违反人类的律法。”

和之前的每一次听证会一样，全程几乎都是曼森一个人在讲话。在回答那些最常规的提问时，他又情不自禁地开始了一连串意识流宣讲，内容涉及上帝、经济、电影中的孤胆英雄兰博、英国女王、两次世界大战、教皇、联邦调查局首任局长埃德加·胡佛、酒鬼、越南、国际象棋、基督教伦理、麦克阿瑟将军、杜鲁门总统、忍者战士、圣迭戈动物园、电视剧《豪门恩怨》里的约翰·罗斯·尤因、黑手党弗兰克·科斯特洛，以及不计其数的其他话题，甚至包括公鹿和母鹿的关系、狗和鸡的区别。而且，一如既往，他的落脚点是——停止破坏环境。他说委员会成员生活在母系社会，但他生活在父系社会。“你们拥护女人，而我不会。”尽管没有透露细节，但曼森承认他通过给外面的人签名，赚了500美元[1]。

委员会认定不应假释曼森，于是将他的下一次听证会设在了五年后，这是加州刑法规定里假释听证会的最长间隔时间。

莎伦·塔特的母亲多莉丝几乎参加了曼森等人的每一场假释听证会，直到1992年7月因癌症去世。在她的动员下，全国各地的民众向假释委员会寄出了352 000封信，要求曼森等人终身监禁，不得假释。多莉丝经常说：“我生活中的每一天，都回响着她（莎伦）的尖叫和她乞求凶手放过腹中胎儿的那些

---

1 原注：另外，每售出一件曼森T恤，曼森就会有10美分收益。根据加州当时的法律，只有当商业行为与犯罪直接相关时，罪犯的收益才会被没收。因此曼森从T恤和被翻唱的歌曲中所得的收益均不在没收范围内。（加州议会即将出台的参议院第1330号法案拟扩大该范围至包括出售“因犯罪行为产生的恶名而增值”的任何商品。）1971年，法庭裁定曼森等五名被告须赔偿弗雷科夫斯基之子50万美元。根据执行令状（至1994年加利息共计120万美元），在1994年2月下旬，住在德国的弗雷科夫斯基之子收到了第一张版税支票，金额为7.2万美元，这份所得来自枪炮与玫瑰乐队专辑中那首由曼森原创的歌曲。

话。”70 年代末，多莉丝与人合作成立了洛杉矶遇害儿童父母分会，致力于为其成员提供精神、情感等方面的支持。1990 年 6 月，多莉丝代表美国出席了在斯德哥尔摩举行的国际受害者权利大会。去世之前，她还在萨克拉门托市设立了多莉丝·塔特犯罪受害者办公室。该办公室也会推动相关法规的制定，以保护受害者的权利。

莎伦·塔特遇害那年，她的妹妹帕蒂·塔特才十一岁。帕蒂的长相酷似姐姐，自母亲去世后，她几乎承担了母亲所有重要的工作，一直非常尽心尽力。每每谈到姐姐，帕蒂就会噙着眼泪说：“她那么贴心，那么温柔。我很崇拜她，愿意为她做任何事。”

科克伦州立监狱的安全级别为中高级。曼森同另一名囚犯被关押在“安全居住单元”里。该囚室长约 3.8 米，宽约 2 米，被称为“监狱中的监狱”，是整座监狱中安全级别最高的地方。曼森的一日三餐由惩教人员发放，每次都搁在囚室门上的托盘里，发放时间分别是早晨 6 点半、中午 12 点和下午 5 点。他平日会和安全居住单元的十个狱友一起，到附近一处有围墙的院子里锻炼，每周不少于 10 个小时。曼森的囚室里有收音机和电视机，但他不能把心爱的吉他带进来。和安全居住单元的其他囚犯一样，曼森没有工作任务。根据加州惩教局的统计数据，为了安置曼森，目前纳税人每年的花费是 20 525 美元。

曼森仍继续和尽可能多的来信者保持通信，也给一些不想跟他做笔友的人写过信，在前些年里，他一共给我寄了四封信。1986 年，在狱友纽尔·埃蒙斯的帮助下，曼森的口述作品《曼森如是说》以精装本出版。书中的思想可能是曼森的，但措辞显然不是。实际上，曼森是在努力“摧毁神话”，他试图让大家相信，塔特案和拉比安卡夫妇案是“女孩们”的主意。他含糊不清地承认，第二晚是他下令杀害了拉比安卡夫妇，但仍坚决否认第一晚曾下令谋杀塔特等人。

曼森在书的结尾写道：“有些时候，我会反复想着我是有史以来最臭名昭著的罪犯。在这种情绪下，我对所有媒体都很感兴趣，也很高兴有些傻瓜会写信给我，提议帮我‘干掉一些猪猡’。一些女孩会抱着孩子来看我，对我说：‘查理，我愿意为您做任何事。我正照着您的样子抚养小孩。’那些信件和来访曾使我感到高兴，这说明我本人有问题。但为什么我会有源源不断的追随者呢？

那是因为你们的世界有问题。我从没有让谁给我写信，也没请任何人前来拜访。可是信还在不停地寄来，你们花朵一样纯真的孩子也不断地在监狱门口出现。”

说完这些相对温和的话之后，曼森的语气陡然一转。他说他觉得自己永远都不会被释放，紧接着就是一段含混而不祥的结尾：“我的眼睛就是照相机。我的思想能接收到的频道比你们这个世界上的还要多，而且不受任何审查。借助这种思想，我拥有了自己的世界和宇宙。所以……你们要知道，监狱里的我不过是一具肉身。只要我愿意，我就会走上你们的大街，出现在你们中间。”

牢狱生活并没有让曼森打消做歌星的念头。1982 年，曼森在加州医疗监狱录制了他的第二张专辑《查理·曼森的福音时刻》。这些歌写的是他和狱友们在圣昆廷监狱死囚区的生活，背景音乐中可以听到电视和冲马桶的声音。很诡异的是，曼森的首张专辑《谎言》录制于 1968 年 8 月 9 日，恰好是塔特案发生的前一年。那些歌曲都是曼森自己演唱，由家族中的几个女孩伴唱。这两张专辑都被盗版过好几次，成为一些人眼中的稀有收藏品。一个另类音乐商店的老板告诉我，如果能有幸得到一张曼森的专辑，“我绝不会卖掉的，它们太有收藏价值了”。

而且更令人惊讶的是，竟然还有人猛烈抨击一些音乐界人士，指责他们在曼森 1967 年出狱后没有给他机会。这些人补充说，如果曼森有了真正的机会，那些谋杀或许就不会发生。但要是照这么讲的话，如果 1912 年有人在维也纳买了希特勒的画，那我们就不会经历第二次世界大战了。

另外，身陷囹圄也没有妨碍曼森进入广大电视观众的视野。全国广播公司的《今日秀》、美国有线电视新闻网、英国广播公司、脱口秀主持人查理·罗斯、电视名人汤姆·辛德、美国广播公司 1994 年 3 月的特别节目等都找到了曼森，于是曼森又有机会恶语相加，发泄心中的怨念了。1988 年在接受热拉尔多·李维拉的采访时，曼森曾扬言：“像你们这样的混蛋，我准备再多剁掉一些，越多越好，然后摞成一堆，码到天那么高。我估摸着得剁五千万个吧。这样我或许就能拯救我的树、我的空气、我的水和我的野生动物了。”随后，热拉尔多提到曼森杀害了九个人，这时曼森道：“可不止九个，我的儿，还多着呢，而且还会有更多的。”当热拉尔多问他是否曾命令家族中的女孩去杀人时，他回答说：“那种还需要我命令的女孩，我是不会打交道的。我的女孩都很清楚要干什么。”他继续道：“规矩都是我定的。我是立法者。是我铺好轨道，让整个家族运转起来的。”

塔特案和拉比安卡夫妇案发生二十五年以来，没有哪件事能像1975年“尖嗓子”企图暗杀福特总统那样，把曼森家族再次推到媒体的风口浪尖上。1974年10月，曼森从圣昆廷监狱被转回福尔瑟姆监狱，“尖嗓子”和桑德拉·古德随即搬到了萨克拉门托市，尽可能地靠近曼森。[1]两个女孩带着家庭雇来的兼职护士苏珊·墨菲，在市中心一处老旧的寄宿公寓租了一间破阁楼，和州议会大厦只隔着几个街区。1975年9月5日清晨，阳光明媚，福特总统正穿过州议会大厦前的公园，准备去见加州州长杰里·布朗。

就在几周前，“尖嗓子”和桑德拉还在该市向媒体发布了一份公报，声称“如果新总统还是玩尼克松的老一套，继续违背法律精神，那你们的家园将会血流成河，流的血要比塔特等人和美莱村[2]平民加起来的还要多。”[3]然而吊诡的是，“尖嗓子”并没有因此被特勤局加入危险分子名单，总统保镖也没注意到附近有个穿红袍、裹头巾的怪女人。当福特总统停在一株木兰树前，和一群笑盈盈的支持者握手时，“尖嗓子”突然从人群中现身，自长袍下抄起一支枪，瞄准了两英尺外的总统。说时迟，那时快，特工拉里·布恩多夫一把抓住枪柄，将她扑倒在地。“尖嗓子”气急败坏地喊道：“没开火。你信不信？枪没有开火。”恐怕谁都不会知道枪为什么没开火。可以肯定的是，“尖嗓子”虽然在那把.45口径的柯尔特手枪里装了4发子弹，但都没有上膛。难道是她误以为直接扣动扳机（布恩多夫和另一名目击者声称当时听到了金属的咔嚓声，可能是击锤碰到了撞针）就可以开火吗？“尖嗓子”在纪录片《曼森》中使用过步枪，人们相信她是懂得使枪的，所以很多人，包括一些执法人员都相信她无意伤害总统。不过检察官德韦恩·凯斯告诉我，他“敢肯定她有杀害总统的意图”，

---

1 原注：虽然当局禁止“尖嗓子”和桑德拉探视曼森或与之通信，但当时的一名监狱发言人说，她们大概每月会来监狱一次，“询问曼森的近况”。她们的一个朋友告诉《时代》杂志，这两人相信曼森身陷囹圄是某个伟大计划的一部分，“他总有一天会再次崛起，像基督一样。她们所做的一切都是在为这一天做准备”。

2 译注：越战期间，美军在1968年3月16日对越南广义省美莱村的平民进行大屠杀，手段残忍，死伤甚众。该惨案被美国陆军封锁了一年多，遭曝光后导致美国境内反战情绪高涨，国际社会一片哗然。

3 原注：曼森家族仇恨前总统尼克松，当然是因为在之前的庭审期间，他曾在报纸头条上公开表明他相信曼森有罪。埃德·桑德尔在其畅销书《曼森家族》中提到，曼森在加州医疗监狱的心理医生曾透露，曼森坚信尼克松之所以倒台，是因为被他偷偷下了诅咒。

但检方必须证明她是蓄意谋杀，才能给她定罪。

不管怎么说，至少在那段时间里，“尖嗓子”像她的基督查理一样出尽了风头。1975 年 9 月 15 日，她登上了《新闻周刊》和《时代周刊》的封面。在联邦法庭上，“尖嗓子”总是大吵大闹，所以很多时候法官不得不让她离庭。离开之前，她对法官说，本次审判的一个关键问题“是显而易见的，就像你家窗前的钢琴一样”，这句话含有明显的暗示。在为期三周的庭审中，“尖嗓子”并没有作证。随后陪审团开始审议，据陪审员罗伯特·康沃伊回忆，“当时很多人都认为，如果枪膛里没有子弹，那这把枪就不是武器。”然而，陪审团最终还是裁定“尖嗓子”蓄意刺杀福特的罪名成立（在 1965 年之前，刺杀总统属于州级，而非联邦级别的犯罪），她成为美国历史上第一个因刺杀总统被定罪的女性，被判处终身监禁。

曼森是这次行动的幕后主使吗？我始终觉得他不是。曼森总是一副不怕死的样子，他会对追随者说，死亡并非生命的终结，“而是另一个巅峰”，甚至堪称美好，“活着让我感到害怕，而死很容易”。他还会暗示自己是复活过来的。尽管如此，在他为期九个半月的审判中，我亲眼看到他为了活着有多努力。就在三年前，他的死刑判决才被撤销，所以我认为他不会冒着再次被判死刑的风险，去招惹福特这样毫不相干的人。检察官凯斯和我想法一样，而且他们并没有发现任何相关证据。在曼森被迫离开家族的日子里，长着娃娃脸的“尖嗓子”成了女家长。她可能是想用实际行动给曼森留下深刻的印象。她肯定知道，不论刺杀总统成功与否，这种极端的反社会行为都会让曼森高兴的。

福特总统遇刺案发生后，警方搜查“尖嗓子”的住处，发现了一沓准备寄出的信，寄信人是“国际人民惩戒法庭”。该组织的名字倒是响亮，不过成员只有“尖嗓子”、桑德拉和墨菲。这些信是写给美国一些著名企业高管和政府官员的，威胁说，如果不立刻停止污染空气、水和环境，他们就必死无疑。旁边还附了一长串其他收信人的名字。桑德拉和墨菲密谋从美国邮政局寄信，但是遭到了警方逮捕。获得保释后，桑德拉通过广播和电视发出了同样的威胁，于是她又因为跨州发送死亡威胁而触犯了四项联邦法律。

在庭审中，法庭裁定桑德拉的五项罪名全都成立（而墨菲仅被判犯有共谋罪）。作为自己的辩护律师，桑德拉向法官申明，最多只能判她二十五年。最终法官判了她十五年有期徒刑。桑德拉指定的咨询律师威廉·夏伯称，如果当时桑德拉态度好一点，肯定能在抗辩中协商成功，少判很多年。

塔特–拉比安卡夫妇案中的其他被告，现在都和曼森一样，仍在狱中服刑。

查尔斯·沃森是曼森派往作案现场的“首席副官”，也是杀害塔特等人的主要凶手，但他已宣布和曼森断绝了关系。自1972年9月起，他一直被关押在圣路易斯–奥比斯波的加州男子监狱，1993年4月被移送至加州缪尔克里克州立监狱，目前正在那里服刑。沃森于1975年结识了狱友雷蒙德·霍克斯特拉（监狱中的传奇布道者，人称“牧师雷”），并通过他成了一名基督徒。作为见习牧师和监狱新教教堂的副管理员，沃森受了洗，负责带领《圣经》学习小组，为监狱里的会众布道。1980年，沃森在加州成立了非营利组织“丰盛之爱”，和他的挪威妻子克莉丝汀（两人于1979年结婚，育有三子）共同运营。1983年，沃森被任命为牧师，他按时寄出宗教录音带和基督教内部通讯，每月能从收件人那里得到约1500美元的捐款。

1978年，沃森和牧师雷的合著作品《你愿意为我而死吗？》得以出版，书中记录了沃森认识曼森、实施谋杀和最终皈依基督教的前前后后。谈到曼森时，沃森写道，“我已献出了我的全部”，过去的他“通过一个想成为上帝的恶魔”，为死亡和毁灭效命。他相信曼森“曾经——也许现在仍然——被魔鬼附身”，并且指出，曼森唯一的兴趣“是死亡，而耶稣是带来新生的”。

沃森的上一次假释听证会在1990年5月举行，其间，他在心理医生面前的坦白得以公布，内容非常出人意料。（沃森认为自己不符合假释条件，因而放弃了1993年1月的假释听证会。）这位医生写道：“在过去三年的单独治疗中，他才开始真正因为受害者及其家人而感到深深的悔恨。”一名假释委员问沃森，在此前十八年里他有什么感受，沃森答道：“其实，我以前不是没有悔恨过，只是我在过去几年的一些经历，大大加深了这种感受。”沃森解释说，他自1975年成为基督徒以来，“很高兴得知上帝已宽恕了我的罪行，但我觉得有时人需要从另一面看问题。过去三年，我得以从新的角度审视自己，开始以别人的眼光看待这些罪行，而不仅仅是我自己的”。

沃森说，他迟来的顿悟主要是因为苏珊娜·斯特拉瑟斯，也就是罗斯玛丽·拉比安卡与前夫所生的女儿。塔特案和拉比安卡夫妇案发生时，苏珊娜才二十一岁。后来她结过三次婚，自1987年起，她开始去监狱探视沃森。而且在沃森1990年的那场听证会上，她还竭力为这个杀了她母亲的罪人求情。她说沃森已经悔改了，他成了一名真正的基督徒，不会再对社会构成威胁了。

1994年6月5日，沃森在给我的信中写道："我深感悔恨，要郑重向全世界人民道歉，曼森成为现在的样子，我难辞其咎。一想到那些受害者，我内心就悲伤不已。我才是最应该被判死刑的罪犯。我相信是仁慈的上帝赐予我第二次机会，为我安排了一条不同的道路……除了让主以我为证，劝人皈依基督以外，我别无他求。"

在加州男子监狱服刑期间，沃森修完了数据处理和办公机器维修这两门职业课。他现在在缪尔克里克州立监狱的工作是"楼层保洁"。该监狱的发言人建议，鉴于沃森入狱以来"只在1973年有过一次轻微违纪，可以考虑让他继续修习职业课程"。

苏珊·阿特金斯、帕特丽夏·科伦温克尔和莱斯莉·范霍腾与沃森一样，都已宣布与曼森断绝关系，并对自身罪行表示了悔恨。她们仍在弗龙特拉的加州女子监狱服刑。该监狱是加州仅有的三所女子监狱之一，被戏称为"带刺铁丝网内的大学校园"。这三个女孩都被关押在干净整洁的双人囚室。到目前为止，她们至少申请了十次假释，但都被拒绝了。大家一致认为，倘若允许假释，莱斯莉会是最先获批的那一个，主要是因为她只参与了拉比安卡夫妇案。而且有数百名支持者成立了"莱斯莉之友"，定期敦促委员会考虑对她予以假释。

该监狱的发言人称"女孩们在狱中表现良好"。事实上，在这二十三年间，帕特丽夏没有任何不良记录，一名假释委员表示这"很难得"。目前，她们受到的监禁属于中等安全级别，可以与普通狱友接触。据报道，帕特丽夏和莱斯莉很亲近，而两人和苏珊的关系都相对疏远。

三个女孩中最出名的是苏珊，而她早在沃森之前就已皈依基督教。1974年初，在福尔瑟姆监狱服刑的前家族成员布鲁斯·戴维斯启发了苏珊，使她有了入教的想法。作为重生后的基督徒，戴维斯给苏珊写了很多信来指导她，还推荐她读《新约》等基督教文本。在1977年与鲍勃·斯洛瑟合著出版的《撒旦之子，上帝之子》一书中，苏珊回忆起1974年9月下旬的一个晚上，当时她独自在囚室里，轻柔却庄重地忏悔着。"突然，"她写道，"我的脑海里出现了一扇门。我抓住门把手，使劲地拉。"当门打开时，灿烂的光芒倾泻在她身上，苏珊说她知道，中间那道最明亮的光就是耶稣。"他开口对我说话——真的，就在我的囚室里。他说：‘苏珊，我真的降临了。我即将进入到你内心深处。此时此刻，你正在重生……现在你是上帝之子了。你已受到洗礼，所有的罪孽都得到了宽恕。’”苏珊接着说，那天晚上，她多年来头一次“睡得很香，没做噩梦——无所畏惧，感到很温暖”。在这本书的最后一页，她写道，她相信“总有一天，主会将我从此地释放，命我去感化形形色色的人，尤其是那些像我过去那样心灵扭曲和迷失的青少年”。

苏珊现在否认自己刺死了莎伦·塔特，但她补充说，她依然难辞其咎，毕竟她当时在场，却“没有阻拦”。20世纪80年代中期，有一名记者问她是否愿意向塔特的母亲道歉，她回答说：“我的感受无法用语言来形容。‘对不起，请原谅我’，这样的话已经被用滥了，不足以表达我的感受。”

1981年9月，苏珊嫁给了五十二岁的得州人唐纳德·李·莱索尔。莱索尔总是将姓氏中的字母“s”写成“$”，结婚那天，他宣称自己国内身家“超9.99亿美元，海外资产则是该数字的7倍”，并表示打算斥资1200万美元，在加州女子监狱附近建造一座太阳能豪宅，这样就能靠近他的新娘了。根据婚礼当天的新闻报道，莱索尔这样出现在了监狱教堂里：“光彩夺目的钻戒、闪亮的钻石别针、硕大的纯金皮带扣、太阳镜、雪茄、西式礼帽、橙色休闲套装。”在监狱停车场里，他那辆赭色凯迪拉克的车顶上，一面得州孤星旗正迎风招展。

尽管苏珊已经和莱索尔通了好几年信，但很遗憾，有两个关于莱索尔的小细节，她还并不知情。事实上，她丈夫的资产是不存在的。而更为关键的是，莱索尔有个令人不安的癖好，那就是他结婚就像巴黎女人换裙子一样频繁——苏珊是他的第三十六任新娘。婚后，莱索尔以配偶身份探视苏珊，和她住在监狱的家庭生活区里。但是仅仅三个月后，苏珊便让丈夫“回得州去”，并总结说这段婚姻是“一个天大的错误”。次年，两人正式离婚。苏珊于1987年再婚。新任丈夫比她小十五岁，当时还在南加州大学读法学。苏珊表示，这是“我人生中第一段健康而成功的恋情”。

1994年5月11日，苏珊给我寄了一封长长的打印信，信中写道：“二十五年前，你审判了三个年龄在二十至二十二岁之间的女孩，以及一名有前科的三十五岁男子。二十五年后的今天，你看到的是三个四十五岁左右的女人，她们服刑记录良好，已通过再教育获得了大学文凭，尽可能地投身于各大慈善组织，为过去的深重罪孽深感耻辱和悔恨……但你还看到的是一个六十岁的男人前额刻着纳粹万字符出现在假释听证会上。我想这足以说明一切。”

尽管对曼森极度不满，但苏珊说她仍然在为曼森祷告，“查理会皈依基督的”。苏珊已通过函授教育获得了两年制文科副学士学位，绩点为3.5分。她还修完了一门职业数据处理课，目前正在上律师助理课程，在监狱的工作是工业缝纫员。

莱斯莉则经历了两次复审。当年在审判接近尾声时，莱斯莉的辩护律师罗纳德·休斯失踪了，她为此提交了无效审判动议，但遭到了奥尔德法官的驳回。1976年，加州上诉法院以奥尔德法官处理不当为由，推翻了对莱斯莉的判决，并进行了第一次复审。然而陪审团在这次复审中未达成一致裁决，1978年第二次复审，法官最终宣布维持原判。与1970年至1971年接受审判时不同，莱斯莉在两次复审中向陪审团坦白了她在拉比安卡夫妇家中做的一切，并解释说，长期服用致幻剂导致她当时精神错乱，行为失控。在最后宣判前的几个月，莱斯莉的亲友缴纳了20万美元保释金，将她暂时保释出狱。莱斯莉与《基督科学箴言报》的一名前作家共住了一段时间，当时那位作家正在写一本关于她的书。后来这本书顺利完稿，但却从未出版过。

20世纪80年代初，莱斯莉嫁给了一个叫比尔·西温的男人。她在婚内没有任何不当行为，但后来却发现丈夫私藏了一件女狱警警服。两人短暂的婚姻就此结束。

在狱中服刑期间，莱斯莉通过函授课获得了英国文学学士学位。她写过短篇小说，其中一篇被一部监狱文学选集收录，她还一度担任过监狱报纸的编辑。此外，她加入了一个小型囚犯组织，为无家可归的人缝被子。莱斯莉说，曼森不承认他的罪行，这很让人恼火。“我会为自己的罪行负责，而我的罪行之一，就是助纣为虐。作为他的追随者，我是不可饶恕的。”目前，莱斯莉在监狱里做秘书工作。

至于帕特丽夏，她在狱中修完了函授课，并获得理学学士学位，同时也修了职业数据处理课程。她一直未婚。在三个女孩中，帕特丽夏最擅长运动，她是监狱垒球队的一员，目前在囚犯消防员培训项目中担任“营地教练”。此外，她和莱斯莉都是监狱戒毒项目的顾问，负责向社会上的吸毒青年提供帮助。

1988年，帕特丽夏告诉监狱的心理医生，她为自己的罪行感到懊悔，但同时她又提到，那个被她杀害的阿比盖尔·福尔杰，“如果还活着，很可能会